KB161777

투가리맛 살꽃맛
겨레의 말뿌리 이야기

조선상말전

정태륭

디자인 : 동서랑 미술팀/표지 : 한국의 나무꼭두 (사진제공－열화당)

투가리맛 살꽃맛
상말은 겨레의 말뿌리

무릇 '전(傳)'이라 함은 사람의 평생행적을 기록하여 후세에 전하는 것으로, 역사가에 의하여 채택되었다. 사마천이 《사기(史記)》를 편술할 때 백이열전(伯夷列傳)을 비롯 70여 편의 전을 남긴 이후 역대의 《이십오사(二十五史)》 사가들이 이를 계승하였고, 정사(正史)의 필체로 자리를 굳히게 되었다. 그러다가 차츰 정사뿐만 아니라 문인들에게도 보급되어 정사에 들어가지 못한 처사(處士)·일민(逸民)의 드러나지 않은 덕행이나 서인 천민의 본받을 만한 행실을 유머를 섞어가며 기교적으로 서술하여 후대에 드리우려 하였다.

전(傳)에는 사전(史傳), 가전(家傳), 탁전(托傳), 가전(假傳), 소전(小傳), 별전(別傳), 외전(外傳) 등이 있다. 사전이란 정사의 열전을 뜻하고, 가전(家傳)은 정사와 구별되는 한 집안에 간직할 목적으로 된 전을 말한다. 탁전과 가전(假傳)은 어떤 사물을 빌려 표현한 전, 소전은 체재가 간략한 것, 별전과 외전은 곧 정전(正傳)에 올리지 못한 이야기 따위로 보아도 무방할 것이다.

따라서 《조선상말전》은 조선시대의 투가리 맛, 살꽃 맛 넘치는 상말모이 별전(別傳)이라 할 수 있지 않을까. 《춘향전》이나 《심청전》과 마찬가지의 '상말모이 이야기책'으로 보면 된다.

상말이란 양반계층이 아닌 일반 백성들이 면면히 써 내려온 풀뿌리 언어를 이르는 것이다. '양반이 망해 먹은 나라 백성이 지킨다'는 말이 있다. 힘 없는 백성이 기실은 나라를 떠받치는 근간임을 잊어서는 안 된다는 뜻일 터. 이 말은 또한 백성들이 써 온 상말이 곧 겨레를 지키고 겨레혼을 지켜 내린 바탕 언어임을 뒷받침하는 것이다. 이런 사실은 이 《조선상말전》의 어느 쪽을 들춰 보아도 쉽사리 확인된다. 낙천적이면서도 진취적이고 해학이 넘치는 우리 겨레의 미래지향적인 원형질이 사실적, 구체적인 예문을 통해서 잘 드러나 있기 때문이다.

미리 말해 두지만 《조선상말전》은 옷이라곤 한 올도 걸치지 않은 천둥벌거숭이의 말과 이야기들이 참 많다. 그런 경우 혐오감이 아닌 조선시대 적나라한 서민들의 생활상을 대하는 넉넉한 시선으로 음미해 주기 바란다. 《파수록(破睡錄)》의 저자 부묵자의 말처럼 "이 책을 보고 좋으면 법도로 삼고 나쁘면 경계로 삼는다면 음담야어(淫談夜語)가 무슨 상관이란 말인가?"라는 대승적인 안목을 권면하는 것이다. 대저 은생어해 해생어은(恩生於害 害生於恩 : 은혜에서 해로움이 나고 해로움에서 은혜로움이 난다)하는 대자연의 섭리를 이 책을 통해서 다소나마 알게 된다면 저자로선 이보다 더한 기쁨이 없을 것이다.

《조선상말전》은 말의 뿌리를 알아내고자 각 낱말의 어원까지 힘닿는 한 추적해 밝혀 놓았고 상말 관련 민담, 전설, 구전설화 등은 '관련이야기'로 묶어 자연스럽게 교훈이 되도록 했다. 또한 서거정의 《태평한화(太平閒話)》를 비롯한 십대기서(十大奇書) 및 판소리 변강쇠타령, 각설이타령, 뱀장수사설에서부터 상소리아리랑, 각 지방의 농요(農謠)와 민요, 김삿갓의 상소리 시편에 이르기까지 폭넓게 조사, 채록하여 명불허전(名不虛傳)의 책이 되게끔 심혈을 기울였다. 나아가 예전과 같은 장식용 참고서적이 아니고 소설처럼 흥미를 갖고 읽는 가운데 저절로 내용이 터득되도록 실험적인 새로운 발상으로 만든 책임을 밝혀 둔다. 이 《조선상말전》을 통해 더 많은 분들이 낙천적이면서도 진취적인 우리민족의 토속정서를 체감하고 익히는 데 도움이 될 수 있기를 바란다.

2009년 가을

道林寓居에서 鄭泰隆

《조선상말전》을 읽는 이들에게

1. 가나다순으로 늘어놓았다.
2. 토박이 정서 뿌리인 상말의 모두를 망라해 수록하였고 항목 가운데 어원 등 도움말이 필요한 곳은 * 표기를 넣어 별도 풀이하였다.
3. 표현방식은 달라도 같은 뜻의 말은 각 항목 끝부분에 = 표시를 넣어 이해가 쉽도록 하였다.
4. [관련이야기]는 되도록 출전을 밝히고자 노력하였다. 본인의 현장 채록이나 자료에서 수집한 것 이외 다수 인용한 한적(漢籍)의 이른 바 십대기서(十大奇書)는 다음과 같다. 서거정의 《태평한화》, 송세림의 《어면순(禦眠楯)》, 성여학의 《속어면순(續禦眠楯)》, 강희맹의 《촌담해이(村談解頤)》, 홍만종의 《명엽지해(蓂葉志諧)》, 부묵자의 《파수록(破睡錄)》, 장한종의 《어수록(禦睡錄)》, 작자미상 《성수패설(醒睡稗說)》《기문(奇聞)》《교수잡사(攪睡雜史)》 등이 있고 그 밖에 《진담록(陳談錄)》과 임석재의 《한국구전설화집(口傳說話集)》도 참고하였다. 단, 이야기가 너무 긴 것은 부득이 축소하였고 내용 또한 이해 가능한 선에서 윤문(潤文)하였다.
5. 상말이란 상스러운 말 또는 점잖지 않은 말이다. 따라서 흔히 쓰는 속담 따위도 점잖지 않은 말인 까닭에 상말 범주에 들어간다. 이 책의 내용을 더 잘 이해하는데 도움이 될 것으로 믿어 한마디 부연하였다.

가

가죽인지 고기 방망인지 뼈다귀인지 모르겠네
상황에 따라 수시로 변화무쌍한 남근(男根 : 좆)의 모양을 빗댄 말.

[續 禦眠楯]*¹ 신창(新昌) 땅에 세 처녀가 있었는데 일찍이 부모가
죽고 가업이 기울어 셋 모두 혼기를 놓친 노처녀로 지내는 중에 하루는
"세상엔 남녀 간에 큰 즐거움이 있다는데 그게 대관절 무언지 한번 알아
보자"는 데 뜻이 모아져 이웃에 서방과 사는 여종을 불러 물어보게 되었
다. 그 여종이 이르기를 "남자의 양다리 사이에 고기로 된 막대기 같은
것이 있는데 모양이 자못 송이버섯과 비슷하다오. 그 길쯤하게 생긴 송
이를 여자의 거기에 집어넣고 비벼대면 그 즐거움을 무엇에 비길 수 있
으리까. 뼈가 녹고 사지가 녹적 지근해져 살되 사는 것이 아니요 죽되 죽
은 거 같지가 않사옵니다" 하니 맏딸이 입에 거품을 흘리며 "내 맘이 점
점 혼미해지니 그만해 두라" 하므로 세 딸이 의론하여 "만약 우리가 때
가 되어 벙어리를 만나면 한번 그 막대기의 묘한 모양과 맛을 알 수 있으
리라" 하였다. 그 때 마침 한 소년*²이 담장 밑에서 그 말을 엿듣고는 일
부러 해진 옷에 표주박을 들고는 빌어먹는 벙어리 시늉을 하면서 그 집
에 들어왔다. 이에 세 딸이 기꺼이 그를 맞아 안방으로 불러들여 옷을 벗
기고 맏이가 먼저 그 양물을 어루만지며 '응, 이게 가죽이었구나.' 한데,
이어 둘째가 주무르면서 '고기 방망이'라 하고 막내는 '아니요. 이건 뼈

---

*1 續 禦眠楯 : 막을 어(禦)+잠잘 면(眠)+방패 순(楯)으로 잠을 막는 방패, 즉 그만큼
재미있다는 뜻의 제호. 이을 속(續)은 먼저 나온 〈禦眠楯〉에 이어지는 책이란 뜻. 조
선 십대기서(十大奇書)의 하나로 성여학(成汝學)의 저서이다.

*2 소년 : 나어린 총각의 옛 호칭.

다귀가 맞다'라고 하는 것이었다. 이는 세 딸이 번갈아서 만짐에 따라 점차 양기가 승한 까닭에 그리된 것이었다. 마침내 양물이 더 발기되어 벌떡 치솟아 꺼떡거리자 세 딸이 "이게 미쳤나 보다!"라고 하자 소년이 "이는 미친 게 아니고 그대들이 이것을 미치게 만든 것인즉 낭자들이 스스로 자기 음호(陰戶)에 꽂아 가라앉힘이 옳도. 아니면 내가 소리를 질러 이 가문을 욕되게 하리라" 하니 처녀들이 놀랍고 두려워하여 차례로 몸을 허락하게 되었다. 그렇게 밤새 즐긴 다음 이윽고 새벽하늘이 밝아오매 소년이 일어나 나가는데 지쳐서 자못 걷지를 못하고 비틀거리는지라 세 딸이 소년을 부축하여 보냈다 한다.

가까이선 아양, 멀리서는 추파*¹ 던지는 년이다

음란한 여자이다.

가난뱅이는 욕 부자이다

가난하다 보면 불평불만이 많아져서 욕설을 내뱉는 일도 잦아진다. 또는 가난하면 아쉬운 소리도 자주 하게 되어 욕먹는 일이 많이 생긴다는 뜻.

가난하면 마누라도 가려 얻지 못 한다

가난하면 무슨 일이든 뜻대로 할 수가 없게 된다.

가난하면 마음에 도둑 든다

가진 게 없으면 별 생각이 다 들고 심지어는 범죄까지도 생각하게 된다.
=가난하면 마음병신 된다.

[禦睡錄]*² 도둑놈 하나가 부잣집에 들었다가 주인이 깨는 바람에 담

---

*1 추파(秋波) : 본래 '가을철의 잔잔한 물결 또는 그런 여자의 고운 눈길'이란 좋은 뜻이었는데 이제는 '환심을 사려고 유혹을 하는 기색이나 눈길'을 빗댄 안 좋은 뜻으로 변하였다.

을 넘어 이웃의 작은 초가집으로 몸을 피했다. 가난한 부부가 함께 방에 있다가 "이웃집 개가 짖은 후에 집에 인적기가 있으니 혹시 도둑이 든 게 아닐까?" 하자 처가 "내일 먹을 양식도 없는데 온 집안을 뒤진들 무얼 가져가겠소?" 하였다. 이 소리를 들은 도둑이 가엽게 여겨 품속에 지녔던 돈 닷 냥을 문지방 앞에 두고 갔다. 인하여 주인 부처가 그 돈으로 쌀과 찬을 사서 며칠을 잘 먹었는데 그 후 다시 양식이 떨어지니 그 처가 탄식하여 이르기를 "이 같은 때 또 도둑이라도 한번 와 주시면 좋겠네." 그러더란다.

가는 년이 물 길어 놓고 가랴?
시집에서 소박맞아 가는 며느리가 무슨 덧정이 남아서 물까지 길어다 놓겠느냐, 꿈도 꾸지 말라고 이르는 말.
=가는 년이 보리방아 찧어 놓고 가랴.

가는 방망이에 오는 홍두깨*3다
남을 해하려다 더 큰 앙화를 입은 경우이다. 또는 세상만사가 그러기 십상이니 참는 게 제일이라고 일러 주는 말.

가랑이가 찢어지게 가난하다
끼니 때우기조차 어려울 만큼 궁색한 살림이다.
=가진 거라곤 불알 두 쪽밖에 없다.

가랑이를 찢어 죽일 년!
가랑이를 벌리고 정을 통했대서, 제 남편과 얼린 여자에게 해대는 악담.

가랑이속 빠지기가 지옥 빠져 나가기보다 더 어렵다

---

*2 禦睡錄 : 막을 어(禦)+잘 수(睡)+기록 록(錄)으로 의역하면 '잠 못자게 만드는 책'이란 뜻. 조선 십대기서(十大奇書)의 하나로 장한종(張漢宗)의 저서이다.
*3 홍두깨 : 옷감을 감아서 다듬이질하는 데 쓰는 길둥근 몽둥이.

색정을 떨쳐 버리기란 그만큼 어려운 것이니 항시 경계할 일이다.

가랑이에서 비파 소리가 난다

바짓가랑이가 맞부딪쳐 비파 소리가 나리만큼 몹시 바쁜 와중이다.
=가랑이에 가래톳이 설 지경이다.

가랑이 품 판다

몸을 판다. 창녀 짓을 한다.

가랑잎에 불붙듯 한다

가랑잎에 불이 붙으면 무섭게 타들어가듯 성미가 매우 급한 자이다.
=괄기는 관솔 같다.

가랑잎으로 보지 가리는 격이다

당찮은 짓을 하고 있다고 핀잔주는 말.
=눈 가리고 아웅 한다. 똬리로 보지 감춘다.

가마 타고 시집가긴 영 그른 년이다

행동거지로 보아 순리대로 시집가서 애 낳고 살기는 진작 틀린 여자이다.

가만 바람이 대목(大木) 꺾고 모기 다리가 쇠 썹 한다

보잘것없어 보이는 것도 큰일을 낼 때가 있는 것이니 업신여겨서는 안
된다는 뜻.

가면서 안 온다는 임 없고 오마하고 오는 임 없다

정이 들면 떠날 때는 꼭 다시 오마고 철석같이 약속은 하지만 이런 약
속은 뜬구름 같아서 믿을 수 없는 것이다.

가서 네 마누라 젖이나 빨아 먹어라

쓸데없는 말참견 말고 입 좀 닥쳐라.

가슴에 칼을 품었다

남을 해칠 모진 마음을 먹고 있다.

가슴에서 천불*¹이 난다

아무리 참으려 해도 울화가 치밀어 올라 못 견딜 지경이다.

=가슴 치고 피 토할 일이다.

가시나무에 가시 난다

못된 혈통이나 바탕은 고치기 어려운 것이다.

=개가 개를 낳고 범이 범을 낳는다.

가위로 좆을 잘라 버려 싼 놈이다

허구헌날 오입질을 일삼는 자이다.

가을*²바람은 총각바람, 봄바람은 처녀바람이다

가을철에는 총각이, 봄철은 처녀가 바람나기 쉬운 절기이다.

가을 밤 술 거르는 소리, 미인 치마끈 푸는 소리

세상에서 가장 듣기 좋은 소리다.

[瞑葉志諧]*³ 송강(松江) 정철과 서애(西崖) 유성룡이 친구를 떠나보

---

*1 천불 : '하늘의 불'이란 뜻으로 저절로 일어난 불을 이르는 말.

*2 가을 : 곡식을 거두어 차곡차곡 더미를 만든다는 뜻의 '가리다'에서 나온 말로서 '농작물을 거두어들이는 일'을 뜻하는 낱말이다. '노적가리'나 '낟가리' 등이 모두 같은 뜻이다.

*3 瞑葉志諧 : 상서로운 풀(瞑葉)＋뜻 지(志)＋농담 해(諧)로서 의역하면 '좋은 뜻이 담긴 해학의 책'이 될 것이다. 조선 십대기서(十大奇書)의 하나로 홍만중(洪萬重)의 저서이다.

내는 자리에 이백사 심일송 이월사도 동석을 했는데 술이 얼큰해지자 서로 소리에 대한 품격을 놓하게 되었다. 먼저 송강이 "맑은 밤 밝은 달 아래 다락 위에서 구름 지나가는 소리가 제일 좋겠지" 하니 심일송이 "만산홍엽(滿山紅葉)인데 바람 앞에 원숭이 우는 소리가 제격일 거야." 한 데, 이어 유 서애가 "새벽 창가 졸음이 밀리는데 술독에 술 거르는 소리가 으뜸이 아닐꼬?" 하매 이월사가 이어 "산간서당(山間書堂)에 재자(才子)가 시 읊는 소리가 아름답겠지" 하였다. 이백사가 끝으로 "여러분의 말씀이 다 그럴듯하나 그 중 듣기 좋기로는 동방화촉 좋은 밤에 가인(佳人)의 치마끈 푸는 소리가 어떠할꼬?"라고 하니 모두가 고개를 끄덕였다.

가을 좆은 쇠판도 뚫는다
가을은 계절적으로 남자의 양기가 왕성해지는 때이다.

가재 걸음질을 하고 있다
일을 앙바라지게 못하고 하는 둥 마는 둥 한다고 나무라는 말.

가재는 작아도 바위를 지고 여자는 작아도 남자를 안는다
아무리 작은 여자도 덩치 큰 남자와 만나 짝짓기하고 아기 낳고 사는 데는 아무 지장이 없다.

가죽방아 찧는다
성행위를 속되게 이르는 말.
=가죽 배 탄다. 가죽방아 품 판다.

가죽이 있어야만 털도 날 것 아니냐?
돈벌이든 뭐든 밑천이 있어야만 되는 것이다.

가죽 침* 맞는다

여자 입장에서 남자랑 성관계를 한다는 뜻.
=왕 침.

[採錄] 옛날에 소금장수가 산골 마을로 소금을 팔러 갔다가 날이 저물어 한 집에서 묵게 되었다. 그런데 자다가 깨서 건너다보니 건넌방에 주인집 딸이 속곳 바람으로 잠을 자고 있는 것이었다. 이에 소금장수가 소금을 한 줌 쥐고 몰래 그 방에 들어가서는 그 처녀의 속곳 안 음문에다 소금 한 줌을 집어넣고 돌아와 자는 체하고 있었다. 조금 있자니 처녀가 갑자기 음문이 쓰리고 아프다고 펄펄 뛰자 온 식구가 놀라서 소금장수까지 깨워 혹시 이런 병을 고칠 묘방이 없겠느냐고 묻는 것이었다. 이에 그런 병은 많이 고쳐 보았노라고 안심을 시킨 다음 물을 한 솥 끓이래서 그 더운 물에 처녀를 들여앉혀 잘 씻겨 주었더니 처녀가 이젠 아프지 않다는 것이다. 그럼에도 소금장수는 이 병은 침을 맞아야만 완전히 고쳐지는데 아픈 쇠침을 맞겠는가 부드러운 가죽 침을 맞겠는가 알아서 하라고 물었다. 이에 덜 아픈 가죽 침을 맞겠다고 하자 외딴 방 한 칸을 내 달래서는 누구든 침놓는 동안 근방에서 얼씬대면 부정을 타서 못 쓴다고 엄포를 놓아 좌우를 물리친 다음 자신의 남근 가죽침을 여러 번 잘 놓아 주었다. 그렇게 처녀의 몹쓸 병을 잘 고쳐 준 대가로 소금장수놈은 떡에 삶은 닭에 잘 얻어먹고는 훌훌 그 마을을 떠났다 한다.

가죽피리 분다
방귀 뀌는 소리를 비유한 말.

가진 거라곤 불알 두 쪽뿐이다
가진 거라곤 없으니 맘대로 하라고 내뻗는 말.

가진 돈이 없으면 망건 꼴이 사납다

---

* 가죽 침 : 남근의 속어.

가난하면 차림새서부터 티가 나게 마련이다.

각관*¹ 기생이 열녀 될까?

뭇 남자들 노리개인 기생이 열녀가 될 리 없듯 불가능한 일이라는 뜻.

[破睡錄]*² 어느 선비 하나가 관북(關北 : 철령 북쪽, 함경 남북도와 양강도)에서 기생 하나를 총애하다가 헤어지게 되매 기생이 울면서 말하기를 "이제 이별하고 돌아 가시면 다시는 뒷기약이 어려우니 특별히 몸에 지닌 이(齒)하나를 뽑아 주시면 그것을 정표로 삼아 길이 가슴에 새겨 두고자 하나이다".하니 선 비가 감격하여 생니를 한 개 빼 주고 나서 철령(鐵嶺)에 당도하여 돌이 켜 관북의 흰 구름을 바라보며 슬픔에 잠겨 있었다. 마침 그 때 다른 한 나그네가 그 곳에 당도하여 슬피 울거늘 그 까닭을 물으니 "내가 어느 기생을 깊이 사랑하여 이를 빼어 정표로 주었는데 아직도 그 애틋한 정 을 잊을 수가 없어 우는 것이라오." 한데, 더 자세한 얘기를 듣고 보니 그 자가 말한 기생과 선비의 기생이 동일인이 분명하였다. 그 사실을 알 게 되자 쌓였던 정분이 가을바람에 낙엽처럼 흩어지면서 울분이 솟아 선 비가 그 당장에 종을 보내어 자기 이빨을 찾아오게 하였다. 인하여 종이 찾아간즉 기생이 한 포대나 좋이 되는 이빨 주머니를 뜰에 내던지면서 "살다 살다 별일을 다 보겠도다. 내 도무지 네 상전의 이가 어떤 건지 모 르겠으니 네가 알아서 찾아가든가 말든가 하여라." 그러더란다.

각설이 타령 중에서

일반 거지와 달리 각설이패는 오랜 동안 익힌 각설이 타령이라는 연예 를 제공하고 밥이나 돈을 구걸했다. 다음은 이들에 의해 전수되어 온 내용을 전재한 것이다.

---

*1 각관(各官) : 각 관아, 모든 관아라는 뜻.

*2 破睡錄 : 깨트릴 파(破)＋잠 수(睡)＋기록 록(錄)으로 의역하면 '잠못들게 만드는 책' 이 될 터. 조선 십대기서(十大奇書)의 하나로 부묵자(副墨子)가 지었다.

얼씨구나 들어간다 절씨구나 들어간다
품바 품바 하구두 들어간다
작년에 왔던에 각설이
죽지두 않구나 또 왔네
이놈이 이래두 정승 판서의 자제로
팔도나 강산을 마다하고
동전 한 푼에 팔려서 장돌뱅이루 풀렸네

각설이패는 대문에 들어서면서 이렇듯 먼저 각설이가 된 내력을 밝힌 다음 우스개 자화자찬의 타령을 늘어놓는다.

네 선상이 누구신지 날 보다가도 잘 한다
시전 서전을 읽었나 유식하게두 잘 하네
논어 맹자를 읽었나 대문대문이 잘 한다
예순 육갑을 배웠나 아는 거 많게두 잘 한다
뜨믈 동이나 먹었나 걸찍 걸찍 잘 하네
냉수 동이나 먹었나 시원시원이 잘 하네
인삼 녹용을 먹었나 기운차게도 잘 하네
기름 동이나 먹었나 미끈미끈 잘 한다
대포 잔이나 먹었나 얼간하게두 잘 하네
소주 병이나 먹었나 비틀비틀 잘 한다
팔도 건달을 댕겼나 뱃심 좋게두 잘 하네
팔도 과객을 댕겼나 언변 좋게두 잘 하네
팔도 약장살 댕겼나 넉살 좋게두 잘 하네

각설이들은 무조건 동냥이 나올 때까지 노래를 계속해야 한다. 그래서 각설이 타령은 긴 것이 하나의 특징이다. 다음 가사 중 일부는(이승만, 함태영, 삼천만, 통일 등) 해방 이후 개사된 것이다.

일자나 한 장을 들구 보니
일일이 송송 야송송
밤중에 샛별이 뚜렷하네
이자나 한 장을 들구 보니
이승만이가 대통령
함태영이가 부통령
삼자나 한 장 들구 보니
삼천만에 우리 동포
통일이 될 때만 고대한다
사자나 한 장 들구 보니
사지장창 가는 길이
간 데나 마둥에 바쁘네
오자나 한 장 들구 보니
육칸 마루 다듬이 소리에
팔도 기생이 춤을 춘다
칠자나 한 장 들구 보니
칠년 대한 가문 날에
비 한 방울이 떨어지니
만인간이나 춤을 춘다
팔자나 한 장 들구 보니
아들 형제 팔 형제
한 서당에다 글 갈쳐
정문의 판서루 들어간다
정문의 판서는 못 되나마
팔도의 거지가 되었네
구자나 한 장 들구 보니
굳은 땅에 물이 괴구
공든 탑이나 무너질까
심근 낭구가 꺾어지나

장자나 한 장 들구 보니
작년에 왔던 각설이는
죽지두 않구 또 왔네

각설이 타령 가운데는 남편을 죽어라 미워하고 옆집 총각만을 좋아하
는 못된 여자가 주인공으로 등장하는 노래도 있다. 이 또한 서민의 바닥
정서 가운데 하나였기에 전수되어 내렸음직하다.

영감의 잡놈 바지는 고쟁이(여자의 속옷)루 말르구
총각 아저씨 바지는 풍채바지(통이 넓은 바지)루 말러라
영감의 잡놈 밥은 촛대 밥으루 담구야
총각 아저씨 밥은 넉가래 밥으루 담어라
영감의 잡놈 짠지는 숭덩에 숭덩에 썰구요
총각 아저씨 짠지는 송당 송당 썰어서
기름에 장에 볶아 놔도 재채기 할까봐 근심일세
영감의 잡놈 죽거든 돌밭에다 끌어 묻구
총각 아저씨 죽거든 앞집에 가 앞 서방 뒤 집에 가 뒷서방
개미 제비 놀던 방 하룻밤을 재워서
요 채(상여) 조 채나 미다가 양지 짝에 파묻어두
여우가 팔까봐 근심일세

각좆*¹ 사러 동상전*²에 든 색시마냥
실없이 혼자 웃는 사람을 놀려 주는 말. 각좆 사러 동상전에 들어온 아
녀자가 차마 말은 못하고 웃기만 했대서 나온 말.

간나*³새끼 같으니

*1 각좆 : 뿔이나 가죽 같은 재료로 성인 남자의 자지 모양을 만든 아녀자들의 노리개.
*2 동상전 : 조선시대 종로의 종각 뒤에 있었던 잡화점 이름.
*3 간나 : 간사한 자를 이르는 '간나위'의 준말. '가시내'의 준말이라는 설도 있다.

간사한 자이다.

간에 옴이 올라 긁지도 못하고 죽을 놈!
억울함을 당한 자가 퍼붓는 저주의 악담.

간을 내어 씹어 먹어도 시원치 않다
너무 분해서 어떤 잔인한 방법으로 풀어도 한이 남을 정도이다.

간이 뒤집히지 않고서야
무던하던 사람이 별안간 경악할 만한 일을 저지른 경우 놀랍고 미심쩍어서 뇌는 말.

간이 떨린다
몹시 놀라운 일이다. 또는 억울해서 부아가 치민다.

갈 데 없고 돌아갈 데 없는 몸이다
바람에 빗질하고 빗물에 목욕하는 거렁뱅이 신세이다.

갈 때는 한량, 올 때는 거지다
처음에는 돈 마구 쓰고 뽐내더니 나중에는 결국 거지꼴이 되었다.

갈래 없이 흐르는 게 기생 정이다
헤픈 게 기생 정이라지만 실상은 아녀자들보다도 기생 정이 더 외골수로 순수할 수 있다는 뜻.

갈보*도 절개가 있다
하물며 여염집 여자가 어찌 그리도 정조 관념이 없단 말이냐.

---

* 갈보 : 매춘부.

감기 고뿔*도 남 안 주는 놈이다

자신을 괴롭히는 병도 제 것이면 아까워 남을 안 줄 정도로 인색한 자이다.

감때사나운 놈이다

성미가 별나게 거칠고 독살 맞은 자이다.

감사면 다 평양감사고 현감이면 다 과천현감이더냐

감사 중에는 평양감사, 현감 중에는 과천현감이 그중 으뜸이었대서 나온 말. 남들 볼 때 좋은 자리라고 해서 실제로 다 좋은 것은 아니라는 뜻.

감자나 먹어라

'공연히 쓸데없는 짓 하지 마라'의 속된 표현.

[採錄] 옛날에 한 여인네가 산골 감자밭에서 감자를 캐고 있었는데 비탈 밭인지라 터진 속곳 밑으로 음모가 보일 듯 말듯 하는 것이었다. 그때 마침 지나던 나그네가 이를 보고 불끈 음욕이 솟아 몰래 뒤쪽으로 다가가서는 그 여인네를 덮쳤다. 이에 여자가 놀라서 "도둑놈이 날 죽인다!"고 소리를 쳤지만 첩첩산중인지라 듣는 사람이 없어 허사였다. 그러던 중 점차 여자가 흥분이 되니까 나그네에게 눈을 흘기면서 "이 도둑놈아 감자나 먹어라, 감자나 먹어!"라고 짐짓 발뺌을 하듯 그러더란다.

감창소리가 낭자하다

성교 시 내지르는 음란 소리가 요란하다.

감투거리 한다

남자가 힘에 부치는 경우 여자가 위에 올라타고 하는 성교체위의 옛말.

＊고뿔 : '코와 불'이 합성된 말로서 감기가 들면 코에 불이 나는 듯 하대서 생긴 말.

=맷돌거리 한다. 맷돌치기 한다.

갓난아기는 어미젖, 어미는 남편 좆 먹고 산다
아기에게 엄마 사랑이 필수적이듯 아내에게 역시 남편 사랑이 절대적
이라는 뜻.

갓 잡은 생선마냥 펑펑하다*1
대개 남자 입장에서, 젊은 여자의 잘빠진 몸매를 빗대 하는 말.

강*2 건너 시아비 좆이다
나하고는 아무 상관도 없는 일이다.

강물에 돌 던지기다
해봤자 소용없는 짓이니 헛고생, 헛 궁리 하지 마라. 또는 속 헤픈 음
란한 여자를 조롱하는 말.
=한강에 배 지나간 자리다. 죽 떠먹은 자리다.

강원도 비탈보지*3다
강원도 여자들의 성감이 유난히 좋대서 나온 우스갯말.
=전라도 뻘 보지. 경상도 방아보지.

같은 값이면 과부 집 머슴 산다
같은 조건이면 마음에 드는 쪽을 택하게 마련이다.

---

*1 펑펑하다 : '팽팽하다'의 속된 표현.

*2 강 : '가람'이 변화한 것이고 '가람'은 '갈래진 것'이란 뜻으로 물줄기의 여러 갈래(지
류)가 모여 흐르는 것을 나타낸 말이다. 따라서 강이란 '물이 갈라져 흐르는 것'이란
뜻이다.

*3 비탈보지 : 강원도는 비탈이 많아 오르내리는 일도 그만큼 많다 보니 자궁 힘도 그에
비례해 강하다는 우스개 비유의 말.

=같은 값이면 다홍치마다. 같은 값이면 처녀장가 든다.

같은 과부면 젊은 과부 얻는다

집 안팎 일이든 부부 관계든 간에 젊은 여자가 더 좋지 않겠느냐. 이왕이면 더 이득이 가는 쪽을 택하게 마련이라는 뜻.
=같은 열 닷냥이면 과부 집에 머슴 산다.

같이 잘 때나 내 남편 내 서방이다

집 밖에 있을 때는 다른 여자의 서방도 될 수 있는 것이다.
=품안엣 적에나 내 자식이지.

같이 판 우물 혼자 처먹는다

여럿이 수고한 결과를 혼자 독차지하려 드는 음흉한 자이다.

같잖은 서방질에 쫓겨만 났다

서방질도 한번 제대로 못해 보고 들통이 나 쫓겨났다 함이니 하찮은 일이 동티가 되어 신세만 망친 경우 따위에 빗댄 말.

개 가죽을 쓴 놈이다

사람 축에 들지 않는 망나니다.

개가 개를 낳는다

부모, 자식이 판에 박은 듯 똑같이 못돼 먹었다고 내치는 말.
=걸레는 빨아도 걸레다. 가시나무에 가시난다.

개*가 똥을 마다할까?

뇌물을 마다할 리 있겠느냐? 평소 좋아하던 것을 거절할 리가 없다는

---

* 개 : '강강' 또는 '캉캉' 하고 짖는대서 불리어진 이름이다. '멍멍' 하고 짖는대서 멍멍이라 하는 것과 같은 이치이다.

뜻.

개가 웃고 소가 하품할 일이다.

사리에 맞지 않는 당찮은 말이다.

개 값을 물었다

억울한 손해를 보았다.

개 같은 놈의 세상이다

더럽게 힘겹고 눈물겨운 인생살이다.

개 같은 세상, 다시는 돌아오지 마라

평생 가난 속에 고생만 하다 죽은 이한테 차라리 잘 죽었다고 제 신세 타령조로 뇌는 말.

개 같이 벌어 정승같이 살렸다

일 가리지 말고 열심히 벌어서 떳떳하게 살도록 하여라.

개 같이 벌어서 개같이 산다

개같이 벌어서 정승같이 품위 있게 남 도와주기도 하면서 살아야 하는데 되레 가진 것을 기화로 더욱 남을 갈취하고 나쁜 짓을 일삼는 자이다.

개고기는 언제 먹어도 그 맛이다

타고난 못된 성미는 어느 때건 드러나기 마련이다.

개고기다

사람 축에 못 드는 망종이다.

개고생*¹하고 있다

가난해서 신역이 고된 나날을 보내고 있다.

개구리*² 중에도 수채 개구리다
못난이 중에서도 가장 못난 자이다.

개구멍서방이다
남편 몰래 정을 통하는 남자를 이르는 말. 비밀 통로로 남몰래 왔다가는 샛서방이라는 뜻.

개기름이 질질 흐른다
혼자 잘 처먹고 잘 사는 모양이다.

개꼴이 되었다
체면이 엉망이 되었다.

개 꽃*³에는 나비*⁴도 안 날아 온다
인물이든 성미든 여자가 못나고 보면 찾는 사내가 없는 법이다.

개꿈*⁵ 꾸지 마라
이루어질 수 없는 헛된 생각이니 단념해라.

개나발 불고 있다
사리에 안 맞는 허튼 소리를 하고 있다고 탓하는 말.

---

*1 개고생 : 개를 빗대 고생이 그만큼 심함을 이르는 말.

*2 개구리 : '개굴개굴' 운다고 하여 붙여진 이름이다.

*3 개 꽃 : 국화과의 한해살이풀.

*4 나비 : 본디 '나불나불하는 것'이란 뜻이다. 나비의 사투리인 '나붕이' 또한 '나불거리는 것'이란 뜻이다.

*5 개꿈 : 대중없이 어수선하게 꾸는 꿈.

개 눈에는 개, 부처 눈에는 부처만 뵌다
누구든 자신의 안목대로 판단하게 마련이다.

개도 고양이도 다 아는 일이다
세상 사람들이 다 알고 있는 사실이다.

개도 꼬리를 친 다음에 먹는다
은혜에는 고마움의 표시를 할 줄 알아야 하는데 어째서 넌 그리 무례하냐고 나무라는 말.

개도 뒤본 자리는 덮는다
개도 똥 눈 자리는 뒷발로 흙을 파서 덮듯 제 앞가림은 자신이 해야 하는 것이다.

개도 사흘 굶으면 몽둥이가 안 보인다
굶어 죽을 지경에 이르면 무슨 험한 짓이든 두려워하지 않게 된다. 또는 사람이든 짐승이든 모질게 다루면 반항을 하게 마련이다.
＝사흘 굶어 담 안 넘는 놈 없다.

개도 안 뜯어먹을 놈이다
아무짝에도 쓸모없는, 무능하거나 성미가 고약한 자이다.

개딸년이다
사람 같지 않은 음란한 계집이다.

개떡같이 생겼다
못생긴 얼굴 모양을 빗댄 말.
＝호박이 보면 형님 하겠다. 개떡으로 뭉쳐 놔도 그보다는 낫겠다.

개떼 모이듯 한다

먹을 것이 있으면 부르지 않아도 몰려드는 개들처럼 권력주변에 몰려
드는 자들을 싸잡아서 매도하는 말.

개똥도 약에 쓰려니 없다

평소엔 흔하던 것도 정작 필요해서 구해 쓰려니까 보이지 않는다. 세
상만사가 통상 그리 빗나가기 마련이라는 뜻.

개똥도 약이라면 환장 한다

하찮은 것도 몸에 좋다면 서로 구해 먹으려고 법석을 떠는 세태를 비
웃는 말.

개똥밭 쇠똥 밭이라도 이승이 좋다

아무리 고달파도 저승보다는 이승이 낫다.
=산 개가 죽은 정승보다 낫다. 죽어지면 산 놈 그림자만도 못하다.

개똥밭에서 인물 났다

보잘것없는 가문에서 큰 인물이 나는 경우 따위에 빗댄 말.
=개천에서 용 났다.

개똥 밟으면 쇠똥은 안 밟는다

불행은 대개 겹쳐서 오지는 않는 법이다.

개똥참외는 먼저 본 놈이 임자다

임자 없는 물건 또는 사물에 대한 점유권을 주장하는 말.
=과부는 먼저 올라타는 놈이 임자다.

개만도 못하게 살았다

한세상 모질게도 살았다

개 망종 같은 섬나라 종자들!

임진왜란 때의 코무덤 귀무덤에서 정신대, 마루타 생체실험 등 지난날 우리 민족에게 온갖 악행을 저질러 온 일본인들에 대한 저주의 악담.

개명창이다

노래는 엉망인 데도 제멋에 취해 소리만 내지르는 자를 빗대 놀리는 말.

개미한테 좆 물린 격이다

하잘것없는 것이 빌미가 돼 낭패를 보거나 또는 창피를 당한 경우이다.

개 못된 것이 부뚜막에서 좆 내 놓는다

못난 것이 미움 받을 짓만 골라서 하고 있다.

개 밑구멍*에다 처박을 놈!

사람의 탈만 썼지 사람 같지 않은 자이다. 개가 낳은 종자 같다는 뜻.

개방귀만도 안 여긴다

남의 말을 하찮게 듣는다고 투덜대는 말.

개 박살이 났다

노름 또는 투기판에 끼어들었다 큰 손해를 보았다.

개백정 같은 놈이다

포악하기 이를 데 없는 자이다.

개보지다

정조 관념이 없는 속 헤픈 여자이다. '개자지'의 대칭어.

---

* 개 밑구멍 : 암캐의 생식기.

=개보지 같은 년이다.

개불상놈이다

성미가 고약하고 더러운 자이다.

개 새끼는 도둑을 지키고 닭의 새끼는 홰를 친다

하물며 짐승들조차 다들 밥값을 하는데 어쩨 너는 사람의 새끼가 빈둥
빈둥 먹고 놀기만 하느냐고 나무라는 말.

개새끼도 상피*하고 상놈에도 항렬이 있다

어떤 경우나 도리가 있고 격식이 있는 것이다.

개새끼 좆 자랑 하듯 한다

감춰 마땅한 것을 되레 자랑한다 함이니 못난 짓만 골라서 한다고 꾸
짖는 말.

개새끼 친해 봤자 똥칠만 한다

행실 나쁜 자와 사귀면 도매금으로 봉변을 당하기 십상이니 조심할 일
이다.

개성 년 서방 보내듯 한다

손님 대접을 너무 소홀히, 섭섭하게 한다고 내뱉는 말. 개성 땅에는 장
사꾼이 많아 남편을 객지 보내는 것이 예삿일이었대서 나온 말.

개성 놈이나 수원 놈이나

엇비슷한 자들이다.

---

* 상피(相避) : 가까운 친족 간의 성관계.

[蒐集]　옛날에 우연히 개성 사람과 수원 사람이 함께 길을 가게 되었다. 한데 가는 도중 웬 귀인 가마 행렬이 오는지라 두 사람은 체면상 여태까지 허리에 차고만 있던 짚신을 꺼내신지 않을 수 없었다. 그 때 개성 사람은 짚신을 신은 채 몇 걸음 가다가 가마가 지나 버리자 얼른 벗어 얼마나 닳았는지 살펴보고는 다시 허리에다 차는 것이었다. 그런데 수원 사람은 짚신을 신은 채 꼼짝 않고 서 있다가 마침내*¹ 일행이 지나가자 그대로 벗어 허리에 차더란다. 이에 수원 사람이 개성 사람보다 한수 위라는 사실이 증명되었다 한다.

개소주 내린다

양기 보양에 좋다고 소문난 개소주를 먹고 나서 성관계를 갖는다.

개 싸대듯 한다

할 일 없이 돌아다니며 말썽만 피우는 부랑자이다.

개소리엔 똥이 약이다

막돼먹은 자에겐 쓴맛을 보여 주는 것도 한 방법이다.

개 씹 같은 년이다

발정기의 암캐마냥 음란하기 짝 없는 여자이다.

개 씹*² 같다

물건이나 사람이 하찮다고 내치는 말.
=개뿔 같다. 개 좆 같다.

개 씹도 모르면서 훈장 노릇 한다

---

*1 마침내 : '마치+ㅁ+내'의 합성어이다. '마치다'를 어근으로 '내'는 '마지막에 이르러' 뜻의 접미사로서 '끝에 이르러'의 뜻을 나타낸다.

*2 개 씹 : 암캐의 음부.

기본적인 것도 모르면서 아는 체한다고 놀리는 말.

[探錄]어느 시골 서당 앞마당에서 개 두 마리가 흘레를 붙고 있었는데 애들이 모여 구경하는 것을 본 훈장이 아이들을 모두 쫓아 서당으로 들여보냈다. 그런데 그 중 남아있던 한 놈이 훈장한테 "스승님, 저게 뭐하는 거예요?" 하고 묻는 것이었다. 이에 훈장이 멋쩍고 당혹스러워서 "나도 모른다. 너들은 몰라도 된다!" 하며 손사래를 쳐 쫓아 보냈다. 이에 훈장의 만류로 쫓겨난 아이 놈이 그렇게 투덜대더란다. "흥, 개 씹도 모르면서 무슨 훈장이야?"

개 씹도 주는 놈한테나 준다
발정한 암캐도 상대를 가려서 흘레를 하듯 아무리 음란한 여자라도 아무하고나 성관계를 갖지는 않는다는 뜻.

개 씹에 보리알 끼듯 한다
어떤 모임 또는 놀이 장소 따위에 공연한 사람이 끼어들어 헤살을 놓는 경우 못마땅해서 면박 주는 말.
=개보지에 보리알 끼듯 한다.

개 씹으로 내질러도 너보다는 낫겠다
사람은커녕 짐승의 새끼라도 네 놈보다는 낫겠다.

개 아들놈에 개딸년이다
됨됨이가 막돼먹은 망종들이다.

[續 禦眠楯] 영남의 한 선비가 있어 상경하는 길이었다. 어느 상놈이 말에다 젊은 아내를 태우고 가는데 여인의 자색이 자못 출중한지라 은연중 마음이 동해 가는 곳을 물은 즉 "소인의 처는 서울 재상가의 종이온데 말미를 얻어 고향에 갔다가 기한이 차서 돌아가는 길이옵니다" 하였다.

인하여 이런저런 수작 끝에 그 상놈 부부와 선비가 그날 저녁 같은 객점에 투숙을 하게 되었다. 선비는 아랫방에 들고 여인은 문 하나 격한 윗방에 들어 바느질을 하던 중 방에 아무도 없는 틈을 타 선비가 은연중 뜻을 비친 바 여자가 마음을 연 듯 했으나 지아비가 있는지라 양인 모두 언감생심 엄두를 내지 못하고 있었다. 그러던 중 야음에 이르러 여자가 밖으로 나가는 체하며 객점 마구간으로 가서는 먼저 암말을 풀어놓은 다음 이어 수말을 풀어놓자 수말들이 암말을 좇아 미친 듯이 달려 나가니 말 주인들이 크게 놀라 창황히 모두 달려 나가 객점은 한 순간에 텅 빈 지경이 되고 말았다. 여인이 이 틈을 타서 선비의 이불 속으로 들어와 질탕하게 운우의 절정을 맛보고는 한참 뒤에 자기 방으로 돌아오니 지아비가 그때서야 겨우 말을 붙잡아 매 놓고는 지쳐서 잠에 곯아 떨어져 있더란다.

개 오줌이나 맞는 장승 신세이다

남에게 천대나 받고 사는 적막한 처지이다.

개올리는*¹ 꼴을 보자니 닭살 돋아서 미치겠다

잘 보이려고 알랑방귀 뀌는 모습이 차마 눈 뜨고는 못 봐줄 정도이다.

개욕 쇠욕 다 퍼 붓는다

욕이라고 이름 지어진 것은 죄다 퍼부어 대며 맺힌 한을 푼다.

개 이빨에서 상아*² 나오랴

불가능한 일이니 아예 기대도 하지 마라.

개 이야기

욕을 많이 먹긴 해도 사람과 가장 친한 짐승인 개에 얽힌 고담(古談)

---

*1 개올리는 : 아첨을 한다.

*2 상아(象牙) : 코끼리의 앞 이빨. 도장 등 고급세공품으로 널리 쓰임.

하나.

[蒐集] 평안도 영변 땅에 한 선비가 살고 있었다. 하루는 그 선비가 이웃 마을에 갔다 돌아오는 으슥한 산길에서 도둑을 만나 가진 돈을 전부 다 내주었으나 그 도둑은 뒤탈을 없애려고 칼을 빼들어 그를 향해 내리쳤다. 선비가 엉겁결에 피하면서 주춤하는 사이 도둑의 허리를 잡고 늘어졌다. 그러나 약한 선비가 도둑의 힘을 당할 리 없어 밑에 깔려 버둥대는데 도둑은 한 손으로 선비를 짓누르고 한 손은 저만치 떨어진 칼을 잡으려고 용을 쓰고 있었다. 그 때 어디서 나타났는지 집에서 기르던 수캐가 바람같이 달려왔다. 개는 우선 칼을 물어 내동댕이치더니 다시 뛰어올라 도둑의 뒷덜미를 물어뜯었다. 도둑이 놀라서 벌떡 일어나자 이번에는 그의 목줄기를 물고 늘어졌다. 마침내 선비는 그 도둑을 잡아 관가에 넘긴 후 항상 그 개를 자식처럼 어느 곳이든 데리고 다녔다. 그러던 어느 날 그 선비가 건너 마을 잔칫집에 갔다가 술에 취해 돌아오다가 길가에 쓰러져 잠이 들었다. 그런데 그 시간, 들에서 번진 불이 바람을 타고 무서운 기세로 선비가 잠든 곳으로 타올라오기 시작했다. 개가 놀라서 짖어 대고 심지어 주인을 입으로 물어도 소용이 없었다. 안 되겠다 싶었는지 개는 바로 근처에 있는 냇물로 뛰어 들어 온몸에 물을 흠뻑 적셔서는 주인이 누운 둘레를 뺑 돌아가며 뒹굴었다. 이 일을 수도 없이 되풀이했다. 그 덕분에 불길이 선비가 누웠던 자리를 피해 가 선비는 목숨을 건질 수 있었다. 한참 후에야 잠에서 깨어난 선비가 이 사실을 깨닫고는 바로 곁에서 아직도 물에 흥건한 몸으로 떨고 있는 개를 껴안고 눈물을 흘렸다 한다.

개입에서 개소리 나오고 소입에서 쇠 소리 나온다
타고난 바탕은 고칠 수 없는 것이다.

개자식, 쇠 자식, 말 자식 같은 놈이다
사람 항렬에 들 수 없는 짐승 같은 자이다.

개자지다

틈만 나면 오입질을 일삼는 수캐 같은 자이다.

개잡아먹은 자리 가서 곡을 하고 재배(再拜)할 놈이다

인간이하의 짐승 같은 망종이다.

개 좆*¹ 같다

일 또는 말이나 행동에 볼 건덕지가 없다.

개 좆도 모르면서 보신탕 먹는다

도통 세상 물정을 모르면서도 저 혼자 아는 체하고 있다.

[採錄] 어느 보신탕집에 든 손님이 주인에게 "거 필(筆 : 개자지) 넣어서 탕 하나!" 하고 음식주문을 했다. 한데 음식을 받은 손님이 이른바 '필'이 없다고 호통을 치는 거였다. 근데 문제는 그 보신탕 안에는 '필'이 있었음에도 손님이 그걸 모르고서 생야단을 친 것이었다.

주인아줌마가 웃으면서 이를 주지시킨 다음 대놓고는 못하고 밖으로 나오면서 그리 욕을 하더란다. "개 좆도 모르면서 보신탕을 먹는다고 흥, 육갑 떨고 자빠졌네."

개좆부리 걸렸다

고뿔에 걸렸다. 감기가 들었다.

개 좆에 덧게비*² 같은 놈이다

아무 상관도 없는 일에 참견을 하거나 시비를 틀 때 악증이 나서 해대는 욕설.

---

*1 개 좆 : 수캐의 생식기.

*2 덧게비 : 어떤 것에 덧씌우는 물건.

개 좆을 잘 되냐?

일이 잘 안 풀려서 죽을 지경이다.
=좆을 잘 되냐?

개 좆인가 앉기만 하면 까진다[1]

노름판 따위에서 계속 돈을 잃어 부아가 날 때 내뱉는 말.

개 주자니 아깝고 저 먹자니 싫다

도무지 베풀 줄 모르는 인색한 자이다.

개 짐승이지 사람은 아니다

도저히 사람 반열에는 들 수 없는 자이다.

개차반이다

심보가 못된 자를 욕으로 이르는 말.
=개차반이란 개의 차반(음식), 즉 똥이라는 뜻.

개털[2] 되었다

낭패를 보아 빈털터리가 돼 버렸다.

개 팔자가 상팔자다

개는 먹을 것과 잠자리 등 모든 것을 주인이 마련해 줄 뿐 아니라 밤낮 놀고 지내는 까닭에 일에 얽매 사는 사람보다 되레 더 팔자가 좋다는 뜻.

개패다

---

[1] 까진다 : 자지 겉껍질이 벗겨진다. 또는 돈을 잃는다는 뜻.

[2] 개털 : 돈 없고 배경 없는 죄수. '범털'의 반대말. 은어.

투전놀이 따위에서 안 좋은 패가 들었을 때 부아김에 뇌는 말.

개 패듯 한다

매우 잔인하게 때리는 모양을 빗댄 말.
=개 잡듯 한다.

개 풀 뜯어 먹는 소리하고 있다

되잖은 소리를 지껄이고 있다.

개폼 잡아 봤자 알아줄 잡놈 하나 없다

한창 때가 지나 이제 어떤 호언장담을 해도 먹혀들지 않는다는 뜻.

개하고 똥을 다투겠냐?

더러운 놈들과 이권 다툼을 하느니 차라리 단념하겠다.

개 호령* 쳐봤자 겁먹을 놈 없다

큰소리 쳐 봐야 소용없는 짓이다.

개흘레 한다

마치 개가 흘레를 하듯 남자가 여자 뒤에서 하는 성교체위를 속되게 이르는 말.

거꾸러져 돼졌다

바라던 일인데 참 잘 죽었다고 고소해 하는 말.

거기에는 깨무는 쥐가 산다

음문의 조이는 힘을 깨무는 생쥐 이빨에 빗대 희화한 말.

---

* 개 호령 : 헛 으름장. 호령의 속어.

[村談解頤]*1 어느 시골에 화용설부(花容雪膚)의 중년 과부가 숙맥(菽麥)을 가리지 못하는 총각 머슴 하나를 거느리고 살고 있었다. 한데 과부가 어느 날 문득 보니 자기 방 한 귀퉁이에 구멍이 나 있고 생쥐 한 마리가 들락거리는지라 과부가 쥐를 쫓아내려고 그 구멍에다 뜨거운 물 한바가지를 쏟아 부었다. 이에 생쥐가 뜨거움을 견디지 못하고 뛰쳐나오다가 언뜻 구멍이 보이는지라 불문곡직하고 뛰어들었는데 거기가 다름 아닌 속곳 바람으로 앉아있던 과부의 옥문(玉門)이었다. 그런데 아무리 작은 생쥐지만 구멍이 작고 어두워서 다른 길은 없나 하고 그 안에서 뺑 뺑 돌아가는 가운데 과부가 비로소 미친 듯 취한 듯 쾌감이 고조되어 갔다. 그러나 하도 오래 그러다보니 이젠 그만 지쳐서 그 쥐를 내몰고자 하였으나 방법이 없어 고민하다가 도리 없이 머슴을 불러 놈을 이불 속으로 끌어들였다. 총각은 처음 당하는 일인지라 두려워하여 도망치려는 것을 과부가 온갖 교태로 옷을 벗겨 끌어안자 그때서야 비로소 음양의 이치를 알고 바야흐로 운우(雲雨)가 무르익어 갈 즈음 생쥐란 놈이 가만 보니 막대기 같은 것이 들락날락하면서 연신 자기 머리를 두들겨대는데 마침내 견디지 못할 지경에 이르매 최후의 발악으로 있는 힘을 다해 그 양물 대가리를 깨물었다. 이에 총각이 놀라고 아픔을 이기지 못해 불에 덴 듯 퍼뜩 과부의 품에서 빠져나가니 생쥐 또한 동시에 그 구멍에서 나와 달아났다. 이 때 하도 몹시 놀란 나머지 그 총각머슴은 "여자의 배 가운데는 반드시 깨무는 쥐가 있으니 두렵고 두려운 일이로다" 하고 평생 여색을 멀리한 채 홀아비로 지냈다 한다.

거미*2줄로 방귀 동이듯 한다

  일을 일처럼 안 하고 건성으로 하고 있다고 나무라는 말.
  =거미줄로 좆 동이듯 한다.

---

*1 村談解頤 : 마을이야기(村談)＋풀 해(解)＋턱 이(頤)로서 '턱이 풀어지는, 고개 끄덕이게 하는 책'이라는 뜻. 조선 십대기서(十大奇書)의 하나로 강희맹(姜希孟)이 지었다.

*2 거미 : 색깔이 검다는 뜻의 '검은 것'에서 유래된 말이다.

거북하긴 사돈집 안방이다

사돈만 해도 거북한데 한술 더 떠 그 집 안방에 가 앉았으니, 이를 데 없이 불편함을 빗댄 말.

거저먹을 거라곤 하늬바람*1 밖에 없다

세상에 공짜는 없는 것이다.

거적송장도 과만한 놈이다

죽으면 관은커녕 거적에 둘둘 말아 내다 버려도 싼, 사람 축에 못 드는 자이다.

거적을 썼다

비렁뱅이 신세가 되었다.

거지가 밥술이나 먹게 되면 거지 밥 한술 안 준다

가난했던 사람이 어쩌다 부자가 되면 더 인색하게 구는 일이 많다는 뜻.
=거지가 부자 되면 동냥쪽박을 깬다. 거지가 부자 되면 아예 문 닫고 산다.

거지*2가 뱃속에 들어앉았나 보다

체면 돌보지 않고 음식을 허겁지겁 먹는 사람을 낮잡아 이르는 말.

거지가 이밥 조밥을 가린다

얻어먹는 주제에 음식 타박을 하고 있다.

---

*1 하늬바람 : 서풍을 가리키는 말.
*2 거지 : '걸(乞·빌어먹다)어지'에서 ㄹ이 탈락해 된 말이다.

거지도 부지런해야 더운 밥 얻어먹는다

무슨 일이든 부지런해야 소기의 성과를 거둘 수 있는 것이다.

=개도 부지런해야 더운 똥 얻어먹는다.

거지발싸개* 같은 놈!

더럽고 추악한 놈이다.

거지 시앗도 제멋에 산다

남들이 다 손가락질하는 거지 첩 노릇도 저 좋으면 그만인즉 참견할 일이 아니다.

거지 옷 해 입힌 격이다

거지 불러 옷 해 입힌다고 보답이 돌아올 리 없으니, 돈을 떼어먹힌 셈 이라는 뜻.

거짓말 안 하는 자식 놈 없다

자식들은 크면서 누구든 비록 차이는 있을망정 부모에게 거짓말을 하 게 마련이다.

=부모 안 속이는 자식 놈 없다.

거친 나물 한뎃잠으로 살았다

가진 거라곤 없이 살아온 풍진의 인생살이였다.

건구역질 나는 놈이다

제 잇속만 챙기는 음흉한 자이다.

건너다보니 절터요 쩍하면 입맛 아니냐

---

* 발싸개 : 신이 귀하던 시절 신발 대신 발을 싸매고 다니던 넝마 조각.

슬쩍만 봐도 알 만한 일이 아니냐.
=척하면 삼척, 쿵하면 도둑놈 담 넘어가는 소리 아니냐. 들어 짐작 아
니더냐.

건더기 먹는 놈 따로 있고 국물 먹는 놈 따로 있다

일은 같이 했는데도 어쩨 돌아가는 몫이 다르냐고 따지는 말.
=어느 놈은 입이고 어느 놈은 주둥이냐?

걸레는 빨아도 걸레다

노름꾼 또는 오입쟁이가 한때 개과천선 다짐은 했지만 결국 허사가 된
경우, 진작 그럴 줄 알았노라고 코웃음 치는 말.

걸레를 씹어 먹었냐?

더러운 소리 좀 그만 해라.

걸레보지다

정조 관념이라고는 없는 여자이다.

걸레 씹는 맛이다

몹시 불쾌한 일이다. 또는 음식 맛이 형편없다는 뜻.

검거든 얽지나 말고 얽었거든 검지나 말지

어디 한 군데 쓸 만한 데라고는 없는 자이다.
=짜거든 맵지나 말고 맵거든 시지나 말지.

검댕*을 검댕으로 지우려 든다

이미 지은 죄를 다른 죄로 덮어 없애려 든다.

_____

* 검댕 : 연기 그을음 따위가 뭉쳐서 된 검은 물질.

검둥개도 돼지로 속여 팔아 먹겠다

눈속임에 이력이 난 사기꾼이다.

검둥이가 보면 형님 하겠다

얼굴이나 살색이 유난히 검은 사람을 놀리는 말.

검정 고기가 맛이 좋다

피부가 가무잡잡한 사람은 성감이 남다르대서 회자되는 말.

[奇聞]* 옛날에 한 재상(宰相)이 본디 소년시절부터 양물(陽物)이 왜소하고 짧아서 십 여세 어린애 물건이나 다름없었다. 이에 그 부인은 '남자들 물건은 본래가 다 이렇게 작은 건가보다.'라고 믿고 지내는 중에 하루는 임금 거둥행차를 보려고 집 앞의 정자마루에 올랐다가 한 검은 얼굴의 군졸이 정자 아래에서 오줌 누는 모습을 보게 되었는데 양물이 심히 굳세고 장대한지라 이상도 하다는 생각에 집에 돌아와 재상에게 연유를 물은즉 "그 군졸이 얼굴은 검고 수염은 누렇고 신체는 장대치 않습디까?" 하니 당시 군졸은 대개 그 비슷하게 생긴 자들이 많은 까닭에 그리 말한 것이었다. 부인이 맞는다고 하자 재상이 박장대소를 하면서 "그 자는 고질의 병집이 있어 그런 것이오. 그 병 때문에 여직 장가도 못가고 홀아비로 늙어가는 불쌍한 인물이라오" 하였는데 그 말을 전해들은 자마다 돌아서서 웃었다 한다.

겉물에 씻겨 나온 놈 같다

행동거지가 덜 떨어진 팔푼이 놈 같다.
=오줌발에 씻겨 나온 놈 같다.

겉보리 흉년에 이게 웬 떡이냐?

＊奇聞 : 기이할 기(奇)＋들을 문(聞)으로 '기이한 이야기'라는 뜻이다. 조선 십대기서(十
大奇書)의 하나지만 작자 미상(未詳)이다.

궁하던 참에 이게 웬 횡재냐고 반색하는 말.

겉보리를 껍질째 먹을망정 시앗과는 한집에 못 산다
지레 속이 뒤집혀서 첩하고는 한집에서 못산다는 뜻.

겉은 눈으로 보고 속은 술로 본다
외모는 눈으로 보지만 보이지 않는 속내는 술에 취한 뒤에 털어놓게
되어 사람 됨됨이를 알게 된다는 뜻.

게거품*¹을 물고서
몹시 화가 나서 입가에 허연 거품을 물고 펄펄 뛰는 모습을 빗댄 말.

게걸들린 놈 밥 처먹듯 한다
굶주린 자가 음식 먹듯 급하게 서두르는 모양 또는 그런 천덕스런 모
습에 빗댄 말.

게도 구럭*²도 다 잃었다
이득은커녕 본전마저도 다 날렸다.

게도 제 새끼더러는 바로 가랜다
도둑놈도 제 자식한테는 도둑질하지 말라고 가르치듯 사람 사는 이치
가 그렇다는 뜻.

게 새끼는 물고 고양이 새끼는 할퀸다
타고난 습성은 고치기 어려운 것이다.

---

*1 게거품 : 게가 위험에 처하거나 성이 났을 때 입에서 내는 거품같은 침.

*2 구럭 : 조개나 게 등 해산물을 넣는 망태기.

게으른 년 치고 일 못하는 년 없다

저는 두 손 놓고 놀면서 마치 일은 도맡아 하는 양 큰소리를 치고 있다.
=게으른 년이 뒤늦게 부지런 떤다.

게으른 놈 좆 주무르듯 한다

게으른 놈이 한술 더 떠 미운 짓거리만 하고 있다.

게으른 놈이 일에는 등신*¹ 먹는 데는 귀신이다

일은 안 하는 주제에 먹는 것만 밝히는 쓸모없는 자이다.

게으름하고 거지는 사촌간이다

게으르면 거지가 되기 십상이니 새겨 둘 일이다.

겨누는 매가 맞는 매보다 더 아프다

실제 겪어보면 생각보다 가벼울 수 있으니 미리 걱정할 필요는 없다고
다독이는 말.

겨울 부채*²꼴이 되었다

연때가 맞지를 않아 쓸모가 없이 되어 버렸다.

결창*³을 내버려라!

마음을 사려 먹고 끝장 내 버려라.

겹 간*⁴이다

---

*1 등신 : '어리석은 사람'을 빗대 얕잡아서 이르는 말.

*2 부채 : '붗+애'의 합성어로 '붗'은 바람을 일으킨다는 '부치(다)'의 어근이 줄어든 것이
고 '애'는 접미사이다. 따라서 부채는 '부쳐서 바람을 일으키는 것'이란 뜻이다.

*3 결창 : 내장(內臟)을 상스럽게 이르는 말로서 '결창을 낸다' 함은 '죽여라' 또는 '끝을
내라'는 뜻.

간덩이가 큰, 무서운 것을 모르는 자이다.

경기도 까투리다

경기도 사람들은 예로부터 약아 빠졌다는 데에서 나온 말.

경상도 문둥이 좆 잘라 먹듯 한다

남의 돈을 잘라먹고 시치미 뚝 떼는 사기꾼 같은 자를 두고 하는 말.
옛날에 문둥이들이 '문둥병에는 인육(人肉)이 약'이라 하여 아이들을
잡아먹었는데 맨 먼저 정력제로 아이들 자지를 잘라 먹었다는 데에서
유래된 말이라고도 함.

**경상도 문둥이, 전라도 개똥쇠, 경기도 깍쟁이, 충청도 더듬수, 강원도
감자바우**

예전 특히 군대 같은 조직사회에서 각도 출신들을 농으로 부르던 우스
개 호칭.

경상도에서 죽 쑤는 놈은 전라도 가서도 죽 쑨다

운 없고 능력 없는 자는 어딜 가나 푸대접을 받게 마련이다.

경우가 삼칠장이다

상식에 어긋나는 말이다. 이는 화투놀이 같은 노름에서 3+7=10 즉
지우고 끝수가 없대서, 경우가 없다는 비유로 쓰이게 된 말.

경을 치게도*5 잘 한다

말이나 가무 따위를 아주 잘한다는 상찬의 말.

─────────────

*4 겹 간 : 이중의 간. 간이 두 개라는 뜻.

*5 경(黥)을 친다 : 조선시대 형벌의 한 가지로서 죄인의 얼굴이나 팔뚝에 먹물로 죄명을 새
겨 넣어 평생 지워지지 않게 한 자자(刺字) 형벌을 이르는 말. '경을 치게 잘 한다'는 이
처럼 '빰치고 볼기 치게 잘한다'와 한가지로 반어법적인 상찬의 말임을 알 수 있다.

곁눈질에 정 붙는다

한창 나이 때는 남녀 간에 곁눈질 한두 번만으로도 정들기 쉽다는 데
에서 나온 말.

=장난치다 애 밴다.

곁을 준다

여자 측에서, 정조를 허락한다는 뜻.

계란으로 백운대* 치기다

도저히 대적 안 되는 상대이니 단념토록 해라.

=계란으로 바위치기이다.

계명워리 짓도 하겠다

비굴한 꾀를 써서 남을 속여 먹는 천박한 짓도 서슴지 않겠다.

참으로 상대 못할 막된 자라고 내치는 말.

[蒐集] 중국 진나라 때 맹상군이 진나라의 소왕에게 잡혀서 감옥에
갇혀 죽게 되자 개 흉내 잘 내는 식객을 시켜서 전에 왕에게 선물했던 흰
여우 가죽옷을 훔쳐 내게 하여 왕이 총애하던 궁녀에게 바쳐 그 뇌물 덕
으로 풀려난 다음 함곡관으로 도망쳤다. 그러나 밤이 깊어 관문이 닫혔
으므로 이번에는 닭 울음소리 잘 내는 자를 시켜 마치 새벽닭이 우는 양
흉내를 내게 하여 마침내 관문이 열리자 함곡관을 무사히 빠져 나와 목
숨을 구했다는 고사에서 유래된 말이다.

계집 고운 것하고 바닷물 고운 건 믿을 수 없다

여자가 미색이면 바람 들기 십상이고 바닷물이 고운 것 또한 장차 큰
물이 일 징조라서 믿을 것이 못 된다는 뜻.

---

* 백운대 : 북한산 정상의 바위 봉우리.

=계집 고운 것, 바다 고운 건 바람 탄다.

[破睡錄] 예전에 선비들이 산사(山寺)에서 만나 우연히 마누라 자랑이 한창이거늘 이를 듣고 있던 늙은 스님이 탄식하며 말하기를 "소승은 옛날에 한다하는 한량이었지요. 그런데 아내가 죽은 뒤 얻은 재취가 얼마나 고운지 애지중지 지내던 중에 되놈들이 쳐들어와 크게 분탕질을 하는 데도 행여 처를 놓칠까 하여 나가 싸우지도 못하고 처를 붙안고 도망치다가 말을 탄 되놈에게 붙잡혔는데 그 되놈이 처의 미색에 반해 소승을 결박하여 장막아래 붙잡아 매고는 처를 끌고 들어가자마자 운우(雲雨)가 무르익어 남자는 물론 계집도 농염한 희학질소리가 높아 더럽더니 밤중에 계집이 장수에게 "남편이 곁에 있어 편한 맘으로 하기 곤란하니 아예 죽여 없애는 게 어떠하오?" 하매 그 두목이 "옳도다. 내 당장 그리하마" 하므로 소승이 그 배은망덕에 분통이 터지면서 없는 기운이 솟구쳐 올라 묶은 끈을 우지끈 끊어버린 다음 청룡도를 훔쳐서는 장막 안으로 뛰어 들어가 연놈들을 단칼에 베어 죽인 후에 도망을 쳐서 이에 머리를 깎고 중이 되어 아직껏 구차한 목숨을 보전하게 된 것이올시다. 이로 말미암아 말 하건대 여러 선비님들의 아내자랑을 어찌 가히 다 믿을 수 있으리까?" 하니 자랑하던 선비들의 입이 쑥 들어가고 말았다 한다.

계집 골부림*¹에는 가죽 방망이*²가 약이다

아내가 까닭 없이 긁어대는 건 성적 서비스가 부실한 게 원인이다.

계집도 씨앗도 없다

아내도 자식도 없는 홀아비 신세이다.

계집도 팔아 먹겠다

---

*1 골부림 : 까닭 없이 골을 내는 짓.
*2 가죽방망이 : 자지를 빗댄 말.

몹시 가난한 상태이다. 또는 있는 재산 다 들어먹고 나중엔 계집마저 팔아 먹을 정도로 노름질에 미친 자이다.

계집 둘 가진 놈 창자는 호랑이도 먹지 않는다

처첩을 거느리다 보면 속이 있는 대로 다 썩어서 호랑이조차 먹으려들지 않는다는 비유의 말.
=계집 둘 가진 놈의 똥은 개도 안 먹는다.

계집들 밑 닦는다

오입질을 일삼는다.

계집마다하는 사내놈 없다

여자 싫다는 사내 없는 까닭에 특히 여자는 몸단속을 잘 해야 한다는 뜻.

계집 못난 건 젖통만 크다

유방이 유난히 큰 여자를 빗대 놀리는 말.

계집 바뀐 건 모르고 젓가락 바뀐 거만 안다

정작 큰일이 터진 건 모르고 사소한 일에만 신경쓰고 있다고 비웃는 말.

계집 보기를 흙 보듯 한다

여자와는 본래 인연이 없다는 생각으로 거들떠보지 않는다. 또한 여자한테 몹시 혼이 난 이후 다짐을 하고 여자를 외면한다는 뜻.

계집 싫어하고 돈 마다는 놈 없다

무릇 남자라면 여자와 돈은 다들 좋아하게 마련이다.

계집아이는 욕 밑천이다

예전에 계집아이는 나면서부터 탐탁지 않게 여긴데다 또한 커서도 남의 집 며느리가 되어 친정집에 욕을 먹이기 십상이라는 뜻.

계집 악담은 오뉴월에도 서리 친다

사실이 그러한즉 여자한테 악담 들을 짓일랑은 행여 하지 마라.

계집에 기갈이 들었다

여자에 미쳐 버려 바른 정신 상태가 아니다.

계집에 미친 중놈 같다

여자를 멀리해야 하는 직분임에도 오히려 여색에 미쳐 날뛰는 정신 나간 자이다.

계집은 가까이 하면 버릇없고 멀리하면 원망 한다

여자는 가까이 하면 함부로 굴고 멀리하면 원망하는 까닭에 가까이도 멀리도 하지 말라는 충고의 말. 이른바 불가근불가원(不可近不可遠)하라는 뜻.

계집은 남의 계집, 자식은 내 자식이 더 예쁜 법이다

대개 남자들 속에는 이런 음흉한 심보가 들어 있다는 뜻.

계집은 먼저 올라타는 놈이 임자이다

여자는 처음 몸을 허락한 남자와 부부되어 살기 십상이다.

계집은 상 들고 문지방 넘으면서 열두 가지 생각을 한다

여자들은 생각이 많아서 늘 마음이 흔들리고 변하기 쉽다.

계집은 씹에 물 마르면 끝장이다

나이 들어 성 능력이 퇴화하면 여자구실은 끝장난 거나 한가지이다.

계집은 젊어서는 여우, 늙으면 호랑이 된다

여자는 갓 시집을 와서는 사근사근 여우처럼 잘 하지만 일단 늙으면 내주장이 되어 범처럼 온 집안을 틀어쥐고 흔들려 드니까 미리 알아서 잘 대처할 일이다.

계집은 치거리*1가 으뜸이고 두 번째가 내리거리 세 번째가 팽팽이 넷째가 주름배기고 민패가 꼴찌다

음부의 위치에 따른 성감을 나타낸 옛말.

계집은 품안에 들어야 제 맛이다

껴안아 품안에 들어야지 여자가 너무 크거나 뚱뚱하면 안는 맛이 없어 별로이다.

계집을 초간장도 안 찍고 집어 삼키는 난봉꾼이다

여자라면 노소불문, 미추불문의 오입쟁이다.

계집이 너무 밝히면*2 애를 못 낳는다

여자가 여러 남자들과 놀아나면 아기를 배태하기 어렵다는 뜻.

계집이 있나 자식이 있나 죽어 묻힐 무덤이 있나

중이 나이 들어 제 신세를 한탄하는 말. 또는 사람들이 그런 중의 처지를 빗대 팔자 탄식을 하거나 비아냥대는 말.

계집이라면 회를 쳐 먹지 못해 안달이다

---

*1 치거리 : 위쪽에 치붙은 음문을 이르는 말.

*2 밝힌다 : 성애에 탐닉한다.

여자라면 사족을 못 쓰는 팔난봉 오입쟁이다.

계집이라면 절구통에 치마만 둘러도 사족을 못 쓴다
여자라면 미추 불문, 노소 불문으로 관계하려 드는 사색잡놈이다.

계집 악담은 오뉴월에도 서리 친다.
사실이 그러한즉 행여 여자한테 악담 들을 짓일랑은 하지 마라.
=계집 원한은 오뉴월에도 서리 친다.

계집 여럿 데리고 살면 늙어 하나도 못 데리고 산다
젊어서는 여러 계집을 데리고 살아도 기운 좋고 재산 있어 여자들이
그런대로 참고 살지만 늙고 나면 짐스럽기만 해 누구도 맡으려 하지
않으므로 결국 홀아비 신세가 되고 마는 것이니 바람피우지 말고 건실
하게 살라는 권유의 말.

계집 입 싼 것
아무짝에도 쓸데없는 것이다.
=돌담 배부른 것. 노인 부랑한 것. 봄비 잦은 것. 사발 이 빠진 것.
중 술 취한 것. 지어미 손 큰 것.

계집 자랑은 삼 불출* 자식 자랑은 팔불출이다
어디 가서든 아내나 자식 또는 돈 자랑을 하면 경박해 보여 사람대접
을 받지 못하는 법이니 그러지 마라.

계집질 잘 하려면 세 가지 치레를 잘 해야 한다
첫째가 입담 치레 즉 말을 그럴싸하게 잘 해서 관심을 끌어야 하고 둘
째는 체면치레로 체면 같은 건 애진작 시궁창에 던져 버려야 하며 셋

---

* 불출(不出) : 못나고 어리석은 자를 빗대 이르는 말.

째는 양물 치레로서 까무러칠 정도로 성적 서비스를 잘 해 줄 수 있어야만 바람둥이로서 자격이 있다는 뜻.

계집치고 보지 속에 손가락 안 넣어 본 년 없다
한창 사춘기 때는 그런 자위행위를 하는 경우가 많다는 데에서 나온 말.

계집하고 돈은 머리맡에 두고 죽으랬다
남자는 늙어서 아내보다 먼저 죽어야 행복하고 죽을 때는 식구들 걱정 없을 만큼 유산을 남겨놓아야 한다는 뜻.

계집하고 말은 타봐야 안다
실제 경험을 해 봐야만 진가를 알 수 있는 것이다.

계집하고 옹기그릇은 내돌리면 못 쓰게 된다
아내는 항시 애정으로 잘 건사해야 하는 것이다.

곗돈 타고 집안 망한다
좋은 일이 나중 오히려 큰 화근이 된 경우 따위에 빗댄 말.

고기나 되었으면 국이라도 끓여 먹지
사람 노릇 못 하는 못난이 또는 포악한 자를 빗댄 말.

고기는 씹는 맛 씹은 박는 맛이다
무슨 일이든 그에 합당한 이유나 정서 또는 맛이 있는 법이다.

고기방망이* 꽂는다

---

* 고기방망이 : 자지의 비속어.

남녀 간의 정사를 이르는 말.

고기 배때기에 장사지냈다
물에 빠져 죽어 시신도 건지지 못했다.

고기 한 점이 귀신 천 마리를 쫓는다
못 먹으면 온갖 헛것들이 보이지만 잘 먹으면 이런 헛것들이 모두 사라진다. 고기 먹고 기운 내 건강해지는 것이 제일이라는 뜻.

고꾸라져 뒈졌다
잘 죽었다고 고소해 하는 말.

고드름에 초장 친 맛이다
맛이 너무 형편없다고 고개 내젓는 말.
=술에 술탄 맛, 물에 물 탄 맛이다.

고랑*¹ 찰 놈이다
감옥살이 고생을 해야 마땅한 자이다.

고래 심줄은 저리 가라다
고집에는 당할 자가 없는 위인이다.

고려 적 잠꼬대 한다
말도 안 되는 허튼 소리를 하고 있다.

고른 것이 하필이면 되모시*²다

---

*1 고랑 : 죄인의 손목에 거는 쇠고랑의 줄임말.

*2 되모시 : 결혼한 적이 있음에도 돌아와 아닌 체 처녀 행세를 하는 여자. 거짓 처녀.

애써 고른 것이 하필이면 한 번 시집갔던 헌 처녀를 골랐다 함이니 애 쓴 보람도 없이 허사가 되어 버렸다고 한숨짓는 말.

고른 끝판에 곰보 마누라 얻는다

지나치게 고르다 보면 잘못 되는 수도 있는 것이니 너무 별나게 굴지 마라.

=비단 고르려다 베 고른다.

고리짝도 짝이 있고 헌신짝에도 짝이 있다

세상 만물은 다 짝이 있는 법인데 하물며 사람이 짝이 없겠느냐. 시집, 장가가는 일 너무 걱정하지 마라.

고무신 거꾸로 신었다

여자가 이혼을 하거나 또는 몰래 도망을 쳐버렸다는 뜻.

고비에 인삼,*¹ 계란에 유골(有骨)이요 기침에 재채기에다 하품에 딸꾹질, 엎친 데 덮치기에 잦힌 데 뒤치는*² 격이다.

마(魔)가 끼었는지 하는 일마다 되지를 않아서 참으로 죽을 지경이다.

고생 맛 알아야 인생 맛도 안다

고생을 해 봐야 인생살이 참 맛도 터득하게 되는 법이다.

고생이라고 생긴 건 다 해 보았다

안 해 본 고생이 없으리만큼 힘겨운 인생살이였다.

=물 고생 불 고생 다 해 보았다.

---

*1 고비에 인삼 : 죽을 고비에 인삼을 먹은 격이란 뜻이니 공연한 짓을 해 죽지도 못하고 생고생만 더 하는 경우를 이르는 말.

*2 잦힌 데 뒤친다 : 자빠진 자를 다시 뒤집어 곱절로 고통을 준다.

고손자*1 좆 패는 꼴을 보겠다

두 손 놓고 게으름을 피우는 자를 두고 탓하는 말. 또는 고손자가 자라서 자지가 팬 것(귀두가 벗겨진 상태 즉 결혼 연령이 됨)을 볼 정도로 오래오래 살 것 같다는 뜻.

고수머리*2 옥니*3박이와는 말도 하지 말랬다

고수머리나 옥니인 사람은 흔히 고집 세고 성품이 모질다는데 그 두 가지가 겹친 자는 더욱 독할 터인즉 사귀지 말라는 뜻.

고슴도치*4에 놀란 호랑이 밤송이 보고도 절한다

어떤 것에 혼이 나면 그 비슷한 것이나 상황에도 놀라게 마련이다. =자라보고 놀란 가슴 솥뚜껑 보고도 놀란다. 활에 상한 새는 굽은 가지만 봐도 놀랜다.

고양이*5가 개 보듯 한다

노골적인 적의를 드러내고 쏘아본다.

고양이 뿔*6 난 소리하고 자빠졌다

터무니없는 거짓말 좀 하지 마라.

고양이 죽은 데 쥐 눈물만큼이나

---

*1 고손자 : 현손(玄孫), 손자의 손자.

*2 고수머리 : 곱슬곱슬 꼬부라진 머리.

*3 옥니 : 안으로 옥게 난 이. '벋니'의 반대말.

*4 고슴도치 : '가시+돋+이'의 합성어로 옛말 '고솜돋'이 변한 것이다. '가시'에 접미사 ㅁ이 붙어 '고슴'으로 변하고 '도치'는 '돋다'의 어근 '돋'에 '이'가 붙어 '도치'가 된 것이다. 따라서 고슴도치는 '가시가 돋친 것'이란 뜻이다.

*5 고양이 : '고니' '고나'라고도 했는데 통사 '골-골-' 하는 소리를 낸다하여 불린 이름이다.

*6 고양이 뿔 : '있을 수 없는 일'이라는 뜻.

있으나 없으나 마찬가지의 아주 적은 양. 또는 마음에 없으면서 무엇을 아주 인색하게 조금씩 나눠 주는 경우 따위에 빗댄 말.
=시앗 죽은 데 큰마누라 눈물만치나.

고운 계집은 첫눈에 예쁘고 못난 계집은 정들면 예쁘다

자기 계집이 못났다고 투덜대는 자를 다독이는 말.

고운 년 밑이 헤픈 건 생긴 값 한다고나 그러지

너는 대체 잘하는 게 뭐냐고 욕되게 나무라는 말.

고운 여자는 먹*1을 씌워도 곱다

예쁜 여자는 어떤 험악한 지경에 처해도 아름다움에 변함이 없다는 뜻.

고자*2가 계집 밝히듯 한다

분수도 모르고 눈에 나는 볼썽사나운 짓을 하고 있다.

[太平閒話]*3 내시 이 가의 처가 몰래 간통하여 임신을 하매 탄로 날까 두려워하여 남편에게 말하기를 "내가 당신을 사랑하는 마음이 만만진중(滿滿鎭重)지극하여 장차 배태할 거 같사옵니다. 대저 내시들이 생산치 못하는 이유는 그 양근(陽根)의 단절로 인해 양정(陽精)이 합하지 못하는 까닭이니 만일 양정만 합할 수 있다면 생산이 어렵지 않을 것인즉 마땅히 대통(竹筒)을 빌려 양근으로 삼아 저의 아기집에 송정(送精)을 한다면 반드시 잉태하리다" 하니 이 씨가 이 말에 솔깃하여 그와 같이 하기를 달포여 만에 마침내 처가 기뻐하면서 "내 과연 회임하였나이다"

_____

*1 먹 : 조선시대 때 죄인의 목둘레에 씌웠던, 두꺼운 널빤지로 만든 형구의 일종.

*2 고자(鼓子) : 생식기가 불완전한 남자.

*3 太平閒話 : 태평(太平)+한가할 한(閒)+이야기 화(話)로서 '평화롭고 한가한 이야기'로 풀 수 있겠다. 조선 십대기서(十大奇書)의 하나로 서거정(徐居正)의 저서이다.

하였다. 이를 남편 이가가 그대로 곧이듣고 동무들에게 자랑한 뒤 달이 차서 마침내 아들을 낳게 되자 더욱 기고만장하여 "어찌 내시들이 자식이 안 된다 하느뇨? 내 말을 듣고 나를 본받을 것이로다" 하니 동무들이 놀려대기를 "남들이 말하기를 그대 아들의 성이 죽(竹)씨라 하거늘 어찌 그대는 아이 성이 이(李)가라고 우기는가?" 하고 놀렸다 한다.

고자가 하루에 열두 번 올라탄다

성 불구인 까닭에 욕구 불만으로 고자들이 더 색을 밝힌다지만 허망한 노릇이 아니냐. 쓸데없는 짓 하지 말라는 충고의 말.

고자나 손으로 하지 좆은 뒀다가 엿 토막 사 먹냐?

고자야 도리 없이 손가락으로 제 계집을 만족시켜 준다지만 사지 멀쩡한 놈이 어찌 자지로 못하고 손가락을 쓰느냐고 핀잔주는 말.

고자 놈의 자지 같다

보잘 것이 없다고 내치는 말.

고자 씹하나 마나

아무런 성과도 없다는 뜻.
=검둥이 세수하나 마나. 앉은뱅이 앉으나 마나.

고쟁이* 열두 개 포개 입어도 보일 건 다 보인다

아무리 감추려 해도 잘못은 결국 탄로나게 돼 있다.

고쟁이에 오줌 지릴라!

고쟁이에 오줌을 쌀 만큼 사내한테 얼이 쑥 빠졌다.

_____

* 고쟁이 : 한복에 입는 여자 속옷의 한 가지. 가운데가 터져 있어 이런 말이 나온 것임.

고주*¹망태다

구제 난망의 술꾼이다.

고집 센 년은 몽둥이, 골난 년은 가죽방망이*²가 약이다

일 또는 상황마다 거기에 알맞은 처방이 따로 있는 법이다.

고추가 커야만 맵다더냐?

작은 고추가 더 매운 경우도 많듯 뭐든지 크다고 다 실속이 있는 것은 아니다. 여기서 '고추'는 자지를 빗댄 말.

고추 달린 놈 하나 청무 뽑듯 쑥 뽑아 놓거라

튼튼한 아들놈 하나, 보란 듯이 낳아 봐라.

고추당초*³ 맵다한들 시집살이보다 더 매울까

그만큼 시집살이가 마음고생, 몸 고생이 자심함을 비유한 말.

시집살이 관련 다음과 같은 민요도 전수돼 내린다.

형님 형님 사촌 형님 시집살이 어떱디까
에고 애야 말도 마라 고추당초 맵다한들
시집보다 더 할손가 다홍치마 걸어 놓고
들어올 적 나아갈 적 눈물 씻기 다 젖었네

출가한 사촌 언니가 근친(覲親)을 왔기에 시집살이가 어떻더냐 묻고

---

*1 고주 : 독한 술을 이르는 고주(苦酒)가 아니고 누룩이 섞인 술을 뜨는 그릇을 이르는 말이다. 즉 고주 위에 씌운 망태처럼 술에 절었대서 나온 말.

*2 가죽방망이 : 자지를 에둘러 이르는 말.

*3 고추당초 : 고추는 한자인 고초(苦草 : 매운 풀)에서 나온 말이고 당초(唐椒)란 '당나라에서 들어온 고추'라는 뜻이다.

답하는 내용이다. 즐기자고 만든 다홍치마를 입기는커녕 걸어 놓고 눈물 닦는데 다 젖었다는 말에서 시집살이의 고달픔이 체감된다.

고추도 낯을 가린다
남자의 경우 아무 여자하고나 성관계를 하거나 또는 가능한 건 아니라는 뜻.

고추를 넣으면*1 매콤한 맛이 나야 고추 아니더냐?
일단 정사를 벌이면 얼이 빠지리만큼 화끈한 맛이 나야 하는 것이다.

고추밭에 상추 가리는 년이다
남편을 위하는 척하며 제 음욕을 채우는 못된 여자이다. 고추밭 이랑에 심는 상추는 약이 올라 사내정력에 좋대서 나온 말.

고향자랑은 해도 처자식 자랑은 말랬다
고향 자랑은 허물이 되지 않아도 처자식 자랑은 불출 소리 듣고 손가락질 받기 십상이니 삼가라는 뜻.

곡소리 좀 나게 해 주랴?
한번 혼 구멍이 나고 싶으냐고 엄포 놓는 말.

곤장 짊어지고 관가에 가는 격이다
가만 있으면 그만인 것을 공연히 일을 만들어 화를 자초하고 있다. =자중지란. 평지풍파. 자승자박. 자화자초. 긁어 부스럼이라는 뜻.

곤지*2 주고 잉어 낚는다

---

*1 고추를 넣는다 : 자지를 삽입한다는 뜻.
*2 곤지 : '곤쟁이'(새우의 한 종류)의 속어

작은 밑천으로 큰 이득을 본 경우 따위에 빗댄 말.

곧은 나무가 먼저 찍힌다

성질 곧은 이가 되레 눈에 나서 먼저 쫓겨나기 쉽다는 뜻.

골나서 좋은 사람 없다

좋은 사람도 화가 나면 욱하는 성미가 있는 것이니 항시 언행을 조심토록 하라는 뜻.

골난 김에 서방질 한다

화가 나서 이성을 잃으면 나쁜 짓도 서슴없이 저지르기 쉽다는 뜻.
＝홧김에 서방질한다. 부아 김에 서방질한다.

골난 년 보리방아 찧듯

화가 잔뜩 난 얼굴로 일에 열중해 있는 모습에 빗댄 말.

골*로 가고 싶으냐?

죽고 싶어서 그러느냐고 의기 지르는 말.

골이 깊어야 범도 있고 숲이 있어야 도깨비도 산다

바탕 그릇이 커야만 사람들도 모이고 따르게 마련이다.
＝산이 높아야 골도 깊다.

골짜기는 깊은 맛, 봉우리는 우뚝한 맛이다

여자는 여자답고 남자는 남자다워야 하는 것이다. 여기서 골짜기는 여근, 봉우리는 남근을 빗댄 말.

＊골 : 시체를 넣는 관의 옛말. 또는 옛날 화장터가 있던 '고택골'이란 지명에서 비롯된 말이란 설도 있음.

골통만 컸지 재주는 메주다

머리통만 커다랗지 두뇌는 영민하지 못한 자이다.

곰 굴 보고 웅담 돈 내어 쓴다

시도와 노력도 안 해 보고 결과부터 챙기려 든다고 핀잔 주는 말.
=너구리 굴 보고 피물 돈 내어 쓴다.

곰보 자국도 보조개로 뵌다

한번 정이 들면 흉한 곰보 자국도 보조개처럼 예뻐 뵈는 법이다.

곰보딱지 코딱지 아가리 딱딱 벌려라 열무김치 들어간다

곰보 얼굴을 두고 놀려대는 말

곰보만 아니면 일색이다

누구든 한두 가지 흠은 있게 마련이다. 또는 몹시 아쉬운 일이라는 탄
식의 말.

곰보에 째보다

일이 엎친 데 덮친 격이다.
=그물 얼굴에 언청이다.

곰 씹에는 털도 많고 시집살이엔 탈도 많다

잘하든 못하든 시집살이는 말도 많고 탈도 많게 마련이다. 또는 시집
살이를 욕되게 매도하는 말.

곰은 곰이다

미련하긴 미련한 자이다.

곰은 웅담에 죽고 사람은 혓바닥에 죽는다

가장 귀한 것 또는 재능 때문에 오히려 화를 입는 수가 있으니 조심하고 삼갈 일이다.
=곰은 웅담에 죽고 사슴은 용각에 죽는다

곰 잡아먹는 옥문(玉門) 이야기

호랑이와 도둑놈과 곰 그리고 옥문에 얽힌 이야기.

[禦眠楯]* 어느 산골에 꽤 유족하게 사는 노인이 있었는데 하루 저녁에는 마굿간을 살피면서 머슴에게 이르기를 "이렇게 깊은 산골의 밤에는 특히 호랑이와 주지를 잘 경계해야 하느니라" 하고 각별히 일렀다. 여기서 주지란 실물이 아니고 광대가 사람들을 놀래 주려고 무서운 모습으로 꾸민 우상을 이르는 것인데 이때 마침 처마 밑에 호랑이 한 마리가 웅크리고 앉았다가 이 말을 듣고는 "호랑이는 나지만 주지라는 건 대체 어떤 물건인고?" 하고 머리를 갸웃대는 중에 주인이 사라지자 마굿간에 들어가 말 한 마리를 물어 포식하고 났을 때 마침 도둑놈 하나가 말을 훔치려고 들어와 보니 큼직한 말 한필이 있는지라 얼른 목에 고삐를 매 올라타고 쏜살같이 도주하였다. 호랑이는 등 위에 올라탄 것이 주지란 이름의 괴물이라 지레 짐작하고 겁이 잔뜩 나서 주지가 모는 대로 숲과 골짜기를 말 그대로 비호와 같이 달려갔다. 한편 도둑은 "기가 막힌 천리 준총을 얻었도다" 하고 기꺼워했으나 얼마쯤 달리다 먼동이 터 내려다보니 이건 말이 아니고 얼룩배기 여산대호(如山大虎)가 아닌가? 이에 도둑은 크게 놀라 삼혼(三魂)은 날고 칠백(七魄)은 뛰어 어쩔 줄 모르다가 문득 옆을 바라보니 늙은 고목의 공동(空洞)이 눈에 띠자 황급히 뛰어 내려 그 고목의 큰 구멍 속에 몸을 숨겼다. 인하여 호랑이도 크게 안도하고 달아나던 중 그 앞에 커다란 곰 한 마리가 나타나 호랑이 목에 고삐가 감긴

---

* 禦眠楯 : 막을 어(禦)+잠잘 면(眠)+방패 순(楯)으로 잠을 내쫓을 만큼 재미있다는 뜻. 조선 십대기서(十大奇書)의 하나로 송세림(宋世琳)이 지었고 이어 성여학이 〈續 禦眠楯〉을 냈다.

것을 보고는 무슨 변고냐고 묻는 것이었다. "말도 마시오. 주지란 놈을 만나 밤새껏 죽을 고생을 했는데 천만다행으로 그 놈이 고목나무구멍으로 들어가 이제 겨우 한 목숨 건졌소이다" 하니 곰이 펄쩍 뛰면서 "아니 우리가 그대와 더불어 산중 영웅소리를 듣는 터에 주지라니 무슨 당찮은 소리요? 내 당장 가서 놈을 잡아 없애리다" 하고 늙은 나무를 쳐다보며 "내 이 조그만 추물을 발톱과 이빨의 신세를 지지 않고도 그로 하여금 숨통이 막혀 죽게 하리라" 하고 곰의 신(腎)으로 고목의 구멍을 막고 걸터 앉으매 도둑이 가만히 본즉 곰의 신낭(腎囊)이 대롱대롱 매달려 있는지라 급히 허리띠를 끌러 신낭을 옭아매 힘껏 잡아당기니 극심한 고통에 곰의 포효하는 소리가 지축을 흔드는 듯 하였다. 이에 호랑이가 "거 봐 내가 뭐랬어?" 하고는 뒤도 안 돌아보고 내닫는데 때마침 산나물을 캐던 여인 두엇이 날이 더워 개울가에서 옷을 다 벗고 목욕을 하고 있다가 호랑이가 달려오는 것을 보고는 크게 놀라 숲으로 뛰어들어 엎드려 있었다. 호랑이가 뒤에서 자세히 보니 여인의 옥문이 옴폭하니 드러났는데 음모(陰毛)가 무성할 뿐만 아니고 마침 경도 중이라서 시뻘건 피가 흐르는지라 "바로 이놈이 주지로구나. 곰을 잡아먹은 게 분명하도다. 그러기에 저렇게 곰의 털이 시커멓게 묻어 있고 또한 피 흔적이 낭자하지. 에그 무서워라!" 하고 걸음아 날 살려라 도망을 쳤다 한다.

곰 창날 받듯 한다

  미련해서 자신에게 해가 되는 짓만 하는 자이다.

  [採錄] 곰이 굴 안에 있을 때 창을 굴 안으로 불쑥 들이밀면 곰은 창을 잔뜩 움켜쥐고 자기 쪽으로 잡아당긴다는 것이다. 이때 사람이 더 세게 당기면 곰은 창을 뺏기지 않으려고 더 힘차게 잡아당긴다. 서너 번 이렇게 수작을 되풀이 하다가 사람이 별안간 창을 놓으면 곰은 당기던 힘에 몰려서 그 창으로 제 가슴을 찌르고 죽는대서 나온 말이다.

곰팡이가 슬 지경이다

여자 입장에서, 한동안 성교를 못해서 음문이 허전하다는 우스갯말.

곰하고 사돈 하겠다
어찌 그리도 미련퉁이란 말이냐.

곰하고는 못 살아도 여우하고는 산다
미련한 것보다는 간살스런 아내가 그래도 낫다.

공것 바라기는 무당서방 놈 같다
무당 마누라는 굿만 하면 돈과 음식을 가져오는 까닭에 무당서방은 공짜를 많이 바라게 마련인데 그처럼 일할 생각은 않고 공것만 바라는 자를 두고 비아냥대는 말.

공것은 써도 달다
누구든지 공짜는 좋아하는 법이다.

공당문답에 웬 감투 횡재까지
우연한 만남이 뜻밖의 좋은 결실로 돌아온 경우에 빗댄 말.

[蓂葉志譜] 고불(古佛)맹사성이 재상으로 있을 때 고향 온양을 갔다가 상경하던 중 비를 만나 용인의 여사(旅舍)에 들었을 때 일이다. 구종 배를 거느리고 먼저 와 있던 영남의 한다하는 선비가 공에게 청해서 농도 하고 담론도 하던 중 공자당자(公字堂字)로 운을 삼아 문답을 하기로 정하여 공이 먼저 "무슨 일로 서울에 가는 공?" 하고 물었다. 이에 그가 "녹사취재(綠事取才)하러 서울에 간당" 하였는데 이는 그 선비가 녹사 즉 조선시대 기록 문서 등의 일을 맡아 보던 서리(胥吏)과거시험을 보러 가는 길이란 뜻이었다. 이에 공이 다시 "그럼 내가 주선해 줄 공?" 하니 선비가, 비맞아 후줄근한 맹사성의 행색이 초라해 보였던지 "혁부당(嚇不當 : 실없는 소리 마라)" 하고 귀 너머로도 듣지 않았다. 그 며칠 뒤

과거장에서 맹사성이 그 선비를 만나게 되어 다시금 "하여공(何如公 : 어떠한가)?" 하고 물은즉 공을 알아본 선비의 낯빛이 창백해지면서도 여전히 "사거지당(死去之堂 : 죽어 마땅합니다)" 하고 답하는 것이었다. 이에 일좌(一座)가 괴이하게 여기는지라 공이 그 내막을 들려주니 여러 재상들이 크게 웃고 이로써 맹사성이 녹사(錄事) 한자리를 주었는데 선비가 이후 일을 잘 봄으로 칭찬이 높았다 한다. 이를 보면 당시 주막 또는 여사(旅舍)가 언로가 트인 열린 공간이었음을 미루어 짐작할 수 있다.

공술 먹은 놈이 트집 잡는다

공술을 먹었으면 고마워 해야 함에도 트집을 잡아 싸우려 들다니 배은망덕한 자라고 매도하는 말.
=말 한 마리 다 처먹고 말 좆내가 난단다.

공 씹하고*1 비녀 빼 갈 놈이다

인정머리라곤 씨알머리도 없는 자이다.

공알*2 빠지겠다

밑이 빠질 만큼 몹시도 힘든 상황이다.
=좆 빠지게 힘들다.

공알 타령 중에서

공알 타령은 우리 민요를 집대성한 [우리의 소리를 찾아서] 의 저자 최상일 님에 따르면 좋은 곡조임에도 불구하고 가사가 외설적이어서 한 번도 방송에 소개된 적이 없었다 한다. 토박이 정서를 가감 없이 음미하는 차원에서 채집돼 있는 외설가사를 그대로 인용, 전재한다.

섬에 가면 알 사나요?

---

*1 공 씹 한다 : 화대 없이 성관계를 맺는다.
*2 공알 : 음핵을 이르는 말.

알 사지요.

(후렴) 어기야 디여차, 어여디여어어에, 어기야자차

알만 사나 밈어알도 사지
밈어 알만 사나 조기알도 사지
조기 알만 사나 불알도 사지

공알두 가지가질세
어디나 한번 셈겨나 보세
새빨갰구나 앵두나 공알
새파랬다 창파나 공알
발랑 떴구나 댕기나 공알
아궁 앞에 발린 공알
시렁 위에 얹힌 공알
발딱 하구나 대접 공알
납작 하구나 접시나 공알
————————————
밤 콩밭에 부서진 공알
수수나 밭에 붉은 공알
쿡쿡 찔러서 보리나 공알
목화나 밭에 펑퍼진 공알
감자나 밭에 혹 달린 공알

공알 서되루 모를 붓고
좃대 활량이 다녀 가네
————————————
저 건너 삐딱 밭에 좁씨 한 되 뿌렸더니
공알 새가 다 까먹고 빈 좃대만 남았구나

다음은 농촌의 그것보다 더 질퍽한 바닷가의 공알 타령이다.

어서 가자 어서 가자
갯가 공알에 어서 가자
꽉 물었다 조개 공알
톡톡 쏘누나 해파리 공알
휘감았다 낙지 공알
쪽 빨았다 거머리 공알
미끌미끌 장어 공알
쌩 토라졌다 가재미 공알
죽고 못 살아 소라 공알
요리조리 미꾸리 공알
정신없다 송사리 공알
물만 나오는 샘물 공알
복상사 무서운 갯벌 공알

이 공알 저 조개 다 던져두고
내 집 공알이 제일일세
우리 집 공알은 사리 때 마다
치마 춤 잡고서 발발 떤단다

이 민요는 누군가 노래 도중 공알 이야기를 한두 마디 끼워 넣은 것이
구전되면서 이사람 저사람 한마디씩 덧붙여 가다 보니 이렇게 긴 타령조
노래가 집대성 되었으리라는 게 정설이다.

공자님 댁 곁방살이는 한 모양이다
정식은 아니더라도 어깨너머로 배우기는 좀 배운 것 같다.
=공자님 댁 행랑살이는 한 모양 같다.

공자도 못 읽는 문자가 있고 부처도 못 외는 염불이 있다

무릇 사람이란 신처럼 완벽할 수는 없는 것이다. 또는 누구든 조금씩의 허물은 있게 마련이라는 뜻.

공자 발뒤꿈치는 가겠다

글공부 또는 문장에 시늉 정도는 하겠다.

공자 앞에서 문자 쓴다

전문가 앞에서 아는 체하지 마라.
=물개 앞에서 좆 자랑 한다. 똥차 앞에서 방귀 뀐다.

공자 왈 맹자 왈 한다

알지도 못하는 주제에 이러쿵저러쿵 아는 체를 하고 있다.

공짜가 망짜라는 거다

공것을 좋아하다 보면 망조가 드는 것이니 공짜 좋아하지 말고 일해 먹고 살 궁리나 하라고 이르는 말.

공짜라면 눈도 벌렁 코도 벌렁!

공것이라면 사족을 못 쓰는 자라고 놀리는 말.

공짜라면 마름쇠*도 집어 삼킨다

누구든 공것은 다 좋아하는 법이다.

공짜라면 비상도 먹을 놈이다

먹으면 죽는 비상도 마다하지 않으리만큼 공것을 밝히는 자이다.

＊마름쇠 : 끝이 날카롭고 갈라지게 만들어 길목 따위에 깔았던 살상용 쇠붙이.

공짜라면 소금을 먹고도 달댄다

소금조차 짜지 않으리만큼 공짜의 맛은 달다는 뜻.

공짜라면 양잿물도 큰 걸로 골라서 먹는다

양잿물을 먹으면 죽는다고 해도 그것마저 큰 것으로 골라 먹는다 함이
니 누구든 그만큼 공것을 좋아한다는 뜻.

과객질*¹에 이골이 난*² 놈이다

얻어먹고 사는 버릇이 몸에 밴 뻔뻔스런 자이다.

과거 안 볼 바에야 시관*³이 개떡 같다

관련 없는 이상 제아무리 무서운 사람이라도 겁낼 까닭이 없는 것이다.
=시어미가 사나워도 남 며느리 시집살이 시키진 못한다.

과물전 망신은 모과가 시킨다

여럿 중 한 사람이 엉뚱한 짓을 저질러 전체가 욕을 먹게 된 경우, 당
사자를 빗대 면박 주는 말.
=어물전 망신은 꼴뚜기이다.

과부가 마음 좋으면 동네 시아비가 열둘이다

모름지기 과부는 마음이 헤프면 신세를 망치는 법이다.

과부가 말 씹하는 걸 보면 수절 못 한다

말이 교미하는 모습은 매우 도색적이라서 과부가 보면 마음이 풀어져
수절하기가 어렵게 된다는 뜻.

---

*1 과객질 : 노자 없이 먼 길을 다니면서 얻어먹거나 묵거나 하는 짓.

*2 이골나다 : 어떤 일에 아주 익숙해지다.

*3 시관(試官) : 과거 때 시험을 감독하고 점수를 매기던 관리.

과부가 애를 배도 할 말은 있다

무슨 일이든 핑계는 있는 것이지만 허물이 덮어지는 건 아니라는 뜻.

과부는 개를 키워도 수캐만 키운다

같은 조건이면 마음에 드는 쪽을 택하게 마련이다.

과부는 먼저 올라타는 놈이 임자다

혼자 사는 여자는 무슨 수단을 쓰든 먼저 차지하는 남자가 대개 주인
이 되게 마련이다.

[攪睡雜史]＊ 한 홀아비가 재색겸전의 썩 괜찮은 동네 과부 하나를 낚
아채고자 벗과 더불어 계교를 꾸민 후 어느 날 새벽, 과부가 부엌에 나간
틈을 타서 안방에 숨어들어 이불속에 벗고 누워 있으니 약조한대로 벗이
과부 집에 와서는 오늘 밭을 갈 일이 있다면서 소를 하루 빌려주기를 청
했다. 이 때 홀아비가 갑자기 문을 열고는 "우리 집도 오늘 밭일이 있어
안 되니 다른 집에 가서 알아보시오." 한 데, 그 벗이 짐짓 깜짝 놀라면
서 "아니 그대가 웬일로 이 집에 누워 있는고?" 하니 "내가 내 집에 누
워 있는데 무엇이 괴상해서 묻느뇨?" 하매 벗이 다시 "이집엔 저 아주머
니가 혼자 사는 것을 온 동네가 다 아는 터에 그게 무슨 해괴한 말인
고?" 하고 뒤통수를 치며 나가서는 직방으로 온 동네에 소문을 퍼뜨렸
다. 본래 이런 소문이란 불붙은 개꼬리 형국인지라 동네 사람 예닐곱이
득달같이 과부 집에 당도한즉 홀아비가 장죽을 물고 내다보면서 "웬 놈
들이 주인이 기침도 하기 전에 이리 소란들인고?" 하고 큰소리로 꾸짖으
니 여럿이 손뼉을 치면서 '과연 아무개 말이 옳다. 의심의 여지가 없도
다' 하고 흩어져 돌아갔다. 이에 과부가 새파랗게 질려서 말 한마디 못하
고 떨고 있거늘 홀아비가 일어나 과부의 손을 잡고 "이제 일이 여기에

_____

＊攪睡雜史 : 어지러울 교(攪)＋잠 수(睡)＋민간에 전하는 이야기(雜史)로서 의역하면 '잠
못들 정도로 재미있는 갖가지 이야기'가 될 터이다. 조선 십대기서(十大奇書)의 하나지
만 작자는 미상이다.

이르렀으니 비록 혀가 열이 있어도 도리가 없게 되었소. 송사를 한다 해도 봉욕뿐일 터인즉 이제금 나와 연을 맺음이 어떻겠소? 우리가 또한 서로 적막한 과부와 홀아비니 어찌 가합(可合)치 않으리까" 하고 따뜻한 말로 다독이니 과부가 기막히고 코가 막혔지만 백번을 생각해도 발명할 길이 없는지라 도리 없이 그 홀아비를 받아들여 아들 낳고 딸 낳고 잘 살았다 한다.

과부는 홀아비가 약이다

무릇 과부의 병은 속궁합 맞는 홀아비를 만나면 절로 낫게 된다는 뜻.

[奇聞] 한 과부가 강릉기생 매월과 한 이웃에 살았는데 하루는 사방이 적막하여 창틈으로 엿보니 매월이 한 사내와 간통을 하고 있는데 큼지막한 양물이 들락거림에 이어 교성이 일면서 그 음탕함이 자못 목불인견이었다. 과부 또한 발연히 음심(淫心)이 일어 음호를 어루만지면서 감탕(甘湯)소리를 내던 중에 돌연 목구멍이 막히면서 말문이 막혀 마침내 말을 하지 못하게 되었다. 이웃의 할미가 그 답답한 모양을 보고 딱하게 여겨 그 까닭을 글로 써 보이라 하여 까닭을 알고 나서는 "옛말에 널뛰다 다친 허리는 널을 뛰어야 낫는다 했으니 건장한 장부를 구해 고쳐줌이 가하리로다" 하고 마침 이웃에 나이 삼십에 장가를 못간 노총각 우(禹)씨에게 가서 이르되 "아무개 집에 이런 변고가 있으니 내 청을 허락한다면 그대는 처가 없어도 있는 것이요 여인은 지아비가 없어도 있는 셈이니 양인이 두루 좋은 일이 아니겠소?" 하니 전후좌우 아귀가 맞는 말인지라 허락하였다. 이에 우씨가 과부 방에 들어서자마자 옷을 벗어던지고 여인의 양다리를 들고 음호를 정성껏 어루만진 다음 양물을 깊이 꽂고 밀었다 빼었다를 거듭하니 농수(濃水)가 샘처럼 솟아올라 이불과 요를 적시면서 돌연 막혔던 과부의 말문이 터져 거짓말처럼 낫게 되었다. 이에 할미와 과부가 기쁜 나머지 "그대야말로 명의로다. 진짜 의원이로다" 하고 칭송해마지 않았다. 이로 하여 양인은 부부연을 맺고 환갑진갑까지 잘 해로하였다 한다.

과부도 과부라 하면 싫어한다

비록 옳은 말이라도 가려 쓸 줄 알아야 하는 것이다.

=소경도 눈멀었다 하면 싫어한다. 병신도 병신이라 하면 노여워한다.

과부도 과수댁이라 하면 좋아하고 장님도 봉사라 하면 좋아한다

누구든 대우받기를 좋아하는 건 인지상정이다.

과부 몸에는 은이 서 말, 홀아비 몸에는 이가 서 말이다

과부는 부지런하고 독립심이 강해 돈 모아 살지만 홀아비는 게을러서 제 한 몸가축도 못한다는 뜻.

과부 배 지나간 자리 없다

여자가 혹 바람을 피워도 몸 어디에 흔적이 남는 건 아니라는 뜻.

=한강에 배 지나간 자리다. 죽 떠먹은 자리다.

과부 보지에 임자 있더냐?

과부는 먼저 차지하는 자가 임자이다.

과부 사정은 과부가 안다

같은 처지라야 서로가 더 깊이 속내를 이해하게 된다.

=과부 설움은 과부가 안다.

과부 서방질은 삼이웃*이 먼저 안다

이성 관계란 제 아무리 숨기려 해도 쥐도 새도 모르게 소문이 나게 마련이다.

과부 서방질 하듯 한다

---

* 삼이웃 : 이쪽저쪽의 가까운 이웃.

남이 알세라 몰래 무슨 일을 하는 경우 따위에 빗댄 말.
=과부 샛서방 보듯 한다.

과부 아이 낳고 진자리 없애듯

과부가 아이 낳는 건 소문나는 일이므로 낳은 뒤 얼른 흔적을 없애듯
무슨 일을 서둘러 해치우는 경우 따위에 빗댄 말.

과부 아이 밴 것 같다

알려져서는 안 될 일이 소문나 처신이 매우 곤란하게 되었다.

과부 애 못 낳는다고 야단치는 격이다

경우에 없는 억지 또는 떼를 쓰고 있다.

과부 엉덩이는 궁하다고 궁둥이란다

과부는 남자 보는 일이 궁한 까닭에 엉덩이를 궁둥이로 부른다는 우스
갯 말.

과부 입 찢어지게* 좋은 날씨다

쾌청한 날씨를 정사의 좋은 느낌에 비유한 말.

과부 좆 주무르듯, 떡 장수 떡 주무르듯 한다

물건을 사지는 않고 만지작거리기만 하는 사람을 핀잔주거나 놀리는
말.
=칠년 과부 좆 주무르듯 한다.

과부 집 가지 밭에는 잔가지가 안 남아 난다

자지 크기의 애 가지를 따서 자위행위를 하는 까닭에 그렇다는 뜻.

---

* 과부 입 찢어진다 : 과부의 정사장면에 빗댄 말.

=과부 텃밭에는 다 큰 가지가 없다.

과부 집에 가서 바깥양반 찾는다

상식 밖의 멍청한 짓거리를 하고 있다.

과부 집 머슴 놈 행세하듯 한다

자기가 마치 과부 서방이라도 되는 양 난 체를 한다 함이니 주제 모르고 나대는 자를 비웃는 말.

과부 집 수캐마냥 일만 저지른다

과부는 사내보는 일이 그중 소문나는 일인지라 그 집 수캐가 바람만 피워도 말이 많게 된다. 또는 오입을 일삼는 자를 빗대 욕하는 말.

과부 집 요강노릇 한다

과부의 임시 서방, 반 서방 노릇을 한다는 뜻.

[禦睡錄] 어느 부잣집 소년과부가 매양 유모와 함께 잤는데 하루는 유모가 병으로 자기 집에 쉬러가는 바람에 이웃집 여인에게 "유모가 가버려 혼자 자기 무서우니 아주머니네 머슴 고도쇠를 보내주시면 안심이 되겠소이다." 한즉 허락하여 종 머슴 고도쇠를 보낸바 평소 위인이 우둔한 것으로 조명이 나 있어 믿고 보낸 것이었다. 하여 작자가 과부 집에 와서는 저녁을 잘 얻어먹고 평상에 누워 자는데 아직 여체를 경험하지 못한 양물이 뻣뻣하게 일어나 잠방이를 들치고 나와 기세등등하게 뻗치고 섰거늘 소년과부가 문득 음심(淫心)이 동해 자기 음호를 열어서 거기다 꽂고 밀었다 빼었다를 거듭하자 극환(極歡) 뒤에 정액이 배설되매 가만히 일어나 잠방이를 잘 입힌 다음 자기 방으로 돌아갔다. 한데 다음 날에도 유모가 오지 않는지라 과부가 다시 이웃 아주머니에게 고도쇠를 보내 주기를 청한즉 작자의 말이 그 집엔 음식도 많고 다 좋은데 다만 한 가지, 요강이 없어 걱정이라는 것이었다. "그 부잣집에 요강이 없다니

그 무슨 해괴한 말이더냐?" 하고 꾸짖으니 "요강이 없는 고로 엊저녁에 아가씨가 손수 소인의 바지를 벗기고 소인의 신두(腎頭)에다 오줌을 싸는 통에 바지가 다 젖었습니다" 하는 것이었다. 이웃집 아주머니가 그 말을 듣고는 스스로 부끄러워 고도쇠에게 다시 가보란 말을 차마 하지 못했다 한다.

과부 처녀막 터지는 소리하고 자빠졌다

같잖은 헛소리를 하고 있다고 면박 주는 말.
=김밥 옆구리 터지는 소리한다.

과부촌(과부마을)이다

과부들만 떼 지어 사는 마을이라는 뜻.

[採錄] 어촌에서 한 마을 어부들이 같은 배에 타고 고기잡이를 나갔다가 풍랑을 만나 떼죽음을 당하게 되면 여자만 남게 되어 그 마을을 과부촌 또는 과부마을로 불러 내렸다. 또한 고기잡이 나갔던 남자들이 같은 날 돌아오는 까닭에 이곳 아이들 중엔 생일 같은 아이가 많고, 위의 상황이 벌어지는 경우 같은 날 제사지내는 집이 많을 수밖에 없게 된다는 것이다. 또한 이런 바닷가 마을에는 대낮임에도 사립문 앞에 세워 둔 장대 끝에 여자의 속곳이 걸려 있는 경우 누구든 그 집 출입을 못하는 것이 공동 약속이었는데, 이는 먼 바다에 나갔다가 오랜만에 돌아온 어부가 '현재 처와 정사 중'이라는 불문율 표시로 통했기 때문이라 한다.

과부타령, 수절(守節)이 개절이다

남편 잃고 절개를 지키는 것이 무슨 의미가 있느냐는 '과부 타령' 가사이다.

이는 조선시대 여인들에게서 나온 말로서 다음과 같은, 그 시절 전통 윤리에 정면으로 반항하는 외람된 가사의 민요까지 전해지고 있다.

동편의 동 서방네 서편의 서 서방네
수절 개절 그만하고 신발일랑 돌려 놓소
수절개절 하고난들 임종 시에 죽을 적에
어느 누가 머리 풀고 염불할 이 누가 있나
다루닷동 금봉채와 연지분을 내어놓고
곱게 하고 다녀 봐도 어느 누가 예뻐하리
금단 닷동 열닷 동을 아무리 입어 봐도
좋아할 이 누가 있나
얽었거나 꺼멓거나 내 낭군이 첫째로다

다음은 유사하지만 내용은 다른 과부 관련의 민요이다.

누웠으니 임이 오나   앉았으니 잠이 오나
임도 잠도 아니 오네   늙은 과부 담배질
젊은 과부 한숨질   한숨 끝에 도망질
서방 얻어 갔단다

늙은 과부는 시름을 달래고자 담배만 피우고 젊은 과부는 한숨만 쉬다
가 서방 얻어 도망을 친다는 내용이다.

과부하고는 해도 유부녀하고는 하지 마라
바람을 피워도 유부녀와 관계를 하면 가정을 파탄 내기 십상이므로 그
래서는 안 된다는 뜻.

과부 홀아비 보는 데 예절 찾고 사주 보겠냐?
건성건성 넘겨도 별 흠이 되지 않는 일이다.

과수(寡守)댁 빚을 내서라도
과부 집 높은 이자를 내서라도 빚을 갚거나 또는 일을 처리하겠다는

다짐의 말.

과하다면서 석 잔, 그만한다면서 다섯 잔이다

너무 마셔 안 되겠다면서 석 잔, 그만 먹겠다 다짐한 뒤에도 다섯 잔을
더 먹는다 함이니 그렇듯 술꾼은 자기 제어 기능이 약함을 빗댄 말.

관 뚜껑 덮기 전에는 입찬소리*¹ 말랬다

사람 팔자란 언제 어찌될지 모르는 것이니 말을 함부로 해서는 안 되
는 것이다.

관 짜 놓고 죽을 날 기다린다

불필요한 일을 서둘러 준비해 둘 필요가 있겠느냐. 또는 죽을 때가 다
되었다.

관(棺) 옆에 두고 싸움질 한다

고인의 유산을 두고 싸우는 자손들에게 예법을 모르는 상것들이라고
탓하는 말.

괄기*²는 관솔불 같다

성미가 꼭 나무옹이 탈 때의 불꽃마냥 드세고 거칠기 짝이 없다.

광대패 어름산이(줄타기) 재담 중에서

[蒐集] "어따 그놈 입정만 더러운 줄 알았더니 방귀 냄새도 상종을
못 하겠구나. 썩 비켜 나거라. 여기 있는 나로 말하면 경기 안성 땅 내로
라는 대갓집의 둘째 자제분과 결발 부부하였네. 하지만 내 행적이 좀 더

---

*1 입찬소리 : 자신의 지위나 능력을 믿고 해대는 큰 소리.

*2 괄다. 괄괄하다 : 본디는 옷에 풀을 먹일 때 풀기가 세서 빳빳하게 된 상태를 '괄괄하
다'고 했으나 요즘은 억센 성품 또는 음성이 크고 거세다는 뜻으로 쓰인다.

러웠지. 몸 볼 적에 차던 서답 글방 앞에 끌러 놓기, 밥 푸다가 이 잡기, 코 큰 총각 동이 술에 섬밥 지어 먹이기, 밤이면 마을 돌고 해 뜨면 잠자기, 양식 퍼내 떡 사먹고 속곳 벗고 그네 타기, 개 흘레 붙는 데 구경하기, 다 된 혼인 발에 바람 넣기, 상인 잡고 허벅지 보이기, 방사(房事)하는데 문 열기, 우물가에서 뒷물하기, 상두꾼 괴춤 헐기, 남의 서방 기물 자랑에 망부석에 똥 싸기, 서방 두고 사잇 서방 보느라 남의 집 축담 위를 풀 방구리 쥐 드나들듯 하다가 간통 중죄로 조리돌림을 당하고 마을에서 쫓겨나 굿중패가 되었다네."

괴악*¹한 놈이다

성정이 흉악무도한 자이다.

괴 죽거리도 생쥐 볼가심할 것도 없다

고양이나 쥐가 얻어먹을 것조차 없는 궁색한 살림이다.

구겨진 인생이다

하는 일마다 실패해 좌절의 늪에 빠져 있다.

구들*² 농사 짓는다

자식은 방구들 위에서 만든다는 우스갯말에서 유래된 말.
=자식 농사짓는다.

구들더께*³가 되었다

늙고 병들어서 방구들에 늘어 붙어 누워 지내는 신세이다. 죽을 때가 다 되었다는 뜻.

---

*1 괴악(怪惡) : 언행이 괴이하고 흉악함.

*2 구들 : '구운 돌'에서 나온 말이다. '구'는 '굽다'에서 나오고 '들'은 굴을 뜻하는 한 자 돌(堗)이 변한 것이다.

*3 더께 : 찌든 물건에 더덕더덕 달라붙은 거친 때.

구들장 꺼질까봐 씹도 못하겠다

당치도 않은 군걱정을 하고 있다고 핀잔주는 말.

=자지 무서워 시집도 못 가겠다.

구렁이 제 몸 추듯 한다

눈치 없이 제 자랑만 늘어놓고 있다.

구름 끼어 안 뵌다고 보름달이 어디 갈까, 똬리로 샅*1 가리기다

가운데가 뻥 뚫어진 똬리로 음문을 가려 봤자 보일 건 다 보이듯 숨기고 감춰 보았자 헛일이니 헛수고 하지 말라는 충고의 말.

구름*2을 잡겠다는 거냐?

불가능한 일이니 단념하도록 해라.

구름하고 남남이 아니다

정처 못 잡고 떠도는 못 믿을 사람이다.

구린내는 나는데 방귀 뀐 놈은 없다

심증은 가는데 물증이 없다. 서로 자신의 잘못이 아니라고 오리발을 내미는 경우 따위에 빗댄 말.

구멍*3 동서이다

같은 여자와 성관계를 한 남자들 사이라는 뜻.

구멍만 밝힌다

---

*1 샅 : 음문.

*2 구름 : '검은 것'이란 뜻이다. '검은' 빛을 이르던 '구루'에서 ㅁ이 붙어서 '구름'이 되었다.

*3 구멍 : 음문을 빗댄 말.

눈만 뜨면 오입질밖에 모르는 자이다.

구멍에서 나와 구멍으로 돌아가는 게 인생이다

누구든 자궁에서 태어나 한세상 살다가 땅구멍(墓穴)으로 들어가게 마련이라는 뜻.

구멍 있는 건 모두 딸이다

태몽 풀이에서 어떤 것이든 구멍 있는 게 꿈에 보이면 딸이라는 우스갯말. 여기서 '구멍'은 음문을 빗댄 말.

구메밥* 얻어먹고 살았다

옥살이나 하면서 구차하게 살았다.

구와증(口臥症)으로 입이나 비뚤어져라!

예사로 말을 바꾸거나 거짓말을 일삼는 자에게 해대는 악담.

구운 게도 다리 떼고 먹겠다

구운 게가 물까 봐 다리를 떼어 놓고 먹는다 함이니 겁 많은 사람을 비웃는 말.

구융젖이다

젖꼭지가 쏙 들어간 유방을 이르는 말. 구융은 소나 말 먹이통인 구유의 사투리로 구융젖은 먹이통의 움푹 들어간 모양새를 비유한 말.

구정물 먹고 주정한다

못된 버릇이 몸에 배 허튼 짓거리를 하고 있다.

---

* 구메밥 : 옥문의 구멍으로 죄수에게 주는 밥.

국 쏟고 발등도 덴다

굿은 일, 손해나는 일이 겹쳐서 곤혹스럽다.

국 쏟고 보지 데고 귀쌈 맞고 치마 버리고 아침밥 굶고

한 가지 잘못이 빌미가 되어 재앙이 겹치는 경우를 해학적으로 나타낸 말.

=국 쏟고 보지 데고 탕기 깨고 서방한테 매 맞고

국수 못하는 년이 안반*1만 나무란다

일은 못하는 주제에 핑계만 늘어놓고 있다.

=선무당이 마당 기울 댄다. 선무당이 장구 나무란다.

국수 잘 하는 년이 수제비 못 뜰까

국수 솜씨가 좋은 터에 그보다 쉬운 수제비 뜨는 일쯤이야 식은 죽 먹기 아니겠느냐. 이 솜씨 좋으면 다른 솜씨도 좋게 마련이라는 뜻.

=기생질 잘 하는 년이 화냥질 못 할까?

국에 덴 놈은 김칫국도 불고 먹는다

무엇에 놀라면 그 비슷한 것만 봐도 움츠리게 된다는 뜻.

=불에 덴 소 달보고도 헐떡거린다. 국에 덴 놈 냉수도 불고 마신다. 고슴도치에 놀란 호랑이 밤송이 보고도 절한다.

국으로*2 처먹어라

불평하지 말고 먹기나 해라.

군것질*3 맛이 더 기똥차다

---

*1 안반 : 떡 같은 음식을 만들 때 쓰는 넓고 두꺼운 나무판.

*2 국으로 : 분수에 알맞게

*3 군것질 : 여기서는 배우자 아닌 상대와 정을 통하는 짓을 이름. 오입질.

군것질이 맛있듯 오입질 역시도 그렇다는 뜻.

군밤 맛하고 샛서방 맛은 못 잊는다
군밤의 따스하고 고소한 맛과 샛서방과의 달콤한 사랑의 기억은 좀체
잊기 어렵다는 뜻.

군서방질 한다
배우자 아닌 남자와 성관계를 맺는다.
=샛서방질 한다.

굴뚝으로 불 땔 집구석이다
한 집안 또는 직장 꼴이 엉망으로 돌아가는 상태를 빗댄 말.

굴비 뭇으로 새끼들만 처질러 놓고
애들만 많이 낳아 놓았지 먹여 키울 생각은 않고 있다는 원망의 말.

굶고 자라고 먹고 자랐다
어릴 적 몹시 가난해 굶주림에 시달리며 자랐다는 뜻.

굶어 죽기는 정승 하기보다 더 어렵다
제아무리 여러 날을 굶어도 쉽게 죽지는 않는 법이다. 또는 누군가의
도움을 받게 마련이라는 뜻.

굶어도 사랑 맛, 썹 맛에 산다
남녀 간의 정분이란 인생에서 그만큼 큰 비중을 차지하는 것이다.
=굶어도 엉덩방아 맛에 산다.

굶어봐야 없는 놈 사정도 안다
몸소 겪어 보아야만 없는 사람 어려운 사정도 알게 되는 것이다.

=한 해 서너 번 아파 봐야 사람 된다.

굶주린 늑대 아가리 같다
굶주린 늑대가 집어 삼킬 듯 벌린 아가리처럼 흉악한 모습이다.

굽은 나무가 선산(先山) 지킨다
못난 자식이 남아 오히려 효도를 한다.
=병신자식이 효도한다. 의붓자식이 효도한다.

굽은 못은 때려서 잡아야 한다
행실 못된 놈은 체벌을 가해서라도 버르장머리를 고쳐 놓아야 한다.

굿이나 보고 떡이나 처먹어라!
공연히 나서서 참견 말고 주는 거나 먹고 잠자코 있거라.

굿 지난 뒤 날장구 친다
때 지난 다음에 아무 쓸데없는 짓거리를 하고 있다고 핀잔주는 말.
=원님 행차 뒤 나팔 분다.

굿 해먹은 집구석 같다
치우지를 않아 마구 어지럽혀져 있는 모습. 또는 한창 법석을 떨다가
갑자기 고요해진 상태 따위를 나타낸 말.

궁노루 있으면 향내 나고 똥파리 있으면 구린내 난다
아무리 가면을 쓰고 속이려 해도 본색은 드러나게 마련이라는 뜻.

궁둥이 둘러 댄다
정사를 한다.

궁둥이에서 비파 소리가 난다
일이 너무 많아서 정신없이 바쁜 모습을 비유한 말.

궁상에는 돈이 붙지 않는다
궁기가 밴 빈상에는 복이 따르지 않는다.

궁지에 몰리면 쥐도 고양이를 문다
누구에게든 인정스럽게 하는 것이 신상에 좋은 것이다.

궁(窮)하대서 궁둥이고 향기롭대서 방(芳)댕이, 응한대서 응(應)덩이다
과부 등 혼자 사는 여자 엉덩이는 사내 맛에 궁기가 들었대서 궁둥이고 처녀 엉덩이는 향기롭대서 방댕이, 유부녀는 사내요구에 응한대서 응덩이로 부른다는 우스갯말.

궂은 날 개 사귄 격이다
비 온 날 개를 가까이하면 옷만 버리듯 공연히 가까이 해서 손해만 보았다고 투덜대는 말.

귀 넘어 듣는다
건성으로 듣는 체한다.

귀는 커야 하고 입은 작아야 한다
많이 듣되 말수는 적은 것이 좋다.
=귀는 크게 열고 입은 작게 열어라.

귀동냥 말고 눈동냥 하랬다
헛소문도 많은 즉 제 눈으로 보고 확인하는 것이 제일이다.

귀때기도 새파란 놈이

나이 어린놈이 버릇없이 군다고 호통 치는 말.

귀 막고 방울 도둑질 한다

얕은 꾀로 남을 속이려 든다.

귀머거리 3년, 벙어리 3년, 눈 감고 3년이라야 시집살이 터 잡는다

시집살이가 그만치 힘든 것이니만큼 마음 단단히 먹고 잘 이겨 내도록 하라고 이르는 말.

귀머거리 들으나마나, 소경 보나마나

아무런 성과 없기는 매일반이다.
=앉은뱅이 앉으나마나. 뻗정다리 서나마나. 고자 씹 하나마나.

귀살쩍다,* 가만 좀 있거라!

정신 사나우니까 조용히 하거라.

귀 소문 말고 눈 소문 해라

들은 건 불확실하니까 반드시 네 눈으로 보고나서 말해라.

귀신도 속일 놈이다

맘만 먹으면 무슨 짓이든 해낼 만큼 영악하고 담대한 자이다.

귀신 씨나락 까먹는 소리 하고 있다

알아듣지도 못할 말을 혼자 구시렁대고 있다.

귀신 씹이다

낮거리를 일삼는 오입쟁이들이 정상적으로 밤에 하는 정사를 되레 귀

---

* 귀살쩍다 : 일이 뒤엉켜서 정신이 산란하다.

신 씹이라고 빈정댄대서 나온 말.

귀신은 속여도 핏줄은 못 속인다

핏줄은 내림으로 눈에 보이는 거라서 속일 수 없는 것이다.

귀신이 팔짝 뛰다 자빠져서 뇌진탕으로 죽을 소리다

터무니없는 말 좀 하지 마라.

귀신이 하품 하겠다

너무 신통방통한 일이라서 귀신도 자리걷이하고 물러가겠다.

귀썰미 있다

한번 들은 거라도 흉내를 잘 내는 재주가 있다.
=눈썰미 있다.

귀에 딱지가 앉겠다

여러 번 들은 얘기니까 그쯤 해 둬라.

귀와 눈은 둘인데 입은 하나라는 걸 알아야지

보고 듣기는 많이 하되 말수는 적어야 한다는 뜻.

귓구멍에다 당나귀 좆을 처박았냐?

큰소리에도 듣지 못하거나 또는 여러 번 설명을 해도 알아듣지 못하는
사람에게 해대는 욕설.
=귓구멍에다 말뚝을 처박았냐?

귓구멍 콧구멍이 다 막혀 죽겠다

하도 어이없고 경우에 없는 일이라서 말이 안 나올 지경이다.

귓속말이 백리 가고 천리 간다
비밀은 없는 것이니만큼 항시 입조심 하거라.

그것도 씹이라고 씹 값 달랜다
놀지도 못했는데 돈만 달랜다고 부아가 나서 내뱉는 볼멘소리.

[採錄] 옛날에 옹기장수가 옹기 짐을 지고 가다가 술 한잔 먹은 게 취기가 올라서 길가 나무 그늘에 옹기 지게를 받쳐 놓고 쉬고 있었다. 그러다 잠이 들었는데 언뜻 깨보니 아무 일 없던 자지가 조는 새 불끈 성이 나 있는 것이었다. 그래서 거기다 손을 대고 용두질을 쳤는데 점차 기분이 좋아지자 두 다리를 쭉 뻗고 사정을 하는 순간 그만 발끝으로 작대기를 탁 쳐서 지게가 넘어지면서 옹기가 와장창 다 깨져 버리고 말았다. 그때서야 정신이 번쩍 든 옹기장수가 벌떡 일어나면서 그러더란다. "에이 쌍, 그것도 씹이라고 씹 값 달라네."

그게 말이냐 막걸리냐?
그걸 말이라고 하는 것이냐.

그 깔치에 그 덮치*다
그런 아류의 계집과 사내놈이다.

그 독살스런 년 앉은 자리엔 독새풀도 한 포기 안 나겠다
소름 끼칠 만큼 독살스런 여자를 독새풀에 빗댄 말.

그런 놈은 좆 대가릴 뽑아 버려야 한다
그런 막돼먹은 자는 다시는 이 세상에 같은 종자가 못 나오게끔 거세를 해야 한다.

---

* 깔치, 덮치 : 여자와 남자의 비속어.

그런 흐벅진 년 처음 보았다
  몸매가 풍만한 여자이다.

그릇하고 여자는 내돌리면 깨진다
  그릇을 내돌리면 이 빠지고 깨지기 쉽듯 여자 역시 나돌아 다니게 내
  버려 두면 바람이 나거나 나쁜 버릇이 들기 십상이다.

그리 수줍음 타고서야 어찌 첫날밤에 신랑, 배위에 올려 놓을꼬?
  수줍음을 몹시 타는 처녀를 두고 주고받는 우스갯말.

그리움 포개서 미움 있다
  그리움이 지나치면 미워지기도 하는 법이다.

그물 얼굴이다
  천연두를 앓거나 화상, 수술 따위로 얽은 얼굴을 빗대 이르는 말.

그물에 든 고기, 함정에 빠진 범이다
  영락없이 죽을 운명에 놓였다.

그 버릇 개 주겠냐?
  몸에 익은 습관은 좀체 버리기 힘든 것이다.

그 소문 섶에 불이지!
  남녀 간에 어쨌다더란 소문은 마치 섶에 불을 놓은 것처럼 삽시간에
  동네방네 퍼져 나가 누구든 알게 마련이다.

그 실한 몸에 기쁨 하나 담지 못하고
  혼자 사는 젊은 여자의 적막한 이성 관계를 비유한 말.

그악을 떤다

경우에 없는 패악을 부린다.

그 좋던 신색 다 개 물려 보내고

그 곱던 자태, 허망한 세월 속에 다 스러져 버리고.

그 집 딸년 젖통 한번 분통이고, 새끼 한 죽*¹은 실컷 먹여도 남을 젖통이고

중매쟁이가 며느리 감으로서 아기 잘 낳고 젖 잘 먹여 키울 건강한 처녀라고 부추기는 말.

그 짓 안 하는 놈 있나?

성생활 안 하고 사는 자가 어디 있겠느냐고 반문하는 말.

[蒐集] 한 사내가 비가 오는지라 일을 하러 나갈 수도 없고 하여 방 안에 틀어박혀 있으려니까 은근히 그 생각만 나는 것이었다. 한데 아들 놈이 비 때문에 밖에 놀러 나가지를 못해 방해가 되자 구실을 만들어 멀찌감치 심부름*² 을 보냈다. 그리고 나서 처와 한창 정사를 벌이는 참인데 느닷없이 아들놈이 들어서는 것이었다. 이에 사내가 벌컥 화를 내면서 "야 이놈아, 심부름을 아직도 안 갔단 말이냐?"라고 호통을 쳤다. 그랬더니 아들놈 한다는 말이 "아니 이렇게 비가 오는데 그 집이라고 그 짓 안 하겠소?" 그러더란다.

근원 벨 칼 없고 근심 없앨 약 없다

끊을 수 없는 혈육의 정처럼 사는 동안은 근심 걱정 역시 떠날 수 없는 것이다.

---

*1 새끼 한 죽 : 아기 열 명.

*2 심부름 : '심'은 '힘'이 변한 것이고 '부름'은 동사 '부리다'가 명사화한 것이다. 따라서 '심부름'은 '남의 힘을 부리는 것'을 뜻하는 말이다.

글귀야 몰라도 말귀조차 모를까?

무식해서 글귀야 모른다 쳐도 어째 말귀조차 못 알아듣느냐고 혀 차는
말.

글 못하는 놈이 붓만 고르고 자빠졌다

실력도 없으면서 아는 체한다고 비웃는 말.
=글 못 쓰는 놈이 필묵 타령한다. 선무당이 마당 기울댄다.

글* 못하는 선비에 활 못 쏘는 한량이다

허우대와 말재간만 그럴싸했지 속빈 강정마냥 무능한 자이다.

글은 개 좆 글이라야 잘 는다

내놓기 잘하는 개 자지처럼 글 또한 창피 불구하고 두루 보이고 써먹
다 보면 실력이 향상된다는 뜻.

글 총명은 식궁(食窮)이다

글 잘하는 이는 곤궁하게 마련이라는 뜻.

금간 그릇이 더 오래 간다

그릇에 금이 가면 더 조심해서 다루는 까닭에 더 오래 쓰게 된다는 뜻.
=병든 송아지 3년 가고 5년 간다.

금년 새 다리가 명년 쇠다리보다 낫다

불확실한 큰 것보다 확실한 작은 것이 더 실속 있는 것이다.

금도 모르고 싸단다

내용도 모르면서 허튼 소리를 하고 있다.

＊글 : '글'은 '긋(근)다'에서 나온 말이다. 묻고→물으니 에서처럼 ㄷ이 ㄹ로 바뀐 것이다.

금잔디 동산*¹에 산다

이미 죽은 사람이라는 뜻.

금쪽같은 순정 다 스러져 버리고

좋은 꽃띠 시절 허망하게 다 흘려보냈다는 탄식의 말.

급살*²을 맞아 뒈져 쌀 놈!

벼락같은 재앙을 만나 죽어도 싼 개망나니다.

급하기는 서서 똥 싸겠다

성미가 병적으로 급한 자를 비웃거나 놀려대는 말.

급하기는 서서 씹 하겠다

서서 성교를 하리만큼 별나게 조급한 자이다.
=급하기는 우물에 가서 숭늉 찾겠다. 급하기는 콩밭에 가서 두부 찾겠다.

[禦眠楯] 한 늙은이가 생각하기를 성품이 급한 자라야 출세를 할 것이요 느린 자는 게을러터져서 빈궁하게 마련이니 사위를 정하되 성미 급한 자를 고르기로 작정하고 구하던 중 하루는 한 총각이 뒷간 앞에서 허리띠가 옹 매듭이 져 안 풀리자 칼을 빼어 끊고 들어가거늘 그 총각이 나올 때를 기다려 흔연히 손을 잡고 성명과 사는 곳을 물은 다음 사위가 되어줄 것을 청한즉 총각이 "오늘 저녁에 하는 게 어떤지요, 미룰 일이 없잖습니까?" 하매 늙은이가 더욱 마음에 가상하여 그날로 딸을 총각에게 주었다. 한데 그날 저녁 한밤중에 돌연 신방에서 사람 치는 소리가 낭자하고 딸의 통곡소리가 크게 나는지라 늙은이가 놀라 딸을 불러 물은 즉

---

*1 금잔디 동산 : 묘지
*2 급살(急煞) : 갑자기 닥치는 재액.

"신랑이 말하기를 이미 장가든 후에 생남 생녀를 함은 자연의 이치거니와 너는 나와 상관했음에도 어찌 생남(生男)치 않는 것이냐고 저렇게 난리를 치는 것이옵니다" 하였다. 늙은이의 괴벽이 끝내 이렇듯 낭패를 불러들인 것이었다.

급하기는 싸전*¹에 가 숭늉 찾겠다
쌀가게에 가서 숭늉을 달라고 하듯 병적으로 성미가 조급한 자이다.
=싸전 가서 밥 달라는 격이다.

급하다고 밑 씻고 똥 누겠나?
아무리 급해도 일은 순리에 따라야 하는 것이다.

기가 차고 코가 찰 일이다
너무 뜻밖의 일이라서 기가 막힌다.

기는 놈 위에 뛰는 놈, 뛰는 놈 위에 나는 놈, 나는 놈 위에 타는 놈 있다
세상에는 나보다 더 나은 사람이 얼마든지 있는 법이니 항상 삼가고 겸손해야 하는 법이다.

기둥*²뿌리 썩는 줄 모른다
바둑 장기 노름질 등 잡기에 빠져서 집안 살림은 아랑곳없는 한심한 자이다.
=도끼자루 썩는 줄 모른다.

[冀葉志譜] 어떤 사람이 바둑을 즐겨 이웃집에서 대국이 붙었는데 한

---

*1 싸전 : 쌀가게.

*2 기둥 : 기둥의 옛말은 '긷'인데 접미사 '웅'과 어울려 '긷+웅→기둥'이 되었다. '길이'의 '길'과 같은 어원으로 '긴 것'이란 뜻이다.

창 열기가 고조되어 갈 즈음에 여종이 헐레벌떡 달려와 "집에 불이 났습니다"라고 한즉 "불이 났다구, 무슨 불인고? 끄면 되지 뭘 걱정인고?" 하였다. 또한 어떤 이가 바둑을 두는데 고향집의 노복(老僕)이 달려와서 고하기를 "노 영감님께서 마침내 돌아 가셨습니다." 한 데, 그 사람이 손을 들어 바둑알을 내리면서 "아버님이 돌아가셨다구? 참으로 안 된 일이로다, 안 된 일이로다" 하고 여전 바둑을 물리지 않으니 듣고 웃지 않는 자가 없었다.

기른 개가 아들자지 잘라 먹는다
베풀어서 도리어 앙화만 입은 경우 따위에 빗댄 말.
=기른 개도 무는 개가 있다

기름 먹인 가죽이 더 부드럽다
뇌물을 먹이면 모든 일이 순조롭게 풀리게 마련이다.

기름 엎지르고 깨알 주워 먹는다
정작 큰일은 그르치고 작은 것에 연연해 하고 있다.
=낟가리 태우고 싸라기 주워 먹는다. 집 태워 먹고 못대가리 줍는다.

기름 짜다 말고 오줌 싸러 갈 년이다
사리에 밝지 못한 칠칠맞은 여자이다.
=밥 푸다말고 주걱 빌려 줄 년이다.

기막히고* 창아리 막혀서
하도 어이가 없어서.
=기막히고 코가 막힌다.

---

* 기막힌다 : 본디는 생명체의 원동력인 기(氣)가 멎어 죽음에 이르렀다는 뜻. 여기서는 어이없는 일을 당한 경우에 비유한 말.

기분이 엿 같다

기분이 좋지 않다. (반대말)기분 째진다.

기쁨 헤프고 슬픔 헤프면 세상 못 산다

세상살이는 냉정한 것이므로 함부로 감정을 드러내서는 안 된다고 일러 주는 말.

기생 나이는 서른이 환갑이다

화류계 여자는 삼십이면 한물 간 나이로 친다는 뜻.
=여자나이 삼십이면 눈먼 새도 안 돌아본다.

기생에도 도인(道人) 기생이 있다

천민 계층인 기생 중에도 영특하고 출중한 인물이 있다. 무릇 사람은 함부로 얕볼 것이 아니라는 뜻.

[蒐集] 조선시대 대학자였던 율곡의 아버지 이원수가 서울에서 벼슬을 살던 중 휴가를 얻어 아내 신사임당이 살고 있는 강릉으로 가던 길에 날이 저물어 대관령의 한 주막에서 유숙을 하게 되었다. 이 때 한 어여쁜 기생이 주안상을 잘 차려 접대를 하는지라 취흥이 도도한 차에 합방을 하려던 즈음 느닷없이 호랑이 한마리가 나타나 창호지를 찢고 포효하는 것이었다. 이에 놀라서 안채로 피신하느라 결국 만사휴의가 되고 말았다. 하여 별 수 없이 다음 날 강릉 오죽헌으로 돌아가 아내를 만나 이 때 낳은 자식이 이율곡이었다. 그때 휴가를 마치고 돌아오는 길에 대관령 그 주막에 들러 보니 여전히 예의 그 어여쁜 기생이 있는 지라 이원수는, 열 계집마다는 사내놈 없더라고 다시금 지난번 못 이룬 정사를 청한즉 그 기생이 이르기를 "저는 당초부터 나리가 잘나서 모시고자 한 게 아니옵고 그 당시 나리께서 큰 인물의 씨를 품고 계심을 알았기에 그 씨를 받고자 하여 꾀어 본 것이온데 이미 강릉에 가시어 부인에게 그 씨를 주고 빈 몸으로 오셨으니 제가 어찌 쭉정이나 다름없는 나리와 동품을 한단

말입니까?" 하고 일언지하에 거절을 하였다. 이 일로 하여 '기생에도 도인 기생이 있다'는 말이 생겼다 한다.

기생오라비 같다
겉모습만 번지르르한 남자를 비유한 말.

기어 나오고 기어 들어간다더라
겨우 운신만 한다더라. 죽을 때가 다된 것 같다.

기와 한 장 아끼려다 대들보 썩힌다
작을 것을 아끼려다 더 큰 손해를 보는 경우 따위에 빗댄 말.
=회초리 아끼다 자식 버려 놓는다. 소탐대실(小貪大失)한다.

기왕에 주려거든 홀딱 벗고 주랬다
사심 없이 내던져야만 고맙게 여기고 후사도 있는 법이다.

기왕이면 처녀장가 간다
같은 조건이면 더 좋은 쪽을 택한다.
=기왕이면 과부댁머슴 산다.

기운 세다고 황소가 왕 노릇 할까?
지와 덕을 갖춰야지 힘만 갖고 높은 자리에 군림 할 수는 없는 것이다.

기인(奇人) 정수동 이야기

조선 철종 때의 시인이자 술과 방랑 그리고 호협한 언동으로 세상을 조롱하고 풍자한 기인 정수동(1808~1858. 향년 50세)관련 이야기.

1. 정수동은 어려서부터 타고난 문재(文才)를 인정받아 추사(秋史) 김

정희가 그를 몹시 아껴서 자신의 책을 모두 주어 읽게 했는데 그것을 다 읽어 치우고는 어디론가 자취를 감추고 말았다. 방랑벽 탓이었다. 추사가 사람을 시켜 그를 겨우 찾아내 의관을 마련해 주고 작은 방에 머물도록 배려해 주었으나 여전히 수동의 방랑벽은 고쳐지지 않아 어느 틈엔가 뛰쳐나가 다시는 그 집에 돌아오지 않았다.

2. 어느 날 동대문 밖에서 술을 마시고 수표교에서 그리 멀지 않은 자기 집으로 향했는데 밤이 너무 늦어 야경꾼에게 그만 걸리고 말았다. 당시는 밤중에 다니는 수상한 자들을 감시하고 도둑을 예방하기 위해 통행금지시간에 야간순찰을 도는 제도가 있었다. 야경꾼이 "누구요?"라고 소리치자 정수동이 다급한 나머지 담벼락에 두 팔을 벌리고 서서는 "빨래요!"라고 답하였다. "빨래가 어떻게 말을 하느냐?"고 다그치자 "옷이 한 벌 밖에 없어 입은 채로 빨았는데 아직 덜 말라서 이러고 서 있는 것이오"라고 하니 야경 순라꾼이 기가 막혀서 껄껄 웃고 가 버렸다 한다.

3. 어느 해 설날 주머니는 비었으되 술 생각이 간절하여 주막을 갔으나 밀린 외상술값을 갚지 않으면 술을 줄 수 없다는 것이었다. 별 수 없이 평상에 앉아 마침 돼지 한 마리가 울타리를 비집고 들어와 마당에 널어놓은 술밥 먹는 것을 우두커니 바라보고 있었다. 이를 본 주모가 달려 나와 돼지를 쫓아낸 다음 정수동에게 어째 술밥 먹는 돼지를 번연히 보고도 쫓아내지 않았느냐고 나무랐다. 이에 정수동이 "난 돼지가 맞돈 내고 먹는 줄만 알았지" 하니 주모가 알아듣고 도리 없이 외상술을 주었다 한다.

4. 하루는 정수동이 목이 칼칼하여 친구를 찾아갔는데 내놓는 술상에 안주가 영 시원치 않았다. 이에 정수동이 "안주 없이 어떻게 술을 먹나? 내가 타고 온 저 나귀를 잡게나" 하였다. 이에 친구가 놀라서 "아니 그럼 자넨 갈 적엔 뭘 타고 가려 그러는가?" 하자 정수동이 말하기를 "저 뜰에 노니는 닭을 타고 가면 될 거 아닌가?" 하였다. 그 후 친구가 닭을 잡았는지 여부는 기록에 나와 있지 않다.

5. 어느 날 정수동이 아는 집에 들렀는데 내온 술상이 그 집 사는 형편에 비해 너무 초라한 건 고사하고 술잔도 꼭 도토리 껍질만 하였다. 술상을 보자 마자 수동이 별안간 통곡을 하였더니 주인이 '무슨 변고가 있느냐?'고 물은 데, 수동이 눈물을 그치고 말하기를 "우리 형님이 지금 나처럼 친구의 집에 가서 술을 마시다가 술잔이 작아 그만 목구멍에 걸려서 돌아가시어 그 생각에 눈물이 난 것이오" 하였다. 이에 주인이 눈치를 채고는 사발을 내온 즉 수동이 껄껄 웃으면서 "진작 그래야지. 술잔만이라도 커야겠지" 하고 무안을 주었다 한다.

6. 당시 안동 김씨의 세도가였던 김흥근(金興根)은 정수동의 재능을 몹시 아껴 그를 많이 도와주었다. 하루는 그를 불러 사랑방에다 술상을 차려 주었는데 마침 외출할 일이 생겨 나가면서 돌아올 때까지 사랑에 있으라고 일러두고 몰래 나가지 못하게 수동의 의관을 벽장에 감춰 놓고 종들로 하여금 잘 감시토록 명했다. 한데 대감이 집에 돌아와 보니 수동이 어디론가 가버리고 종적이 묘연했다. 사람을 시켜 찾아본즉 수동이 인근의 술집에서 취해 벌렁 누워 있었는데 대감의 도포를 입고 홍대를 두르고 상제가 쓰는 방갓을 비뚜름이 쓰고 있었다. 사랑방에서 자신의 의관을 찾을 수 없게 되자 거기 있던 대감의 의관을 입고 그 집을 빠져 나와 종들도 눈치를 채지 못했던 것이다.

7. 한 번은 정수동이 어느 재상의 집 앞을 지나던 중인데 그 집 행랑어멈이 아이가 가지고 놀던 동전 한 닢을 삼켰으니 이를 어쩌느냐고 걱정을 태산같이 하는 것이었다. 이에 정수동이 '그 아이가 삼킨 돈이 누구의 돈이냐?'고 물은즉 자기 돈이라는 것이다. 그 말끝에 정수동이 목청을 높여 큰 소리로 "그렇다면 아이 배를 두어 번 쓰다듬어 주면 나을 것이니 걱정할 거 없네. 어느 대감 양반은 남의 돈을 칠만 냥이나 삼키고도 배 한 번 쓰다듬면 아무 일 없는데 하물며 자기 돈 한 푼 삼킨 게 무슨 탈이 나겠는가?"라고 하였다. 그 집 사랑에 앉아 있는 대감이 들으라고 일부러 큰소리로 그리 떠들어댄 것이었다.

이렇듯 없어도 도리어 당당하게 살던 정수동은 문득 병을 얻어 그의 나이 51세에 세상을 떴는데 장사비용은 안동 김씨 김흥근이 내고 대감 조두순이 그의 전기를 썼다 한다.

기저귓감 마련한다

중매쟁이 얼굴 보고 시집도 가기 전, 나중 아기 낳으면 쓰게 될 기저귓감을 마련한다 함이니 성미 급한 여자를 비웃고 놀리는 말.

기차게 까진 년이다

기가 막힐 만큼 영악한 여자이다.

기침에 재채기까지

일이 꼬이려니까 궂은 일이 꼬리를 물고 있다.
=개똥밭에 미끄러져 쇠똥밭에 코가 깨지는 격이다.

길 다 갔으면 말(馬)은 버려라!

감투 벗었으면 권세욕 버리고 헤어졌으면 미련은 버려야 하는 것이다.

길 닦아 놓으니까 거지가 먼저 지나간다

엉뚱한 사람 좋은 일만 해 준 격이다.

길 닦아 놓으니까 미친년이 먼저 지나간다

터무니없는 노릇이라고 어이없어 하는 말.
=길 닦아 놓으니까 문둥이가 먼저 지나간다.

길송장이나 되어라

객사나 해라. 객지에서 돌보는 이도 없이 비참하게 죽어 마땅한 놈이라는 악담.

길 잠* 잔다

거렁뱅이 신세이다.

길 터진 밭에 마소(馬牛) 안 들어가랴

여자가 마음이 헤프면 자연 몸단속을 할 수 없게 된다는 뜻.

길 풍월 겉 풍류다

정식이 아니고 귀동냥 눈동냥으로 익힌 설익은 풍류다.

김삿갓(金笠)의 상소리 시편

본명은 김병연(1807~1863. 향년 56세). 조선시대 25대 철종 때의 방랑시인. 경기도 양주 출신으로 삿갓에 죽장을 짚고 조선 팔도를 방랑하면서 풍자와 해학으로 세상을 풍자 조롱하는 시들을 많이 남겼다. 다음은 그의 시편들 중 이 《상말전》 성격에 맞는 12편만을 가려 뽑은 것이다.

1. 금강산 입구의 한 절에서―. 김삿갓의 거지 행색에 박대를 하는 그 절의 늙은 중과, 같이 있던 선비를 두고 읊은 시.

僧首團團汗馬閬 승수는 단단한 마랑이요
儒頭尖尖坐狗腎 유두는 첨첨 좌구신이라

둥글둥글한 중의 머리는 땀 찬 말 불알 같고
뾰족뾰족한(갓을 쓴) 선비머리는 앉은 개자지 같도다.

2. 함경도 통천에서―. 한 서당 훈장과 하룻밤 유숙을 걸어놓고 읊은 시. 그는 일부러 김삿갓을 골탕 먹이려고 벽자인 찾을 멱(覓)을 운자로 불렀다.

―――――――――

* 길 잠 : 잘 데가 없어 아무데서나 자는 잠.

許多韻字何呼覓 허다운자에 하호멱이요
허구 많은 운자 가운데 하필이면 멱자인고

훈장이 다시 '멱' 자를 부르자
彼覓有難況此覓 피멱유난에 황차멱야
아까 멱자도 어려운데 이번에도 멱자인가

그럼에도 훈장은 또 '멱' 자를 부르는 것이었다.

一夜宿寢縣於覓 일야숙침이 현어멱이로다
하룻밤 묵는 일이 이 멱자에 달렸구나

훈장이 부른 마지막 운자 역시 '멱'이었다.

山村訓長借知覓이라 산촌훈장은 차지멱이라
이 산골훈장 놈은 멱자 밖에 모르나보다

산골훈장은 이런 수모를 당한 후에야 김삿갓의 시재(詩才)에 놀라 그를 깍듯이 대접해 보냈다 한다.

3. 강원도 원산 근처의 한 서당에서―. 선생은 없고 못된 학동 놈들이 김삿갓의 초라한 몰골을 보고는 거렁뱅이로 알고 놀려대는 것이었다. 이에 분심이 일어 써 갈겨 놓고 떠났다는 시 한 수.

書堂乃早知 서당은 내조지인데
房中皆尊物 방중은 개존물이라

서당은 내가 이에 일찍이 알았는데
방안에는 잘난 척하는 놈들만 있더라

生徒諸未十 생도는 제미십이요
先生來不謁 선생은 내불알이라

생도는 모두 열 명도 안 되는데
선생은 와서 뵙지도 않는도다

그런데 이는 끔찍한 욕설로서 소리대로 풀면 다음과 같다.

서당은 내 좆이(乃早知)고
방 안은 개 좆물(皆尊物) 같다
생도는 제미 씹(諸未十)이고
선생은 내 불알(來不謁)이다

4. 함경도 단천에서—. 글 잘한다고 소문난 20세의 노처녀 가련과의 첫 날 밤, 첫 방사 후 써 줬다는 시 한수.

毛深內濶 모심이 내활하니
必過他人 필과 타인이로다

털(陰毛)이 성하고 속이 트였으니
필경은 누군가 지나간 자취로다

이에 가련이 그 자리에서 건네준 대귀는 다음과 같은 것이었다.

後園黃栗不蜂折 후원 황률은 불봉절 하고
溪邊楊柳不雨長 계변양류는 불우장이옵니다

뒷동산 누런 밤송이는 벌이 아니어도 절로 벌고
시냇가 수양버들은 비가 없어도 절로 큰답니다.

그러니까 '모르면 국으로 가만이나 있어라, 이 바보야!' 그런 뜻이 될 것이다. 여기서 밤송이는 남성, 수양버들은 여성 음모를 비유한 말.

5. 또다시 함경도 단천에서―. 어느 섣달 보름날 제사 지내는 집에 갔다가 술 한잔 못 얻어먹은 분풀이로 축문 비슷하게 읊었다는 시 한 수.

年年臘月十五夜 연년납월에 십오야는
君家祭祀乃早知 군가제사를 내 조지라

해마다 돌아오는 섣달 보름날은
그대 집 제삿날인 줄 이내 알았도다

祭尊登物用刀疾 제존등물은 용도질하여
獻官執事皆告謁 헌관집사는 개고알이라

제사에 올린 음식은 칼솜씨가 빨라서
헌관과 집사 모두 정성을 다하였도다

뜻대로 풀면 말 그대로 훌륭한 축문이 되는 글이다. 그러나 이를 음대로 읽으면 해괴망측한 욕이 되고 만다.

해마다 섣달이면 씹이 오는 밤에(十五夜)
그대 집 제사는 내 좆이(乃早知)로다
제사 올린 음식에다 용두질(用刀疾)을 치노니
헌관 집사는 모두 개 공알(皆告謁)같도다

6. 서울 남산에서―. 봄철 시회(詩會)가 벌어진 자리에 불청객으로 끼어든 김삿갓이 당시로선 백안시 되던 언문풍월을 읊자 양반 시객들이 못마땅한 빛으로 외면하는 거였다. 이에 김삿갓이 비웃는 그들의 얼굴에다

대고 읊었다는 시 한 수.

데걱데걱 登南山 데걱데걱 등남산하니
씨근벌떡 自氣散 씨근벌떡 자기산이라

데걱데걱 남산에 오르니
씨근벌떡 숨이 차구나

醉眼朦朧굽어觀 취안몽롱 굽어 관하니
울긋불긋花爛漫 울긋 불긋 화난만이라

취한 눈으로 몽롱하게 굽어보니
울긋불긋한 꽃들이 난만하도다

　이 언문시에 대한 양반 시객들의 조롱에 삿갓은 다시 다음과 같이 읊
었다고.

諺文眞書섞어作 언문진서 섞어작을
是耶非耶皆吾子 시야비야 개오자라

언문하고 진서를 섞어서 지었다고
옳네 그르네 하는 놈은 모두 내 아들이다

　7. 함경도 북청에서―. 배가 고파 밥 한술을 구걸하자 찬밥도 아닌 쉰
밥덩이가 놓인 개다리 밥상을 받고 울분과 설움에 겨워 읊었다는 시.

二十樹下三十客 이십수하 삼십객이
四十村中五十食 사십촌중에 오십식이라

'스무나무' 아래서 삼십(서른, 서러운) 나그네가
사십(마흔, 망할)동네에서 오십(쉰)밥을 먹는구나

人間豈有七十事 인간기유 칠십사 야
不如歸家三十食 불여귀가 삼십식이라

인간으로서 어찌 칠십(일흔, 이런)일이 있으리오
집에 돌아가 삼십(서른, 설은) 밥 먹느니만 못하리로다

  8. 개성 만월대 근처에서―. 날이 저물어 민가에 하룻밤 유숙을 청한
즉 땔 나무가 없다는 등의 핑계로 문전 박대를 받고 쫓겨난 다음 무너진
황성 옛터에 앉아 세상인심을 개탄하며 읊었다는 시.

邑號開城何閉門 읍호개성 하폐문이요
山名松嶽豈無薪 산명송악 기무신이뇨

읍 이름은 성을 연댔는데 어째 문은 닫았으며
산이름은 소나무 산인데 어째 땔나무가 없다는고

黃昏逐客非人間 황혼축객비인간인데
禮義東方自獨秦 예의동방 자독진인저

황혼에 손을 내쫓는 건 인사가 아니건만
예의지국에 여기만 진시황처럼 흉악하구나

  김삿갓은 그날 밤 별 수 없이 그곳 허물어진 성터에 쪼그리고 앉아 밤
을 지샌 다음 새벽에 남산으로 올라가 분풀이로 궁둥이를 개성 쪽에 대
고 방귀를 뀐 다음 똥을 한 무더기 누었다. 이어 후련한 기분에 써 갈겼
다는 시 한수.

放糞南山第一聲 방분남산 제일성에
香震長安億萬家 향진장안 억만가 라

남산에서 똥을 누는 첫 방귀소리에
향기로운 냄새가 개성장안에 진동하도다

9. 황해도에서ㅡ. 어느 집 초상에 시장기나 지울까 기웃거리다 밥 한술
얻어먹은 대가로 써주었다는 만장(晩章)의 한 구절. 만장을 쓰기 전 망
자가 어떻게 죽었느냐고 묻자 김삿갓 행색이 거지사촌인지라 해설수로
부들부들 떨다가 뻣뻣해졌다는 말을 전해 듣고는ㅡ.

柳柳花花 유유화화 라

버들버들하다가 꼿꼿해 졌도다.

부들부들 떠는 모습을 버들 유, 꼿꼿해진 것을 꽃 화 등 두 글자로 표
현했다.

10. 역시 황해도에서ㅡ. 이웃 동네 간에 소위 명당 터를 서로 차지하려
고 묘쟁(墓爭)하는 꼴을 보고 한심스런 마음에 써 주었다는 한 수.
양반집 딸이 죽었는데 양반 세도를 우세로, 진작 써놓은 이웃 동네 부자
(夫子)의 산소자리 중간에 묘를 쓰려고 하다가 묘쟁이 생긴 내용이었다.

以士大之女 이사대지녀로
臥於祖父之間 와어조부지간 하니

사대부의 딸로서 / 할아비와 아비사이에 묻혔으니

付之於祖乎이까

付之於父乎이까

할아비에게 붙이리까 / 아비에게 붙여야 옳을까

11. 그 묘쟁으로 패소해 화가 난 지관(地官)늙은이가 김삿갓에게 공연한 시비를 걸어 부아를 돋우자 김삿갓이 답변 대신 써 주었다는 시 한수.

縣縣天門猶未達 현현천문도 유미달한데
漠漠地理豈能通 막막지리기능통 이리오

해와 달의 밝은 천문도 알 수 없는데
하물며 막막한 땅의 이치를 어찌 알 수 있으리오

不如歸飮重陽酒 불여귀음 중양주하고
醉抱瘠妻明月中 취포척처 명월중이라

집에 돌아가 중양절 술이나 처먹고
취한 김 달밤에 늙은 마누라나 끼고 자거라

12. 충청도 공주 읍에서―. 어느 집 사랑방에서 중늙은이들 얘기 가운데 이 주사란 이가 며느리 유종(乳腫)난 것을 빨아 주었다는 이야기를 듣고 김삿갓이 낄낄대고 웃자 당자인 그 사람이 김삿갓에게 '어디서 아가리를 벌리고 웃느냐? 라고 분풀이 욕을 해대는 것이었다. 이에 삿갓은 말대꾸조차 버거워 연유삼장(嚥乳三章)이란 다음의 글을 써서 말 대신 건네주고 떠났다 한다.

夫嚥其上 부연기상 하고
婦嚥其下 부연기하 하니
上下不同 상하는 부동이나

其味則同 기미는 즉동이라

시아비는 그 위(젖)를 빨고 며느리는 그 아래를 빠니
위와 아래는 같지 않으나 그 맛은 아마도 같았으리라

夫嚥其二 부연기이 하고
婦嚥其一 부연기일 하니
一二不同 일이는 부동이나
其味則同 기미는 즉동이라

시아비는 그 둘(젖)을 빨고 며느리는 그 하나를 빠니
하나와 둘은 같지 않아도 그 맛은 아마 같았으리라

父嚥其甘 부연기감 하고
婦嚥其酸 부연기산 하니
甘酸不同 감과 산은 부동이나
其味則同 기미는 즉동이라

시아비는 그 단것(젖)을 빨고 며느리는 그 신 것을 빠니
달고 신 것은 같지 않아도 그 맛은 아마 같았으리라.

까다롭기는 옹생원 똥구멍이다
　몹시 까다롭게 구는 이를 빗대 놀리는 말.

까라면 까고 벌리라면 벌려 주마*
　기댈 데 없는 몸이니까 뜻대로 다 해 주겠다는 체념의 말.

＊ 까고 벌린다 : 남녀 성기의 구조와 기능을 빗댄 속어로서 자지를 까라면 까고 보지를 벌
리라면 벌려 주겠다는 뜻.

까라면 까고 뽑으라면 뽑아라*

시키는 그대로 하라는 명령어. 쓸데없는 말 지껄이면 가만 두지 않겠다는 뜻.

까마귀가 보면 형님 하겠다

얼굴이 검거나 또는 씻지를 않아서 몸이 새까만 이를 놀리는 말.

까마귀 고기를 처먹었냐?

'까먹는다.' 또는 '까맣게 잊는다.'에서 나온 말로서 무엇을 잘 잊는 사람을 책망하는 말.
=까마귀 정신머리다.

까마귀 똥도 약에 쓴다면 물에 깔긴다

하찮은 것도 정작 필요로 할 때는 구해지지 않는 법이다.
=개똥도 약에 쓰려면 없다.

까마귀 아래턱이 떨어질 소리다

어처구니없는 말이다.

까마귀 열두 소리 중 한 가지도 곱지 않다

미운 놈은 고운 짓을 해도 밉게만 보이는 법이다.

까마귀 오디 싫달까, 사내가 계집 마달까

여자가 받아 준 게 잘못이지 세상천지 여자 싫다는 사내가 어디 있겠느냐?

까마귀 짖는다고 범이 죽겠냐?

---

* 뽑으라면 뽑아라 : 음문의 조이는 힘으로 못을 뽑으라면 뽑으라는 속어.

워낙 대가 드세다 보면 작은 액운 같은 건 별 힘을 못 쓰고 지나가게 마련이다.
=귀신 센 집에는 말 썹도 뺑긋 못한다.

까마귀 학이 되며 기생이 열녀 될까?

그리 될 수 없듯 사람도 타고난 성품은 고치기 어려운 것이다.

까막과부*1 신세에다 보쌈*2을 안 당해 봤나 말하면 숙향전이 고담이다

처녀과부였다가 보쌈질 당해 홀아비한테 시집을 안 가 봤나, 참으로 내 평생은 숙향전이 옛 이야기리 만큼 기구한 팔자였다.

까질러 다니지 좀 말고

공연히 나돌아 다니지 말고 할 일이나 착실히 하라는 뜻.

까치도 입방아가 잦으면 까마귀 된다

사람 입에 자꾸 오르내리다 보면 오해 받고 엉뚱한 피해를 보는 수도 있으니 항시 입 조심하도록 해라.

까치 독사에나 청칭 감겨 뎌져라!

그리 막돼먹을 양이면 어서 죽어 없어지기나 해라.

깎아 죽여도 시원찮을 놈이다

잔인하게 죽여도 성이 안 풀릴 만큼 한이 맺힌 자이다.

＊1 까막과부 : 혼인을 정했다가 신랑감이 죽는 바람에 홀로 된 처녀과부.

＊2 보쌈 : 예전에 이와 같은 까막과부 또는 과년한 처자 등을 몰래 보자기에 싸서 도둑시집을 보내던 일을 이르는 말이다. 본디는 양반집 딸이 사주에 둘 이상의 남편을 섬겨야 할 팔자인 경우 팔자땜을 시키고자 외간 남자를 보자기에 싸서 붙잡다 딸과 하룻밤 재운 다음에 몰래 죽여 없애던 풍습에서 비롯되었다 한다.

깎은 밤 같다

외양이 말쑥한 남자를 비유한 말.

깔려서 색이나 실컷 써봤으면*1 원 없겠다

여자 입장에서 성에 대한 갈망 또는 원망을 토로하는 말.

깔축없다

절대 축나지 않는다. 깔축은 '깔고 축내고 손해 본다'는 뜻.

깔판이다

여자를 속되게 이르는 말. 정사 때 밑에 깔린대서 나온 말.

깜냥*2 없는 놈이다

제 분수를 모르는 자 또는 능력이 없는 자이다.

깨 방정 떨고 있다

있는 대로 수다를 떨고 있다.

깨지럭거리지 좀 마라

음식을 먹는 둥 마는 둥 또는 일을 하는 둥 마는 둥 한다고 쏘아주는 말.

깻묵 먹은 너구리다

한번 맛을 들이면 자꾸 넘보게 된다. 또는 일을 벌여만 놓고 꼼짝도 하지 않는다는 뜻.

깻묵하고 백성은 짤수록 나온다

---

*1 색을 쓴다 : 성교 시 성적인 교태를 부리는 짓.
*2 깜냥 : 일을 해낼 만한 능력.

힘없는 백성이야 착취하는 대로 당할 수밖에 없는 것이다.

껍데기를 벗겨서 삼발이에 데쳐 먹을 놈(년)
인피(人皮)를 벗겨서 화로 삼발이 위에다 구워 먹어야만 직성이 풀리겠다는 악에 받친 욕설.

꼬라박았다
손해만 보고 끝장이 났다.

꼬리가 아홉 개 달린 불여우 년!
간사스럽기 짝 없는 여자이다.

꼬리치는 년은 밟히게 마련이다.
바람기 있는 여자는 정조를 잃게 되어 있다.

꼬리표가 붙은 놈이다
늘 나쁜 소문이 따라다니는 자이다.

꼬부랑자지가 제 발등에 오줌 깔긴다
제 잘못으로 자신이 피해를 입은 경우이다.
=자업자득(自業自得)이다. 자화자초(自禍自招)다.

꼬챙이는 타고 고기는 설었다
구워져야 할 고기는 설익고 그대로 있어야 할 꼬챙이는 탔다 함이니 일이 엉망이 되어 버렸다는 뜻.

꼭두새벽에 까마귀소리 한다
이른 아침부터 재수 없는 말을 하고 있다.
=혼사에 장사(葬事) 말한다.

꼴값*1 떨고 지랄한다

별스런 짓거리를 다하고 있다고 쏘아붙이는 말.

꼴도 보기 싫은 년이 속곳 벗고 덤빈다

못난 주제에 병신 육갑 떨듯 한술 더 뜨고 있다.

꼴리는*2 대로 해라

막무가내로 고집을 피울 때 멋대로 하라고 내치는 말.

꼴에 수캐라고 다리 들고 오줌 눈다

되지 못한 것이 난 체한다고 면박 주는 말.

꼴이 명대로는 못 살겠다

천방지축으로 나대는 꼴이 무슨 일을 당해도 당해 명대로 살다 죽기는
어렵겠다.

꼴통*3은 꼴통이다

타협을 모르는 고집쟁이 또는 걸핏하면 사고만 내는 말썽꾸러기다.

꼿꼿하기는 서서 씹 하겠다

유난히 고집이 세거나 거만을 떠는 사람을 두고 비아냥대는 말.
=꼿꼿하기는 서서 똥 누겠다.

꽃*4값이 아니라 살 꽃값이다

---

*1 꼴값 : 못난 값, 못난 치례를 한다. 본디는 '생긴 모양대로의 값을 한다'는 뜻.

*2 꼴린다 : 자지가 성욕을 느껴 발기한다.

*3 꼴통 : 머리의 속된 말인 '골통'의 센소리로 여기서는 '골칫거리'라는 뜻.

*4 꽃 : 꽃의 옛말은 '곳' 또는 '곶'이었다. '꽃'은 '곱다'라는 말과 같은 어원의 말로서 '고
운 것'이란 뜻이다.

화대(花代)를 이르는 말.

꽃게나 방게나 옆으로 기기는 매한가지다
결과는 매양 한 가지가 아니냐?

꽃방석에 앉혀 주마
여자에게 호강시켜 주겠다고 꼬이는 말.

꽃밭에 불 지르고 남을 놈이다
포악무도한 자이다.

꽃뱀*한테 잘못 물렸다
뱀처럼 교활한 여자에게 잘못 걸려들어 돈 버리고 망신을 당한 경우이다.

꽃 본 나비 담 안 넘어갈까?
꽃다운 처녀가 남자 눈에 띄면 사랑을 구하게 마련이다.
＝꽃 본 나비, 불을 헤아릴까.

꽃 없는 나비다
늦도록 장가를 못 간 노총각 신세이다.

꽃을 아무데나 심은 자가 그른가, 꺾은 자가 그른가?
백호(白湖)임제가 시 한수로 목숨을 건진 옛 이야기.

[於于野譚] 임백호는 선조 때의 풍류시인으로 특히 그가 평양 평사(評事)로 부임하던 중 황진이의 무덤을 찾아가 읊은 다음 시조가 유명하다.

＊ 꽃뱀 : 남자의 색심을 이용해 돈을 갈취하는 여자. 유녀. 창녀.

청초(靑草) 우거진 골에 자는다 누웠는다
홍안(紅顏)은 어디 두고 백골만 묻혔는다
잔 잡아 권할 이 없으니 그를 슬허하노라

그 임백호가 28세 때 춘삼월 수원에 있는 어느 주막에서 만취하여, 술
에는 색이 따른다고 그 집 주모와 눈이 맞아 하룻밤을 동침하다가 발각
이 되어 그 남편이 칼을 빼들고 달려들어 죽이려 하자 "기왕 죽을 바에
야 시나 한 수 짓고 죽을 것이니 허락해 주시오"라고 읍소하여 말미를
얻어 다음과 같은 시를 지었다 한다.

昨夜長安醉酒來 어제 밤 장안에서 술에 취해 여기에 오니
桃花一枝爛漫開 복사꽃 한 가지가 아름답게 피었도다
君何種樹繁華地 그대 어찌하여 꽃을 이 번화한 곳에 심었는고
種者非也折世非 심은 자가 그른가 꺾은 자가 그르던가

자신도 잘못했지만 어쩌 요염한 미인 마누라를 남정네 번다한 주막에
두어 오늘 나를 죽게 만든단 말이냐는 원망이 묻어 있는 글이었다. 그 남
편은 이 시 한 수를 보고 감복하여 임제의 죄를 용서하고 술상을 들여와
융숭한 대접을 해 보냈다 한다.

꽃 탐하는 나비 거미줄에 잡혀 죽는다
여색만을 탐하면 언젠가는 화를 입게 된다.

꽃신이 짚신 짝 고른다
똑똑하고 예쁜 처녀가 못된 남자 만나 고생하며 사는 경우 따위에 비
유한 말.

꽃은 꽃이라도 호박꽃이다
여자치고는 못생긴 여자이다.

꽃은 반만 핀 것이 곱고 술도 반만 취한 것이 좋다

여자는 반만 핀 듯한 처녀 때가 예쁘고 술은 조금 취했을 때가 더 기분 좋은 법이다.

꽃이 울고 달이 숨겠다

절세미인을 빗댄 말.
=꽃이 부끄럼 타고 꽃이 서럽겠다.

꽃잎이 있으니 꽃이고 치마를 둘렀으니 여자이다

명색이 여자지 여자다운 데라곤 눈을 씻고 보아도 없는 선머슴 지른 얼굴이다.
=절구에다 치마 두른 격이다.

꽃잠 잔다

결혼 첫날밤을 빗댄 말. 또는 신혼시절 부부의 성생활을 비유한 말.

꽈배기 인생 되었다

일이 꼬이기만 하고 잘 안 풀려서 죽을 맛이다.

꾹 돈 준다

뇌물로 쿡 찔러 주는 돈을 이르는 말.

꿀도 약이라면 쓰다

누구든 약이라면 먹기 싫어하는 법이다.

꿀 먹은 벙어리요 침 먹은 지네다

잘못을 저질러 놓고도 시치미 뚝 떼고 있다. 또는 불문곡직 요지 부동이다.

꿀보다 더 단 건 샛서방 좆이요 초보다 더 신 건 여편네 보지다

달거나 신 맛을 성감 또는 성기의 맛에 빗대 이른 말.

꿀 항아리에 개미 떼 덤비듯

이권에 눈이 멀어 아귀다툼으로 덤비는 모양에 빗댄 말.

꿈도 안 꿨는데 해몽부터 한다

성미가 조급한 사람을 비아냥대는 말.
=중매쟁이 보자 기저귀감 마련한다.

꿈땜했다

지난밤에 꾼 악몽치레를 한 셈이다.
=꿈 치레했다.

꿈에 서방 맛*¹ 본 듯

얼떨결에 지나놓고 보니 허망하기 짝이 없다는 푸념.
=꿈에 씹 맛 본 듯.

꿈에 임 본 격이다

허전한 것이 차라리 안 보느니만 못하다는 뜻.

꿈에 준 빚을 갚으란다

경우에 없는 구실을 내세워 억지를 쓰고 있다.

꿈에 현몽한 돈도 찾아 먹는다

돈에는 지독하게 무서운 자이다.

꿈을 꿔야 임을 보고 임을 봐야 애도 낳지*²

---

*1 서방 맛 : 여자가 정사 때 느끼는 쾌감. 사내 맛. 좆 맛.

모든 일은 순서가 있는 것이고 또 조건이 갖춰져야만 이루어지는 것이다.

꿩*3 구어 먹은 자리 없고 씹한 흔적 없다

남녀 간 정사는 일단 지나고 나면 흔적이 남지 않는 것이다.

꿩도 잃고 매도 잃었다

두루 손해만 보고 말았다.

꿩 먹고 알 먹고 털 뽑아 부채 만들고 둥지 헐어 불 때고

몇 가지 이득을 한꺼번에 얻게 된 뜻밖의 행운을 빗댄 말. 또는 알거지가 될 때까지 착취하는 잔인한 행동을 비유한 말이기도 함.

[蒐集] 옛날 닭을 많이 치는 주인이 셈에 익숙지를 않아 두 마리씩 짝만 맞추어보곤 했다. 그러던 중 하루는 머슴이 몰래 닭을 한 마리 잡아먹었더니 주인이 짝이 안 맞는다고 펄쩍뛰자 머슴이 자기가 수를 맞춰놓겠다하고는 몰래 또 한 마리를 잡아먹었다. 그 후 주인이 세어본즉 과연 짝이 맞는지라 잘 했다고 그 머슴에게 상으로 알까지 하나 더 얹어 주었다 한다. 그래서 '꿩 먹고 알 먹고'가 아닌 '닭 먹고 알 먹고'가 된 셈이었다나.

꿩 새끼 고집통머리다

고집이 매우 센 자이다.
=쇠새끼 고집이다.

꿰진*4 대꾸나 하려거든 일 없시다

---

*2 임을 본다. : 여기서는 정사를 한다는 뜻.

*3 꿩 : '-꿔꿩' 하는 울음소리를 본따 꿩으로 불리운다. 수컷은 흰목도리에 화려한 깃이 장하다 하여 '장끼' 암컷은 그에 비해 까칠해 보인대서 '까투리'라 하고 새끼는 '꺼병' 이라 하는데 이는 '꿩의 병아리'라는 뜻이다.

계속 엇가는 대답이나 할양이면 얘기 그만 둡시다.

끄덩이*5 잡는다

여자들 간의 격렬한 몸싸움을 빗댄 말.

끈*6 떨어진 가오리연 신세다

먹고 살기가 막막한 처지이다.

=끈 떨어진 뒤웅박이다. 낙동강 오리 알이다.

끌탕 좀 하지 마라

공연히 애태우지 말고 마음 가라 앉혀라.

끓는 피 다 식어 버리고

정인(情人)이 사라지자 열정도 따라서 꺼져 버렸다는 뜻.

끕끕수 받아 못 살겠다

괄시받고 천대받아 외롭고 서러워서 못 살겠다.

끝 동네 살다 왔시다

감옥살이를 끝내고 나왔다는 뜻.

끼고 자는 게 일인 놈이다

허구한 날 오입질밖에 모르는 날파람둥이다.

---

*4 꿰지다 : 미어지거나 터지다.

*5 끄덩이 : 머리끄덩이. 머리채.

*6 끈 : 끈의 옛말은 '긴'인데 이것이 된소리화해서 '낀'이 되고 후기에 '끈'으로 변하였다.
따라서 '끈'이란 '긴 것'이란 뜻이다.

나

나가 뒈져서 객귀나 돼라

꼴 보기 싫으니까 나가 죽어서 객지 귀신이나 되어라.

나귀 제 좆 큰 줄 모른다

누구든 제 허물은 모르고 지내기 십상이다.

나귀도 차는 재주는 있다

누구든 한두 가지 재주는 갖고 있는 법이다.

나그네* 보내고 점심 먹는다

배고픈 나그네를 보낸 다음 밥을 먹는다 함이니 인정머리 없음을 매도
하는 말.

나나니 타령 중에서

'둥당애 타령'이 호남 여인네들 노래라면 '나나니 타령'은 인천 앞바다
섬 아낙들의 자유분방한 성품이 잘 드러나는 노래이다.

공통 후렴
나나나나 산이로구나 아니나 놀고 뭘 할소냐

---

* 나그네 : '나간 사람'이란 뜻이다. 지금은 집을 떠난 사람 이외 다른 데서 집을 찾아온
사람을 이르기도 한다.

살림살이를 할라니 바가지 한 쌍 없고
도망질을 할라니 가자는 임이 없네

네 사랑 내 사랑을 몽땅 걸머지고서
천리나 만리나 도망질하고 말지

날 다려 가려마 날 다려 가려마
한양에 내 낭군 날 다려 가려마

뒷 문턱에 시레기 타래
바람만 불어도 요 내 가슴 설레네

단발령 꼭대기 넘어가는 저 차는
그 누굴 못 잊어 갈짓자 걸음 걷나 ─ 후렴

나 난 뒤에 어미 씹이 기울든 바르든 무슨 상관이냐?
　일단 나하고 관련된 일은 끝났으니까 뒷일이야 어찌 되든 알 바 없다.

나는 놈 위에 타는 놈 있다
　만사가 그런 것인즉 만사에 조심하고 삼갈 일이다.

나라님*¹도 여자 앞에서는 무릎을 꿇는다
　지위 고하를 막론하고 정사를 할 때 남자는 무릎을 꿇게 마련이다. 여
자를 얕보아서는 안 된다는 뜻.

나루*² 건너서 배를 탄다

───────────────

*1 나라님 : 임금님.

*2 나루 : 배가 건너다니는 곳을 이르는 말로서 '나르는 곳'이란 뜻이다.

일의 순서가 잘못되었다고 나무라는 말.

나무 간지럼 태운다
나무나 사람이나 성행위로 번식을 꾀하는 건 한가지라는 뜻.

[蒐集] 과일나무에 물이 오를 무렵이면(한창때의 여자를 비유) 기다란 장대(남자 성기에 비유)를 암나무의 Y자형 가지(음문을 상징)에 끼고 비벼 줌으로써 성행위를 유감 시켜서 많은 열매를 맺도록 기원한 우리나라 전래의 민간 풍속을 이르는 말이다.

나무도 늙어 고목 되면 오던 새도 아니 온다
사랑도 권세도 한창 때는 찾는 이가 많지만 때가 지나면 찾는 이가 없게 된다.

나무 비녀, 몽당치마로 살았다
평생 가난에 찌든 기구한 인생살이였다.

나무 잘 타는 놈은 떨어져 죽고 헤엄 잘 치는 놈은 물에 빠져 죽고 바람둥이는 복상사를 해야 한다
그렇게 살다 죽는 것이 이른바 '행복한 인생'일 수 있다는 역설.

나뭇잎이 푸른들 시어미만큼 푸르랴
몹시 매서운 시어머니를 에둘러 이르는 말.

나쁜 소문은 날아가고 좋은 소문은 기어간다
나쁜 소문은 빨리 좋은 소문은 더디 퍼지게 마련이다.

나올 적에 봤으면 짚신짝으로 틀어막았을 걸
숫제 이 세상에 안 태어나니만 못한 망종이다.

나이 꽉 차 미운 계집 없다
처녀 나이 때는 누구든 활짝 피어 예쁘게 마련이다.

나이 예순에는 한 해가 다르고 일흔에는 한 달이 여든이면 하루가 다르다
환갑이 지나서부터는 능력이나 기력이 눈에 띄게 주는 것이니 항시 건강에 유념해야 한다.

나이 이길 장사 없다
천하장사, 절세미인, 세상 모든 부귀공명도 세월이 지나면 별수 없이 다 시들고 마는 것이다.

나중 꿀 한 식기보다 당장 엿 한가락이 더 달다
흔히 미래의 이익보다 적더라도 당장의 이익을 더 탐한다는 뜻.

나중 생각해서 후살이* 간다
나중 혼자 외롭게 살 생각에 맘에는 없어도 홀아비에게 시집을 간다는 뜻.

낙동강 오리 알 신세다
기댈 데라곤 없는 적막한 처지다.

낙조(落照)에 부자 있나 거지 있나
죽음에 이르면 부자나 가난뱅이나 똑같이 평등한 입장이 된다는 뜻.

낙지 띠이다
착착 감기는 낙지처럼 색정이 강한 여자라는 뜻.
＝낙지 띠에 문어 띠이다.

---

* 후살이 : 여자가 개가해서 사는 일.

낚아채면 다 온 것이다

숨이 턱에 차면 정상에 거의 다 온 것이다. 세상만사도 그렇다는 뜻.

난*1 년(놈)은 난 년이다.

재능이 남다른 여자이다.

난봉*2자식은 낳지를 말랬다

행실 나쁜 자식은 차라리 없는 편이 더 낫다.

난봉자식 마음잡아 사흘이다

몸에 밴 나쁜 버릇은 결심을 해도 좀체 고치기 어려운 것이다.

난장 개 꼴로 맞았다

난장판에서 마구 얻어맞는 개처럼 늘씬하게 얻어맞았다.

난장*3 박살탕국에 어혈*4밥 말아 먹겠다

몹시 얻어맞아 만신창이가 되었다는 뜻.

난장*5 판이다

여럿이 뒤엉켜 있는 상태를 이르는 말.

난쟁이 좆만한 게 까불고 있다

함부로 굴면 가만두지 않겠다고 엄포 놓는 말.

---

*1 난 : '잘났다'에서 나온 말.

*2 난봉 : 허랑방탕한 짓. 또는 주색에 빠지는 일.

*3 난장(亂杖) : 장형(杖刑)을 가리지 않고 마구 치는 형벌.

*4 어혈(瘀血) : 타박상으로 피가 한곳에 퍼렇게 맺힌 증세.

*5 난장(亂場) : 과거 마당을 이르는 말. 수많은 선비들이 모여들어 들끓고 떠든대서 생긴
말.

난질*¹이나 하는 년 주제에

서방질이나 하고 다니는 계집 터수에.

날건달*² 놈에 날 각시 년이다

부부가 똑같이 막돼먹은 연놈들이다.

날면 기는 것이 능치 못하다

이빨이 강하면 뿔이 없는 범처럼(角者無齒) 한꺼번에 두 가지 능력을
갖추기는 어려운 법이다. 이것이 자연의 조화이기도 하다는 뜻.

날비*³ 다 맞아가며 살았다

한세상 힘겹게 살았다.

날 새면 행악질에 밤들면 뜸베질*⁴이다

밤낮없이 못된 짓만 하는 막돼먹은 자이다.

날아가는 새 보지를 봤냐?

실없이 잘 웃는 사람을 놀려대는 말.
=선떡 먹고 체했냐?

날장구 친다

일 없이 치는 장구. 또는 공연히 수선 피우는 자를 핀잔주는 말.

날 적에 봤더라면 도로 몰아 넣었겠다

아무짝에도 쓸모라곤 없는 자이다.

---

*1 난질 : 여자의 오입질. 화냥질. 서방질.

*2 날건달 : 주색잡기나 싸움판에 얼려 다니는 자.

*3 날비 : 맨몸뚱이로 맞는 비, 또는 퍼붓는 비를 대책 없이 맞는 경우에 빗댄 말.

*4 뜸베질 : 소가 뿔로 물건을 닥치는 대로 받는 짓.

날파람둥이다

주색잡기나 하고 다니는 자이다.

날 파리를 후린다

할 일 없이 빈둥거리며 나다니는 여자들을 꼬여 유린하거나 또는 팔아
먹는다. 은어.

남대문 구멍 같다

여러 사람이 드나드는 남대문처럼 뭇 남자들이 거침없이 드나드는 음
란한 여자이다.

남 등창이 제 여드름만도 못하다

통상 자기의 작은 아픔을 남의 큰 고통보다도 더 크게 여기는 법이다.
=남의 염병이 제 고뿔만도 못하다.

남 말은 개방귀로 안다

남의 말은 귀 밖으로도 안 듣는다. 제 고집대로만 하는 자라고 타박하
는 말.

남 사정 봐주다 갈보 된다

동네 잡놈들 말을 다 들어주다가는 신세 망치게 되는 것이니 항시 몸
조심 하라고 이르는 말. 또는 항상 줏대를 갖고 살아야 한다는 뜻.
=남 사정 봐주다 애 밴다.

남산골 샌님* 역적 바라듯 한다

나 자신 어려운 처지임에도 항상 불만에 차서 뭔가 일이 잘못되기만을

---

*샌님 : 땟거리 걱정 아랑곳없이 글만 읽는 가난한 선비를 비웃어 이르는 말이다. '샌님'
이란 생원을 말하는데 소과 2차에 합격한 선비나 나이 많은 선비에 대한 존칭으로 통용
돼 왔다.

바라고 있다.

남의 계집 방에 한번 든 놈은 늘 말 듣게 마련이다

한번 잘못을 저지르면 늘 의심받게 마련이니 명심할 일이다.

남의 닭은 봉으로 뵌다

통상 남의 것은 더 좋아 보이게 마련이다.
=남의 떡이 더 커 보인다. 남의 계집이 더 예뻐 보인다.

남의 돈 천 냥이 내 돈 한 냥만 못하다

돈이든 무엇이든 맘대로 할 수 있는 내 것이 제일 좋은 것이다.
=남의 집 금송아지 내 집 보통송아지만 못하다.

남의 돌팔매에 밤 줍는다

우연히 만난 좋은 일 또는 소득이 생긴 경우 따위에 빗댄 말.
=남의 횃불에 게 잡는다. 남의 떡에 설 쇤다. 남의 술에 벗 사귄다.

남의 떡에 제사 지낸다

임시변통을 한다. 또는 아주 가난해 제사 모실 형편도 못 된다는 뜻.

남 말 다 들어주다간 화냥년* 된다

항시 줏대를 세우고 살아야지 남 하자는 대로 했다가는 망신하기 십상
이니 명심할 일이다.
=남의 사정 봐주다 내 갈보 된다.

남의 복은 끌로도 파내지 못 한다

---

* 화냥년 : 서방질하는 여자를 욕되게 이르는 말. '화냥년'이란 임진왜란, 병자호란 때 피
란을 갔다가 겁간을 당한 뒤 전쟁이 끝나자 도리 없이 고향에 돌아온 여자란 뜻의 환향
녀(還鄕女)가 변한 말이란 설도 있다.

소용없는 일이니 남의 복일랑 시샘하지 마라.

남의 불에 몸 녹이고 남의 불에 게 잡는다

남의 덕에 힘 안 들이고 이득을 취하는 얌체 같은 자이다.

남의 서방 보듯 한다

무덤덤하게 소 닭 보듯 한다는 뜻.
=남의 계집 보듯 한다.

남의 서방과는 살아도 남의 새끼하고는 못 산다

의붓자식은 남의 자식이기 때문에 잘 따르지 않아 데리고 살기 어렵다
는 뜻.

남의 소 들고 뛰는 거야 구경거리다

남의 불행한 일도 자기와 무관할 때는 한낱 구경거리에 지나지 않는
법이다.

남의 싸움에 칼 빼든다

자기와 아무 상관없는 남의 일에 참견하고 나서는 이를 비웃는 말.

남의 썹 보듯 한다

무심하게 여긴다고 투덜대는 말.
=남의 서방 보듯 한다. 소 닭 보듯 한다.

남의 썹은 부지갱이*로 쑤신다

제 것은 소중히 알면서도 남의 물건은 하찮게 여기는 못된 자이다.

---

* 부지갱이 : 불을 땔 때 쓰는 나무막대기.

남의 아들 생일도 우기겠다

별것을 다 우기고 있다. 멍청한 짓 좀 하지마라.

남의 염병*은 내 고뿔만도 못하다

제 작은 아픔을 남의 큰 불행보다도 더 크게 아는 것이 사람의 속성이다.
=사촌 염병은 내 감기만도 못하다.

남의 일은 오뉴월에도 손이 시리다

누구든 공으로 하는 남의 일은 싫어하는 법이다.

남의 집 과부 시집을 가든 말든

공연한 말참견 좀 하지 마라.

남의 집 과부 썹을 하든 말든

공연한 참견 말고 네 할 일이나 하거라.
=남이야 냉수 먹고 이빨을 쑤시든 말든.

남의 집 과부 애 밴 데 미역 걱정 한다

쓰잘 데 없는 걱정을 하고 있다고 머퉁이 주는 말.
=남의 집 과부 해산에 미역걱정 한다.

남의 집 제삿날도 우기겠다

우길 걸 우기라고 쏘아주는 말.
=남의 친기(親忌)도 우기겠다.

남의 치질이나 핥아먹을 놈!

---

* 염병 : 장티푸스. 예전에는 치명적인 전염병 중의 하나였음.

남 비위나 맞추고 사는 천박한 자이다.

남이 눈 똥에 주저않았다

남이 저지른 잘못에 피해를 본 경우이다.

남이 말하는 것은 개방귀로 안다

귀담아듣지 않는다고 불평을 토로하는 말.

=동네 개 짖는 소리만도 못하게 여긴다.

남이 은장도 차니까 나도 식칼을 찬다

멋모르고 따라 하다가는 망신만 하기 십상이니 분수에 맞게 행동하라고 이르는 말.

남이 장에 가니까 거름통 지고 따라 간다

남 따라하는 줏대 없는 행동을 비웃는 말.

남이 치는 장단에 얼쑤절쑤 한다

남하는 대로 나대고 있다.

남이야 서방질을 하든 남방질을 하든

참견하지 말고 네 할 일이나 해라.

남이야 씹을 하든 말든

공연한 걱정하지 마라.

=남이야 갓 쓰고 자전거를 타든 말든.

남이야 전봇대로 이빨을 쑤시든 말든

남이야 어떤 몽매한 짓을 하든 참견할 일이 아니다.

=남이야 지게 지고 제사를 지내든 말든.

남자가 머리 좋은 건 대가리가 둘인 까닭이다

남자의 성기인 음경을 머리로 에둘러 비유한 말.

남자가 부엌일을 하면 불알이 떨어진다

집안일은 아녀자한테 맡기고 남자는 바깥의 큰일을 도모해야 하는 것
이다.

남자가 앓으면 집안이 망하고 여자가 앓으면 살림이 망한다

세상살이는 남자든 여자든 건강이 가장 중요한 것인 만큼 항시 건강에
유념해야 한다.

남자가 여자보다 잘 뛰는 건 다리가 셋인 까닭이다

양쪽 다리와 자지도 가운뎃다리로 쳐서 그렇다는 우스갯말.

남자가 열 계집 마다할까?

남자들이란 대개 바람둥이 기질을 타고나는 것이다.

남자는 거짓말 세 자루는 지고 다녀야 한다

남자가 한세상 살려면 거짓말도 필요한 때가 있는 법이다.

남자는 나이를 먹으면 어른이 되지만 여자는 나이를 먹으면 여우가 된다

남자는 나이 먹을수록 어른스러워지는 반면 여자는 간사하고 영악해진
대서 나온 말.

남자는 늙어도 짚 한 뭇 들 힘만 있어도 여자를 본다

남자는 운신할 기운만 있어도 성행위를 할 수 있다는 뜻.
=남자는 들깨 한 말만 들어도 애를 낳는다.

남자는 돈으로 때우고 여자는 몸으로 때운다

다급한 상황에 처하면 남자는 돈으로 해결하고 여자는 정조로 해결하는 경향이 있다는 뜻.

남자는 마음이 늙고 여자는 얼굴이 늙는다

체통 때문에 남자는 마음이 먼저 늙고 여자는 집안일에 코 박혀 얼굴이 먼저 늙게 된다는 비유의 말.

남자는 모름지기 내리꽂는 것을 잘해야 한다

남자는 항시 절륜한 양기로 여자를 눌러 놓아야만 사내 대접을 받는다.

남자는 문지방 넘을 기운만 있어도 여자를 본다

남자는 죽을 때까지도 음심을 버리지 못한다. 또는 성욕은 본능적인 거라서 그만큼 떨쳐 버리기가 어렵다는 뜻.
＝남자는 숟가락 들 힘만 있어도 여자를 본다.

남자는 빈 방에 다듬잇돌만 있어도 껴안고 잔다

남자란 어딜 가든 기회만 나면 바람을 피우는 수컷 기질이 있다는 뜻.

남자는 뻣뻣한 게 연해지고 연한 게 뻣뻣해지면 끝장이다

뻣뻣했던 자지가 고개 숙이고 유연해서 힘꼴깨나 썼던 근육이 뻣뻣해지면 남자는 끝장 난거나 한가지이다.

남자는 삼부리(입부리, 좆 부리, 발부리)를 조심하랬다

함부로 말하지 말고(입) 계집질하지 말고(좆) 아무데나 나다니지 말고(발) 이 세 가지를 조심하면 신상에 해로움이 적다는 교훈의 말.

남자는 앉아야 가려진다고 자지이고 여자는 서서 걸어야 가려진다고 보지다

자지는 앉아야 가려진다(坐臧之)는 뜻이고 보지란 걸어야 가려진다(步

臧之)해서 그리 부르게 되었다는 우스개 속설에서 나온 말.

남자는 양기(陽氣)가 웟기다
남자는 양기가 좋아야 건강도 좋다는 징표가 된다.

남자는 어릴 때는 고추, 20대는 자지, 30대는 좃, 40대는 물건, 50대는 연장이다
남근은 어려서는 고추 모양 같다 하여 고추라 부르고 20대는 대개 장가를 들어 사내구실을 하게 되니까 자지, 30대는 더러 바람을 피우기도 하는 탓에 자지의 속어인 좃으로 부르다가 40대에 이르면 그저 일상에 필요한 물건 정도 대접을 받지만 50대에는 꼭 필요한 경우가 아니면 꺼내 쓰지 않는 연장으로 밖에 대우를 못 받는다는 뜻.

남자는 좃 방망이로 망한다
남자는 여색에 빠져 헤어나지 못하면 패가망신하니 경계할 일이다.

남자 머리가 좋은 건 대가리가 둘인 탓이요, 여자가 말이 많은 건 입이 둘인 까닭이다
남근의 귀두를 머리로, 여자 음문을 입으로 비유해 희화한 말.

남자 상처(喪妻)는 과거할 신수라야 한다
상처를 하면 또 한 번 장가갈 수 있어 좋다는 뜻의 우스갯말.
=젊어 상처는 뒷간에 가서 웃는다.

남자 셋이 모이면 집 한 채가 생기고 여자 셋이 모이면 접시가 깨진다
남자들은 모이면 대소사를 의논해 큰일을 하지만 여자들은 모이면 말들만 많아 이로울 것이 없다는 뜻.

남자 코 크면 좃이 크고 여자 입이 크면 씹이 크다

남자는 코가 크면 자지가 크고 여자는 입이 크면 음문이 크다.

남자 콧김 쐤다*고 애새끼 배겠냐?

결과에는 다 그런 만한 원인이 있지 않겠느냐.

남자의 높이는 자지 높이에 비례하고 여자의 깊이는 질의 깊이에 비례한다

호사가들이 주고받는 우스갯말 가운데 하나.

남 잡으려다 제가 잡힌다

남을 해치려는 자는 자신이 먼저 화를 입게 마련이다.

=남 잡이가 제 잡이다.

남편 밥은 누워서 먹고 아들 밥은 앉아서 먹고 딸 밥은 서서 먹는다

여자가 한평생 의지해 사는 데는 뭐니 뭐니 해도 남편이 가장 만만한
존재이다.

=남편 밥은 아랫목에서 먹고 아들 밥은 윗목에서 먹고 딸 밥은 부엌
에서 먹는다.

남편 잘못 만나면 평생 원수, 아내 잘못 만나도 평생 원수다

부부란 평생을 해로하는 사이인 만큼 처음 만날 때 잘 만나야 하는 것
이다.

남편은 귀머거리, 아내는 장님이라야 잘 산다

남자는 아내에 대한 험담을 들어도 못 들은 양, 여자는 눈에 안 차는
것을 보아도 못 본체 넘기고 살아야 집안이 두루 편안한 법이다.

남편은 두레박 아내는 항아리다

---

* 콧김 쐤다 : 입맞춤 정도의 신체 접촉을 이르는 말.

남편이 부지런히 돈을 벌어다 아내한테 주면 아내는 이를 잘 간수하고
살림을 잘하는 것이 주어진 도리이다.

남편이 죽으면 뒷동산에 묻고 자식이 죽으면 가슴에 묻는다

여자는 남편보다 자식의 죽음을 더 애통하게 여긴다.

남향 명당이 북향 개자리*¹만도 못하다

묘 자리로 그만인 남향 명당보다 비록 춥고 구차해도 이 세상에 사는
게 낫다는 뜻.
=부자저승보다 거지 이승이 낫다.

남 흉보는 놈 제 흉은 열둘이다

본디 남 흉보는 자체가 제 흉 거리인 까닭에 그렇다는 뜻.

남 흉은 홍두깨요 제 흉은 바늘이다.

남의 잘못은 크고 똑똑히 뵈지만 내 잘못은 바늘처럼 작아 뵐 듯 말 듯
하는 것이니 이 점을 늘 명심토록 해야 한다.

납작 자지*² 여장군이다

남자보다 더 남자다운 여자라는 뜻.

낫으로 제 밑 가릴 년이다

긴 모양의 낫으로 음문을 가릴 수 없는 일인즉 가당찮은 짓거리 또는
빤한 거짓말을 하고 있다고 나무라는 말.

낫으로 좆 가리다

---

*¹ 개자리 : 활터에서 명중 여부를 살피고자 과녁 앞에 파놓은 구덩이.
*² 납작 자지 : 여자아이의 성기를 농으로 이르는 말.

낯으로 자지가 가려질리 없으니 매양 소용없는 짓거리만 하고 있다고
핀잔주는 말.
=똬리로 보지 가린다.

낭자*¹ 비녀 빠지겠다

낭자에 찌른 비녀가 빠지겠다 함이니 정사 때의 황홀한 지경을 이르는
말. 또는 지금 매우 기분이 좋은 상태라는 뜻.

낮 맷돌에 휜 허리 밤 맷돌에 푼다

낮 동안의 힘든 일로 피곤한 몸도 밤일(정사)로 인해 풀어진다는 뜻.

낮거리*²하다 들킨 놈(년)마냥

쑥스러워 어쩔 줄 모르는 모습을 빗댄 말.

낯가죽을 벗겨 버릴라!

혼쭐을 내 버르장머리를 고쳐 놓아야겠다.

낯가죽이 땅 가죽*³ 같은 놈이다

염치없고 뻔뻔스럽기 짝이 없는 자이다.

낯 박살*⁴을 먹인다

무슨 억하심정이 있어 면전에서 망신을 준다.

낯짝에 철판을 깐 놈이다

후안무치한 자이다.

─────────────

*1 낭자 : 여인의 예장(禮裝)에 쓰던 딴 머리의 한 가지.
*2 낮거리 : 한낮에 벌이는 정사.
*3 땅 가죽 : '땅거죽'이 맞는 말임.
*4 낯 박살 : 얼굴을 못 들게 큰 창피를 주는 일.

낯짝이 반지르르하면 얼굴값 한다

여자 얼굴이 예쁘면 유혹의 손길이 많아지므로 개중엔 유혹에 넘어가 신세를 망치는 수도 있다는 뜻.

낳을 때 알았으면 짚신짝으로 틀어 막았겠다

저런 망나니인 줄 알았다면 아예 낳지를 않았을 거라고 가슴치는 말.

내가 언제 받들어 달랬냐?

가당찮은 평계는 집어 치워라.

[禦眠楯] 한 선비가 기생집 외도에 빠져 당최 본처를 돌보지 않거늘 그 처가 선비에게 "아내를 박대하고 천한 창기에게 빠져 가문을 욕되게 하니 이 무슨 경우란 말이오?" 하고 따지기에 이르렀다. 이에 선비가 말하되 "아내로 말하면 서로 공경하고 예를 지켜 함부로 욕정을 풀 수 없으나 창기에 이르러서는 기분 내키는 대로 하여 음탕한 재키는 다 볼 수 있으니 그런 까닭이오. 공경하게 되면 관계가 성글어지고 허물없이 되면 친하게 되는 게 자연의 이치 아니겠소?" 하였다. 이에 아내가 발연히 노하여 막대기로 선비를 되우 치면서 "아니 내가 언제 높여 달라고 언제 공경해 달랬더냐, 이 고약한 위인아!" 하고 고함을 치더란다.

내가 짱구*냐?

내가 바보 멍청인 줄 아느냐.

내 것 주고 뺨 맞는다

분한 일을 당했다. 또는 어이없는 실수를 저질러 이중으로 손해를 보았다.

---

* 짱구 : 이마와 뒤통수가 툭 튀어나온 '장구머리'에서 나온 말.

내 남 없이 똑같은 놈들이다

모두 엇비슷한 돼먹지 않은 자들이다.

내 다 건너간 놈 지팡이* 내던지듯

냇물 건널 때는 지팡이를 요긴하게 썼지만 건넌 다음엔 필요 없는 물건이라고 내팽개치듯 필요할 때만 가까이 했다가 일이 끝나니까 차갑게 인연을 끊는다는 뜻.

=토사구팽(兎死狗烹)이다 : 토끼 사냥이 끝나니까 사냥개를 삶아 먹는다는 뜻.

내당 섬돌 파르라니 이끼 낀 채

사랑채 남편이 드나들지 않아 내당 섬돌에 파랗게 이끼가 끼었다 함이니 안방마님의 적막한 세월을 비유한 말.

내리막에선 '아저씨 아저씨' 하다 오르막에서는 '내 좆이나 빨아라' 한다

토끼는 뒷다리가 길어서 내리막길은 어려워 해도 오르막길은 잘 뛰어오르는 까닭에 생긴 말. 또는 고생스러울 때는 굽신대다 가도 셈평이펴면 금세 교만해지는 사람들의 속된 심성을 나타낸 말.

내리사랑은 있어도 치사랑은 없다

사랑은 내리흐르지 치 흐르지는 않는 법이다.

내 마신 고양이 상이다

연기 마신 고양이처럼 잔뜩 찌푸린 얼굴이다.

내 밑 들어 남 뵈는 꼴이다

망신을 자초하는 어리석은 행동이다.

＊지팡이 : 몸을 의지하고자 무엇으로 땅을 짚는 행동의 '짚'과 접미사 '앙'+'이'의 합성어이다. 따라서 '지팡이'란 '땅을 짚는 것'이란 뜻이다.

＝제 얼굴에 침 뱉기다.

내 밥 준 개가 내 발등 문다

은혜를 입고도 해코지를 하는 배은망덕한 자이다.

내 배부르니 종 배고픈 줄 모른다

자기가 유족하면 남 어려운 사정을 헤아리기 어렵다는 뜻.

내 샛서방이 남 본서방이다

세상은 돌고 도는 것이다. 또는 당시의 불륜 세태를 은연중에 꼬집은 말이기도 함.

내손으로 넣었나이다

송사는 정직해야지 거짓말을 해서는 안 된다는 교훈.

[奇聞] 한 총각이 이웃집 여편네를 사모하던 중 그 남편이 멀리 나가 있는 틈을 타서 몰래 간통을 하였는데 여인이 그 일이 탄로 날까 저어 관가에 고소하여 사또가 불러서 묻기를 "놈은 그렇다 치고 너는 어찌하여 그 말에 좇았더냐?" 하니 여인이 "그가 나를 간통할 적에 한 손으로 내 두 손을 잡고 한 손으로는 나의 입을 틀어막고 또 다른 손으론 그의 경물(莖物)을 집어넣으니 저와 같은 약질이 어찌 당할 수 있으리까?" 한 데, 사또가 의아해서 묻기를 "천하에 손이 세 개 달린 놈이 어디 있더란 말이냐? 너는 무고(誣告)의 율을 면치 못하리라" 하고 호통을 쳤다. 이에 여인이 크게 두려워하여 "과연 나의 손을 잡고 입을 틀어막은 건 저 사람의 손이지만 저 사람의 물건을 집어넣은 건 쇤네의 손이올시다" 라고 자백하니 사또가 책상을 치면서 크게 웃었다 한다.

내손에 장을 지져라!

'틀림없이 맞는 말이다'라는 뜻의 장담. 그러나 이 말은 '손'과 '장'이

겹쳐진 것으로 '역전 앞'처럼 중복된 표현이므로 '내 장을 지져라'가 맞
는 말임.

내숭떠는 년이다

겉으론 얌전해도 속내는 엉큼한 여자이다.

내 썹 주고 내 함박*¹ 깬다

소중한 것을 주거나 정성을 들이고도 되레 손해보고 창피를 당하다니
분하고 억울한 일이다.

내 썹 주고 매 맞는다

소중한 것을 주고도 되레 수모를 당한 경우이다.
=내 썹 주고 뺨 맞는다

내 썹 주고 코 뗀다*²

제 소중한 물건을 주고도 되레 망신을 당한 경우이다.

내 썹도 못 닦는 주제에 남의 썹 걱정한다

내 앞가림도 제대로 못하면서 남 걱정을 하고 있다고 비웃는 말.

내외간도 돌아누우면 남이다

사랑이 식으면 부부도 남남이나 마찬가지다.

내외간 싸움은 개싸움이다

부부 싸움은 개들 싸움 같아서 얼마 안 있어 풀어지게 마련이다.

＊1 함박 : 크다는 뜻의 '한'과 바가지를 이르는 '박'의 합성어로서 '큰바가지'라는 뜻이다.
여기서의 '함박'은 통나무를 파서 큰바가지처럼 만든 '함지박'을 이르는 것이다.
＊2 코를 뗀다 : 면목 없는 창피를 당한다.

내 좆이나 빨아라!

쓸데없는 말 나불대지 말고 입 닥쳐라.

내 코가 석자 닷치이다

곤경에 처해서 다른 일 돌아볼 겨를이 없다.

=내 코가 석 자이다.

내 팔자가 남의 칠자만도 못해서

타고난 팔자가 더럽게 기구하다 보니.

내 팔자나 네 칠자나

나나 너나 한 가지로 기구한 팔자라는 동병상련의 말.

[破睡錄] 열일곱 살의 초산(楚山)기생이 사또와 흠뻑 사랑에 빠져 지내던 중 사또가 새 부임지로 떠나게 되매 사또 또한 섭섭하여 집물과 쓸 돈까지 넉넉하게 주면서 "내가 돌아간 후에 너도 곧 뒤따라 올라와서 함께 백년을 해로하자" 하였다. 그런데 어인 일로 떠난 뒤 소식이 없자 기생이 정분을 못 잊어 주고 간 것들을 모두 팔아 패물로 바꾸고 동자 한 놈만을 데리고 훌훌히 길을 나섰는데 생각지도 못한 대설(大雪)을 만나 길을 잃고 헤매다 동자가 그만 눈구덩이에 빠져 죽고 말았다. 여인 역시 사경을 헤매던 중 문득 깜빡이는 불빛을 보고 찾아 들어 쓰러졌는데 거기는 스님 한 분이 부처님을 모시고 있는 암자였다. 스님은 십여세에 소년 출가하여 계행이 높았으되 여인의 자색에 홀려 억제치 못하고 간통하니 첩첩산중인지라 여인 또한 어찌해 볼 도리가 없었다. 그럭저럭 거기서 겨울을 나면서 없던 정분도 생긴 때에 스님이 말하기를 "나도 그대를 구하지 않았고 그대 또한 나를 찾지 않았거늘 어찌어찌 이렇게 만나게 되어 나의 계행은 그대로 인해 훼손되고 그대의 정절은 나로 말미암아 이지러졌으니 이는 하늘이 인연을 정해줌이라. 가서 사또의 첩 노릇을 하느니 여기서 나와 더불어 해로하는 것이 또한 아름답지 않으랴" 하였

다. 이에 여인도 생각하기를 "말에 '내 팔자나 네 칠자나' 하였으되 이는 참으로 팔자땜이 아니랴?" 하고 동의하여 더불어 아들 낳고 딸 낳고 잘 살았다 한다.

내지르기*¹만 하면 다냐, 입도 틀어막아야지
아이를 낳는 것보다 먹여 키우는 게 더 중요한 일이다.

냄비*²가 팽팽하다
새파랗게 젊은 여자이다.

냄비 닦아 준다
남자 입장에서, 여자와 성교를 한다는 뜻의 은어.

냉수 먹고 갈비 트림 한다
실속도 없이 허세를 부리고 있다.
=냉수 먹고 이빨 쑤신다.

냉수 먹고 된 똥 싼 격이다
들인 자본 없이 뜻밖의 좋은 성과를 거둔 셈이다.

냉수에 좆 줄듯 한다
돈이나 재산 따위가 눈에 띄게 줄어드는 모양에 빗댄 말.
=찬물에 좆 줄듯 한다.

너구리 굴 보고 피물*³돈 내어 쓴다
별나게 성미 급한 사람을 핀잔주는 말.

---

*1 내 지른다 : '낳는다.'의 속된 표현.

*2 냄비 : '음문'의 은어. 본디는 나이 어린 계집아이를 빗대 이르는 말.

*3 피물 : 짐승가죽.

=곰 굴 보고 웅담 돈 내어 쓴다.

너만은 진실로 내 양민(良民)이로다
남자의 양물이 여자에게는 그렇다는 우스갯말.

[陳談錄]* 부부가 어떤 일로 다투다가 말싸움이 주먹싸움 된다고 계집이 두들겨 맞게 되자 분을 이기지 못하여 저녁밥도 짓지 않고 싸고 누워 버렸다. 그리 한참이 지나자 그 지아비가 점차 반성하는 마음과 함께 측은한 생각이 들어 슬쩍 다가가 처의 젖가슴에 손을 얹으니 처가 그 손을 집어 내던지면서 "이 손은 나를 때린 손이니 어찌 가까이 하리오?" 하였다. 그래서 남편이 이번에는 다리를 들어 처의 엉덩이에 올려놓은즉 역시 그 다리도 집어던지면서 "이 발은 나를 차던 발이니 어찌 가까이 하랴?" 하고 내치는 것이었다. 지아비가 소리 없이 웃으면서 이번에는 가만히 자신의 양물을 끄집어내 여편네의 배꼽 그 아래쪽으로 닿게 하여 비벼댄 즉 여자가 이번엔 두 손으로 그 양물을 어루만지면서 그러더란다. "이는 진실로 나의 양민(良民)이로다. 너야 나에게 어찌 했겠느냐?"

너무 고르다 눈먼 사위 고른다
너무 고르다 보면 판단력이 흐려져서 되레 나쁜 것을 고르기 쉬우니 조심할 일이다.
=고르다 곰보 색시 고른다. 너무 고르다 눈먼 처녀 고른다.

너무 오래 사는 것도 고문이다
부부가 헤어지지 않고 평생 해로하는 것도 괴로운 일이라는 우스갯말. 또는 장수하다 보면 언짢은 꼴도 많이 보게 되어(壽則多辱) 좋은 것만은 아니라는 뜻.

---

* 陳談錄 : 오래된 또는 벌여놓을 진(陳)+이야기 담(談)+기록 록(錄)으로 '오래된 또는 벌여놓은 이야기'라는 뜻.

너울*¹ 쓴 거지다

옷만 그럴듯하게 걸쳤지 실은 거지나 한가지다.

너하고 말하느니 벽에 대고 말하는 게 낫겠다

공연히 입만 아프다고 체 머리를 흔들면서 내뱉는 말.

넉살이 남의 떡 모판에 가 엎어지겠다

성미가 검질긴 게 넘어져도 미친 척 남의 떡 모판에 가 엎어져 남의 귀한 떡 다 처먹겠다.

넉살 좋기는 강화 년이다

화문석 또는 인조견을 팔러 다니던 강화 여자들이 너스레 잘 떨고 생활력이 검질기대서 나온 말.

널*² 짜는 목수, 사람 죽기만 기다린다

자기에게 이득 되는 일이면 남의 불행조차 개의치 않는다는 뜻.

널쪽 너머가 저승이다

뱃사람들이 배 가장자리 널빤지 너머를 저승이라고 부른 데서 나온 말.
=널판 한 장이 이승 저승이다.

넓적다리만 보고도 보지 봤댄다

나쁜 소문은 부풀려 퍼지게 마련이니 늘 몸단속을 잘해야 한다는 뜻.
=사타구니만 봐도 보지 봤댄다.

---

*1 너울 : 검은 천으로 만든, 여자가 외출 시 머리에 쓰는 것.
*2 널 : '널'은 '넓게 켠 나무판대기'를 이르는 것으로 '너르다'에서 생긴 말이다. 여기에서의 '널'은 관(棺)을 이르는 말임.

넘어선 안 될 선을 넘었다

불륜의 성관계를 가졌다.

넘어지는 놈 덜미를 찬다

곤경에 빠진 사람을 돕진 못할망정 해코지 까지 한다.

네가 잘나 일색이냐 내 눈이 멀어 일색이지

잘났다고 너무 비싸게 굴지 마라.

네 것이 내 것이고 내 것이 내 것이다

욕심쟁이들의 짓거리를 비아냥대는 말.

네 년 보지엔 금테 둘렀냐?

자기 남편과 간통한 여자 또는 도도하게 빼는 여자에게 해대는 욕설.

네 담 아니면 내 쇠뿔이 부러지랴

자초한 불행을 남 탓으로 돌려 시비 거는 경우 따위에 빗댄 말.

네 떡 내 먹었더냐

잘못을 저질러 놓고도 내가 언제 그랬느냐고 시치미를 떼고 있다.

네 똥 굵다

'너 잘난 놈이다'라고 빈정대는 말.

네 발 달린 짐승이 차라리 낫겠다

짐승보다도 못하게 헐벗고 굶주리며 살고 있다고 한숨짓는 말.

네 병이야 낫든 말든 내 약값이나 내라

일은 못하는 주제에 제 이득만 챙기려 드는 파렴치한 자이다.

네 에미하고 붙어먹다 좆 대가리나 부러져 뒈져라!

한 맺힌 자에게 퍼붓는 저주의 악담.

＝네 딸네미하고 붙어먹다 좆이나 부러져 뒈져라.

넨장*¹ 맞을 일이 있나

어째서 이런 당찮은 일이 생긴단 말이냐.

넷이 다 아는데 무슨 개소리냐

하늘과 땅, 너와 내가 다 아는 일인데 무슨 소리를 하는 거냐.

노가리 까지*² 말아라

쓸데없는 말 좀 하지 마라.

노고지리 개 속이듯 한다

종달새가, 개가 잡으러 쫓아가면 멀리 날아가지 않고 계속 조금씩만 날아가듯 속임수로 애를 먹인다는 뜻.

노는 씹 씻겨나 준다고

무엇이든 평소 때 준비하고 깨끗하게 간수해 두는 것이 좋은 것이다.

노는 씹이다

과부나 이혼녀 등 배우자 없는 무주공산(無主空山)의 여자이다.

노는 입에 염불한다

어영부영 노느니보다는 무슨 일이든 하는 게 낫다.

---

*1 넨장 : 사람을 묶어 놓고 마구 때리는 '난장(亂杖)'에서 나온 말.

*2 노가리 까다 : 노가리는 새끼명태를 이르는 말로써 '노가리 깐다'는 명태가 알을 많이 까듯 말이 많다는 뜻.

노랑*¹ 병아리는 다 제 것이란다

욕심쟁이는 비슷하게 생긴 거만 봐도 다 제 것이라고 우겨댄다는 뜻.

노래*² 다칠라!

노래가 상처를 입겠다 함이니 그 따위로 노래를 부르느니 차라리 걷어
치우라고 핀잔주는 말.

노랭이 중에도 상 노랭이다

인색하기 짝 없는 구두쇠이다.

=왕소금이다. 찔러도 피 한 방울 안 나오겠다.

노루 꼬리가 길어 봤자지

제까짓 게 돈이든 재주든 있으면 얼마나 있겠느냐고 얕보아 비웃는
말.

=아이 자지가 커봤자 얼마나 크겠냐.

노루 때려잡은 막대기 석 삼 년 우려먹는다

한 번 있었던 일을 두고두고 귀에 못이 박히도록 떠드는 통에 넌덜머
리가 날 지경이다.

=노루 때린 막대기 세 번이나 국 끓여 먹는다. 노루 뼈 우려먹듯 한
다.

노루 잡은 눈에 토끼가 뵈겠냐?

큰돈에 맛들이면 작은 벌이는 하찮게 보이는 법이다.

---

*1 노랑 : '노랑' '노랗다'는 산짐승인 '노루'에서 나온 말이다. 따라서 '노르다' '노랗다'는
  '노루와 같은 색깔의 빛'이라는 뜻이다.
*2 노래 : 노래의 옛말은 '노는 것'을 뜻하는 '놀애'이다. 이것이 후에 '입을 놀리는 것' 즉
  음악으로 변하였다.

노루도 잡기 전 골뭇감부터 마련한다

노루는 잡지도 않았는데 그 가죽으로 골무 만들 생각부터 한다함이니 성미 급한 사람을 비웃는 말.
=중매쟁이 보고 기저귓감 마련한다.

노류장화에 임자 있더냐?

기생 또는 술집 작부는 먼저 차지하는 자가 임자이다.

노름 뒤는 대도 먹는 뒤는 안 댄다

노름 뒷돈은 따는 경우 원금에 이자까지 받을 가망이 있지만 먹는 뒤는 한도 끝도 없는 것인지라 무망한 노릇이라는 뜻.

노름 돈 대주는 놈은 낳지를 말랬다

노름 돈을 대 주면 못 받기 일쑤이므로 그런 허랑한 짓거리는 하지 말라고 이르는 말.
=빚보증 서는 놈은 낳지를 말랬다.

노름에 미치면 계집도 팔아먹는다

돈이 떨어지면 이성을 잃고서 나중에는 자기 처까지 담보로 돈을 빌려 노름을 한대서 나온 말. 이를 '살내기'라 불렀다.

노름에 미치면 사주도 팔아 먹는다

사주(四柱)란 태어난 해(年), 달(月), 일(日), 시(時)를 이르는 말로서 이런 자신의 팔자, 운명마저 팔아먹는다 함이니 이성을 잃게 된다는 뜻.

노름은 운칠기삼(運七技三)이다

모든 노름은 운수가 일곱에 기술이 셋이다. 즉, 운이 따라 줘야만 이길 수 있다는 뜻.

노름질해서 부자 된 놈 없다

노름해서 망한 자는 많아도 잘된 사람은 없으니 절대 노름질일랑은 하지 말라고 이르는 말.

노름질은 본전에 망한다

노름하다 돈을 잃으면 본전 생각에 손을 못 끊고 계속해 결국 패가망신하게 된다는 뜻.

노인 망령은 고기로 고치고 젊은이 망령은 몽둥이로 고친다

노인들은 음식으로 봉양해야 좋아하고 못된 행동을 일삼는 젊은 놈은 흔뜨검을 내야만 버릇이 고쳐지는 것이다.

노인 부랑한 것, 어린애 입 잰 것, 처녀 발 잰 것

한 군데도 쓸모없는 것이라고 매도하는 말.

노적가리 불 지르고 싸라기 주워 먹는다

정작 큰 것은 잃어버리고 작은 것에 연연해 하고 있다고 비웃는 말.
=어물전 털어먹고 꼴뚜기 장사한다. 집 태워 먹고 못을 줍는다.

노처녀 골부림은 말뚝총각*이 약이다

노처녀가 이유 없이 신경질을 내는 병은 기운찬 총각밖에는 고쳐 줄 사람이 없다.

노처녀 시집 가랬더니 차일(遮日) 없어 못 간다네

큰일을 좀 해 보려니까 같잖은 핑계를 대고 일을 미룬다. 또는 오랜만에 맘먹고 일을 좀 하려니까 걸리적대는 것들 많아 곤혹스럽다는 뜻.

＊ 말뚝총각 : 자지가 말뚝처럼 기운찬 총각이라는 뜻.

노처녀 시집가는 날 등창 난다

노처녀가 시집가는 경사스런 날 하필이면 등창이 나서 첫날밤을 헛되이 보내게 되었다 함이니 좋은 일에는 마가 끼는 일이 많다는 뜻.
＝가는 날이 장날이다. 호사다마(好事多魔)이다.

녹두방정을 떨고 있다.

버릇없이 까부는 언동을 나무라는 말.

녹비(鹿皮)에 가로왈(曰)이다

노루 가죽에 가로 왈 자를 쓰면 잡아당기는 방향 따라 가로 왈(曰)자도 날 일(日)자도 되듯 줏대 없이 이랬다저랬다 한다는 뜻.

녹초*¹가 됐다

기운이 쪽 빠진 상태이다.

논 더러운 건 논두렁만 높고 인간 못된 건 촌수만 높다

촌수 높은 것을 기화로 우자깨나 부리는 자를 욕하는 말.

논둑 족제비 까치 잡듯 한다

족제비가 온몸에 흙칠을 하고 논둑에 서 있으면 까치가 이를 말뚝으로 잘못 알고 내려와 앉는데 이 순간 까치를 덮쳐 잡아먹는대서, 남을 교묘히 속여 잇속 채우는 자를 빗대 욕하는 말.

논밭하고 각시*²는 임자가 따로 없다

논밭이나 처녀는 먼저 차지하는 자가 임자이다.

놀기는 산지기가 놀고 추렴은 중이 낸다

＊1 녹초 : '녹은 초'에서 나온 말.
＊2 각시 : 나이 어린 여자.

술 먹고 계집질한 산지기 놈은 도망쳐 없고 대신 근처에 있던 중들이 잡혀 와 대신 돈을 물어낸다 함이니 '남이 눈 똥에 주저앉은 격'이라는 뜻.

놀던 계집이다

술집 또는 화류계 출신의 여자라고 얕잡아 이르는 말.

농담 끝에 초상 난다

농담이 지나치니까 입조심 하라고 이르는 말.

농악 소리가 자식농사 짓는 소리다

농악기가 내는 각종 소리를 정사(情事)에 빗대 해학적으로 풀이한 말.

[口傳說話集] 맨 처음 상쇠가 치는 꽹과리 소리는 '씹 덕 씹 덕' 하고 이어 부쇠가 치는 꽹과리는 '씹 줘라, 씹 줘라' 하면서 돌아간다. 그 뒤는 징이 따라가면서 '벌어졌다 쾌앵, 벌어졌다 쾌앵, 즈응증 줘라, 즈응증 줘라' 하고 그 뒤를 이어 장구는 '탱탱 꼴려라, 탱탱 꼴려라' 하고 돌아가고 그 뒤에 큰 북이 따라가면서 '퍽퍽 찔러라, 퍽퍽 찔러라' 그러는 거란다. 다시 그 뒤에 소고(小鼓)는 '엎어 놓고 한 번, 제쳐 놓고 한 번' 하고 법고쟁이는 '팽팽 돌려라, 팽팽 돌려라' 하면서 돌아간다. 그 뒤로는 무동(舞童)이 '아이고 좋아라, 아이고 좋아라' 하고 춤을 추면서 따라가고 그 뒤에는 날라리가 '니나나 일러요 누구누구 일러요, 니나나 일러요 누구누구 일러요' 하면서 따라간단다.

농요(農謠) 중에서

총각아 총각아 너 볼라고 울타리 밑에 새 길이 났네
처녀야 처녀야 너 볼라고 상추 밭에 새 길 났네

석류랑 유자랑 의논이 좋아 한 꼭지에 둘 열었네

처자랑 총각이랑 의논이 좋아 한 베개를 둘이 비네

모시야 적삼 안섶 안에 분통같은 저 젖 보소
많이 보면 병이 되고 담배씨 만큼만 보고 가소

이 물꼬 저 물꼬 다 헐어 놓고 주인네 양반은 어디 갔노
문어야 대 전복 손에 들고 첩의 방에 놀러 갔네

오늘 해가 다 졌는가 까막까치 떼를 지어 잔솔밭을 후아드네
처녀 총각이 쌍을 지어 골방 안으로 자려 든다

오늘 해도 다 졌는지 골골마다 연기 나네
우리 임은 어디 가고 연기 낼 줄 모르는고

농탕질 한다
남녀가 음탕하게 놀아나는 모습을 비유한 말.
=농탕친다.

농투성이 빚 투성이다
농부가 농사를 짓다보면 빚만 남는대서 자조적으로 이르는 말.

뇌물로 못 막는 건 억수장마에 계곡물뿐이다
뇌물을 쓰면 웬만한 일은 대충 넘어가고 해결되게 마련이다.

누군 인삼 먹고 누군 무 뿌리도 못 먹는다
세상살이 고르지 못하다고 분개 또는 탄식하는 말.

누운 소 타기다
아주 쉬운 일이다.

=무른 땅에 말뚝 박기. 수양딸 며느리 삼기. 호박에 침놓기. 종년 오입질 하기.

누워서 돈 번다

힘써 일하지 않고 몸 팔아 먹고 사는 창녀이다.

눈깔에다 명태 껍질을 붙였냐?

눈앞의 물건도 못 찾고 허둥댄다고 핀잔주는 말.

=눈깔이 삐었나 보다.

눈덩이하고 갈보는 구를수록 살이 쩐다

눈덩이는 구를수록 커지고 갈보는 누울수록 돈을 많이 벌게 된다는 뜻.

눈도 못 감고 뒈질 놈!

상종을 못할 인간 말짜이다.

눈도장을 찍었다

눈빛으로 마음이 통했다. 또는 남녀 간에 정을 통하기로 묵계가 이루어졌다는 뜻.

눈두덩이가 푸른색이면 색골이다

남녀 불문하고 눈언저리에 푸른색이 돌면 색을 밝힌다는 속설에서 나온 말.

눈뜨고 도둑맞았다

번연히 알면서도 억울하게 손해를 본 경우이다.

눈만 감으면 염하러 달려들겠다

눈만 감으면 죽었다 여겨 염하러 들 만큼 몹시 쇠약해 보인다. 또는 죽을 때가 다되었다.

눈만 맞으면 부처도 암군다

마음만 맞으면 부처 같은 점잖은 사람도 녹여 낼 수 있는 것이다.

눈 맞추고 배 맞춘다

서로 눈 맞고 마음이 통해서 성애까지 나눈 사이가 되었다.

=눈 맞고 배 맞았다.

눈먼 놈이 앞장 선다

알지도 못하는 주제에 나선다고 비웃는 말.

눈먼 사랑이 눈뜬 사람 잡는다

실연으로 자살을 하거나 또는 사랑에 원한이 맺혀 살인 등 범죄를 저지르는 경우 따위에 빗댄 말.

눈 먼 자식이 효도 한다

하찮게 여긴 것이 의외로 이로움을 주는 경우 따위에 빗댄 말.

=병신자식이 효도한다. 굽은 나무가 선산 지킨다.

눈먼 탓은 않고 개천 탓만 한다

제 잘못은 모르고 남의 탓만 하고 있다.

=눈먼 탓이나 하지 개천은 나무래 무엇 하나.

눈멀고 귀 멀었다

사랑이 싹트는 순간을 비유한 말. 또는 귀신에 씌웠는가 순식간의 판단착오로 일을 그르친 경우 따위에 빗댄 말.

눈물 바람 콧물 바람이다

쉽사리 울음이 멈추지 않는 모습 따위에 빗댄 말.
=눈물 찍 콧물 찍이다.

눈물은 내려가고 숟갈은 올라간다

지독한 슬픔도 세월 가면 그냥저냥 잊고 살게 마련이다.

눈비음만 그럴싸했지

좋게 보이려고 겉으로만 슬쩍 꾸몄을 뿐이다.

눈 시려서 못 보겠다

눈이 부시게 예쁜 여자. 또는 눈꼴사나운 모습을 빗대 이르는 말.
=눈 버렸다.

눈썹*1만 뽑아도 생 똥 싸겠다

작은 고통조차 참지 못하면서 무슨 큰일을 하겠느냐고 나무라는 말.

눈썹에 불이 붙었다

뜻밖의 걱정거리가 생겼다.

눈에 덮인 시금치*2도 돌아앉겠다

사람이 인색하고 몰인정해 누군들 외면하지 않겠느냐.

눈에 밟히고 마음에 밟힌다

늘상 눈에 선해 잊지 못하고 연연해 한다.

---

*1 눈썹 : 눈썹의 옛말은 '눈썹'이다. '썹'은 길섶, 옷섶(후에 '섶'으로 됨)과 같은 것으로 '기슭' '가장자리'를 나타낸다. 따라서 눈썹이란 '눈 기슭'에 나 있는 털을 말하는 것이다.

*2 시금치 : 시금치란 말은 본래 중국에서 구어(口語)로 들어온 '시근채'로 '시근'은 '뿌리가 붉다'는 뜻의 중국어이다. '시근채'가 '시금치'로 변한 것이다.

=눈에 밟힌다.

눈에 불이 돋다
분함을 참지 못해 눈에 불꽃이 이는 것 같다.

눈에 삼삼 귀에 쟁쟁하다
연정 또는 그리움에 애가 탄다.
=눈에 삼삼 귀에 삼삼하다.

눈에 안 차고 성에 안 찬다
물건이나 사람이 마음에 흡족하지 아니하다.

눈에 흙이 들어가는 한이 있어도
당장 죽는 한이 있어도.

눈 온 날 개 싸대듯 한다
몹시 분주한 모습. 또는 일없이 설치고 다니면서 말썽만 피운다는 뜻.

눈 온 다음 날 샛서방 옷 빨래한다
샛서방은 보는 눈이 무서워 오래 머물지 못하므로 눈 온 다음 날 날씨
포근할 때 얼른 빨래를 해 말려서 입혀 보낸다는 뜻.

눈웃음 잘 치면 호색한다
눈웃음을 잘 치는 것은 잔정이 많은 까닭이므로 색정에도 예민하기 마
련이라는 뜻.

눈은 까짓 거 하는데 손은 어비 한다
일이란 얼핏 보아 눈에는 쉬워도 실제 하려고 들면 낯선 경우가 많은
법이다.

눈은 풍년에 입은 흉년이다

뵈는 건 풍성해도 나 먹을 것이라곤 없는 적막한 신세이다.

눈치가 둔치다

눈치라고는 없는 아둔한 자이다.

(반대말) 눈치코치만 남았다.

눈치가 안은 암탉 잡아 먹겠다

병아리를 까려고 알을 품고 있는 암탉을 잡아먹을 만큼 눈치라고는 없
는 아둔한 자이다.

눈치코치*¹ 모르는 벽창호*²다

눈치 없이 나대 말썽만 일으키는 답답하기 짝 없는 자이다.

눈칫밥 먹는 주제에 상추쌈까지 처먹는다

상추쌈을 먹을 때는 입을 크게 벌리고 눈을 부라리는 까닭에 그 모양
이 더 밉게 보인대서 나온 말.

눈 큰 황소에 발 큰 도둑놈이다

눈이나 발이 유난히 큰 사람을 놀리는 말.

눈탱이가 밤탱이 되도록

눈언저리에 시퍼런 멍이 들만치 얻어맞았다.

눈 허리가 시어 못 보겠다

---

*1 눈치코치 : '눈치'란 남의 생각이나 행동을 잘 살펴서 대응하는 것을 이르는데 여기서
'코치'란 단순히 '눈치'란 말을 꾸미는 말재간일 따름이다.

*2 벽창호 : 본디는 '벽창우'가 맞는 말. '벽창우'란 평안북도의 벽동 창성 지방에서 나는
소가 유난히 크고 억세대서 고집 세고 무뚝뚝한 사람을 빗대 이르는 말.

행티가 오만 방자해 차마 눈 뜨고는 못 봐줄 지경이다.

눈 흘레한다
눈빛으로 정을 통하거나 눈짓으로 정사 약속을 하는 경우 따위에 빗댄 말.

뉘 집 개가 짖느냔 식이다
남의 말을 건성으로 듣는다고 해대는 볼멘소리.

늑대나 살모사 종자지 사람 종자는 아니다
밤낮 술이나 먹고 싸움질을 일삼는, 사람이라고는 볼 수 없는 자이다.

늘어지기는 능수버들이다
느려 터지고 게을러터졌다.
=늘어지기는 수양버들이다.

늙고 병들면 귀신밖에 안 찾아온다
늙은 데다 병까지 들면 남은 건 죽는 일 밖에 없다.

늙고 병들어도 씹할 힘은 있다
비록 몸은 늙었어도 종족보존의 에너지는 끝까지 건재하다는 뜻.

늙고 비틀어진 나무도 열매는 달다
의외로 노인한테는 배워 득 되는 것이 많다는 뜻.

늙으면 눈먼 새도 안 돌아본다
눈부셨던 미인도 일단 늙으면 별 볼일 없이 되고 만다.
=여자 나이 삼십이면 눈먼 새도 안 돌아본다.

늙으면 돈도 안 붙고 계집도 안 붙는다

늙으면 일을 못하게 돼 돈도 안 생기고 여자도 따르지 않게 된다.

늙으면 자식 촌수보다 돈 촌수가 더 가깝다

늙을수록 자식보다 돈이 더 긴요하게 된다.

늙은 말이 길을 아는 법이다

경험자의 말을 들으면 일을 그르치는 법이 없다.

늙은 말이 콩 마다 할까?

늙었다고 입맛 또는 색심까지 변하는 건 아니다.

=늙은 말이 콩 더 달랜다.

늙은 보지다

나이 든 여자이다.

늙은 서방 얻었다간 송장 두 번 친다

과부가 늙은 서방을 얻으면 두 번 과부가 될 수 있으니 늙은이한테는 개가하지 말라고 이르는 말.

늙은 소 밤길 가듯 넘겨짚기는 잘 한다

말허리를 끊고 들어오는 자를 핀잔주는 말.

늙은 여우 같은 년!

요사스러운 할망구이다.

늙은 우세*하고 사람 치고 병(病) 우세하고 개 잡아 먹는다

＊우세 : 형세 따위가 남보다 나음.

나이 많음을 빙자해서 함부로 사람을 치고 병든 것을 핑계 삼아서 개를 잡아먹듯 별것도 아닌 것을 내세워 자기 욕심을 채우는 못된 늙은이다.

늙은 처녀 뒷박 내던지듯

노처녀가 시집 못 간 화풀이로 애꿎은 뒷박을 내던지듯 아무 죄 없는 사람에게 화풀이를 한다고 나무라는 말.

늙은 총각 귀신은 있어도 늙은 처녀 죽은 귀신은 없다

장가 못 가고 혼자 살다 죽는 남자는 있어도 시집 못 가는 여자는 없는 법이다.

늙은 호박에 대심 박기 한다

나이 든 여자와의 성교를 비유한 말.

늙은이 덜미 잡는 막된 놈!

무식하고 심통 사나운 불상놈이다.

[흥부전 중에서] 고추밭에 말 달리기. 목욕하는 데 흙 뿌리기. 죄 없는 놈 뺨치기. 불난 집에 부채질하기. 빚값에 계집 뺏기. 아이 밴 계집 배 차기. 애호박에 말뚝 박기. 오려논에 물 터놓기. 우는 아이 똥 먹이기. 우물터에 똥 누기. 이 앓는 놈 뺨치기. 잦힌 밥에 흙 퍼붓기. 초상난 데 춤추기. 초상술에 권주가 부르기. 패는 곡식 이삭 뽑기. 해산한 데 개 잡기 등 〈흥부전〉 심통 시리즈에 해당되는 자라는 뜻.

늙은이 망령에는 고기가 약, 아전* 망령에는 돈이 약이다

노인은 맛있는 음식으로 달래야 하고 관리가 생트집 잡는 건 뇌물을

＊ 아전(衙前) : 조선시대 지방관아에 딸렸던 하급관원.

줘야 가라앉게 된다.

늙을수록 욕심은 젊어진다
늙으면 욕심은 되레 더 많아진다.

늦 감 맛이 더 달다
늦감 맛처럼 새로 사귄 친구보다 오랜 친구, 또는 늦바람이 맛이 더 좋다는 뜻.

늦게 된서방* 만났다
나이 들어 고생깨나 하게 생겼다.

늦게 심은 모가 땅내 쉬 맡고 늦게 시집 간 처녀가 서방 맛 쉬 안다
늦게 낸 모가 땅내 쉬 맡듯이 노처녀 역시 시집을 가면 사내 맛을 더 금세 알게 된다.

늦바람 난 여편네 속곳 마를 새 없다
여자가 늦바람이 나면 물불을 안 가려 젊은 여자보다 더 심하게 바람을 피운다는 뜻.

늦바람에 머리털 세는 줄 모른다
뒤늦게 바람이 나면 나이 또는 체면조차 돌보지 않게 된다.
=늦바람은 제 아비도 못 말린다.

늦바람에 문전옥답 다 날린다
늦게 시작된 바람기는 잡기 어려워 자칫하면 패가망신하기 십상이니 경계할 일이다.

---

* 된서방 : 성미가 모진 남편.

늦바람은 원님도 못 잡는다

늦게 난 바람기는 그만큼 잡기가 어렵다.

늦바람은 제 아비도 못 잡는다

젊어서의 바람기는 잡을 수 있어도 늦게 난 바람은 잡기가 어렵다는 뜻.

늦바람이 곱새등 벗긴다

곱새등이란 예전 초가지붕 꼭대기를 덮는 용마름을 말하는 것으로 이 것이 벗겨지면 물이 새 집을 못 쓰게 되듯 늦바람은 패가망신의 원인 이 된다는 뜻.

늦 배운 도둑이 날 새는 줄 모른다

늦게 배우기 시작한 사람이 더욱 공부에 열중한다. 또는 늦바람기가 더 무섭다는 뜻.

늪 같은 권세다

권세란 늪과도 같아서 한번 빠지면 헤어나기 어려운 것이다.

니글니글하다

꼴불견을 참고 보자니 속이 뒤집힐 지경이다.

나나노에 미쳐서

술집 작부 또는 주색에 정신이 팔려서.

다

다급하면 부처다리 껴안는다
　평소 때는 무덤덤하다가도 급하면 달라붙어 애걸복걸하는 염량세태를
　반영한 말.
　=급하면 관세음보살 왼다.

다된 인생이다
　기대할 것 없는 자이다.

다른 도둑질은 해도 씨 도둑질은 못 한다
　대개 도둑질은 흔적이 안 남지만 바람을 피워 낳은 아이는 자라면서
　어디가 닮아도 닮게 되어 들통나게 마련이라는 뜻.

다리 밑자루 하나는 그만이다
　성행위 시 자지 하나는 쓸 만하다.

다시 벌려 주면* 내가 개딸년에 개아들년이다
　믿었던 남자가 바람을 피웠거나 또는 다른 포한으로 인해 퍼부어대는
　여자의 악담.

다음에 보잔 놈치고 무서운 놈 없다
　미루는 자들은 속이 무른 까닭에 겁낼 것이 없다.

_____

* 벌려주다 : 성관계를 하다.

단골 손은 진국 주고 뜨내기 손은 멀국 준다

단골손님에겐 진국술을 주고 어쩌다 오는 뜨내기 손에겐 보통 술을 준
다 함이니 단골을 더 귀하게 여긴다는 뜻.

단 구멍*¹이 신 구멍*²만 못하다

좋은 음식 맛이 성교의 짜릿한 맛을 당할 수 없다는 뜻.

단맛이 신맛이다

성교의 맛이 가장 좋은 맛이라는 뜻.

단물만 쪽 빨아먹고

제 욕심만 채우고 모른 체하다니 분하고 억울한 일이다.

단속곳 밟아 준다

시집 못 가고 죽은 처녀귀신의 한을 대리 만족시켜 풀어 준다는 뜻.

[蒐集] 예전 한 동네의 내왕 잦은 길목에 여자 옷이 버려져 있으면
그 동네에 시집 못 간 처녀가 죽었다는 통신이 되었다. 이런 경우 그 마
을 사내들은 예외 없이 그 처녀의 옷을 밟아 줄 의무가 주어졌는데 이는
처녀가 사내들한테 짓밟힘으로써 못 다한 춘정을 상징적으로 만족시켜서
한풀이가 되어 마침내는 '원한 머금고 죽은 처녀귀신'을 면할 수 있다는
매우 인간적인 민속신앙에서 비롯된 습속이었다.

단칼에 목을 쳐 죽일 놈!

천하에 막돼먹은 못된 자이다.

---

*1 단 구멍 : 감식(甘食)하는 입을 비유한 말.
*2 신 구멍 : 음문을 빗댄 말.

달 밝은 밤이 흐린 낮만 못 하다

자식이 제 아무리 효도를 잘 해도 악한 처가 봉양하느니만 같지 못하다.
또는 약한 사람이 아무리 용을 써도 힘센 사람을 당하지 못한다는 뜻.

달걀 섬 다루듯 한다

행여 깨질세라 매우 조심스럽게 다루는 모양을 빗댄 말.
＝처녀 젖가슴 만지듯 한다.

달걀과 여자는 굴리면 깨진다

달걀은 물론이고 여자 역시 밖으로 나돌다 보면 바람이 들어 못쓰게
되는 법이다.

달고 치는 데야 안 불 놈 없다

심한 고문에는 당해 낼 재간이 없는 것이다.
＝매에 장사 없다.

달군 쇠와 아이는 때려야 써먹는다

달군 쇠는 때려야 좋은 연장이 만들어지고 자식은 엄하게 가르쳐야 바
르게 크는 법이다.

달라면 주겠다

여자 입장에서, 상대방이 성관계를 요구해 오면 승낙하겠다는 말.

달래나 보지

안 될 때 안 되더라도 한번 마음을 움직여나 보지 그랬느냐는 말.

[蒐集] 이 말이 생기게 된 '달래 고개'전설은 다음과 같다. 옛날 조실
부모한 남매가 둘이서 오순도순 농사를 지으며 살고 있었다. 그러던 어
느 여름날 재 너머 밭에서 김을 매고 오던 길에 갑자기 소나기가 쏟아져

옷이 다 젖고 말았다. 그러자 누이동생의 적삼이 젖어 살이 착 달라붙는 바람에 젖가슴과 둥근 엉덩이 등 성숙한 몸매가 훤히 다 비쳐 보였다. 오빠는 이를 보고 불현듯 춘정을 느꼈으나 한편 그런 자신이 부끄럽기 그지없어서 누이동생에게 먼저가라 일러놓고는 동생한테 성욕을 느낀 자신이 저주스러워 그 자리에서 돌로 생식기를 찍어 자살을 하고 말았다. 나중에 이를 알게 된 동생이 가슴을 치면서 "죽지 말고 차라리 달래나 보지" 하고 슬피 울었다고 해서 이후 그 고개를 '달래 고개'로 부르게 되었다 한다.

달래 놓고 눈깔 빼 간다

말은 달콤해도 끝내는 해를 끼치는 흉악한 자이다.

달래야 주지

여자 입장에서, 남자가 의사 표시를 해야 정을 통할 거 아니냐고 자조적으로 뇌는 말.

달린 값이나 해라!

부자지 달린 값이나 해라. 또는 사내답게 굴라고 윽박지르는 말.

달콤 훈훈한 이 맛은 무엇이더냐?

남녀 성애의 뒷맛이 그렇다는 뜻.

[禦眠楯] 어느 여인이 한 여름철에 개울가에서 속옷만 걸치고 엉거주춤 앉아서 빨래를 하고 있었는데 총각 한 놈이 지나가다 언뜻 본즉 속곳 밑으로 뵈는 그윽한 옥문이 침을 삼키게 하는 것이었다. 이에 마치 고양이가 쥐를 덮치듯 가만히 뒤로 가서는 번개같이 달려들어 송곳 같은 양물을 옥문에 꽂고 마치 황소가 교미하듯 휘둘러 쳐서 끝낸 다음 재빨리 달아나자 여인이 막대기를 들고 쫓아오면서 "이 천하에 없는 개자식아, 이게 개행실이지 사람의 행실이냐?"라고 꾸짖으니 작자가 능글맞게 답하

기를 "여보시오 실은 그게 내 물건이 아니고 손가락으로 한 번 그리 해 본 것이니 용서하시오. 손가락이 무슨 죄가 있소이까?"라고 둘러댔다. 이에 여인이 "흥 네가 날 속이려고 해도 어림없다. 그게 손가락이었다면 여직 이 개울언덕에까지 풍기는 달콤 훈훈한 맛은 대체 뭐란 말이냐, 이 개자식아!" 그러더란다.

달포*¹는 굶고 살아도 임 없이는 하루도 못 사네
젊어서는 식본능보다 성본능이 더 절실할 수도 있다는 뜻.

닭 길러서 족제비 좋은 일만 시켰다
공들인 결과를 엉뚱한 자가 채 가다니 억울하고 고약한 일이다.
=죽 쒀서 개 좋은 일만 시켰다.

닭살*² 돋아서 못 봐 주겠다
하는 언동이 너무 가소로워서 차마 눈뜨고는 못 봐줄 정도이다.

닭 소 보듯 소 닭 보듯 한다
무덤덤한 관계이다.
=남의 서방 보듯 한다.

닭의 새끼 봉이 될까?
태생 또는 본질은 변할 수 없는 것이다.
=각관 기생 열녀 될까?

닭의 주둥이가 될망정 쇠 똥구멍은 되지 마라
비록 사소한 일이라도 그 분야의 우두머리가 되어야지 큰 그늘에 묻혀

---

*1 달포 : 한 달 이상이 되는 동안. 한 달여.
*2 닭살 : 추위 또는 공포나 놀라움 따위로 피부가 오톨도톨해진 모양. 닭살모양과 같대서 나온 말.

지내는 못난이는 되지 마라.

닭 잡는데 소백정을 불러 온다
하잘 것 없는 일에 큰일이나 치르듯 볼썽사납게 굴고 있다.
=모기 보고 칼 빼드는 격이다.

닭 잡아 겪을 나그네 소 잡아 겪는다
당초에 조금만 신경 쓰면 됐던 것을 때를 놓쳐서 낭패를 보게 된 경우
이다.

닭 쫓던 개 지붕 쳐다 본다
심혈을 기울인 일이 허사가 되고 말았다.

[蒐集] 하루는 개와 닭이 만나 진지한 대화를 나누게 되었다. 먼저
닭의 말이 자기는 이 세상 천지에 시간을 알리는 귀한 벼슬을 갖고 있다
고 뽐내는 것이었다. 가만히 듣고 있던 개가 어이가 없어 대체 네가 무슨
얼어 죽을 놈의 벼슬이냐고 퉁기자, 닭이 가로되 이렇게 비단 옷을 입고
머리에 붉은 관을 쓰고 눈알엔 육관자를 붙였는데도 벼슬양반이 아니냐
고 되받았다. 이에 개가 곰곰 생각을 하다가 기껏 한다는 말이 "사람들
하는 말이 개 팔아 두냥 반이라던데 그리 보면 나도 양반이다"라고 억지
소리를 해 댔다. 그 말을 받아 닭이 마치 기다린 듯 "개 팔아 양반이 된
다면 결국 개장수한테 팔려 죽으러 갈 때 마지막으로 양반이 된다는 말
아니냐?"고 놀려댔다. 이에 화가 난 개가 달려들어 닭의 벼슬을 물어뜯
었다. 그러자 닭이 놀라서 얼른 지붕 위로 날아 올라가서는 "넌 여기 못
올라오지?" 하고 여전히 놀려대는 것이었다. 이 일로 하여 '닭 쫓던 개
지붕 쳐다본다'라는 말이 생겼고 닭의 벼슬이 지금도 톱날 모양인 것은
그 때 개 이빨에 물린 자국이 남은 까닭이라 한다.

담 너머 꽃이 더 예쁘다

남의 계집이 더 예뻐 보인다. 또는 남의 물건이 더 좋아 보인다는 뜻.
=담 넘어 감이 더 맛나 보인다. 새끼는 제 새끼, 계집은 남의 계집이
더 예뻐 뵌다.

담 넘어 능금은 먼저 따는 놈이 임자다
임자 없는 물건은 먼저 차지하는 자가 주인이다.

담바구 타령 중에서
옛날 담배에는 환각 성분이 들어 있었는지 담바구타령 가사에는 야릇
한 분위기가 풍긴다.

1.
담배 한 대를 붙여 무니 목구녕 안에 실안개 돈다
또 한 대를 피우고 나니 청룡 황룡이 꿈틀어진 듯
저기 가는 저 할머니 딸이나 있거든 날 사위 삼소
여보 할머니 그 말씀 마오 참새가 작아도 알을 낳고
제비가 작아도 강남을 간다오

2.
만났구나 만났구나 삼이나 삼밭에서 만났구나
들어가세 들어가세 삼이나 삼밭에 들어가세
치마를 벗어 차일을 치고 단오(단속곳)를 벗어 방석을 깔고
허리띠 끌러 병풍을 치고 버선을 벗어 오리(혼례용 나무기러기)를 만
들고
꽃과 나비가 만났으니 얼씨구 절씨구 칼춤(사랑놀음)을 춘다

담뱃*불에 콩 구워 먹겠다

---

* 담배 : 담배는 포르투갈어인 '다바꼬(tabaco)'에서 유래한 말이다. '다바꼬'에서 '담바구'
→ '담배'로 변했다. 담배는 당초 양반 계층의 기호품이자 특산 약재로 쓰였다.

약삭빠른 사람을 비웃거나 놀리는 말.

담벼락하고 말하는 게 차라리 낫겠다
말귀를 못 알아듣는 답답한 자이다.

담은 게으른 놈이 잘 쌓고 방아는 성난 년이 잘 찧는다
담은 천천히 쌓아야만 튼튼하게 쌓아지고 방아는 성깔이 나서 미친 듯
쿵쿵 찧어야 잘 찧어지듯 일마다 그 성격에 알맞은 사람을 써야 성과
가 좋은 법이다.

닷 돈 보고 보리밭에 갔다가 명주 속곳만 다 버렸다
닷 돈 받기로 하고 보리밭에 몸 팔러 갔다가 귀하고 비싼 명주 속곳만
버려 되레 더 큰 손해만 보았다는 푸념. 또는 작은 이득을 취하려다 큰
낭패를 본 경우(小貪大失) 따위에 빗댄 말.

닷새 굶어 도둑질 안 하는 놈 없다
궁지에 몰리면 누구든 나쁜 짓도 서슴지 않게 된다.

당나귀 제 좆 큰 줄 모른다
자기 허물은 모르고 지내기 십상이다.

당나귀 좆 보고도 오줌 지릴 년!
음란하기 짝 없는 여자이다.

당나귀 좆 빼고 귀 빼면 뭐 먹을 거 있노?
크고 쓸 만한 건 다들 차지하고 나는 뭘 먹으란 말이냐는 볼멘소리. 또
는 당나귀는 몸에 비해 귀와 생식기가 유난히 크다는 점을 강조한 말
이기도 함.

당나귀 좃 치레 귀 치레 하듯 한다

감춰야 할 것을 드러내고 떠벌이다니 제발 창피하게 그러지 좀 마라.

대가리 검은 짐승이다

짐승만도 못한 인간이다.

대가리에 딱지도 덜 떨어진 것이

아직 머리에 쇠딱지도 안 떨어진 어린것이 되바라졌다고 꾸짖는 말.
=대가리에 피도 안 마른 것이.

대갈통에 바람구멍 나고 싶으냐?

죽고 싶지 않으면 시키는 대로 해라.

대감 말이 죽었다면 먹던 밥숟갈도 놓고 가지만 대감이 죽었다면 먹던 밥 다 먹고 간다

항시 대감께 잘 보여야 신상에 편하므로 말이 죽었다면 얼른 달려가지만 정작 대감이 죽었다면 그럴 필요가 없어졌으므로 그러지 않는다. 누구든 자기 이로운 방식으로 살게 마련이라는 뜻.

대낮에 씹구멍 벌리는 개 같은 년!

대낮에 낮거리를 하다가 들통 난 여자에게 해대는 욕설.

대답은 막둥이 마냥 잘도 한다

제대로 일은 못 하는 주제에 대답 하나만은 잘 한다.
=대답은 엿 토막 자르듯 잘도 한다.

대돈변*을 내서라도

＊대돈변 : 월 10%의 비싼 이자를 무는 사채.

무슨 변통을 해서라도 갚고야 말겠다는 다짐의 말.

대두리로 붙었다
큰 싸움이 났다.

대들보가 부러지면 서까래도 부러진다
가장이 죽으면 집안에 망조가 들게 마련이다.

대매*에 쳐 죽일 놈!
단 한 번의 모진 매로 때려 죽여도 성에 안 찰 못된 자이다.

대머리 보니까 공짜깨나 좋아 하겠다
공것에 너무 신경 쓰다 보니 머리가 빠져 대머리가 되었대서, 그런 대머리이니 공것을 좋아 하겠다고 놀리는 말.

대명천지 환한 대낮에 저 혼자 한밤중이다
다 아는 일을 저 혼자 모르고 있다니 멍청한 자가 아니냐.

대보름날 개밥 주는 년
줏대 없이 나서서 망신하고 손해를 보는 앙바르지 못한 계집이다.

[蒐集] 예전 우리 조상들은 월식(月蝕)을 개가 달을 먹어 들어가는 탓에 생기는 것으로 믿었다. 따라서 달이 둥근 보름에는 월정(月精)을 아끼고자 개에게 밥을 주지 않는 습속이 있었으니 그만치 달을 사랑했다는 의미도 될 터이다. 따라서 개에게 밥을 주면 개가 기운이 치솟아서 월정을 갉아 먹게 되므로 개밥을 주지 못하게 했던 것이다. '개 보름 쉰다'는 말도 이런 연유로 생기게 된 거라 한다.

---

* 대매 : 딱 한 번의 모진 매.

대어(大魚))들은 다 토끼고 잔챙이만 걸렸다

본디 법망(法網)이란 다 그런 거 아니냐고 법과 나라의 기강을 비웃는 말.

대찬 놈이다

성미가 꿋꿋한 또는 사나운 자이다.

대추나무 방망이 같다

매우 야무진 자이다.

대한(大旱) 칠 년에 비 바라듯

오랜 가뭄에 비 바라듯 학수고대하고 있다.

댑싸리 밑에 개 팔자다

무더운 여름철 댑싸리 그늘 밑에 늘어져 자는 개 마냥 편안한 팔자이다. 또는 그에 비해 땡볕 아래 땀 뻘뻘 흘리며 일을 해야 하는 농부의 고된 팔자를 비유, 푸념하는 말.

댓진* 묻은 뱀 대가리, 불붙은 개 대가리다

헤어날 수 없는 곤경에 처한 상태이다.

댕기에 달려서 깨졌다

교수형으로 세상을 마감했다. 은어

더러운 냄새가 더 오래 간다

나쁜 짓을 해 쓴 오명은 좀체 씻어지지 않는다는 뜻.

---

*댓진 : 담뱃대 속에 낀 담뱃진. 뱀이 담뱃진을 먹으면 즉사한대서 '댓진 먹은 뱀'이란 운명이 다한 사람을 비유한 말이다.

더운 밥 먹고 식은 소리 한다

　허튼소리 좀 하지 마라.

더위 먹은 소는 달만 봐도 헐떡인다

　뜨거운 햇볕에 더위 먹은 소는 달만 보아도 놀란다. 어떤 일에 혼이 나
면 비슷한 경우만 닥쳐도 가슴이 철렁 내려앉게 된다는 뜻.
　=자라보고 놀란 가슴 솥뚜껑 보고도 놀란다.

덕(德)이 연지요 정(情)이 곤지이다

　마음이 고우면 얼굴도 곱게 뵌다. 모름지기 얼굴화장에 앞서 마음화장
이 먼저라는 뜻.

덕필유린(德必有隣)이다

　덕이 있으면 반드시 이웃의 도움을 받는 등 좋은 일이 따른다는 뜻.

[錦溪筆談]* 조선 영조 때는 금주(禁酒)가 가장 삼엄하던 시기였다. 하
루는 임금이 선전관으로 있는 무변(武弁)을 불러 상방검(尙方劍)을 내리
면서 밀주를 빚은 자를 잡아오라 명했다. 무변이 궁리 끝에 전에 알고 지
내던 기생을 찾아가 돈으로 환심을 산 뒤 별안간 복통을 호소하며 술을
마시면 낫겠다고 하자 기생이 술병을 들고 나가매 몰래 뒤를 밟은 즉 산
기슭 초가에서 술을 사들고 나오는 것이었다. 이에 무변이 임금이 준 상
방검을 빼들고 들어가 책을 읽고 있던 선비의 목을 베려 하자 그 노모와
아내가 나서서 서로 자기가 죽겠다고 매달렸다. 이에 무변이 측은지심에
술병을 깨 버리고 돌아와 임금에게 밀주자가 없었다고 아뢰었다. 인하여
신임을 잃은 탓에 관직의 길이 막혀 십년 후에야 겨우 첨사(僉使 종삼품
의 군직)가 되었는데 그 때도 마침 금주 감시 차 순영(巡營)을 나왔다가
당시 도백(道伯)으로 있던 판서 이익보를 만나 우연히 10년 전 금주로

* 錦溪筆談 : 비단 금(錦)＋골 계(溪)＋필담(筆談)으로 의역하면 ‘글로 써서 전해온 이야
　기’가 될 것이다.

인해 있었던 일을 얘기한즉 도백의 낯빛이 변하더니 곧 노모와 부인을 불러 인사시키며 바로 자기가 그 십년 전에 살려 준 서생이라고 토로하는 거였다. 그 후 이 도백이 그 심성 착한 무변의 뒷배를 잘 봐주어 무변의 벼슬이 통제사까지 이르게 되었다 한다.

덤받이 한다

어떤 목적 외에 덤으로 얻게 된 소득을 이르는 말.
원래는 홀아비가 과부 장가를 가면 그 과부에 딸린 자식을 덤으로 얻게 된대서 생긴 말이라 함.

덤터기*1 썼다

누명이나 오명을 뒤집어썼다.

덧들이지 마라

감정 건드려서 성나게 만들지 마라.

덧정*2도 없다

도무지 정이라곤 없다고 차갑게 자르는 말.

덩더쿵이 소출이다

애비가 누군지도 모르고 태어난 사생아이다.

덴 데 털 안 난다

크게 낭패를 보면 다시 일어나기 어려운 법이다.

덴 소 날뛰듯 한다

---

*1 덤터기 : 남에게 걱정거리를 떠넘기는 짓.
*2 덧정 : 혹시나 하는 마음 또는 그런 정.

불에 덴 소가 날뛰듯 상황이 몹시 다급한 모양을 빗댄 말.

도깨비*¹ 거웃*² 같다
비슷하기는 한데 영 모르겠다.
=도깨비 보지 털 같다.

도깨비 물 건너가는 소리 하고 있다
알아듣지 못할 말을 혼자서 중얼대고 있다.

도깨비 방망이다
도깨비 방망이를 두드리면 뭣이든 얻어 가질 수 있대서 돈벌이가 잘
되는 어떤 일에 비유한 말.

도깨비 살림이다
기복이 심한 불안정한 살림살이다.

도깨비 씨름에 외약다리 건다
무슨 일에 중심을 잘 잡아 처리해 나간다.
설에 따르면 도깨비는 오른 다리는 힘이 좋아도 왼다리는 힘이 약해
도깨비와의 씨름에는 외약다리를 걸어야만 이길 수 있대서 나온 말.

도깨비한테 혹 뗀 폭이나 된다
늘 신경 쓰였던 일 또는 대상이 저절로 해결되어 속이 다 후련하다.

도끼로 제 발등 찍었다
다른 사람을 해치려다 되레 자신이 피해를 본 경우이다.

---

*1 도깨비 : 본디 '돈'과 '아비'의 합성어로 풍요로움을 가져다 주는 성인 남자를 상징적으
로 나타낸 말.

*2 거웃 : 음모(陰毛)

176 조선상말전

도끼 자루 썩는 줄 모른다

신선들이 바둑 두는 모습을 구경하던 나무꾼이 도끼 자루 썩는 줄도 몰랐다는 뜻으로 어떤 일에 정신이 팔려 세월 가는 줄 모르고 있다는 뜻.

도덕군자 볼쥐어지를 위인이다

온화한 인품과 덕망이 두루 존경을 받을 만한 훌륭한 사람이다. 또는 도덕 군자연하는 졸때기 위인을 두고 비아냥대는 말.

도둑고양이 살 안 찐다

도둑질로는 재산 모아 잘 살지 못한다.
=도둑개 살 안 찐다.

도둑놈 개 꾸짖듯 한다

도둑놈이 큰 소리로 개를 꾸짖을 수 없음이니 크고 분명하게 말을 못하고 꿀 먹은 벙어리처럼 웅얼웅얼, 우물쭈물하는 모습에 빗댄 말.

도둑놈 더러 인사불성이란다

도둑놈한테 예의를 차리라고 꾸짖다니, 터무니없는 말을 하고 있다.
=장비더러 풀벌레를 그리라는 격이다.

도둑놈도 제 집 문단속은 한다

도둑놈도 행여 자기 집에 도둑이 들세라 경계하고 조심하듯 제 앞가림은 자기가 해야 하는 것이다.

도둑놈 먼저 지나갔거든 소리나 질러라

첫날밤 신부를 두고 입이 건 동네 남정네들이 주고받는 우스갯말. 지난날 어떤 놈과 한두 번 관계를 했어도 강에 배 지나간 자린데 누가 알겠느냐, 신랑 기분이나 좋게 비명이나 한번 질러 주라고 이르는 말.

도둑놈은 한 죄, 잃은 놈은 열 죄이다

도둑은 훔친 죄 하나지만 잃은 사람은 이 사람 저 사람 의심하게 되니
죄가 더 크다는 뜻.

도둑놈이 소 몰아가듯 한다

몹시 서두르는 모습을 빗대 하는 말.

도둑놈이 제 발소리에 놀란다

도둑놈도 사람인지라 늘 노심초사하며 불안하게 지낸다는 뜻.

도둑놈 집에 강도 든 격이다

망나니짓을 일삼다가 임자를 만나 크게 혼난 경우 잘된 일이라고 고소
해 하는 말.

도둑때는 벗어도 화냥 때는 못 벗는다

한두 번 도둑질하다 만 것은 세월 속에 잊혀지지만 여자가 서방질한
것은 계속 입방아에 오르내리는 것이니 명심할 일이다.

도둑맞고 사립 고친다

당한 연후에야 깨달아 대비를 한다는 뜻.
=소 잃고 외양간 고친다.

도둑맞고 죄 돌아간다

도둑맞은 사람이 되레 누명을 쓴 경우이다.

도둑맞으면 제 어미 치마 속도 들춰 본다

뭘 잃어버리면 근처의 누구든 의심을 하게 된다. 그래서 '돈 잃고 병신
된다'는 말도 나왔을 터.

도둑 썹에 날 새는 줄 모른다

배우자 아닌 상대와의 정사가 그만큼 더 성감이 좋대서 나온 말.
=도둑 썹이 더 맛있다. 음식하고 계집은 훔쳐 먹어야 더 맛있다.

도둑은 도둑을 시켜 잡아야 한다

일은 그 방면에 능숙한 전문가를 써야만 좋은 성과를 거둘 수 있다.
=오랑캐를 써서 오랑캐를 잡는다(以夷制夷).

도둑이 "도둑이야!" 한다

죄지은 놈이 제 허물을 가리려고 되레 큰소리를 치지만 속 들여다보이
는 수작 아니겠느냐.
=불 내놓고 불이야 한다

도둑질은 내가 하고 오라는 네가 져라

도둑질해 이득 본 놈 따로 있고 도둑 누명 쓰고 옥살이하는 자 따로 있
다는 말.
=재주는 곰이 넘고 돈은 되놈이 먹는다.

도둑질해 부자 된 놈 없다

힘 안 들여 번 돈은 헤프게 쓰기 마련인 까닭에 그렇다는 뜻.

도라지꽃 못된 것이 양 바위틈에서 핀다

바람둥이 여자가 양다리를 걸쳐 삼각관계가 되었다. 고약한 일이라는
뜻.

[蒐集] 금강산에서 도 씨 성의 노인이 '라지'라는 이름의 예쁜 외동딸
과 함께 화전을 일구며 살고 있었는데 없는 살림에 3년 전 어머니 장례
를 치르느라 동네 부잣집에서 빌린 돈을 갚지 못해 근심에 찬 나날을 보
내고 있었다. 그 부자는 본디 돈밖에 모르는 수전노였는데 처녀 라지의

미모에 검은 마음을 품고 선심 쓰듯 돈을 꾸어준 것이었다. 마을사람들은 누구든 노인의 딱한 사정을 자기 일처럼 걱정하였는데 그 중에도 어려서부터 소꿉 동무였던 뒷집의 나무꾼 총각은 더욱 더 가슴 아파하였다. 어느 날 부자는 어머니의 3년 상 때까지 빚을 갚지 못하면 라지를 후실로 들여보내라고 호통을 치고 계약서에 손도장까지 찍게 하였다. 노인은 기가 막힌 나머지 그 날로 앓아 누웠다. 아버지가 자기 때문에 몸져 누웠다고 생각하니 이런 불효막심이 없는 것이어서 라지는 부자집에 가기로 결심을 하게 되었다. 마침내 노인의 집에 한 채의 큰 가마가 당도하고 라지는 아버지께 큰 절을 올린 다음 가마에 올랐다. 가마가 어머니 무덤이 있는 고갯마루에 이르렀을 때 라지는 가마를 세우고 아버지 있는 곳을 향해 다시 한 번 큰 절을 올린 다음 하늘을 향해 "어머니!" 하고 부르짖더니 그만 무덤 옆의 천길 낭떠러지로 몸을 던졌다. 이에 마을사람들이 라지의 시신을 수습하여 어머니 무덤 옆에 나란히 묻어 주었다. 이 사실을 뒤늦게야 알게 된 총각이 달려와 보니 라지의 무덤에는 하얀 꽃 한 송이가 다소곳이 고개를 숙이고 피어 있었다. 사람들은 저승에 간 라지가 사랑하는 총각을 보고 싶어 얼굴을 내민 거라고들 수군거렸다. 이때부터 마을사람들은 그 꽃을 처녀의 성 도씨에 라지 이름을 붙여 '도라지'라 부르게 되었다 한다.

도로 아미타불이다
애쓰고 공들인 보람이 일시에 허사가 된 경우 따위에 빗댄 말.

[蒐集] 한 사내가 노새의 고삐를 잔뜩 움켜쥐고서 깨질락 말락 얇게 얼어붙은 강을 건너가며 제발 무사하라고 '나무아미타불 나무아미타불'을 연신 외우고 있었다. 그러다 정작 강 건너 둑에 올라서자 공연한 짓을 한 것에 부아가 나서 '떡을 할 놈의 아미타불이다'라고 외쳤다. 한데 다음 순간 자세히 보니 당연히 따라왔어야 할 노새는 강 건너에 그대로 있고 손에는 노새 고삐만 쥐어져 있는 게 아닌가. 깜빡 실수를 한 것이었다. 해서 사내는 도리 없이 다시 살얼음판의 강을 되짚어 건너가면서 그러더

란다. "도로 아미타불, 도로 아미타불입니다."

도리깨*1 구멍인가 한군데밖에는 쓸모가 없다
여자다운 데라고는 없고 오직 성교할 때만 필요할 뿐이다.

도마에 오른 고기 신세다
꼼짝없이 죽게 될 운명에 처했다.

도마*2에 오른 고기 칼을 무서워 하랴
심한 궁지에 몰리면 죽음도 두려워하지 않게 된다.

도망치는 년 밤 봇짐 싸듯 한다
다급하게 서두르는 모양을 빗댄 말.
=낮거리하다 들킨 년 마냥.

도토리 키 재보기에 오십보 백보*3이다
별 차이도 안 나는 것을 두고 낫다고 우기지 마라.
=도낀 개낀이다.

도화살 낀 년*4 이야 오가는 길손 허기나 꺼주고 살 수청*5이나 들어주고
팔자가 기구해 술도 팔고 몸도 팔면서 살아가는 주막집 여인네의 푸념.

---

*1 도리깨 : 긴 막대기 끝에 회초리를 잡아매고 휘둘러 곡식을 두들겨 떠는 농기구.
*2 도마 : '나무토막'에서 나온 말인데 '토막'의 옛말은 '도막'이고 '도막'의 끝소리 ㄱ이 탈락하여 '도마'가 되었다.
*3 오십보 백보 : 지난날 싸움터에서 50보 퇴각한 자가 100보 퇴각한 자를 비웃었지만 결국 마찬가지 아니냐는 뜻에서 생긴 말이다.
*4 도화살 낀 년 : 살 탐을 하는, 사내 받치는 성정의 여자.
*5 살 수청 : 정조를 주는 짓.

독사같이 모진 년!

한번 물면 놓지 않는 독사처럼 모진 여자라고 혀 차는 말.

=독살스런 년이다.

독사 아가리에다 손가락을 넣는 게 낫겠다

위험천만한 짓을 자초하고 있다. 또는 그런 짓일랑 제발 좀 그만두라고 만류하는 말.

독사 입에서 독밖에 더 나오겠냐?

바탕이 악독한 자한테는 기대할 것이 없으니 단념해라.

=개입에서 개소리 나오는 법이다.

독이 살망아* 등줄기마냥 새파랗게 올랐다

몹시 성이 나 있는 모양을, 독이 오르면 대가리를 바짝 들고 혀를 날름대는 독사의 살기 띤 모습에 비유한 말.

돈궤하고 보지는 남 보이면 도둑 맞는다

여자는 몸단속을 잘해야 한다는 뜻.

돈 나는 모퉁이가 죽는 모퉁이다

돈 욕심 너무 내다가 범죄를 저질러 패가망신하거나 불행을 당한 경우 따위에 빗댄 말.

돈 닷 돈 벌려고 보리밭에 갔다가 안동포 속곳만 똥칠했다

작은 이득을 탐했다가 되레 큰 손해를 보았다.

=닷 돈 보고 보리밭에 갔다가 명주 속곳만 다 버렸다.

---

* 살망아 : 살모사의 방언.

돈독이 새파랗게 올랐다

　돈이면 친구도 친척도 몰라보는 자라고 조롱하는 말.

돈 돈 하다가 죽는다

　평생 돈에 얽매여 살다가 죽는 게 인생살이다.

돈 떨어져 봐야 세상인심도 안다

　돈 떨어졌을 때 친구들이 자신을 대하는 태도로 우정을 가늠해 볼 수
있다는 뜻.

돈 떨어져, 신발 떨어져, 애인마저 떨어져

　비렁뱅이 건달 신세가 되었다는 탄식의 말.

돈 떨어지니 너 언제 봤더냐고

　돈이 떨어지면 좋아 지내던 여자, 친했던 사람들한테도 냉대를 받게
마련이다.

돈 떨어지면 정분도 친구도 떨어진다

　돈이 없으면 애인, 친구들한테도 외면당하게 된다.

돈 떨어지자 입맛 난다

　돈이 떨어지니까 돈 쓸 일이 자꾸 더 생겨 큰일이다.

돈 마다는 놈 없고 계집마다는 놈 없다

　남자라면 누구든 돈과 여자를 좋아하는 속물근성이 있는 것이다.

돈만 있으면 귀신도 부린다

　돈이면 귀신도 말을 잘 듣는다 함이니, 돈의 힘이 그만큼 대단함을 이
르는 말.

돈만 있으면 뛰는 호랑이 눈썹도 뽑는다

돈 앞에 불가능한 일은 없다는 비유의 말.

=돈만 있으면 두억시니(사나운 귀신)도 부린다.

돈만 있으면 지옥문도 여닫는다

지옥에 갈 만한 큰 잘못도 용서를 받을 수 있으리만치 돈의 힘은 큰 것
이다.

돈만 있으면 처녀 불알도 산다

있지도 않은 처녀 불알도 살 수 있으리만큼 돈의 힘은 크다는 비유의
말.

돈 모아 둘 생각 말고 자식 글 가르치랬다

재산보다 교육이 훨씬 더 가치 있는 투자 방법이다.

돈 보증은 서도 사람 보증은 서지 말랬다

신원 보증이란 그만치 조심하고 경계할 일이라는 뜻.

돈복 없으면 인복(人福)이라도 있어야지 무슨 년의 팔자가 있는 건 박복 (薄福)뿐이라서

팔자도 더럽다고 한숨짓는 여인네의 푸념.

돈 빌려 주면 돈 잃고 친구도 잃는다

친한 사이라도 돈 거래는 삼가는 것이 좋다.

돈 빌릴 때는 고맙다, 갚을 때는 무정하다고

빌릴 때는 요긴하게 쓰게 해 줘서 고맙다지만 갚을 때는 이자까지 쳐
서 갚아야 하므로 야박스런 마음이 들게 마련이다.

돈 뺏고 몸 뺏고 한다

도움 주는 거라곤 없이 뭐든 빼앗아 가기만 하는 흉악한 자이다.

돈 뺏은 놈은 벌 받아 죽고 나라 뺏은 놈은 임금 된다

법의 그물에는 항시 잔챙이들만 걸리고 큰 고기는 그물을 뛰어넘거나 찢고서라도 빠져 나가더라는 비유의 말.

돈 앞에는 웃음이 한 말, 돈 뒤에는 눈물이 한 섬이다

돈 많은 사람은 사는 게 즐겁지만 돈 없는 사람은 늘 근심 걱정 속에 지내게 마련이다.

돈 얘기하면 뱃속 아기도 빨리 나온다

돈의 위력이 그만큼 대단하다는 우스갯말.

돈 없는 나그네 주막 지나듯

쓸쓸하고 안쓰러운 모습에 빗댄 말.

돈 없다는 놈은 있어도 남는다는 놈은 없다

돈으로 채워지지 않는 것이 사람의 욕심이다.

돈 없어 죽지도 못 합니다

돈 없는 것이 되레 재앙을 면한 결과가 되었다는 뜻.

[探錄] 옛날에 한 스님이 나룻배를 타려고 섰는데 배를 타려는 사람이 갑자기 늘어나자 배 삯이 별안간 두 배로 뛰었다. 그런데도 타겠다는 사람이 많자 수중에 배 삯 한 푼 밖에 없던 스님이 밀려나는 수밖에―. 망연자실한 스님은 우두커니 서서 나룻배를 바라만 보고 있었다. 그런데 그 배가 강 한가운데에서 기우뚱하더니 그만 뒤집히고 말았다. 사람을 너무 많이 태워서 배가 무게를 견디지 못한 까닭이었다. 이 광경을 멀리

서 바라보고 있던 스님이 그렇게 중얼거리더란다. "소승은 돈이 없어 죽지도 못합니다. 나무 관세음 보살!"[1]

돈 없으면 무서울 것도 없다
막장 인생에 이르면 두려울 것도 없게 된다.
=도마 위의 고기가 칼을 무서워하랴.

돈에 기갈이 들었다
돈이라면 계집도 팔아먹으리만큼 돈에 혈안이 되었다.

돈에 눈멀고 마음 먼 놈이다
돈에 눈이 멀어 친구도 이웃도 몰라보는 자이다.

돈에 상승[2]을 했다
돈에 미쳤다. 돈에 환장을 했다.

돈에는 반해도 사내한테는 반하지 마라
화류계에서, 남자는 돈만 보고 사귀어야지 사람한테 반했다가는 돈도 못 벌고 결국 불행하게 되니 그러지 말라고 이르는 말.

돈으로 맺은 연분, 돈 떨어지면 그만이다
정이 아닌 계산속으로 만난 연분은 덧없는 것이다.

돈으로 못 틀어막는 건 재채기뿐이다
돈으로 해결 안 되는 일이란 거의 없다는 뜻.

---

[1] 나무 관세음 보살 : '나무(南無)'는 범어(梵語)로 두 손을 모으고 머리를 조아린다는 뜻이고 '관세음'은 산스크리트어의 한자음역으로 '고통받는 모든 것에게 복을 준다'는 뜻이고 '보살'이란 그런 일을 하는 성인이란 뜻이다.
[2] 상승 : 본성을 잃고 마치 딴사람 같이 변했다는 뜻의 상성(喪性)에서 나온 말.

돈으로 요 해 깔고 돈 이불 해 덮고 잔다

　아주 잘 살고 있다.

돈은 나눠 줘도 복은 나눠 주지 못 한다

　복이란 운수에 따른 거라서 어쩔 수 없는 것이다.

돈은 마음을 검게 하고 술은 얼굴을 붉게 한다

　돈 욕심은 항시 경계할 일이다.

돈은 많아야 하고 병은 없어야 하고

　인생살이는 그래야만 살맛이 나는 것이다.

돈은 번 자랑 말고 쓴 자랑 하랬다

　돈의 가치란 보람 있게 쓰는 데 있는 것이다.

돈은 웃으면서 주고 싸우면서 받는다

　돈을 남 주면 그만큼 받아내기가 어렵다는 비유의 말.
　=앉아서 준 돈 서서도 받기 어렵다.

돈을 벌면 친구를 갈고 벼슬을 하면 아내를 간다

　치부(致富)와 출세가 사람을 못되게 만드는 경우도 많다는 뜻.

돈이라면 개똥이라도 아귀아귀 처먹을 놈이다

　돈이라면 사족을 못 쓰는 속물이다.

돈이라면 뺨맞을 일도 마다하지 않는다

　돈 되는 일이라면 자존심도 다 팽개치리만큼 돈에 상승한 자이다.

돈이 말한다

경제권이 곧 발언권이다.

돈이 양반이다
돈만 있으면 상사람도 양반처럼 막일, 천한 일 안 하고 유족하게 살 수
있대서 나온 말.

돈이 제갈량이다
돈은 무소불위의 힘을 발휘한다는 뜻.

돈 잃고 병신 되고
손해 보고 창피까지 당한 경우이다.

돈 있는 놈이 돈 걱정은 더 한다
돈 있는 자가 더 궁상을 떨고 있다고 비웃는 말.
=돈 있는 놈이 앓는 소린 더 한다.

돈 있어 못난 놈 없고 돈 없어 잘난 놈 없다
못난 놈도 돈만 있으면 대우를 받게 돼 잘나 보이고 정작 잘난 사람도
돈 없으면 홀대받아 못난이 취급을 당하게 된다.

돈 있어야 저승길도 편안하다
돈이 있어야 죽을 때도 대우받으며 편안히 죽을 수 있다.

돈 있어야 효도도 한다
마음뿐만이 아니고 돈이 있어야 부모도 편안히 모실 수 있다.

돈 있으면 개도 멍첨지 된다
못난 놈도 돈만 있으면 깍듯한 예우를 받는 게 세상살이다.

돈 있으면 금수강산, 돈 없으면 적막강산이다

돈이 있고 없음에 따라 풀렸다 얼었다 하는 것이 세상인심이다.

돈 자랑 좆 자랑은 하지 말랬다

돈이 많다거나 오입질 등 감춰 마땅한 일을 드러내면 사람대접을 못 받게 되니 그러지 말라고 이르는 말.

돈 자랑 계집 자랑 자식 자랑은 삼불출이다

돈, 아내, 자식 자랑을 하면 경솔하고 천박해 보이므로 삼가는 것이 신상에 좋다는 뜻.

돈 주고 못 사는 것이 지개(志槪)다

올곧은 사람의 기개와 지조는 돈의 힘으로도 좌지우지할 수 없는 것이다.

돈주머니 하고 입은 동여매야 한다

말은 삼가야 후환이 없고 돈은 저축을 해야 근심이 없게 된다.

돈 준다면 산 호랑이 눈썹도 빼 온다

그만큼 돈의 힘이란 무소불위로 대단한 것이다.

돈지랄하고 있다

여봐란 듯이 마구 돈을 쓰고 다니는 자를 비웃는 말.

돈피(獤皮) 옷*에 잣죽만 먹고 자랐더냐?

호사스럽게 살려고만 드는 자를 비꼬아 핀잔주는 말.

돈하고 자식은 마음대로 되지 않는다

---

* 돈피 옷 : 담비 가죽으로 지은 좋은 옷.

돈이나 자식은 모두 분복이 있어야지 원한다고 뜻대로 되는 것이 아니다.

돈 힘에 일 한다

하기 싫고 힘에 겨워도 하지 않을 수 없을 만큼 돈의 힘은 막강한 것이다.
=돈 힘에 산다.

돌계집이다

아이를 낳지 못하는 석녀(石女)이다.

돌도 오래 앉으면 따뜻해 진다

차가운 사람도 오래 사귀다 보면 정이 통하게 되는 법이다.
=낙숫물이 섬돌을 뚫는다.

돌로 치나 메*로 치나

방법만 다를 뿐 본질적으로는 같은 것이다.
=엎어지나 메어치나.

돌로 치면 돌로 치고 떡으로 치면 떡으로 친다

해를 주면 해를 입히고 은혜를 입으면 은혜로 갚는다는 뜻.

돌밭 얻은 택이다

돌밭을 얻으면 수확은 하찮고 일구기만 힘들대서 공연히 귀찮은 일만
생겼다고 투덜대는 말.

돌베개 벤다

잘 데가 없어 노숙을 한다. 또는 여자가 한데에서 겁간을 당한 경우 따
위에 빗댄 말.

---

*메 : 나무나 쇠로 만든 몽둥이.

돌봐 줄 힘은 없어도 훼방 놓을 힘은 있다

도와주긴 어려워도 훼방을 놓기는 쉬운 것이다.

돌부리를 차면 발부리만 멍든다

화가 난다고 아무 데나 분풀이를 하면 결국 자기만 손해이니 그러지 마라.

돌부처 똥구멍이나 빨아 먹어라

불교 신자에게 욕으로 해대는 말.

돌 상놈의 새끼다

사람 같지 않은 자이다.

돌을 갈아 본들 옥이 되랴?

본디 바탕이 악한 종자는 아무리 가르치고 타일러도 소용없는 것이다.

돌절구도 밑 빠질 날 있다

부자나 권세가도 몰락할 날이 있는 것이니 너무 으스대지 마라.
=화무십일홍(花無十日紅)이다.

돌팔이*가 사람 잡는다

엉터리 의원은 병을 고치기는커녕 사람을 해친다는 뜻.
=선무당이 사람 잡는다.

[續 禦眠楯] 한 불량한 자가 있어 시골을 가게 되었는데 목이 말라 어느 농가에 들렀더니 처녀 혼자 있을 뿐이었다. 물을 잘 얻어 마신 사내가 문득 낭자에게 "내가 의원인데 안색을 봐 허니 낭자의 몸에 안 좋은

---

* 돌팔이 : 거처 없이 돌아다니며 기술 또는 물건 따위를 파는 자를 이르는 말로서 '돈팔이'에서 나온 말. 가짜 의사, 엉터리 약 장수.

병증이 있으니 한번 진맥을 보는 것이 좋겠도다" 하였다. 그 말에 처녀가 겁을 먹고 손을 내밀자 사내가 "낭자의 몸속엔 고름이 배에 차 있으니 당장 고치지 않으면 생명이 위태하리다" 하니 처녀가 어서 고쳐주기를 바라마지 않았다. 이에 사내는 순진한 처녀를 방으로 끌고 들어가 병을 고친답시고 자기 양물을 처녀음호에 꽂아 운우(雲雨)가 무르익은 후에 그 정액을 받은 그릇을 낭자에게 보이며 "이렇듯 낭자의 뱃속에 고름이 꽉 차 있으니 조금만 늦었어도 큰일 날 뻔 했소"라고 자못 위로하고는 가버렸다. 그날 저녁 양친이 돌아오매 낭자가 그 정액이 담긴 그릇을 보이며 자초지종을 말하자 양주가 그 물건이 무엇인지 대뜸 알아채고는 딸을 크게 나무란 다음 그릇을 뜰에다 내던졌는데 이웃집 할미가 놀러왔다가 그 그릇을 보고는 "아니, 미음그릇을 어째 뜰에다 버렸는고? 아깝고 아깝도다." 그러더란다.

돌확에 길이 나야만 사내 맛*을 안다
여자는 시집가서 상당한 세월이 지나야만 성생활의 참맛을 터득하게 된다는 뜻.

[蒐集] '돌확에 길이 난다'는 말의 유래는 다음과 같다. 옛날에 딸이 시집을 가면 친정아버지는 일부러 거칠게 다듬어 만든 돌절구를 딸의 시집에 져다 주었다 한다. 이는 시집간 딸이 더 힘들게 일을 하도록 함으로써 잡념을 잊고 시집 생활에 잘 적응하라는 부정(父情)의 속 깊은 배려에서 나온 것이었다. 여기서는 그 거친 돌확에 길이 날만큼 지내야만 시집살림에 길이 들고 부부간 성애의 참맛도 알게 된다는 뜻이다.

돌확은 새것이 좋고 씹 확은 닳아야 제 맛난다
돌절구의 확은 거칠어야만 곡식이 잘 찧어지고 여자는 길이 들어야만 성감이 좋대서 나온 말.

---

* 사내 맛 : 성교시 여자가 느끼는 쾌감.

돕기는 어려워도 흑작질*은 쉬운 법이다

돕긴 어려워도 남 일을 방해하긴 쉬운 법이다.

동냥도 안 주면서 쪽박만 깬다

도와주기는커녕 해만 끼치고 있다.

동냥아치 찬밥 한 덩이 준 적 없다

인정이라곤 씨알머리도 없는 노랭이다.

동냥질하다 추수 못 본격이다

작은 이득에 눈 돌렸다가 도리어 더 큰 손해만 보았다. 소탐대실(小貪 大失)했다는 뜻.

동네 개 짖는 소리만도 안 여긴다

무시하고 듣는 척도 하지 않는다.

동네 귀신, 마을 귀신들이다

시집을 오면 그 동네, 그 집에서 살다 그 집 울타리 밑에서 죽어야 할 운명의 아낙네 팔자를 자조적으로 이르는 말.

동네마다 후래아들놈 한둘은 있게 마련이다

어딜 가든지 질 나쁜 놈 하나둘은 꼭 있는 법이다.

동네북이다

얻어맞고만 다니는 못난이다.

동네 색시 믿다가 장가 못 간다

---

* 흑작질 : '흑책질'에서 나온 말. 남의 일을 교활한 꾀로 방해 하는 짓.

실천이 앞서야지 막연한 기대만 갖고는 일을 그르치기 십상이다.
=앞집 처녀 믿다가 홀아비 된다.

동무 사나워 뺨따귀 맞는다

나쁜 친구와 어울리다 보면 결국 한동아리로 몰려서 곤욕을 치르게 되
니 가려서 사귈 일이다.
=모진 놈(년) 옆에 있다가 벼락 맞는다.

동서 모임은 독사 모임이다

여자 동서끼리 모이면 서로 헐뜯기가 예사이다.

동서 시집살이는 오뉴월에도 서릿발 친다

시어머니 시집살이보다 맏동서가 틀어쥐고 흔드는 시집살이가 더 호되
고 가혹하대서 나온 말.

동티*¹가 났다

건드려서는 안 될 것을 잘못 건드려서 언짢은 일이 생긴 것이다.

동품 한다

남녀가 동침을 한다.

돝*²잠에 개꿈이다

같잖은 꿈 얘길랑 집어치워라.

돼지가 발 걷고 지나갔다*³

＊1 동티 : 재앙을 입는 일. 흙이나 나무를 건드렸다는 뜻의 '동토(動土)'에서 나온 말.

＊2 돝 : 돼지의 옛말.

＊3 돼지가 발 걷고 지나갔다 : 책임자가 진작 고기는 다 건져갔다는 뜻. 또는 급식비를 횡
령했다는 고발성 의미도 들어 있다.

흔히 예전에 군대 또는 교도소 따위에서 단체 급식을 할 때 고기는 없고 기름만 둥둥 떠다니는 국을 두고 비아냥대는 말.

돼지는 돼지다
먹기만 하고 미욱한 짓거리만 하는 자이다.
=곰은 곰이다.

돼지*¹는 돼지 알아보고 부처는 부처 알아본다.
미욱한 자들이 작당을 해서 일을 그르친 경우 따위에 빗댄 말. 유유상종(類類相從)이라는 뜻.

돼지 멱따는 소리 한다
돼지를 잡을 때 나는 비명소리처럼 역겹고 시끄럽다.

돼지 불까는 소리*²한다
귀청 따갑게 악을 쓰고 있다.

돼지 얼굴 보고 잡아먹나?
고기 맛이 좋아서 잡아먹듯 바람둥이가 오입하는 까닭도 그와 같다는 뜻.
=오입쟁이 얼굴 보고 하나 씹 보고 하지.

돼지 팔아 한 냥 개 팔아 닷 돈이 양반인가?
개, 돼지를 판 돈이 한냥 반이란 것인즉 양반 계급을 조롱하는 말.

---

*1 돼지 : '돼지'란 말은 돼지가 내는 소리 '도도' 또는 '돌돌'에서 유래한 것이다. 돈→돗아지→도야지 →돼지로 변해 온 말이다.

*2 불까는 소리 : 칼 또는 사금파리로 수퇘지 거세를 할 때 돼지가 고통에 못 이겨 내지르는 시끄러운 소리.

돼지 홀레를 붙이는 게 차라리 낫겠다

이런 천한 일 또는 싸구려 허드렛일을 하느니 차라리 작파하는 게 낫겠다.

되 글 배워 말글로 팔아먹는다

배움은 적어도 유용하게 잘 써먹는 영리한 자이다.
=되 글을 말글로 써 먹는다.

되기는 좆*1을 잘 되냐?

일이 제대로 풀리지 않아서 죽을 지경이다.

되는 집에는 가지나무에 수박 열린다

운 좋은 집에는 경사가 잇따른다는 비유의 말.

되다 만 양반이다

명색만 양반일 뿐 양반답지 못한 자이다.

되모시*2가 처녀냐 숫처녀가 처녀지

가짜는 아무리 교묘하게 숨겨도 진짜가 될 수 없는 것이다.

되질은 될 탓, 말질은 할 탓이다

되질도 되는 솜씨에 따라 양에서 조금씩 차이가 나듯 말도 하기에 따라 달리 이해되고 전달되는 것이다.

된 서방 만나 고생문 훤히 열렸다

까다로운 남편 만나서 고생깨나 하게 생겼다.

---

*1 좆 : 자지의 속된 말로서 일이 뜻대로 되지 않는다는 울분을 자조적으로 나타낸 말.
*2 되모시 : 시집갔다 쫓겨 와서 처녀 행세를 하는 여자. 거짓처녀.

된장 쓴 것은 일 년 원수, 아내 못된 건 평생 원수다

된장을 잘못 담가 맛이 쓰면 일년 고생으로 끝나지만 아내를 잘못 만나면 한평생 속을 썩이며 고생하게 된다는 뜻.

된장에 풋고추 궁합이다

금슬이 잘 맞는 부부지간이다.
=조청에 찰떡궁합이다.

됫박* 재주라도 말 재주로 팔아먹어라

보잘것없는 재주라도 써먹을 수 있는 데까지 노력을 해 봐라. 거기서 또 새 길이 열리게 된다고 격려하는 말.

두 계집 둔 놈의 똥은 개도 안 먹는다

남자가 두 집 살림을 하면 말도 많고 탈도 많아서 속이 있는 대로 썩게 마련이다.

두 다리가 튼튼해야 가운뎃다리도 튼튼하다.

온 몸이 건강해야 정력도 좋아지는 것이지 정력만 따로 좋게 할 수는 없는 것이다.

두려울 진저, 엄처시하여!

집안 돌보지 않는 남편을 때려 상처를 입힌 아내 이야기.

[禦睡錄] 한 고을 사또가, 지아비의 면상을 때리고 할퀴어 크게 상처를 입힌 여인을 붙잡아다 문초를 한즉 "남편이 집안을 돌보지 않고 기생첩에 혹해 가업을 파탄지경에 빠트린 고로 분함을 이기지 못해 대거리를 하다 싸움이 커져서 그랬나이다" 하였다. 사또가 "여자로서 남편에게 항

---

* 됫박 : '됫박'의 옛말은 표주박이다. '되'는 '들이' 즉 '들어가는 것'이란 뜻으로 곡식 따위를 헤아리는 그릇을 이르는데 옛적에 '되'를 박으로 만들었기 때문에 '됫박'이라고 불렸다.

거치 못함은 법이 정한 바이거늘 대저 용납이 안 되는 일이로다" 하고 꾸짖어 엄형으로 다스리고자 한 데, 그 남편이 도리어 읍하고 말하되 자기의 얼굴상처는 처의 소행이 아니고 집 문짝이 넘어져 다친 것이니 너그러이 용서해 달라고 읍소하는 것이었다. 이 광경을 마침 사또의 부인이 창틈으로 엿보고 있다가 분한 결에 큰 소리로 "그 남편이 기첩(妓妾)에 혹해 처를 버리매 처가 남편을 때린 것이 무엇이 잘못이뇨? 소위 관장이란 자가 이렇듯 송사를 그릇되게 처리하니 어찌 통탄할 일이 아니겠소?"라고 사또를 질책하였다. 이에 사또가 곧 형리로 하여금 양인을 방면하라 이르면서 "만약 이 송사를 엄히 다스린다면 우리 집 문짝도 장차 내동댕이쳐질 것이매 그것이 과시 두려운 일이로다" 하였다.

두 발 달린 짐승이 어딘들 못 가랴?
바람둥이는 암내 낸 짐승이나 한가진데 주막이든 과부집이든 어딘들 못 가겠느냐.

두 사람 꼬아서 만들었나 보다
뚱뚱한 사람을 두고 놀리는 말.

두견이 목에 피 내어 먹듯
남에게 몹쓸 짓해서 제 실속만 차리는 웬 못된 자이다.

두근 반 세근 반 한다
어떤 충격으로 인해 가슴이 몹시 울렁거린다는 뜻.

두길 보기 하는 놈이다
눈치 보아 저 유리한 쪽에만 가 붙는 교활한 자 또는 첩자 노릇을 하는 자이다.

두꺼비 나이 자랑하듯 한다

그럴싸하게 감쪽같이 남을 속여먹는 경우 따위에 빗댄 말.

[蒐集] 옛날 옛적 호랑이가 담배 피우던 시절, 산 속의 여러 짐승들이 한자리에 모여 잔치를 하게 되었는데 대체 누구를 어른으로 모셔 상석에 앉히느냐가 문제가 되었다. 짐승들은 저마다 제가 어른이라고 우기고 나섰으나 의견 일치를 못 보아 누가 제일 나이가 많은지 증거를 대기로 하였다. 맨 먼저 노루가 나와 이 세상이 생길 때 자기가 해와 달과 별을 만들어 박아 비로소 이 세상이 만들어진 것이라고 주장했다. 이는 곧 자기 나이는 천지개벽과 맞먹는다는 엄청난 발언이었다. 이어서 나온 여우는 '천지개벽 때 해와 달과 별을 노루가 박은 것은 사실이지만 그 때 하늘이 너무 높아서 실은 삼천 년 자란 나무로 만든 사다리를 놓았는데 그 나무가 바로 내가 심은 나무였다'라고 하여 노루의 입을 봉해 버리고 말았다. 이 때 그 모든 말들을 듣고 있던 두꺼비가 느닷없이 훌쩍훌쩍 눈물을 흘리는 고로 여러 짐승들이 해괴히 여겨 대체 왜 그러느냐고 묻자 두꺼비의 말인즉 "나는 여러 자식과 손자를 두었으나 운수불길하여 다 죽고 막내 손자 놈 하나가 있었는데 녀석이 늘 말하기를 이 세상이 처음 생길 때 해와 달을 박기 위해 사다리 나무를 심은 이가 바로 내 친구라고 자랑하곤 했는데, 지금 자네들 말을 듣다 보니 갑자기 그 죽은 막내 손자 놈 생각이 나서 눈물을 보인 것이오"라면서 계속 울먹이는 것이었다. 이 얘기를 들은 나머지 짐승들은 아예 기가 질려서 더 이상 나이 자랑을 못하고 도리 없이 두꺼비를 상석에 앉혔다 한다.

내용은 달라도 성격이 비슷한 이야기 하나.

[蒐集] 갑 을 병 세 아이가 배나무 밑에서 놀다가 마침 나무에서 떨어진 배를 하나 발견하여 갑이 "이 배를 셋이 나누어 봤자 먹지 않느니만 못하니 우리 셋 중에 가장 술을 못하는 사람이 먹기로 하자"고 제안하여 모두 동의하였다. 을이 먼저 "나는 술집 근처만 지나가도 취해서 머리가 어질어질 하다"라고 하자 병이 "나는 술집은 고사하고 밀밭만 지

나가도 정신이 어지럽다"라고 한 술 더 떴다. 그러자 갑이 별안간 쓰러져 크게 고통스러워하는지라 을과 병이 놀라서 함께 갑을 붙잡아 일으키면서 "갑자기 왜 그러냐? 어디가 아프냐?"라고 물으니 "난 지금 너희 두 사람이 하는 말만을 듣고도 크게 취해서 정신을 차릴 수가 없어 그런다"라고 하여 결국 배는 갑의 차지가 되었다는 것이다.

두꺼비씨름하고 있다

결말 안 나는 부질없는 다툼질을 하고 있다.

두꺼비 파리 잡아먹듯 한다

무엇을 순식간에 먹어 치우거나 또는 무슨 일을 눈 깜짝할 사이에 해치우는 경우 따위에 빗댄 말.

두더지* 혼사(婚事)다

제 본분대로 사는 것이 제일이다.

[蒐集] 옛날 고명딸을 둔 두더지 내외가 이 세상에서 가장 잘난 사위를 고르기로 작정하고 제일 먼저 온 세상을 비추는 해님을 찾아가 청혼을 했다. 그런데 해님은 자기는 구름이 있으면 힘을 못 쓰니 구름이 더 위대하다는 것이었다. 그래서 이번엔 구름에게 청을 넣었는데 구름 말이 자기는 바람 앞에 쪽을 못 쓰니 그 쪽이 더 힘이 세다는 거였다. 그래서 다시 바람을 찾았는데 바람의 말인즉 아무리 바람이 몰아쳐도 끄떡없는 은진 미륵이 더 위대하다고 고사하는 것이었다. 할 수 없이 마지막으로 찾은 은진 미륵의 말씀인즉 이러했다. 그 말은 맞지만 두더지나 쥐가 내 발 밑을 파서 구멍을 내면 마침내 나는 쓰러지고 마니 당신네 두더지가 나보다 더 위대하다고 일러 주는 것이었다. 두더지 부부는 그제야 자신

---

* 두더지 : '두더지'의 옛말은 '두디지'인데 이 어근은 '뒤지다'는 뜻의 '두디'이다. 이 '두디'가 '두더'가 되고 '쥐'가 '지'로 되어 두더지가 되었다. 결국 '땅을 뒤지는 쥐'라는 뜻이다.

들의 생각이 잘못되었음을 깨닫고 건너 마을의 총각 두더지를 사위로 정해 만수무강, 오래오래 잘 살았다 한다.

두레박*질 안 하면 우물도 말라 버려 못쓰게 된다

여자의 경우, 성생활을 하지 않으면 음문에 물기가 말라 성 기능이 퇴화해 버린다는 뜻.
=연장도 안 쓰면 녹슬어 못쓰게 된다.

두말하면 긴 소리 세말하면 잔소리다

무릇 말이란 짧고 명료한 것이 가장 좋은 것이다.

두벌주검 한다

이미 죽은 몸에 검시(檢屍) 따위를 이유로 다시 칼을 대는 경우 따위에 빗댄 말.

두부 딱딱한 것, 여자 딱딱한 건 아무짝에도 못 쓴다

무릇 여자란 보드랍고 상냥해야지 무뚝뚝하면 아무 재미도 없는 것이다.

두부 먹다 이빨 빠졌다

뜻밖의 일로 변을 당했다.

두부장이 개 나무라듯 하다

보았다 하면 시도 때도 없이 화를 내고 꾸짖는 사람을 빗댄 말.
예전 두부장이가 두부를 만들 때면 개가 워낙 두부를 좋아해서 사람 몰래 집어먹거나 물어 가는 통에 두부집 주인은 개를 보기만 하면 화를 벌컥 내고 쫓아 버리곤 했다는 옛 이야기에서 비롯된 말.

＊두레박 : '드레박' '들+에+박'으로 이루어진 말로서 옛날엔 '두레'를 들어올린다는 뜻의 '들에'로 썼다. '물을 들어올리는 박'이라는 뜻이다.

둘러치나 메어치나 때리고 맞기는 매한가지다

방법은 달라도 결과는 한 가지 아니냐.

둥근 구멍에 모진 자루가 맞겠냐?

성격이 너무 안 맞는 부부 사이가 그렇다는 뜻. 또는 속궁합이 안 맞아
성생활에 문제가 있는 남녀 관계를 비유한 말.

둥당애 타령 중에서

물동이에다 바가지를 엎어 놓고 치는 '물장구'가 둥당애 타령 반주에는
제격이다. 두 손으로 잘 조합하면 장구 못지않은 음향효과를 낸다. 이를
'물박 장단'이라고도 하여 인천의 '나나니타령'이나 강원도의 '아라리' 반
주 따위에도 두루 쓰였다. 다음은 전남지방 아녀자들이 모여 놀 때 많이
부르던 '둥당애 타령' 노래 가사이다.

둥당애당 둥당애당
당기 둥당애 둥당애당

날씨가 좋아서 빨래를 갔다가
총각낭군 통사정에 돌베개 비었네
당기 둥당애 둥당애당

문밖에 섰는 이 파급(破怯)을 못해서
문고리 잡고서 아리발발 떤단다
당기 둥당애 둥당애당

어째 와 어째 와 캄캄한데 어째 와
캄캄할수록 내 사랑 좋단다
당기 둥당애 둥당애당

앞뜰에도 보리밭 뒤뜰에도 보리밭
어따야 저 보리 다 시들어간다
당기 둥당애 둥당애당

가사를 보면 노골적인 성행위를 빗댄 '돌베개를 벤다.' 든가 '캄캄할수
록 더 좋다'든가 밀애장소로 통한 보리밭의 '보리가 다 시들어 간다.' 따
위의 내용을 통해서 이 노래들이 성 에너지를 능동적인 활동에너지로 승
화하는 데 초점을 맞춘 농요임을 알 수 있다.

둥둥만 하면 굿인 줄 안다
공연히 좋아서 나대는 아이들 또는 별쭝맞은 사람을 비웃거나 놀리는 말.

뒈져 싼 놈이다
이미 죽은 이에게 동정은커녕 되레 잘 죽었다고 저주로 퍼붓는 악담.

뒈져 제삿밥도 못 얻어먹을 놈!
부모도 조상도 모르는 돌상놈이다.

뒈졌는가 살았는가 꿩 구워 먹은 소식*이다
죽었는지 살아 있는지 아무 소식도 없어 답답하기 짝 없는 자이다.

뒈지는 년이 밑구멍 감추랴?
다 끝난 마당에 체면 돌볼 것 있겠느냐.
=나가는 년이 물 길어 놓고 가랴. 죽은 년이 보지 감추랴.

뒈진 새끼 불알 만지는 소리 하고 있다
쓸데없는 말을 지껄여 대고 있다.

---

* 꿩 구워 먹은 소식 : 아무 흔적이 없다는 뜻의 '꿩 구워 먹은 자리'와 같은 말.

뒤 마려운 년 국거리 썰듯 한다

일을 그리 건성으로 하면 되겠느냐고 나무라는 말.
=의붓아비 산소 벌초하듯 한다. 똥마려운 년 무 썰 듯 한다.

뒤 사리는* 놈은 찍어 버려라!

몸 사리는 자는 처음부터 없애서 후환이 없게끔 해라.

뒤에서 오는 호랑인 속여도 앞에서 오는 팔자는 못 속인다

운명이란 피할 수 없는 것이다.

뒤집어지게 잘 한다

아주 재미있다. 또는 웃다가 나동그라질 정도로 썩 잘 한다.

뒤통수가 부끄럽다

민망스럽기 그지없다.

뒤통수에도 눈 달린 놈이다

눈치 바르고 약삭빠른 자이다.

뒷간 갔다 오면서 서두르는 놈 없다

누구든 자기 급한 일 해결하고 나면 느긋해지게 마련이다.

뒷간 개구리한테 보지 물린 격이다

하찮은 것에게 귀한 것을 상한, 뜻밖의 어이없는 봉변이다.
=억새에 자지 벤 격이다. 망둥이한테 좆 물렸다.

뒷간에 앉아서 강아지 부르듯 한다

---

* 뒤 사린다 : 몸을 사린다.

얕잡아보고 이 일 저 일 마구 시키고 귀찮게 군다는 뜻.

뒷간하고 저승은 대신 못가는 거라네

죽는 것은 누구도 대신해 줄 수 없는 것이다. 또는 스스로 해결할 수밖에 없는 것이니 새겨 두라는 뜻.

뒷구멍으로 호박씨 까는 놈이다

겉과 속이 생판 다른 음흉한 자이다.
=똥구멍으로 호박씨 깐다.

뒷산 딱따구리는 생 구멍*¹도 잘 뚫는데 앞집 총각은 뚫어진 구멍*²도 왜 못 뚫나

처녀가 짝사랑하는 이웃집 총각의 무정함을 원망하는 〈정선 아리랑〉의 한 구절.

뒷산 호랑이는 요즘 뭘 먹고 산다더냐?

저런 못된 놈 안 잡아먹고 뭘 먹고 사는지 모르겠다.

뒷집 개새끼 덕 볼 때도 있다

뒷집 개가 짖는 덕분에 도둑질을 안 당했다는 뜻.

[採錄] 옛날 의주 땅에 조계달이란 재간 많고 남 곯려 먹기 좋아하는 건달이 살고 있었다. 어느 날 그가 의주 거리를 걷고 있는데 앞에 가는 여인네의 치맛자락이 벌어져 있기에 놀려 주려고 "아주머니, 뒷문이 열려 있는데 들어가도 괜찮겠소?" 하고 넌지시 물었단다. 그러자 그 여자가 뒤를 한번 힐끗 돌아보더니 흠칫 놀라는 시늉을 하면서 "아이고, 뒷

＊1 생 구멍 : 딱따구리가 벌레를 잡거나 둥지를 만드느라 생나무에 내는 구멍.
＊2 뚫어진 구멍 : 음문을 빗댄 말.

집 개새끼 아니었더라면 도둑맞을 뻔 했네 그래" 하더라는 것이다. 천하의 조계달이 이때만큼 흠씬 망신을 당한 적이 없었다 한다.

뒷집 영감 앞집 마님 지내듯

부부간에 살갑지 못하고 마치 소 닭 보듯 덤덤하게 지내는 적막한 사이다.

드난살이 한다

남의 집 고용살이를 한다. 뿌리 없는 뜨내기살림을 하고 있다.

드는 정은 몰라도 나는 정은 안다

정이란 드는 줄은 몰라도 헤어지고 나면 금세 알게 된다.

드러난 상놈이 울 막고 살랴?

세상이 다 아는 일인데 굳이 숨길 필요도 없다. 욕을 하려면 하고 말려면 말라고 체념조 또는 항변조로 내뱉는 말.

드물게 해도 애만 잘 들어 선다

어떤 부부는 드물게 관계를 해도 잉태만 잘 되듯 힘들이지 않고 한 일의 성과가 의외로 좋은 경우 따위에 빗댄 말.

든 거지 난 부자이다

실은 거지 사촌인데 나들이할 때만은 말쑥한 입성으로 부자 티를 내는 맹랑한 자이다.

든 버릇이 난 버릇이다

평소 몸에 밴 습관이 타고난 습관처럼 돼 버렸다는 뜻. 술, 노름, 오입질 등 못된 버릇을 두고 하는 말.

든 호걸에 난 병신이다

집구석에서만 큰소리 치지 일단 밖에 나갔다 하면 기를 못 펴는 반병신이
다.

듣기 좋은 육자배기*도 한두 번이다

제발 같은 말 좀 되풀이하지 마라.
=매화 타령도 두 번이면 신소리 된다.

들개 범 무서운 줄 모른다

무서운 상대방의 정체를 모르고 함부로 날뛰는 경우 따위에 빗댄 말.
=하룻강아지 범 무서운 줄 모른다.

들깨방정 참깨방정 다 떨고 있다

온갖 수다를 있는 대로 다 떨고 있다.

들머리판이다

있는 대로 다 들어먹고 끝장내는 판이다.
=이판사판이다.

들면 박대요 나면 천대 팔자로

문전박대나 받고 밖에서도 천덕꾸러기 신세로 한세상 살았다는 신세타
령.

들병이 계집이다

병술을 팔기도 하고 몸을 팔기도 하는 여자이다.

들어 죽 쑨 놈 나가도 죽 쑨다

---

* 육자배기 : 여섯 박자 진양조장단의 남도 민요.

복 없는 사람은 집 안팎 어딜 가나 천대받고 고생하게 마련이다.
=경상도서 죽 쑨 놈 전라도 가도 죽 쑨다.

들어오는 복도 문 닫아 건다

사람이 변변찮다 보니까 사리 판단을 잘못해 좋은 일도 그르친다.
=제 복도 터는 놈이다.

들었다 보았다 하면서

오랜만에 만나 반가워 어쩔 줄 모르는 모습을 빗댄 말.
=칠색 반색을 한다.

들으면 병 안 들으면 약이다

몰랐으면 이냥 지났을 일을 공연히 들어 알게 되어 생긴 근심 걱정이다.

들은 말 들은 데 버리고 본 말 본 데 버려라

말이 화근이니 들은 말 옮기지 말고 항상 입조심 하거라.
=낮말은 새가 밤 말은 쥐가 듣는다.

들일까 말까 맘이 독해지다가 약해지다가

마음을 잡지 못해 이러지도 저러지도 못하고 망설이는 모습을 빗댄 말.

들쭉*1 열매 입술이다

고혹적인 붉은 입술을 비유한 말.

등걸잠*2으로 한 세상 보냈다

한평생 고달프게 살아온 인생살이였다.

---

*1 들쭉나무 : 진달래 과의 낙엽 관목.
*2 등걸잠 : 옷을 입은 채로 덮개 없이 아무데나 쓰러져 자는 잠.

등 따습고 배부르면 그만이다

보통사람들은 의식주가 풍족하면 행복하게 여기는 법이다.

등 따습고 배부르면 씹 생각이 나는 법이다

의식주가 풍족하면 오입질부터 생각나기 십상이다.

등때기에서 노린내가 나도록 맞아야 쓰겠다

보통으로는 안 되고 지독하게 혼이 나야만 정신을 차릴 놈이다.

등 시린 절 받기 싫다

여느 때 잘해 주지도 못한 사람한테서 분에 넘치는 대접을 받게 된 경우, 마음 불편해서 차라리 안 받느니만 못하다고 내젓는 말.

등신*도 한 가지 재주는 있는 법이다

불구자 또는 장애자도 재주 하나씩은 갖고 있는 법이다. 또는 사실이 그럼에도 너는 어째 등신만도 못 하냐고 나무라는 말.

등으로 먹고 배로 먹고

먹는 것이라면 체면 불구하고 먹어 치우는 염치없는 먹보를 비아냥대는 말. 또는 이중으로 이득을 본다는 뜻.

등짝이 떡판이 되도록

흠씬 두들겨 맞았다는 뜻.

등쳐먹고 산다

나쁜 짓을 해서 얻은 소득으로 먹고 사는 자이다.

---

*등신 : 사람 모양의 크기로 만든 조상(彫像). 여기서는 '병신'과 같이 쓰는 말.

등치고 간 내먹는 놈!

잘해 주는 척하면서 제 잇속만 차리는 자이다.

디딜방아*¹에 겉보리 찧듯

속궁합이 썩 잘 맞는, 거침없는 성교 장면을 비유한 말.
=아는 집 들어가듯 한다.

[陳談錄] 한 노처녀가 물을 길러 나왔다가 마침 혼인을 한 동무를 만난 길에 물동이를 인 채로 첫날밤의 은근한 일 듣기를 청한즉 답하기를 "그날 밤 신랑이 나를 보자마자 크게 반기면서 다짜고짜 달려들어 옷을 벗기더니만 끌어안고 이부자리 속으로 들어가는 거야. 그러고는 배 위에 올라타자마자 기다란 물건 하나가 내 양다리 사이로 들어와서는 마치 디딜방아를 찧듯이 들어왔다 나가고 나갔다 들어오기를 거듭하자 얼마 후엔 내 온 몸이 나른하고 정신이 혼미하여 앓는 소리가 절로 나오더니만 방광이 열리면서 익수(溺水)가 폭포수처럼 쏟아져 나오는지라—." 처녀가 여기까지 듣고는 넋이 나가 두 손으로 물동이 인 줄도 모르고 힘껏 당기면서 "그러리라. 으음 그럴 것이야" 하는 순간 힘이 너무 들어갔는가 물동이 밑이 뻥 뚫어지면서 항쇄(項鎖 : 지난날 죄인의 목에 씌우던 형틀인 '칼'을 이르는 말)처럼 목에 걸려 전신을 흠뻑 적시고 말았다 한다.

딱딱하기는 삼 년 묵은 물 박달나무*²다

성미가 부드러운 데라곤 손톱만치도 없이 답답한 사람. 또는 속이 알찬 위인이라는 뜻.

딱지가 덜 떨어진 놈이다

철이 덜 든 미욱한 자이다.

---

*1 디딜방아 : 발로 디뎌 가며 곡식을 찧게 만든 재래식 방아.
*2 물 박달나무 : 속이 단단해서 홍두깨, 방망이 따위를 만드는 재료로 쓰임.

딴전* 보고 있다
저와는 아무 상관없는 다른 일에 신경을 쓰고 있다.

딸년은 평생 도둑년이다
딸은 시집을 보낼 때도 돈이 들지만 시집간 뒤에도 친정에 오면 꼭 좋은 것들만 챙겨 가져간다고 해서 생긴 말.

딸 삼형제면 화냥년 욕하지 말고 아들 삼형제면 도둑놈 비웃지 말랬다
자식을 많이 둔 사람은 아이들이 커서 나중 어찌 될는지 모르는 까닭에 항시 입조심하고 남 흉을 봐서는 안 된다.

딸 셋 시집보내고 나면 대문을 열어 놓아도 도둑맞을 물건이 없다.
그만큼 혼수 비용이 많이 든다는 뜻.
=딸 셋 키우면 기둥뿌리가 빠진다.

딸 죽은 사위, 불 없는 화로이다
명색뿐이지 실속이라곤 없는 공허한 관계이다.

딸은 부잣집으로 보내고 며느리는 가난한 집에서 데려와야 한다
딸은 부잣집에 시집보내야 잘 살게 되고 며느리는 가난한 집에서 데려와야 살림을 규모 있게 잘 한다는 뜻.

딸 자랑하는 입이 며느리 험담도 잘 한다
말질 일삼는 못된 버릇은 어디에든 그대로 나타나게 마련이다.

땅거죽 꺼질까 봐 섭도 못하겠다
밤낮 쓸데없는 걱정으로 사는 사람을 놀려 주는 말.

---

*딴전 : 다른 가게(廛)를 본다는 뜻. 즉 제 장사에는 관심 없이 다른 사람 장사에 신경을 쓴다고 핀잔주는 말.

=자지 무서워 시집도 못 가겠다.

땅내*가 고소하냐?

노인들끼리 죽을 때가 다되지 않았느냐고 농으로 주고받는 말.

땅 두더지다

농부를 얕잡아서 이르는 말.

땅 밟고 살다 땅에 묻힐 주제에

고작 흙 밟고 살다 흙으로 돌아갈 운명인데 잘난 척하지 마라.

땅벌 집 보고 꿀 돈 내어 쓴다
시작도 노력도 안 해 보고 결과만 먼저 성급히 챙기려 든다.

경망스런 짓을 한다고 핀잔주는 말.
=너구리 굴 보고 피물 돈 내어 쓴다.

땅벌한테 빌어야겠다

땅벌 덕을 본 김에 그 덕을 한번 더 보자고 기원한다는 뜻.

[採錄] 한 사내가 장에 갔다 돌아오는 길에 오줌이 마려워서 무심코 길가 풀섶에다 볼일을 봤는데 하필이면 거기가 땅벌집이라서 성난 벌떼가 떼거지로 몰려 나와 자지를 마구 쏘아댔다. 엉겁결에 당한 일인지라 그 사람은 땅벌에 쏘여 통통 부어오른 자지를 엉거주춤 수습해 집에 돌아와서는 아내에게 보이면서 당한 일을 말해 주었다. 그러자 아내는 서둘러 헝겊에 된장을 발라서 그 물건을 잘 싸매준 다음 얼른 메(제사 때 쓰는 밥)를 한 그릇 지어들고 그 땅벌 집 있는 곳으로 달려가서는 이렇게 빌더란다. "땅벌님 땅벌님, 몸피(굵기)는 그 정도로 됐습니다만 기래

---

* 땅내 : 땅의 냄새. 죽어 묻히게 될 흙의 냄새라는 뜻.

기(길이)가 짧으니 그놈만 조금 더 길게 해주사이다."

땅 보탬 했다
죽어서 흙 보탬이 되었다.

땅 열 길을 파 봐라 돈 한 닢이 나오나
절약할 줄 모르고 돈을 함부로 쓴다고 나무라는 말.

땅 절 한다
아무것도 깔지 않은 맨땅에 엎드려 절을 올린다 함이니 마음에서 우러
난 진정한 존경심 또는 충성심을 행동으로 보인다는 뜻.

땅 파먹고 산다
농사를 생업 삼아서 살고 있다.
=흙 파먹고 산다.

때 닦은 물로 못자리 거름 하겠다
다라우리만치 인색한 자이다.

때리는 시늉 하면 우는 시늉하랬다
무슨 일이든지 손발이 맞아야만 잘되는 법이다.

땔나무 지고 불 끄러 가는 격이다
당초 도와주려던 것이 되레 일을 그르친 결과가 되었다.

땡감을 따먹고 살아도 이승이 좋다
구차하게 살아도 죽는 것보다야 낫지 않겠느냐.
=저승부자보다 이승거지가 낫다.

땡볕 땅 구멍에다 좆을 박고 견디는 게 차라리 낫겠다

어떻게 그런 궂은일이나 힘에 부치는 일 또는 옳지 못한 일을 할 수 있
겠느냐고 내치는 말.

떡*고물인지 돈 고물인지 금 고물인지 땅 고물인지 모른다만

돈과 관련된 자리에 있으면 돈이 생기게 마련이라는 뜻.

떡국 먹는 데만 찾아다녔냐?

겉보기보다 실제 나이가 훨씬 더 많은 사람을 두고 하는 우스갯말.

떡국 좀 더 처먹어라!

덜 된 짓거리 좀 하지 마라.

떡국 처먹은 값이나 해라

나잇값도 못하고 덜된 짓을 일삼고 다닌다고 탓하는 말.

떡 다 건지는 며느리 없다

며느리가 명절에 송편 등 떡을 쪄서 시루에서 꺼낼 때 제 가솔 더 주려
고 조금은 몰래 남겨 놓는대서, 누구든 제 잇속 먼저 차리게 마련이라
는 뜻.

떡도 떡같이 못 해 먹고 찹쌀 한 섬만 다 날렸다

땀 흘려 노력한 보람도 없이 아까운 밑천만 다 날렸다는 푸념.
=돈 닷 푼 보고 보리밭에 따라갔다 비단 속곳만 다 버렸다.

떡 만지면 떡고물 떨어지게 마련이다

돈 만지는 일 또는 요직에 있으면 돈이 생기게끔 되어 있는 것이다.

＊떡 : 떡은 옛말의 동사 '찌다'가 명사화된 것으로 '찐 것'이란 뜻이다. 오늘날의 '증(蒸)
편'과 사투리에서 떡을 '떼기'라고 하는 것은 이 말의 변화과정을 보여 준다.

떡방아 소리 듣고 김칫국 찾는다

조급하게 나대지 말라고 이르는 말.

=떡줄 놈은 생각지도 않는데 김칫국부터 마신다. 중매쟁이 오자 기저귀감 장만한다.

떡에는 떡으로 치고 돌에는 돌로 친다

은혜는 은혜로 갚고 원수는 원수로 갚듯 해코지한 놈은 그만큼 혼내주라고 이르는 말.

=돌은 돌로 갚고 떡은 떡으로 갚는다.

떡은 덜고 말은 보탠다

떡은 옮길 적마다 떼어 먹어 줄어들지만 말은 옮겨질 때마다 보태져서 다툼의 원인이 되는 것이니 늘 말조심하라는 뜻.

=떡은 떼고 말은 보탠다.

떡을 쳤다

어떤 일을 치르는 데 충분하고도 남을 만했다. 또는 '떡을 친다'는 남녀 간 정사를 빗댄 속어로도 통함.

떡을 할 놈의 일이 있나

이 무슨 변고란 말이냐?

떡장수가 떡 하나 더 먹게 마련이다

무슨 일이든 그 일에 관계되는 사람이 이득도 더 보게 마련이다.

떡 주무르듯 한다

저 하고 싶은 대로 한다. 또는 몸을 거칠게 애무하는 모양을 빗댄 말이기도 함.

떡 줄 놈은 생각도 않는데 김칫국부터 마신다

눈치도 없이 지레 짐작으로 덜떨어진 행동을 하고 있다.

떡집에 가서 술 달라는 격이다

주정쟁이가 취중에 떡집에 가서 술을 달래듯 느닷없이 생게망게한 짓을 하고 있다고 비웃는 말.
＝우물에 가서 숭늉 달랜다.

떡 해먹을 놈의 집구석이다

궂은 일이 많이 생겨 떡을 해서 고사를 지내든지 해야겠다. 그렇게 골치 아픈 일이 끊이지 않는 집 또는 직장이라는 뜻.

떡치게도 밝은 달밤이다

연인을 불러내 정사라도 벌이고 싶으리만큼 좋은 달밤이다.

떡판 엉덩이가 요분질도 못한다

엉덩이가 떡판처럼 크면 큰 치레라도 해야 하는데 동작이 굼떠서 요분질도 못하듯 아무 쓸모없는 여자라고 내치는 말.

떡하고 씹은 오래 쳐야만 제 맛 난다

떡은 오래 쳐야만 더욱 차지고 쫄깃해지듯 남녀 간의 정사도 그와 한가지다.

떨거지들밖에 없다

변변치 못한 것들뿐이다.

떨어져도 범 아가리에 떨어졌다

생각지도 못한 재앙을 만나 죽을 맛이다.

떼꾸러기 놈이다

달라붙어서 조르고 떼쓰는 버릇이 몸에 밴 자이다.

떼난봉 난다

집안 식구를 전혀 돌보지 않고 바람을 피운다는 뜻.
=아주까리 동백 풍년에 동네 처녀 떼난봉 난다. (민요중에서)

떼쓰는 게 사촌보다 낫다

사촌의 어중간한 도움보다는 고집을 피워 얻는 이익이 더 큰 때도 있다.

떼*¹섭 한다

혼자 몰래 바람을 피우는 게 아니고 여러 명이 집단으로 사창가에 몰려가서 성관계를 갖는 경우 따위에 빗댄 말.

똘똘이*²* 목욕시킨다

'성교를 한다'는 뜻의 은어. 남녀관계를 하면 마치 목욕을 하듯 남근이 깨끗해 진다는 뜻의 우스갯말.

[村談解頤] 제주도의 어부 한사람이 큰돈을 갖고 서울에 와서 객사에 들었는데 성품이 악한 주인부부가 이를 알고 그 처를 시켜 밤중에 가만히 나그네가 자는 방에 들게 한 다음 뒤미처 치고 들어가 "네가 남의 처를 객실로 유인해 간통을 하니 천하에 이런 망측한 일이 어디 있단 말이냐?" 하고 그 처 또한 "나그네가 나를 꾀어 끌고 들어가 겁간을 했다"고 맞장구를 치니 증인이 있나 뭐가 있나 억울하게 당할 수밖에 없는 입장이 되고 말았다. 한편 주인이 보낸 한 사람이 문득 이르되 관가에 고발이 되면 손재(損財)에 망신은 불문가지인즉 화해를 함이 어떠냐고 부추기는

---

*1 떼 : '떼거리'에서 보듯 무리를 나타내는 말임.

*2 똘똘이 : 자지를 속되게 이르는 말.

거였다. 그러나 억울하게 당한 마당에 돈을 주면서까지 화해하는 것도
내키지 않아 방임하고 있었더니 얼마 후 관정(官廷)의 소환을 받아 나간
터에 어부가 "방사(房事)를 행한 양경(陽莖 : 남근)에 때가 있겠소이
까?" 하고 물은 즉 사또가 "어찌 때가 남아 있겠느냐? 반드시 없을 것이
로다" 하였다. "그럼 저의 양경을 검사해 주소서" 하고 끄집어내 보이는
데 사또가 자세히 보니 한동안 써먹지를 않아 양물 둘레에 때가 끼고 고
약한 냄새가 진동하는지라 어부의 억울함을 알아채고 객사주인을 불러
문초한즉 부부가 돈에 탐이 나서 무고(誣告)했음을 자백받아 엄히 벌하
였다 한다.

똥 가래로 쳐 죽일 놈이다
더럽게 죽여도 시원찮을 못된 자이다.

똥갈보* 구멍에서 난 놈이다
창녀가 임신을 해서 낳은 아이라는 뜻의 욕 말.

똥개 훈련시키고 있다
하찮은 일을 연거푸 시키는 경우 따위에 비위가 거슬려 내뱉는 말.

똥구멍으로 바람 처넣어 배때기를 터쳐 죽일 놈!
천하에 없는 인간 망종이다.

똥구멍으로 호박씨 깐다
점잖은 척 하면서 뒤로는 엉뚱한 짓을 일삼는 자이다.

똥 깔고 앉은 놈 상판대기로
잔뜩 찌푸린 얼굴로.

---

* 똥갈보 : '몸 파는 여자'라는 뜻의 비속어.

똥 깨나 뀌는 놈들이다

돈 있고 권력 있어 큰소리깨나 치고 다니는 자이다.

똥 누고 밑 안 씻은 것 같다

끝마무리를 깨끗이 못 해서 개운치가 않다.
=요강 뚜껑으로 물 떠먹은 것 같다.

똥 누면 분칠해서 말려 둘 놈이다

흰 개똥을 찾는 사람이 있으면 팔아먹으려고 똥에 분칠을 해서 말려
두겠다는 뜻이니 지독한 노랭이라고 비웃는 말.

똥 눈 자리에 주저앉은 꼴이다

남이 저지른 잘못에 죄를 덮어쓴 격이다.

똥닦개* 노릇 한다

궂은 뒤치다꺼리 또는 아첨을 일삼는 자이다.

똥덩이 굴리듯 한다

아무렇게나 함부로 다룬다. 또는 그리 하찮게 대한다는 볼멘소리.

똥도 싸기 전에 냄새부터 피운다

일은 시작도 안 했는데 큰소리부터 치고 있다.

똥마다는 개 있을라구?

돈 싫다는 놈 있겠느냐.

똥마려운 강아지마냥

---

* 똥닦개 : 변을 본 다음 밑을 닦는 종이. 밑씻개.

어찌할 줄 몰라 허둥대는 모습을 빗댄 말.

똥마려운 년 국거리 썰듯

자기 볼일이 급해서 건성으로 일을 해대는 경우 따위에 빗댄 말.
=똥 마련 년 무 썰듯. 의붓아비 무덤 벌초하듯.

똥물에 모가질 처박아 죽여도 시원찮다

모질게 죽여도 여한이 남을 정도이다.

똥물에 튀겨 죽일 놈이다

더러운 놈이라는 악담.

똥물에 튀겨 죽일래도 똥이 아까워 못 죽이겠다

똥보다 더 더러운 망종이다.

똥 밟는 소리 한다

쓸데없는 잔소리를 늘어놓고 있다.

똥 밟은 나그네 구시렁거리듯

불만스런 목소리로 혼자 중얼대는 모습을 빗댄 말.

똥 벼락이나 맞고 뒈져라

그런 인간 말짜는 더럽게 죽어 마땅하다고 내치는 말.

똥 싸놓고 뭉개는 소리 좀 하지 마라

가당찮은 변명 좀 늘어놓지 마라.

똥 싼 놈은 다 토끼고* 방귀 뀐 놈만 잡혔다

* 토끼다 : '도망을 친다.'의 은어.

주범은 진작 도망쳐 버리고 송사리들만 걸려들었다.

똥 싼 놈이 성 낸다

잘못을 저지른 자가 되레 더 큰소리를 치고 있다.

=똥 싼 놈이 방귀 뀐 놈 나무란다. 똥 묻은 개가 겨 묻은 개 나무란다.

[醒睡神說]*1 우연히 며느리가 옆집의 총각과 실없는 가댁질 (^{쫓겨 달아나거나 하면서 하는 놀이})하는 것을 본 시어미가 크게 노하여 "내 마땅히 너의 남편에게 말하여 죄를 받게 하리라" 하고는 이르지도 않고 하구한날 꾸짖기만 해 그 고통이 말이 아니어서 만면수심(滿面愁心)에 차 있을 때에 이웃집 노파가 이를 보고 딱하게 여겨 까닭을 물은즉 "이웃 총각을 만나 몇 마디 말 나누는 걸 시어머님이 보고 날마다 꾸짖는데 이젠 진절머리가 나서 가위 죽고 싶은 지경입니다" 하니 노파가 발연히 목청을 높여 이르되 "네 시어미가 무엇이 떳떳하다고 감히 너를 족친단 말이냐. 지가 젊었을 때는 고개 넘어 김 풍헌과 주야로 미쳐서 간통한 일이 들통 나 큰 북을 짊어지고 세 동네에 조리를 돈 일(^{죄 지은 자를 끌고 다니며 망신 주는 벌})마저 있거늘 무슨 낯짝으로 널 꾸짖는단 말이더냐. 만약 또 꾸짖거든 이 말로써 대적하라" 하였다. 한데 이튿날 시어미가 여일하게 또 꾸짖는지라 며느리가 노파에게 들은 대로 "김 풍헌과 더불어 주야로 상관하다 탄로되어 큰 북을 지고 세 동네나 조리 돈 일을 생각해서라도 그만 하옵소서" 하니 시어미가 "누가 공연한 말을 보태는구나. 내가 진 북은 큰 북이 아니고 작은 북이었느니라. 또 세 동네가 아니고 두 동네 반만 돌고 그쳤느니라" 하였다.

[蕢葉志諧] 비슷하되 조금은 다른 이런 이야기*2도 전해 온다. 어느 촌 할미가 며느리와 함께 들에서 일을 마치고 돌아오는 중에 별안간 큰

---

*1 醒睡神說 : 깰 성(醒)+잠잘 수(睡)+피 패(神)+말씀 설(說)로서 '잠을 깨울 만한 이야기책(神說)'이란 뜻. 조선 십대기서(十大奇書)의 하나로 작자는 미상(未詳)이다.

*2 이야기 : '이야기'는 '입아구'에서 나온 말로서 '입의 양쪽 구석'을 이르는 말이다. 입아구를 놀리면 이야기가 이루어지는 까닭에 '입아구'에서 변한 말이다.

소나기가 퍼부어 냇물이 넘치는 바람에 물을 건너지 못하고 서성대고 있었다. 그때 한 총각이 지나다가 "날이 저물고 물이 깊으니 여인이 능히 건너기 어려울 터인즉 제가 업어서 건너 드리리다" 하니 할미가 다행히 여겨 "그럼 먼저 며느리를 건네준 다음 나를 건네 달라"고 하여 총각이 먼저 며느리를 건네준 것까진 좋았는데 녀석이 물 건너편의 언덕에서 며느리를 쓸어안고 강제 교합(交合)을 하는 것이었다. 이에 할미가 큰소리로 "며늘아 며늘아 그 놈이 하지 못하게 몸을 튕겨 쳐라. 몸을 엎치락뒤치락 해라" 하고 외쳐댔다. 그리고 얼마 뒤에 할미를 업어 건네준 다음 총각 놈이 다시 할미를 힘으로 누르고 겁간을 하는데 며느리가 보니 할미의 반항기가 대수롭지 않았다. 이에 며느리가 입술을 깨물면서 "아까는 저한테 몸을 이리저리 튕겨 쳐라 하시더니 어머님은 어찌 그리 못 하시오?" 하고 핀잔을 주더란다.

똥 싼 데 개 불러 대듯 한다

좋은 일엔 몰라라 하다가 궂은일에만 도움을 청한다. 고약한 일이라고 투덜대는 말.

똥 싼 주제에 매화타령 한다

잘못을 저질러 놓고도 되레 큰 소리 치는 낯두꺼운 자이다.
갈수록 태산이고 설상가상이라는 뜻.
=병신이 육갑 떤다. 밉다니까 까꼬 한다. 미운 놈이 업어 달랜다.

똥은 건드리면 구린내만 난다

성미 고약한 사람과 사귀면 궂은일만 당하게 마련이니 상종하지 마라.

똥은 말라도 구린내가 난다

한 번 나쁜 짓을 저지르면 세월이 가도 좀체 지워지지 않는 법이니 새겨 둘 일이다.

똥을 싸서는 뭉개고 있다

끊임없이 어리석은 짓만 하고 있다.

똥을 주물렀나 손속도 좋다

흔히 도박에서 계속 끝 발이 잘 나는 이를 두고 추어주거나 빈정대는
말.

똥줄*¹이 빠질 지경이다

몹시 힘에 겨운 와중이다. 또는 서둘러 내빼는 모습 따위에 빗댄 말.

똥차 앞에서 방귀 뀌는 격이다

어림없는 수작을 하고 있다.

똥창*²까지 다 들여다보고 있다

다 알고 있으니까 거짓말할 생념을 하지 마라.

똥창이 맞는다

뜻이 맞는다. 배포가 맞는다.

똥치 년이다

몸 파는 거리의 여자이다.

똥 폼 잡아 봤자 별 볼일 없다

거들먹대 보았자 알아줄 사람 하나 없다.

똬리 틀고 앉은 뱀 같은 년!

---

*1 똥줄 : 급히 놓는 똥의 줄기. 또는 항문.

*2 똥창 : 소의 창자 중 새창의 한 부분.

음험한 여자라고 내치는 말.

똬리로 보지 감춘다

한가운데 구멍이 뻥 뚫린 똬리로 음문을 가리면 감춰지기는커녕 되레
더 잘 보이므로, 맹추 같은 짓거리만 하고 있다고 핀잔주는 말.
=풀잎사귀로 음문 가린다.

[禦眠楯] 과부가 한 사내아이를 꼴머슴 삼아 부렸는데 누에 먹일 뽕잎
을 따러 산에 가는 길에 혹 녀석이 자기를 어쩔까 저어 노파심에 묻기를
'네가 옥문이란 것을 아느냐?' 하니 처음 듣는 말이라 하므로 적이 안심하
고 함께 산으로 들어갔다. 그러나 실인즉 아이놈이 의뭉단지여서 그런 대
꾸를 한 거였다. 산에 이르러 아이가 일부러 벼랑을 오르다 실족하여 죽
는 시늉을 하고 누웠는지라 과부가 크게 놀라 허둥대는 중에 아이놈이
"이 산 너머 바위 아래에 신령한 의원이 산다하니 빨리 가서 여쭈어 날
구해 주시오" 하는 것이었다. 과부가 곧이듣고 찾아 나선 틈을 타서 아이
놈이 지름길로 그 바위 밑에 이르러 미리 준비해간 청보로 얼굴을 가리고
앉았더니 과연 과부가 당도해 묻는지라 아이가 변성으로 이르되 "그 사람
은 낙상하면서 반드시 신낭(腎囊)을 크게 상했으리라. 그 비방은 부인이
옥문을 열고 그 기운을 거기다 대고 쪼이면 직방으로 나을 것이로다. 이
를 음양비책이라 하느니라" 하니 여인이 깊이 사례하고 돌아섰는데 아이
는 그 사이 다시 지름길로 돌아와 먼저 자리에 죽은 듯이 누워 있었다. 여
인이 자초지종을 말하자 아이가 되레 그럴 수는 없는 일이라고 펄쩍 뛰는
것을 사람이 살고 봐야지 뭔 소리냐고 누르고 여인이 나서서 뽕잎으로 자
신의 음문을 가린 다음 아이놈의 신근(腎根)을 손으로 잡아 음기를 쪼이
게 했다. 그러자 아이 놈의 신근이 독 오른 뱀 대가리마냥 빳빳해지면서
장대해지자 여인이 돌연 음화(淫火)가 치솟아 손바닥으로 아이놈의 엉덩
이를 후려치면서 "웬 못된 파리가 네 아픈 엉덩이를 깨문단 말이냐?" 한
즉 머슴 놈의 말뚝같은 신근이 순식간에 나뭇잎을 뚫고 미끄러져 음문 깊
숙이 박히는지라 마침내 의뭉한 아이놈의 병이 씻은 듯 나았다 한다.

뚝배기 깨지는 소리 한다

게걸대는 음성으로 떠들거나 노래를 부르는 경우 비아냥대는 말.

뚝배기보다 장맛이다

겉보기보다 내용이 더 훌륭하다.
=겉 궁합보다 속궁합이 좋다.

뚝 하면 뒷집 호박 떨어지는 소리 아니냐?

누구든 알 만한 일 아니겠느냐.
=척 하면 삼척, 쿵 하면 도둑놈 담 넘어가는 소리 아니냐.

뚱딴지*1 같다

생각지 못한 엉뚱한 일이다. 여기서는 완고하고 무뚝뚝한 사람을 빗대
이르는 말.

뜨내기 사랑에 정들고 멍들었다

어쩌다 나눈 사랑이 병이 되었다.

뜨물 먹고 주정한다

거짓 속임수를 쓰고 있다.

뜨물에 좆 담가 놓고 있냐?

하려거든 화끈하게 하고 말려거든 치우지 무슨 일을 그리 흐리멍덩하
게 하느냐고 나무라는 말.

뜬것*2의 짓이지 사람의 짓은 아니다

---

*1 뚱딴지 : 북미 원산의 여러해살이 식물. 뿌리에 감자 모양의 덩이줄기가 달리는데 단맛
　이 있어 먹기도 하고 사료로도 쓰임. 일명 돼지감자, 뚝 감자.
*2 뜬것 : 떠돌아다니는 못된 귀신.

귀신이나 도깨비 농간이 아니면 도무지 있을 수 없는 일이다.

뜬계집이다

어쩌다 만나 한두 번 관계를 맺은 여자이다.

뜬구름하고 사는 게 낫지

믿지 못할 서방이라고 한숨짓는 말.

뜬 귀 같은 놈이다

떠도는 귀신처럼 살아가는 뜨내기이다.

뜬벌이 신세이다

닥치는 대로 벌어먹고 사는 뜬 구름 인생이다.

뜬쇠*¹도 달면 어렵다

평소 얌전한 사람도 일단 화가 나면 더 가라앉히기 어려운 법이다. 공연히 성미 건드려 큰 코 다치지 말라고 이르는 말.

뜯어먹는*² 놈들 많아서 못 살겠다

불량배, 관공서 등 등쳐 먹는 자들이 많아서 죽을 지경이다.

뜸도 안 들이고 먹으려 든다

들인 노력도 없이 좋은 결과만을 챙기려 드는 자이다.
=털도 안 뜯고 먹으려 든다.

띠 되기는 마찬가지다

먹으면 똥(띠 모양이래서) 되기는 마찬가지다. 결과는 한가지 아니냐.

＊1 뜬쇠 : 불에 둔한 쇠붙이.
＊2 뜯어 먹는다 : 조르거나 힘으로 위협해서 불법으로 빼앗는다.

라

로스케 놈!

옛날부터 러시아인들을 얕잡아서 이르던 말. 굳은 빵 덩어리를 베고
자다가 눈뜨면 뜯어먹고는 한다는 말이 있어 왔다.

리라 같다

고릴라처럼 험악하게 생긴 얼굴을 빗대 놀리는 말.

마

마누라* 없이는 살아도 장화 없이는 못 산다
비 오면 진창이 되는 동네의 주민들이 해 대는 볼멘소리.

마누라 없으면 빚도 못 얻어 쓴다
아내가 없으면 못 미더워 빚도 주지 않는다는 뜻.

마루 밑 강아지도 웃겠다
어처구니없는 말 좀 하지 말라.
=동네 소가 웃을 일이다.

마른 나무가 더 잘 탄다
뚱보보다 마른 남자가 더 색정이 강하대서 나온 말.
=마른 장작이 더 잘 탄다.

마른 논에 물 대는 격이다
돈깨나 잡아먹는 일이다.

마른 오징어 깔아뭉개듯 한다
덩치 큰 남자가 가냘픈 여자를 사정없이 덮치는 모양. 또는 여럿이 달

---

* 마누라 : 본디는 조선시대 왕비를 이르는 '대비마노라'처럼 '마마'와 함께 쓰인 극 존칭어
였다. 그러던 것이 신분제도가 무너지면서 늙은 여자나 아내를 가리키는 말로 변하게
되었다.

려들어 약자를 잔인하게 짓밟는 모습 따위를 빗댄 말.

마상송이동(馬上松栮動)이다
옛 스님들의 기지와 해학을 상징적으로 나타낸 말.

[禦眠楯] 어느 선비가 말을 타고 빨래하는 아낙네들이 많은 냇가를 지나는데 마침 맞은 편에서 스님 한분이 다가오매 "그대가 글자를 알면 이 광경을 보고 한 수 짓는 게 어떠한고?" 하고는 먼저 '계변홍합개(溪邊紅蛤開 : 시냇가에 홍합이 열렸도다' 하고 읊고 나서 스님에게 대구(對句)를 채근하였다. 이에 스님이 "생원님의 시는 육물(肉物 : 스님들이 안 먹는 고기종류)인지라 소승이 감히 대응하지 못하겠으니 소승은 소찬(蔬饌 : 식물성 푸성귀음식)으로 대하여도 괜찮겠습니까?" 하니 선비가 "그게 무엇이 나쁘리오" 하였다. 이에 스님이 '마상송이동(馬上松栮動 : 말위에 송이가 흔들리도다'라고 대구(對句)를 했는데 여기서 홍합은 음문, 송이는 남근을 빗댄 말로서 이는 실로 절묘한 응답이었다.

마시려면 아비더러 형님이랄 때까지 먹고 아니면 만다
일단 한 번 마셨다 하면 꼭지가 돌 때까지 먹고 그러지 못할 양이면 애당초 마시질 않는 성미이다.

마음 병신 된다
몸은 성한데 마음에 병들고 멍이 들어 바른 행동을 하지 못한다.

마음병이 더 무섭다
마음 상처로 인해 생긴 병은 치료법도 기한도 없어 더 무섭다.

마음에도 없는 염불하고 있다
내키지 않는 일을 건성으로 하는 경우, 제대로 하든가 집어치우라고 쏘아 주는 말.

마음에 새기고 뼈에 새긴다

잊지 않고 기억하겠노라는 다짐의 말.
=각골난망(刻骨難忘)이다.

마음에 좋으면 아저씨, 마음 상하면 개새끼 한다

성미가 변덕스럽기 짝없는 자이다.

마음 잘 써야 옳은 귀신 된다

나쁜 짓 그만 하고 앞으로는 바르게 살라는 충고의 말.

마음이 가벼우면 병도 가볍다

몸의 병도 마음먹기 따라 의외로 쉽게 나을 수 있는 것이다.

마음이 모질면 얼굴도 악해 뵌다

얼굴은 마음의 거울인지라 모진 사람은 얼굴에 그 악한 성정이 비쳐 보이게 마련이다.

마음이 슬프면 과부 된다

운도 마음먹기 나름이니 항시 마음 펴고 웃는 얼굴로 살도록 하여라.

마음이 시리고 저리다

몹시 눈물겨운 일 또는 절통한 일이다.

마음이 지척이면 천리도 지척이다

무슨 일이든 마음 하나가 문제지 거리 같은 건 상관없는 일이다.
=마음이 천리면 지척도 천리다.

마음이 팔자이다

타고난 팔자라지만 마음먹기 따라서는 얼마든지 달라질 수 있는 것이다.

마음이 흔들비쭉이다

줏대가 없어 늘상 이리저리 잘 흔들리는 성격을 빗댄 말.

마음잡아서 개장수 한다

바탕이 잘못된 사람은 아무리 새 결심을 해도 크게 달라지지 않는 법이다.

마파람에 돼지 불알 놀듯 한다

일없이 오락가락 하며 참견을 일삼는 자를 조롱하는 말.

막걸리 거른다며 지게미도 못 건진다

목소리만 컸지 결과는 볼 것이 없다고 탓하는 말.

막벌이야 거지 사촌 아니더냐?

막벌이는 언제 벌이가 떨어질지 몰라 자칫 거지되기 십상이라는 뜻.

만년 뒷북치기만 한다

늘 남의 뒷일이나 봐주며 사는 자이다. 또는 손대는 일마다 손해만 보는 멍청이다.

만만한 게 김 서방이라고

함부로 대한다는 불만의 말. 또는 흔하면 응분의 대우를 못 받게 마련이란 뜻.

만만한 년은 제 서방 좆도 못 끼고 잔다

못난 계집은 자기 서방조차도 제대로 챙기지 못한다.

만만한 데 말뚝 박는다

힘이 없으면 얕보아 업신여기고 구박하는 게 세상인심이다.

만 번 죽어도 아깝지 않을 놈이다

지은 죄가 너무 커서 몇 번을 죽어도 한이 남을 정도이다.

만석중 놀리듯 한다

고려 때 기생 황진이가 만석(萬石)중으로 소문난 지족(知足) 선사를
유혹해 하루아침에 파계를 시킨 옛일에서 유래된 말.

만수받이*다

온간 성가신 일을 다 받아주는 일 또는 그런 사람.

많이 굶었다

성관계를 안 한지가 꽤 오래 되었다.

많이 마시면 망주요 적게 마시면 약주다

술을 많이 마시면 몸을 상하고 망신하지만 조금만 마시면 보약처럼 이
롭다는 뜻.

말 가는 데 소 못 갈까?

능력의 차이야 있겠지만 그 정도쯤은 누구든 할 수 있는 일 아니겠느
냐.

말괄량이 년 설거지 하듯

무슨 일을 그리 요란스럽고도 엉터리로 하느냐고 꾸짖는 말.

말 귓구멍에다 염불하고 있다

아무 소용없는 짓을 하고 있다. 마이독경(馬耳讀經)이라는 뜻.

---

* 만수받이 : 굿을 할 때 큰 무당의 소리를 새끼무당이 받아주는 일.

말꼬리에 붙은 파리가 천 리 간다

세도가 그늘 밑에 앉아서 덩달아 출세를 한다는 뜻.

=원님 덕분에 나팔 분다.

말끝마다 향내 나고 발끝마다 재수 나서 영감 몸에 무탈하고 자식들 잔병 모르게

고사 지낼 때 아낙이 집안 잘 되고 무병하라고 비는 비난수의 한 구절.

말 다하고 죽은 귀신 없다

말이란 참기도 하고 숨기기도 해야지 하고 싶은 말 다하다 보면 엉뚱한 말썽도 빚게 되는 것이니 명심할 일이다.

말 단 집, 장 단 법 없다

말 많은 집은 살림도 잘못해서 된장, 고추장 따위를 정성들여 맛나게 담그지 못한다는 뜻. 말이 많으면 되는 일이 없다는 비유의 말.

말 대가리 설삶아 놓은 것 같다

성품이 부드럽지 못하고 뻣뻣하기 짝이 없다.

=뻣뻣하기는 말뚝을 삶아 처먹었나 보다.

말대꾸에 보리카락 들었다

말투에 가시가 들어 있다. 또는 말버르장머리가 고약하다.

말도 갈아타야 새 맛 난다

여자도 아내 아닌 다른 여자 맛이 더 각별한 것이다.

말도 많고 탈도 많고 삼각산 돌도 많고 곰의 씹엔 털도 많다

남 일하는 데 와서 공연히 이래라 저래라 잔소리를 늘어놓는 자에게 면박주는 말.

말도 사촌까지는 상피*1를 본다

짐승도 근친상간을 안 하는데 하물며 사람이 그래서야 되겠느냐고 이르는 말.

말도 잊고 정도 잊었다

혼자 외롭게 살아 세상 물정이 모두 관심 밖에 나 버렸다.

말똥도 모르고 마의(馬醫) 노릇 한다

개뿔도 모르는 주제에 아는 체하고 있다고 핀잔 주는 말.
＝맥도 모르면서 침통 흔든다.

말똥도 세 번은 굴러야 제자리 잡는다

무슨 일이든 서너 번은 해 봐야 성과가 나타나게 마련이다.

말똥에 굴러도 이승이 좋다

어떤 고난이 있어도 죽는 것 보다는 그래도 이승이 낫다.

말뚝 동서, 구멍 동서다

혼음을 한 관계이다. '말뚝'은 남근, '구멍'은 여근을 이르는 말.

말뚝*2 총각이다

힘 좋고 순박한 훌륭한 총각이다.

말로 달래고 안아 달래도 소용없고

어떤 수를 써 봐도 말을 듣지 않아 애가 탄다.

＊1 상피(相避) : 가까운 친척사이의 성적 관계.
＊2 말뚝 : 총각의 힘찬 성기를 빗댄 말.

말로만 부처님이다

겉으로만 인정 많은 체하지 실제로는 제 잇속만 차리는 흉물이다.

말로만 풍년에 말로만 진수성찬이다

실속은 없이 말만 번지르르한 허랑한 자이다.

말로 씹한다고 애새끼 생기냐?

말만 앞세우지 마라. 무슨 일이든 나서서 행동을 해야 성과가 있지 말만으론 되는 일이 없는 것이다.

말마디에 흙고물 묻을까 봐 그러냐?

말대꾸가 어쩌 그리 오만방자 하냐.

말 많은 과부 집 종년이다

바깥소문은 안으로, 안 소문은 밖으로 내는 과부 집 계집종마냥 입이 싸다.

말 많은 잔치에 먹잘 거 없다

말로만 떠벌이는 일 또는 사람치고 좋은 뒤끝을 못 보았다.

말 머리 아이다

첫날밤 또는 신혼 초에 밴 아이를 이르는 말.

말 버슴새가 고약하다

말버릇이 못되었다.
=말 뽄새가 고약하다.

말 보지다

말의 양물이 장대하듯 암말의 큰 성기를 여자에 비유해 크기만 했지 오히려 실속이 없다는 뜻.

말 속에 보리카락 들었다

말 속에 뼈 있고 가시가 있다. 또는 만만하게 볼 사람이 아니니 조심하라는 귀띔의 말.

말 썹하는 건 안방마님도 엿 본다

말은 보는 이가 흥분되리만큼 교미를 썩 잘하는 까닭에 누구든 숨어서라도 보고 싶어 한다. 또는 그런 일에는 누구든 호기심을 갖게 마련이라는 뜻.

말 아니면 듣지 말고 길 아니면 가지 말랬다

바른 말 아니면 듣지 말고 바른 방법이 아니거든 행하지 마라. 세상엔 몹쓸 말도 많고 못되게 사는 방법도 많으니 가릴 줄 알아야 한다고 이르는 말.

말 우는 데 말 가고 소우는 데 소 간다

처지가 같은 자들끼리 어울리게 마련이다.
=유유상종(類類相從)이다.

말에 감기고 정에 감겨서

말에 정들다 보니 마음도 통하게 되었다는 뜻.

말에 실었던 짐 벼룩 따위에 실을까?

능력 없는 자한테 큰일을 맡길 수는 없지 않느냐?

말은 가자 굽을 치는데 임은 잡고서 낙루(落淚)로구나

이럴 수도 저럴 수도 없는 난감한 입장이다.

말은 꾸밀 탓이요 일은 할 탓이다

말을 할 때는 상대방에게 오해가 생기지 않도록 신경을 써서 해야 한다.
=말은 할 탓, 고기는 씹을 탓이다. 같은 말도 '아' 다르고 '어' 다르다.

말은 부처 같고 마음은 뱀 같은 놈!

말만 비단결이지 속내는 흉악한 자이다.

말은 비단인데 행동은 개차반*이다

말은 그럴 싸 비단결처럼 곱고 유창한데 실제 행동은 딴판인 겉 다르
고 속 다른 자이다.

말은 좋은 말을 타고 하인은 못난 놈을 써야 한다

하인은 어리숙한 자를 써야 말 잘 듣고 일 또한 잘 하는 법이다.

말이 많으면 과부 된다

말이 넘치면 신상에 해로우니 삼갈 일이다.

말이 반찬 같았으면 상다리 부러졌겠다

말만 휘번드르 했지 아무 실속도 없는 위인이다.
=걱정이 반찬이면 상다리 휘어졌겠다.

말이 세 입을 건너면 뱀한테도 발이 생긴다

말이 번지다보면 전혀 다른 내용으로 변하기도 한다.

말 자지다

유난히 큰 남자의 성기를 말의 그것에 빗대 놀리는 말.

---

* 개차반 : 개가 먹는 차반 즉 똥이라는 뜻. 언행이 더럽고 막된 자를 빗댄 말.

[續 禦眠楯] 순창에 한 선비가 있어 다섯 살 박이 딸 하나를 두었는데 하루는 밤에 딸이 잠든 줄 알고 일을 벌이는 도중 딸이 문득 잠을 깨어 지금 무슨 일을 하느냐고 묻자 파흥이 돼 양물을 빼 거둬들이는 수밖에 없었다. 마침 그 때 달빛이 교교하여 딸애가 그 아비의 양물을 보고는 어미에게 다시, 아버지 두 다리 사이에 달려있는 이상한 물건이 뭐냐고 물으니 어미가 마지못해 "그 물건은 아버지의 꼬리란다"라고 말해 주었다. 이를 철석같이 믿고 있던 딸이 그 후 마구간에서 수말의 양물을 보고는 "우리 아버지 꼬리가 어째 저 말 다리 사이에 달려 있소?"라고 물은즉 어미가 웃으면서 그러더란다. "그건 말의 꼬리지 네 아버지 꼬리가 아니란다. 너의 아버지 꼬리가 저 말꼬리만큼만 할작시면 내가 참으로 무슨 한이 있고 원이 있겠느냐?"

말 잘 타는 놈 떨어져 죽고 헤엄 잘 치는 놈 빠져죽는다

일에 능할수록 자만하지 말고 더욱 조심하고 겸허해야 한다는 뜻.

말 잘 하면 거짓말도 잘 한다

말 많은 사람의 말에는 믿음성이 적다.

말 좆 달랜다

엉뚱한 말을 해서 망신을 자초한다는 뜻.

[蒐集] 한 여자가 두부를 사갖고 오는데 길가에서 암수 말 두 마리가 얼려 붙어 흘레를 하고 있었다. 그 모습이 하도 도색적이라서 얼이 빠져 구경을 하던 중 말이 하는 대로 두부를 쥐었다 놓았다 하다 보니 두부가 다 망가져 버리고 말았다. 할 수 없이 다시 두부 집을 찾아간 여자가 두부 달란다는 것을 얼떨결에 "여기, 말 좆 좀 성성한 놈으로 하나 주소" 하였다. 두부 집 영감이 이게 대관절 무슨 말인가 싶어 되묻자 여자는 그제야 제정신이 드는 양 "에그그 망측해라. 내가 말 좆 달래는 걸 두부 달라고 그랬나 봐. 말 좆 하나만 퍼뜩 주소" 또 그러더란다.

[醒睡稗說] 위의 것과 닮은꼴의 애기 하나. 조개젓 장수가 "조개젓 사시오!"를 외치면서 어느 집에 들어갔는데 마침 그 집의 팔난봉 아들놈 하나가 창 사이로 내다본즉 여인의 용모가 반반한지라 "내가 병들어 일어나지 못하니 개의치 말고 이 방에 들어와서 조개젓 두 푼어치만 놓고 가시오" 하였다. 이에 여인이 의심치 않고 그 방에 들어간즉 놈이 벌거벗은 몸으로 마치 살모사가 개구리 덮치듯 여인을 이불 속으로 끌어들여 맹렬하게 꽂아대니 여인이 "이게 무슨 짓이오? 흉악하기도 해라. 흉악하기도 해라" 하는 가운데 점차 흥이 도도해지자 '흉악, 흉악' 소리가 입에서 그치지 아니하더니 일이 끝나 조개젓 통을 이고 그 집 문을 나서면서도 "흉악, 흉악한 조개젓 사시오!" 그러더란다.

말 죽은 데 금산 체 장수* 모이듯

눈앞의 이득을 바라고 몰려드는 탐욕스런 모습에 빗댄 말.

말짱 도루묵이다

일이 뜻대로 되지 않아 애쓴 일이 수포로 돌아간 경우 부앗김에 내뱉는 말.

[探錄] '도루묵'의 유래는 다음과 같다. 임진왜란 당시 피란길에 오른 선조가 시장하던 터에 처음 보는 생선을 맛있게 먹고 나서 그 고기 이름을 물은즉 '묵'이라는 것이었다. 이에 맛에 비해 이름이 신통찮다고 여긴 선조가 맛에 걸맞게 '은어'로 고쳐 부르도록 명했다. 그 뒤 왜란이 끝나고 서울로 돌아온 선조가 불현듯 그 고기 맛이 생각나서 다시 청해 먹어보니 피란길에 먹었던 옛날 고기 맛이 아니었다. 이에 선조가 실망한 빛으로 "은어 이름은 과람하니 도로 묵으로 부르도록 하라"고 명해서 본디 이름인 '묵'으로 되돌아가게 되었다 한다. 참고로 이 도로묵은 민물고기 중 고급 어종인 은어가 아닌 바닷물고기를 말하는 것이다.

---

* 금산 체 장수 : 금산에는 말(馬)이 많아서 말 꼬리로 만드는 체 장수들이 많았다 한다.

말짱 황이다*1

크게 낭패를 보았다. 또는 계획한 일이 일거에 수포로 돌아가 버렸다.

말 탄 궁인*2도 주정뱅이는 피한다

주정쟁이는 귀찮은 존재이므로 세도 있는 궁인들마저 피해 가는 것이니 가까이 하지 마라.

말 탄 년 보지처럼 너부죽하다

실제보다 모양새가 한결 더 넓어 보인다.

말 한 마리 다 처먹고 말 좆 내가 난단다

말을 잡아 맛있게 다 먹고 난 다음에 잘 먹었다는 인사는커녕 말좆 냄새가 역겹다니 고약한 자가 아니냐.

말 헤픈 년이 서방질도 헤프다

말이란 곧 마음의 표현인 까닭에 말버릇이 곧 여러 버릇의 징표가 될 수 있다는 뜻.

말타기 한다

자기 죄를 다른 사람의 죄와 맞바꿔 일러바치고 그 댓가로 자신은 빠져 나간다.

말하고 계집은 먼저 타는 놈이 임자다

예전에 여자는 좋든 싫든 먼저 정조를 준 남자에게 시집을 가야 했으므로 이는 당시 혼인풍습을 빗댄 말임.

---

*1 황이다 : 노름판에서 짝이 안 맞는 골패 짝을 '황'이라고 부른 데서 나온 말. 짝을 잘못 잡아서 허사가 되었다는 뜻.

*2 궁인 : 나인(內人). 궁궐안의 궁녀 등 내명부를 통틀어 이르는 말.

말하고 계집은 타봐야 안다

보아서는 모르고 실제로 겪어 보아야만 진가를 알 수 있는 것이다.

말휘갑을 잘 한다

말을 잘 돌려 맞춘다.

맑은 하늘에 날 벼락 친다

전혀 예상치 않은 변을 당한 경우이다.

맘대로 들어왔으되 멋대로 나가지는 못하리라

정사(情事)에 임해 너 좋은 대로만 내버려둘 수 없다는 뜻

[攪睡雜史] 마을 총각이 소죽통을 빌리려고 울타리 너머 이웃집에 간 즉 주인과부가 허벅지가 드러난 홑치마만 입고 봉당마루에서 잠이 들어 있었다. 불현듯 음심이 솟은 총각 놈이 달려들어 맹렬하게 양물을 여인의 음호에 들이 꽂으니 과부가 놀랍고도 크게 노하여 "네가 이러고도 능히 살 거 같으냐?"라고 매우 꾸짖었다. 이에 총각이 "내가 소죽통을 잠시 빌리러 왔다가 우연히 이렇게 죄를 지었소이다. 그럼 이만 빼고 돌아가리까?"한 데, 과부가 두 손을 깍지 끼어 옥죄듯 총각 허리를 끌어안고는 "네가 임의로 내 몸에 들어왔으되 언감생심 임의로 나가지는 못하리라" 하고 극음(極淫)을 취한 다음에야 돌려보냈다. 한데 이튿날 저녁에 과부가 총각을 다시 불러 묻기를 "총각 총각, 오늘은 어째 소죽통을 빌리러 오지 않는고?" 그러더란다.

맘씨가 고우면 옷 앞섶이 아문다

바르고 고운 마음씨는 외양에 나타나기 마련이다.
＝겉 볼 안이다.

맘씨가 흔들 비뚤이다

마음 쓰씀이가 변덕스럽기 짝이 없다.

맘씨 좋은 과부 속곳 마를 새 없다

여자가 마음이 헤프면 몸을 지켜 내기가 어렵다는 뜻.

맛도 없는 국이 뜨겁기만 하다

못난 놈이 못난 짓만 골라서 하고 있다.

'시거든 떫지나 말지'처럼 엎친 데 덮친 격이라는 뜻.

맛본 지 오래다

성교를 해 본지가 꽤 오래되었다.

=많이 굶었다.

맛이 간 놈이다

언행이 정상이 아닌 자이다.

맛있는 음식에 체 한다

좋은 일에는 마(魔)가 끼기 십상이다. 또는 뇌물을 먹으면 언젠가 들통이 나 화를 입게 되는 법이다.

맛 좋은 자지 복*이다

복어 중에서도 맛이 좋은 고기라는 뜻.

망건 고쳐 쓰다 파장 된다

공연한 짓을 하다 정작 할 일을 못한다는 뜻.

=망건 쓰자 파장 된다. 사당치레 하다 신주 개 물려 보낸다.

＊ 자지 복 : 참복과에 속하는 복어의 한 종류. 생긴 모양이 어른 남자의 자지 모양 같대서 명명된 바다 고기. 맛이 좋아 복 요리에 쓰지만 알집과 간장에 맹독이 있어 잘못 먹으면 생명이 위태로울 수 있다고.

망나니*1 새끼 같으니

예절도 배움도 없는 막돼먹은 자이다.

망녕*2나기 전엔 지각 안 날 위인이다

죽기 전에 맑은 정신 차리고 살기는 영 글러 버린 자이다.

망둥이가 뛰니까 꼴뚜기도 뛴다

영문도 모르고 줏대 없이 날뛰지 마라.
=숭어가 뛰니까 망둥이도 뛴다.

망둥이한테 좆 물린 격이다

하찮게 본 물건 또는 사람한테 봉변을 당한 경우이다.
=개구리한테 보지 물린 격이다.

망신당하려니까 뜨물에도 애가 선다

생각지도 못한 하찮은 것 때문에 일을 그르치는 수도 있다는 뜻.

망신당하려니까 제 아비 함자도 생각 안 난다

창피를 당하려니까 별 괴이한 일도 다 본다고 혀 차는 말.

망신살이 무지개 살 뻗치듯 했다

톡톡히 창피를 당한 경우이다.
=망신살이 부채*3 살 펴지듯 했다.

---

*1 망나니 : 옛날 죄인의 목을 베던 자를 이르는 말로서 흔히 포악무도한 중죄인에게 이
일을 맡겼다 한다. '망나니'의 어원은 '막+낳은+이' → '막난이' → '망난이' → '망나니'
로 변한 말로서, '되는대로 막 낳은 사람' '못된 사람'을 이르는 것이다.

*2 망녕 : 늙거나 정신이 흐려져서 언동이 비정상적인 상태. 노인성 치매가 이에 해당되는
병임. '망령'이 맞는 말.

*3 부채 : '부채'는 바람을 일으킨다는 뜻의 '부치(다)' 어근에 명사를 만드는 접미사 '에'
가 합성되어 '부쳐서 바람을 일으키는 것'이라는 뜻이 되었다.

[蕘蕘志譜] 정상공이 관서 안찰사로 있을 때 중국에 가는 사신이 평양에 당도하매 장도 위로 차 대연(大宴)을 베푼 자리에서였다. 한 기생이 얼굴에 주근깨가 많은지라 일행 가운데 서장관(書狀官) 이 모(李某)가 희롱하여 이르되 "네 면상에 주근깨가 많으니 기름을 짜면 여러 되가 나오겠도다." 했는데 그 때 서장관 이 모는 마침 마마로 얼굴이 몹시 얽은 위인이라 기생이 받아치기를 "서장관 사또께서는 면상에 벌집이 많으니 그 꿀을 취할진대 여러 섬이 되겠소이다"라고 한즉 이 모가 응답을 못해 망신을 자초한 꼴이 되고 말았다. 이후 정상공이 그 기생의 응구첩대(應口輒對)에 감탄하여 상을 내렸다 한다.

망치가 가벼우니까 못이 솟는다
아랫사람이 말을 안 듣는 건 윗사람이 몰랑한 탓이다.

망하는 집 머슴 배부르고 흥하는 집 머슴 배곯는다
망하는 집은 먹고나 보잔 식이지만 흥하는 집은 앞을 내다보고 근검절약을 한다는 뜻.

망할 것들 감창소리*에 잠 한숨 못 잤다
숙소 따위에서 옆방의 남녀가 내지르는 교성 때문에 잠을 못 잤다는 푸념.

맞는 매보다 겨누는 매가 더 무섭다
막상 닥치면 생각했던 것보다 덜 고통스럽다는 뜻.

맞아 죽으려면 무슨 짓은 못 하겠냐?
공연히 자화자초(自禍自招)하는 짓일랑은 하지 마라.

---

* 감창소리 : 성교할 때의 교성. 희학질 소리.

매 끝에 정 든다

벌을 받고 깨달아 나쁜 버릇을 고친 다음 매를 든 이를 좋아하게 된 경우 따위에 빗댄 말.

매 타작을 당했다

크게 잘못을 저질러 온몸 아래위 싸다듬이로 혼쭐나게 얻어맞았다.

매련퉁이 같으니!

약삭빠르지 못하고 쓸데없는 고집을 피우거나 어리석어 일을 그르쳐 놓았다고 나무라는 말.

매를 맞아도 은가락지 낀 손에 맞으랬다

좋은 일이든 궂은일이든 높은 사람, 있는 사람과 상대를 해야 신상에 이로운 법이다.
=욕을 먹어도 감투 쓴 놈한테 먹으랬다.

매에 장사 없다

심한 매질을 당하면 누구든 몸을 상하게 된다. 또는 숨긴 사실을 말하게 된다.

매운 소리 한다

듣기 섬뜩할 정도로 귀에 거슬리는 말을 한다. 또는 듣기는 싫어도 바른 말을 한다.

맥도 모르고 침통 흔든다

무식한 주제에 아는 체 하고 있다.
=눈금도 모르면서 자막대 흔든다.

맷가마리 놈이다

매를 흠씬 맞아 싼 자이다.

맷돌 간다
여성 상위의 성행위를 맷돌 모양에 비유한 말.
=맷돌 씹한다. 맷돌거리 한다.

맷돌거리*1 안 하는 놈 있나
누구든 한두 번은 해본 짓거리가 아니겠느냐.

맷돌 씹*2에 좆 빠지듯 한다
체위를 바꿔 성교를 하면 자지가 자주 빠지듯 일이 뜻대로 되지 않아
죽을 맛이라고 내뱉는 말.

맹꽁 쩡꽁 한다
소학 초년생이다. 또는 공부를 하는 둥 마는 둥 한다는 뜻.

맹물 먹고 주정한다
터무니없는 거짓 언동을 하고 있다.

맹물에 조약돌 삶은 맛이다
이게 도대체 무슨 맛이냐고 투덜대는 말.

머리가 모시 광주리 같다
머리가 온통 새하얗게 세었다.
=머리가 모시바구니가 되었다.

---

*1 맷돌거리 : 남녀가 맷돌 식으로 체위를 바꿔서 하는 성교 방식. 맷돌치기. 감투거리.
*2 맷돌 씹 : 맷돌거리, 맷돌치기와 같이 쓰는 말.

머리 검은 짐승*은 구제를 말랬다

사람은 은혜를 모르는 짐승이니까 도와 줄 필요가 없다는 뜻. 또는 배신을 당한 사람이 분에 차서 내뱉는 말.

=머리 검은 짐승은 남의 공을 모른다.

머리 숱 많은 놈이 계집 탐한다

머리터럭이 많은 남자 중에는 호색하는 이가 많다는 뜻.

머리에 배내똥도 덜 마른 놈이!

나이도 어린놈이 버릇없이 군다고 나무라는 말.

=대가리에 피도 안 마른 것이. 머리에 쇠똥도 덜 떨어진 놈이.

머슴 놈들 춤판이다

무질서한 난장판이다.

머슴 늙은 것하고 당나귀 늙은 것은 못 쓴다

늙으면 일은 아니하고 꾀만 늘어 부려먹기 힘들다는 뜻.

머슴살이 삼 년에 주인 성도 모른다

당연히 알고 있어야 하는 것을 모르다니 한심한 노릇이다.

=평생 살아도 시어미 성을 모른다.

머슴이 수절 과부 버려 놓는다

남녀 관계란 가까이 지내다 보면 귀신도 모르게 탈이 나기 십상이다.

먹고만 산다면 개돼지도 사는 거다

저 혼자 먹고 살 생각만 하지 말고 좋은 일, 보람된 일도 해야 되는 거

---

* 머리 검은 짐승 : 사람을 빗대 이르는 말.

아니냐고 일깨우는 말.

먹고 죽은 놈이 때깔도 좋다
인생살이란 먹고 사는 게 그만큼 중요한 부분이라는 뜻.

먹구렁이 회쳐 먹을 놈이다
비위와 배짱이 대단한 자이다.

먹기는 아귀같이 먹고 일은 장승같이 한다
먹는 건 굶주린 귀신처럼 처먹으면서도 일이라면 사시장철 서 있는 장
승처럼 도무지 꿈쩍을 아니한다고 꾸짖는 말.

먹기는 파발*이 먹고 뛰기는 역마가 뛴다
이득은 자기가 먹고 고생은 엉뚱한 사람이 하는 경우 따위에 빗댄 말.
=재주는 곰이 넘고 돈은 되놈이 먹는다.

먹는 놈이 똥도 싸게 마련이다
뇌물 먹은 놈이 나중에 들통 나서 벌도 받게 마련이다.
=소금 먹은 놈이 물켜게 마련이다.

먹는 데는 감돌이, 일에는 베돌이다
먹는 데는 감고 돌듯 늘 끼지만 일에는 나 몰라라 제 몸만 사리는 자이다.

먹는 데는 남이고 궂은일엔 일가다
이문 생기는 일은 저 혼자 챙기고 궂은 일에만 불러내서 일을 시킨다
는 볼멘소리.

---

*파발 : 조선시대 때 말을 타고 급한 공무를 전하기 위해 지방으로 다니던 사람. '파발꾼'
이 맞는 말임.

먹다 보니까 개떡수제비다

사귀면서 보니까 성미 고약한 자이다. 또는 무능한 자이다.

먹은 개는 짖지 않는 법이다

뇌물을 먹으면 입을 다물게끔 돼 있다.

먹을 게 없어서 귀까지 처먹었나?

말귀를 못 알아듣는다고 맵차게 나무라는 말.

먹을 복 있는 놈은 자다가도 제삿밥 얻어 먹는다

운이 좋은 사람은 하는 일마다 술술 잘 풀리는 법이다.

먹을수록 냠냠, 줄수록 양양이다

잘해 줄수록 되레 더 버릇없이 굴고 있다.

먹이 탐하는 고기가 잡힌다

욕심 많은 사람 욕심에 치이고 뇌물 좋아하는 사람 뇌물에 탈나 고생
하게 되는 법이다.

먹자는 놈하고 하자는 놈은 못 당한다

뇌물 채근하는 자하고 끈질기게 달라붙는 사내놈은 당해 내기 힘들다.

먹지 못하는 감 찔러나 본다고

저 못 먹을 거라고 심술로 해코지나 일삼는 못된 자이다.

먹지 않는 종 없고 투기 없는 아내 없다.

그러면 좋겠지만 있을 수 없는 일이다.

먹혔다

여자 입장에서, 내키지 않는 성관계를 했다. 또는 사기를 당했다.

먼저 난 머리보다 나중 난 뿔이 더 무섭다
선배보다 후배들이 더 잘하고 있는 경우 따위에 빗댄 말.
=청출어람(靑出於藍)이다. 후생가외(後生可畏)다.

먼저 누워도 나중 일어나는 게 계집이다
성교 시 여자가 먼저 누워도 일어날 때는 나중에 일어나게 마련이라는
우스개 비유의 말.

멀면 정도 멀어진다
자주 안 만나면 사랑도 멀어지게 된다.

멀미*¹나는 놈(년)이다
눈에 띄었다 하면 치근덕대고 못살게 굴어 속을 뒤집어 놓는 자이다.

멀미는 주물러 줘야 낫는다
배 멀미, 차멀미는 남녀 불문하고 껴안아 주거나 성감대 따위를 애무
해줘서 성적으로 흥분이 되면 가라앉는다는 뜻.

멋에 취해 중 불러 서방질 한다
내키는 대로 살다간 나중에 돌이킬 수 없는 실수도 저지르는 법이니
조심할 일이다.

멍지 지간*²이다
항문과 음문 사이처럼 가까운 거리 또는 사이라는 뜻. 조선시대 선비

---

*1 멀미 : 흔들림 때문에 생기는 어지럽고 메스꺼운 증세.
*2 멍지 지간 : '똥구멍과 보지' 사이라는 뜻.

들이 사석에서 흔히 쓰던 농(弄)이었다고 함.

메고 나면 상두꾼*¹이요 들고 나면 초롱꾼*²이다
허드레 막일, 천한 일이나 하는 천박한 신분이다.

메밀 멍석에 엎어졌나 보다
곰보 얼굴을 빗대 놀리는 말.

메밀떡 굿판에 쌍 장구 치겠냐?
맞게 놀아야지 보잘 것 없는 판에 요란을 떨 수는 없는 일 아니냐.

메밀묵 추렴을 한다
메밀로 만든 음식을 먹으면 젖가슴이나 사타구니 등 속살이 예뻐진다는 속설에서 비롯된 말.

[蒐集] 메밀은 자고로 잎은 파랗고 꽃은 희고 줄기는 붉고 열매는 검으며 뿌리는 노란 색깔이라서 오색을 갖춘 영물이라 하여 우리 조상들은 식물 이상의 뜻을 부여하였다. 마을 부녀자들이나 처녀들이 특히 겨울밤이면 메밀묵 추렴을 곧잘 한 이유도 실은 이 오방색의 메밀 음식을 먹으면 유방이나 사타구니 등 속살이 하얘지고 예뻐져서 남편 사랑 듬뿍 받고 아들 잘 낳는다는 속전에서 비롯된 것이다.

메어붙이는 소리 하고 있다
터무니없는 억지소리를 하고 있다.

멧돼지 흘레붙고 간 짚북데기 헝클어지듯

---

*1 상두꾼 : 초상 때 상여를 메는 사람.
*2 초롱꾼 : 밤에 초롱불 시중을 드는 사람.

머리카락이 볼썽사납게 헝클어진 모양 따위에 빗댄 말.

멧부리는 우뚝한 맛, 골짜기는 깊숙한 맛이다

모든 사물에는 고유한 특성이 있게 마련이다. 또는 남녀의 성기 모양
과 성감(性感)을 빗댄 말이기도 함.

며느리가 미우면 손자까지 밉다

며느리가 미우니까 그 며느리가 낳은 손자까지 한통속으로 밉살맞게
뵌다.

며느리 시집살이 한다

시어머니가 되레 며느리한테 시집살이하듯 구박을 받고 산다는 뜻.

며느리 싸움이 형제 싸움 된다

여자 동서들 간 우애가 안 좋으면 베갯머리송사로 나중엔 형제들 사이
도 벌어지기 쉽대서 나온 말.

며느리의 방귀 타령

시집살이에 갈등과 시름이 많은 며느리 입장에서 해원(解冤)또는 해학
적으로 읊은 방귀타령 가사이다.

시아버지 방귀는 호령방구	머슴 방구는 마당 방구
시어머니 방구는 요망 방구	남편의 방구는 풍월 방구
시누씨 방구는 고자질 방구	요내 방구는 도적질 방구

시아버지는 호령만 하니 호령 방귀이고 시어머니는 밤낮 요망을 일삼으
니 요망 방귀요 남편은 늘 글 읽는 게 일이니 풍월 방귀요 며느리인 자신
은 방귀 조차 맘대로 뀔 수 없어 마치 몰래 도둑질하듯 뀌는 도둑방귀란
뜻인데 당시의 일상생활 저변이 눈으로 보듯 묘사돼 있어 흥미롭다.

면벽 삼십 년이 도로아미타불이다

오래 들인 정성이 허사가 되고 말았다.

[採錄] 고려시대 때 개성의 고승 지족(知足) 선사가 30년 면벽 정진으로 생불(生佛)이 났다고 소문이 나서 재를 올릴 적마다 시주 쌀이 많이 들어와 만석(萬石)중이라고까지 불렸다. 그런데 이 지족선사를 기생 황진이가 유혹을 해서 하루아침에 파계를 시킨 고사에서 유래된 말이다.

면상에 철판 깐 놈이다

염치라고는 없는 뻔뻔한 자이다.
=얼굴에 철판을 깔았다.

명관(名官)은 명관이다

송사를 공명정대하게 잘 다루는 인물이다.

[禦睡錄] 어느 사내가 처에게 말하기를 "오늘 밤에 그 일을 수십 차례 기가 막히게 해줄 터인즉 그대는 날 위해 무엇을 해 주겠는가?" 하니 처의 말이 감춰 둔 좋은 무명이 있는데 명년 봄에 새 옷을 지어 보답하겠노라 약조를 하고 행사를 시작하였다. 한데 남편이 한 번의 일진일퇴를 일차로 셈하여 진행하는 즉 여인이 "대체 이게 무슨 놈의 일차고 이차냐?"고 목청을 높였다. "그럼 어떻게 하는 게 일차가 되는가?" 하자 "처음엔 천천히 진퇴하여 그 물건이 음호(陰戶)에 그득 차게 한 뒤에 위를 어루만지고 아래쪽으로는 왼쪽을 친 다음 오른쪽으로 부딪쳐서 아홉 번 나아가고 아홉 번 물러감에 이같이 하기를 수백차례 하여 양인의 마음이 부드러워지고 사지가 노골노골해 져서 소리가 목구멍에 있으되 나오기 어렵고 눈을 뜨고자 해도 떠지지 않는 지경에 이르러야 이를 비로소 '한 차례'라할 것이오. 그런 다음 피차 깨끗이 씻은 후에 다시 시작함이 두 번째가 아니겠소?" 하였다. 이렇듯 대거리하는 중에 마침 닭 서리꾼이 왔다가 이수작하는 소리를 듣고 소리쳐 이르되 "아주머니 말씀이 백번 옳거니와 그

대의 '일차'는 틀렸도다. 내가 오늘 동무들과 더불어 댁의 닭 두어마리를 빌려 주효나 나눌까 하니 후일에 반드시 후한 값으로 갚으리라." 한 즉 여인이 말하기를 "명관(名官)이 따로 없도다. 판결이 이렇듯 지공무사(至公無私: ^{공평하고 사사}) 하니 그까짓 닭 둬 마리를 어찌 아깝다 하리오" 하고 시원시원하게 답해 보냈다 한다.

명주옷*은 사촌까지 덥다

한사람이 큰 벼슬을 하거나 부자가 되면 친척들까지도 덕을 보게 마련이다.

명 짧아 죽은 무덤은 있어도 서러워 죽은 무덤은 없다

슬픔 때문에 죽는 경우는 드물고 또 슬픈 일은 살다 보면 잊게 마련이니 마음 다잡아먹고 살 궁리를 하라고 이르는 말.

명 짧은 놈 턱 떨어지겠다

궁금해 죽겠으니 어서 말을 좀 해 봐라.
=명 짧은 놈은 못 보고 죽겠다.

명태는 빨랫방망이, 여자는 가죽 방망이로 두들겨야 제 맛 난다

명태는 방망이로 두들겨야 부드러워져 맛이 좋고 여자는 정사를 잘해 줘야만 좋아한다는 뜻.

모가지가 근질근질한 모양이다

흔히 직장에서, 설치고 대드는 폼이 목이 날아가고 싶은 모양이라고 놀리거나 엄포 놓는 말.

모가지가 둘이 아니란 걸 알아 둬라!

＊명주옷 : 누에고치를 원료로 하여 지은 비단 옷.

일자리 쫓겨나고 싶지 않으면 처신 똑바로 해라.

모가지가 열 개라도 모자라겠다

지은 죄가 많아서 살아남기 어렵겠다.

모가지를 빼서 똥 장군*1 마개로나 쓸 놈!

더럽기 이를 데 없는 자이다.

모가질 빼서 밑구멍*2에 처박을*3 놈

인간 망종이라서 당장 죽여 없애도 한이 남을 만큼 아주 못된 작자이다.

모기 다리로 족탕 끓여 먹는 소리 하고 있다

당찮은 헛소리를 하고 있다.

모기 밑구멍에 당나귀 좆같은 소리다

모기의 작은 음문이 거대한 당나귀 좆을 당할 리 없으니 도무지 사리에 안 맞는 말을 하고 있다고 쏘아주는 말.

모기 보고 칼을 빼다

사소한 일에 소란을 떠는 경우 따위에 빗댄 말.

모기 씹에다 말 좆 박겠다

턱도 없는 당찮은 짓거리 좀 하지 마라. 또는 작은 모기 음문에 장대한 말 좆을 꽂으면 성사는커녕 일만 크게 그르치고 말듯 소가지 없는 짓일랑 하지 말라고 이르는 말.

---

*1 똥 장군 : 분뇨를 담아 나르기 위해 만든 오지나 나무로 만든 통.

*2 밑구멍 : 음문을 빗댄 속어.

*3 밑구멍(자궁)에 처박는다 : 당초 태어나지 말았어야 할 망종이라는 뜻.

모기도 낯짝이 있다

낯간지럽고 파렴치한 짓 좀 하지 마라.

=벼룩에도 낯짝 있고 등짝 있다.

모래 바닥에 혀를 박고 죽을 일이다

너무도 분하고 억울하게 당한 경우이다.

모르는 놈이 아는 체, 못난 놈이 잘난 체, 없는 놈이 있는 체 한다

실속은 없으면서 겉으로 난 체만 하는 허황된 자를 싸잡아서 욕하는 말.

모시 고르려다 베 고른다

지나치게 까다로운 성미는 신상에 이롭지 않은 것이다.

=고르다 눈먼 색시 고른다. 고르다 되모시 고른다.

모양만 사람이지 짐승 한가지다

사람 축에 못 드는 인간 망종이다.

모주 망태다

술을 대중없이 많이 마시는 자를 두고 욕으로 이르는 말.

=모주꾼이다.

모진 놈 (년) 옆에 있다가 벼락 맞는다

모진 놈 옆에 있다가는 한동아리로 몰려 변을 당하는 수가 있으니 친구도 잘 보아 가면서 사귈 일이다.

목구멍 때도 못 벗겼다

음식이 너무 적어 먹은 것 같지 않다.

=간에 기별도 가지 않았다.

목구멍 치다꺼리나 하고 있다

겨우 끼니나 때우며 어렵게 살고 있다.

=목구멍에 풀칠한다.

목구멍에서 단내*가 난다

몹시 힘든 상황이다.

목댕기 달았다

목매 자살을 했다. 또는 교수형을 받았다. 은어.

목수가 많으면 집을 무너뜨린다

여럿이 함께 일을 하다가 의견이 엇갈려서 일을 그르치는 경우 따위에
빗댄 말.

=사공이 많으면 배가 산으로 간다.

목수는 깎아 못 산다

목수는 늘 뭔가 깎기만 하는 까닭에 재물이 모이지 않는다는 뜻.

목수 제 집 못 짓고 산다

남의 일은 잘해도 정작 자기 일은 못하는 경우 따위에 빗댄 말.

=대장간의 칼자루가 논다.

목숨 으깨졌다

병고 또는 사고로 비명에 죽었다.

목이 가늘면 색을 탐한다

마른 사람이 되레 더 색을 밝히는 성향이 있대서 나온 말.

---

* 단내 : 일이 힘들거나 숨이 가쁠 때 목구멍이나 콧구멍에서 나는 냄새.

목자가 사납다

눈매가 사납고 심술궂게 생겨 먹었다.

몰강스런 놈이다

차갑고 인정머리 없는 자이다.

=몰풍스런 자이다.

몰라 못사는 것이다

돈벌이 될 만한 것을 안다면 못살 리가 없는 것이다.

몰래 먹는 음식이 더 맛있다

배우자 아닌 상대와 몰래 바람을 피우는 것이 더 성감이 좋다는 뜻.

=훔쳐 먹는 음식이 더 맛있다.

몰래 먹는 음식이 체하기 쉽다

뇌물을 먹으면 언젠가 들통이 나 화를 당하게 마련이니 삼갈 일이다.

몰매* 맞아 죽어 싼 놈이다

그렇게 언어맞아 죽어도 시원찮은 못된 자이다.

몸가축은 잘 한다

제 한 몸 거두는 일만은 잘한다고 빈정대는 말.

몸 걸레질 한다

성 행위를 빗댄 말.

몸꼴 내다 얼어 죽겠다

_____

* 몰매 : 여럿이 작당해서 때리는 매.

모양내려고 추운 날에도 얇은 옷 입고 다니는 이를 조롱하는 말.

몸단속을 한다

여자가 정절을 지키고자 모든 행동거지에 신중을 기한다는 뜻.

다음은 처녀가 몸단속을 잘못해서 빚어진 일화이다.

[禦眠楯] 한 처녀가 인물은 곱되 성품은 단정치 못하였다. 어느 날 처녀가 일이 있어 이웃집에 간 길에 그 집 소년을 만나 얘기를 나누던 중 소년이 "앞으로 시집을 가기 전에 반드시 익혀 둬야 할 것이 있는데 만약 모른다면 그대의 행과 불행이 그로 인해 갈라질 수가 있도다" 하는 것이었다. 이에 처녀가 놀랍고 두려워서 가르쳐 주기를 청한즉 소년이 '그럼 수고스럽지만 가르쳐 주마' 하고 처녀의 손을 잡고 토실(土室)에 끌고 들어가 간통을 하였다. 그리고 하는 말이 "여인은 가히 육희(六喜)를 알아야 하는데 일착(一窄)에 이온(二溫)이요 삼치(三齒)에 사요본(四搖本), 오감창(五甘唱)에 육속필(六速筆)인바 낭자가 모자라는 것은 요본과 감창이로다" 하였다. 이에 처녀가 "내가 나이 어려 아직 잘 모르니 원컨대 자세히 다 좀 가르쳐 달라"고 하여 이로서 처녀와 소년은 밤마다 만나 날로 기술이 원숙하게 되었다. 그러던 중 처녀가 시집을 가게 되어 첫날 밤에 새 낭군과 동방화촉 아래 합방을 하게 되매 처녀가 그 동안 익힌 기술을 다 드러내 요본에 감창까지 쏟아낸 즉 신랑이 크게 놀라 "이렇듯 요본과 감창이 어지러우니 너를 어찌 처녀라 하리오" 하고 내쳐 쫓겨나게 되었다. 이에 친정어미가 쫓겨 온 딸에게 몸단속 잘못한 것을 크게 나무라면서 자세한 연유를 물은즉 저간의 일을 털어놓는지라 어미가 "이 못난 년아, 소년이 신랑이 아닌 바에야 어찌 그놈에게서 익힌 것을 신랑한테 썼더란 말이냐?" 하고 책망하니 처녀가 울먹이면서 "한창 온 삭신이 녹아 혼미한 터에 누가 누군지를 내가 어찌 알았겠소?" 하고 답하니 그 말을 듣고 웃지 않는 자가 없었다.

몸도 달기 전에 헛물켜고 있다

이편에서는 생각도 없는데 저 혼자 나대고 있다. 남녀 간 정사를 비유한 말이기도 함.
=떡 줄 놈은 생각도 없는데 김칫국부터 마신다.

몸 도둑놈이다

오입쟁이, 간통이나 강간범 등 추행범들을 통틀어 이르는 말. 정조를 도둑질한대서 나온 말.

몸 도장을 찍었다

대개 남자 입장에서, 여자와 성관계를 가졌다는 뜻.

몸뚱이 갈무리 하나 제대로 못 하냐?

흔히 여자에게, 몸단속 하나 제대로 못해서 몸을 버렸다고 꾸짖는 말.

몸뚱이에다 구렁이를 감았다

온몸에 시퍼런 멍이 들 만큼 몹시 매를 맞았다.

몸에 불났다

효도에 지극 정성을 다한다. 또는 일에 전념하고 있다.

몸에서 쉰물 내가 난다

아주 인색한 자이다.

몸으로 때운다

다급한 상황에 처해 여자가 정조로 이에 갈음한다. 또는 남자의 경우 돈 대신 노동일로써 갚는다는 뜻.

몸을 더럽혔다

뜻밖의 일로 하여 정조를 잃었다.

=몸을 빼앗겼다.

몸을 벗고 누우면 내천(川)자와 같도다
처와 첩이 한 방에서 자는 정경을 묘사한 말.

[續 禦眠楯] 재상을 지낸 오성에게 오랜 벗이 있어 가서 본즉 그 벗이 처첩과 더불어 한 방을 쓴다는 말을 듣고 돌아와서 다음의 시 한수를 적어 보냈다 한다.

불열불한 이월천 (不熱不寒 二月天)
일처일첩 정감련 (一妻一妾 正堪憐)
원앙침상 삼두병 (鴛鴦枕上 三頭並)
비취금중 육비련 (翡翠衾中 六臂連)
개구소시 혼사품 (開口笑時 渾似品)
번신와처 흡여천 (飜身臥妻 恰如川)
동변미료 서변사 (東邊未了 西邊事)
갱향동변 타옥권 (更向東邊 打玉拳)

덥도 춥도 않은 이월에
일처 일첩이 신세도 가엽도다
원앙베개에 머리 셋이 나란히
비단이불속 팔 여섯이 나란하겠네
입을 열어 웃으면 품(品)자와 같고
몸을 벗고 누우면 내천(川)자와 같도다
동쪽 첩과 끝나기 전 서쪽 첩과 하고
다시 동쪽을 향해 첩을 달래겠구나

이 시를 전해 듣고는 웃지 않는 자가 없었다 한다.

몸이 따갑다

수치스러워서 몸 둘 바를 모르겠다.

못난 가시내 달밤에 삿갓 쓰고 나선다

못난 여자가 한술 더 떠 미운 행동만 하고 있다.

못난 계집이 바람맞이에서 방귀 뀐다

바람맞이에서 방귀를 뀌면 구린내가 사방팔방에 퍼져 나갈 터인즉 못난 짓거리만 골라서 한다는 뜻.

못난 년은 제 서방 좆도 못 끼고 잔다

여자가 못나다 보면 자기 남편 하나 제대로 건사하지 못한다는 뜻.

못난 놈 본처보다 잘난 놈의 첩이 낫다

여자 입장에서, 한평생 가난에 찌들려 사느니 첩 노릇일망정 유족하게 사는게 그래도 낫다는 뜻.

못난 놈 잡아들이라면 없는 놈 잡아 간다

돈 없으면 못난 놈 취급당하는 법이다.

못된 며느리 제삿날 병 난다

미운 것이 미운 짓만 골라서 하고 있다.

못된 송아지 엉덩이에서 뿔 난다

되지 못한 것이 엇나가는 짓만 하고 있다. 또는 자기 일도 못 하는 주제에 계집질만 하고 다닌다고 책망하는 말.

못된 일가가 항렬만 높다

변변찮은 위인이 꼴에 어른 대접만 바라고 거들먹댄다.

못 먹는 버섯이 곱기는 더 곱다

행실 못된 여자가 신색만은 그럴듯하게 잘났다는 비유의 말.

못 믿을 건 굶은 씹구멍이다

결혼했다가 헤어져 혼자 사는 여자는 늘상 사내 맛을 잊지 못해 독신 생활을 끝까지 견뎌내기 어렵다는 뜻.

못사는 과부 없고 잘사는 홀아비 없다

과부는 부지런해 잘 살지만 홀아비는 게을러서 못사는 경우가 많다.

못 올라갈 나무는 베어 넘기면 그만이다

무슨 일이든 결심과 요령을 갖고 노력하면 이루지 못할 일이 없다.

몽달귀신*이 되었다

총각 신분으로 죽었다는 뜻.
=몽달귀. 도령귀신.

몽둥이를 삶아서 처먹었냐?

아무리 타일러도 곧이 안 듣고 계속 떼를 쓰거나 고집을 피우는 경우 성깔이 나서 꾸짖는 말. 고집스런 성미가 딱딱한 몽둥이와 다를 바 없다는 뜻.

무는 개는 돌아보게 마련이다

입이 거칠거나 심악한 자는 더 신경을 쓰고 조심하게 마련이다.

무는 개는 짖지 않는다

말없는 사람이 더 무서운 법이다.

---

* 몽달귀신 : 총각이 죽어서 되는 귀신.

무는 말 있는 데 차는 말 있다

못된 작자들은 끼리끼리 작당하게 마련이다.

＝범 나는 골에 승냥이 있다. 노루 사는 골에 토끼 산다.

무는 호랑이는 뿔이 없다

누구에게든 한두 가지 단점은 있게 마련이다. 이른바 각자무치(角者無齒)라는 뜻

무당은 병 생기라 빌고 관 쟁이는 사람 죽기만 기다린다.

자기에게 이득 되는 일이면 남의 불행쯤은 아랑곳하지 않는다.

무덤*¹에도 꽃 필 날이 있다

죽은 뒤에 생전 업적이 재평가되어 인정받게 되는 경우에 빗댄 말.

무두질*²해 놓은 낯짝으로

번들번들하고 뻔뻔스런 얼굴을 하고서는.

무딘 도끼는 벼려 쓰지만 사람 무딘 건 벼려 못 쓴다

사람 미련한 것은 약으로도 못 고치고 참으로 아무짝에도 쓸모없는 애물 덩어리이다.

무릎맞춤한 모양이다

둘이서 무슨 농간을 꾸민 듯하다.

무릎팍 까져 가면서 자식새끼 헛 낳았다

힘들게 무릎까지 벗겨져 가며 밤일해서 낳은 자식이 망나니가 되다니

---

*1 무덤 : '묻다'의 어근 '묻'에 접미사 '엄'이 붙어 이루어진 말로서 '묻는 것'이란 뜻이다.

*2 무두질 : 가죽 따위를 부드럽게 다루는 일.

결국 헛일을 한 셈이 되고 말았다는 탄식의 말.

무리꾸럭 했다
남의 빛 따위를 대신 물어 주었다.

무말랭이 비틀어지고 꽈배기 사대육신 꼬이듯
일이나 관계가 틀어져 버린 상황에 빗댄 말.

무명 저고리다
시골 출신의 무지렁이 처녀이다.

무박 삼일로 얻어맞아야겠다
크게 혼뜨검이 나야만 정신을 차리겠다고 엄포 놓는 말.

무슨 개 코에 개나발*¹이냐?
대체 무슨 가당치도 않은 소릴 하고 있는 거냐.

무슨 귀신이 씌워 저 지랄인지
왜 저러는지 도무지 이유를 모르겠다.

무슨 기쁜 일 설 미쳐서 찾아올까
그랬으면 오죽인 좋으련만 당찮은 바람일 뿐이라는 탄식 또는 원망의 말.

무슨 덧정*²이 남았다고 눈물이 듣거니*³ 맺거니 하면서
오랜만에 다시 눈물로 해후하는 모습을 두고 비아냥대는 말.

---

*1 개나발 : 사리에 맞지 않는 허튼 소리.

*2 덧정 : 곁가지 정.

*3 듣다 : 물방울 (눈물)이 떨어지다.

무슨 뚱딴지냐?

무슨 엉뚱한 말을 하고 있느냐

무슨 부어터질 정이 있다고

매정하게 가버린 작자한테 무슨 정이 남았다고.

무슨 억하심정으로

무슨 원한이 있길래.

무슨 징한*1 꼴을 보려고

험한 꼴 안 당하려면 조심하라고 이르는 말.

무식 하나로 버티는 놈이다

내세울 것이라곤 없는 판무식이다.

무식이 배짱이다

아예 무식하면 이것저것 재 볼 안목조차 없어 처음 뜻한 대로 일을 밀고 나간다는 뜻.

무식하면 척이나 말아야지

공연히 아는 척하다가 탄로 난 자를 비웃는 말.

무작스런 놈이다

무지하고 우악스런 자이다.

무조건 꼬질대*2가 좋아야 한다

---

*1 징한 : '징그러운'의 줄임말.

*2 꼬질대 : '꽂는 물건'이란 뜻으로 여기서는 자지를 에둘러 이르는 말.

집안이 구순하려면 남자는 무엇보다도 아내를 성적으로 만족시켜 줄 수 있어야 한다.

무주공산(無主空山)이다
혼자 사는 여자이다. 또는 그런 여자의 음문을 빗댄 말.
=무주공산 빈 음문이다.

[續 禦眠楯] 어느 사내가 그 첩을 고향에 보낼 일이 있어 어리석어 뵈는 종놈 하나를 가려 호행(護行)토록 했는데 실은 그 종놈이 의뭉단지였다. 도중에 깊은 냇물을 만나 첩과 종 둘이 모두 옷을 다 벗고 물을 건너는데 종놈이 드러난 첩의 음문을 가리키며 "저게 대관절 무슨 물건이오니까?"라고 묻는 것이었다. 첩이 "이것은 너의 주인 양물이 들어가 꼼짝 못하고 갇히는 감옥이니라"고 하였다. 이에 종이 발기한 자기 물건의 귀두에 짚신을 얹고서 공연히 신을 찾는 체하자 첩이 그 양물을 가리키며 "신이 그 양물 대가리에 걸려있다"고 하니 종이 이르되 "이놈이 바로 신 도둑놈이네 그려" 하고는 "원컨대 이 신 도둑놈을 가둬둘 그 옥을 잠깐 빌려 줄 수 없겠나이까?" 하니 첩이 그러더란다. "그게 무에 그리 어려운 일이랴, 옥문이 열려 있고 옥이 텅 비어 있는 마당에—."

무쪽이다
못생긴 여자 얼굴 따위에 빗댄 말.

무릎 팍 아래 기는 새끼 한 놈도 없다
자식새끼 하나 없는 적막한 신세이다.

무하고 계집은 고추하고 버무려야 제 맛 난다
무에 고춧가루를 버무리면 맛있는 깍두기가 되듯 계집 역시 고추(남근)와 버무려야 제 맛이 난다는 우스갯말.

무하고 계집은 바람이 들면 못 쓴다

무에 바람이 들면 맛없어 못 먹게 되고 여자가 바람이 들면 가정을 파탄내기 십상이다.

묵기다

어떤 일에 안성맞춤이다. 또는 능수능란한 자이다.

묵무덤*¹에 음덕*²이 가당키나 한 소리냐?

조상 산소는 돌보지 않으면서 복 받기를 바라다니 될 성이나 부른 말이냐.

묵새기는*³데 질려 버렸다

하는 일 없이 방구석에서 빈둥빈둥 노는 데 넌덜머리가 났다.

묵은 거지보다 햇거지가 더 어렵다

무슨 일이든 요령을 아는 유경험자가 더 나은 법이다.

묵은 썹이다

나이든 여자이다.

묵은 원수 갚으려다 새 원수 만든다

원수를 갚으면 연쇄 반응이 일어나게 되므로 큰마음으로 용서하고 잊는 게 가장 좋은 것이다.

묵은 조개, 햇 조개*⁴ 다 까먹어*⁵ 봤다

---

*1 묵무덤 : 오래도록 벌초를 하지 않아서 거칠게 된 무덤.

*2 음덕(蔭德) : 조상이 보이지 않게 베푸는 덕.

*3 묵새기다 : 일 없이 한곳에 머물러 세월을 보내다.

*4 묵은 조개, 햇 조개 : 늙은 여자, 젊은 여자.

*5 까먹는다 : '성교를 한다'의 속어.

무릇 여자라면 노소불문하고 다 관계해 보았다.

문단속 잘한다고 몸단속 잘하란 법 없다
알뜰하고 영악한 아낙이 어쩌다 실수로 몸단속을 잘못해서 몸을 버린 경우 농조로 비아냥대는 말.

문동답서*¹하고 자빠졌다
묻는 말에 전혀 생게망게한 답변을 하고 있다.

문둥아 문둥아 보리밭에 문둥아 해 다 졌다 나오너라
문둥이를 두고 하는 전래의 놀림 말.

문둥이 떼쓰듯 한다
몹시 졸라대는 사람을 빗대 핀잔주는 말.

문둥이 좆 잘라먹듯*² 한다
음식이나 공금 따위를 잽싸게 잘라 먹는 파렴치한이다.

문둥이 콧구멍에서 마늘씨*³를 빼먹을 놈
인색하고 야비하기 이를 데 없는 자이다.

문문하게 보지 마라
얕잡아 보지 말라는 경고의 말.

---

*1 문동답서 : 동문서답(東問西答)을 농으로 표현한 말.
*2 좆 잘라먹듯 한다 : 옛날에 문둥이가 나병을 고치려고 아이들을 잡아서 맨 먼저 정력제로 아이의 자지를 잘라먹는다는 속설에서 유래된 말.
*3 마늘씨 : 예부터 마늘은 약초로 통해서 나병 환자(문둥이)들이 즐겨 먹거나 즙을 내 상처에 바르곤 했다 함.

문비(門裨)*1 거꾸로 붙이고 환장이*2 나무랜다

자기가 무식해 잘못한 줄 모르고 엉뚱한 사람을 탓하고 있다. 딱한 사람이라고 비웃는 말.

문살이 녹아 흐르기 몇몇 해던가?

이를 악물고서 설움을 삼키고 살아온 한 많은 세월을 비유한 말.

옛적에 우리 어머니들은 슬픈 일이 있어도 운다는 것, 즉 눈물을 흘린다는 건 부덕에 어긋나는 일이라서 슬프고 복받치는 일이 있어도 '눈물이 난다'고 말하지 못하고 그 눈물 속에 비쳐 보이는 문살의 형용을 빗대 '문살이 녹아 흐른다'는 말로써 서러운 심경을 토로한 데에서 비롯된 말이다.

문서 없는 상전이다

보기만 하면 꾀까다롭게 잔소리를 하고 우세 부리는 고약한 자이다.

문서 없는 종이다

행랑살이 또는 가정에서의 아내 역할을 빗댄 말.

문어 제 다리 끊어 먹기다

저 손해나는 어리석은 짓을 하고 있다.
=소경 제 닭 잡아먹기다. 문어 제 다리 잘라 먹기다.

문 열어 도둑 불러들였다

스스로 화를 불러들인 경우이다.

---

*1 문비 : 예전에 정초가 되면 악귀를 쫓기 위해 문에 붙이던 신장(神將) 그림.
*2 환장이 : 그림쟁이. 화가.

문전 처리가 파이다

이성 교제에서, 잘 나가다가 마무리 단계에서 실수로 일을 망쳐 버렸다고 나무라는 말.
＝다 가서 문지방을 못 넘어간다.

문지방에 좆 대가리 끼기는 소리 마라

같잖은 헛소리는 집어치워라.

문틀 세워놓고 입구(口)자를 모른다

낫 놓고 기역자도 모르는 판무식이다.

물 간 년이다

이미 정조를 잃은 헌 여자이다. 또는 전성기가 지나 시세가 없어진 여자라는 뜻.

물개 앞에서 좆 자랑 한다

가당찮은 짓거리 좀 하지 마라.
＝코끼리 앞에서 힘자랑한다.

물거미 뒷다리 같다

몸이 가늘고 긴 늘씬한 미인을 빗댄 말.

물 건너갔다

죽었다. 또는 일이 끝났다. 이미 우리 손에서 떠난 일이다. 좋은 기회를 놓쳤다.

물 건너 손자 죽은 할아비 마냥

화를 당하고도 어찌할 바를 몰라 우두망찰해 있는 모습에 빗댄 말.

물건 잃고 병신 된다

물건을 잃으면 손해는 고사하고 다른 사람을 의심하다 창피까지 당하니 조심할 일이다.
=돈 잃고 병신 되고.

물건과 여자는 새것이 좋다

남자의 속물근성을 드러내는 우스갯말.

물건은 새 물건 사람은 옛 사람을 쓰랬다

물건은 새것을 사람은 이전부터 믿음이 가는 사람을 쓰는 것이 좋다.

물건이 좋아야 임자도 많은 법이다

물건이 좋으면 서로 달라고 해서 장사가 잘되는 법이다.

물건은 물건이다

실력으로 인정받는 자이다.

물건*¹하나는 끝내 준다

정력 한 가지만은 그만이다.
=밑천 하나는 대낄이다. 물건 하나는 일품이다.

물고 뜯고*² 한다

시기하고 헐뜯는다.

물고 뽑은 것 같다

쭉 뻗은 팔등신 미인이다.

---

*1 물건 : 여기서는 자지를 속되게 이르는 말.
*2 물고 뜯고 : '물고 빨고'의 반대말.

물 고생 불 고생 다해 보았다

산전수전 다 겪으며 살았다.

물과 불과 악처는 삼 대 재액이다

악한 아내는 재앙이나 한가지이다. 본디 삼 대 재액인 삼재(三災)는
물과 불, 바람을 이르는 것임.

물귀신 자지러지는 소리 한다

여자들이 온갖 수다를 떨면서 호들갑스럽게 웃는 모양에 빗댄 말.

물귀신처럼 끌고 들어간다

뭐가 잘못되면 꼭 남을 물고 들어가는 못된 성미이다.

물 끓듯 죽 끓듯 한다

변덕이 보통이 아니다.

물 나는 아궁이[*1]에 불 때 준다

여자에게 정성껏 성적 서비스를 한다는 뜻.

물 덤벙 술 덤벙이다

줏대도 없이 아무 일이나 참견을 일삼는 한심한 자이다.

물 도깨비[*21] 같은 놈이다

무슨 약점이 잡히면 물귀신처럼 물고 늘어지는 음흉한 자이다.

물동이 인 아낙 귀 잡고 입 맞춘다

[*1] 물 나는 아궁이 : '음문'을 에둘러 이르는 말.

[*2] 물 도깨비 : 물귀신과 같은 뜻으로 쓰임.

남의 약점을 이용해 몹쓸 짓을 하는 망종이다.

물러도 준치요 썩어도 생치*¹다

귀한 것은 조금 흠집이 있어도 응분의 대우를 받는 법이다.

물로 칼 베기다

칼로 물 베는 부부 싸움 또는 연인간의 사랑싸움을 희화한 말.

물 만 밥에 목 멘다

쉬운 일도 깔보다가는 낭패를 보는 수가 있다.

물 말아 먹었다

사기를 쳐 먹었다. 또는 잘못을 해서 거덜이 났다.

물방아 찧는다

성행위를 빗대 이르는 말.
=가죽방아 찧는다. 디딜방아 찧는다.

물 보리 한 말에 숫 썹*²만 다 버렸다

귀한 것 내준 대가가 물 보리라니, 말로 주고 되로도 못 받았다는 볼멘
소리.

물 본 기러기 어옹(漁翁)을 두려워할까?

물 본 기러기가 고기잡이 늙은이를 두려워하겠느냐. 어떤 위험과 장애
가 있어도 젊은 남녀의 사랑은 막기 어려운 것이다.

---

*1 생치(生雉) : 익히지 않은 꿩고기.

*2 숫 썹 : 처녀의 성(性).

물 본 기러기요 보지 본 좆이다

더없이 잘 무르익은 좋은 기회 또는 상황이다.

물 봐 놓았다

도둑질할 물건이나 대상을 정했다.

물소리에 목을 축이란 말이냐?

손에 쥐어 주는 것이 있어야지 말로만 선심 쓴다고 될 일이냐고 항의
하는 말.

물속에서 불을 피우려든다

당치 않은 짓을 하고 있다.

물싼 것들이다

하나같이 쓰잘데 없는 자들뿐이다.

물 안 나오면 끝장이다

성교 시 음문이 건조하면 여자는 좋은 시절 다 간 것이다.

물어 조지고 때려 조지고 먹어 조지는 몸이다

형을 사는 수형자 입장에서 자신들의 일상이 그렇다는 뜻.

물에 비친 달을 그물로 건지려든다

가당치도 않은 짓거리를 하고 있다.

물에 빠져 죽으면 입만 동동 물에 뜨겠다

몹시 수다스러운 사람을 두고 비아냥대는 말.

물에 빠져 죽은 놈보다 술에 빠져 죽은 놈이 더 많고 술에 빠져 죽은 놈

보다 계집에 빠져 죽은 놈이 더 많다

남자는 모름지기 여색을 경계해야 한다는 뜻.

물에 빠진 건 건져도 계집에 빠진 건 못 건진다

여색에 한번 빠지면 웬만한 자제력으로는 헤어나기 어렵다는 뜻.

물에 빠진 놈 건져 주니까 보따리 내 놓으란다

남 도와주고 고맙다는 인사는커녕 원망만 듣다니 고약한 일이 아니더냐.

=물에 빠진 놈 건져내니까 망건 값 달랜다.

물은 골로 빠지고 죄는 짓는 대로 간다

물이 골짜기 따라 흐르듯 죄 또한 지은대로 벌을 받게 된다.

=죄는 지은대로 가고 도는 닦은 대로 간다.

물이 가도 한참 갔다

한창때가 지나 버렸다.

물이 와야 배가 가고 정이 와야 사랑이 가지

제반사는 모두가 상대적인 것이다.

물장사 십 년에 엉덩이짓만 남았다

술장사 십 년에 돈도 못 벌고 뭇 사내들과의 요분질 기술밖에는 남은 게 없다는 탄식의 말.

=술장사 십 년에 깨진 국자만 남았다.

물젖 먹던 힘까지 다 내거라

있는 힘을 다해서 반드시 이겨야 한다.

물총질 한다

성교 시 남자의 사정 행위를 비유한 말.

물하고 사촌 간이다

싱겁기 짝이 없는 자이다.

물 한 그릇 떠놓고 혼례를 해도 제 복만 있으면 잘 산다

호화로운 혼수 아니라도 저 부지런하고 제 복 있으면 잘 산다.

뭐니 뭐니 해도 씹 호강이 제일이다

입 호강이니 옷 호강, 돈 호강이니 해도 흡족한 성관계만큼 만족감을
줄 수는 없다는 뜻.
=이 호강 저 호강 해도 씹 호강이 제일이다.

뭐 빨겠다고

무슨 좋은 일이 있다고.

미꾸라지* 용이 되고 도적이 성인 되랴

도저히 가능성이 없는 일이다.

미꾸라지 국 먹고 용트림 한다

실속도 없는 놈이 잘난 척 재고 다닌다고 조롱하는 말.
=냉수 먹고 갈비 트림한다.

미꾸라지도 수염이 나는데 수염 안 나는 이유가 있다

소가지 없는 여자를 두고 비아냥대는 말. 또는 여자에게 수염이 안 나
는 신체적 특징을 얕잡아서 이르는 말.

---

* 미꾸라지 : '미꿀+아지'의 합성어로 '미끌미끌한 물고기'란 뜻이다. '미꾸리'라고도 한다.

미련이 담벼락 뚫는다

우직한 사람이 한 가지 일에 몰두하면 의외로 남 못 하는 큰일을 해내기도 한다는 뜻.

=미련한 놈이 범 잡는다. 미친개가 호랑이 잡는다.

미련하긴 곰의 새끼 아니랄까 봐?

어째 그리 못난 짓만 골라서 한단 말이냐.

미련한 병은 죽어야 낫는다

그렇게 미욱해서 어찌 살는지 한심한 노릇이다.

미운 강아지 보리멍석에 똥 싼다

미운 놈이 미운 짓만 더 골라서 한다는 뜻.

미운 강아지가 부뚜막에서 똥 싼다

미운 놈이 미운 짓거리만 골라서 하고 있다.

=미운 며느리 쌀 팔아 살구 사 먹는다. 미운 개새끼 부뚜막에서 좆 내놓는다.

미운 년 예쁜 짓 못 보고 예쁜 년 미운 짓 못 보았다

한번 마음에 새겨지면 끝까지 그리 보이게 마련이라는 뜻.

미운 년이 벌리고 덤빈다*

미운 여자가 미운 짓만 골라서 하고 있다.

=설상가상(雪上加霜)이다.

미운 놈 보려면 술장사하랬다

---

* 벌리고 덤빈다 : '가랑이를 벌린다'는 말로서 성교를 요구한다는 뜻.

술꾼들을 상대해야 하므로 다른 업종에 비해 술장사가 그만큼 더 힘들고 역겨운 일도 많다는 뜻.

미운 놈이 떡 모판에 넘어진다

미운 놈이 미운 짓만 가려서 하고 있다.

=미운 년이 쌀 팔아 떡 사먹는다.

미운 딸년 시집 날 잡아 놓고 사향(麝香) 구하러 다닌다

부득이 안 할 수 없어서 생고생을 하고 있는 중이라는 뜻. 못생긴 딸이 시집가서 소박맞지 않도록 사랑의 묘약으로 알려진 사향을 구하러 다닌다 함이니 유사시에 대비해 미리 마련을 한다는 뜻.

[蒐集] 옛날 기방에서는 사향년(麝香女)이란 속어가 꽤 퍼져 있었는데 이는 얼굴은 예쁘지 않은데도 한량들한테 인기가 좋은 기생을 이르는 말이었다. 즉 예쁘기보다 성감이 남달라서 사내들을 맥 못 추게 하는 기생을 그리 불렀던 것이다. 사향은 사향노루 수컷의 선분비물(腺分泌物)로서 예로부터 상대의 성적인 흥분을 야기하는 사랑의 묘약으로 두루 알려져 왔다. 이 사향 가루를 담은 향낭을 태운 연기를 쏘인 속곳을 입음으로써 뭇 사내들을 그 도색적인 냄새로 사로잡았던 것이다. 이런 습속에서 비롯되어 '못생긴 딸 위해서 사향 구하러 다닌다'는 속담이 생기게 되었다 한다.

미운 맏며느리 뒤통수다

며느리가 미우면 며느리 뒤통수까지도 밉게 보인대서 나온 말.

미움도 잊고 정도 잊었다.

다 지나 버린 일을 되작여 본들 무엇 하겠느냐.

미인 끝에 여우 난다

미인은 대개 나중에 여우처럼 요사스런 여자가 될 소지가 많대서 나온 말.

미인 소박은 있어도 박색 소박은 없다

미인은 얼굴 치레하느라 도도해 사랑받지 못하지만 박색은 주제를 알아 말 잘 듣고 상냥한 까닭에 오히려 사랑을 받게 된다는 뜻.

미인은 멱*을 씌워도 곱다

옥중의 춘향이가 그렇듯 큰 장점이 있으면 작은 허물은 저절로 가려지게 마련이라는 뜻.

[禦眠楯] 조관(朝官) 신 씨가 한 기생한테 폭 빠져서 만사를 소홀히 하매 벗과 이웃들이 입을 모아 그 옳지 않음을 책망해마지 않았다. 한데 그의 말인즉 그 아리따운 모습을 보면 그 허물이나 더러움은 눈곱만큼도 뵈지 않으니 자기로서도 도리가 없다는 것이었다. 이에 벗들이 "아니 그렇듯 더러움이 없다면 그가 뒤를 볼 때는 어떻던가, 실제로 뒤 볼 때에 가본 적이 있더냐?"라고 물은즉 신 씨의 답변이 이러했다. "아암, 여부가 있겠는가. 처음에 뒷간에 오를 때는 마치 공작이 오색구름을 타고 산골짝에 드는 것과 같고 붉은 치마를 벗고 아랫도리를 드러낼 때는 얼음 바퀴가 채운(彩雲)사이를 구르는 것과 흡사하고 방귀 뀌는 형상을 논할진댄 꾀꼬리가 꽃나무에 앉아서 백가지 노래를 부르는 것과 같으며 오줌 누는데 이르러서는 노란 장미꽃이 바람결에 어지러이 떨어지는가 의심스럽도다. 마지막으로 뒤를 볼 적에 더러움이 보인다는 말은 오히려 경국지색 서시(西施)가 한번 찡그리면 찡그릴수록 임금의 총애가 더해졌다는 이치와 조금도 다를 바가 없으니 이를 어찌 하리오?" 하였다. 이에 마침내 벗이 크게 웃고 다음의 시 한수를 읊어 남겼다 한다.

---

* 멱 : 죄인의 목둘레에 씌우던 널 형구의 일종.

美人生白眉 미인이 백가지로 아름다우매
遺臭是流芳 더러운 냄새 또한 향기롭도다

미인은 사흘에 싫증나고 추녀는 사흘에 정 든다
정이 들고 안 들고는 미색보다 마음 쓰기에 달렸다는 뜻.

미장이* 집에 흙손이 없다
마땅히 있어야 할 것이 없다니 한심한 일이다. 또는 그런 건 흔히 있는
일이라는 비유의 말이기도 함.
=대장장이 집에 식칼이 논다.

미주알고주알 까발린다
남녀 간의 은밀한 정사를 추궁하거나 폭로한다. 또는 숨겨진 비밀을
속속들이 찾아내 밝힌다는 뜻. 미주알은 보지, 고주알은 자지를 이르
는 말이란 속설도 있음.

미쳐도 곱게 미쳐라!
망나니짓을 해도 남에게 피해를 입히지는 마라.

미친개가 호랑이 잡는다
겁 없이 미쳐 날뛰다 보면 간혹 위험천만한 일을 해 내는 수도 있다.

미친개는 몽둥이가 약이다
막돼먹은 자는 때려서라도 버르장머리를 고쳐 놓아야 하는 것이다.

미친개 범 물어간 듯하다
속 시원하게 썩 잘된 일이다. 눈엣가시 같던 자가 무슨 일로 없어져 버

---

* 미장이 : 흙손으로 벽이나 천정에 회반죽 따위를 바르는 사람.

린 경우 희색이 만면해서 뇌는 말.

미친개 풀 먹듯 한다
먹기 싫은 데도 마지못해서 이것저것 집적대는 모습을 빗댄 말.

미친개한테 물린 셈 쳐라
개망나니한테 당한 일, 또는 불시에 당한 손해 따위를 그쯤 자위해서
넘겨 버리라고 다독이는 말.

미친년 널뛰듯 한다
일을 앙바라지게 못하고 대충대충 넘기거나 또는 안하무인으로 날뛰는
모습을 빗대 책망하는 말.
=미친년 달래 캐듯 한다.

미친년 바짓가랑이 같다
어수선하고 더럽기 짝이 없다.

미친년 방아 찧듯
거칠지만 절굿공이를 높이 들어 매우 힘 있게 찧는 모습 따위에 빗댄 말.

미친년 애 씻어 죽이듯 한다
미친년이 아기를 목욕시킨다고 한정 없이 씻어 죽게 만들 듯 일에 도
무지 두서가 없다는 뜻.
=미친 중 파밭 매듯. 미친 년 속곳 펄렁이듯.

미친년 오줌 깔기듯
미친 여자가 부끄럼도 모르고 아무데서나 가랑이를 벌리고 쉬를 하듯
무슨 일 또는 짓을 함부로 하고 있다고 핀잔주는 말.
=미친년 춤추듯 한다.

미친년 치맛자락 날리듯

매우 바삐 일을 하거나 내닫는 모양에 빗댄 말.

미친년 풋나물 캐듯

무질서하고 어수선한 모양에 빗댄 말.
=미친년 널뛰듯. 미친년 달래 캐듯. 미친놈 벌 쐰 듯

미친놈이 뛰면 성한 놈도 뛴다

악한 자 옆에 있으면 착한 사람도 물들게 된다.

미친놈한테 칼 주지 말고 무식한 놈한테 돈 주지 말고 욕심 많은 놈한테 권력 주지 말랬다

이는 매우 위험천만한 일이니 삼가고 경계할 일이다.

미친 듯 설 미친 듯

마치 미친 사람처럼.

미친 여편네 떡 퍼 돌리듯

음식을 마구 거칠게 퍼 돌려서 순식간에 동이 나게 만들듯 일을 두서 없이 해서 망쳐 놓는 경우 따위에 빗댄 말.

미친 척하고 떡판에 가 엎어진다

공연히 미친 척하고 제 잇속만 챙기는 음흉한 자이다.

민요 중에서(남도민요)

우리 서방님은 칠성바다
조기 잡으러 갔다네

저 달이 지도록 놀다 가소
놀다 가는 게 정분인가
자고 가는 게 정분이지

민화투 치다 시어미 비녀 잡혀 먹는다

장난삼아 한 일이 잘못돼 큰 낭패를 보게 된 경우 따위에 빗댄 말.
=장난치다 애 밴다. 곁눈질에 정든다.

밀밭 근처만 가도 주정하겠다

밀가루로 술 빚는 누룩을 만드는 까닭에, 술에 매우 약한 사람을 놀리
는 말.
=양조장 근처만 지나가도 취하겠다. 보리밭만 지나도 주정하겠다.

밉다고 걷어찬 놈이 떡 함지에 가 엎어진다

미운 놈이 한술 더 뜨고 있다.

밉다니까 까꼬* 한다

격에 안 맞는 덜 떨어진 수작을 하고 있다.
=밉다니까 업어 달랜다.

밉다니까 떡 사 처먹고 서방질 한다

미운 여편네가 떡까지 사먹어 가며 서방질을 한다 함이니 미운 놈이
미운 티를 더 낸다는 뜻.

밑구멍 동냥질 한다

남몰래 바람피워 아이를 얻는 일 따위에 빗댄 말. 또는 몰래 오입질을
한다는 뜻.

---

* 까꼬 : 아기를 웃기거나 놀릴 때의 '까꿍'과 같이 쓰는 말.

밑구멍 팔아먹고 사는 년이다

몸 파는 여자라고 비하하는 말.

밑구멍* 농사 짓는다

성행위를 빗대 이르는 말.
=구들장 농사짓는다. 자식농사 짓는다. 밤농사 짓는다.

밑구멍에 불나겠다

음란한 여자를 두고 에둘러 욕하는 말.

밑구멍으로 호박씨 까는 놈!

속내가 음험한 자이다.

밑구멍이 다 웃겠다

말 같잖은 소리 하지마라.

밑도 끝도 없다

무슨 얘기나 일이 매듭지어 지지 않고 끝도 없이 이어지는 경우 내뱉는 볼멘소리.

[採錄] 예전에 한 게으른 여자가 있어 마을에 굿 구경을 가려는데 입고 갈 속곳이 어디 가고 없었다. 그래서 서둘러 속곳을 만들어 입고 갔지만 워낙 바느질 솜씨가 느려 터지다보니 이미 굿은 다 끝나 버린 다음이었다. 그런데 서둘러서 만들어 입고 나서 보니까 속곳 밑이 훤히 다 들여다보였다. 그래서 '밑도 없고 굿도 없다'는 말이 생긴 것인데 이 말이 나중 '밑도 없고 끝도 없다'는 말로 전용되어 쓰이게 된 것이라 한다.

---

* 밑구멍 : 음문의 속어.

밑돌 빼서 아랫돌 괸다

일을 앙바라지게 못 하고 대충대충 눈비음으로 한다고 나무라는 말.

밑 못 씻겨서 한하는 놈이다.

간살스럽기 그지없는 자이다.

밑 방아*1 못 찧는 주제에 입방아*2만 찧고 있다

밤일도 못하는 주제에 양기가 입으로만 올랐나, 쓰잘데 없는 말만 지껄이고 있다.

밑 보지다

정상보다 아래에 자리한 음문을, 성감이 안 좋대서 낮추어 이르는 말.

밑엣 품을 판다

서방질을 한다. 또는 창녀 노릇을 한다.

밑이 꼴려서*3 환장 하겠다

성욕이 발동해서 견디기 힘든 지경이다.

밑절미*4부터가 글러먹었다

바탕에서부터 잘못된 것이다.

밑*5 질기게 퍼질러 앉아 있다

눈치도 없이 주저앉아서 일어날 줄 모르는 이를 비웃거나 핀잔주는

---

*1 밑 방아 : 남녀 간의 정사.

*2 입방아 : 괜한 말질.

*3 밑이 꼴린다 : '자지가 발기한다'는 뜻.

*4 밑절미 : 사물의 기초, 바탕.

*5 밑 : 여기서는 '궁둥이'를 이르는 말.

말.

밑천이라곤 불알 두 쪽뿐이다
　돈 한 푼 없는 거렁뱅이 신세이다.

바

바가지 긁는다[*1]

남편에게 불만을 쏟아 놓으며 못살게 군다.

바느질 못 하는 년이 실은 길게 꿴다

일은 제대로 못 하는 주제에 겉멋만 내고 있다.

바늘구멍 소갈딱지[*2]다

속이 좁아서 말이 안 통하는 답답한 자이다.

바다[*3] 고운 것하고 여자 고운 건 믿지 마라

잔잔하다가도 순식간에 파도가 몰아쳐 인명을 앗아 가는 바다처럼 여자의 변덕 역시 그러한즉 믿어서는 안 된다는 경계의 말.

바다는 메워도 사람 욕심은 메우지 못 한다

사람의 욕심은 한도 끝도 없는 것이다.
=사람 욕심은 죽어야 떨어진다.

---

*1 바가지 긁는다 : 옛날 전염병이 돌면 역귀(疫鬼)를 잡는다고 바가지를 득득 긁어서 시끄러운 소리를 내곤 했다. 이 사실(史實)에서 유래된 말이라 함. 바가지의 어원은 다 큰 박을 절반 쪼개면 작아져서 '바가지(박+아지)'가 되는데 이렇듯 반으로 쪼갠 '작은 박이란 뜻이다.

*2 소갈딱지 : 소가지(마음속)의 속된 말.

*3 바다 : 바다의 옛말 '바롤'은 '파랗다'를 이르는 '바르다'가 변해 명사화된 것으로 '파란 데'라는 뜻이다. 고로 바다란 바닷물이 파란 데에서 비롯된 말이다.

바다에 배 지나간 자리다

남은 흔적이 전혀 없다. 또는 남녀의 성관계를 빗댄 말이기도 함.
=한강에 배 지나간 자리다. 죽 떠먹은 자리다.

바닷가 짠물만 먹고 자란 놈이다

인색이 몸에 배어 있는 구두쇠 노랭이다.

바람*결에 실려 왔나 떼구름에 싸여 왔나

없어졌던 사람이 홀연히 나타난 경우 놀랍고도 반가워서 하는 말.
=신이야 넋이야 한다. 칠색반색을 한다.

바람기 없는 사내 없고 화냥기 없는 계집 없다

바람기, 화냥기는 본능적인 것이므로 다들 조금씩은 갖고 있게 마련이다.

바람난 계집 옷고름 여며 봤자이다

아닌 척해도 소용없는 노릇이다.

바람둥이 여편네 속곳 가랑이 펄렁이듯

옷을 단정하게 입지 않고 눈에 거슬리게 걸치고 나다닌다고 핀잔주는 말.

바람만 불어도 넘어갈 것 같다

바싹 마른데다 기운도 한 점 없어 보인다.

바람 먹고 구름 똥 싸는 놈이다

먹고 살 궁리는 하지 않고 늘 겉도는 허랑한 자이다.

바람 부는 날 가루 팔러 가고 비 오는 날 소금 팔러 간다

---

* 바람 : 바람의 옛말인 '볼'은 '불다'의 어근이고 '옴'은 사람, 가람과 같이 명사를 만드는
접미사이다. 따라서 바람은 '브롬(불+옴)'의 합성어로 '부는 것'이라는 뜻이다.

생각이 미욱해서 덜떨어진 행동만 일삼는 바보이다.

바람에 빗질하고 빗물에 목욕한다

갈 데 없고 돌아갈 데 없는 거렁뱅이 신세이다.

바른 말하면 부처님도 돌아 앉는다

바른 말은 누구든 듣기 싫어하는 것이니 눈치껏 잘하라고 이르는 말.

바리*¹바리 싣고 가도 제 복 없으면 못 산다

시집가서 잘사는 건 제 분복이지 혼수와는 상관없는 것이다.

바보*²는 고치는 약도 없다

어리석은 행동으로 말썽만 피우는 자를 면박 주는 말.

바보 천치도 잠자코 있으면 중간은 간다

나대지 말고 모르면 차라리 가만이나 있으라고 이르는 말.

바위에 대못 박기다

바위에 못이 들어갈 리 없으니 도저히 안 될 일이니까 그만 두는 게 낫겠다고 충고하는 말.

바위 위에 나락 심어 먹을 놈이다

사는 힘이 질기고 다부진 자이다.

바지저고리다

---

*1 바리 : 소나 말의 따위에 싣는 짐을 세는 단위.

*2 바보 : 바보는 본래 '밥보'가 변한 말로서 밥만 먹고 아무 것도 할 줄 모르는 사람을 말한다. 바보의 '바'는 '밥'이 변한 것이고 '보'는 '떡보'처럼 '그런 사람'을 지칭하는 접미사이다.

줏대 없고 능력도 없는 자이다.
=바지저고리만 걸어 다닌다.

박기만 했지 뺄 줄은 모른다

사진을 찍기만 했지 뽑아 나눠 줄 줄은 모른다고 비아냥대는 말.
또는 성행위를 비유한 우스갯말이기도 함.

박복*¹한 과부는 시집을 가도 고자*²를 만난다

운이 없다 보니 노력을 해도 도무지 되는 일이 없다는 푸념.

박아서 학질 뗀 박가 이야기

강제로 욕보여 놀래 킨 나머지 학질을 고쳐 준 박씨의 고담.

[禦眠楯] 고부군에 사는 총각 교생(校生 : 조선시대 향교 에 다니던 생도)박씨는 타고난 용모가 추한 나머지 사람들이 가까이 하기를 꺼렸으되 그 자신은 늘 꽃다운 여인을 그려마지 않았다. 그러던 중 마침 미기(美妓)홍랑이 학질에 걸려 신음하길 반년여에 백약이 무효란 소문이 도는지라 이에 교생 박씨가 "내 비록 가진 건 없지만 학질 떼는 재주만은 백발백중이다"라고 떠들고 다니자 온 동네가 '과연 그런가 보다' 하고 믿게 되었다. 이 소문이 마침내 학질로 파죽음이 된 홍랑의 귀에 들어가매 한번 와서 봐 주기를 청하기에 이르렀다. 이에 박씨가 "만일 내말을 옳게 들으면 모르되 듣지 않으면 학질은 영 떨어지지 않을 것인즉 그리 하겠는가?" 강다짐을 받은 다음 다시 이르되 "내일 꼭두새벽에 서너자가 되는 대막대기를 구해 그 양쪽구멍에 굵은 밧줄 한 자씩을 얽어매어 가지고 뒷골 성황당 앞에서 나를 기다리라. 그러면 내 의심 없이 가서 학질을 떼어 주리라" 하니 홍랑이 기뻐 허락했다. 이튿날 과연 홍랑이 진작 와서 기다리고 있는지라

---

*1 박복(薄福) : 복이 없음. 또는 팔자가 사나움.
*2 고자(鼓子) : 생식기가 불완전한 남자. 화자(火子).

가져온 대막대기를 벌여 놓고 홍랑으로 하여금 막대기를 목침 삼아서 드러눕게 한 다음 밧줄로 사지를 단단히 묶고 차례로 옷을 벗기었다. 홍랑이 놀라고 의심하는 중에 박씨는 숨 돌릴 새도 없이 날렵하게 홍랑의 벌거숭이 몸에 올라타 양물을 홍랑의 음호 깊숙이 박고는 원도 없고 한도 없으리만큼 양껏 일을 치렀다. 홍랑은 어이가 없고 분함에 치가 떨렸으나 이 때 얼마나 놀라고 진땀을 쏟았는지 반년여 앓던 학질이 그만 뚝 떨어지고 말았다. 결과 이로 인하여 병이 낫는 바람에 홍랑이 분기를 참고 입을 꾹 다물어 이날 입때껏 이 일을 아는 이가 아무도 없다고 한다.

박아 죽일 년!
표 나게 음란한 여자 또는 제 남편을 가로챈 여자에게 퍼붓는 악담. 제 서방과 관계한 여자의 가랑이에 말뚝을 박아 죽일 년이라는 뜻.

박주(薄酒)도 차 보다는 낫고 추부(醜婦)도 빈방보다는 낫다
안 좋은 술이라도 차 보다는 낫고 못 생긴 여자라도 혼자 자는 것 보다는 낫다.

박쥐 노릇하는 놈이다
잇속 따라서 왔다 갔다 하는 지조 없는 자이다.

박한 세월 정으로 살았다
힘든 세월이었지만 풋풋한 정이 있어 살만했다.

박한 소리 한다
싫은 소리, 야박한 말을 한다.

밖 도둑놈이 더 많다
잡혀 들어와 징역살이 하는 도둑놈보다 감옥 바깥에서 활개 치며 도둑질을 일삼는 자들이 훨씬 더 많다는 뜻.

반 글

예전에 한글을 낮추어 이르던 말. 한문을 진서(眞書)라 이른데 따른 말.

반달 같은 딸이라야 온 달 같은 사위도 고른다

반달 같이 예쁜 딸이 있어야만 보름달처럼 잘생긴 사위도 고를 수 있듯 세상만사가 다 상대적인 것이다.

반드시 의관(衣冠)* 자제를 낳으리라

여색을 탐하는 양반들의 속된 행태를 비하하는 말.

[禦眠楯] 도학자연 하는 이 모가 워낙 호색(好色)하였는데 하루는 벗의 집에 가서 놀던 중 언뜻 보니 그 집 침모 분금이가 자못 화용월태(花容月態)인지라 음심이 불끈 일었다. 술이 거나해지자 더욱 참을성이 없어진 이 모가 막간을 틈 타 번개같이 분금의 방에 들이닥쳐 마침내 겁간의 뜻은 이루었으되 경황에 바지만 내리고 신도 벗지 못한 채였다. 이에 창틈으로 들여다본 벗 하나가 여러 다른 벗들을 둘러보면서 "분금이가 만약 생남(生男)만 한다면 반드시 의관을 정제한 선비를 낳을 것이로다." 한즉 만좌가 허리를 꺾었다 한다.

반딧불에 콩 구워 먹겠다

잽싸고 약삭빠른 사람을 빗댄 말.

반말 쌍말 하고 있다

상스런 말을 예사로 내뱉고 있다.

반 무당 선무당이다

---

* 의관(衣冠) : 옷과 갓을 갖춘 점잖은 옷차림.

일솜씨가 매끄럽지 못하다고 핀잔주는 말.

반벙어리 푼수다

할 말 제대로 못하는 반병신이다.

반 병이 더 촐랑거린다

모자라는 자가 오히려 더 설친다는 뜻.
＝빈 수레가 더 요란하다.

반 서방은 된다

서방은 아니지만 심적으로 매우 가까운 남자라는 뜻. 남편 몰래 정을
통하는 '샛서방'과는 다른 뜻임.

반실이다

반병신. 또는 그런 자이다.

반야탕(般若湯)*1이다

술을 은유적으로 이르는 말.

반잔 술에 눈물 나고 한잔 술에 웃음 난다

반잔 술에 섭섭해 눈물 나고 한잔 술에 고마워 웃음이 나온다 함이니
남을 도와 주려면 제대로 도와 줘야 은혜롭게 여긴다는 뜻.

반죽이 좋은*2 놈이다

노여움이나 부끄러움을 안 타는 유들유들한 자이다.

＊1 반야탕 : 술을 뜻하는 스님들의 은어. 지혜의 물이라는 뜻.
＊2 반죽이 좋다 : 본디는 밀가루에 물을 부어 이겨 놓은 것이 반죽인데 반죽이 잘 되면 음
식 만들기가 편하듯 성품 역시 모가 나지 않아 좋다는 뜻으로 쓰이게 된 말.

반지빠른*1 놈이다

말에 빈틈이 없고 행동이 잽싼, 쓸 만한 자이다.

반쪽 며느리다

시부모의 인정은 받지 못했지만 아들과 함께 사는 며느리를 이르는 말.

반편이 육갑 떨고 있다

바보로 조명이 난 자가 또다시 엉뚱한 짓을 저질렀을 때 비웃고 조롱하는 말.

반풍수*2 집안 망치고 선무당*3 사람 잡는다

서툰 재주로 일을 하다가는 망신당하고 일도 그르치는 것이니 삼가고 조심할 일이다. 또는 일을 할 때는 사람을 잘 골라서 써야 한다고 일러주는 말.

받고 채기로 지껄여대는 꼴이라니

끝도 없이 주고받는 수다에 넌덜머리가 날 지경이다.
=수다가 판소리 열두 마당이다.

발가락으로 쑤셔서 만들어도 네놈보다는 낫겠다

열 가지 중 한 가지도 쓸모없는 개망나니라고 내치는 말.

발기집어*4서 산통*5 다 깼다

---

*1 반지빠르다 : 영리하다.

*2 반풍수 : 지술(地術)에 익숙하지 못한 지관(地官). 지관이란 풍수설에 따라 집터나 묏자리 따위를 가려잡는 사람을 이르는 말.

*3 선무당 : 익숙하지 못한 무당.

*4 발기 집다 : 들추어내다. 까발리다.

*5 산통(算筒) : 소경이 점을 칠 때 쓰는 산가지를 넣은 조그만 통.

비밀을 발설해서 일을 다 망쳐 놓았다.

발 달린 짐승이 어디는 못 가겠냐?

일일이 따라다니며 단속할 수는 없는 일 아니냐.

발명*¹해 봤자 날 샌 일*²이다

변명을 늘어놔 보아야 쓸데없는 노릇이다.

발바닥 밑에는 땅바닥뿐이다

돈도 배경도 없고 가진 건 맨몸뚱이 뿐이다. 신입 사원이나 신참 졸병 등이 자신의 처지를 자조적으로 이르는 말.

발바닥 핥아 먹고 사는 곰인 줄 아냐?

일한 품삯을 주지 않을 때 거칠게 항의하는 말.

발바닥이나 핥아먹고 살아라

아첨하는 천한 짓이나 해먹고 살라는 악담.

발보다 발바닥이 더 크단 말이냐?

말도 안 되는 거짓말 좀 하지 마라.
=배보다 배꼽이 더 크다. 산보다 범이 더 크다.

발 씻었다

범죄 등 나쁜 짓에서 손을 뗐다.
=손 씻었다.

---

*1 발명 : 말로 밝히는 일. 또는 변명.
*2 날 샌 일 : 때를 놓쳐서 글러 버린 일.

발을 깎아서 신에 맞춘다.

일의 순서가 거꾸로 되어 있음을 성토하는 말.

발이 편하려면 버선을 크게 신고 집안이 편하려면 첩을 두지 마라

올바르게 살면 집안이 두루 편안하게 된다.

밝은 달밤이 흐린 낮만 못하다

제아무리 효자라도 악한 처가 봉양하느니만 못하다.

밤낮 안고만 넘어진다

하는 일마다 손해만 보고 있다.

밤농사 짓는다

성행위를 한다는 뜻.

＝구들장 농사짓는다. 자식 농사짓는다.

밤도 여물면 저절로 벌어지듯*

누구든 나이 차면 저절로 성에 눈을 뜨게 마련이다.

밤 되면 고양이 새끼도 집에 돌아오는 법이다

하물며 사람이 아무 데서나 잠을 자서야 되겠느냐.

＝밥은 여러 군데서 먹어도 잠은 한 군데서 자랬다.

밤똥 싸는 놈이다

도둑놈이다.

밤 방아 찧는다

---

* 밤이 벌어진다 : 포경이었던 자지가 나이 들면 저절로 벗겨진다는 뜻.

성행위를 빗대 이르는 말.
=가죽방아 찧는다. 밤 뱃놀이 한다. 밤일 한다.

밤비 맞고 다니는 나그네 신세다
뜬구름처럼 사는 부평초 신세이다.

밤새 와서는 문턱을 못 넘는다
무진 애는 썼는데 마무리를 못해서 낭패를 본 경우이다.
=문전처리가 파이다. 한 삼태기가 모자라서 태산을 못 이룬다.

밤새 울고 나서 누가 죽었느냔다
초상집에 밤새 문상을 한 다음 누가 죽었느냐고 묻는다 함이니 영문도
모르고 덤벙대는 실없는 사람을 놀려대는 말.

밤송이 우렁송이* 다 찔려 보았다
세상의 온갖 고초 다 겪어 보았다.

밤송이로 좆을 까라면 깠지
명령어 중 '좆으로 밤송이를 까라면 깠지'를 희화한 말. 시키는 대로
엄수하라는 명령어.

밤에 배고 낮에 낳는 여자다
임신도 잘 되고 분만도 아주 쉽게 하는 여자를 두고 농으로 이르는 말.

밤이면 미운 사람은 더 밉고 그리운 사람은 더 그립다
밤에는 온갖 생각이 다 떠오르고 생각도 깊어지게 된다.

---

*우렁송이 : 멍게. '우렁쉥이'가 맞는 말임.

밤이면 벙거지 쓴 놈*이 들락거린다

밤마다 여러 남자와 성관계를 하는 음란한 여자이다.

밤이슬 맞고 비 맞았다 우긴다

도둑질 하느라 밤이슬 맞아 젖은 옷을 비 맞아 젖었다고 우기다니, 멀쩡한 거짓말을 하고 있다는 뜻.
=닭 잡아먹고 오리발 내민다.

밤 잔 원수 없고 날 샌 은혜 없다

원수나 은혜는 흔히 오래 안 가서 잊어지게 마련이다.

밥만 먹고 어떻게 사냐?

여자 입장에서, 남자의 성적 서비스가 부실함을 은연중 탓하는 말.

밥맛 술맛은커녕 씹 맛도 다 잊었다

몹쓸 병이 들어서 세상살이가 모두 무의미해져 버렸다. 또는 달관의 말로 쓰이기도 함.

밥맛이다

인색하고 쩨쩨해서 보기만 해도 신물 나는 자이다.

밥 먹고 똥 싸다 늙어 죽을 일 밖에 없는 놈이다

되는대로 막 사는, 별 볼 일없는 자이다.

밥 먹고도 못하는 일을 죽 먹고 한다

사정이 궁핍하게 되면 평소 안하던 일도 마지못해 하게 된다는 뜻.

---

* 벙거지 쓴 놈 : 자지를 빗댄 말.

밥 먹고 자지만 키웠냐?

자지가 유난히 큰 사람을 놀리는 말. 또는 구제불능의 오입쟁이를 에둘러 조롱하는 말.

밥 빌어다 죽 쒀 먹을 놈이다

하는 일마다 그르치는 미욱한 자이다.
=배 주고 배 속 빌어먹는다.

밥사발이 눈물이요 죽사발이 웃음이다

잘 살아도 고통과 슬픔이 있는 반면 못 살아도 행복할 수 있다는 뜻.

밥숟가락 놓았다

운명을 다했다. 죽었다.

밥술이나 먹게 되니까 눈깔에 뵈는 게 없다

고생하다가 이제 좀 살게 되니까 오만 불손하게 굴고 있다.
=올챙이 적 생각 못한다.

밥 없으면 얻어먹고 숟갈 없으면 집어먹고 집 없으면 방앗간에 자도 정만 있으면 산다

비록 가진 건 없어도 정분만 있으면 역경을 딛고 살 수 있는 것이다.

밥은 봄같이 먹고 국은 여름같이 먹고 장은 가을같이 먹고 술은 겨울같이 먹는다

음식 맛은 온도에 따라 좌우되기도 하므로 밥은 봄 날씨처럼 따뜻하게 국은 여름 날씨처럼 뜨겁게 장은 가을 날씨처럼 시원하게 술은 겨울날씨처럼 차게 해서 먹어야 제 맛이 난다는 뜻.

밥은 샛 밥이 더 맛있다

배우자가 아닌 상대와의 정사가 더 성감이 좋다는 뜻.
=군것질이 더 맛있다.

밥을 치면 떡이 되고 사람을 치면 도둑이 된다
선의로 해야지 사람을 막 대해서는 안 된다는 교훈의 말.

밥이 분이요 옷이 날개다
잘 먹어야 혈색이 좋아지고 잘 입어야 돋보이는 법이다.

밥지랄하고 자빠졌다
밥 잘 먹고 객쩍은 짓거리나 하고 있다고 책망하는 말.

밥 처먹는 것도 아깝다
밥을 먹으면 밥값이라도 해야지 손 하나 까딱 않고 놀고 있다고 핀잔
주는 말.

밥 팔아서 똥 사먹겠다
됨됨이가 미련하고 모자라는 자이다.

밥 푸다 말고 주걱 남 빌려 주겠다
여자 마음이 그리 헤퍼서야 엇다 쓰겠느냐.
=밥 푸다 말고 주걱 남 주면 살림 결딴난다.

밥하고 계집은 먼저 차지하는 놈이 임자다
무엇이든 동작 빠르고 용기 있는 자가 먼저 차지하게 마련이다.
=개똥참외도 먼저 맡은 놈이 임자이다.

방구들 농사 짓는다
성행위를 빗댄 말.

방귀 뀐 놈이 성 낸다

잘못한 놈이 되레 더 큰소리를 치고 있다.

=불낸 놈이 불이야 한다.

방귀가 자라서 똥 된다

작은 잘못도 제때 고치지 않으면 나중 걷잡지 못하게 되는 것이니 경계할 일이다.

=방귀가 모여서 똥 된다. 바늘 도둑이 소 도둑 된다. 방귀가 잦으면 똥 싼다.

[陳談錄] 호색하는 사령(使令)놈 하나가 시골길을 가다 보니 김매는 여인이 곱상한지라 문득 여인을 향해 "어째 아무데서나 함부로 방귀를 뀌느냐?"고 호령을 하니 여인이 냉소하면서 "보리밥 먹고 종일 김매는 사람이 어찌 방귀를 뀌지 않으리오." 한 데, 사령이 짐짓 눈을 부릅뜨고는 "예를 모르는 자는 관에서 잡아들이라는 분부가 있었느니라" 하고 팔을 잡아끄니 여인이 겁을 먹고는 "다른 데 또한 방귀뀐 여인이 있을 터인즉 나를 버리고 다른 이를 잡아가면 은혜를 잊지 않으리다"라고 읍소했다. 이에 사령이 "그럼 내가 그대의 말을 들어주리니 그대 또한 내 말을 들어 주겠는가?" 하니 그러겠다고 하여 보리밭 속으로 끌고 들어가 일을 잘 치른 다음 "또 함부로 방귀를 뀌면 다시 잡으러 오리라" 하고 돌아서 가는 중에 여인이 문득 밭 한가운데서 사령을 불러 세워 이르되 "내가 다시 방귀를 뀌었소" 하는 것이었다. 이에 사령이 "네가 방귀를 그리 자주 뀌면 종당에는 방귀가 자라서 똥이 될 것이니라" 하고 웃으며 가 버렸다 한다.

방귀깨나 뀌고 산다

잘 먹고 잘 살고 있다.

방귀에 초친 맛이다

방귀 구린내에 초까지 쳐서 보탰으니 맛과 냄새가 매우 고약함을 이르는 말.

방사(房事)는 일착(一窄)이요 이온(二溫)하고 삼치(三齒)에 사요본(四搖本)이고 오감창(五甘唱)에 육장(六長)이다

성교는 첫째 질이 좁아서 빠듯해야 하고 둘째 느낌이 따뜻하고 셋째 이빨로 무는 듯해야 하고 넷째 요분질이 좋아야 하고 다섯째 감창소리가 나야 하고 여섯째 오래 해야 좋다는 뜻.

방사(房事)하는 법 가르쳐 주기

예전에는 마땅한 성교육장치가 없어 다음과 같은 터무니없는 일이 있었던 거 같다. 그런 일화 중의 하나.

[奇聞] 한 신랑이 방사(房事)를 어찌 하는 줄 몰라 장모가 딸 생각해서 걱정이 적지 않은 중에 조카 하나가 장모에게 자기가 신랑한테 행방(行房)하는 법을 가르쳐 줘도 되겠느냐고 묻는 것이었다. 듣던 중 반가운 소린지라 허락하매 조카가 신랑을 불러 이르되 "나에게 동방편(洞房篇)이란 책이 있어 신방의 창밖에서 읽을 터인즉 그대는 이를 듣고 그대로 행하면 되느니라" 하여 동의하고 그날 밤 조카가 창밖에 서서 큰소리로 읽어 내려갔다. 먼저 "둘 다 옷을 벗으라"고 하자 그대로 따르니 이어 "신랑은 여인의 배에 올라타라" 하고 다시 "여인은 두 다리를 들라." "신랑은 음혈(陰穴)에 그것을 들이 밀어 꽂으라"고 한 데, 신랑이 그 말 뜻을 모르고 "음혈이 대체 어디인고?" 하고 가만히 묻는 것이었다. 조카가 이르기를 "신부 배꼽아래 세 치 되는 곳이라. 분문(糞門 : 항문)에 못 미처 도끼로 내리쳐 뚫은 것 같은 구멍이 있으니 그 질퍽한 곳에 물건을 들이밀어 꽂으라." 한즉 신랑이 말과 같이 한 후에 다시 "그걸 들이민 후엔 또 어찌하리오?" 하니 "나아가고 물러나기를 절도 있게 계속하라" 하였다. 그에 따라 행사하는 가운데 기분이 고조되자 신랑이 마침내 창밖에 대고 외치더란다. "이제는 이치를 다 깨쳤으니 번거로이 더 이상 읽

지 말라."

방아 타령 중에서
고달픈 일상에 활력을 불어넣는 노동요 성격이 강한 전래 민요이다.

뫼에 올라 산전 방아
들에 내려 물방아
여주이천 밀다리 방아
진천 통천 오려 방아
남창 북창 화약 방아
각대하님 용정 방아
이 방아 저 방아 다 버리고
철야 삼경 깊은 밤에
우리 님은 가죽 방아*¹만 찧고 있네.

방아품 판다
몸을 판다. 매춘을 한다는 뜻.

방아 확*²은 새것이 좋고 여자 확은 닳은 것이 좋다
방아는 확이 거칠은 새것이라야 곡식이 잘 찧어지고 여자는 길들여져
야 성감이 좋다는 뜻.

방은 커야 좋고 씹은 작아야 좋다
방은 커야 살림하기 편하고 음문은 작을수록 성감이 좋다는 뜻.

방이라고 됫박*³만하다

*1 가죽방아 : 성행위를 빗댄 말.
*2 확 : 절구의 아가리에서 밑바닥까지 팬 곳.
*3 됫박 : 곡식의 양을 헤아리는 되 대신 쓰는 바가지.

살림이 말 아니게 초라하고 옹색하다.

방정맞거든 급하지나 말아야지

좋은 점이라곤 없이 눈에 나는 짓거리만 하고 있다.

＝검거든 얽지나 말고 시거든 떫지나 말아야지.

방정맞기는 초라니*¹ 새끼다

사람이 진중하지 못하고 경솔해 쓸모가 없다.

방 중에는 서방이, 집 중에는 계집이 제일이다

뭐니 뭐니 해도 내외 부부지간이 제일이라는 뜻.

＝이 서방 저 서방 해도 내 서방이 제일이고 이 집 저 집 해도 내 계집
이 제일이다.

밭*² 팔아먹고 사는 년이다

정조를 팔아먹고 사는 창녀나 작부 따위를 이르는 말.

배가 맞았다

떳떳하지 못한 성관계를 가졌다.

배꼽*³ 밑에 털 났다

성년이 되었다.

배꼽에다 장을 지진다

절대로 있을 수 없는 일이다. 맹세코 틀림없는 사실이다.

＝손바닥에 장을 지지겠다.

---

*1 초라니 : 하회 별신굿 탈놀이에 나오는 언행이 방정맞은 등장인물.

*2 밭 : 음문 또는 '정조'의 속어.

*3 배꼽 : 배꼽의 옛말은 '빗복'으로 '배의 복판'이라는 뜻이다.

배꼽이 등창에 가 붙을 지경이다

몹시 배가 고픈 상태이다.

배냇물*¹도 덜 마른 것이

아직 나이 어린놈이 버릇없이 군다고 꾸짖는 말.

배냇병신*²이다

가르쳐 줘도 모르는 얼띤 사람을 에둘러 이르는 말.

배때기에 기름깨나 낀 모양이다

난 척하고 거드름을 피우는 꼴이 돈깨나 번 모양이라고 빈정대는 말.

배 떠나간 자리다

흔히 여자가 바람을 피워도 흔적이 남지 않는대서 나온 말. 또는 언행
따위에서 흔적이 남지 않는 경우 따위에 빗댄 말.
=배 지나간 자리다. 죽 떠먹은 자리다.

배를 맞춘다

성행위를 빗댄 말.

[續 禦眠楯] 한 여인이 그 집의 머슴이 기운이 장사에 양경(陽莖)이
또한 장대함을 알고 은근히 사통코자 하더니 남편이 집에 없는 날 문득
배를 부여잡고 쓰러져 죽는 시늉을 하며 나뒹구는 것이었다. 이에 이미
여인의 뜻을 눈치 챈 머슴이 이르되 "듣자오니 그렇듯 별안간 아픈 배는
뜨거운 배로 문질러 주면 낫는다 하더이다"라고 하니 여인이 적이 웃으
면서 "공교롭게도 주인이 밖에 나가고 없어 뜨거운 배로 문질러 줄 사람

＊1 배냇물 : 갓 태어난 아기 몸에 묻어 있는 물기.
＊2 배냇병신 : 처음부터 병신으로 태어난 사람.

이 없으니 이를 어쩌리오" 하고 짐짓 한탄해 마지않았다. 이에 머슴이 "무엇보다 명을 구함이 먼저이니 마님께서 분부만 주시면 제가 소임을 다하겠나이다. 다만 바깥주인이 계시고 내외를 안 할 수 없으니 나뭇잎으로 마님의 음호(陰戶)를 가리고 배를 맞대어 비비면 족히 효험이 있을 것이옵니다" 하여 동의하고 그렇게 한즉 어느 겨를에 머슴의 쇠말뚝 같은 양물이 잎사귀를 뚫고 여인의 음호에 깊이 빠져 운우(雲雨)가 가히 폭포 같고 질풍노도와 다르지 않았다. 여인의 복통이 진작 쾌차하였음은 불문가지(不問可知)였다.

배 멀미는 배를 타야 낫는다
여자가 배 멀미를 할 때는 남자가 여자의 배를 타야 낫는다 함이니, 곧 성적으로 애무를 해 주면 흥분이 되어 멀미가 가라앉게 된다는 뜻.

배 밑*에 바람이 들었다
바람기가 동한 모양이다.

배보다 배꼽이 더 크다
일 또는 사물의 크기나 순서가 뒤바뀌었다.
=산보다 범이 더 크다.

배부르고 등 따시면 씹 생각이 나고 춥고 배고프면 도둑질 생각이 나게 마련이다
모름지기 유족하면 유족한 대로 곤궁하면 곤궁한 대로 잡스런 마음이 생기는 것이니 항시 이를 경계할 일이다.

배부르고 시장한 건 애 밴 아낙이다
배불뚝이가 자신의 배고픈 사정을 몰라 줄 때 투덜대는 말.

---

* 배 밑 : 성기를 빗댄 말.

배 씹는 소리로

사근사근 듣기 좋은 목소리로.

배알*이 꼴려서 못 보겠다

하는 짓이 역겨워서 차마 눈뜨고는 못 볼 정도이다.

배 지나간 자리 없고 좆 지나간 자리 없다

여자가 한두 번 바람을 피워도 흔적이 남지는 않는다. 또는 사실이 그러니 걱정할 것 없다고 여자를 다독이거나 정사를 부추기는 말.
=배 지나간 자리다. 죽 떠먹은 자리다.

배(梨)하고 보지는 물이 많아야 제 맛이다

음문은 젖어 있어야 성감이 좋다는 뜻.

백 가지에 한 가지도 쓸모없는 놈이다

아무 짝에도 쓸모없는 허접쓰레기 같은 자이다.

백년을 살아도 삼만 육천 날이다

오래 산다한들 사람의 목숨이란 한시적이라는 자조의 말.

백번 뒈져서 싼 놈이다

그런 인간 망종은 애진작 잘 죽었다고 고소해 하는 말. 또는 크게 혼구멍이 나야 마땅한 자라는 뜻.

백사장에다 혀를 박고 죽을 일이다

억울하기 짝이 없는 일이다.

---

* 배알 : '창자'를 속되게 이르는 말.

백성들 사는 맛이 술 담배 계집 노름 빼면 뭐 있겠노?
  보통 사람들의 삶이란 결국 이런 '돼지의 행복' 굴레에서 살다 죽는 게
아니겠느냐.

백성의 입 틀어막기는 한강물 막기보다 더 어렵다
  예로부터 민심이 천심인지라 백성들의 원성을 막는 것은 불가능한 일
이다.

백여우 같은 년!
  요사스럽기 짝 없는 계집이다.
  =불여우 같은 년.

백정*¹년의 씹구멍은 좆이나 먹고 갈 데로 가랬다
  네 몫은 그것뿐이니까 그거나 먹고 떨어져라.

밴대보지*²하고 씹을 하면 석삼년 간 재수가 없다
  음문에 털이 없는 여자는 성감이 좋지 않대서 나온 말.

밴대질 한다
  여자끼리 성교 흉내 내는 짓을 한다. '비역질'의 반대말.

밴댕이*³ 뱃바닥 같다
  얼굴이나 살색이 아주 하얀 인물을 빗댄 말.

밸*⁴ 꼴리는 대로 해라!

---

*1 백정 : 가축을 잡거나 버들고리를 겯는 일을 업으로 삼던 천민 계층.

*2 밴대보지 : 털이 없는 여자의 음부. 알보지. 백보지.

*3 밴댕이 : 몸 길이 12㎝ 안팎의 작은 바닷물고기. 멸치젓 대용으로 쓰기도 함.

*4 밸 : 창자를 속되게 이르는 말. '배알'의 준말.

마음대로 하라고 내치는 말.

밸도 소가지도 없는 놈이다
자존심이라곤 털끝만큼도 없는 자이다.

[續 禦眠楯] 송(宋)판서가 점잖게 생겼으되 성품은 극히 호색(好色)하여 스스로 말하길 평생에 반드시 1천명 여인을 채우리라 장담을 하곤 했다. 그가 일찍이 강원감사로 잠시 원주에 왔다가 호장(戶長)의 집에 유숙케 되었는데 호장의 딸이 미색인지라 뜻을 두고 자주 보았으나 응하지 않으매 밤에 가만히 그 모녀가 자는 곳에 발걸음을 했다. 그러나 딸이 슬기로운 처자라서 감사가 자주 눈총을 주자 마음에 꺼리어 그 어머니와 자리를 바꿔 누워 잤다. 밤이 깊어 감사가 몰래 그 방에 들어가 그 어미를 덮친즉 어미는 도둑이 든 줄 알고 소리를 지르려고 하니 감사가 입을 틀어막으며 "나는 방백(方伯)이오. 도둑이 아니로다" 하니 그 어미가 방백의 위엄과 겁에 질려서 몸을 열어 주었다. 그 후 호장이 이웃들과 싸울 때 이웃사람이 놀리기를 "너 따위가 이렇게 처신을 하니 방백이 네 처와 간통하는 게 아니겠느냐?" 하니 호장이 되레 "흥 내 처는 예쁘니까 감사가 관계를 했지, 네 처 모양 추악하게 생겼으면 방백이 반드시 침을 뱉었으리라." 한 즉 듣는 이마다 어이가 없어 웃지 않는 자가 없었다.

뱀*같이 찬 년!
몰인정하고 표독한 여자이다.

뱀 굴에 손을 집어넣었다
재앙을 불러들인 격이다.
=곤장 짊어지고 포청에 들어간다.

---

* 뱀 : 뱀의 옛말은 '보라'인데 이는 '배로 기는 것'이라는 뜻이다.

뱀더러도 뱀이라면 싫어한다

장님을 장님이라면 싫어하고 봉사라면 좋아하듯 말이란 대상과 분위기에 따라 구별해서 쓸 줄 알아야 하는 것이다.

뱀 소가지 같다

속내가 뱀처럼 사악하기 그지없는 자이다.

뱀이면 풀 만나고 용이면 구름 만나서

부디 좋은 시절 좋은 사람 만나서 온몸 무탈하고 복 많이 받게 해 달라고 기원하는 비난수의 한 구절.

뱀 장수 사설 중에서

'새벽에 안서는 좆도 좆이냐?' 이는 시장 통의 뱀 장수들에 의해 널리 알려진 말 가운데 하나이다. 사람들을 잔뜩 모아 놓고 떠드는 뱀 장수들의 질펀한 너스레 중 일부를 소개하면 다음과 같다.

[採錄] "에—, 여어러분들 이 비암을 잡수세요. 새벽이 돼도 아랫심이 없어 텐트 못치고 거시기가 축 늘어져 있는 사람. 그래 밤낮없이 마누라한테 당신이 잘하는 게 뭐냐고 달달 볶이느라 세상살이 자체가 지겨운 사람, 돈 벌어서 뭐 합니까 출세해서 어따 씁니까? 이런 양반들, 꼭 비암을 잡수세요. 자고 나면 식은땀이 나는 사람, 낮에도 여기서 꾸뻑 저기서 꾸뻑 조는 사람, 금방 만난 사람도 잘 알아보지 못하는 사람, 눈이 침침하고 귀가 멍멍하니 잘 안 들리는 사람, 미인을 봐도 감동이 없는 사람, 반대로 여자만 보면 가슴이 울렁거리는 사람, 조금만 걸어도 가운뎃다리까지 다 후둘거리는 사람, 몇 계단만 올라가도 숨이 턱에 차는 사람, 서 있으면 앉고 싶고 앉으면 기대고 싶고 기대면 눕고 싶고 누우면 잠이 오는 사람, 그러다 정작 자려면 눈이 말똥말똥 쇠똥쇠똥 해지는 사람, 그래서 책을 들여다보면 또 잠이 오는 사람, 이런 사람은 다 이 비암을 잡

수세요. 남산 팔각정을 단숨에 뛰어 오르면 숨이 가쁜 사람, 해를 보면 눈이 부시고 사흘 굶으면 배가 고프고 물을 하루만 안 마셔도 목이 마른 사람, 이런 사람들도 다 이 비암을 잡수세요."

뱀장어*¹ 꼬리 잡은 것 같다
매우 위태위태한 일이다.

뱁새*²가 수리를 낳았다
못난 부모한테서 훌륭한 자식이 태어났다.
=개천에서 용 났다.

뱁새가 황새 따라가다간 가랑이가 찢어진다
분수를 모르고 날뛰다가는 큰 화를 입게 되니 조심할 일이다.

뱃가죽이 땅 두께 같다
염치없고 뻔뻔스럽기 짝 없는 자이다.

뱃놈 좆이야 개 좆 아닌가베
뱃사람이 뱃전 아무데서나 자지를 내놓고 소변을 보고 또 항구에 닿으면 아무 여자하고나 끼고 자는 막된 행태를 두고 비하하는 말.

뱃놈이 뱃머리 둘러대듯 한다
그럴싸하게 말머리 하나는 잘 둘러댄다고 꼬집는 말.

뱃놈이 섬놈더러 상것들이란다
나을 것도 없는 주제에 잘난 체하고 있다.

＊1 뱀장어 : '뱀＋장어'의 합성어로 '뱀처럼 긴 물고기(長魚)'란 뜻이다.
＊2 뱁새 : 박새과의 날개 길이 5㎝ 정도 되는 작은 새.

=똥 묻은 개가 겨 묻은 개 나무란다.

뱃속에 거지 삼신이 들어앉았냐?
마치 걸신들린 듯 음식을 먹고 마셔대는 이를 두고 핀잔주는 말.

뱃속에 들어가 본 것 같이 잘 안다
남의 마음속을 들여다보듯 소상히 잘 알고 있다.

뱉으면 다 말이냐?
대체 그걸 말이라고 하는 것이냐?

버린 몸 구겨진 인생이다
돈도 없고 연줄도 없는 뜬구름 인생이다.

버린 자식으로 알면 그만이다
하는 짓이 못돼 자식이라도 아예 자식 취급을 하지 않겠다는 다짐의 말.

버선이면 속이라도 뒤집어 보이지
사실대로 말을 해도 믿지를 않으니 억울하고 답답한 노릇이다.

번개가 잦으면 벼락 치게 마련이다
낌새가 잦으면 일이 터지기 십상이니 조심하고 경계할 일이다.
=방귀가 잦으면 똥 싼다.

번개 씹하듯 하다
일을 순식간에 해치워 버리는 경우 따위에 빗댄 말.
=번갯불에 콩 구워 먹는다. 번갯불에 담뱃불 붙이겠다. 토끼 씹하듯
한다.

벌거숭이 스님의 대풍(大豊) 기원 고담(古談)

어느 바람난 스님과 과부에 얽힌 이야기.

[陳談錄] 한 스님이 동네과부에게 마음을 두고 있던 중 탁발을 나갔다가 날이 저물어 그 과부 집에서 하룻밤을 유숙하게 되었다. 밤이 깊어 가만히 문틈으로 들여다본즉 여름인지라 과부가 달빛 아래 몸을 드러내고 잠들었는데 그 풍만함이 자못 정신이 아득하고 다시 보매 혼백이 흩어질 정도였다. 인하여 생각하기를 내 오늘 밤엔 반드시 겁간을 하리라, 그러나 만에 하나 잘못되면 감쪽같이 도주하리라 작정을 하고 옷을 다 벗어서 바랑에 집어넣고 바랑은 서까래에 걸어 놓아 여차하면 탈 없이 도망칠 수 있게 채비를 한 다음 벌거벗은 몸으로 가만가만 과부 방으로 기어들어갔다. 한편 과부 또한 한가지로 스님을 연모하던 터라서 기척을 듣고 기쁜 마음에 스님을 끌어안으려고 두 손을 활짝 벌렸다. 한데 그 모양이 어둠 속에서 마치 침입자를 붙잡으려고 손을 뻗치는 모습과 흡사한지라 스님이 크게 놀라서 황급히 문 밖으로 뛰쳐나가 바랑을 지고 간다는 것이 그 옆에 있던 닭의 둥우리를 지고 걸음아 날 살려라 하고 벌거숭이 채로 달아났다. 머잖아 동이 트고 새벽이 밝아오매 지나던 행인이 스님의 이 해괴한 모습을 보고 놀라서 "아니 스님은 어떤 연고로 적신(赤身 : 맨몸뚱이)으로 닭의 둥우리를 짊어지고 가시오?" 하고 물으니 스님이 그때서야 제 꼴을 돌아보고 망연하여 "이렇게 하면 부처님 덕에 시절 대풍이 된다기에 이러는 중이오, 헤헤헤" 하고는 뒤도 안 돌아보고 달아났다 한다.

벌레* 씹은 얼굴이다

뭔가 마음에 덜 차서 불만스런 표정이다.

벌려 주고 뺨 맞는다

---

* 벌레 : 벌레의 옛말인 '벌에'는 의성의태어 '벌벌'에 접미사 '에'가 붙은 것으로서 '벌벌 기는 것'이란 뜻이다.

좋은 일 해 주고 손해를 본 억울한 경우이다.
=씹 대주고 뺨 맞는다.

벌려 줘도 못하는 병신이다

조건을 갖춰 주어도 능력이 없어 못한다 함이니 남자의 성적 무능력이나 제반사에 대한 능력 부족을 탓하는 말.

벌린 춤판이다

이미 일을 벌여놓아 그만둘 수도 없는 입장이다.

벌*¹에 쏀 미친놈 같다

대책 없이 마구 날뛰는 모양 따위에 빗댄 말.

벌여 놓은 쌈판에 벗겨 놓은 계집이다

기왕 벌어진 일이니 최선을 다하는 수밖에 도리가 없다.

벌집을 건드렸다

놔두면 그만인 것을 공연한 짓을 해 일을 악화시켜 놓았다.

벌집이 됐다

난사하는 총질에 죽음을 당했다. 탄환 흔적이 벌집 모양 같대서 나온 말.

범강 장달*² 같은 놈이다

키 크고 흉악무도하게 생겨 먹은 자이다.

---

*1 벌 : 벌이 날 때는 '붕붕' 소리가 난다 하여 '부어리' '부얼'이라 했는데 이것이 변하여 부어리→부얼→벌로 되었다.

*2 범강과 장달 : 장비의 부하들로서 나중 작당해서 장비를 살해한 인물들임.

범*도 개한테 물릴 날 있다

아무리 강자라도 약자에게 당하는 경우가 있으니 항상 근신하고 겸허해야 한다는 뜻.

[蒐集] 실제로 북녘 함경도 지방에는 풍산개가 주인을 위해 호랑이의 멱을 물고 늘어져 호랑이와 같이 죽은 고사가 전해 오고 있다. 한 선비가 산길을 가다가 호랑이를 만난즉 하도 놀라 기겁을 하고 주저앉았는데 이 때 호랑이가 덮쳐서 그의 어깨를 물었다. 이미 기절한 찰나에 호랑이가 갑자기 비명과 함께 허공으로 뛰어오르는 것이었다. 선비의 개가 달려들어 호랑이의 멱을 물고 늘어졌던 것이다. 개 역시 호랑이에게 물려 온몸이 피투성이가 되었지만 선비의 개는 끝까지 호랑이 멱을 놓지 않았다. 마침내 호랑이가 견디지 못하고 픽 쓰러져 숨을 거두고 말았다. 그제야 정신이 돌아온 선비가 아직도 호랑이 목에 달라붙어 있는 개를 간신히 떼어 놓았다. 이미 개도 온몸이 처참하게 찢기어 겨우 숨만 헐떡거릴 뿐이었다. 그럼에도 개는 주인이 무사한 줄 알 자 다시 용기를 냈다. 마을로 가는 동안에도 자기 상처는 아랑곳없이 선비의 상처 난 곳만을 핥고 또 핥았다. 그러나 워낙 심한 상처와 놀라움으로 선비는 동구 밖까지 와서는 쭉 뻗고 말았다. 개 역시 이미 기운이 다해 걸을 수조차 없었지만 그래도 마을을 향해 있는 힘을 다해 짖어 댔다. 아닌 밤중 개 짖는 소리에 마을 사람들이 놀라서 횃불을 들고 달려 올라왔다. 인하여 선비는 목숨을 구했지만 개는 그 때 이미 탈진해 주인에게 몸을 기댄 채 죽어 있었다. 이렇게 주인 목숨을 구하고 제 목숨을 버린 개는 그 후 사람과 똑 같은 장례 의식으로 무덤에 안장이 되었다. 그 앞에는 의로운 개라 하여 '의견총(義犬塚)' 이라는 조그만 비석이 세워져 비록 초라하긴 해도 오가는 이들의 발길이 멈추고는 했다 한다.

범도 시장하면 가재를 잡아 먹는다

---

* 범 : 범은 범이 내는 소리가 '우엉 우엉' 운다고 하여 '웜'→'범'으로 변한 것이다.

배가 몹시 고프다 보면 아무거나 잘 먹게 된다. 또는 사흘 굶어 담 안 넘는 놈 없다고 누구든 곤경에 처하면 분수에 없는 짓도 하게 된다는 뜻.
=살림이 거덜나면 봄에도 소를 판다.

범 못 잡는 시어미 없다

범보다 더 사나운 게 시어미다. 또는 그만큼 서슬이 푸르고 모진소리를 잘 한다는 뜻.

범 무섭다고 산에 못 가랴

조금 꺼림칙하다고 할 일을 포기할 수는 없는 일 아니냐.
=자지 무서워 시집 못 가겠냐. 구더기 무서워 장 못 담그랴.

범 본 여편네 문구멍 틀어막듯

당치도 않은 미봉책을 쓰고 있다.

범 새끼를 기른 셈이다

화근을 길러 큰 앙화를 입게 되었다고 가슴 치는 말.

범 아가리에 날고기 집어넣은 격이다

사기꾼한테 돈을 빌려 주다니 떼먹힌 거나 한 가지 아니겠느냐.
=고양이한테 생선 가게 맡긴 셈이다.

범 아가리에 떨어졌다

매우 위험한 지경에 처했다.

범 아가리에 손 집어넣는 격이다

위험하기 짝이 없는 짓을 하고 있다.

범은 굶주려도 풀은 먹지 않는다

아무리 곤궁해도 거동을 가볍게 해서는 안 되는 것이다.

범은 죽어도 무섭다

위낙 무서운 짐승인지라 죽었는데도 두려움을 느낀다.
=범은 그림만 봐도 무섭다.

범이 개 놀리듯 한다

권세가가 힘없는 사람을 마음대로 다루는 경우 따위에 빗댄 말.
=고양이 쥐 놀리듯 한다.

범이 사나우면 제 새끼 잡아먹으랴

직장 상사가 아무리 성미 고약해도 부하 직원에게 해코지야 하겠느냐.

범이 없는 곳에는 살쾡이가 범 노릇 한다

주인이 없으면 차석이 자리를 물려받게 된다는 뜻.

범털*이다

돈 많고 배경 좋은 죄수를 이르는 말.

범한테 날고기 달라는 격이다

터무니없는 말, 또는 자화 자초하는 짓을 하고 있다.

법당 뒤로 돈다

절에 가 불공은 제쳐놓고 법당 뒤 으슥한 데서 엉큼한 짓만 일삼는다는 뜻.

＊범털 : 반대말은 개털.

법 모르는 관장(官長)놈이 매로 다스린다

　무식한 관리는 만사를 돈이나 매질 따위로 해결하려 든대서 나온 말.

법석 떨지 마라

　소란 피우지 말고 조용히 좀 해라.

　고려시대 초기, 집에 초상이 나면 스님들을 청해서 경을 읽게 했는데 그런 자리를 법석(法席)이라고 불렀다. 이런 자리는 스님과 속인들이 뒤섞여 자연 시끄럽기 짝이 없었는데 이런 수선스런 자리 또는 정경을 두고 '법석 벌인다' 또는 '법석을 떤다'고 불러 내린 데서 유래한 말이다.

법에도 인정이 있고 매질에도 쉴 참이 있다

　무슨 일에든 조금의 여유나 예외는 있는 법이다.

벗으라면 벗고 입으라면 입어 주마

　자포자기한 여자 입에서 나오는 체념어린 넋두리.

벗으면 저게 당나귀지 어디 사람의 새낀가?

　자지가 당나귀의 그것처럼 장대한 사람을 두고 놀리는 말.

벙거지 쓴 놈*이 하룻밤에도 몇 놈씩 들락거린다

　하룻밤에도 여러 남자와 번갈아 가며 관계할 정도로 음란하기 짝 없는 여자이다.

벙어리 3년, 장님 3년, 귀머거리 3년 시집살이에 머리엔 미나리 꽃이 만발하고

　호되게 고된 시집살이를 살다보니 어느 새 백발이 되었다는 여인네들

---

* 벙거지 쓴 놈 : 자지 모양을 빗댄 말.

의 푸념.

벙어리가 말은 못해도 서방질은 한다
비록 못난이라도 할 짓은 다 하고 다닌다는 뜻.

벙어리가 서방질을 해도 다 속이 있다
누가 무슨 짓을 하든 다 이유가 있는 것이니 참견할 일이 아니다.

벙어리 웃는 뜻은 양반 욕하자는 뜻이다
무슨 짓을 하던 다 나름의 생각이 있어 그러는 것이다.

베갯머리 동서다
한 남자와 동침한 여자들끼리의 관계를 이르는 말.

베잠방이에 좆 나오듯 한다
뜻밖의 귀찮은 일이 불거져 나와 곤혹스럽기 짝이 없다.
=헌 바지에 좆 나오듯 한다.

벼락감투를 썼다
갑자기 얻은 관직이나 직책을 농조로 이르는 말.

[蒐集] 당하관(堂下官)이관명이 암행어사의 명을 받고 영남에 내려갔다가 돌아와 숙종임금을 배알하는 자리에서였다. "그래 민폐를 끼치는 벼슬아치는 없었던고?" 하고 상감이 묻자 "다만 한 가지, 통영 아래쪽의 섬 하나가 후궁 아무개의 땅으로 되어 있사온데 세도를 믿고 바치라는 것들이 많아서 백성들의 원성이 자자하였나이다"라고 고하였다. 이에 숙종이 노기에 찬 어조로 "일국의 임금인 과인이 조그만 섬 하나를 후궁에게 준 것이 무엇이 그리 나쁘다고 감히 이 자리에서 비방하고 논란하는고?" 하면서 철여의(鐵如意)로 앞에 놓인 상을 치는 바람에 상이 박살이

나고 말았다. 임금이 이렇듯 진노하는 데도 이 관명은 조금도 굽히는 기색이 없이 다시 아뢰기를 "소신이 상감을 모시고 경연(經筵)에 참여할 때는 이렇지 않으시더니 명을 받아 외지에 나간 1년 동안 상감의 과격하심이 이에 이르렀으니 이는 곧 그 동안 상감께 간쟁(諫爭)하여 올리는 신하가 없었다는 뜻이옵니다. 신하들의 불충이 이러할진대 마땅히 그들을 모두 파직함이 옳은 줄 아뢰옵니다" 하였다. 이윽고 숙종이 "승지는 전교(傳敎)를 쓸 초지(草地)를 가져오라"고 명했다. 신하들은 모두 이관명에게 큰 벌이 내릴 것으로 알고 숨을 죽이고 있는 가운데 명이 떨어졌다. "전 수의어사 이관명에게 부제학을 제수한다." 너무나 뜻밖의 어명에 신하들이 어리둥절해 있는 사이 다시 "부제학 이관명에게 홍문제학을 제수한다"는 명이 내려왔다. 이에 모두가 더욱 크게 놀라서 수군대는 중에 다시 "홍문제학 이관명에게 호조판서를 제수한다."는 어명이 떨어졌다. 숙종은 놀랍게도 그 자리에서 이관명의 직품을 세 번이나 높여서 정경(正卿)대감 반열에 제수한 것이었다. 그러고 나서 하교하기를 "경이 바른 말을 진언하여 과인의 잘못을 알았기로 경을 호조판서에 앉히는 것이오. 앞으로도 그런 민폐가 있거든 언제든지 서슴지 말고 폐단을 없애서 나라를 태평하게 하라."고 명하였다. 그 이후부터 이 같은 파격적인 승진을 '벼락감투'라 부르기 시작했다 한다.

벼락 맞은 소 잡아먹듯
여럿이 달라붙어 아귀다툼으로 제 욕심을 채우는 모습 따위에 빗댄 말.

벼락을 쫓아가서 나이대로 맞아 뒈져라!
한 맺힌 자에 대한 독기 서린 저주의 말.

벼락 치는 하늘도 속일 놈이다
교활하고 담대하기 짝 없는 자이다.

벼룩 등짝에 육간대청을 짓겠다

소견머리라고는 없는 답답한 자이다.

벼룩의 간 빼 먹고 모기 눈알 빼 먹는다

인색하고 모질기 짝이 없는 자이다.

벽치기 한다

흔히 여자를 벽에 붙이고 벌이는 즉석 정사를 이르는 말.

변강쇠가 아니라 똥 강쇠다

큰소리만 쳤지 알고 보니 속빈 강정이라는 뜻. '변'을 '똥(便)'에 빗대 비웃는 말.

변강쇠다

양기가 절륜한 자이다.

변강쇠타령 중에서

변강쇠타령은 국내 정상급의 외설 판소리로서 다음은 그 일부만을 전재한 것이다.

[蒐集] 옹가녀는 천하일색이나 미인박명인지 나이 열다섯에 첫 서방을 잃은 뒤로 스물 되기까지 해마다 하나씩 여섯 명의 지아비를 잃게 되는데 본서방 말고 기둥서방 샛서방 들은 모두 그녀의 음란한 짓거리만큼 흉측한 죽음을 맞고 있다. 다음은 그 판소리 사설 중 일부이다.

"이것은 남이 아는 기둥서방, 그남은 (나머지는) 간부, 애부(정부), 거드모리(옷 입은 채 하는 성행위), 새호루기(새가 흘레하듯 눈 깜짝 새 치르는 성행위), 입 한번 맞춘 놈, 젖 한번 쥔 놈, 눈 흘레한 놈, 손 만져 본 놈, 심지어 치맛귀에 치맛자락 얼른 한 놈까지 모두 대고 결딴을 내는데 한 달에 뭇(10), 일 년에 동(1천)반, 한 동 일곱 뭇, 윤삭 든 해면 두 동 뭇 수 대고 설그질 제(죽어 나갈 때) 어떻게 (사내들을) 쓸었던지 삼십 리 안팎에 상투 올린 사나이는 고사하고 열다섯 넘는 총각도 없어 계집이 밭을 갈고 집을 이니 황평(황해. 평양)양도 공론하되 이년을 두었다가는 우리 도내에 좆 단 놈 다시없고 여인국이 될 터이니 쫓을 수밖에 수가 없다.”

그야말로 옹가녀가 구렁이 개구리 잡아먹듯 두꺼비 파리 삼키듯 사내들을 결딴내자 마침내 양도가 합세해서 그녀를 추방하기에 이른다. 그럼에도 반성은커녕 쫓겨나는 순간에조차 쌍소리가 방자하다.

“어허, 인심 흉악하다. 황평 양서 아니면 살 데가 없겠느냐? 삼 남(三南 : 충청도 전라도 경상도) 좆은 더 좋다더라.” 이렇게 도둑고양이처럼 내 쫓김을 당한 옹가녀가 천하 거지에 잡놈 변강쇠를 만나는 장면 역시 목불인견이다.

“이때에 변강쇠라 하는 놈이 천하의 잡놈으로 삼남에서 빌어먹다 양서로 가느라고 연놈이 오다가다 청석 좁은 길에서 서로 만났거든, 간악한 계집년이 흘끗 보고 지나가니 의뭉한 강쇠 놈이 다정히 말을 물어 ‘여보시오 저 마누라, 어디로 가시나요?’ 숫 계집(처녀)같으면 핀잔을 하든지 못 들은 체 가련만은 이 자지간나회 (자지 갖고 놀아먹는 논다니 년)가 흘림목 곱게 써서 ‘삼남으로 가아’이렇게 두 잡것이 눈이 맞아 날치기 궁합을 본 뒤 벼락치기로 가시버시 되기를 기약한 다음 손잡고 넓적한 바위 위로 올라가서 낮거리 합궁판을 벌이는 낭자한 대목 역시 썩 볼 만하다.

“천생 음골(陰骨) 강쇠 놈이 여인 두 다리 번쩍 들고 옥문관을 굽어보며 ‘이상히도 생겼다. 맹랑히도 생겼다. 늙은 중의 입일는지 털은 돋고 입은 없다. 소나기를 맞았던지 언덕 깊게 파이었다. 도끼날을 맞았던지 금 바르게 터져 있다. 생수 나는 곳인지 옥담인지 물이 항상 괴어 있다. 무슨 말 하려는지 옴질옴질하고 있노. (중략) 제 무엇이 즐거워서 반쯤 웃어 두었구나. 곶감 있고 으름 있고 조개 있고 연계 있고 제상은 걱정 없다.”

강쇠의 이런 수작에 응하는 옹가녀의 대거리 역시 방자하기 그지없다.

저 여편네 반쯤 웃으며 갚음을 하노라고 강쇠 그 물건을 가리키며 “이상히도 생겼네, 맹랑히도 생겼네. 무슨 일 무슨 수작, 쌍걸랑(불알)을 느직하게 달고 냇물가의 물방안지 떨구덩 떨구덩 끄덕인다. 송아지 말뚝인지 털 고삐를 둘렀구나. 감기를 얻었던지 맑은 코는 무슨 일꼬. 성정도 혹독하다. 화 곧 나면 눈물 난다. 어린아이 병일는지 젖은 어찌 게웠으며 제사에 쓸 숭언지 꼬챙이 굼(구멍)이 그저 있다. 뒷 절 큰방 노승인지 맨대가리 둥글린다. 소년 인사 다 배웠나 꼬박꼬박 절을 하네. 물방아 절굿대며 쇠고삐 걸랑 등물 세간살이 걱정 없네."

변소에서 나올 때 서두르는 놈 없다
누구든 제 급한 볼일 해결하고 나면 느긋해지는 법이다.

변학도 잔치에 이 도령 술상이다
춘향전에서 보듯 각 원님들 주안상은 푸짐하지만 과객차림의 이 도령 술상은 개다리소반에 먹다 남은 음식으로 초라하듯 접대가 소홀함을 빗대 이르는 말.

별 튀고 불 튄다
매우 심한 몸싸움 또는 정염에 불타는 눈빛을 빗댄 말.

병든 우세*로 개 잡아먹는다
별 시답잖은 핑계를 내세워 제 욕심을 채우는 못된 자이다.

병신도 병신이라면 노여워 한다
바른말도 분위기 따라 가려 쓸 줄 알아야 하는 것이다.
=과부도 과부라면 싫어하고 장님도 눈멀었다면 싫어한다.

병신이 달밤에 체조한다

＊우세 : 상대편보다 나은 형세.

못난 놈이 더 티를 내고 있다.

병신치고 육갑 못 하는 놈 없다

갈수록 더 못난 티를 내고 있다.

병 없고 빚 없으면 사는 거다

비록 고생스러워도 몸 건강하고 빚 없으면 그냥저냥 살아갈 수 있는
것이다.

병은 귀신이 고치고 돈은 무당이 먹는다

땀 흘려 일하는 자와 거두어 챙겨 먹는 자가 따로 있다.
=재주는 곰이 넘고 돈은 되놈이 먹는다.

병은 입으로 들고 화는 입에서 나온다

병이란 대개 음식을 잘못 먹어 생기고 화는 말을 잘못해 생기는 것이다.

병은 한 가지에 약은 천 가지다

천병(千病)에 만약(萬藥)이라, 그만큼 치료법은 무궁무진하다는 뜻.

병자가 미워지면 더 밉다

애정으로 간병을 해야 함에도 병자가 미운 행동을 하거나 미운 말을
하면 더 천불이 날 만큼 미워진다는 뜻.

병 젖이다

병처럼 삐죽 나온 유방을 빗대 이르는 말.

병 주고 약 안 준다

병만 들게 해 놓고 나 몰라라 하는 경우이다.

병집이 있다

깊이 박힌 잘못이나 결점이 있다.

병추기 놈이다

지병으로 늘 성치 못한 자이다. 또는 툭하면 잘 앓는 사람을 놀림조로 이르는 말.

병통이 있다

고치지 못하는 고질적인 잘못이 있다.

병풍 뒤로 간다

죽는다는 뜻. 죽으면 시신을 병풍 뒤에 모신대서 나온 말.

병 하나에 술 두 가지를 담지는 못 한다

한꺼번에 몇 가지 일을 할 수는 없는 것이다.
=한 몸에 두 지게 질 수 없다.

보기보다 떡판이 끝내 준다

인물은 별로인데 정사 때의 성감만큼은 그만이다.

보나마나 들으나 마나다

환하게 알 수 있는 일이다. 또는 대수롭잖은 일이다.

보따리 내주면서 자고 가란다

싫은 기색이 분명함에도 말로만 안 그런 척, 속 보이는 짓을 하고 있다.
=봇짐 내주면서 앉으란다.

보리 개떡 같다

음식 또는 사람이나 일거리가 하찮다.

=개뿔 같다. 개 좆 같다.

보리깡촌 출신이다
벽지 출신의 시골뜨기이다.
=시골 무지렁이다.

보리농사 다 망쳤다
남녀가 남의 보리밭에 들어가 뒹구는 바람에 다된 보리농사를 다 망쳐
놓았다. 혼을 내야 할 연놈들이라고 성토하는 말.

보리떡을 떡이라 하며 의붓아비를 아비라 하랴
말이 좋아 떡이고 아비이지 실상은 이름에 값하지 못하는 허명일 뿐이
라는 뜻.

보리 문둥이다
경상도 지방 사람을 농으로 이르는 말.

보리밥 먹고 쌀 방귀 뀐다
배운 건 없어도 아는 것이 많은 영리한 사람을 비유한 말.

보리밭에 가서 숭늉 찾겠다
숭늉은 보리밥 숭늉이 제격이지만 보리밥 짓는 부엌 아닌 보리밭에 가
서 찾는다 함이니 성미 조급한 자를 두고 놀리는 말.

보리밭*에서 나오다 들켰다더라
계집질 또는 서방질을 하고 나오는 것을 아무개가 봤다고 소문내는 말.

＊보리밭 : 옛날에는 물방앗간과 함께 요즘의 러브호텔과 같은 밀애 장소로 애용되었다 함.

보리술이 술이며 남의 계집이 계집이냐

맛없는 보리술이 술 축에 들 수 없듯 남의 아내 역시 그림의 떡이니만큼 괘념할 바가 아니다.

보리 카락처럼 깔깔하다

만만한 데라곤 없이 하는 말끝마다 가시가 돋혀 있다. 또는 성미가 모지락스런 자이다.

보리타작을 당했다

뭇 매깨나 얻어맞았다.
=매타작을 당했다.

보리흉년에 이게 웬 떡이냐

뜻밖의 좋은 일이 생겼을 때 반색하는 말.

보릿고개 저승 고개다

예전 양식이 떨어지는 봄철 보릿고개 때가 되면 굶어죽는 사람이 많았다고 해서 생긴 말.

보릿고개, 피 고개, 아리랑 고개란다

겨울 양식은 다 떨어지고 보리는 아직 여물지 않아서 곤궁한 무렵이 보릿고개라면 피고개는 아직 추수하기에는 이르고 피도 패기 전이라 양식 대먹기 어려운 때를 이르는 말.

보살*도 첩 노릇을 하면 도리 없다

태생 얌전한 여자도 첩이 되면 간사해지듯 사람이란 어쩔 수 없이 환경의 지배를 받게 마련이다.

---

*보살 : 위로 부처를 따르고 아래로 중생을 제도하는, 부처의 버금이 되는 성인. 나이 많은 여신도를 대접할 때 이르는 말.

보아하니 색*1깨나 흘렸겠다

하는 거동을 보니 지난날 바람깨나 피웠겠다.

보약도 쓰면 안 먹는다

비위가 약한 사람을 핀잔주는 말. 또는 저 싫으면 별수 없다는 뜻.
=평양 감사도 저 싫으면 그만이다.

보지*2가 걸레 보지다

정조 관념이라고는 없는 걸레 같은 여자이다.

보지가 썩은 시궁창이다

아무 남자나 받아들이는 음란한 여자이다.

보지가 여우 보지다

성교 시 요분질과 음문 조이는 기술이 뛰어난 여자이다.

보지가 팽팽하니 헐렁하니 한다

남자 입장에서, 성감이 좋으니 나쁘니 하고 입방아를 찧는다는 뜻.

보지가 팽팽하다*3

음문에 탄력이 있다.

보지가 하발통이다

아무 남자하고나 관계를 하는 싸구려 여자이다.

---

*1 색(色) : 색사(色事) 또는 여색(女色)을 빗댄 말.

*2 보지 : '볼→보도→보도기→보자기→보지'로 변화된 말로서 '보자기'에서 나온 말.
보자기처럼 '생명의 씨를 품어 키워 내는 곳'이란 뜻이다.

*3 팽팽하다 : 켕기어 퉁기는 힘이 있다.

보지가 호박잎만하니 애 손바닥만하니

입이 건 오입쟁이들이 주고받는 우스갯말.

보지 구멍 닦는 데 가진 재산 다 날렸다

오입질에 미쳐서 있는 재산을 다 탕진해 버렸다는 푸념.

보지 구멍에 소금 석 섬을 다 넣어도 짜다 소리 한번 못 들었다

오입질에 미쳐서 내버리는 돈은 한도 없고 끝도 없다는 뜻.

보지 구멍은 작아도 세상천지가 들고 나온다

세상 물정도 알고 보면 남녀의 정분에 의해서 좌우되는 비중이 크다는 뜻.

보지는 뻐듯한 맛이다

성교할 때는 헐렁하지 않고 꽉 조여야만 제 맛이 난다는 뜻.

보지는 신물 나게 꽂아 주는 게 약이다

성적인 서비스를 잘해 주는 것이 곧 여자의 불평불만을 없애는 묘약이다.

보지는 왜 내리 째졌을까?

[口傳說話集] 음문이 세로로 길게 난 내력에 관한 구전설화.
사람의 눈이나 입 등은 다 가로로 긴 데 반해 유독 음문만이 세로로 길게 째진 까닭은 다음의 원인 때문으로 전해져 내려온다. 옛날에 보지하고 항문은 바로 이웃에 살았는데 보지에서는 늘 퀴퀴한 새우젓내 나는 물이 나와 항문 쪽으로 흐르곤 하니까 항문이 어느 날 더 이상은 못 견디겠다고 강력하게 항의를 했다는 것이다. 한편 보지로서는 항문이 늘 구린내를 풍겨도 참고 살았는데 상대가 이렇게 나오자 정 그렇다면 나도

아니꼽고 더러워서 이사를 가겠노라고 선언을 한 다음 배꼽한테로 가서 여기는 널찍하고 환해서 지금 사는 좁고 어두운 곳보다 나아 보이는데 이사와 살아도 괜찮겠느냐고 묻자 배꼽이 그렇잖아도 혼자 동떨어져 외로웠는데 백번 잘 되었다, 당장 이사를 오라고 대환영을 하는 것이었다. 그래서 한창 이삿짐을 챙기는 참인데 항문이 가만 보니까 그간 아옹다옹 싸움이야 했지만 미운 정 고운 정 다 들었는데 훌쩍 떠나버리고 나면 적적해서 못 살 것 같아 뜬금없이 붙잡고는 이사를 못 가게 말리는 것이었다. 이렇게 되자 배꼽은 어서 오라고 위에서 잡아끌고 항문은 못 보낸다고 아래로 끌어내리면서 실랑이를 하다 보니 그만 보지가 아래위로 길게 늘어나서 지금처럼 세로로 길게 째진 모양이 되었다 한다.

보지는 입 찢어지게 박는 맛이다.
성관계는 여자가 만족 할 때까지 해줘야만 제 맛이 난다는 뜻.

보지는 첫째가 협(狹)하고 둘째가 착(搾)하고 셋째가 온(溫)하며 넷째가 습(濕)해야 좋다
음문은 첫째 좁아서 뽀듯한 느낌을 주어야 하고, 둘째 조이는 힘이 있고, 셋째 안이 따스하고, 넷째 물이 많아서 매끄러워야 좋은 것이다.

보지로 병마개를 따느니 마느니 한다
음문의 조이는 힘이 그만큼 절륜하다는 뜻.

보지로 못을 뽑으라면 뽑지 도리 없다
철저한 상명 하달의 조직 사회에서 쓰는 말로서 일단 명령이 떨어지면 어떤 일이든 반드시 해야 한다는 뜻.

보지로 안 낳고 똥구멍으로 내지른 놈 같다
비정상으로 태어났는가 한참 모자라는 자이다.

보지 맛이 좋다

성교할 때 느낌이 그만이다.

보지 못된 것은 첫째가 불감(不感)이고 둘째가 건(乾)보지, 셋째가 처진 것 넷째가 빈대보지 다섯째가 함박보지다

성교 시 반응이 없는 보지가 가장 나쁘고 물기가 없어 맞치는 보지 역시 오십보백보이며 다음은 아래로 처져 성교하기에 거북한 것, 그 다음은 납작해서 맛이 안 나는 부류이고, 마지막으로 함지박처럼 너무 큰 것 역시 헐렁해서 취할 것이 없다는 호사가들의 우스갯말.

보지보고 하지 낯짝 보고 하나

오입쟁이 들이 오입을 할 때에는 미추를 가리지 않는다는 뜻.

보지 본 좆에 꽃 본 나비다

여자와 가까이 있으면 사내들은 본능적으로 성욕이 발동하게 마련이다.

보지에 곰팡이 슬겠다

한동안 성교를 못해 허전하다는 입 건 여자들의 우스갯말. 또는 남자들이 여자에게 은근슬쩍 건네는 정사 부추김 말.

보지에 금테 둘렀다냐

남자 입장에서 여자가 어째 그리 거만하고 마치 음문에 금테라도 두른 양 비싸게 구느냐고 빈정대는 말.

보지에 길나자 과부 된다더니만

일이 좀 되는가 싶어 좋아했더니 엇가 버렸다고 한숨짓는 말.

보지에 덴 놈이다.

너무 색을 밝힌 나머지 건강에 가진 재산까지 다 날려 거지꼴이 되었다. 또는 꽃뱀 같은 여자의 마수에 걸려 혼 구멍이 났다는 뜻.

보지에 물 마르면 끝장이다

여자가 나이 들어 성교 시 음수조차 안 나오게 되면 여자구실은 끝난 거나 한가지다.

보지에도 은보지가 있다

같은 여자라도 남달리 운이 좋아 양갓집에 시집가서 귀인 대접 받고 사는 여자는 따로 있다는 뜻.

보지 종류도 가지가지다

음문의 갖가지 모양과 기능에 대해서 전해오는 구전 설화.

[蒐集] 보지에는 자궤*보지, 삽짝보지(縮口性), 뚜껑보지(縮伸自在性), 물 보지(多液), 된 보지(液小), 더운 보지, 찬 보지 등 7가지 종류가 있다. 그런데 치붙은 보지는 서서 하기에 좋고 내리붙은 보지(밑보지)는 뒤로 해야 좋으며 밋밋한 보지는 앉아서 해야 맛이 나고 털복숭이 보지는 바로 (정상 위) 해야 맛이 좋은 반면 뚜껑 보지는 배꼽을 꾹 눌러 주면 음문 뚜껑이 발랑 젖혀지고 삽입이 되면서 제 맛이 난다고 한다.

보지 좋아 뭐 하노 팔자가 좋아야지

뭐니뭐니 해도 근본적인 것이 좋아야 다 좋은 것이다.

보지 좋은 건 첫째가 만두보지 둘째가 길난 보지 셋째가 숫 보지 넷째가 빨 보지 다섯째가 물 보지다

첫째 씹 두덩이 만두처럼 볼록해야 성감이 좋고 다음으로는 잘 길들여진 것이 좋으며 처녀 보지처럼 작고 조붓하면 금상첨화이고 다음은 흡

---

* 자궤(自潰) : 스스로 뭉그러져 터짐.

착력이 강해 빨아들이는 맛이 있고 시종 질척하게 물기가 많아야 제 맛이 난다는 뜻.

보지 좋은 과부다
기능 또는 능력이 좋아도 아무 쓸모가 없어져 버렸다고 한숨짓는 말.

보지 좋자 과부 된다
운수가 사나운 건지 하는 일마다 빗가기만 해서 죽을 맛이다.
=입맛 나자 양식 떨어진다.

보지 중에도 개보지다
아무 때 아무하고나 성관계를 하는 음란한 여자이다.

보지 털이 많으면 색골이다
거웃이 무성한 여자는 색정이 강하대서 나온 말.

보지하고 비빔밥은 질축해야 제 맛이다
음문에는 늘 음수가 많아야 성교 시 제 맛이 나는 법이다.

보지 확*¹은 길이 나야만 좆 맛을 안다
여자는 시간이 좀 지나야만 성교의 참맛을 알게 된다.

보쌍*²이 더러운 놈이다
속에 품은 생각이 흉악한 자이다.

보채는 아이 젖 더 준다

＊1 확 : 절구의 아가리에서 밑바닥까지 파인 곳. 여기서는 음문을 빗댄 말.
＊2 보쌍 : 꿋꿋한 생각. 품은 요량.

가만있는 사람보다는 성가시게 조르는 사람이 더 이득을 보게 마련이다.
=억지가 사촌보다 낫다.

복 덩어리, 떡 덩어리다
잘생기고 일 잘하고 말 잘 듣는 아이나 처녀 따위를 빗대 이르는 말.

복 많은 과부는 넘어져도 가지*¹밭에 가서 넘어진다
운이 좋은 사람은 불행을 만나도 순식간에 전화위복이 되기도 한다는 뜻.
=복 있는 과부는 앉아도 요강 꼭지에 앉는다. 복 많은 과부는 넘어져도 가지 밭에 가서 넘어지고 복 없는 과부는 넘어져도 똥 밭에 가서 넘어진다.

복과재생(福過災生)이다
복이 지나면 또는 지나치면 재앙이 따르는 법이다.

복날 개 패듯 한다
여름에 제철 음식으로 개를 때려잡듯 사람을 마구 치고 때린다는 뜻.

복대기 치지*² 마라, 정신 사납다
정신없으니 그만 좀 떠들어라.

복불복(福不福)*³이다
전적으로 운수에 달린 일이다.

---

*1 가지 : 자지를 비유한 말. '가지'는 '자지'와 생긴 모양은 물론 발음까지 비슷해 호사가들 입방아에 오르내리곤 한다.

*2 복대기 친다 : 여럿이 모여 정신 못 차리게 떠들어대는 모양.

*3 복불복 : 본래는 돌아오는 복이 좋거나 좋지 않은 정도를 이르는 말이다.

복사꽃 무렵 낮잠 잔 농부, 대추 꽃 무렵 맨밥 먹는다

게으르면 못살기 마련이다.

복숭아 회초리로 미친놈 때리듯

미친병은 복숭아나무 회초리로 때려야만 귀신이 물러나 낫는대서, 함부로 모질게 때리는 모양을 비유한 말.

[採錄] 미친놈은 귀신이 씌워 미치는데 그 미친 병 귀신은 복숭아 회초리나 몽둥이로 때려야만 놀라서 미친놈 몸속에서 도망쳐 나가 병이 낫는다는 미신이 전해져 왔다.

복 없는 계집 팔자 타령하듯

넋두리 또는 푸념을 늘어놓고 있다.

복 없는 과부는 시집을 가도 고자를 만난다

복이 없는 사람은 일마다 마가 끼어 도무지 되는 일이 없다는 뜻.
=복 없는 놈은 곰을 잡아도 웅담이 없다.

복 없는 년은 봉놋방*에 가서 자도 고자 옆에 눕는다

복 없는 여자는 남자들만 자는 봉놋방에 가서 자도 하필이면 성 불구인 남자 옆에 눕는다 함이니 도무지 되는 일이 없다고 탄식하는 말.

복은 거푸 오지 않고 화는 홀로 오지 않는다

복은 연달아 오는 일이 드문 반면 화는 겹쳐서 오는 일이 많다는 뜻.

복은 새털보다도 가볍다

복은 아주 가벼워서 오더라도 아는 사람이 매우 드물다는 뜻.

＊봉놋방 : 옛날 나그네들이 한 방에서 자고 가도록 만든 주막의 가장 큰 방. 구들만 뜨끈하게 때주고 요나 이부자리 없이 목침 하나만 주었다고 함.

복은 지어 갈라 받고 화는 지어 혼자 받는다
　복을 받으면 주변 사람들 다 같이 혜택을 보지만 화는 저 혼자 감당하게 마련이다.

복은 화가 숨어 있는 곳에 숨어 있다
　복은 화를 멀리하기만 하면 저절로 오게 되는 것이다.

복장을 치고 죽을 노릇이다
　억울하기 짝 없는 일이라고 가슴 치는 말.

볶은 콩하고 젊은 계집은 곁에 있으면 그저 못 두는 법이다
　고소한 맛의 볶은 콩이 옆에 있으면 집어먹듯 젊은 여자 역시 한 방에 같이 있으면 정을 통하게 마련이라는 뜻.

본 놈이 도둑질도 한다
　무슨 일이든 알아야만 할 수 있는 것이다.

본 상놈보다 못 본 양반 짐작이 사람 잡는다
　상황을 올바로 판단하는 사람은 따로 있는 법이다.

본서방 좆에는 쇠테 두르고 샛서방 좆에는 금테 둘렀다
　본서방과 비교할 때 샛서방과의 정사가 그만큼 더 성감이 좋다는 뜻.

볼가심거리도 안 된다
　음식이 적어 입가심거리 조차도 안 된다.

볼기짝 질긴 놈이다
　어디 가서 한번 앉으면 일어설 줄 모르는 자이다.

봄* 계집에 가을 사내다

봄철에는 여자들이 바람나기 쉽고 가을철은 남자들이 바람나기 쉬운
계절이다.

봄바람에는 말 씹도 터진다

봄철은 여자의 춘정이 넘치는 절기인지라 암말조차도 바람이 나서 음
문이 터질 만큼 걷잡지 못하게 된다는 비유의 말. 또는 그만큼 봄바람
은 건조하다는 뜻도 들어 있음.
=봄바람에는 말 좆도 터진다.

봄바람은 처녀 바람, 가을바람은 총각 바람이다

봄철은 처녀들이 가을철은 총각들이 바람나기 쉬운 절기이다.

봄바람은 첩 죽은 귀신이다

봄바람은 마치 예쁘고 귀여운 첩처럼 품안으로 파고든대서 나온 말.
또는 따스해 뵈도 쌀쌀맞기 그지없다는 뜻도 묻어 있다.

봄 불은 여우 불이다

봄에는 공기가 건조해 불이 자주 난다는 뜻.

봄 사돈은 꿈에 볼까 두렵다

양식 귀한 봄철에는 행여 사돈처럼 어려운 손님이 올까 두렵다는 뜻.
=봄 사돈은 범보다도 더 무섭다.

봄 씹 세 번 하면 네 발로 긴다

봄철이 되면 여자는 성욕이 왕성해지지만 남자는 농번기라 일에 지치
는 탓에 여자가 하자는 대로 했다가는 초주검이 되고 마니 조심할 일

＊봄 : '봊'이 변한 말로서 '봊'은 '보지'에서 나온 말. 봄은 보지 또는 씹과 같은 뜻으로서
'씨를 뿌리는' 계절이란 뜻이다.

이다.
=봄 씹 세 번 했다가는 초상난다.

봄 씹은 놋젓가락도 끊는다
봄철은 상대적으로 여자들의 성욕이 강해지는 때이다.

봄 씹은 사흘에 한번, 여름 씹은 엿새에 한번, 가을 씹은 하루 한번, 겨울 씹은 하루에 열 번이다
계절별로 성교 횟수를 희화한 말.

봄에 깐 병아리* 가을에 가서 세어 본다
매사 셈에 앙바르지 못한 허랑한 자이다.

봄에 의붓아비 제사 지낼까?
양식이 떨어져 당장 먹을 것조차 없는 판에 마음에도 없는 일을 할 리가 없다는 뜻.

봄이 되면 오십 먹은 씹도 툭 터진다
봄철이 되면 나이 든 여자도 춘정이 발동하게 된다.

봄 조개, 가을 낙지다
음식도 절기하고 맞아야 맛이 더 좋다는 뜻.

봇짐 내 주면서 앉으란다
정작은 싫어하면서도 말로만 사탕발림을 한다.
=봇짐 내 주면서 묵어가란다.

---

* 병아리 : 병아리의 옛말은 '비육'인데 '비육비육'하는 울음소리에서 유래한 것이다. 뒤에 '비육'에 접미사 '아리'가 붙어 '비육+아리'가 되었다가 '병아리'로 변하였다.

봉사 코끼리 본 얘기하듯 한다

변죽만 울리고 핵심을 짚어서 말을 하지 못한다. 답답한 노릇이라는 뜻.

봉사가 기름 값 물어주고 중이 회(膾)값 물어 준다

장님은 불빛이 필요 없음에도 등잔에 쓰는 기름 값을 물고 고기 안 먹는 중이 회 값을 물어준다 함이니 억울한 덤터기를 쓴 경우 따위에 빗댄 말.

봉사도 장님이라면 좋아한다

같은 말이라도 존칭을 쓰면 듣기 좋아한다. 말은 꾸미기 나름이라는 뜻.
='아'다르고 '어'다르다. 과부도 과수댁이라면 좋아한다.

봉은 굶주려도 좁쌀은 먹지 않는다

'양반은 얼어 죽어도 겻불은 쬐지 않는다'와 같은 뜻의 말.
=범은 굶주려도 풀은 먹지 않는다.

봉이 봉의 새끼를 낳는다

부모가 훌륭하면 대개 자식도 훌륭하기 마련이다.
=범이 범을 낳고 개가 개를 낳는다.

봉 잡는다

힘 안 들이고 한 밑천 잡는다. 여기서 봉이란 빼앗아 먹기 좋은 문문한 물주를 농으로 이르는 말.

[蒐集] '봉'의 유래는 다음과 같다. 옛날에 김 선달*이 시장통에서 닭 장수가 봉이라고 외치는 썩 잘생긴 장 닭 한 마리를 닷 냥에 사서는 그

＊선달 : 선달이란 지난날 과거시험에 합격은 했으나 벼슬자리를 받지 못한 사람을 높여 부르던 말이다.

고을 원님께 봉을 진상하러 왔노라며 갖다 바쳤단다. 닭을 봉이라고 원님께 올렸으니 이내 들통이 나서 볼기만 12대 맞고 쫓겨나온 것은 당연지사. 김 선달은 포졸과 함께 시장통으로 돌아와 그 닭 장수에게 사기를 쳤다고 을러대어 볼기 한 대에 5냥씩 60냥에다 처음의 봉값 5냥까지 합쳐서 모두 65냥을 받아내 단번에 본전의 13배를 버는 횡재를 하였다. 이때 김 선달이, 봉으로 속여 판 닭장수를 만나 한밑천 건졌대서 이 말이 생겼고 봉이 김 선달이란 이름도 그로 인해 회자돼 내렸다 한다.

봉지도 안 떼고*[1] 애부터 낳으란다
일에는 순서가 있는 법이니 성급하게 굴지 말라고 핀잔주는 말.

봉홧불에 김 구워 먹는다
일을 아무렇게나 하여 망쳐 놓은 경우 따위에 비유한 말.

봐주려거든 홀딱 벗고 봐줘라
응분의 보답이 있으니까 잘 처리해 달라는, 깨끗하지 못한 거래에서의 대화 방식.

봐 허니 색*[2]깨나 흘렸겠다
하는 거동을 보니 지난날 바람깨나 피웠겠다.

봐 허니 어린애 쥔 떡도 빼앗아 먹겠다
하는 꼴을 보니 어떤 파렴치한 짓거리를 하고도 남을 위인이다.

부뚜막 밥으로 한세월 보냈다
방 아닌 부엌의 부뚜막에서 밥을 먹어야 하는 천대와 설움 속에서 평

---

*1 봉지도 안 떼고 : 성교도 하지 않은 상태에서.

*2 색 : 색사 또는 여색을 이르는 말.

생을 살았다는 한스런 푸념.

부러질망정 휘어지지는 말랬다
죽을지언정 절개를 굽히지는 마라.

부른 배 고픈 건 더 답답한 노릇이다
임신한 여자의 배는 배가 고파도 부른 것 같아 남들이 배고픈 사정을
알지 못하니 더 답답한 일이라는 뜻.

부리로 찍고 발톱으로 찢는다
사람을 마치 짐승이 먹이 다루듯 잔인하게 헐뜯거나 매질을 한다.

부모가 온 효자라야 자식이 반 효자 노릇한다
부모가 잘 해야만 자식도 효자 노릇을 하는 법이다.

부모가 죽으면 산에 묻고 자식이 죽으면 가슴에 묻는다
부모의 죽음보다도 자식의 죽음이 더 가슴 아픈 일이다.

부모는 자식 주고 남은 돈을 쓰고 자식은 쓰고 남은 돈이 있어야 부모를 준다
부모는 몸을 아끼지 않고 자식을 아끼지만 자식은 제 몸부터 챙기고
나서 부모를 생각한다는 뜻. 남은 돈도 부모 안 주는 자식이 부지기수
일 듯.

부모 속에는 부처, 자식 속에는 앙칼이 들었다
부모는 온 수고를 다 바쳐서 자식을 키우지만 자식은 부모의 그런 은
공을 알기는커녕 가슴에 불평불만만 가득 차 있는 법이다.

부모 속이지 않는 자식 없다

자식들이 부모에게 거짓말 하는 거야 통상 있는 일 아니겠느냐.

부부간에 정 있으면 도토리 하나만 먹고도 산다

부부간에 정만 있으면 경제적인 어려움도 이길 수 있다는 뜻.

부부는 낮에 싸움을 해도 밤에 푼다

부부간에는 낮에 티격태격 싸웠다가도 밤에 한 이불 덮고 자고 나면
다시 정다워진다.

부부는 백 년을 같이 살아도 갈라서면 남이다

백년부부라도 일단 등 돌리면 남이다
=부부도 갈라서면 원수 된다.

부부 싸움은 개싸움이다

싸워도 금세 풀어지는 것이 부부 관계이다.

부아*¹ 돋는 날 의붓아비 온다

연거푸 안 좋은 일이 이어지는 경우 따위에 빗댄 말.

부앗김에 서방질 한다

화가 나면 총기가 흐려져 나쁜 짓도 저지르기 십상이다.
=홧김에 서방질 한다. 홧김에 돌부리 찬다.

부엌*²에서 새던 바가지 들에 가도 샌다

몸에 밴 습관은 그만큼 고쳐지기 어렵다는 뜻.

---

* 1 부아 : '폐'를 가리키는 순수한 우리말. 화가 치밀면 가슴이 부풀어 오르는 듯 하대서
    생긴 말.
* 2 부엌 : 부엌의 '부'는 '불'을 뜻하는 것이고 '엌'은 장소를 나타내는 '억'이 변해 '불억'이
    '부엌'이 되었다. '불을 때는 곳'이란 뜻이다.

부자가 인색하면 백수건달만도 못하다

남 생각할 줄 모르는 부자는 세상에 쓸모없는 존재이다.

부자지간에도 돈에는 남이다

아무리 부자간이라도 돈에 관한 것은 따지기 마련이다. 또는 돈은 분명히 해야 나중에 말썽이 없는 법이다.

부자 삼 대 못 가고 가난도 삼 대 안 간다

무릇 부귀영화란 돌고 도는 것이다.

부자 저승보다 거지 이승이 낫다

비록 비렁뱅이로 살망정 이승살이가 그래도 낫다.
＝산 개가 죽은 정승보다 낫다. 남향명당이 북향 개자리만도 못하다.

부자지 값이나 해라

불알 자지 달린 값도 못한다는 뜻으로 남자가 무능력해 기본적인 소임조차 못한다고 꾸짖는 말.

부잣집 마님 머슴 배고픈 줄 모른다

누구든 자기 입장만 생각하는 이기적인 존재이다. 또는 그런 까닭에 더욱 이웃을 두루 살피는 덕목을 길러야 한다는 충고의 말.

부잣집 업* 나가듯 과부 시집가듯

어떤 일이 소리 소문도 없이 이루어지는 경우 따위에 빗댄 말.

부잣집 외상보다 비렁뱅이 맞돈이 낫다

외상 거래 그만하고 현금 거래로 하자고 퉁기는 말. 또는 상거래에서

＊업 : 한 집안의 복을 지키는 짐승 또는 구렁이.

는 외상으로 많이 파는 것보다 적게 팔아도 현금 거래가 더 실속이 있다는 뜻.

부지깽이로 씹구멍을 후빌 년이다

화냥질로 자기 남편 바람나게 만든 상대방 여자의 음문을 박살내겠다는 악담.

부창부수(夫唱婦隨)의 소경부부 이야기

어느 말 궁합이 척척 잘 맞는 소경부부의 고담 한 자락.

[攪睡雜史] 소경 부부가 함께 있는데 문득 이웃에서 왁자지껄하는 소리가 들리거늘 소경이 궁금하여 무엇 때문에 이렇게 시끄러운가 물으니 아내가 손가락으로 남편의 젖가슴 사이에 사람 인(人)자를 써주는 거였다. 글자 모양이 곧 불 화(火)였다. 이에 소경이 "으응 불이 났다구, 어디서 났는고?" 하고 재차 물으니 처가 이번에는 지아비의 손을 이끌어 자기 음문을 만지게 한 즉 "아니, 진흙 골(泥洞)에서 불이 났어? 진흙 골 뉘집인고?" 하고 다시 물었다. 처가 이번엔 남편의 입과 낭(囊)을 번갈아 만져 주자 "여(呂)생원 집이라고? 거 안됐네 그려. 헌데 얼마나 탔다던가?" 하니 처가 손을 뻗어 소경의 양경(陽莖)을 꽉 쥐는 것이었다. 이에 소경이 방바닥을 치면서 "어허, 다 타고 기둥만 남았다니. 참으로 안 됐도다, 안 됐도다." 그러더란다. 전대미문(前代未聞)의 부부의 총민함이여.

부처님 가운데 토막 같다

남달리 너그러운 성품이다.

부처님 공양 말고 배고픈 사람 밥 먹이랬다

안 뵈는 부처님보다 눈앞의 불쌍한 이웃 돕는 것이 더 큰 공양이 된다.

부처님 손바닥의 손오공 신세이다

권세의 손아귀에 매어 사는 고달픈 신세이다.

부처님 앞에서 설법 한다

주제넘게 가르치려 드는 어리석음을 비웃는 말.
=공자 앞에서 문자 쓴다.

부처님 위해 불공하나 저 위해 불공하지

명분만 그럴듯하지 기실은 다 제 잇속 바라고 하는 것이다.

부처님더러 생선 토막을 먹었단다

죄 없는 사람한테 누명 씌우지 마라.

부처님도 돈 있어야 영험이 있다

복도 돈이 있어야 받게 되는 것이다.

부처도 씹 애기 나오면 돌아앉아 웃는다

남녀의 성에 관한 이야기는 누구든 좋아하는 법이다.

부처 밑을 기울이면 삼거웃*1이 드러난다

훌륭한 사람도 그 이면을 들춰 보면 한두 가지 결점은 있게 마련이다.

부황*2난 놈더러 요기 시키란다

못 먹어 부황난 사람한테 밥을 먹이라니, 터무니없는 당부를 하고 있다.

북 치고 장구 치고 혼자 다해 처먹어라

---

*1 삼거웃 : 삼 껍질을 다듬을 때 긁혀 떨어진 검불.

*2 부황 : 오래 굶어서 살가죽이 누렇게 부어오르는 병.

분수에 넘는 욕심을 부리는 상대에게 나는 관심 없으니까 혼자 다해 먹으라고 해대는 말.

분대질*¹하는 년이다

공연히 남을 괴롭혀 분란을 일으키는 고약한 여자이다.

분(盆)이 좋으면 잡초도 화초 대접 받는다

못난 사람도 잘 입거나 좋은 지위에 앉으면 잘나 보이는 법이다.

불가사리*² 쇠 먹듯 한다

음식이나 남의 돈 따위를 순식간에 먹어치우는 사람을 비유한 말.

불감청이언정 깨소금이다

불감청 고소원(不敢請 固所願)*³에서 비롯된 말로서, 남이 안 된 것을 고소해 하는 말.

불강아지*⁴처럼 말랐다

몹시 마른 모습을 빗댄 말.

불구경 싸움 구경은 양반도 한다

볼거리를 즐기는 건 사람의 본성 아니겠느냐.

불난 강변에 덴 소 날뛰듯 한다

불에 덴 소가 날 뛰듯이 급한 일이 닥쳐 설쳐 대는 모습에 빗댄 말.

---

*1 분대질 : 남을 괴롭혀서 말썽을 일으키는 짓.

*2 불가사리 : 쇠를 먹고 산다는 상상의 짐승.

*3 불감청 고소원 : 감히 청하지는 못했지만 본디 원하던 일이었다는 뜻.

*4 불강아지 : 못 먹어서 비쩍 여윈 강아지.

불난 데 키질한다

가뜩이나 죽을 지경인데 도와주기는커녕 훼방을 놓고 있다.

=불난 집에 부채질 한다.

불난 집 며느리 나대듯

무엇을 어찌할 줄 몰라 경황없이 허둥대는 모습에 빗댄 말.

=호떡집에 불난 듯.

불내 놓고 불이야 한다

잘못을 저질러 놓고 발뺌을 하려 든다.

=도둑이 도둑이야 한다.

불두덩*이 근질근질해 죽겠다

대개 남자 입장에서, 한동안 정사를 못해 온몸이 개운치 않은 상태이다.

불뚝 성이 살인 낸다

평소엔 조용하다가도 불시에 성을 잘 내는 사람을 빗댄 말.

불면 날아갈까 쥐면 터질까

애지중지 귀여워하며 키우는 아이 또는 애완동물 따위를 비유한 말.

불벌(佛罰)이 두렵도다

죄를 지음에 부처님이 내리는 벌이 두렵기 그지없다는 뜻.

[奇聞] 한 스님이 있었는데 절이 마을에서 멀지 않아 박씨 김씨 이씨 등 세 명의 천호(千戶. 벼슬 이름)들과도 허물없이 지내는 중에 하루는 스님이 그 세 명의 처들에게 절 음식 맛보기를 권하였다. 이에 절에 온

---

* 불두덩 : 생식기 위쪽 언저리의 두두룩한 부분.

아낙들이 먼저 부처님 전에 절을 올리자 스님이 "모름지기 절 음식은 남모르게 숨겨둔 비밀을 불전에 고한 다음 먹어야지 안 그러면 반드시 불벌(佛罰)을 받게 된다"는 것이었다. 이에 모두 고하기를 주저하고 있을 때 미리 짠 사미승이 불탁 뒤에서 짐짓 부처님 말씀인양 "너희가 행한 음탕한 짓을 내가 다 알고 있으니 사실대로 토로하여 숨김이 없게 하라." 명하니 모두 놀라 황겁한 중에 먼저 박 천호의 처가 말하되 "내가 처녀적에 춘흥(春興)을 이기지 못해 집에 왕래하는 총각과 숲속에 들어가 간통을 일삼다가 들켜서 부모님이 어마 뜨거라고 박 천호에게 시집보냈습니다" 하였다. 이어 김 천호의 처가 고하기를 "저는 처녀시절에 한 사내가 꾀어 '시집을 잘 살려면 먼저 첫날밤의 예절을 익히고 가야 하는 즉 가르쳐 주겠다'면서 방으로 끌고 들어가 간통하고 이어서 연일 연습을 하매 아이가 생긴 것을 부모가 알게 되어 몰래 낳아 파묻은 다음에 김 천호에게 시집와 살게 되었습니다" 하였다. 이어 이 천호의 처는 "남편 이 천호의 벗과 눈이 맞아 잉태하여 생남하였으나 남편은 그 친구의 아이를 자기 아들로 알고 있는바 이는 저의 잘못이 아니고 남편이 벗을 워낙 좋아한 것이 폐단이올시다"라고 변명하였다. 묵묵히 얘기 전말을 다 듣고 난 스님이 이르기를 "내가 세 명 천호들과도 절친한바 의리상으로도 너희들의 음탕한 짓을 남편에게 말하지 않을 수 없도다" 하니 세 여인이 모두 기절하리만큼 놀라 손이 발이 되도록 용서를 빌었다. 이에 죄업을 눈감아주는 조건으로 세 여인을 방으로 데리고 들어가 차례로 통간한 다음 나중 공양미까지 푸짐하게 얻어 사미승 놈과 더불어 호식(好食)하였다 한다.

불벼락을 맞아 쌀 놈이다
갑작스런 사고나 재앙에 죽어도 아까울 것 없는 자이다.

불상놈*1에 불상년들이다

---
*1 불상놈 : 상놈 중에도 아주 못돼먹은 상놈.

불학무식하고 경우도 없는 상것들이다.

불알 값도 못하는 놈이다

사내 노릇, 사내구실 못 하는 자이다.

불알 긁어 주는데 도가 텄다

비위 맞추고 아첨하는 데 이력이 난 자이다.

불알 두 쪽만 달랑거릴 뿐

가진 것이라곤 없는 알거지 신세이다.

불알 두 쪽에 땀나도록

열심히 정성을 다하고 있다. 또는 내달리는 모습에 빗댄 말.

불알 두쪽 찬 게 무슨 큰 벼슬이라고

남자로 태어난 게 무슨 대단한 일이냐고 비아냥대는 말.

불알 떼어서 개나 줘라

몹시 겁이 많거나 하는 짓이 옹졸한 자에게 쏘아 주는 말.

불알 몽댕이 하나밖에 없다

가진 재산, 딸린 식구 하나 없는 외돌토리 신세이다.

불알 발린*² 사내놈 같다

행동거지가 남자답지 않다. 또는 계집애처럼 소심한 성격이라는 뜻.

불알친구이다

---

*2 불알 발린 : 거세를 한.

어려서부터 이웃에서 함께 자란 고향 친구이다.
＝불알동무.

불알만 찼다고 다 남자냐?

모양만 남자가 아니라 사내구실을 제대로 해야만 남자 대접도 받는 것이다.
＝불알 값이나 해라. 불알 찬 값도 못한다.

불알아 앞 섰거라 하고 내 뺀다

매우 다급하게 도망치는 모습을 빗댄 말.

불알에 손톱도 안 들어갈 소리 마라

경우에 없는 소리 또는 거짓말 좀 하지 마라.
＝여드레 삶은 호박에 이빨도 안 들어갈 소리 말아라.

불알에 털도 안 난 놈이

아직 나어린 놈이 버릇없이 군다고 꾸짖는 말.
＝머리에 피도 안 마른 것이.

불알에서 방울 소리 나겠다

정신없이 설치고 나다니는 자를 두고 놀리는 말.

불알을 발라서* 구워 먹을 놈 같으니!

숫처녀를 꾀어 임신을 시키는 등 행티 나쁜 바람둥이를 두고 욕하는 말.
또는 온갖 말썽을 피우는 개구쟁이에게 좀 그만 하라고 호통 치는 말.

불알을 잡고 늘어지란 말이다

─────────────

＊ 발라내다 : 열어서 속의 것을 드러내다.

매달려 떼를 써서라도 승낙을 얻어 내라고 다그치는 말.

불알이 오그라붙을 지경이다

큰 걱정거리가 생겨 몸 둘 바를 모르겠다.

=간이 졸아붙을 것 같다.

불알하고 자식은 짐스런 줄 모른다

자식은 많든 적든 간에 고생스런 줄 모르고 거두게 마련이다.

불에 놀란 놈은 부젓가락만 보고도 놀란다

한번 크게 놀라면 그 비슷한 작은 일에도 충격을 받는 법이다.

=더위 먹은 소는 달만 봐도 헐떡거린다. 살에 상한 새는 굽은 가지만 보아도 놀란다.

불에 탄 개 가죽 오그라들듯

돈 또는 재산 등이 눈에 띄게 줄어드는 모양을 빗댄 말.

=찬물에 자지 줄듯 한다.

불 없는 화로 딸 죽은 사위다

알맹이가 빠져 버려 적막한 관계가 되고 말았다.

불여우*1 같은 년!

간사하고 변덕스런 여자에 대한 악담.

=백여우 같은 년.

불*2을 발라서 종자를 없앨 놈이다

---

*1 불여우 : 본래는 북한 및 만주 지역에 사는 붉은 빛이 나는 여우를 가리키는 말.
*2 불 : '불알'의 준말.

다시는 같은 놈이 못나오게 거세를 해야 마땅한 자이다.

불이 나게 맞았다
눈에 불꽃이 튀리만치 볼 따귀가 얼얼하도록 언어맞았다.

불진 비바리*에 얼음 진 머슴이다
적극적인 처녀에 소극적인 총각 즉 음양이 조화롭지 않은 남녀관계를
빗댄 말.
=불진 처녀에 얼음 진 총각이다.

불집을 낸다
일이 터지게끔 폭로를 한다.

불탄 자리는 있어도 물 지난 자리는 없다
화재보다 수재(水災)가 더 무서운 것이다.

붕어 새낀 줄 아냐?
일을 했으면 돈을 줘야지 붕어처럼 물만 먹고 살란 말이냐.
=흙 파먹고 사는 줄 아냐?

붙는 불은 꺼도 넘는 물은 막지 못한다
불보다 물이 더 두렵고 위험한 것이다.

붙어먹었다
비정상적인 성관계를 가졌다.

비 가릴 지붕이 있나 바람 막을 울이 있나

---

* 비바리 : 제주도 처녀를 이르는 말.

오갈 데 없는 비렁뱅이 신세이다.

비곗덩어리만 굴러다닌다

사람 구실 못하는 자이다.

비나리치는*1 거야 당할 놈 없다

아첨하는 데는 도가 튼 자이다.

비는 하늘이 주고 절은 부처가 받는다

일하는 사람 따로 있고 생색내는 자, 돈 챙기는 자는 따로 있다는 뜻.
=재주는 곰이 넘고 돈은 되놈이 먹는다.

비단옷 입고 밤길 간다

세상 물정 모르는 한심한 자이다.

비루먹은*2 강아지도 급하면 범한테 달려든다

봉욕하는 수가 있으니 누구든 함부로 대해서는 안 된다는 교훈의 말.

비를 드니까 마당을 쓸란다

마음먹고 하려던 일이 공 없이 되고 말았다.

비를 피한다고 물속에 뛰어들고 연기 피한다고 불속에 뛰어들랴

경우에 없고 어리석은 짓 좀 하지 마라.

비 맞은 김에 머리 빗는다

마침맞게 기회가 와서 별렀던 일을 해치운다.

＊1 비나리친다 : 환심을 사기 위해 아부를 한다.
＊2 비루먹다 : 병에 걸려 털이 많이 빠지다.

=엎어진 김에 쉬어간다.

비 맞은, 중 담 모퉁이 돌아가는 소리하고 있다
알아듣지 못할 말을 저 혼자 중얼대고 있다.
=도깨비 여울물 건너가는 소리 한다. 귀신 씨 나락 까먹는 소리 하고 있다.

비바리*¹는 말똥만 보아도 웃는다
사춘기 처녀들은 하찮은 일에도 웃기를 잘한다는 뜻.
=비바리는 말 방귀에도 웃는다.

비빔밥 하고 보지는 질어야만 제 맛 난다
비빔밥은 질척해야 맛이 좋듯 음문도 물기가 촉촉해야만 성감이 좋다는 뜻.

비상 사먹고 죽을 돈 한 푼도 없다
오갈 데 없는 비렁뱅이 신세이다.

비상을 먹고는 살아도 나이를 먹고는 못 산다
나이 들어 늙어지면 어김없이 죽게 마련이다.

비싼 게 싼 것이고 싼 게 비싼 것이다
비싼 물건은 그만큼 더 좋고 오래 쓰는 까닭에 싼 것이나 한가지다.

비역*²은 한 놈이 소문내고 썹은 준 년이 소문낸다
이래저래 그 짓은 두루 소문이 나게 마련이다. 또는 남녀 성관계는 여

---

*1 비바리 : '처녀'의 제주도 방언.
*2 비역 : 남자끼리 성교하듯이 하는 짓.

자가 먼저 소문내기 십상이라는 뜻.

비 오는 날 장독 덮은 자랑한다

당연한 것을 자랑삼아 떠벌리다니 한심한 노릇이다.

비위가 남의 집 떡판에 가 엎어지겠다

넘어져도 남의 집 떡판에 엎어져 실컷 먹으리만큼 넉살 좋고 뻔뻔한 자이다.

비장(裨將)이나 할 일이로다

정사(情事)같은 천한 일은 아랫것들이나 시켜서 할 일이라는 우스갯말.

[攪睡雜史] 영남감사가 순시 차 산골 읍촌의 한가운데를 지나가는데 그 위용이 자못 으리으리하였다. 그 행렬의 성대함을 보고 있던 백성 가운데 하나가 이웃사람에게 은근히 묻기를 "저와 같이 귀하고 높으신 어른도 부부상합(相合)같은 것을 할까?" 한즉 옆에 있던 이웃의 백성이 "어찌 저렇듯 만금귀중(萬金貴重)하신 몸으로 그런 천한 일을 하리오. 반드시 비장(裨將)으로 하여금 대신케 하시리라" 하고 눈을 부릅떠 꾸짖으니 듣는 자가 모두 배꼽을 쥐었다.

비지국 먹고 용트림한다

실속은 없으면서 겉모양만 그럴 듯하게 꾸며 보인다.

비지촌(非脂村) 얘기가 남 말이 아니다

남녀가 얼릴 때면 항시 남자가 여자에게 뭔가 속이거나 거짓말을 하는 경우가 많대서 나온 말.

[禦眠楯] 옛날 한 나그네가 동네를 지나다가 시장하던 터에 보리밭 둑에 있는 뽕나무의 오디 열매가 먹음직스런지라 그 나무에 기어 올라가

오디를 따먹고 있던 참이었다. 그런데 웬 처녀 하나가 작은 술상을 들고 그 보리밭 속으로 들어오더니 이어 따라온 총각과 술 한잔씩을 나눠 먹은 다음 엉겨 붙어서 질탕한 정사를 벌이는 것이었다. 그러던 중 기분이 고조된 처녀가 총각에게 "우리 서로 거기를 애무해 주자"고 한즉 총각이 좋다고 하자 처녀는 약속대로 입으로 총각의 양물을 빨아 줬는데 총각은 "여자의 음문은 깊이 들어가 있어 애무하기 어려우니 손가락을 넣었다 빼서 그것을 빨면 어떻겠느냐?"라고 하는 것이었다. 처녀가 좋다고 하자 총각이 손가락을 넣었다 빼서 빨기는 빨았는데 엉뚱한 다른 손가락을 빠는지라 처녀가 항의하자 총각은 계속 맞는다고 우겨대는 것이다. 이에 뽕나무 위에 앉아 이 모든 대거리를 보고 있던 나그네가 '그 손가락이 아니다'고 일갈하는 바람에 처녀와 총각이 모두 대경실색하여 도망치고 말았는데 그런 일이 있은 이후 그 마을 이름이 '그 손가락이 아니다'라는 뜻의 '비지촌(非脂村)'으로 불리게 되었다 한다.

비탈길 돌아가는 돼지 눈깔을 해서는
못 미더워서 의심이 가득한 충혈 된 눈빛으로.

빈대 보지*는 요분질 맛에나 할까
음문이 납작하면 성감이 좋지 않으므로 요분질이라도 잘해야 별충이 된다는 뜻.

빈 수레가 더 요란하다
아는 것 없는 자가 되레 더 아는 체한다.
=빈 깡통이 더 시끄럽다.

빈 지게가 더 무겁다
오히려 가벼워야 할 빈 지게가 더 무겁다 함이니 인생살이의 고달픔을

---

* 빈대 보지 : 도톰하지 않고 빈대처럼 납작한 음부를 빗댄 말.

비유한 말.

빌어먹느니보다 인색이 낫다
돈 헤프게 쓰다 궁색해져서 손 벌리는 자에게 머퉁이 주는 말.

빌어먹는 데서 배라 먹는다*
빌어먹는 음식을 다시 구걸해서 먹는다 함이니 삶이 몹시 구차함을 빗댄 말.

빌어먹다 급살이나 맞아 뒈져라
한 맺힌 상대에게 퍼붓는 저주의 악담.

빗물로 머리 감고 바람에 빗질 한다
지지리도 가난한 떠돌이의 고달픈 삶을 비유한 말.
=밤송이 우렁송이 다 찔려 보았다.

빗장거리에 맷돌거리 한다
정상위가 아닌 열십자 모양(빗장거리) 또는 여자가 위에 올라타고(맷돌거리) 하는 성교체위를 이르는 말.

빙고(氷庫)에 얼음 줄듯
예전 겨울에 떠서 쟁여 두었던 빙고에서 한 여름철 얼음을 꺼내 옮기자면 무더위에 녹아 사정없이 줄어드는 모습에 빗대 정든 임의 사랑이 날이 갈수록 줄어드는 안타까움을 탄식하고 원망하는 민요의 한 구절.
=찬물에 자지 줄듯 한다.

빚 값에 계집 뺏는 놈이다

---

* 배라먹다 : 남에게 거저 얻어먹다.

포악하고 몰인정한 자이다.

빚내서 장가 들여 동네 머슴 놈들만 좋은 일 시켰다

없는 살림에 빚까지 얻어 아들놈 장가를 보냈더니 자식이 못나 계집 간수도 못하는 바람에 며느리가 동네 머슴과 서방질을 일삼는다 함이니 애써 남 좋은 일만 시켰다는 탄식의 말.

빚은 이자도 늘고 걱정도 는다

빚지고 살지 말라는 경계의 말.

빚 주고 뺨 맞는다

잘해 주고도 욕을 당하다니 분하고 억울한 일이다.
=내 씹 주고 뺨 맞는다.

빚 준 상전에 빚진 종이다

빚을 얻어 쓰면 빚 준 사람의 정신적인 노예가 되는 것이니 무슨 일이 있어도 절대 빚지고는 살지 마라.

빚 줄 때는 부처님, 받을 때는 염라대왕이다

빚을 줄 때는 부처님처럼 어질게 보았는데 빚돈을 독촉할 때 보니 염라대왕처럼 무섭고 모질더라.

빚지고 거짓말 않는 놈 없다

누구든 빚 채근을 당하면 궁색한 변명을 늘어놓게 마련이다.

빚지면 문서 없는 종 된다

빚을 지고 갚지 못하면 도리 없이 빚 준 사람한테 눌려 지내게 되는 법이다.

빨간 상놈, 푸른 양반이다

헐벗고 힘없는 상놈과 재산 많고 세도 당당한 양반을 견주어 이르는 말.

빨랫*¹감만 걸어 다닌다

살림에 도움은커녕 빨랫감이나 보태는 한낱 쓸모없는 자이다.

빨재도 빨 좆이 없시다

일을 하고 싶어도 일자리가 없어 못한다는 울분어린 욕 말.

빨 통*² 하나는 끝내 준다

유방이 크고 잘생겨서 촉감이 그만이다.

뻬돌아진 꼬라지하구서는

성에 안 차서 토라진 꼴이라니.

뺑대 쑥*³ 대밭이 되었다

집 또는 마을이 없어지고 황무지 빈터만 남았다.

뺨맞고 하소연하다 볼기 맞는다

사소한 일에 도움을 받으려다 더 큰 화를 자초했다. 또는 설상가상이 되었다.

뺨 맞아 가며 장기 훈수 둔다

욕을 얻어먹어 가면서도 참견을 일삼는다.

---

*1 빨래 : 더러운 것을 없앤다는 뜻의 '빨다'와 '것'이라는 뜻의 접미사 '애'가 합성되어 '빨래'가 되었다.

*2 빨 통 : 유방의 속어.

*3 뺑대 쑥 : 국화과의 다년초식물. 일명 뺑쑥.

뺨 맞을 놈이 여기 때려라 저기 때려라 한다

죄를 지어 벌 받을 놈이 되레 큰소리를 치고 있다.

뺨치고 볼기 치게도 잘 한다

판소리, 노랫가락 따위를 신명나게 또는 온갖 청승 다 떨어가면서 썩
잘한다.

뻔뻔하기는 낮 도둑놈 뺨치겠다

잘못을 저지르고도 부끄러운 줄 모르는 파렴치한 자이다.
=뻔뻔하기는 원숭이 볼기짝이다.

뻘 보지다

뻘이 많은 바닷가에서 해산물을 다루는 아낙들은 다리 힘이 튼튼해 유
난히 성감이 더 좋대서 나온 말. 또는 뻘이 많은 남도 출신 여자들을
농으로 이르는 말.

뻘 속 미꾸라지도 수염이 나는데 수염 안 나는 이유가 있다

소갈머리 없는 여자를 빗대 비아냥대는 말.

뻣뻣하기는 말뚝을 삶아서 쳐 먹었나?

겸손치 못하고 오만 불손하거나 딱하리만큼 고집이 센 사람을 핀잔주
는 말.

뻣뻣하기는 서서 씹 하겠다

거만하거나 고집불통의 위인을 두고 빈정대는 말.
=뻣뻣하기는 서서 똥 싸겠다. 뻣뻣하기는 서서 잠자겠다.

뻥긋 하면 거짓말 나섰다 하면 싸움박질이 일이다

말이든 행동이든 단 한군데도 쓸모없는 자이다.

뼈를 녹인다

남녀 운우지정(雲雨之情)의 느낌이 아주 그만이다.

=뼈 녹는다.

뼈 추렴을 당했다

몹시 얻어맞아 초주검이 되었다.

뼈깨나 녹였겠다

해반지르르한 낯짝이 남자들 애간장 녹여 돈깨나 훑어 냈겠다.

뼈다귈 갈아 마셔도 시원치 않다

당장 죽여 없애도 한이 남을 불상놈이다.

뼈물어서* 헤치워라

마음을 도사려 먹고서 일을 성공시켜라.

뼈품 팔아 공부시켰더니

뼈가 휘고 뼈마디가 시리도록 일해 공부를 시켰으나 자식이 못나 허사가 되고 말았다는 탄식의 말.

뽕나무 가리키면서 느티나무란다

알지도 못하면서 우기기 좋아하는 자를 비웃는 말.

---

* 뼈물다 : 마음속에 단단히 벼르다.

사

사공이 여럿이면 배가 뒤집힌다
중구난방이면 일을 그르치니 의견을 하나로 모으도록 해라.
＝사공이 많으면 배가 산으로 간다.

사기꾼 사기 치고도 남을 놈이다
교활해서 사기꾼도 속여먹을 만한 자이다.

[奇聞] 한 사내가 마종(麻種)피자를 걸머지고 개울가를 걷다가 건너 편을 바라본즉 한 남자가 미모의 처와 더불어 김을 매고 있는지라 문득 음심(淫心)이 일어 큰 소리로 "네가 백주대낮에 여자와 교합을 하다니 천하 잡인이 아니더냐"라고 외치니 그 자가 물을 건너와서는 "네가 분명 미친놈이로다. 대체 네가 무얼 보고 이 같은 낭설을 떠든단 말이냐?" 하고 몹시 꾸짖었다. 이에 사내도 지지 않고 "나의 소견은 분명하다. 옛사 람이 이르기를 마(麻)를 먹은 자는 혼미하다 했는데 내가 걸머진 게 다 름 아닌 마피자인지라 혹 눈을 어지럽게 하여 그런지는 모르겠도다. 만 약 의심이 들거든 네가 내 짐을 지고 여기 있어 보거라. 그런 다음 내가 건너가 네 처와 더불어 있을 터인즉 너의 본 바가 반드시 나와 같으리 라" 하니 남자가 동의하여 마피자 짐을 넘긴 다음 내를 건너가 그 처와 더불어 임의로 실컷 그 짓을 한 뒤 돌아와서 "네가 본 바가 어떻더냐?" 하고 물으니 남자가 "그대의 말이 맞다. 내 오늘 비로소 마피자가 사람 의 눈을 어지럽힌다는 것을 알았도다" 하니 듣는 자가 모두 말없이 웃었 다 한다.

사기 장수는 4곱, 옹기 장수는 5곱, 칠기 장수는 7곱이 남는다.

밑지고 파느니 뭐니 해도 장사란 이문이 남는 법이다.

사나운 개, 콧등 아물 새 없다

성미가 나빠 싸움질을 일삼는 자는 자신도 늘 상처를 입게 마련이다.

사나운 새는 떼를 짓지 않는다

성품이 모진 자는 좀체 남들과 어울리지 않는 법이다.

사나운 암캐 마냥 앙알 댄다

성미 고약한 여자가 앙칼지게 대드는 모양을 빗댄 말.

사내가 못 참는 건 첫째가 술 둘째가 계집이다

남자가 주색을 멀리하며 산다는 건 마치 도를 닦듯 매우 어려운 일이다.

사내*¹가 부엌일을 하면 불알이 떨어진다

남자가 부엌일을 하고 집안일 참견을 하다 보면 좀스러워서 못쓰니 바깥일에만 전념토록 해라.

사내가 우멍거지*²면 자손 복이 적다

자지가 포경이면 제 기능을 발휘하지 못해 아기 생산에 문제가 생길 수 있다는 뜻.

사내놈 치고 용두질*³ 안 치는 놈 없다

한창 때 남자들의 자위행위야 보통 일 아니겠느냐.

───────────

*1 사내 : 남자를 뜻하는 '사나이'의 준말이다. 사나희→사나이→사내로 변하였다.

*2 우멍거지 : 포경 상태의 자지.

*3 용두질 : 남자의 수음 행위.

사내놈들은 싸우면 적이요 사귀면 친구이다
무릇 남자 성품은 대개가 그런 것이다.

사내놈이 길 떠날 때는 미투리*하고 거짓말 하나는 갖고 가야 한다
남자가 객지에 나가 견디려면 질긴 신발과 함께 세상살이 요령 하나는 지니고 있어야 한다. 여기서 거짓말은 삶의 요령을 에둘러서 나타낸 말.

사내는 꼴릴 때까지고 여자는 관 뚜껑 닫을 때까지다
성 능력은 남자는 발기될 때까지지만 여자에게는 그 시한이 없다.

사내는 모름지기 삼부리를 조심하랬다
남자는 첫째 입부리, 말을 조심하고 둘째 좆 부리, 여자관계를 조심하고 셋째는 발부리 즉 함부로 나다니며 노름질 도둑질 등 나쁜 짓을 하지 말아야 일신이 평안하다.

사내는 새벽 좆 안 꼴리면 볼 짱 다 본 거다
남자는 자고 난 새벽이면 자지가 발기하게 마련인데 축 늘어져 있으면 좋은 시절은 다 가버린 것이다.

사내는 제 계집 무릎 베고 죽어야 팔자가 좋다
남자는 늙어 아내가 먼저 죽으면 홀아비로 남아 고생이 자심하게 되므로 아내보다 먼저 죽는 것이 신상에 좋은 것이다.

사내는 좆 방망이로 흥하고 망한다
남자는 바람을 잘못 피우면 망신을 자초해 입신출세에도 지장을 받게 되니 명심할 일이다.

＊미투리 : 삼이나 노 따위로 삼은 신. 짚신보다 훨씬 질긴 것이 장점이다.

사내는 평생에 세 번 크게 웃는다

남자는 결혼할 때 웃고 첫아들 낳았을 때 웃고 아내가 죽으면 또 한번 장가갈 수 있다는 기대감에 돌아서서 웃는다는 우스갯말.

사내들 정은 들물 같아서 갈래로 흐르지만 계집 정은 폭포 같아서 외곬*¹으로 흐른다

남자들 정은 마치 들의 냇물 같아서 갈라지는 경우가 많지만 여자의 정은 외줄기 폭포 같아서 변함이 없다는 뜻.

사내들 평생 원수는 술과 계집이다.

남자들이 가장 조심해야 할 건 술하고 여자인즉 새겨 둘 일이다.

사내 등골 빼먹는 년이다

남자를 꾀어 돈과 재산을 훑어 내는 노는 계집이다.

사내란 건 죄다 홀레*² 수캐라고 생각해라

남자란 다들 짐승 같은 것들이니 절대 마음 헤프게 쓰지 말고 몸단속 잘 하라고 이르는 말.

[續 禦眠楯] 영남*³의 한 군사(軍士)가 번(番)을 들기 위해 상경했다가 달이 차서 돌아가는 길에 날이 저물어 한 촌가에 유숙을 청했으나 마침 제사가 있다고 들이지 않아 울타리 밖 어두컴컴한 빈집에 들어가 있었더니 얼마 후에 제샷집에서 나온 한 여인이 주식어과(酒食魚果)를 넣어주면서 "아재요, 우선 이거로 요기부터 한 담에 조금만 더 기다려 주

---

*1 외곬 : 한쪽으로만 트인 길. 단 한 가지 방법이나 일.

*2 홀레 : 짐승들 간의 교미하는 짓.

*3 영남(嶺南) : 문경새재 즉 조령관의 남쪽이란 뜻이다. 조령(鳥嶺)은 서울~동래(부산) 사이의 가장 큰 고개로서 영남사람이 과거 등 볼일이 있을 때는 반드시 이 고개를 넘어야 했다.

소" 하고는 총총히 사라졌다. '아 이년이 어느 놈하고 사통을 하고 있구나.' 짐작을 한 군사는 아무러건 그 음식으로 배를 채운다음 '이제 곧 어느 놈인가 나타나리라' 생각하고 구석에 숨어 있는데 과연 한 사내가 나타났다. 그리고 이어 아까 그 여인이 과일만을 조금 그 토방으로 가져오매 남자가 "아니 제삿날에 겨우 이 음식찌끼가 무엇이며 이제야 겨우 온 건 무슨 까닭이냐?"라고 책망을 하였다. 말이 엇가게 돌아가자 이어 깨닫고 그 음식 받아먹은 자를 찾아내 혼쭐을 내자고 별렀으나 종래 찾지 못하고 둘이는 다만 어두운 토방에서 엉겨 붙어 운우를 즐기다가 새벽이 되자 사내가 먼저 나가고 여인이 뒤미처 나가려다 혹 남의 눈에 들킬까 저어 문에 의지해 밖을 엿보고 있었다. 이 때 군사가 뒤에서 그 여인을 덥석 끌어안고는 "그대가 딴 남자와 사통하는 것을 내가 보았으니 동네 방네 소문을 내리라. 다만 내 말을 들어주면 입을 봉하리라" 하고 을러대니 여인이 별수 없이 치마끈을 풀어 주었다 한다.

자고로 이래서 '좆 찬 놈은 죄다 흘레 수캐'라고 조명이 나게 된 것이렸다.

사내 맛* 볼 만치 다 보았다

여자 입장에서, 이미 숱한 남자들과 정사 경험이 있는 몸이다.

사내 못난 건 좆 대가리만 크고 계집 못난 건 젖통만 크다

크기만 했지 능력이 없거나 또는 전체적인 균형이 안 맞아 볼썽사납다는 뜻.

사내 받치는 년이다

사내 맛을 탐하는 음란한 여자이다.

사내보기를 흙 보듯 한다

워낙 정숙해서 남자를 거들떠보지 않거나 남자한테 데어 아예 남자를

---

*사내 맛 : 성교 시 남자로부터 느끼는 성적인 쾌감.

사람으로 보지 않는다는 뜻.

사내 뺨치는 계집이다
지모가 출중한 여자이다.

[蒐集] 충청도 어느 산골에서 혼인 잔치가 있던 날, 신랑 신부가 막 신방에 들었을 때였다. 갑자기 벼락치는 소리가 나면서 황소만한 호랑이가 신방에 뛰어들어 눈 깜짝할 새 신랑을 입에 물고 달아나 버렸다. 그러나 이 때 신부 동작도 번개같이 빨랐다. 문지방을 뛰어넘는 호랑이의 뒷다리를 와락 껴안고 매달렸던 것이다. 신부의 새 옷은 가시덤불에 갈기갈기 찢기고 온몸엔 유혈이 낭자해도 신부는 죽기를 각오하고 끝까지 붙잡은 손을 놓지 않았다. 얼마를 갔을까, 호랑이는 마침내 신랑을 어느 언덕 비탈에 풀어 놓더니 그 사나운 짐승도 이제 지치고 신부한테 질려선가 그냥 달아나 버리는 것이었다. 기절은 했어도 신랑 몸에는 아직 온기가 남아 있었다. 신부는 제 몸 상처도 잊고 미끄러지듯 마을로 내려가 이 사실을 알리고는 그 자신도 기진해 쓰러지고 말았다. 이 일이 널리 알려지자 그 고을 원님은 이 용감한 신부를 크게 칭찬하고 열녀문을 세워 주었다 한다.

사내 씨알머리 다 말리는 게 전쟁이다
전쟁이 나면 남자들이 다 군대에 나가 온 동네가 다 텅 비게 된다는 뜻.

사내자식은 수리개 넋이다
사내들은 수리개처럼 떠돌아다니기를 좋아한다는 뜻.
＝역마살이 끼었다. 기러기 넋이 씌웠다.

사내 잘못 만나면 죽 세끼에 매 세대이다
여자가 남편 한 번 잘못 만나면 가난으로 고생이 자심할 뿐만 아니라 설상가상으로 매까지 맞는 일도 비일비재하니 새겨 둘 일이다.

사내 청 기집애 청 닭의 밑셋개 보지 청

남녀 아이 둘이 어울려 놀 때 다른 아이들이 놀려대는 말.

사내 피 다 말린다

사내깨나 받치는 여자이다.

사당치례*1하다가 신주 개 물려 보낸다

겉치레에만 열중하다가 근본적인 것을 놓치는 경우 따위에 빗댄 말.
=망건 고쳐 쓰다가 파장한다.

사돈댁 안방 같다

사돈도 어려운데 그 집 안방은 얼마나 더 불편할까? 그저 어렵고 불편
하기만 하다는 뜻.

사돈집 잔치에 감 놓아라, 배 놓아라

주제 넘는 참견을 하고 있다.

사람*2값에 못 드는 놈이다

사람 노릇 못하는 반편 또는 막돼먹은 자이다.

사람멀미 난다

사람이 많이 모인데서 느끼는 진저리 또는 구토현상.

사람보다 더 흉악한 승냥이가 없다

인간은 짐승보다 더 잔인한 짓을 저지르기도 한다는 뜻.

---

*1 사당치례 : 조상님 모시는 사당을 멋지게 꾸미는 일.

*2 '사람'은 '살(다)+암'으로 이루어진 낱말인데 '암'은 '마감(막+암)'에서 보듯 명사를
만드는 접미사이다. 따라서 '사람'이란 '살아 있는 것' 곧 생명체를 이르는 말이다.

사람 세워 놓고 입관 하겠다

말과 행동이 모지락스럽기 이를 데 없는 자이다.

사람은 겪어 봐야 알고 물은 건너 봐야 안다

사람은 사귀어 봐야만 그 됨됨이를 알 수 있는 것이다.

사람은 급하면 변절을 하고 개는 급하면 담을 뛰어 넘는다

사람은 다급할 때 그 본성이 드러나는 법이다.

사람은 돈 거래를 해 봐야 알고 쇠는 불에 달궈 봐야 안다

모든 사물은 직접 부딪쳐 겪어 보아야만 본성을 알 수 있는 것이다.

사람은 잡기(雜技)를 해 봐야 속을 안다

사람은 잡된 놀음, 이른바 주색에 투전 노름 따위를 같이 해보아야 숨은 성품까지 드러나 속을 알 수 있다는 뜻.

사람은 재물 탐에 죽고 새는 먹이 탐에 죽는다

나이 들수록 물욕을 경계해야 하는 법이다.

사람은 하늘한테 거지새끼다

항시 뭔가 이루어 달라고 하늘에 두 손 모아 비는 까닭에 거지나 마찬가지다.

사람은 헌 사람이 좋고 옷은 새 옷이 좋다

오래 사귄 사람일수록 흉허물이 없어 좋은 것이다.

사람을 구하면 앙분*을 하고 짐승을 구하면 은혜를 갚는다

---

* 앙분(怏忿) : 원한을 품고 앙갚음을 하는 짓.

짐승보다 못한 파렴치한 인간들도 꽤 많은 세상이라는 뜻.

사람을 죽여 봐야 명의가 된다

뼈아픈 실패를 겪어 보아야만 큰 인물이 될 수 있다.

사람이 별거냐 두 발 달린 짐승이지

짐승들은 네 발이지만 사람은 두 발로 걷는대서 나온 말. 또는 개중에는 짐승 같은 아니 짐승만도 못한 망종도 있다는 뜻.

사람이 술을 먹고 술이 술을 먹고 술이 사람을 먹는다

술 너무 좋아하다가는 인생살이 종치게 되니 조심할 일이다.

사람 팔자는 늦 팔자가 제 팔자다

젊어서는 고생을 해도 나이 들어 병 없고 가세 넉넉하면 그게 바로 좋은 팔자이다.

사랑도 품앗이다

사랑도 일방적으로는 안 되고 주거니 받거니를 잘해야만 이루어지는 것이다.

사랑*싸움에 정 붙는다

부부간 또는 남녀 간의 말다툼은 오히려 정이 들게 하는 동기가 되기도 한다.

사랑은 내리사랑이다

부모 사랑은 자식 쪽으로 자식 중에도 막내 쪽으로 흐르게 마련이다.

───────────────

* 사랑 : 옛부터 '귀히 여기고 아낀다' '귀하게 생각한다'는 뜻을 '사랑한다'로 표현하였다.

사랑은 사람을 짐승으로도 만들고 짐승을 사람으로도 만든다

사랑은 대상과 경우에 따라서 놀랄만한 힘을 발휘한다.

사랑은 입을 다물어도 말을 한다

사랑은 마음으로 통한다. 또는 눈빛만으로도 알 수 있다는 뜻.

사랑은 첫사랑 바람은 늦바람이 제 맛이다

사랑은 첫사랑이 좋고 바람피우는 맛은 늦바람이 더 좋다는 뜻.

사랑은 첫사랑이 더 뜨겁고 추위는 첫추위가 더 춥다

무슨 일이든 처음 시작할 때 더 열정을 쏟아 붓고 느낌도 더 절실하게
마련이다.

사리물었다

어떤 뜻을 이루고자 이빨을 악물었다.

사막한 위인이다

용서를 모르는 가혹하고 무서운 자이다.

사면발이*1 덕에 보지 긁는다

살다 보면 미운 놈의 덕을 볼 때도 있는 법이다.
=옴 덕에 보지 긁는다.

사모*2쓴 도둑놈이다

관직의 권한을 이용해 착취를 일삼는 자이다.

---

*1 사면발이 : 음부의 거웃에 기생하는 작고 납작한 이.

*2 사모(紗帽) : 지난날 관원들이 관복을 입을 때 쓰던 검은 사(紗)로 만든 모자를 이르
는 말.

사발젖이다

사발 모양처럼 잘 생긴 젖가슴을 이르는 말.

사별(死別)보다 생이별이 더 서럽다

죽으면 잊기라도 하는데 생이별은 그러지도 저러지도 못해 더 고통스
런 일이라는 뜻.

사색 잡놈이다

술, 계집, 노름에서 도둑질까지 온갖 나쁜 짓만 골라서 하는 자이다.

사슴은 사향 때문에 잡혀 죽고 사람은 입 때문에 망한다

말을 잘못하면 큰 화를 입게 되니 항상 입조심 하라고 일깨우는 말.

사슴이 웃을 일이다

터무니없는 행동을 두고 업신여겨 비웃는 말.

[續 禦眠楯] 시골의 한 우맹한 자가 일색의 아내를 얻어 매우 사랑하
던 중 하루는 멀리 출타할 일이 생기매 누가 처를 건드릴까 하여 음호
(陰戶)양 언덕에 붓으로 사슴을 그려 표를 삼아놓고 떠났다. 이를 안 이
웃의 소년 하나가 남편이 없음을 기화로 수작을 걸어온 즉 여인이 "남편
이 사슴을 그려놓고 갔으니 이를 어쩌리요?" 하고 난감해 하자 소년이
"그게 뭐 그리 어려운 일이오. 내 마땅히 고쳐 그려드리리다" 하고 신명
나게 교환(交歡)한 다음 보니 과연 그림이 지워진지라 소년이 다시 붓을
들어 사슴을 그렸는데 누운 사슴이 아니고 서 있는 사슴이었다. 미구에
남편이 돌아와 그 그림을 보고는 크게 노하여 따지매 아내가 "당신은 물
리(物理)도 모르시오? 사람이 누웠다 일어났다 하듯 사슴 또한 어찌 누
워만 있을 것이오?" 하는 것이었다. 남편이 다시 "그건 그렇다 해도 내
가 그린 사슴은 뿔이 누워 있었는데 이놈은 뿔까지 서 있으니 무슨 변고
인고?" 하고 물으니 아내가 "그것이야 뻔하지 않소. 사슴이 누웠으면 뿔

도 누웠을 것이고 사슴이 서 있으면 뿔도 서 있는 것이 상리(常理) 아니리까?" 한즉 이 멍청한 남편 왈 "우리 처가 과시 달리(達理)한 인물이로다"라고 칭찬해마지 않았다 한다.

사십 전 바람은 잡아도 사십 후 바람은 못 잡는다

젊어서의 바람기는 잡을 수 있어도 늦은 바람기는 좀체 잡기가 어렵다.

사위는 백년지객이다

사위란 항시 어려운 손님 같은 존재이다.

사위 자식은 개자식이다

사위도 반자식이라지만 남의 자식이지 제 자식은 아니라는 뜻.

사위 코 보니 외손자 볼 성싶지 않다

사위 놈의 코가 볼품없는 걸 보니 밑심도 약해서 외손자 볼 것 같지 않아 걱정된다.

사윗감 코부터 본다

장모자리는 딸 생각해서 정력을 상징하는 사윗감 코부터 보게 된다는 뜻.

사자 없는 산에는 토끼가 왕 노릇 한다

강자가 없어지니까 별 볼일 없던 것들이 나와서 설쳐대고 있다.

사잣밥* 목에 매달고 다니는 놈이다

항시 어느 때 죽을지 모를 위험천만한 짓만 하고 다니는 자이다.

---

* 사잣(使者)밥 : 초상집에서 죽은 사람 넋을 데려가는 염라부의 사자를 대접하고자 지붕 밑이나 담 모퉁이에 떠놓는 밥 세 그릇.

사정 봐주다 한 동네 시아비가 아홉이다

동네 남자들 하자는 대로 했다가는 신세 망치는 것이니 절대 그래서는 안 된다는 뜻.

사정이 사촌보다 낫다

사정하고 매달리는 것이 사촌이 물에 물 탄 듯 도와주는 것보다 더 성과가 나을 수 있다.

=떼쓰는 게 사촌보다 낫다.

사족(四足) 멀쩡한 병신이다

성한 몸으로 놀고먹는 맹랑한 자이다.

사주가 불진 처녀에 얼음 진 총각이다

처녀는 열정적인데 반해 총각은 차가워서 서로가 안 맞는 궁합이다.

사지 삭신 육천 마디가 다 쑤셔 죽겠다

신경통으로 온몸이 다 쑤시고 아파서 죽을 지경이다. 또는 정신적인 고통 따위가 참을 수 없을 정도라는 뜻.

사지를 뜯어 발겨서 죽일 놈!

잔혹하게 죽여도 한이 남을 만큼 한 맺힌 자이다.

사추리 들추는 잡놈!

예사로 여자 허벅지를 들추거나 만지는 불상놈이다.

사추리*를 뽑아 버려도 시원찮다

바람 난 상대에게 해대는 저주의 욕설.

---

* 사추리 : 샅. 성기(性器).

사쿠라에 겹사쿠라 왕사쿠라다

변절자 또는 밀고자를 비하해서 욕하는 말.

사타구니*¹ 쌍 불알 불 나겠다

제발 그만 좀 설치고 다니거라.

사타구니만 보고도 보지 봤댄다

좋지 않은 소문은 부풀려 퍼지게 마련이다
＝허벅지만 보고도 보지 봤댄다.

사태치마*² 입은 꼬라지다

밑이 거의 드러나는 짧은 치마를 입은 모습이 예전 사태치마 입은 꼴
과 한가지이다.

[蒐集] 우리나라에도 전통적인 짧은 치마가 있었는데 등명(燈明)치마
라 하여 무복(巫服) 가운데 하나였다. 등명이란 신당에 켜는 촛불을 이
르는 말로서 토속 신앙의 의례 가운데 숫처녀로 하여금 신당에 들어가
몸주 귀신을 달래고자 신전에 수청을 드는 행위이다. 즉 귀신과의 성행
위를 '신교(神交)'한다 또는 '등명 든다' 하고 이때 처녀가 입은 치마를
등명치마라고 불렀다. 이 의례 시 숫처녀의 등명치마 기장을 유난히 짧
게 한 것은 귀신과의 성행위가 쉽게 이뤄지도록 한 배려에서였음직하다.
이 등명치마가 나중에는 여염집으로까지 번져서 길이가 짧다, 또는 모자
란다 하여 팔푼 치마라고 부르거나 성감대인 허벅지에 겨우 닿는다 하여
사태치마라고도 불렀다. 다른 한편 우리의 옛 선비들은 치마 상(裳)자를
집(宀)과 옷(衣)에 감싸여 있는 입구 즉, 음문이라는 뜻으로 풀어서 이
글자 쓰기를 기피했다는 말도 전해져 온다.

＊1 사타구니 : 샅(배와 허벅다리 사이 어름)의 속된 말.
＊2 사태치마 : 사태 즉 사타구니, 곧 허벅지에 치마 끝이 닿는 짧은 치마라는 뜻.

사후(死後) 술 석잔 말고 생전 술 한잔이 더 반갑다

죽어 잘하느니 그보다 헐해도 살아 한잔 술이 더 반갑다.

사후(事後) 약방문*1이다

이미 때를 놓쳐버린 마당에 무슨 헛소리를 하고 있느냐?

=굿 지난 뒤 날장구 친다. 원님 행차 뒤에 나팔 분다.

사흘*2 굶어 도둑질 안 하는 놈 없다

누구든 극한 상황에 이르면 어떤 나쁜 짓도 가리지 않게 된다.

사흘 굶은 개 눈에는 몽둥이도 뵈지 않는다

악에 받치면 체면도 두려울 것도 없게 된다.

사흘 굶은 범이 원님을 안다더냐?

굶주린 눈에 먹을 것이 보이면 물불 안 가리고 덤벼들게 마련이다.

사흘 묵어 반가운 손님 없다

반가운 사람도 오래 머물면 짐스럽게 여기는 게 인지상정(人之常情)이다.

사흘은 바람 잡고 나흘은 구름 잡는 허풍선이다

줏대 없고 실속 없는 허랑한 인간이다.

산 개가 죽은 정승보다 낫다

아무리 구차해도 이승살이가 저승보다야 낫지 않겠느냐.

=부자 저승보다 거지 이승이 낫다.

---

*1 약방문(藥方文) : 한방에서 약을 짓기 위해 약재 이름과 분량을 적은 종이.

*2 사흘 : '사흘날'이라고도 한다. '햇살(햅쌀)'에서처럼 '흘'이 '흘'로 변한 것이다. 사흘의 '사'는 '셋'이 변화된 것으로 '서 말' '석 섬' '세 사람'에서 '사릅(마소의 세 살)'처럼 '사'로 변한 것이다.

산(山) 계집은 범도 안 물어 간다

산에서 사는 여자는 그만치 버릇이 없고 드세대서 나온 말.

산 김가 셋이 죽은 최가 하나를 못 당한다

최씨 성 가진 사람들이 그만큼 성품이 독하대서 나온 말.
=최가 앉은 자리엔 귀신도 비켜 앉는다.

산나물 몰래 먹은 죄이다

그로 인해 남몰래 통간한 사실이 들통 나 혼이 난 이야기.

[禦睡錄] 어느 집 여종이 미모가 좋아 주인집 아들이 간통을 일삼았는데 하루는 그 아들이 다시금 처가 잠든 틈을 타 살금살금 행랑채로 나갔다. 그 순간 처가 잠이 깨 뒤를 밟아서 창틈으로 엿본즉 여종이 몸을 빼면서 이르되 "서방님께선 어째 흰떡 같은 아가씨를 놔두고 굳이 천한 저에게 오시어 이렇듯 못살게 구십니까?" 하니 사내가 말하되 "아가씨가 흰떡과 같다면 너는 산나물과 같으니 음식으로 치면 떡을 먹은 후에 어찌 나물을 먹지 않을 수 있으랴" 하며 입을 맞추고 운우(雲雨)가 방농(方濃)하니 그 처가 차마 더 못 보고 돌아와서 누워 잤다. 그 이튿날 부부가 함께 시아버지를 옆에 모시고 있을 때 아들이 졸지에 기침이 연발하자 간신히 입을 다물고 벽을 향해 "요즘 내가 병을 얻었으니 무슨 연고인지 모를 일이로다." 한 즉 그 처가 읍하고 말하기를 "그것이야 다른 까닭인가요? 나날이 산나물을 많이 드신 연고겠지요" 하니 시아비가 듣고 크게 노해 "어디서 났기에 산나물을 너만 혼자 몰래 먹는단 말이냐? 이게 불효가 아니고 뭣이더냐?"라고 크게 꾸짖으니 아들이 민망하여 입을 다물고 말이 없었다.

산 밖에 난 범 물 밖에 난 고기다

일 또는 운명이 피할 수 없는 곤경에 처하고 말았다.

산보다 범이 더 크다

굉장히 큰 범이더라. 또는 허풍 좀 떨지 말라는 뜻.
=산 보다 골이 더 크다. 배보다 배꼽이 더 크다.

산삼 재상에 잡채 판서라, 뇌물 천하로다

벼슬길에는 뇌물이 따라다니게 마련이다.

조선조 광해군 시절 좌의정 한 월탄이 궁녀를 통해 임금한테 산삼 한
뿌리를 바쳐 영의정이 되고 그 아랫자리의 이 충은 주연 때마다 맛있는
잡채 안주를 잘 바쳐서 호조 판서로 제수된 역사적 사실을 빗대 비아냥
대는 말.

산 속 열 놈의 도둑은 잡아도 마음 속 한 놈의 도둑은 못 잡는다

드러난 잘못은 고칠 수 있어도 숨겨져 있는 잘못은 발겨 잡기 어려운
것이다.

산송장이나 다름없다

죽진 않았어도 운신을 못하니 죽은 거나 다름없다.

산 입에 거미줄 막고 산다

겨우 끼니를 잇다시피 하는 궁색한 살림이다.

산천 초목도 떤다

권세가 드세 모든 사람이 두려워한다.

산통*을 깼다

일을 그르쳐 놓았다.

---

* 산통(算筒) : 소경이 점칠 때 쓰는 작은 통.

산 호랑이 눈썹도 그리울 게 없다
안 갖춘 거 없이 떵떵거리며 잘 살고 있다.

살갑기*¹는 평양 나막신이다
성격이 나긋나긋한 사람을 빗대 하는 말.
=살갑기는 기생첩이다.

살결이 분결이고 젖통이 분통이고
살결이 고와서 남편 사랑 받고 유방이 좋아서 아이 젖 잘 먹여 키울 호
조건을 두루 갖춘 처녀라고 중매쟁이가 치켜세우는 말

살결이 희면 열 허물을 가린다
한 가지 큰 장점이 있으면 작은 허물은 저절로 가려지게 마련이다.

살꽃 맛이 그만이다
정사 때의 맛이 아주 좋다.

살꽃*²을 바쳤다
정조를 주었다.

살꽃을 판다
몸을 파는 창녀이다.

살내기*³ 하는 후레 아들*⁴놈!

---

*1 살갑다 : 마음씨가 부드럽고 다정스럽다.

*2 살꽃 : '몸의 꽃'이란 뜻으로 음문을 에둘러 이르는 말.

*3 살내기 : 여기서의 살은 음문 또는 여자의 정조를 이르는 말.

*4 후레아들 : 본디 호래(胡來)아들 즉 오랑캐 땅에서 온 자, 오랑캐 자식이라는 욕에서
비롯된 말.

노름을 하다가 돈이 떨어지면 전답. 집 문서를 잡히고 나중에는 자기 아내가 노름 상대와 하룻밤을 자는 조건으로 돈을 빌려 노름판을 벌였는데 이처럼 아내를 저당 잡히는 노름을 '살내기'라고 하였다.

살다 보면 시어미 죽는 날도 있다

궂은 일도 많지만 살다 보면 기쁜 날도 있는 것이니 참고 살라고 다독이는 말.

살 대고 살았다

부부 관계의 연을 맺고 살았다.

살돈 내고

육전(肉錢) 즉 화대를 치르고.

살똥스럽다

말이나 하는 짓이 독살 맞고 당돌하다.

살림이 거덜 나면 봄에도 소를 판다

가장 바쁜 농사철인 봄에 소를 판다 함이니, 궁하다 보면 마음에 없고 경우에 안 맞는 짓을 해야 하는 때도 있다는 뜻.
=양식 떨어지면 종자씨도 내 먹고 땔감 떨어지면 울타리도 헐어 땐다.

살 보살*이다

의기(義妓)논개를 가리키는 말. 임진왜란 때 왜장에게 몸을 바치고 살신성인으로 그를 껴안고 진주 남강에 투신해 죽은 고사에서 나온 말.

---

* 살 보살 : 살 보살의 '살'은 음문을 이르는 말.

살보시*¹한다

정조를 보시에 갈음한다는 뜻.

[探錄] 옛날에 주막집의 주모나 또는 그 비슷한 처지의 천민 계층 여자들은 스님이 오면 따로 보시할 양식도 돈도 없는 경우 또는 그 핑계 삼아서 스님과 하룻밤 풋정을 나누곤 했는데 이를 '살보시 한다' 또는 '살보시 받는다'라고 하였다.

살붙이보다 더한 게 뜻 붙이다

부모자식간보다 더 진한 것이 뜻을 함께하는 동지끼리의 신의이다.

살 송곳 디민다

남자 입장에서, 성교를 한다는 뜻.
=살 송곳 꿴다.

살 송곳*² 맛을 알면 정붙여 살게 마련이다

여자가 사내 맛을 알게 되면 고생이 돼도 그냥저냥 참고 살게끔 돼 있다.

살 수청 든다

정조를 바치는 수청을 든다는 뜻.

살수청 효도 한다

늙은 부친에게 동비(童婢)로 하여금 살 수청을 들게 하여 기쁘게 해드린다는 뜻.

---

*1 보시(布施) : 절이나 중 또는 가난한 이에게 돈이나 물품을 베푸는 일.

*2 살 송곳 : 송곳의 옛말은 '솔옷'으로 소나무 송(松)에 '뾰족하게 나온 것'이란 뜻의 '곳'이 합성된 낱말이다. 여기서는 '자지'를 빗댄 말이다.

[醒睡稗說] 고희를 넘어 귀 먹고 몸도 쇠약해진 늙은 재상이 잠이 오지 않아 후원에 이른즉 동비(童婢)가 날이 더워 거의 발가벗고 평상에 누워 잠들었는데 봐 허니 그 하문(下門)이 일색인지라 문득 음심이 일어 그것을 꺼내 디밀었으나 기운이 진해 들어가지 않다가 평상 틈으로 미끄러졌는데 마침 거기 있던 이(齒)도 나지 않은 강아지가 이를 그 어미젖인 줄 알고 빠니 재상이 크게 기꺼워하여 후에도 그 여종을 보기만 하면 희색이 만면하였다. 이에 그 아들 내외가 눈치를 채고는 하루는 그 여종을 깨끗이 목욕시켜 재상의 방에 들게 한 다음 부친이 늙고 혼미함을 걱정하여 창밖에서 동정을 살폈더니 늙은이가 연신 용을 쓰면서 "들어갔느냐?"고 묻는데 여종은 여전히 무심코 들어가지 않았다고 하므로 아들내외가 부친의 수고로움을 딱하게 여겨 가만히 여종에게 "이번에 물으시면 들어갔다고 하려무나." 한 즉 노인이 다시, 들어갔는가 하고 묻자 여종이 공손히 "네 들어갔사옵니다"라고 답하였다. 이에 그 부친이 "좋고 좋도다. 정말 좋도다" 하며 기뻐해마지 않았다 한다.

살아도 못 살겠다
설령 목숨이 살았어도 사람 노릇은 못하겠다는 뜻.

[採錄] 어촌에서 한 젊은 내외가 금슬 좋게 살았는데 남편이 고기잡이를 나갔다가 풍랑을 만나서 그만 죽고 말았다. 졸지에 청춘과부가 된 아내가 땅을 치고 울던 중에 남편의 송장이 마침 집에 당도하게 되었다. 그래서 마지막으로 얼굴이라도 본답시고 살펴본즉 망할 놈의 물고기들이 남편의 부자지를 몽땅 다 뜯어 먹어 흔적도 없는 것이었다. 이 황당하고 참혹한 모습에 젊은 아낙이 기가 막혀서 "아이고, 살아도 못 쓰겠네. 살아도 못살겠네, 아이고―" 하면서 다시 대성통곡을 하더란다.

살아생이별은 생초목에 불 붙는다
사별이 아닌 생이별은 생 푸나무에 불이 붙듯 절통한 일이다.

살아 쓸 데 없고 죽어 쓸 데 없는 것들!

한군데도 쓸 데 없는 인간쓰레기들이라고 내치는 말.

살아야 명(命)이고 먹어야 복이다

희로애락 그런 거 다 필요 없고 우선 먹고 사는 것이 삶의 기본이 아니겠느냐.

살아 이 될 것도 죽어 손해날 것도 없다

이 풍진 세상살이, 지금 죽어도 아무 미련 없다.

살은 쏘고 주워도 말은 하고 못 줍는다

말은 한번 잘못하면 수습할 수 없는 것이니 항시 말조심 하거라.

살을 섞는다

성교를 한다. '살을 나눈다'와 같은 말.

살을 에고*¹ 소금 치는 소리 한다

모진 꾸지람이나 악담 따위를 퍼붓는 경우 따위에 빗댄 말.

살*²이 끼었다

좋지 않은 일이 생길 어떤 조짐이 보인다.

살이 운다

분노에 치가 떨린다.
=살이 떨린다. 오장육부가 떨린다.

＊1 에다 : 칼로 도려내다.

＊2 살(煞) : 사람을 해치거나 물건을 깨뜨릴 모진 귀신의 독기. 여기서 '살'은 동티와 같은 공간개념이고 액(厄)은 시간 개념임.

살점을 뜯어먹고 씹어 먹어도 시원치 않다
　원한이 뼈에 사무쳐서 퍼붓는 저주의 악담.

살점을 오려 내는 것 같다
　말로 다할 수 없이 괴롭고 슬픈 일이다.

살점이라도 떼 주고 싶다
　몹시 동정이 간다. 또는 홀딱 반해서 무엇이든 아낌없이 다 주고 싶다.

살주지*¹ 못해 안달이다
　여자가 몸을 주지 못해서 애를 태운다.

살 찬 계집이다
　성미가 매몰찬 여자이다.

살천스런 년 같으니!
　쌀쌀맞고 성깔 매서운 여자이다.

살 친구다
　남색(男色) 또는 여색(女色)의 상대방을 이르는 말.

살쾡이 되려다 가까스로 사람 모양 갖춰 태어났다
　성미가 표독하기 짝이없는 여자이다.

살 탐이나 하는*² 천하 잡놈!
　밤낮없이 색만 밝히는 오입쟁이다.

＊1 살을 준다 : 여자가 몸을 허락한다.
＊2 살 탐한다 : 지나치게 색을 밝힌다.

살풀이*¹라도 해야 겠다

살이 끼었는지 도무지 되는 일이 없어 굿이라도 해서 살을 풀든가 해야겠다.

삶아서 개나 줄 소리다

쓸모없는 헛소리라고 내치는 말.

삶은 호박에 이도 안 들어갈 소리다

경우에 없고 말도 안 되는 억지소리 좀 하지 마라.

삼 년 가는 거짓말 없다

거짓으로 잠시 잠깐 속일 수는 있어도 언젠가는 반드시 들통나게 마련이다.

삼 년 가는 흉 없고 석 달 가는 칭찬 없다

흉이나 칭찬 모두 세월 속에 잊어지지만 칭찬보다는 흉이 더 오래 가는 법이다.

삼 년 구병(救病)에 불효 난다

간병 같은 궂은 일이 오래 가다 보면 정성이 한결같을 수가 없다는 뜻. =긴병에 효자 없다.

삼대(三代)를 빌어먹어라

평생을 빌어먹다 죽으라는 저주의 말.

삼돌이*² 잡놈이다.

---

*1 살풀이 : 흉살(兇煞)을 피하려고 하는 굿. 남도 살풀이에서 파생된 민속무용의 한 가지.

*2 삼돌이 : 감돌이, 베돌이, 악돌이를 통틀어 뭉뚱그린 말. 감돌이는 이곳을 보고 기웃거리는 자, 베돌이는 함께 일하지 않고 겉도는 자, 악돌이는 악을 쓰며 싸움질을 일삼는 자를 이르는 말.

사람 축에 안 드는 인간 망종이다.

삼동서*1 김 한 장 먹듯 한다

어떤 일을 눈 깜짝 새 해 치우는 경우 따위에 빗댄 말.

삼밭 수수밭*2 다 지나 놓고 잔디밭에서 조른다

좋은 기회 다 놓쳐 놓고 사방이 번다한 잔디밭에 와서 정사(情事)를 조르는 사내놈처럼 눈치코치 없는 바보짓을 하고 있다고 핀잔주는 말.

삼복에 개 목숨이다

언제 죽을지 또는 직장에서 떨려날지 모를 위태위태한 상황이다.

삼복에 돼져 생고생 시킨다

한여름에 죽으면 시신이 금세 부패하는 까닭에 더운 데다가 냄새까지 고약해서 고생에 고생이 겹쳤다고 내뱉는 말.

삼불출(三不出) 이다

모자라고 어리석은 자이다. 흔히 돈 자랑, 마누라 자랑, 자식 자랑하는 자를 비웃는 말.

삼수갑산*3을 갈망정

훗날 어떤 곤경에 처할지언정 지금 하고 싶은 건 해야겠다고 다짐하는 말.

삼신할미*4도 무심하시지 납작 자지*5라니

---

*1 삼 동서 : 세 명의 동서라는 뜻.

*2 삼밭, 수수밭 : 키가 크고 이파리가 너울져 정사(情事)에 알맞은 장소라는 뜻.

*3 삼수갑산 : 삼수는 함경남도 삼수군의 군청 소재지. 갑산과 함께 교통이 매우 불편하고 풍속이 다른 오지임. 유배지로도 유명했던 곳.

아들을 기대하고 낳은 자식이 딸이라고 한숨짓는 말.

삼일 안*⁶ 색시도 웃을 일이다

조심스러워 좀체 웃지 않는 갓 시집온 색시도 웃을 만큼 어이없는 일이다.

삼재*⁷맞을 놈이다

재앙을 받아 마땅한 작자이다.

삼촌을 메치고도 힘이 보배란다

못난 짓을 하고도 잘난 체를 하다니 무지하고 고약한 자이다.

삿갓 밑에서도 정만 있으면 산다

제 아무리 고생스러워도 부부 사이에 정만 도타우면 참고 살 수 있는 것이다.

삿대질*⁸이 주먹질 된다

말다툼이 커지면 주먹 싸움이 되는 것이니 항시 말을 조심해야 한다.
＝말싸움이 주먹 싸움 된다.

상갓집 개 같다

얻어먹을 곳만 찾아다니는 천박한 모습을 빗댄 말. 상갓집 개란 경황에 개밥 주는 사람이 없다 보니 굶주려서 여기저기 기웃거린대서 나온 말.

＊4 삼신할미 : 아기를 점지한다는 신령.

＊5 납작 자지 : 여자 아기의 성기를 에둘러서 이르는 말.

＊6 삼일 안 : 시집온 지 3일 이내.

＊7 삼재(三災) : 수재(水災), 화재(火災), 풍재(風災)를 이르는 말.

＊8 삿대질 : 삿대는 배를 대거나 뗄 때 쓰는 장대를 이르는 말로서 여기서 삿대질이란 주먹으로 을러대는 것을 삿대를 이리저리 놀리는 모양에 비유한 말.

상납(上納)돈*¹도 잘라 먹는다

돈 욕심에 눈이 먼 파렴치한 자이다.

상년 보지에도 은보지*²가 있다

신분이 천하고 배움이 없는 여자도 의외로 좋은 혼처 만나 잘사는 수
가 있다는 뜻.

상년 주제에 절개 따진다

옛날엔 종 같은 천민 계급의 여성의 성은 한낱 양반들 노리갯감에 불
과했기 때문에 이런 말이 생긴 것임.

상놈 눈은 양반 티눈만도 못하다

상사람들의 조악한 생활환경과 운명을 자조적으로 이르는 말.

상놈은 발로 살고 양반은 글로 산다

사람마다 맡은 바 소임이 따로 있는 것이다.

상놈의 살림이 양반의 양식이다

양반이란 따지고 보면 상놈이 열심히 일해 주는 덕분에 잘 먹고 잘사
는 것이다.

상놈 좆에도 금테 두른 놈 따로 있다

천한 신분이라도 사람만 똑똑하면 얼마든지 자수성가하거나 지체 좋은
집 딸과 혼인해 출세하는 수가 있다는 뜻.

상놈 팔자타령

---

*1 상납 돈 : 나라에 바치던 조세.
*2 은보지 : 은행이란 말의 어원이 그렇듯. 예전 한때는 화폐가 은 본위였던 까닭에 '지체
   좋은 여자'란 뜻으로 '은보지'라는 말이 회자된 것임.

상놈으로 태어난 기구한 운명을 푸념하는 넋두리.

[蒐集] "쉰네 같은 상놈의 종자는 벼슬아치에 등치이고 별배들에 차이고 장사꾼에 속아나고 아전 놈한테 발리고 책상물림에 호통당하고 상전에겐 능멸이요 계집 등쌀에 여위고 환자(還子)를 못 갚으면 삼문 안에 끌려가서 주리나 틀리겄다. 호반에 괄시받고 대갓집 하님들에 무안당하고 밤이면 물것들에 사추리 찌꺼기만 남은 피를 빨리니 이 티끌 같은 상것 한 몸, 죽자 한들 비상이 없고 살자 하니 비럭질이니 무슨 놈의 팔자가 이리도 기박한가."

상사(相思)구렁이가 몸에 감긴 듯
사랑의 그물에 꼼짝없이 휘감겨서.

상사병 든 총각한테는 썹이 약이다
이성 때문에 생긴 총각의 병에는 여자를 붙여 주어야 낫는 법이다.

상사병*1 든 처녀는 말뚝 총각*2이 약이다
사랑 때문에 생긴 처녀의 병은 건장한 총각을 붙여줘야 낫는 법이다.

상사병에는 약도 없다
사랑 병은 육체적인 병이 아닌 까닭에 약으로도 치료가 되지 않는다.

상승*3을 한 놈이다
반 미친놈이 아니면 있을 수 없는 일이다.

상시에 먹은 마음 취중에 난다

---

*1 상사병(相思病) : 이성을 그리워한 나머지 생기는 병. 화풍병(花風病).

*2 말뚝 총각 : 자지가 말뚝처럼 실한 총각.

*3 상승 : 본성을 잃고 딴사람 같이 변했다는 뜻의 상성(喪性)에서 나온 말.

평상시 마음이 취중에 나오는 것이다.

상주(喪主)하고 제삿날 다툰다

잘 아는 당사자한테 자기 말이 옳다고 우기는 한심한 자이다.

상처(喪妻)가 망처(亡妻)이다

아내가 죽으면 집안이 결딴나는 법이다.

상추밭에 똥 싼 개가 배추밭에도 싼다

하나를 보면 열 가지를 알듯 만사가 그렇다는 뜻.
=부엌에서 새던 바가지 들에 가도 샌다.

상추쌈에 된장 궁합이다

남녀 간 금슬이 썩 잘 맞는다는 비유의 말.
=풋고추에 된장 궁합이다.

상추에 모래쌈이나 처먹고 뒈져라

천하잡놈이라고 저주로 퍼붓는 악담.

상투 잡는다

몸싸움을 한다. 또는 물건을 상종가에 샀다가 크게 손해를 보는 경우
따위에 빗댄 말.

새 각시[*1] 아랫도리 싸매듯 한다

숨기고 감추려고만 든다고 핀잔주는 말.

새끼 많이 둔 소 길마[*2] 벗을 날 없다

---

*1 새 각시 : 새색시.
*2 길마 : 짐을 싣기 위해 소의 따위에 안장처럼 얹는 도구.

자식 많은 부모는 편히 쉴 새 없이 일을 해야 한다는 뜻.

새끼 조개이다

나이 어린 계집아이를 속되게 이르는 말.

새끼는 밑으로 나오고 세상은 입으로 나온다

세상살이 희로애락은 입에서 나오는 말과 노래로 표현된다.

새남터 귀신 될라!

까딱하면 죽을지도 모르겠다. 한강변인 용산 새남터에 사형장이 있었
던 까닭에 생긴 말.

새는 먹이 탐에 죽는다

물욕이 지나치면 화를 당하기 십상이다.

새된 소리 한다

쉰 듯한 목소리 또는 볼멘소리를 하고 있다.

새 뒤집어 날아가는 소리 하고 자빠졌다

말도 안 되는 소리, 있을 수 없는 말을 뇌까리고 있다.
＝귀신 젯밥 먹는 소리 한다. 귀신 씨나락 까먹는 소리 한다.

새 발의 피에 잠자리 눈곱이다

보잘 것이 없다. 또는 아주 작은 양을 빗댄 말.

새벽* 달 보자고 초저녁부터 기다린다

---

* 새벽 : 새벽은 '새롭다' '새쪽(동쪽)'과 같은 어원으로 동풍을 '새바람' 동쪽에서 날이 밝
는 것을 '샌날' '날이 샌다'고 하여 '새'는 모두 동쪽을 이르는 말이다. 새벽의 '벽'은 '밝
다'의 어근인 '붉'이 변한 것이다. 따라서 새벽이란 '동쪽이 밝는 것'을 말한다.

성미가 병적으로 조급한 사람을 두고 놀리는 말.

새벽부터 암탉이 운다
아침부터 여자가 바가지를 긁고 있다. 또는 예감이 좋지 못하다.

새벽 좆 꼴리는 건 제 아비도 못 말린다
건강한 남자면 누구든 푹 자고 난 새벽에는 자지가 불끈 일어나게 마련이다.

새벽 좆 안 서는 놈은 외상도 주지 말랬다
자고 난 새벽에도 자지가 안서는 자는 언제 죽을지 몰라 빚을 못 받을지도 모르니 그런 위험한 짓은 하지 말라는 뜻.
＝새벽 좆 안서는 놈은 저승이 문밖이다.

새벽치기 한다
이른 새벽에 벌이는 정사를 빗대 이르는 말

[攪睡雜史] 서울 사는 한 생원(生員)이 포천에 갈 일이 있어 여종을 불러 이른 조반을 짓도록 명했다. 여종이 새벽밥을 짓느라고 부산하게 오가던 중 창틈으로 보니 생원 부처가 한창 새벽치기를 하는 중이었다. 여종이 적이 비웃으면서 물러나오는데 마침 절구통 부근에서 수탉이 암탉을 쫓아서 교합을 하는지라 여종이 "아니 이놈들아 너희들도 포천 행차를 하려고 그러느냐?" 하였다. 이 얘기를 듣고 웃지 않는 이가 없었다.

[禦睡錄] 비슷하긴 하되 내용이 조금 다른 이야기 하나. 어떤 이가 다음날 선영무덤에 벌초를 가고자 하여 여종에게 새벽밥을 분부하여 여종이 날이 밝기 전에 아침밥을 지어놓고 상전이 기침하기를 기다렸으나 아무런 기척이 없자 침소로 가서 엿듣자니 방금 그 일이 한창이었다. 도

리 없이 물러나와 쪼그리고 앉아 기다리는 중인데 그새 날이 밝으면서 장닭이 뜰아래로 뛰어 내려 암놈 따위에 올라타 교합하는 것을 보고 여종이 "아니, 너희들도 벌초하러 산에 가려고 그러느냐?" 하고 중얼대는 소리를 때마침 상전 내외가 방에서 나오다 듣고는 부끄러운 나머지 말이 없었다 한다.

새 사랑은 꿀떡 사랑, 구사랑은 찰떡 사랑이다

새 사랑이 꿀떡처럼 달긴 해도 오랫동안 맺어 온 정분 역시 찰떡처럼 질기고 감칠맛이 있어 좋다는 뜻.

새 씹 째지는 소리하고 자빠졌다

말도 안 되는 소리를 하고 있다고 핀잔주는 말.
=김밥 옆구리 터지는 소리 하고 있다.

새우*는 대대로 곱사등이다

상놈의 집안은 대대로 상놈이다. 또는 가난은 좀체 헤어나기 어려운 것이다.

새우 싸움에 고래 등 터진다

아이 싸움이 어른 싸움 되는 경우 따위에 빗댄 말.
반대말 : 고래 싸움에 새우 등 터진다.

새우 자지다

새우등처럼 굽은 모양의 자지라는 뜻.

새우젓 내 안 나는 년 있을라고?

누구든 다 큰 여자의 음문에서는 새우젓 내 비슷한 냄새가 나듯, 비록

＊새우 : '새'는 '사리(다)'의 어근에서 ㄹ이 빠져 줄어든 것이고 '우'는 명사화된 접미사이다. 따라서 '새우'란 '사린 것', 몸을 사리고 있는 모양새 때문에 불리어진 이름이다.

약간의 차이는 있을망정 본질적인 것에는 변함이 없다는 뜻.

[口傳說話集] 이 말의 유래는 다음과 같다. 옛날에 한 여자가 있었는데 보지가 워낙 커서 큰 광주리에 담아 머리에 이고 다녔다 한다. 그러던 중 하루는 장을 보고 오다가 큰비를 만났는데 마땅히 비를 가릴 곳도 없고 하여 그 여자는 창피를 무릅쓰고 그 큰 보지를 더욱 크게 벌여서 많은 장꾼들이 모두 그 안에서 비를 그을 수 있게 해주었다. 그러다 비가 그쳐서 장꾼들이 제가끔 제 갈 길로 가는데 그중 새우젓 장수 한 놈이 나가다가 그만, 비가 그쳐 내려놓은 보지 턱에 걸려서 새우젓 한통을 몽땅 그 안에다 쏟고 말았다. 이런 일이 있은 다음부터 보지에서는 지금껏 퀴퀴한 새우젓 냄새가 진동하게 되었다 한다.

새 중에선 '먹새'가 제일 크다
사람 사는 데는 무엇보다 먹는 일이 가장 중요한 것이다.

새침데기 골로 빠진다
내성적인 사람은 어떤 일에 한 번 빠지면 헤어나기 어려운 법이다. 또는 얌전이로 소문난 처녀가 꾐에 빠져 몸을 버렸다고 비아냥대는 말.

새침데기 과부, 남모르게 시집 간다
새침한 과부가 남모르게 개가 하듯 새침한 성격은 속을 알 수가 없는 것이다.

새침데기는 베고 자고 허위대*는 그리다 죽는다
새침데기는 어느 새 남자 팔을 베고 자는데 멀끔한 여자는 남자를 그리워만 할 뿐 실속이 없다는 뜻.

＊허위대 : 겉모양만 좋은 사람. '허우대'에서 나온 말.

새호루기 한다

새들처럼 금세 끝나는 성교를 빗대 조롱하는 말.

=참새 씹하듯 한다.

색골은 배 위에서 죽는다

여색을 지나치게 탐하면 제 명대로 못 살고 결국 여자 배 위에서 복상사를 하게 된다. 또는 색골은 끝까지 오입쟁이 버릇을 못 고치고 죽게 된다는 뜻.

색기(色氣)가 처발렸다

흔히 여자의 경우, 색을 받치는 성정이 얼굴에 새겨져 있다.

색대질*¹에 탈이 난 것이다.

남자가 대중없이 오입질을 하고 다니다 탈이 생긴 경우 따위에 빗댄 말.

색 밝히는 놈은 신맛을 탐 한다

음란하면 신맛 나는 음식을 좋아한대서 나온 말. 음자호산(淫者好酸)이라는 뜻.

색시귀신에 붙들리면 발 못 뺀다

한번 여색에 빠지면 헤어나기 어렵다.

색시*² 그루는 다홍치마 적에 앉혀야 한다

아내를 길들이려면 새색시 적에 일찌감치 법도를 세워 단련을 시켜야 하는 것이다.

---

*1 색대질 : '색대'는 품질검사를 위해 가마니 속 곡식을 찔러 내보게끔 만든 연장이다. 색대질이란 그런 오입질을 빗댄 말.

*2 색시 : 색시는 '새로 집에 들어온 젊은 여자'를 이르는 '새각시'가 변화된 말이다.

색시 말하면 부처님도 고개 돌리고 웃는다

여자 얘기라면 점잖은 사람들도 좋아한다.

색에는 귀천이 없다

이성 관계에는 신분을 가리거나 따지지 않는다.

색탐(色貪)도 과유불급(過猶不及)이다

만사가 그러하듯 색을 탐하는 일 또한 그렇다는 교훈의 말.

[禦睡錄] 예전에 곰보병(痘疹)으로 악명 높은 마마가 돌면 동네출입은 물론 부정 탄다고 하여 부부관계도 일체 금지돼 있었다. 그런 중에 어린 아들이 그 병이 들었다 나아가는 열흘 동안 관계를 못한 남편이 그 처에게 "자못 열흘이 넘어가니 양물이 일어서서 굴하지 않고 입은 마르고 마음조차 번거로우니 항차 오늘 밤은 헛되이 보낼 수 없도다"라고 하였다. 이에 아내가, 아이가 나아가는 마당에 부정을 타면 안 된다고 극구 말렸으되 듣지 아니하여 마침내 언쟁이 벌어졌는데 마침 그때 순라꾼(巡邏軍)이 지나다가 엿듣고는 가느단 목소리로 변성하여 "명에 의하여 허락하노니 지금 해도 좋으니라" 하니 남자가 "이는 호구별성마마(마마를 앓게 한다는 역신)의 분부시다" 하고 곧 거사하여 기운차게 운우를 짓고 나서 부부가 더불어 이를 허락한 별성마마에게 감사의 치성을 드리는데 다시 "한 번 더 해도 좋으니라." 소리가 들리매 이 역시 별성마마의 명령으로 알고 오래 주렸던 끝이라 다시 한 번 행사를 하였다. 한데 그 후에도 여러 번 "정성으로 또 한 번 하거라"는 소리가 들려 물경 다섯 차례를 하고 나니 별성마마에게 사례는 고사하고 문득 의구심이 일어 창문을 열어본즉 달밤에 전립(戰笠)에 검정 옷을 걸친 자가 서 있는지라 "그대는 어떤 자인데 감히 남의 방을 엿보느냐?" 물으니 순라꾼이 졸지에 답이 궁하여 "나로 말하면 별성행차의 분부를 받잡고 너의 행동이 그른지 바른지를 염탐코자 나온 인사인바 너는 다시 한 번 일을 속행함이 옳겠도다." 한 즉 사내가 기가 막혀 털썩 주저앉으면서 "내 비록 죽인다 해도

감히 다시는 못하겠소이다." 하였다.

샘물을 판다
성교를 한다는 뜻. 성교 시 음수가 나오는 생리 현상을 비유한 말.

샘바리 년이다
물건 또는 사람을 탐하는 샘이 많고 안달기가 많은 여자이다.

샘이 불같다
남의 처지나 물건을 탐내는 정도가 보통을 넘는다.

샛밥 먹는다
배우자가 아닌 상대와 정을 통한다.

샛서방이다
남편 몰래 만나 정을 통하는 남자를 이르는 말.

샛서방 고기 맛이다
청갈치 맛을 빗댄 말. 남녘 바닷가 마을에서는 청갈치가 마치 샛서방처럼 유난히 맛이 좋대서 그리 회자되고 있다.

샛서방 국수는 고기를 밑에 담고 본서방 국수는 고기를 위에 놓는다
샛서방은 은밀한 관계이므로 으레 그러기 마련이라는 뜻.

샛서방은 진작 못 만난 게 한이고 본서방은 먼저 만난 게 한이다
여자에게 샛서방이 생기면 그만큼 정분이 도타워진다는 뜻.

샛서방 좆 맛은 꿀맛이고 본서방 좆 맛은 물맛이다
몰래 하는 정사는 그만큼 느낌에서 크게 차이가 난다는 뜻.

샛서방 좆은 두 뼘이고 본서방 좆은 반 뼘이다

샛서방과의 정사가 본서방과는 비교도 안 되리만큼 성감이 좋다는 뜻.

샛서방질 모르는 건 본서방뿐이다

서방질은 소문나는 일인지라 다들 알게 마련인데 본 남편에게만은 말해 주는 사람이 없어 본서방 저 혼자 모르고 있다는 뜻.
=등잔 밑이 어둡다.

샛서방하고 정들면 본서방 무서운 줄 모른다

사실이 그러한즉 이런 일이 생기지 않도록 너나없이 삼가고 경계할 일이다.

생과부가 되었다

남자가 시앗을 보거나 바람을 피워 밖으로만 나도는 탓에 과부 신세나 다름없게 되었다고 한숨짓는 말.

생 다리에 침 놓는다

멀쩡한 다리에 침을 놓듯 어이없는 짓을 하고 있다고 비웃는 말.

생 때 같은*¹ 서방 잡아먹고

시어미가 죽은 아들을 두고 며느리에게 해대는 악담.

생 사리*²나 절 자식이나

결국 그 말이 그 말 아니냐.

---

*1 생때같다 : 몸이 튼튼하여 통 병이 없다.
*2 생 사리 (生舍利) : 사리란 스님의 화장한 몸에서 나온 구슬 모양의 뼈를 이르는 말로서 이와 관련해 생사리란 살아 있는 스님의 몸에서 나왔다는 뜻으로 즉, 스님이 낳은 사생아를 이르는 말로 구전되어 왔다.

생생이 짓* 하면 초상난 줄 알아라!

속임수를 썼다가는 크게 혼날 줄 알라는 으름장.

생선을 보고 칼 이란다

남녀 정사 시 극환(極歡)의 혼미한 지경을 비유한 말.

[奇聞] 한 나어린 처녀가 시집을 갔는데 어려서부터 돌봐온 유모가 슬쩍 첫날밤의 그 맛이 어떻더냐고 물으니 그리 썩 좋지도 나쁘지도 않은 것 같다는 답변이었다. 그러자 유모가 "아씨가 이제 열여섯이니 점차 알게 되겠지만 그 맛이 인간에 제일가는 맛이라. 흥이 무르녹게 되면 눈은 태산이 있어도 보지 못하고 귀는 우레가 쳐도 듣지 못하게 될 것이오." 한 데, 낭자는 "나는 아직 그 참맛을 알지 못하겠소" 하였다. 유모가 다시 이르되 "그럼 다음에 아씨가 낭군과 더불어 일을 벌일 때 내가 멀리서 물건을 하나 보여줄 테니 아씨가 그 물건을 바로 맞추면 아니고 못 맞추면 맛을 아는 것이니 한번 그렇게 해 보리까?" 하여 그러기로 한 뒤에 어느 날 행사를 벌이게 되어 그 흥농(興濃)의 때에 이르러 유모가 멀리서 생선을 들고 "이 물건이 무엇인고?" 하니 아씨가 바야흐로 넋이 절반은 나간 상태에서 "그걸 누가 모르리까, 그게 바로 칼이지요" 하였는데 대개 부엌칼 모양이 어형(魚形)과 흡사하여 이를 그릇 안 것이었다. 이로써 유모가 나중 이르기를 "남녀교합의 맛이 본래 이와 같으니 아씨는 이제 그 참맛을 알고도 남을 만 하오"라고 추켜 주면서 좋아했다 한다.

생선회를 떠버릴라!

생선회 칼로 죽이겠다고 엄포 놓는 말.

생전부귀(生前富貴)요 사후문장(死後文章)이다

---

* 생생이 짓 : 노름판 따위에서 속임수로 돈을 갈취하는 짓.

살아생전엔 부귀를 으뜸으로 치지만 죽은 뒤 남는 건 문장이니 학문에 힘쓰도록 하거라. 또는 항시 기록하는 일을 소홀히 하지 말라는 뜻.

생죽음 당했다

사고 또는 병으로 제 목숨 다 못 살고 죽었다.

생쥐 볼가심 할 것도 없다

가진 거라곤 아무것도 없다고 내뻗는 말. 또는 집안 살림이나 사업이 거덜나 버렸다는 뜻.

생채기에 고춧가루 뿌린다

가뜩이나 어려운 판국에 도와주지는 못할망정 되레 훼방을 놓고 있다.

생처녀 같다

유부녀 또는 노처녀가 숫처녀마냥 앳되 보인다.

생청*으로 잡아 뗀다

사실이 뻔한 데도 억지 떼를 쓴다.

생초목 붙는 불은 가랑비로도 끄련만 이 내 가슴 불은 소나기로도 끄지 못하네

산불은 가랑비로라도 꺼질 수 있지만 임 그리워 타는 가슴 불은 소나기로도 끌 수 없으니 임이 와서 꺼달라는 하소연 또는 탄식의 말.

서른이면 서운하고 마흔이면 매지근하고 쉰이면 쉬지근하고 육십이면 착 쉰다

남자 나이 삼십이면 청년기가 지났으니 서운하고 마흔이면 기가 약해

＊ 생청 : 시치미 떼고 하는 앞뒤가 맞지 않는 말.

지는 무렵인지라 매지근하고 쉬면 심신 모두 쉬지근하고 육십이 되
면 착 쉬게 된다는, 나이를 인생살이 도정에 비유한 말.

서리 맞은 개구리다

축 늘어져 힘을 못 쓰고 있는 모습에 빗댄 말.

서릿발이다

심지가 매서운 자이다.

서면 오므라들고 앉으면 벌어지는 것

외설 수수께끼의 한 가지. 음문을 이르는 말.

서발 장대 거칠 것 없다

세 발이나 되는 장대를 휘둘러도 걸릴 게 없으리만큼 살림이 거덜난
상태이다.

서방* 만난 벙어리마냥

말없이 희죽 희죽 웃는 모습을 빗대 놀리는 말.

서방 잡아먹은 년!

시어미 또는 이웃들이 남편이 죽어 없는 과부나 며느리를 두고 해대는
악담.

서방은 샛서방이 좋고 계집은 샛 계집이 좋다

자고로 사랑은 남몰래 하는 것이 더 맛있는 법이다.
=음식하고 계집은 훔쳐 먹는 게 더 맛있다.

＊서방 : 서방의 '서'는 '새' '새 것'을 뜻하고 '방'은 '사람'이란 뜻으로 곧 '새사람' '신랑'이
  란 뜻인데 점차 그 명칭이 일반화되었다.

서방이 도둑이면 마누라는 저절로 도둑년 된다

친구 잘못 만나면 물들기 십상이니 가려서 사귈 일이다.

서방이 미우면 자식까지 밉다

남편이 잘못하면 마음이 식어 자식까지도 밉게 보인다.

서방인지 남방인지

여자가 남편더러 서방 노릇 제대로 못한다고 구시렁대는 말.

서방질*¹ 한번 하나 열 번 하나 말 듣기는 마찬가지다

결과는 마찬가진데 기죽을 거 없다. 내 생각대로 하겠다고 내뻗는 말.

서방질도 하는 년이 한다

못된 짓 하는 부류들은 따로 있다는 뜻.

서방질은 할수록 샛서방이 늘고 오입질도 할수록 더하게 된다

서방질이나 오입질은 한번 빠지면 점점 더 깊이 빠져들게 되는 것이니 처음부터 삼가고 경계할 일이다.

서방질은 했을망정 핑계는 있다

비록 잘못은 저질렀지만 나름의 까닭은 있는 것이다.

서방질하다 고구마*² 먹고 체했나?

구구한 변명을 늘어놓거나 또는 핵심이 모호한 말을 한다고 머퉁이 주는 말.

---

*1 서방질 : 여자가 배우자 아닌 사내와 성관계를 하는 짓. 화냥질. 난질.

*2 고구마 : 자지 모양을 비유한 말.

서방질하다 들킨 년처럼

몹시 당혹해 하거나 또는 서두르는 모습 따위에 빗댄 말.

＝낮거리 하다 들킨 년 마냥.

서방하고 그릇은 손때 먹일 탓이다.

남편이란 아내 하기 나름이다.

서방하고 무쇠 솥*¹은 새것이 언짢다

남편이나 무쇠 솥이나 다 세월이 좀 지나야만 제 구실을 하는 법이다.

서서 오줌 싼다고 다 남자냐

남자면 남자 구실 제대로 좀 하거라.

＝불알만 찼다고 다 남자냐.

서울 인심이다

마음 씀씀이가 야박하기 짝이 없다.

서울*²놈 못난 건 고창 놈 좆만도 못하다

서울에는 잘난 사람만 있는 게 아니고 못난 자들도 많다는 뜻.

서울이 무섭다니까 무악재부터 긴다

말만 듣고도 벌벌 떠는 겁쟁이를 두고 놀리는 말.

＝서울이 무섭다니까 과천부터 긴다. 서울이 무섭다니까 남태령부터 긴다.

＊1 무쇠 솥 : 검은 쇠로 만든 솥. 가마솥도 이 종류에 속함.

＊2 서울 : 본디 신라의 수도인 경주를 서라벌, 서벌로 부른 데에서 비롯되었다는 설이 있음. '서'는 수리, 솔과 통하는 말로서 '높다' '신령스럽다'는 뜻이고, '울'은 '벌' '벌판'이 변음된 것이다. 따라서 서울은 '큰 벌판' '큰 마을'을 이르는 뜻이 된다.

석양에 물찬 제비 같다

빼어난 미인을 빗대 하는 말.

석 죽었다

초반에 동티가 나서 기운이나 기세가 푹 꺾였다.

선 떡*1 받듯 한다

마지 못해하는, 마뜩찮은 태도를 비유한 말.

선떡부스러기다

어중이떠중이, 실속 없는 것들이다.

선무당이 마당 기울 댄다

능력도 없으면서 공연한 핑계를 대고 있다.
＝국수 못하는 년이 안반 나무란다. 선무당이 장구 탓한다.

선무당이 사람 잡는다

잘 알지도 못하면서 아는 체하다간 일을 크게 그르치니 조심할 일이다.

선물이나 뇌물이나 붙이기 나름이다

선물을 빙자한 뇌물을 비아냥대는 말. 본디 독일어로 선물을 뜻하는
Gift는 독(毒)이라는 뜻도 있다는데 그리 보면 선물과 뇌물은 오십보백
보인 셈이다.

선불*2 맞은 범 날뛰듯 한다

위협적으로 마구 날뛰는 모양에 빗댄 말.

＊1 선 떡 : 설익은 떡.

＊2 선불 : 총탄에 빗맞은.

=선불 맞은 멧돼지 날뛰듯 한다.

선인선과(善因善果)에 악인악과(惡因惡果)이다

착한 일엔 좋은 결실이 따르고 악한 일에는 안 좋은 결과가 따르게 마련이다.

[村談解頤] 한 과부가 가난하지만 얌전음전하기로 원근에 소문이 날 정도였는데 어느 날 해거름에 노승이 당도해 하룻밤 유하기를 청하거늘 "집이 워낙 가난할 뿐만 아니라 남정네도 없고 방 또한 하나밖에 없으니 다른 데를 찾아보소서" 하였으나 노승이, 이미 날이 저물고 근처에 인가조차 없다고 하자 과부가 하는 수없이 들라 하여 보리밥에 토장국이나마 정갈하게 차려올리고 늙은 스님은 아랫목에 자기는 찬 윗목에 자리를 폈다. 자는 도중 스님이 잠버릇인가 다리를 들어 여인의 몸에 걸쳐놓기도 하고 손을 여인의 가슴에 올려놓기도 한 데, 여인이 "너무 곤하시어 이러시나 보다" 하고 공손히 내려놓기를 여러 차례 한 뒤 새벽에 일어나 또한 정성으로 담백한 밥상을 차려 올렸다. 이에 스님이 조반을 달게 자신 다음 볏짚을 몇 단 달래서는 가마니를 한 닢 짜 이로써 사례를 하고는 총총히 사라졌다. 그런데 얼마 후에 여인이 그 가마니를 보니 웬 흰쌀이 가득히 들어 있었다. 그 쌀을 퍼내자 마치 화수분 모양으로 계속 쌀이 가득 차서 이로부터 여인은 큰 부자가 되었다. 이웃마을에 욕심 많은 과부가 있어 이 소문을 듣고 나도 언젠가 스님이 오면 그리 하리라 작심하고 있던 중 마침 어느 석양 무렵에 스님이 찾아와 유숙을 청하거늘 받아들여 저녁을 대접한 다음 한 방에서 자는데 스님이 영 반응이 없는지라 자기 다리를 스님의 다리위에 올려놔 보았다. 하지만 올려놓으면 스님이 치우고 다시 올려놓으면 치우고 하는 가운데 날이 밝아 아침밥을 지어 대접한 즉 스님이 역시 볏짚을 몇 단 청하는 것이었다. 그리고는 가마니 하나를 엮어 사례로 던져주고는 표표히 떠나갔다. 해서 여인이 잔뜩 기대를 걸고 가마니 속을 들여다보니 이게 어인 일인가? 기대했던 흰쌀이 아닌 양물(陽物)이 하나 그득 들어 있거늘 여인이 놀라 솥뚜껑으로 덮으니 이번에

가마솥에도 또 그것이 가득 차는 거였다. 미칠 지경에 이르러 그것을 우물가에 내던지니 우물 안에도 양물천지가 되고 나중엔 그것이 날고뛰어서 온 집안 어디 없이 가득 차 도무지 살 수가 없게 되자 여인이 비로소 자신의 과욕(過慾)한 죄가 큼을 깨우쳐서 바른 사람이 되었다 한다.

섣달*[1] 그믐날 장가 간 놈이 정월 초하룻날 아이 안 낳는다고 나무란다

성미가 급하고 소견이 막힌 답답한 자이다.

=급하기는 우물가서 숭늉 찾겠다.

섣부른 서방질에 매타작만 당했다

서방질은 물샐틈없이 해야 하는데 섣불리 하다가 들켜서 손찌검만 당했다 함이니 부주의로 일을 그르침은 물론 망신까지 당한 경우 따위에 빗댄 말.

설레발 좀 치지*[2] 마라

일 없이 날뛰지 좀 말아라.

설삶은 말 대가리 같다

질기고 고집 센 성미의 위인이다.

설움엔 먹어 살찌고 걱정엔 안 먹어 살이 내린다

슬플 때는 먹는 것으로 대리 충족시켜 살찌지만 걱정이 있으면 밥맛을 잃어 야윈다는 뜻.

섬에 담아 봐야 안다

---

*1 섣달 : '설이 드는 달'이란 뜻으로 12월을 말하는데 이는 지난 날 12월 1일을 설로 �쇤 때가 있었기 때문이다. 설은 '설'로 하지 않고 ㄷ 받침을 달아 '섣'이라 한 것은 언어학적으로 ㄷ과 ㄹ이 넘나드는 관계에 있기 때문이다.

*2 설레발 친다 : 설친다. 급히 날뛰거나 또는 마구 덤벼드는 모양.

그해 농사는 추수를 해 봐야 아는 것이니만큼 평소에도 항시 방심하지 말고 최선을 다해야 한다는 뜻.
=그해 농사는 낫 걸어놓고 봐야 안다.

성가시기는 오뉴월 똥파리다
참으로 귀찮은 존재이다.

성깔 있는 놈이 일은 잘 한다
성미 급한 사람은 일거리를 보면 참지를 못하므로 느긋한 사람보다 일을 더 많이 하고 더 잘하는 수가 있다.

성난 눈에 불 켜 달고서
눈자위 치뜬 사나운 얼굴로.

성미 급한 계집이 맷돌거리*¹ 한다
성미가 급한 탓에 남 안하는 짓을 하는 경우 이죽거리는 말.
=맷돌 씹 한다. 맷돌치기 한다.

성미 급한 놈이 술값 먼저 낸다
침착하지 못하고 서두르다 보면 손해 보기 십상이니 그러지 말아라.

성을 갈겠다
다시는 그런 짓을 안 하겠다. 또는 그건 틀림없는 사실이다.

성주*²에 놓고 조왕*³에 놓고 터주*⁴에 놓다 보니 남는 거 없다

---

*1 맷돌거리 : 남녀가 마치 맷돌 가는 식으로 체위를 바꿔하는 성교 방식.
*2 성주 : 집을 지키고 보호한다는 신령. 상량신.
*3 조왕 : 부엌일을 관장하는 귀신.
*4 터주 : 집터를 지킨다는 지신(地神).

여기저기 뜯기는 데가 많다 보니 장사랍시고 하나마나라는 볼멘소리. 본디는 고사 지낼 때, 많지 않은 고사떡을 여기저기 놓다 보니 여유가 없다는 뜻으로 쓰였던 말임.

성한 다리에 침 놓는다

공연한 짓을 해 일만 저질러 놓았다.
=긁어 부스럼 만든다.

성해서 호랑이 밥 되고 죽어서 여우 밥 된다

옛날 호랑이와 여우가 많았던 시절 이야기로서 살아서는 호환(虎患)이 두렵고 죽으면 여우가 무덤 속 시신을 파먹는 일이 많았대서 생긴 말.

세 끼 굶은 시어미 상판 같다

섬뜩하리만큼 암상궂은 낯짝이다.

세 명이 노름을 하면 하나는 거지 된다

노름 좋아하다 보면 세 명 중 하나에 망조가 끼어 드는 것이니 노름질은 절대 하지 마라.

세(細) 모시 고쟁이에 눈멀고 마음 멀어서

살색이 훤하게 비치는 고혹적인 매무새에 넋이 나가서.

[蒐集] 세모시는 말 그대로 올이 희고 가늘어서 살색을 그대로 투과시켜 드러낸다. 따라서 이 세모시 치마나 고쟁이를 입으면 거의 드러나 비치는 살색에 뭇 사내들이 눈멀고 마음 멀게 마련이었다. 이런 연고로 이 옷을 입은 여자는 화냥기가 많은 것으로 통했는데, 더구나 고쟁이는 내의였던 점에서 더욱 화냥기와 직결 됐음직하다.

세 사람만 우겨대면 없는 호랑이도 만들어 낸다

여럿이 힘을 합치면 안 되는 일이 없다.

세 살 난 아기 물가에 노는 것 같다
불안한 것이 영 마음이 놓이지 않는다.
=의붓자식 소 팔러 보낸 것 같다.

세 살 때 못 만난 게 한이다
금실 좋은 부부 또는 애인 사이에 더 일찍 못 만났음을 아쉬워하는 말.

세 살 먹은 아기도 제 손 안에 것은 안 내놓는다
그러한즉 공연히 남의 재물 탐할 생각일랑 하지 말아라.

세상 그만됐다
죽었다.
=세상 작파했다. 세상 떴다.

세상 물건 자리만 좀 바꿔 놓았다
도둑질을 빗대 이르는 말.

세상인심이란 고양이 눈깔 변하듯 한다
조변석개하는 게 세상인심이다.

세월 없어 죽겠다
돈벌이가 안 돼 큰 걱정이다.

세 치 혀가 다섯 자 몸을 망친다
말 한 마디 잘못해 큰 화를 입기도 하는 법이니 항시 입조심, 말조심
하거라.

세 판이 적습니까?

동문서답하는 사위에 빗대 어리석은 상대방을 놀리는 말.

[攬睡雜史] 예전에 경상도까지 가서 장가든 자가 있었는데 이튿날 아침에 장모가 "엊저녁에 변변치 않은 물건을 들여보냈는데 얼마나 했는가?"라고 물었다. 이 '변변치 않은 물건'이란 곧 밤참을 말함이고 '얼마나 했는가?'는 얼마나 잘 먹었는지 인사로 건넨 말이었다. 한데 더덤한 사위 놈은 장모가 말한 '변변치 않은 물건'이란 딸을 겸양하는 말이고 '얼마나 했는가'는 몇 번이나 상관 했는지로 잘못 알아듣고는 "세판 했습니다"라고 하였다. 장모가 그 사위의 우둔함에 놀라 돌아서면서 "인사가 돌금아비만도 못하도다" 한즉 이는 '돌금아비란 종놈의 어리석음만도 못하다'는 비유인데 사위는 또 그걸 자기의 정력이 종놈보다도 못하단 소리로 듣고는 "돌금아비가 얼마나 센지는 모르겠으되 이 사위로 말하면 서울에서 열흘 동안 여러 백리를 걷고도 짧은 밤에 세 판씩이나 했으면 됐지 이를 어찌 부족하다 탓을 한단 말이요?" 하니 장모가 더욱 크게 놀라서 다시는 입을 열지 않았다 한다.

셈이 질긴 놈이다

줄 돈을 안 주고 질질 끄는 못된 성미이다.

소가 밟아도 꿈쩍 않을 놈이다

성품이 매우 굳센 자이다.

소가 웃을 일이다

말 같지도 않은 소리 좀 하지 마라
=소가 하품하고 개가 웃을 일이다.

소가 크면(힘세면) 왕 노릇 할까?

몸집 크고 힘 좋은 사람이 으스댈 때 빈정대는 말.

소 갈 데 말 갈 데 안 가린다

자식들 부양을 위해 험악한 일도 가리지 않는다.

소갈머리가 바늘구멍이다

소견이 좁고 답답한 자이다.

소 같고 곰 같은 놈(년)!

소처럼 먹기만 많이 먹고 곰처럼 미련한 자이다.

소같이 일하고 쥐같이 먹으랬다

일은 힘써 해 많이 벌되 쓰기는 절약해 써야만 살림이 느는 것이다.

소경 제 점 못 치고 무당 제 굿 못 한다

남의 일은 잘 해도 자신의 일은 스스로 못 하는 경우가 많은 법이다.

소경이 소경을 인도하면 둘 다 개천에 빠져 죽는다

능력이 부족한 자들끼리 동업을 하게 되면 일을 망치게 마련이다.

소귀신 같다

말도 못 하게 고집이 센 자이다.

소금 먹은 놈이 물 켠다

일을 저지르면 어떤 식으로든 표가 나게끔 되어 있다. 또는 죄를 지은 자가 벌을 받게 되어 있다는 뜻.

소금 장수보다 더 짠 놈이다

말도 못하게 독한 구두쇠이다.

소금 좀 뿌려야겠다

재수 없는 일이나 우환 예방을 위해 드나드는 문지방 따위에 소금을 뿌리라는 뜻. '날도둑놈 간다. 왕소금 뿌려라' 등등 못마땅한 인사가 왔다 가는 경우, 재수 예방하라고 외치던 민속이 전해져 내렸다.

소금 중에도 왕소금이다
구두쇠 중에도 왕구두쇠이다.

소금 짐 지고 물로 가고 화약 짐 지고 불로 간다
스스로 손해 보고 혼날 짓만 찾아서 하고 다니는 무모한 자이다.

소금도 공짜라면 달다
누구든 공것이라면 좋아하는 법이다.
=공짜라면 양잿물도 큰 것으로 골라 먹는다.

소금이 짜대도 곧이듣지 않는다
신용을 잃어 어떤 말을 해도 믿지 않는다.
=소금으로 장을 담근대도 곧이듣지 않는다. 콩으로 메주를 쑨대도 믿지 않는다.

소꼬리보다 닭대가리가 낫다
큰 자리 말석보다는 작은 무리의 우두머리가 더 낫다.

소나기는 쏟아지고 똥은 마렵고 허리띠는 옹치고 꼴짐은 넘어가고 소는 콩밭으로 뛰고
다급한 일이 한꺼번에 몰아닥친 상황을 해학적으로 나타낸 말.

소나기 맞은 중 상판대기를 해서는
몹시 찡그린 마뜩찮은 얼굴로.

소나기술에 사람 곯는다

어쩌다 많이 마신 술에 녹초가 되어 큰 병을 얻게 된 경우 따위에 빗댄 말.

소년 때는 송곳이요 중년에는 쇠망치, 노년에는 삶은 가지다

남근의 강직도가 나이에 따라 그리 달라짐을 비유한 말.

[奇聞] 소년과 장년, 늙은이 세 사람이 동행을 하다가 어느 시골집에 유숙을 하게 되었는데 그 중 하나가 주인여편네의 해반주그레한 용모에 반해 오밤중에 몰래 들어가 간통을 하였다. 다음 날 이를 알게 된 주인이 관아에 고소하였으되 사또가 처결할 방도를 몰라 부인에게 물은즉 "그야 뭐 그리 어려울 것이 있겠소? 이렇게 물어보시오. 그 집 여편네가 그 일을 당할 때 양물이 송곳 끝과 같더냐 혹은 쇠망치 같더냐 그도 아니면 삶은 가지로 들이미는 거 같더냐고 물어서 송곳 같다면 이는 분명 소년일 것이요 쇠망치라면 장년이고 삶은 가지 같으면 노인일 것이외다" 하였다. 이튿날 당했다는 여편네를 불러 물으니 '쇠망치로 치는 것과 흡사했다' 하매 장년을 잡아다 엄하게 족치니 과연 자기가 했다는 자복을 받게 되었다. 이에 사또가 이제는 부인을 의심하여 그 경위를 물은즉 "우리 또한 혼인시절에는 송곳 끝으로 찌르는 거 같았고 중년에는 쇠망치로 치듯 둔중하였으며 요즘 노경에 이르러서는 삶은 가지를 들이미는 거 같으니 이와 같이 알 뿐입니다." 답하니 사또 역시 머리를 끄덕였다 한다.

소도둑놈 상판이다

몹시 험악한 생김새이다.

소대한(小大寒) 지나 얼어 죽을 잡놈 있나

소한, 대한 지나면 큰 추위는 물러가게 마련이다. 또는 큰 곤경을 치르고 나면 작은 시련이야 그냥저냥 넘기게 된다는 뜻.

소도둑놈 작은 마누라 택은 된다

발이 큰 여자를 두고 놀려대는 말.

소리 없는 방귀가 더 구리다

평소 점잖던 사람이 한 번 성이나면 더 무서운 법이다.
=뜬쇠도 달면 어렵다.

소문난 좆이 잔등이 부러졌다

과거에는 굉장했다지만 이젠 만사휴의, 왕년의 일이 돼 버렸다.
=호랑이 허리 부러진 격이다.

소슬바람이 고목 꺾고 모기 다리가 쇠 씹* 한다

평소 하찮게 본 사람이 큰일을 해냈거나 또는 큰 잘못을 저지른 경우 따위에 빗댄 말. 또는 대수롭잖은 원인이 동티가 되어 큰 재앙이 되기도 한다는 뜻.

소 아홉 필이 진흙 밟는 소리이다

남녀교합이 절정에 이르면 그런 소리가 난다는 뜻.

[禦眠楯] 풀이 무성한 김매기 철을 맞아 아래 밭에는 수십명이 함께 김을 매는 반면 위 밭에서는 오직 부부 둘이서만 호젓하게 김을 매고 있었다. 아래 밭에서는 여럿이 와자지껄 웃고 떠드는데 주고받는 이야기 대부분이 음담패설이었다. 이에 위 밭의 아내가 그 지아비를 보고 "당신은 저소리가 들리지도 않소? 이 기나긴 여름날에 지루함을 잊고 졸음을 쫓는 데는 저 같은 얘기를 덮을만한 게 없는데 어째 입을 봉하고만 있소? 조반을 안 자시어 기운이 없소이까?" 하고 핀잔을 주었다. 이에 그 지아비가 이르기를 "아무리 진종일 떠들어 보았자 혀끝만 아프고 공연한

---

* 쇠 씹 한다 : 암 수소의 교미 행위.

수고로움 뿐이라. 그게 배부른 듯 하지만 기실은 배고픈 수작일 뿐이오, 나야말로 집에 돌아가는 길로 그대의 엉덩이를 두들기고 내 물건을 그대의 두 다리 사이 옥문에 꽂아 두 몸을 한 몸으로 만든 다음에는 서로 격동하는 소리가 마치 소 아홉 필이 진흙을 밟는 것과 흡사한 연후라야 적이 만족할 것이라, 어찌 헛되고 헛된 저 같은 수작에 기운을 버리리까?" 하니 여인이 호미를 내던지고 달려들어 지아비의 따위를 어루만지면서 그러더란다. "실로 당신은 대적할 사람이 없소. 참말로 무적(無敵)이로소이다."

소 죽은 넋이 덮어씌웠나 보다
융통성이라곤 없는 답답한 위인이다.

소 팔러 가는데 개새끼 따라 나서듯
제발 좀 졸졸 따라다니며 성가시게 굴지 마라.

소한 대한 넘긴 놈이 우수, 경칩에 얼어 죽을까?
큰 어려움도 넘긴 몸인데 가벼운 시련쯤에 좌절할 리 있겠느냐.
=국수 잘 하는 년이 수제비 못 뜰까?

소 힘은 소 힘이고 새 힘은 새 힘이다
사람은 다 제가끔 고유의 능력을 타고나는 법이다.

속곳도 안 입고 함지박* 인다
건망증으로 깜빡 잊고 실수를 저질러 망신을 자초한 경우이다.

속곳을 열두 벌 입어도 보일 건 다 보인다
여자의 고쟁이는 여러 벌을 겹쳐 입어도 가운데가 터져 있어 가랑이를

---

* 함지박 : 통나무를 파서 큰 바가지처럼 만든 그릇.

벌리면 속이 다 들여다보이듯 아무리 많아도 제 구실을 못 한다는 뜻.

속곳을 판다
여자 입장에서, 몸을 허락한다는 뜻.
이 말은 다음 연지분 장수의 사설에서 유래한 것이다.

댁들아(여러분) 연지나 분을 사오
저 장사야 네 연지분 곱거든 사지
곱든 비록 아니되 바르면 없던 교태
절로 나는 연지분이외다
진실로 그러할 양이면
헌 속곳을 팔망정*1 대여섯 말이나 사리라.

속살 대고*2 살았다
부부 관계로 지냈다는 뜻.

속상한 김에 서방질 한다
화가 나면 사리에 어긋나는 짓도 하기 쉬운 법이다.
=홧김에 서방질한다. 부앗김에 화냥질한다.

속에 늙은이가 서넛은 들어앉았다
겉모습은 어리숙해도 속내는 만만치 않은 자이다.
=속이 천 길이다.

손가락 빨아먹고 사는 줄 아냐?
임금을 안 주고 미루는 사람에게 항의하는 말.

---

*1 속곳을 판다 : 정조를 준다는 뜻의 속언.
*2 속살 대고 : 성관계를 빗댄 말.

=누군 흙 파먹고 사는 줄 아나?

손가락에 장을 지지겠다
그런 일은 절대 없을 거라고 다짐하는 말.

손가락질 떠날 새 없는 놈이다.
밤낮 말썽만 일으키는 사고뭉치이다.

손돌이 바람이다
손석풍(孫石風)이라는 뜻. 억울하게 죽은 원혼을 위무하는 말.

[蒐集] 인조 임금이 이괄(李适)의 난을 피해 강화도로 피신을 하게
되었다. 하여 사공 손돌이 임금이 탄 배를 저어 염하강을 건너 강화도로
가던 중 풍랑이 일어 고통을 겪게 되자 임금이, 사공 손돌이 이괄의 사주
를 받아 역심(逆心)을 품었다 하여 억울하게 죽인 뒤부터 매년 그 날엔
몹시 춥고 큰 바람이 불어 그가 죽은 10월 20일경 부는 맵찬 바람을 손
돌이 바람이라 불러 내렸다. 한편 '손돌목'으로 명명된 이 곳은 간만의
차가 매우 커서 지금도 진도 울돌목과 함께 풍랑이 드센 곳으로 이름이
나 있다.

손만 만져도 애가 선다
아기가 잘 수태되는 건강한 아낙 또는 그런 부부에게 덕담이나 농으로
하는 말.

손바닥으로 보지 막는 격이다
애써 감추려 해봤자 수모는 피할 수 없는 노릇이다.
=가랑잎으로 보지 가린다.

손바닥으로 부자지 가려 봤자다

미봉책으로 될 일이 아닌 만큼 근본 해결책을 모색해야 한다는 뜻.
=똬리로 보지 가린다. 눈 가리고 아웅 한다.

손에 쥐어 줘도 모른다

알게끔 해줘도 모르는 바보이다.

손이 놀면 입도 놀게 마련이다

일하지 않으면 먹을 것도 생기지 않는 법인데 어째 일할 생각을 않느
냐고 나무라는 말.

손자 자지에 붙은 밥풀도 떼먹겠다

염치라고는 없이 낯 뜨거운 짓만 일삼고 다니는 늙은이다.

손톱 밑 때만큼도 안 여긴다

사람을 괄시한다고 볼멘소리로 내뱉는 말.

손톱 여물을 썬다

인심을 써도 성에 안 차게 조금씩 나눠 준다. 또는 혼자서 속을 태운
다.

손톱은 슬픔에 돋고 발톱은 기쁨에 돋는다

기쁨보다 슬픔이 더 많은 게 인생살이다.

솔개 병아리 낚아채듯

힘도 안 들이고 가볍게 남의 것을 채가는 경우 따위에 빗댄 말.

솜씨는 관 바깥에 두고 가라

솜씨 없고 재간 없는 사람을 놀리는 말.

송곳 같은 세월이다

가난 또는 근심 걱정 때문에 고통스런, 모진 세월이다.

송아지 나무에 올라가는 소리 하고 있다

터무니없는 거짓말 좀 하지 마라.

송장 냄새가 풀풀난다

거의 죽기 직전이다. 죽은 목숨이나 한가지다.

송장 빼놓고 장사 지낸다

가장 긴요한 것을 잊고서 일을 치르려 한다고 핀잔주는 말
=불알 빼놓고 장가간다.

송장 씻은 물만도 못하다

명색만 고깃국이지 건더기는 하나 없고 맨 멀건 국물뿐이다.

송장치고 살인 낸다

일 같지도 않은 일에 걸려들어 손해만 크게 보았다. 또는 노인을 치거나 넘어뜨려 사망한 경우 따위에 빗댄 말.

송충이가 오죽하면 갈잎을 먹을까?

내키지는 않지만 먹고 살자니 도리 없는 일이다.

송편*으로 먹을 따고 죽어라!

하찮은 일에 화를 잘 내는 사람 따위를 비아냥대는 말.
=거미줄에 목을 매거라.

＊송편 : 솔잎을 깔고 찌는 떡이라는 뜻의 송병(松餠)에서 유래된 말.

솥 걸고 삼년 손 씻고 삼 년이다

게을러빠져서 일을 미루기만 하는 여자를 핀잔주는 말.
＝망건 고쳐 쓰다가 파장한다.

솥찜질 한다

탐관오리 또는 부정에 연루된 벼슬아치에게 내렸던 형벌의 한 가지.

[蒐集] 사람과 말의 내왕이 빈번한 네거리 한복판에다 높다랗게 서까래를 받치고 가마솥을 건 다음 그 앞에 죄인을 끌어다가 앉히면 판관이 저지른 죄목을 낱낱이 낭독한다. 낭독이 끝나면 험상궂은 나졸들이 죄인을 솥 속으로 밀어 넣고 장작불을 지피는 시늉을 한다. 이 의식만으로 행형 절차는 일단 끝이 난다. 그러나 정작 죄인에게 내려지는 형벌은 이때부터 시작되는 것이다. 왜냐하면 솥 속에서 끌려 나온 죄인은 손끝 하나 다친 데 없이 멀쩡한 위인이지만 이때부터 살아 있는 사람으로 대접을 받지 못하기 때문이다. 두 눈 멀뚱한 시체가 가족에게 넘겨지면 가솔들은 그 자리에서 염습을 하여 관에 넣어 들고서 집으로 돌아간다. 집에 닿으면 장례 절차에 따라 정중하게 장례를 치르매 당사자는 살아 있으되 이미 귀록(鬼錄)에 올라 있는 저승 사람으로 취급을 당하게 된다. 장터에 나가 물건을 사려 해도 귀신이라 하여 상종을 안 하고 막걸리 요기를 한다 해도 주모가 돈을 받지 않는다. 바둑 훈수를 두어도 귀신의 소리라 하여 곧이듣지 않고 밭갈이를 하거나 김을 매도 귀신이 한 노릇이라 하여 딴 사람이 다시 김*을 매고는 했다 한다.

쇠가 쇠를 먹고 살이 살을 먹는다

화목해야 할 일가붙이끼리 아귀다툼을 하는 경우 따위에 빗댄 말.

쇠고집 닭고집이다

＊김 : 논밭에 나는 잡초인 '김'은 옛말 '기슴'이 변화된 것으로 '길어지는 것'이란 뜻이다.

물정 모르고 제고집만 피우는 답답한 자이다.
=강 고집, 최 고집이다.

쇠 껍데기 쓰고 도리질*1 할 놈이다
낯짝이 쇠가죽처럼 두껍고 흉악한 자이다.

쇠똥에 미끄러져 개똥에다 코방아 찧는다
일이 연거푸 꼬이기만 해서 죽을 맛이다.

쇠 먹은 띠*2는 삭지 않는다
뇌물을 쓰면 효험이 있게 마련이다.

쇠불알 떨어지면 구워 먹으려고 숯불 들고 다닌다
가망이 없는 공것을 바라는 자를 비웃는 말.

쇠뿔은 단김 호박떡은 더운 김이다
무슨 일이든 시의적절한 때가 있는 법이다.

쇠뿔 젖이다
쇠뿔처럼 삐죽하게 생긴 유방을 빗댄 말.

쇠 좆 달이듯 한다
먹거나 약에 쓰려고 쇠 좆을 솥에 넣고 달이듯이 무슨 일에 빠져 꿈적 않고 있는 모습에 빗댄 말.

쇠 좆*3으로 모기 씹 한다

---

*1 도리질 : 머리를 좌우로 흔드는 짓.
*2 띠 : 여기서 띠는 '똥'을 빗댄 말.
*3 쇠 좆 : 황소의 생식기.

도무지 되지도 않을 바보짓을 하고 있다고 핀잔주는 말.

수구문 (水口門) *¹차례다
죽을 때가 다 되었다.

수다가 판소리 열두 마당이다
수다를 떨기 시작하면 한도 없고 끝도 없다는 뜻.
＝받고 채기로 떠들어댄다.

수렁에 던져진 바위다
희망이라곤 뵈지 않는 상태이다.

수원, 남양 사람은 발가벗겨도 삼십 리를 뛴다
특히 그 지방 사람들은 생활력이 강하대서 나온 말.

수전증*²에 숟갈도 못 들 년!
밉살맞은 짓만 골라서 한다고 내치는 악담.

수절과부, 불알 만지기 보다 더 어렵다
수절과부가 남자를 가까이 할 리 없으니 있을 수 없는 일임을 해학적
으로 표현한 말.

수즉다욕 (壽則多辱) 이다.
오래 살면 욕된 일을 많이 겪게 된다는 뜻.

[攬睡雜史] 어느 늙은 재상이 나어린 첩을 두어 널리 기운 나는 고기

---

*1 수구문 : 광희문의 다른 이름으로 이 문을 통해 시체를 낸 까닭에 생긴 말임.
*2 수전증(手顫症) : 물건 들 때 손이 떨리는 병.

와 인삼 녹용으로 가루를 내어 베갯머리에 놓고 따뜻한 술에 타서 마시기를 여러 달 동안 해도 효험이 없었다. 그런데 곁에 두고 부리는 하인 놈이 상전이 매일 아침 먹는 약을 보고 재상이 없는 틈에 몰래 두어 숟갈을 떠먹었는데 대번 양기가 크게 성해 밤이나 낮이나 억제키 어려운지라 주야로 그 처와 얼려서 열흘이 지나도록 돌아오지 않는 것이었다. 이에 재상이 사람을 시켜 하인 놈을 불러들여 까닭을 물은즉 "소인이 아침마다 대감마님이 침변 복약하시는 것을 뵈옵고 호기심에 그 약을 두어 숟갈 떠 마셨더니 며칠째 양기가 대승하여 이를 이기고자 처와 십여일을 회합하였음에도 가라앉지 않을 뿐 아니라 지금도 당장 죽을 것만 같아서 참으로 후회막급이옵니다" 하였다. 이에 재상이 "죽을병에는 약도 없다더니 내가 여러 달을 복용해도 눈곱만큼도 효험이 없었는데 너는 뒤 숟갈에 효험이 그렇듯 웅장하니 이 어찌 통탄치 않으랴. 이 약을 두어두면 늙은이는 효력이 없고 젊은이는 마땅히 죽으리니 가히 버릴 수밖에 없도다" 하고 탄식을 하면서 똥오줌 속에 던져 버렸다 한다.

[禦睡錄] 비슷하되 조금은 다른 이야기 하나. 노인이 젊은 첩과 더불어 근근득신 양물을 일으켜 일을 한 번 치르고는 첩에게 "너 또한 좋더냐?" 하고 물으니 첩이 부어터진 소리로 "좋고 좋지 않음을 물어 무엇하리까?" 한 데, 노인이 다시 "다행히 만일 네가 수태를 하면 너의 늘그막에 몸을 의탁할 수 있어 좋지 않겠는고? 넌 비록 사비(私婢)지만 나는 양반이니 아이를 낳으면 절로 식록자생(食祿資生)의 길이 열리지 않겠느냐?" 하니 첩이 말하기를 "아들을 낳아 저로 하여금 몸을 의탁케 함은 비록 좋지만 제가 사슴을 낳는다 해도 식록이 과연 가하리까?" 하였다. 노인이 괴이쩍게 여겨 "아니 나도 사람이요 너 또한 인간일진대 사슴을 낳는다는 말이 무슨 말인고?" 하니 첩이 "사슴가죽신(鹿皮腎)으로 했으니 사슴이 나오지 않겠나이까?" 하였다. 이에 늙은이가 무연히 탄식해 돌아누우면서 "하긴 나의 정수(精水)가 있는 듯 없는듯하니 사슴을 낳는 것 또한 가히 기약키 난망하겠도다" 하였다.

수캐가 암캐 따라다니듯 한다

여자만 밝히는 오입쟁이를 비유한 말.

수탉이 알을 낳으면 집안이 망한다

남자가 집안일에 간섭을 하면 가정이 화목하지 않게 된다.

수풀의 꿩은 개가 내몰고 오장의 말은 술이 내몬다

술 마셔 취하면 할 말 안할 말없이 지껄여대기 마련이다.

숙향전이 고담(古談)이다

소설 숙향전이 옛 이야기리만큼 고생깨나 하면서 살아 온 평생이었다.

숟가락* 내팽개쳤다

'죽었다'는 뜻.

술값 천 년에 약값은 만년이다

예로부터 술값과 약값은 외상 거래가 많았대서 나온 말.

술, 계집, 노름이 패가의 삼대 장본이다

남자가 술과 여자와 노름을 밝히면 결국 집안이 망하게 된다는 충고의
말.

술김에 사촌 땅 사 준다

술에 취하면 엉뚱한 짓도 예사로 저지르기 십상이다.

**술꾼 술 끊는다, 오입쟁이 오입 끊는다, 노름꾼 노름 끊는다는 건 다 아
는 거짓말이다**

---

* 숟가락 : 식음을 비유한 말로서 숟가락을 놓았다는 건 죽었다는 뜻.

다짐이야 해도 결국은 끊지 못하는 까닭에 이해할 만한 거짓말 아니겠느냐.

술꾼은 청탁불문이요 오입쟁이는 미추불문이다

술꾼은 술의 종류를 가리지 않고 오입쟁이는 미추 여부를 따지지 않는다는 뜻.

술덤벙 물덤벙이다

일을 아무렇게나 해서 망쳐 놓았다고 나무라는 말.

술로 밥을 삼는다

주야 장천 술에 절어 사는 모주꾼이다.

[醒睡稗說] 어느 모주꾼이 처가 매양 장이 설 때마다 무명 한필을 짜서 팔아오게 하면 홀랑 다 마시고 빈손으로 돌아오기 일쑤였다. 인하여 처가 꾸짖고 이르되 "오늘은 술 마시지 말고 잘 팔아 오시오. 매양 이렇게 술로 밥을 삼으면 무엇으로 생계를 도모하리까?" 한 데, 작자가 그날은 무명 판 돈은 허리에 차고 노끈으로 신(腎. 양물)을 얽어 뒤로 안 보이게 돌려 매고는 술은 외상술로 마신 다음 돌아와서는 호기롭게 허리에 찼던 돈꾸러미를 내놓았다. 처가 기이하게 여겨 대체 술은 무슨 돈으로 마셔 이렇듯 취했느냐고 묻자 "술을 보면 안 먹을 수는 없고 하여 신(腎)을 빼어 저당 잡힌 돈으로 마셨노라." 한즉 처가 놀래 바지를 내리고 본즉 과연 양물이 안 보이는지라 서둘러 저당 잡혔다는 그 돈 두 냥을 내주면서 어서 찾아오라고 재촉해마지 않았다. 이에 작자가 두 냥을 받아 술 외상을 갚고 몇 잔 더 마신 후에 일부러 양물에다 검은 송진을 바르고 돌아와서는 "술집 여편네가 이 물건을 부지깽이로 쓰는 바람에 이렇듯 시커멓게 되었소" 하니 처가 치마 귀를 들어 정성스레 양물을 닦아주면서 "아니 이게 무슨 짓인고. 남의 귀한 물건을 저당 잡았으면 잘 두었다 돌려줄 것이지 이 무슨 못돼먹은 행실인고?"라고 욕을 했다 한다.

술 먹은 개다

술에 취해서 행패를 부리는 등 행동이 개차반인 자에게 해대는 욕설.

술 받아 주고 뺨 맞는다

좋은 일을 하고도 망신을 당한, 몹시 억울한 경우이다.

=내 씹 주고 뺨맞는다.

술 병(酒病)은 술로 고쳐야 한다

술 병에는 술을 못 먹어 생긴 병이 있고 과음을 해서 생긴 병이 있는데 어느 것이나 술로 다스려야 낫는다는 뜻.

=널뛰다 삔 허리는 널을 뛰어야 낫는다.

술에 곯아서 숟가락 내버렸다

밥은 뒷전이고 술만 퍼마시더니 끝내 술병으로 죽고 말았다.

술에는 공술이 있어도 씹에는 공 씹이 없다

술은 어쩌다 공술을 얻어먹기도 하지만 성관계는 반드시 반대급부를 치르게 마련이라는 뜻.

술에서 담배, 여자, 노름질까지 다 끊었단다

죽을 때가 가까워진 모양이라고 빈정대는 말.

술은 김 서방이 먹고 취하긴 이 서방이 취한다

원인과 결과로 보아 도무지 있을 수 없는 일이라는 뜻.

=술은 주인이 먹고 주정은 머슴 놈이 한다.

술은 들고 망신은 나온다

술이 들어갈수록 망언과 실수를 하기 십상이니 조심하고 삼갈 일이다.

술은 만물*에 취하고 사람은 끝물에 취한다

　사람은 오래 사귀는 과정에서 정분이 도타워진다는 뜻.

술은 묵은 술 옷은 새 옷이 좋다

　술은 묵을수록 맛이 좋아지고 옷은 새 옷일수록 입기 좋고 보기에도 좋다.

술은 백약(百藥)의 장(長)이요 백독(百毒)의 두령(頭領)이다

　술은 잘 마시면 신약처럼 이롭지만 잘 못 마시면 몸을 망치는 독이 되는 것이니 삼가고 경계할 일이다.

술은 술술 넘어간다고 술이다

　술꾼들이 주고받는 우스갯말.
　=돈은 돌고 돌아서 돈이다.

술은 장모가 따라도 여자가 따라야 제 맛이다

　술은 여자가 있어야 맛이 나는 법이다.
　=술은 시아비가 따라도 남자가 따라야 제 맛이다.

술을 들고는 못 가도 먹고는 간다

　술꾼이 막걸리 한 말을 들고는 못 가도 먹고는 갈 수 있다 함이니 지독한 술꾼을 빗대 이르는 말.

술을 똥구멍으로 처먹었냐?

　술에 취해서 추태를 부리는 자에게 해대는 욕설.

술자리서 얌전한 놈이 계집은 먼저 따먹는다*

---

* 맏물 : 그해 맨 먼저 나온 곡식을 이르는 말. '끝물'의 반대 말.

엉큼하고도 의뭉한 자는 따로 있는 법이다.

술 잘 먹고 노래 잘하고 계집 잘 보고

천하에 없는 한량이다. 또는 개건달이라고 비아냥대는 말.

술장사는 쓸개가 둘은 있어야 한다

술손님 가운데는 별의별 주정뱅이들이 많은 까닭에 술장사는 이를 꾹 참고 견딜 수 있어야만 할 수 있는 것이다.

술 좋아하면 주정뱅이, 놀기 좋아하면 건달 되는 거다

무슨 일이든 지나치면 망신스런 결과를 초래하는 것이니 삼가고 조심할 일이다.

술 좋아하면 계집도 좋아 한다

술집 자주 가게 되면 자연 여자도 가까이하게 마련이다.

술집에 가서 떡 달란다

세상물정을 모르는 어리석은 자이다.

술집 주모만 봐도 취한다

전혀 술을 못하는 사람이다.

술 취한 놈 계란 팔듯 한다

술이 취해서 계란을 떨어뜨려 깨뜨리며 덤으로 주기도 하면서 장사를 엉망진창으로 하고 있다.

술 취한 놈은 넓은 개천도 좁다고 건너뛴다

---

* 따먹는다 : '성교를 한다'의 비속어.

술에 취하면 판단력이 흐려지는데다 담대해져 위험천만한 행동도 서슴지 않게 된다.

술 취한 놈은 임금도 몰라본다
술에 취하면 이성을 잃어 예절을 모르게 되니 명심할 일이다.

술통 배이다
술통 모양처럼 배가 나온 배불뚝이다.

술 한 말은 처먹고 뻗어야 남자지!
명색이 남자면 남자다운 행동을 보여야 남자랄 수 있지 않겠느냐.

숫내기다
남자와 성관계가 없는 숫되고 깨끗한 처녀이다. 숫처녀.

숫 벼락 맞았다
여자가 얼떨결에 겁간을 당한 경우 따위에 빗댄 말.

[探錄] 소금 장수 하나가 산골 마을까지 들어갔다가 잘 곳이 없어 한 집 헛간 구석에서 하룻밤을 묵게 되었다. 그런데 한밤중에 우렛소리가 치면서 비가 쏟아지기 시작하자 한여름인지라 홀랑 벗고 자던 주인집 여자가 발가벗은 채로 달려 나와 낮에 열어 놓았던 장독대 뚜껑을 닫느라 부산을 떠는 것이었다. 번개불빛 속에 젊은 여자의 하얀 살색이 눈부셨다. 그 소금 장수는 '이때다' 하고 몰래 뒤로 다가 가서는 여자를 껴안고서 한바탕 신나게 정사를 벌였다. 번개는 치고 비는 억수로 퍼붓는 와중에 정신이 몽롱한 가운데 얼떨결에 당해 버린 여자가 일을 다 마치고는 남편에게 돌아와 "여보, 벼락도 씹하우?" 하고 물었다 한다. 그러자 멍청한 사내가 기껏 한다는 말이 "글쎄, 그게 아마 숫벼락인 모양이지" 그러더라나.

숫 보지다

남자와 정을 통한 일이 없는 숫처녀이다.

=숫색시다.

숫처녀 감별 법 고담(古談)

예전에 숫처녀인가 여부를 떠보기 위해 써먹었다는 우스개 이야기.

[奇聞] 어떤 신랑이 첫날밤을 맞아 신부가 아무래도 숫처녀가 아닌 것 같은지라 손으로 음호(陰戶)를 어루만지면서 "이 구멍이 이렇듯 심히 좁아 양물이 들어갈 거 같지 않으니 칼로 찢은 후에 집어넣어야겠다" 하고는 차고 있던 장도를 빼어 짐짓 찌르는 시늉을 한 즉 신부가 크게 놀라고 두려워하여 "전번에 건넛집 김 좌수 막내둥이는 그렇게 찔러보지 않고도 능히 그것을 잘 들이밀면서 구멍이 작으니 뭐니 그런 말을 한 적이 없소이다" 하였다.

[陳談錄] 닮았으되 소재는 다른 이야기 하나. 어느 여인이 음모가 심히 울창해서 그 드리운 품이 말갈기와 흡사하거늘 그 지아비가 행방(行房 : 방사) 시에는 반드시 손가락으로 울창한 음모를 헤친 연후에 하곤 하였다. 하여 어느 날 또 그 털을 헤치다가 손톱 끝이 공알(陰核)에 부딪쳐 상처가 나자 여인이 형용할 수 없는 아픔에 발연히 노하여 남편을 걷어차면서 벌떡 일어나 이렇게 꾸짖었다 한다. "아니 건넛집 김 서방은 (털을) 가르지 않고도 잘만 하던데 참말로 별꼴을 다 보겠네."

숫처녀 훔친 죄 값을 내라

자리보기* 할 때 신랑을 족치면서 얼러대는 말.

---

* 자리보기 : 혼인한 이튿날 신랑에게 색시 훔친 죄를 묻는다며 신랑을 마루 대들보에 거꾸로 매달아 놓고 신발짝으로 발바닥을 때리며 괴롭히거나 신랑 신부의 따위를 맞대 놓고 온갖 조롱과 농지거리를 하며 놀리고 무안을 주던 전통풍속.

숫처녀도 하룻밤이면 종치는 거다

첫날밤을 지내면 숫처녀도 헌 색시 되듯 세상만사는 돌고 도는 것이니
난 체 하고 설치지 마라.
=숫색시도 하룻밤이다.

숫총각 봉지 뜯었다

첫 경험으로 숫총각 자격이 없어졌다.
=숫처녀 봉지 뜯었다.

숫티가 난다

순수한 태도와 모양이 그대로 있다.

숭어가 뛰니까 망둥이도 뛴다

줏대 없이 나댄다는 핀잔의 말.
=남이 은장도 차니까 나도 식칼을 찬다.

숯불하고 여자는 쑤석거리면 탈난다

숯불을 쑤석이면 꺼지듯 여자 역시 줏대가 약해서 자꾸 꼬이면 나쁜
길로 빠져들기 십상이다.

숯쟁이 좆 대가리 같은 손으로

숯 굽는 사람이 쉬할 때마다 만져서 새까매진 자지처럼 땟국이 검게
낀 손으로.

숲 속의 꿩은 개가 내몰고 오장의 말은 술이 내몬다

술김에 비밀을 발설해 나중 큰 곤란을 겪는 수도 있으니 항시 술 조심,
말조심 하라고 이르는 말.

쉬 더운 구들이 쉬 식는다

뭐든 쉽게 이루어진 일은 별 실속이 없는 법이다.

쉬 하고 자지 털 새도 없다
오줌 누고 나서 자지 끝의 오줌 방울 털 새도 없으리만큼 몹시 바쁜 와중이다.
＝오줌 누고 보지 볼 틈도 없다.

승냥이 쫓는다고 호랑이 불러들였다
작은 손해를 만회하려고 다른 일을 벌였다가 더 큰 손해를 보게 되었다.

시거든 떫지나 말고 얽었거든 검지나 말지
엎친 데 덮친 격이다.
＝맵거든 짜지나 말든가.

시골 깍쟁이 서울 곰만도 못하다
시골 사람이 아무리 약아 봤자 서울 바닥에서 바보 취급당하는 자만큼 약지 못하다. 또는 도무지 비교가 안 되는 일이다.

시골 양반 밥상이 서울 상놈 밥상만도 못하다
특히 살림에서 시골과 서울과의 현격한 차이를 빗댄 말.

시기는 개미 똥구멍이다
신맛을 빗댄 우스갯말.
＝'신 첨지 신 꼴' 보는 것 같다.

시끌 덤벙*하게 까질러만 놓고

---

* 시끌 덤벙하다 : 시끄러워 정신 못 차릴 지경이다.

능력도 없이 애들만 많이 낳아 놓고 벌어 먹일 생각은 않고 있다고 이를 테면 여자가 주정뱅이 남편에게 해대는 욕말.

시난고난 한다
병이 오래 끌면서 점점 더 악화돼 가고 있다.

시누 올케 춤추는데 가운데 올케 춤 못 출까
남이 하면 나도 자격이 있다. 흠이 되지 않는다는 뜻.

시다는데 초 치는 격이다
도와주지는 못할망정 훼방을 놓다니 괘씸한 일이다. 또는 설상가상이라는 뜻.
=외눈에 안질이다. 흉년에 거지 노릇이다.

시답잖은*1 놈이다
마음에 안 드는 변변찮은 자이다.

시뜻한*2 낯짝이다
마음에 차지 않아서 토라진 얼굴이다.

시러베 장단에 호박죽 끓여 먹는다
실없는 짓에다 엉뚱한 일까지 저지른다.

시러베*3 아들년이다
때 없이 실없는 짓을 일삼는 한심한 여자이다.

---

*1 시답잖다 : 보잘것없어 마음에 차지 않는다.

*2 시뜻하다 : 내키지 않아 시들하다.

*3 시러베 : 실없는, 실없이 구는 또는 실없는 말이나 짓을 이르는 말.

시룻번[*1] 뜯어 먹고 떡값 물어 준다

경우에 없는 억울한 일을 당한 경우이다. 또는 엉뚱한 손해를 보았다.

시룽시룽한[*2]게 갈 때가 다된 모양이다

정신이 오락가락하는 게 죽을 때가 다된 것 같다.

시시덕거리다 애 밴다

처녀 총각이 실없는 농담을 주고받다가 눈이 맞아 일을 저지르듯 사소한 것이 빌미가 되어 나중 낭패가 된 경우 따위에 빗댄 말.
=장난치다 애 밴다.

시시덕이는 재를 넘어도 새침데기는 골로 빠진다

시시덕거리기 잘 하는 명랑한 성격은 무탈하게 지내지만 얌전한 척하는 새침데기는 오히려 엉뚱한 짓을 저질러 말썽을 빚기 쉽다는 뜻.

시시하기는 고자좆이다

눈에 안 차는 시시한 일 또는 사람이다.

시앗끼리는 하품도 옮지 않는다

하품은 옮기 마련인데 시앗끼리는 앙숙인지라 하품마저도 옮지 않으리만큼 사이가 나쁘다는 비유의 말.

시앗 본 여자는 덤불보고도 말하고 바람벽 보고도 얘기 한다

억울하고 답답한 마음을 풀지 못해 실성한 듯 그런 행동을 한다는 뜻.

시앗[*3] 사이에 고운 말 오가랴

---

*1 시룻번 : 떡을 찔 때 김이 새지 않도록 시루와 솥 사이를 따라 붙인 밀가루 반죽.

*2 시룽시룽하다 : 말이나 정신이 오락가락한다.

*3 시앗 : 남편의 첩. '시앗'의 '시'는 '시어미'에서 보듯 밖(外)이나 남(他)을 뜻하는 말이

원수지간에 욕지거리 안 나오면 대수지 무슨 좋은 말 오가겠느냐.

시앗 시샘에 고사리 죽 쒀 먹인다

본처가 남편 정력이 쇠해 시앗 년 제물에 떨어져 나가라고 고사리 죽
을 쒀 먹인다는 뜻.

시앗 싸움엔 돌부처도 돌아 앉는다

시앗과 시앗 사이의 강짜 싸움, 질투 싸움은 누구도 말릴 수 없어 돌부
처도 보다 못해 돌아앉을 정도이다. 또는 부처 같은 심성이라도 시앗
이 되면 별 수 없이 변한다는 뜻.

시앗 관련의 민요 한 자락

시앗 때문에 생기는 여성 간의 갈등은 말로 다 못할 고문에 다름 아니
다. 무엇보다 자존심에 말할 수 없는 상처를 주기 때문이다. 그럼에도 다
음과 같은 대승적인 내용의 민요가 전래되는 것은 특기할 만한 일이다.

임아 임아 우리 임아 밤낮없이 어데 가요
등 너머에 첩을 두고 자주자주 드나든다
불이 붙네 불이 붙네 이내 간장 불이 붙네
크다 크다 큰 어머니 사생 결단 내려하고
창칼 갈아 품에 품고 아애 종아 앞서거라
어른 종아 뒤 서거라 등 너머라 가자세라
굽은 길은 굽게 가고 곧은 길은 곧게 가서
쏜살같이 달려서나 첩의 집에 찾아가니
첩의 년의 거동 봐라 반달 같은 실눈썹에
샛별 같은 눈동자에 박씨 같은 입 모습에

고 '앗'은 옛말 '갓'에서 ㄱ이 빠진 '가시'에 어원을 둔 말로서 '꽃' 즉 '여자'를 이른다.
따라서 '시앗'은 '바깥꽃' '남편의 꽃' '남편의 여자'란 뜻이다.

앵두 같은 입수부리 반만 웃고 썩 나스며
꽃방석을 내어 놓고 나비 같이 절을 하고
크다 크다 큰 어머님 오실 줄을 알았으면
큰 방 준비 하올 것을 오실 줄을 영 몰랐소
점심 진지 하오리다 잠시만 멈추소서
뒷동산에 올라 가서 부지깽이 던지어서
새 한 마리 잡아다가 열 두 접시 갈라 놓고
뒷밭에서 고추 따고 앞 밭에서 가지 따서
기름 양념 덤북 치고 외씨 같은 전 이밥에
앵두 같은 팥을 넣어 진수성찬 차려 온다
첩의 거동 이러할 제 큰 어머님 슬적 보니
맵시 있고 찬찬 코나 나의 눈에 저러할 제
군자 눈에 오죽하랴 큰 어머님 굳은 마음
봄눈 녹듯 하는고나 창칼 같이 먹은 마음
냉수 같이 풀어진다 태산 같은 우리 낭군
하늘같이 도와 다오 신진당부 하고 나서
맺힌 마음 풀어지고 오든 길로 돌아 온다

남편이 시앗을 둔 소문에 사생결단을 내리던 본처가 결국에는 관용하고 돌아오는 노래이다. 그런 본처가 패자가 아니라 진정한 승자로 다가오는 대승적인 내용의 민요이다.

시앗은 돈 떨어지는 날이 가는 날이다
첩은 돈으로 호강시켜 주지 않으면 가 버리게 마련이다.

시앗을 보면 길 아래 돌부처도 돌아앉는다
온순한 여자도 남편이 시앗을 보면 부아가 끓어 변하게 마련이다.

시앗이 시앗 꼴 못 본다

자기도 첩이면서 다른 첩 꼴은 참지 못한다.

시앗 죽은 눈물이 눈 가장자리나 젖으랴

바라던 일이 이루어졌는데 눈물이 나올 리 있겠느냐.

시어미 건기침에 임 떨어진다

밤에 부부가 정사를 할 무렵이면 꼭 시어미가 밖에서 기다린 듯 건기침을 하는 바람에 파흥이 된다. 참으로 고약한 일이라는 뜻.

시어미 미워서 개 배때기 걷어찬다

다른 데서 당하고 엉뚱하고 만만한 데다 화풀이를 하고 있다.

시어미 죽고서 처음이다

시어머니 살아생전에는 건기침을 하는 등 훼방을 놓아 마음 놓고 정사를 못했는데 시어미 죽은 후 처음으로 마음 놓고 정사를 해 흐뭇하다. 또는 고대했던 일이 이루어져 기쁘기 그지없다는 뜻.

시어미 죽는 날도 있다

오래 살다 보면 이렇듯 후련하고 기쁜 일도 있는 법이다.

시어미 죽으라고 축수했더니 보리방아 물 부어놓고 나니 생각난다

몹시 미워한 대상도 막상 없으면 아쉬운 때가 있는 법이다.
=시어미 죽어 춤췄더니 보리방아 찧을 때 생각난다.

시어미가 며느리 잡듯 한다

일방적으로 약자를 심하게 구타하거나 나무라는 경우에 빗댄 말.

시어미가 미우면 남편도 밉다

시어미 탓에 생긴 불만이 옮아가 남편까지 미워하게 된다.

시원찮은 귀신이 사람 잡아 간다

외양만 봐서는 하찮은 녀석이 살인 같은 놀랍고 끔찍한 일을 저지른 경우 따위에 빗댄 말.

시집가긴 두 번이 어렵지 세 번, 네 번은 여반장이다

이혼 후 첫 번째의 재혼엔 고심을 해도 그 다음 부터는 예사로이 여긴 대서 나온 말.

시집가다 발병이나 나거라

시집가다 발병이 나면 어쩔 수 없이 돌아와야 하므로, 사모하던 이웃 처녀 시집가는 날 동네 총각의 심경을 드러낸 말.

시집간 딸년치고 도둑년 아닌 년 없다

시집간 딸은 친정집에 오기만 하면 뭐든 좋은 것만 가져가려고 든대서 나온 말.

시집도 가기 전에 기저귓감 마련한다

아기 낳으면 쓰려고 미리 준비를 한다. 또는 눈치 없이 자기 일만 너무 챙긴다고 핀잔주는 말.
=중매쟁이 보고 기저귀감 마련한다.

시집 열두 번 가 봐야 시어미 다른 데 없다

어딜 가나 시어미는 시집살이를 시키게 마련이다.

식성 줄고 양기 줄면 저승길이 문 밖이다

남자가 늙어서 먹는 양이 줄고 성 능력도 없어지면 죽을 날이 멀지 않은 징조이다.

식어 버렸다.

죽었다.
=식은 방귀 뀌었다.

식은 숭늉 같은 놈이다
식은 숭늉마냥 맛대가리 없는 자이다.

식전 마수에 까마귀 소리한다
신새벽 첫 장사에 재수 없는 소리를 하고 있다.

신 모과도 맛들일 탓이다
질 나쁜 사람과도 사귀다 보면 정이 드는 법이다. 또는 힘든 일도 오래
하다 보면 참맛을 알게 된다는 뜻.
=신 배도 맛들일 탓이다. 땡감도 맛들일 탓이다.

신 새벽에 참새 씹하듯 한다
매우 소란하고 시끄러운 와중을 빗댄 말.

신랑이 웃으면 보리농사 반농사 된다
예전엔 대부분 가을철에 결혼을 했는데 신부가 예뻐서 신랑이 웃으면
겨우내 신부한테 폭 빠져서 보리농사를 돌보지 않게 되므로 소출을 기
대할 수 없게 된다는 뜻.

신랑 콧등 실해서 새 각시 입 찢어지겠다
신랑의 코가 커서 밑심이 좋아 신부가 되게 좋아하겠다.

신랑하고 꽃잠 잔다
첫날밤 또는 신혼 때의 달콤한 잠자리를 이르는 말.

신맛 좋아하면 색을 좋아한다

색정에 강한 사람은 신맛을 즐긴대서 나온 말. 음자호산(淫者好酸)이
라는 뜻.

신물*에 쓴 물까지 나온다

생각만 해도 진절머리 나는 일이다.

신발 거꾸로 신었다

여자가 마음이 변해 야반도주를 했다. 또는 마음 독하게 먹고서 개가
했다는 뜻.

신부방귀는 복 방귀다

초례청에서 신부가 실수로 방귀를 뀌면 이를 덮어주고자 건네곤 하던
덕담.

[禦眠楯] 갓 시집을 온 며느리가 시부모 앞에 나가 나붓이 절을 하니
곱고 조신하다고 칭찬하기를 마지않았다. 그런데 신부가 절을 하고 엉덩
이를 쳐드는 순간 뿡하고 방귀를 뀌자 여럿이 모두 웃어 며느리 처지가
난처해진 데, 그 시어미가 큰소리로 "복 되도다 며느리여! 나 역시 초알
(初謁) 때에 이와 같더니 오늘날 자손이 만당하여 늙도록 다복하니 이게
다 복됨의 조짐이 아니고 무엇이랴" 하고 며느리의 허물을 덮어주었다.
이에 며느리가 적이 입가에 미소를 지으면서 "어머님 아까 가마에서 내
릴 때도 뀌었어요" 하였다. 그러자 시어미가 "그건 더욱 좋도다. 복 위
에 복을 얹었으니 첩복(疊福)이로다"고 하자 며느리가 다시 한 술 더 떠
서 "이젠 가마에서 너무 자주 방귈 뀌었더니 속곳이 다 척척하옵니다"라
고 하니 시어미가 다시 "응, 아주 좋도다. 이를 첩첩복(疊疊福)이라 하
느니라"라고 끝까지 철없는 며느리 허물을 가려 주자 사람들이 마침내
웃음을 거두고 숙연한 표정을 지었다.

＊신물 : 과식을 하거나 체했을 때 넘어오는 시큼한 위액.

[䔲葉志譜] 다른 한편 이런 일도 있었다. 신부가 처음 시부모를 뵙는 날, 앞에 나아가 술잔을 받들어 올리다가 문득 방귀가 나오매 친척들이 모두 웃음을 참고 수군대마지 않았다. 이에 신부를 부축하던 유모가 그 허물을 대신 가리고자 "소인이 나이 많아 항문이 약해져서 방귀를 뀌었으니 황공하옵니다"라고 아뢰니 시부모가 그 행실이 자못 착하다 하여 그 자리에서 비단 한필을 상으로 내렸다. 한데 그 며느리가 비단을 빼앗으면서 "아니 내가 뀐 방귀에 어째 그대가 상을 받는단 말이냐" 한즉 좌중이 모두 어이가 없어 입을 다물지 못하였다.

신수*가 사나우면 뜨물에도 애가 선다

재수가 없으려니까 하찮은 일이 동티가 되어 곤욕을 치른다.

신이야 넋이야 한다

몹시 반가운 일이 생기거나 또는 그런 사람을 만난 경우 따위에 빗댄 말.

싫어 싫어하면서 손 내민다

사양하는 체하면서도 뒤로 챙길 건 다 챙기는 음흉한 자이다.

싫은 매는 맞아도 음식 싫은 건 못 먹는다

입에서 안 받는 데야 도리 없는 것 아니냐.

싫은 밥은 있어도 싫은 술은 없다

술꾼은 아무리 나쁜 술이라도 마다지 않는 법이다.

싫은 음식은 먹어도 싫은 여자하고는 못 산다

음식은 그때 뿐이니까 참을 수 있지만 아내는 평생을 같이하는 까닭에

---

* 신수(身數) : 사람의 운수.

그렇다는 뜻.

싫은 일은 오뉴월에도 손이 시리다

하기 싫은 일은 더운 여름철에도 손이 시리고 손가락이 곱으리만큼 내키지 않는 법이다.

심술만 먹어도 석 삼년은 처먹고 살겠다

유난히 심술 많은 사람을 두고 비아냥대는 말.

심술이 똬리를 틀고 있다

남을 해하려는 심사가 가득 차 있다.

십격(十格) 선생이다

이른바 통간 잘하는 비법을 가르치는 선생이라는 뜻.

[續 禦眠楯] 한 선비가 호색하여 늘 부리는 여종과 간통을 일삼았는데 걸핏하면 처에게 들키는 바람에 맘고생이 만만치 않았다. 이에 하루는 오랜 벗에게 이 고충을 말한 즉 "나한테 묘방이 있으니 듣고 반드시 한번 시험해 보라"고 한 데, 벗이 일러준 묘방이란 다음과 같은 것이었다. "그 첫째는 굶주린 범이 고기를 탐해 집어삼키듯 하고(飢虎貪肉格) 둘째는 백로가 고기를 엿보듯 해야 하고(白露窺魚格) 셋째는 늙은 여우가 얼음을 듣는 격으로 처가 잠이 들었나를 유심히 살피고(老狐聽氷格) 넷째는 매미가 껍질을 벗듯 마누라와 덮고 있던 이불을 감쪽같이 벗어나는 것이고(寒蟬脫殼格) 다섯째는 날랜 고양이가 쥐를 희롱하듯 하고(靈猫弄鼠格) 여섯째는 매가 꿩을 낚아채듯 하는 것이고(蒼鷹搏雉格) 여섯째는 번개같이 빠르게 올라타 깔아뭉개는 것이요 일곱째는 옥토끼가 약을 찧듯(玉兎搗藥格) 옥문에 대고 방아를 찧듯하는 것이요 여덟째는 용이 여의주를 토하듯 힘차게 사정(射精)을 하고 아홉째는 오나라 소가 달을 머금는 격으로 피로로 인한 숨 가쁨을 잘 막아야 하고 열 번째는 늙은 말

이 집으로 돌아가듯(老馬還家格) 흔적을 없애고 자기 방으로 돌아가서 자는 것이라, 이 방법을 옳게 쓰기만 하면 다시는 망신하는 일이 없으리로다" 하매 이후 그 벗을 십격(十格)선생이라 받들어 불렀다 한다.

십 년 갈보 짓에 눈치밖에 안 남았다

궂은 일에 돈 모은 것도 없이 남은 거라곤 못된 버릇뿐이다.

십 년 과부가 고자 영감을 만난다

재수가 없으려니까 도무지 되는 일이 없다고 한숨짓는 말.

십 년 과부도 시집갈 마음을 못 버린다

비록 사정에 얽매여 시집은 못 가고 있을망정 좋은 사내 만나 행복하게 살고 싶은 마음은 늘 품고 있다는 뜻.

십 년 과부에 독사 안 되는 년 없다

여자가 남편 없이 살려면 독한 마음 없이는 못 사는 법이다.

십 년 묵은 빚은 본전만 받아도 반갑다

아예 떼인 셈 쳤던 돈이므로 본전만 받아도 공돈인 양 흐뭇하게 여긴다.

십 년 묵은 환자*라도 지고 들어가면 그만이다

모름지기 빚이란 일단 갚으면 그만인 것이다.

십 년 세도 없고 열흘 붉은 꽃 없다

한창때라고 위세 부리지 마라. 너도 울 날 있으리라는 경고의 말.

싱겁기는 늑대 불알이다

---

* 환자(還子) : 예전에 관에서 봄에 빌린 곡식을 이자 쳐서 가을에 갚던 일.

성거운 사람을 두고 놀려대는 말.
=성겁기는 황새 똥구멍이다. 성겁기는 맹물 사촌이다.

싸가지*¹라곤 띠알머리*²도 없는 놈이다

잘될 싹수라고는 눈곱만큼도 없는 자이다.

싸가지라곤 반푼 어치도 없다

경우나 인정이라고는 손톱만치도 없다.

싸구려 술잔에 코 박고 살았다

평생 고달프게 살아온 인생살이였다.

싸낙배기 년이다

성미가 사납기 그지없는 여자이다.

[太平聞話] 조관(朝官) 가운데 허 씨 성을 가진 이가 있어 성품이 온화한 반면 그의 처는 억세고 사나웠다. 처가 한번 사자처럼 울부짖으면 사지가 움츠러들고 혼백이 하얘져 꼼짝을 못하더니 하루는 무슨 일로 그 처가 대로하여 남편 허 씨로 하여금 종아리를 걷어 올리게 하고 피가 맺히도록 회초리를 갈겨댔다. 그런 뒤 어느 날 허 씨가 벗의 집에 갔다가 공교롭게도 그 집 하인이 잘못을 저질러 벗이 회초리를 들어 치죄하는 중에 허 씨가 말리면서 이르기를 "그만 치도록 하시오. 내가 전일에 처에게 회초리로 맞아보니 그 아픔을 가히 참을 수가 없더이다" 하니 그의 벗이 실소하고 회초리를 거두었다 한다.

성격은 같되 내용이 조금 다른 이야기 하나.

---

*1 싸가지 : 싹수머리. 앞으로 잘될 낌새나 징조.
*2 띠알머리 : 형제나 자매사이의 정의(情誼)를 이르는 말. '띠앗머리'가 와전된 말.

[太平閒話] 성이 유 씨인 한 선비가 영남에서 벼슬을 살다가 성산(星山)기생 청련(靑連)에 흠뻑 빠진 것을 알게 된 처 송(宋)씨가 무서운 질투로 지아비에게 욕설을 퍼붓고 심지어는 두들겨 패기까지 하니 가히 그 괴로움을 견디기 힘들 정도였다. 이에 선비 유 씨가 위엄으로써 이를 눌러 보리라 결심하고 관청 일을 파한 다음 집에 당도해서도 의관속대를 그대로 단정히 입은 채 이르되 "여자는 가히 질투해선 안 되느니라. 이는 시(詩. 시경)에 문왕의 후비가 질투 없음을 아름답다 하였고 또한 소학(小學)에 부인이 음란과 투기가 있으면 가히 내쫓을 수 있다고 하였거늘 그대는 대체 어떤 연고로 투기가 이와 같이 자심한고?" 하고 엄하게 꾸짖었다. 이에 아내 송 씨가 크게 분통하여 칼도마를 들어 내려치면서 "무엇이 문왕의 후비며 무엇이 음거투거(淫去妬去)란 말이뇨?" 하고 어지럽게 갈겨대니 유 씨가 다급한 나머지 창문을 넘어 달아났다 한다.

싸낙배기 마누라 버릇 고치기
사나운 아내 질투하는 버릇 고치는 법.

[禦眠楯〉 호색(好色)하는 벼슬아치가 있었는데 기생집 드나들기를 밥먹듯 하니 사나운 그의 처가 이를 두고 볼 리 만무했다. 사내는 항시 그한 가지가 크게 근심이던 중 하루는 자라모가지 하나를 구해 소매 속에 숨겨 넣고 내실에 들어가니 처가 쫓아 들어오면서 여전히 강짜를 퍼부어 댔다. 이에 그가 짐짓 화를 내면서 고함쳐 이르되 "무릇 사내가 투기를 입기는 모두가 이 한 물건 때문이니 이 물건 아니라면 무슨 걱정이 있으랴" 하고 뇌까린 다음 은장도를 꺼내 양물을 꺼내 베는 척 하곤 그 베어진 것(자라모가지)을 뜰에 내던졌다. 이에 처가 크게 놀라서 지아비 허리를 부여잡고 통곡을 하면서 "내가 비록 질투가 심하다고는 하나 어찌 이 지경에 까지 이르렀단 말이요?" 하고 흐느끼는데 때마침 유모(乳母)가 뜰에 있다가 던진 물건을 자세히 보더니만 "아씨는 걱정하지 마시오. 이 물건은 양물과는 달리 눈이 둘이고 빛깔까지 알락달락하니 반드시 양두(陽頭)는 아닌즉 걱정할 것 없소이다"라고 떠들어대는 것이었다. 이에 처

가 유모와 함께 크게 웃고 나서 '내가 얼마나 심했으면 서방이 저렇게까지 할까?' 자격지심이 든 나머지 이후 다시는 질투를 하지 않았다 한다.

싸다듬이*¹로 얻어맞았다

큰 잘못을 저질러 초주검이 되리만큼 얻어맞았다.

싸라기*² 한말에 칠푼오리라도 오리가 없어서 못 사먹는다

아무리 작은 돈이라도 우습게보지 말고 잘 간수하라는 교훈의 말.

싸라기밥*³만 처먹고 자랐냐?

예사로 반말지기를 일삼은 버릇없는 자를 두고 꾸짖는 말.

싸울 때는 악돌이, 먹을 때는 감돌이다

싸울 때는 악을 쓰고 대들고 먹을 때는 먼저 와서 감도는, 저밖에 모르는 자이다.

싸움꾼치고 골병 안 든 놈 없다

약골이 싸울 리 없고 싸움 잘하는 놈은 튼튼하게 마련인데 늘 싸움질을 하다보면 자주 상처 입고 멍들어 마침내 골병드는 것이니 싸우지 말고 화목하게 살라는 충고의 말.

싸전*⁴ 가서 밥 달래겠다

쌀집 가서 쌀 아닌 밥을 달래리만큼 성미가 급한 자이다.

＊1 싸다듬이 : 매나 몽둥이로 함부로 때리는 것.

＊2 싸라기 : '쌀'과 작다는 뜻의 접미사 '애기'의 합성어이다. 즉 부스러져 작아진 쌀알을 뜻하는 말이다.

＊3 싸라기밥 : 반토막 쌀인 싸라기에 반말지기 하는 상대를 비유한 말.

＊4 싸전 : 쌀가게.

=우물에 가서 숭늉 찾겠다. 급하기는 밑 씻고 똥 누겠다.

싸질러 다닌다

하는 일 없이 나돌아 다니며 말썽을 피운다.

쌀알 세어서 밥할 년이다

인색하고 쩨쩨하기 그지없는 여자이다.

쌍과부 집의 '덕거동' 이야기

과부들의 성(性)에 대한 호기심과 갈증을 희화(戱畵)한 고담.

[奇聞] 한 과부가 여종을 두었는데 여종 또한 과부인지라 이를테면 쌍과부 집이었다. 중추절에 즈음해 송이장수가 지나가는지라 과부가 여종으로 하여금 실하고 잘 생긴 놈으로 골라 송이 서너 개를 사오게 한즉 그 모양이 남자 물건과 같아 이를 매우 사랑하여 이름을 덕거동(德巨動)이라 짓고 선반 위에 올려놨다가 한가할 때는 내려 서로 음란한 장난을 하곤 하였다. 하루는 체 장수가 오매 집안의 있는 체를 모조리 꺼내 고치라고 이른 뒤 안으로 들어가 그 장난을 하고 있었다. 한데 그 송이에는 두 과부의 정기(精氣)가 들어가 접신(接神)한 고로 '덕거동' 하고 이름 석자만 부르면 문득 뛰어 내려와서 스스로 음문으로 들어가 행사를 하고는 했다. 한편 체 장수는 일을 다 마쳤음에도 여종이 나오지를 않자 생각하기를 "아까 마님이 안에서 '덕거동'이라고 불렀으니 이는 필시 종의 이름이리라" 하고 크게 덕거동을 부르니 말이 채 끝나기도 전에 문득 한 물건이 나타나 체 장수를 엎어놓고 바로 뒷구멍(항문)을 찌르는데 아픔을 견디기 어려운 건 고사하고 크게 놀라서 체 고친 값을 받지도 않고 달아났는데 그 후 동무 체 장수를 만나 그 곡절을 말하니 미친 수작 하지 말라고 비웃는지라 "그대가 만일 그 집에 가서 이를 눈으로 본다면 못 받은 내 체 값을 대신 받아 가져도 좋으리라" 하였다. 이에 벗이 곧 그 집에 이르러 '덕거동' 하고 부르니 여전히 한 물건이 튀어나와 그 체 장

수를 넘어트리고 짐짓 쇠망치 같은 물건으로 항문을 푹 찌르는지라 그 사람이 "사람 살리라!"고 크게 외치거늘 먼저 번 체 장수가 멀리서 이를 보고는 "흥, 그와 같이 끔찍한 물건이 아니라면 내가 어찌 너한테 내 체 값을 받아먹어도 좋다고 그랬으랴?" 하고는 돌아보지도 않고 내빼 버렸 다 한다.

쌍다구*1가 고얀 놈이다
얼굴 생김새가 험악한 자이다.

쌍지팡이 짚고 나선다
기를 쓰고 못 하도록 말리고 훼방을 놓는다.
=남의 싸움에 칼 빼들고 나선다.

쌩이질*2한다
쓸데없이 남을 귀찮게 한다.

썩어 죽을 년(놈)!
원한 맺힌 상대에게 해대는 악담.

썩은 고기에 쇠파리*3 꾀듯
먹이가 나타나면 아귀다툼으로 덤비는 탐욕스런 인간 군상에 빗댄 말.

썩은 씹구멍에다 말뚝을 처박아 죽일 년!
제 남편과 정을 통한 여자에게 해대는 악에 받친 욕설.

썩을 년(놈)!

---

*1 쌍다구 : 얼굴의 속된 말.
*2 쌩이질 : '씨양이질'의 준말. 한창 바쁠 때 남을 귀찮게 하는 짓.
*3 쇠파리 : 짐승 살갗에 침을 박아 피를 빨아 먹고 사는 해충.

죽어서 빨리 썩어 없어져야 마땅할 계집(놈)이다.

썰*¹을 푼다

사실인 양 거짓말을 하고 있다.

썰물*² 때 나비잠*³ 자다 밀물에 조개 잡듯

조개는 썰물에 개펄이 드러날 때 잡아야 함에도 정작 썰물 때는 나비
잠을 자다 밀물 때 조개잡이를 한다 함이니 게으른 탓에 일을 그르치
고 말았다는 뜻.

쎄*⁴ 빠지게 힘들다

몹시 어렵고 힘든 일이다.
=좆 빠지게 힘들다. 좆 나게 힘들다.

쏘가리 같은 년이다

건드리면 쏘는 쏘가리처럼 정이라곤 손톱만큼도 없는 매정한 여자이
다.

쏘개질 한다

남의 비밀을 까발려 훼방 놓는 짓을 한다.

쏘아 버린 화살에 엎지른 물이다

수습하기엔 너무 때가 늦어 버렸다.

---

*1 썰 : 설(說) 또는 설(舌)에서 유래된 말. 은어.
*2 썰물 : 밀렸던 물이 물러난다는 뜻의 '써다'의 '썰'과 '물'의 합성어이다. 썰물을 '날물'
　이라고도 하는데 이는 '나가는 물'이란 뜻이다.
*3 나비잠 : 양손을 뒤통수에 깍지 끼어 나비 모양으로 편히 자는 잠.
*4 쎄 : 혀의 낮춤말.

쑥대머리다

헝클어진 총각의 머릿결 또는 그런 총각 자신을 이르는 말.

쑥떡을 먹인다

한쪽 주먹을 다른 손으로 감쌌다가 내밀면서 성행위에 빗대 욕으로 하는 짓거리.

쑥으로 본다

하찮게 여긴다.
=물로 본다.

쓴 말이 약 되고 단 말이 병 된다

단점을 지적해 주는 쓴 말이 실은 좋은 말이고 아첨하는 말은 행실을 망치게 만드는 것인즉 옳게 새겨들을 일이다.

쓴 배도 맛들일 탓이다

싫은 일도 오래 하다 보면 묘미를 터득하게 되는 법이다.
=신 모과도 맛들일 탓이다.

쓴 외* 보듯 터진 꽈리 보듯 한다

업신여긴다. 하찮게 대한다.

씨내리 땜장이로 팔자땜한 놈이다

불시에 굴러 들어온 복으로 팔자가 핀 자이다.

[蒐集] 예전에 아기를 못 낳는 불임사유가 남자에게 있는 경우 집안 어른들이 은밀하게 떠돌이 사내를 매수하거나 납치해서 며느리와 합방을

---

* 외 : 오이

시켜 자식을 얻는 이른바 '씨내리'*¹ 풍속이 있었다. 이런 떠돌이 사내로는 당시 마을마다 행상처럼 돌아다니던 솥땜장이가 선호된 까닭에 이런 말이 생긴 듯하다. 주로 떠돌이 땜장이가 씨내리감이 된 것은 첫째 비밀이 보장되고 둘째 후환이 없어야 한다는 조건에 잘 들어맞았던 까닭이다. 이 결과 일단 씨내리로 선택을 받으면 젊은 아낙과의 금침 이부자리 호강은 물론 입막음으로 벼 열 섬을 받게 되어 땜장이로서는 자못 횡재가 아닐 수 없었다. 다만 그 비밀을 누설한다거나 나중 제 자식임을 내세우거나 하면 쥐도 새도 모르게 죽여 없앤다는 내약(內約)이 있었다 한다.

씨다*²고 시어머니다
시어머니란 말만 들어도 쓴 침이 나올 정도이다.

씨를 말릴 놈이다
다시는 못된 행실을 못하게 거세를 해버려야 할 자이다.

씨받이*³나 씨내리나 다 팔자 사나운 상것들 얘기 아니더냐
제 살림 옳게 못 차리고 남의 자식들 낳아 주는 대가로 호구(糊口)를 하다니 따지고 보면 다 불쌍한 자들 아니냐.

씨아에 불알을 넣고 견디는 게 낫겠다
목화씨 빼는 씨아에 불알을 넣고 견디는 것보다도 더 고통스런 처지이다.

싸움 끝에 정든다
싸운 다음 서로를 더 깊이 알게 되어 친구가 되기도 한다.

---

*1 씨내리 : 씨받이의 반대말로 자식을 점지해 주는 외간 남자를 이르는 말. 대리부(代理夫).

*2 씨다 : '쓰다'에서 나온 말.

*3 씨받이 : 옛날, 부부 중에서 아내 몸에 이상이 있어 대(代)를 못 잇는 경우에 일정한 대가를 받고 아내 대신 그 남자의 아기를 낳아 주던 여자를 이르는 말. 대리모.

씨팔 놈(년)!

욕설 '씹을 할'의 준말.

모계사회였던 여진족에 빗댄 욕설에서 비롯된 말.

네 어미와 씹할 놈→네미 씹할 놈→씨팔 놈으로 변형됨.

씨팔좆팔*¹ 찾지 말아라

말을 더럽게 좀 하지 마라.

씩둑꺽둑한다

이런 말 저런 말로 꼴사납게 지껄인다.

씹*²

성숙한 여자의 성기. 보지. 또는 성교의 속된 말.

씹 가랑이를 찢어 죽일 년!

다시는 화냥질을 못하게끔 혼뜨검 내야 할 여자이다.

씹*³ 같다

마음에 차지 않는다.

씹 거웃*⁴은 덮어 줘도 공이 없다

눈에 띄는 음모가 민망해 덮어 줘도 잘했다는 칭찬은커녕 의심받고 욕만 얻어먹기 십상이듯 좋은 일도 때와 장소, 경우에 따라야 하는 것이다.

---

*1 씨팔좆팔 : 상소리 '씹을 할'에서 나온 말.

*2 씹 : 씨(種)의 입(口)의 합성어로 '씨(정자)를 먹는 입'이라는 뜻. 본디 씹은 '씨를 먹어 생명을 배태하는 신성한 곳'이라는 뜻에서 유래됐다는 설이 있음.

*3 씹 : 성인여성의 성기 또는 성교를 빗대 이르는 말. 씹은 '씨의 집' 부언하면 '아기집'에서 유래한 말이라 한다.

*4 씹 거웃 : 음부에 난 털.

씹구멍 동서다

흔히 남자 여럿이 한 여자와 성관계를 맺은 경우, 남자 사이를 이르는 말.

씹구멍 마를 새 없는 년이다

기회만 났다 하면 성관계를 일삼는 음란한 여자이다.

씹구멍만 밝히는 놈이다

오입질에만 관심이 있는 호색한이다.

씹구멍에 곰팡이 슬겠다

한동안 성교를 못해서 허전하다는 입 건 여자들의 우스갯말.

씹구멍에 불나겠다

몹시 음란한 여자를 빗대 욕하는 말.

씹구멍에 썩은 말뚝을 처박을 년!

제 남편과 화냥질을 한 여자에게 퍼붓는 원색적인 악담.

씹구멍으로 안 빠지고 똥구멍으로 빠진 놈 같다

사람 노릇 못하는 품이 당초부터 잘못 생겨난 모양이다. 또는 행실 못된 자나 덜된 사람을 두고 빈정대거나 놀리는 말.

씹구멍이 오줌만 싸라고 생긴 줄 아냐?

흔히 오입쟁이들이 여자들에게 정사를 부추기는 말.

씹구멍이 허전해서 못 살겠다

여자 입장에서, 몸이 허하리만큼 사내 맛본지가 꽤 오래된 상태라는 뜻.

씹구멍이 헐렁하니 빠듯하니 한다

오입쟁이들이 주고받는 우스갯말.

씹는 놈은 씹어 버려야 한다

해를 끼치는 자는 해코지를 해줘야 한다.

씹는다

해친다, 또는 밀고한다. 일러 바쳐서 해를 입힌다.

씹 대주고 뺨을 맞아도 유분수지

성심껏 잘해 주고도 욕을 먹다니 이런 원통한 일이 어디 있겠느냐.

씹도 못하고 불알에 똥칠만 했다

정작 할 일을 못한 건 고사하고 설상가상으로 망신만 당했다. 여기서
는 여자를 겁간하려다 성사도 못하고 창피만 당했다는 뜻.

씹도 못하는 놈이 잠방이부터 벗는다

능력도 없는 놈이 덮어놓고 설치기만 한다고 비웃는 말.

씹도 씹 같지 않은 게 나대기는

성감도 별 볼일 없는 여자가 건방지게 굴고 있다고 비아냥대는 말.

씹도 씹 나름이다

남자 입장에서, 여자도 여자 나름이더라. 또는 성감이나 성품이 맘에
안 든다는 불만의 소리.

씹도 정이 있어야 맛있다

평소 정분이 도타워야만 성교의 쾌감도 더 좋은 것이다.

씹 도둑놈이다

강간범 또는 간통을 일삼는 자이다.

씹 도둑질 한다

아내 아닌 여자와 성관계를 갖는 경우에 빗댄 말.

[攪睡雜史] 생원 부부가 사는 산골 초가에 소금장수가 와서 하룻밤 자고가기를 청하니 인정상 할 수 없이 허락하였다. 한데 그날 저녁에 생원이 처에게 송편이 먹고 싶다 한즉 처가 나그네 때문에 곤란하지 않느냐고 한 데, 생원이 "노끈의 한끝을 창구멍을 통해 밖으로 나가게 하고 다른 한 끝은 내 신낭(腎囊)에 맨 뒤 야심하여 송편이 익으면 당신이 그 끈을 흔드시오. 그러면 알고 가만히 나오리다"라고 계교를 냈다. 원래 시골집 방은 창호 하나를 격한지라 소금장수가 이 말을 다 엿듣고 자는 척 하고 있는 중에 생원이 먼저 잠이 들어 코고는 소리가 우레 같으매 소금장수가 얼른 그 신낭의 끈을 풀어 자기에게 맨 뒤 자는 체하고 있었더니 이윽고 노끈이 흔들리므로 가만히 일어나 봉당에 내려서는 "불빛이 밝으면 소금장수가 볼까 두려우니 등불을 끄는 것이 좋겠다" 하여 불을 끄고는 방에 들어가 송편을 다 먹은 후에 그 처를 쓰러 안고 극음(極淫)을 취한 뒤 돌아와 먼동 녘에 생원을 깨어 작별인사를 하고 떠났다. 이에 생원이 먼동이 트도록 송편 먹으란 소식이 없음을 괴이쩍게 여겨 처를 닦달한 즉 아까 실컷 드시고 그 놀음까지 하고 갔는데 무슨 소릴 하느냐고 타박을 하는 것이었다. 그때서야 생원이 크게 놀라 "원수 놈의 소금장수가 송편에다 우리 집 여편네까지 훔쳐 먹었도다" 하면서 가슴을 치니 처가 말하되 "어쩐지 괴상하다 생각했소. 한창 운우(雲雨)의 즐거움 속에도 어째 양물이 전보다 장대한 것이 이상하다고 여겼더니 그 자가 바로 소금장수였구려" 하였다. 그 말을 듣고 웃지 않는 자가 없었다.

씹 동티가 났다

지나친 색탐으로 하여 신병을 얻게 된 경우 따위에 빗댄 말.

씹 두덩에 가래톳이 설 지경이다

어찌나 색탐이 심한지 음문에 상처가 날 정도이다. 또는 일이 정신 못 차리게 바쁜 와중이다.

씹 마르고 눈에 물기 생기면 여자는 볼 장 다 본거다

젊어서 물기 많던 음문이 마르고 해맑던 눈가에 진물이 흐르게 되면 여자는 좋은 세월 다간 것이다.

씹 맛 나자 과부 된다더니

일이 좀 되는 양 하더니 끝내 어그러지고 말았다고 한숨짓는 말.

씹 맛에 길들면 갈보 된다

길을 잘못 들면 신세 망치는 법이니 각별히 유념할 일이다.

씹 맛에 멍든 놈이다

계집질 일삼다가 패가망신한 자이다.

씹 맛에 미친놈이다

오입질에 정신 나가 살림이고 뭐고 다 작파한 자이다.

씹 맛은 남의 마누라가 첫째요 제마누라가 꼴찌다

바람둥이 사내들이 주고받는 우스갯말.

씹 맛은 첫째가 유부녀, 둘째가 과부, 셋째가 암중(여승), 넷째가 무당, 다섯째가 백정년, 여섯째가 종년, 일곱째가 처녀, 여덟째가 기생, 아홉째가 첩, 열째가 본처다

전래되어온 남녀 상열지사관련 비유의 말.

씹 맛이 사는 맛이다

남녀 간의 정사가 인생살이에서 그만큼 큰 비중을 차지한다는 뜻.

씹 모르는 중놈이다

산속 절에서 수도만 하는 중이 세속의 일을 모르듯 알 만한 것조차 모르는 얼 띤 자이다.

씹 복 없는 년은 봉놋방*에 가서 자도 고자 옆에 눕는다

복이 없다 보면 기를 쓰고 노력을 해도 되는 일이 없다는 탄식의 말.
＝복 없는 년은 머슴방에 가서 자도 고자 옆에 눕는다.

씹 본 벙어리마냥

말없이 혼자 히죽히죽 웃는 사람을 놀리는 말.

씹 새끼다

불상놈이라는 욕말.

씹 생각은 죽어야 떨어진다

그럴 정도로 성본능은 질기기 그지없다는 비유의 말.

[奇聞] 한 파파 할미가 병들어 죽을 임세에 이르러 세 딸들을 불러 앉히고는 이제 내가 죽으면 혼령이 돼서라도 너희들을 도울 것이니 원하는 바를 말하라 한즉 장녀가 "남자의 신낭(腎囊 : 불알)은 아무 쓸모없는 물건이라 이를 양물에 보태 크게 했으면 좋겠습니다" 하니 "너는 아직 물리를 모르는구나. 저울에 추가 없으면 가히 쓸 수가 없느니라" 하였다. 이어 둘째가 이르되 "남자의 양물은 혹은 움직이고 혹은 움직이지 않거니와 원컨대 항시 움직여서 죽지 않도록 했으면 하나이다" 한 데, "무릇 각궁(角弓)은 팽창하여 풀리지 않으면 도리어 탄력을 잃어 쓸 수

---

* 봉놋방 : 예전 주막집에서 여럿이 함께 묵을 수 있도록 만든 큰 방.

없게 되느니라” 하고 잘못된 생각을 고쳐 주었다. 이어서 셋째가 “남자 엉덩이에 큰 혹이 나게 해서 행사가 음농(淫濃)할 때에 이르러 나로 하여금 잡아당겨 한층 더 힘을 쓰게 했으면 좋겠습니다.” 한 즉 그 어미가 “너의 말이 가장 묘리를 얻었도다. 너의 아비 엉덩이에 만약 그 물건이 있었다면 내가 비록 당장 죽더라도 여한이 없을 것이다” 하고 다 죽어가면서도 할미가 서방 엉덩이 잡아당기는 시늉을 하더란다.

썹 선심*1 쓰다가는 몸 버리고 망신한다
여자는 첫째 몸단속을 잘해야 뒤탈이 없는 법이다.

썹순이다
몸을 파는 창녀를 욕으로 이르는 말.

썹 애기는 양반도 웃는다
누구든 그런 애기에는 귀가 솔깃하기 십상이다.

썹 애기하면 부처님도 돌아앉아 웃는다
남녀 간의 이야기는 안 그런 척해도 속으로는 누구든 좋아하는 법이다.

썹어 먹어도 비린내 하나 안 나겠다
나 어린 처녀나 아기 등 귀엽고 예쁜 대상에 대한 찬사를 에둘러서 표현한 말.

썹어 먹어도 시원찮다
철천지원수라서 죽여 없애도 한이 남을 정도이다.

썹어*2 돌려 버려!

---

*1 썹 선심 : 정사(情事)인심이 좋다는 뜻.

고자질을 해서 골탕 먹이거나 폭로를 해서 매장을 시켜 버려라.

씹에 가랑니 꾀듯 한다

음문의 거웃에 가랑니(사면발이)가 생기면 가렵고 성가시듯 쓸데없는
것들이 꾀어들어 귀찮기만 하다고 내뱉는 말.
=오뉴월에 똥파리 꾀듯 한다.

씹에 금테 두른 년이다

오만하고 비싸게 구는 여자이다.

씹에는 공 씹이 없다

성관계는 반드시 상응하는 대가를 치러야 하는 것이다.

씹에는 염치가 없다

오입질을 할 때는 염치도 체면도 모두 다 내팽개치게 마련이다.

씹에는 외상이 없다

화대는 꼭 맞돈을 치러야 하는 법이다. 또는 여자와의 관계는 언제든
반드시 그에 당한 대가를 치르게 되어 있다는 뜻.

씹에는 임자가 따로 없다

아무하고나 성관계를 일삼는 오입쟁이나 창녀의 입장에서 그렇다는 뜻.
또는 처녀는 먼저 차지하는 자가 임자(남편)가 된다는 비유의 말.

씹에다 오줌을 싸다니

정사를 제대로 못하고 조루(早漏)를 해서 창피를 자초했다는 뜻.

---

*2 씹는다 : 남을 헐뜯는다.

씹에 불나겠다.

음란한 여자를 빗대 조롱하는 말.

씹에 정드는 게 씹 정이라는 거다

성교를 하면 정도 깊이 들게 마련이다.

씹은 못할 줄 아냐?

대개 여자 입장에서, 무슨 일이든 다 자신 있다고 큰소리치는 말.

씹은 박는 맛이다

성관계는 음양 결합이 잘 되어야만 제 맛이 난다.
=말은 뽑는 맛, 고기는 씹는 맛이다.

씹은 사 서방(四書房) 노릇을 잘해야 한다

첫째는 마(馬)서방으로 말 좆을 닮아 큼지막해야 하고 둘째는 여(呂)
서방으로 불알이 커서 양기가 좋아야 하고 셋째는 우(牛)서방으로 여
물 되새김질 하듯 오래 해야 하고 넷째는 작(雀)서방으로 참새처럼 아
래위 율동으로 쾌감이 고조되게끔 해 줘야 한다는 뜻.

씹은 색 쓰는 맛이다

성교의 참맛은 요분질 등 여자하기에 달렸다는 뜻.
=씹은 요분질 맛이다.

씹은 정 맛이다

성교도 사랑이 도타워야만 참맛이 나는 법이다.

씹은 준 년이 먼저 소문낸다

서로 간에 비밀스런 일이므로 입 다물고 있어야 함에도 통상 여자가
먼저 이를 발설하여 들통이 나게 된다는 뜻.

썹은 쥐 썹에 좆은 말 좆이다

아주 작은 여자와 육척 장신 남자와의 우스꽝스런 성교 장면을 비유한 말.

썹은 첫째가 용두질 둘째가 비역질이고 셋째가 진짜 썹이다

성행위는 사춘기 때 맨 처음 손으로 하는 자위행위(용두질)부터 배운 다음 이어 동성끼리 성행위 흉내(비역질)도 내다가 마침내 이성간의 정상위 단계에 이른다는 성교 체험 과정을 풀이한 말.

썹을 썹이라면 궂은 말이란다

비록 맞는 말이라도 성기를 가리키는 궂은 말 같은 것은 가려 쓸 줄 알아야 하는 것이다.

썹을 준대도 못하는 병신 놈!

조건이 다 갖춰졌는데도 용기를 못 내는 반편 같은 사내이다.

썹을 찢어 버릴까 보다

성 관련 포한으로 하여 퍼부어대는 욕설.

썹이 빠지고* 뼈다귀가 녹게 아파도

신병으로 인한 자심한 고통을 비유한 말. 또는 곤고한 인생살이를 빗댄 말.

썹 자랑은 못해도 좆 자랑은 한댔다

여자가 제 물건 자랑하면 당하기 십상인지라 함부로 자랑하지 못해도 남자는 되레 얻는 경우도 있어 자랑을 한다는 뜻.

---

* 썹이 빠진다 : 음핵 등 자궁에 상처를 입는다.

씹 작다고 애 못 낳을까?

키 작고 음문 작다고 아기 못 낳는 일 없듯이 작아도 제 할 일은 다하게 마련이라는 뜻.

=참새는 작아도 알만 잘 낳고 제비는 작아도 강남을 간다.

씹 주고 뺨 맞는다

정성으로 베풀고도 되레 봉변만 당한 원통한 경우이다.

씹 정*¹만한 정이 또 있을라구?

연정이니 뭐니 해도 정사를 나눈 정분만치 뜨겁고 또렷하게 남는 것은 없다는 뜻.

씹 조개*² 맛이 시덥잖은 씹 맛보다 낫다

씹 조개의 상큼한 맛이 그만큼 좋더라는 호사가들의 우스갯소리.

씹 좆 빼면 욕할 말 있나?

욕에는 으레 그런 종류의 상소리들이 들러리 서게 마련이다.

씹질*³하는 소리에 잠 한숨 못 잤다

성교할 때 내지르는 교성에 잠을 몽땅 설쳤다는 볼멘소리.

씹 창 날 줄 알아라!

혼날 줄 알라고 으름장 놓는 말.

씹하고 비녀 빼 갈 놈이다

---

*1 씹 정 : 정사로 말미암아 비롯된 정분.

*2 씹 조개 : 석패과의 민물조개. 껍데기가 둥글고 얇은데 겉은 검고 윤이 나는 반면 속살은 하얘서 짐짓 음문을 빼어 닮은 모양새임. 식용 조개.

*3 씹질 : 성교의 비속어.

화대는 못 줄망정 몰래 비녀까지 훔쳐가리만큼 파렴치한 자이다.

썹하는 건 엿봐도 편지 쓰는 건 엿보지 말랬다
마음의 비밀을 엿보는 건 예의도 아니고 또한 당사자의 자존심을 건드려 큰 싸움이 나는 까닭에 그러지 말라는 뜻.

썹하는 법 알고 시집가는 년 없다
지금은 몰라도 막상 닥치면 다 해낼 수 있는 것이니 아무 걱정하지 마라.
=애 낳는 법 알고 시집가는 년 없다.

썹하면서 딴전 본다*
일에 몰두하지 않고 한눈을 팔고 있다고 나무라는 말.

썹하자는 대로 했다간 몸 버리고 망신 한다
몸단속을 못하면 여자는 언제 큰 욕을 당할 줄 모르는 것이니 각별히 유념토록 해라.

썹하자마자 아들 기다린다
성미깨나 급하다고 핀잔주는 말.
=급하기는 서서 똥 누겠다. 급하기는 서서 썹하겠다.

썹한 놈 자지처럼 축 늘어졌다
일이나 또는 사람이 축 늘어져 맥을 못 추는 상황을 비유한 말.
=오뉴월 쇠불알 늘어지듯.

썹한 다음엔 달라진다
첫 번째 성관계는 매우 충격적인 사건이니만치 정서적인 변화가 생길

---

* 딴전 본다 : 자기 일은 하지 않고 다른 전(廛 : 가게)을 보듯 엉뚱한 일에 신경을 쓴다는 뜻.

수 있다는 뜻.

씹한 뒤나 점 본 뒤나 싱겁기는 매한가지다
대개 남자 입장에서, 성교한 뒤의 느낌이 그렇다는 뜻.

씹 한번 잘하면 좋은 일 없어도 사흘 웃는다
대개 여자 입장에서, 정사 서비스를 잘 받게 되면 그만큼 기분이 고조
된다는 뜻.

씹한 자리 없고 죽 떠먹은 자리 없다
흔히 여자가 바람을 피워도 흔적이 남는 것은 아니라는 뜻.

씹 호강한다
대개 여자 입장에서, 정사 서비스가 아주 그만이라서 매우 행복해 한
다는 뜻.

씹 흉년이 들었다
성관계를 해 본 지가 꽤 오래 되었다.

씻은 듯 부신 듯하다
아주 깨끗한 모습을 빗댄 말.

씻은 보지에 오줌 눈 격이다
애써 깨끗이 한 것을 불시에 더럽혀 놓아 개운치 않다.

아

아가리가 개 아가리보다 더 더럽다
입만 벌렸다 하면 욕이 터져 나오는 자이다.

아가리가 광주리*¹만 해도 그런 말은 못 한다
터무니없는 말 좀 하지 마라.

아가리 놀리는 덴 주먹이 약이다
말을 함부로 하는 놈은 정신 차리게끔 따끔한 손맛을 보여 주어야 한다.

아가리만 벌리면 욕이요 주먹만 쥐면 싸움질이다
말이나 짓 어느 한 가지도 쓸모없는 막된놈이다.

아갈머리*²를 찢어 버릴라!
말을 잘못한 입을 찢어 놓겠노라는 악담.

아갈잡이를 시켰다
소리를 못 지르게 입을 솜이나 헝겊으로 틀어막았다.

아귀*³처럼 처먹는다
염치없이 음식 탐을 한다고 조롱하는 말.

---

*1 광주리 : 대오리나 싸리, 버들가지 따위로 결어서 만든 큰 그릇.

*2 아갈머리 : 입의 속어.

*3 아귀(餓鬼) : 굶어 죽은 귀신.

아기 낳는데 와서 속곳 벗어 달라는 격이다

남은 경황없는 와중인데 엉뚱한 청을 하고 있다.

아기똥 하다

마음이나 하는 짓이 유달리 엉뚱하고 앙큼하다.

아끼다가 똥 된다

절약도 지나치면 손해가 되는 것이니 그러지 마라.

아내* 말은 잘 들으면 패가(敗家)하고 안 들으면 망신한다

아내 말은 항시 줏대를 갖고서 들을 것은 듣고 버릴 것은 버릴 줄 알아야 한다.

아내가 죽으면 뒷간에 가서 웃는다

아내가 죽으면 또 한 번 장가들 생각에 남몰래 좋아한다는 뜻.

아내는 다홍치마 때 자식은 열 살 안에 길들여야 한다.

무슨 일이든 봄에 씨 뿌리고 가을에 거두듯 때가 있는 법이다.

아내는 소요 첩은 여우다

아내는 살림을 도맡아 소처럼 일만 하는 데 반해 첩은 사내 비위 맞추고 애교나 부리는 여우 짓만 하면서 놀고 지낸다는 뜻.

아내란 오미구존(五味具存)이다

아내를 음식의 다섯 가지 맛에 비유한 말.

[蒐集] 갓 결혼한 아내는 그 달기가 마치 꿀과 같다. 그러나 살림에

---

* 아내 : '안해'에서 나온 말로서 '안+해' 곧 집안에 있는 여자를 가리키는 고유어이다. 아내를 '계집'이라고도 했는데 이는 '집에 계시는 사람'이란 뜻의 고유 존칭어이다.

재미가 붙기 시작하면 무장아찌처럼 짭짤해졌다가 그 맛깔이 좀 더 쇠면 시큼털털한 개살구 맛으로 변하게 된다. 이때부터 톡톡 쏘는 매운 맛이 나기 시작하는데 이 여편네 매운 맛이란 땅벌조차도 당적하기 어려운 것이다. 이 매운 맛이 없어지면 그때부터는 죽을 때까지 쓴맛 한 가지만 남게 된다.

아는 길도 안 가르쳐 준다

남 돕는 일에는 아무 관심도 없다. 또는 자기만 아는 못된 자이다.

아는 도끼에 발등 찍힌다

친한 사람한테 오히려 해코지를 당한다. 또는 잘 아는 일을 소홀히 해서 실수를 저지른 경우 따위에 빗댄 말.

아는 도둑놈 묶듯 한다.

사정 봐서 살살 묶듯이 무슨 일을 허술하게 하고 있다.

아는 집 들어가듯 한다

거리낌 없는 애무 또는 거침없는 성교 장면을 빗댄 말.

아닌 밤중에 홍두깨*¹다

별안간 느닷없는 일을 당한 경우 따위에 빗댄 말.
여기서 홍두깨란 수절하는 과부 방에 오밤중에 느닷없이 침입한 남자가 내민 홍두깨처럼 큼지막한 남근을 빗댄 말.

아닌 보살*² 차리고 자빠졌다

---

*1 홍두깨 : 옷감을 감아 다듬이질하는 굵고 길둥근 몽둥이.

*2 보살 : 부처가 되기 위해 중생(사람과 모든 생명체)을 구제할 것을 다짐하고 도를 닦는 중을 이르는 말이다. 지혜의 상징인 문수보살을 비롯 보현보살, 지장보살, 관음보살 따위가 유명하다.

거짓으로 아닌 척 시치미를 떼고 있다.

아둔패기 놈이다

말귀를 금세 못 알아듣는 아둔한 자이다.

아들 삼형제면 도둑놈 보고 웃지 말고 딸 삼형제면 화냥년 보고 웃지 말 랬다

자식 많은 부모는 장차 제 자식들이 어찌 될는지 모르는 까닭에 입바른 소리를 해서는 안 되는 것이다.

아들은 아비 닮고 송아지는 이웃 황소 닮는다

자식은 부모를 닮게 마련이다. 또는 씨 도둑질은 못 한다는 뜻.

아들은 장가들이면 반 남 되고 딸은 시집보내면 온 남 된다

아들은 결혼하면 며느리에게 정을 빼앗겨 반은 남처럼 되고 딸은 본디 출가외인인지라 남이 되다시피 한다는 뜻.

아들 자랑은 반 미친놈, 계집 자랑은 온 미친놈이다

어디서든 자식 자랑, 아내자랑은 불출소리를 듣는 것이니 삼갈 일이다.

아라사* 병정 놈 같다

더럽고 험상궂은 사람을 빗대 이르는 말.

아래 몸뚱이는 무비일색이다

보기보다 정사 때의 살꽃맛이 그만이다.

아래 사랑은 있어도 우에 사랑은 없다

---

* 아라사 : 러시아. 구 소련을 이르는 말.

사랑은 내리사랑이 있을 따름이다.

아래위로 굶는 신세이다

배우자가 죽어 먹고 살기 힘들고 잠자리도 고적하다는 탄식의 말.

아래 큰 년*의 살림이다

바람난 여자가 살림을 알뜰히 할 리 없으니 살림 모양이 엉망인 바람둥이 여자를 두고 하는 말.

아랫녘 공사 한다

성교를 한다는 뜻.
=밑엣 품을 판다.

아랫도리 함부로 내돌리다가

때와 장소 가리지 않고 오입질을 일삼다가 큰 코 다쳤다는 뜻.

아랫심이 좋아야 사내 대접도 받는다

남자는 양기가 좋아야만 여자한테 대우를 받는 법이다.

아롱우 어롱우에 신세 조졌다

'아롱우 어롱우' 말장난 내기에 져서 농사일을 망쳤다는 푸념.

[續 禦眠楯] 어느 시골에 과부가 여종하고 둘이서 근근득신 지내던 중 밭갈이철이 되어 이웃의 홀아비에게 소를 빌리고자 여종을 보냈더니 홀아비가 이르기를 "만일 네가 나하고 하룻밤만 자준다면 품앗이로 쳐서 소를 거저 빌려 주겠다"고 하였다. 이에 여종이 돌아와 과부에게 말한즉 까짓 한강 배 지나간 자린데 어떠랴, 자고 오라 하여 홀아비와 그날 밤 일을

---

* 아래 큰 년 : 음란한 여자라는 뜻.

치르게 됐는데 이 때 홀아비가 "단 한 가지 조건이 있다. 일을 시작하여 마칠 때까지 '아롱우 어롱우' 두 가지 말만 차례로 외우고 다른 말은 일체 하지 말아야 하느니라. 능히 지킬 수 있겠느냐?" 하니 소를 공짜로 빌리는 맛에 선뜻 그러마고 했다. 대개 속어에 작은 얼룩을 아롱(阿籠), 큰 얼룩을 어롱(於籠)이라 하였으니 그 소의 털색깔이 알록달록한 연고로 그리 정한 것이었다. 한데 처음엔 여종이 약속한대로 양물이 음문에 들어갈 땐 아롱우, 나갈 땐 어롱우라고 잘 하더니만 돗수가 점차 격렬해지자 넋이 혼미해지면서 분별을 잊고 '아롱 어랑' 하더니만 종당에는 '아아 어어'로 변해 약속을 스스로 어기고 말았다. 과부가 이 말을 듣고는 "아니 그 두 마디 말이 무에 그리 어려워 소를 못 얻어 장차 폐농을 하게 만든단 말이냐?"고 꾸짖고는 자신이 스스로 나서 홀아비에게 청해 일을 시작하게 되었다. 작심한 일인지라 과부가 마음에 새기고 '아롱우 어롱우'를 착실하게 외워나갔다. 한데 운우(雲雨)가 절정에 이르러 온 정신이 허공을 맴돌게 되자 과부 또한 '아롱아롱' 하고 흥얼거리더니 종국에는 '알ㅡ알ㅡ알ㅡ알ㅡ' 하고 말았다. 이에 홀아비가 약속은 지엄한 거라면서 소를 빌려주지 않았다. 그러다 한참 뒤에 과부가 "아롱우 어롱우 탓에 올 농사 폐농하게 됐다"고 홀아비한테 원망을 퍼붓자 '씹에는 거저가 없다는데 도리가 없도다'라면서 소를 내주어 폐농은 간신히 면케 되었다 한다.

아리랑의 어원(語源)

한글과 범어(梵語 : 고대 인도 아리아어) 관계를 30여년 간 연구한 김상원 박사에 따르면 '아리랑'은 범어 아리(ari : 사랑하는 임)와 랑(lang : 서둘러 떠나다)의 합성어라 한다. 따라서 아리랑은 '사랑하는 임이 서둘러 떠나는데 대한 원망과 슬픔을 표현한 노래'라는 것이다.

[蒐集] 어느 시골에 악덕지주 박 좌수 집에 리랑 이란 이름의 머슴과 상부 라는 여종이 부부의 연을 맺고 살고 있었다. 그러던 어느 해 이 지방에 큰 흉년이 들어 연명할 길이 막연함에도 악독한 지주가 소작료를 모조리 긁어가 많은 사람들이 아사(餓死)지경에 이르자 백성들이 모두

들고 일어나 지주의 집을 습격하여 곡식을 빼앗아 나누어 먹고 지주 박가 놈을 처단해 버렸다. 그러나 곧 관군이 들이닥쳐 진압이 되자 리랑은 석달 열흘을 기한으로 잡고 아내 성부와 눈물의 이별을 해야 했다. 산중 동리에 피신하여 홀로 쓸쓸하게 이제나 저제나하고 기다리는 성부 앞에 그 산골마을의 지주 하나가 나타나 성부의 환심을 사려고 줄곧 그의 곁을 맴돌았다. 그러던 어느 날 리랑이 그리운 아내 성부를 찾아 돌아와 보니 성부가 지주와 함께 있는지라 크게 오해한 나머지 "어째 나를 기다리지 못하고 이 지경에 이르렀단 말이요?"라는 말 한마디를 남기고는 자취를 감추고 말았다. 성부로선 절통할 노릇이어서 울고 또 울면서 기다렸지만 리랑은 끝내 돌아오지 않았다. 이에 성부는 절망 끝에 자신이 결백하다는 것을 보여주기 위해 스스로 목숨을 끊었다. 뒤늦게 리랑이 자신이 경솔했는지 모른단 생각에 산골 집에 돌아와 보니 아내 성부의 차디찬 시신만이 누워 있을 뿐이었다. 목이 메어 슬피 우는 리랑의 울음소리가 바람을 타고 산을 넘고 골짜기를 건너갔다. 그 후 리랑이 어떻게 되었는지 아는 사람은 없고 다만 애절한 선율을 담은 '아리랑' 노래만이 널리 세상에 전해지게 된 것이라 한다.

아리랑 아리랑 아라리요 아리랑 고개를 넘어간다
나를 버리고 가시는 임은 십리도 못 가서 발병 난다

정선 아라리 중에서
정선 아라리는 정선 아리랑이라고도 부르는데 이는 정선이 아리랑의 전승 지역으로서 대표성을 갖기 때문이다. '아라리'는 '누가 나를 알리요'라는 뜻(정선 郡誌에서).

1. 앞산의 딱따구리*는 생나무 등걸도 잘 뚫는데

＊딱따구리 : 나무통을 부리로 '딱딱, 딱딱' 두드리며 벌레를 잡아먹는다 하여 붙여진 새 이름. '딱딱＋우리' 합성어로 이때 '우리'는 접미사인데 발음되는대로 적어서 '딱따구리'로 되었다.

우리 집 저 멍텅구리는 뚫어진 구멍도 왜 못 뚫나.

시어미 잡년아 잠이나 깊이 들어라
아리랑 보따리 쓰리랑 싸서 난질*을 가잔다

울타리 밑에다 임 세워두고
아랫목 홑이불이 고깔춤을 춘다

술 잘 먹고 돈 잘 쓸 때는 금수강산이다니
술 못 먹고 돈 못 쓰니 적막강산일세

2. 우리 집 시어머니 날 삼베 길쌈 못 한다고
   앞 남산 관솔쟁이에 놓고서 날만 쾅쾅 치더니
   한 오백년 못 살고서 북망산천 가셨네

   네 칠자나 내 팔자나 네모 반듯한 왕골 방에
   샛별 같은 놋요강 발치만큼 던져 놓고
   원앙 금침 잣 베개에 앵두 같은 젖을 빨며
   잠자 보기는 오초 강산에 영 글렀으니
   엉클멍툴 장석 자리에 깊은 정만 심어 두자

   영감은 할멈 치고 할멈은 아 치고
   아는 개 치고 개는 꼬리치고
   꼬리는 마당 치고 수양버들은 바람 받아 치는데
   우리 집의 멍텅구리는 낮잠만 자느냐

* 난질 : 서방질. 화냥질.

3. 눈이 올라나 비가 올라나
   억수 장마 질라나
   만수산 검은 구름이 막 모여든다

   아우라지* 뱃사공아 배 좀 건너 주게
   싸리골 올동박이 다 떨어진다.
   떨어진 동박은 낙엽에나 쌓이지
   사시장철 임 그리워 나는 못 살겠네

   명사십리가 아니면은 해당화는 왜 피며
   모춘 삼월이 아니라면은 두견새는 왜 우나

4. '뗏목 아라리' 중에서

   원아리 앞강에 줄 떼를 매고
   도짓거리 앞강에 떼 내려온다

   앞 남산 뻐꾸기는 초성도 좋다
   세 살적 듣던 목소리 변치도 않았네

   저 건너 저 묵밭은 작년에도 묵더니
   올해도 날과 같이도 또 한해 묵네

   아우라지 강물이 소주 약주라면
   저기 가는 저 사람들도 모두 내 친굴세

＊아우라지 : 정선의 동쪽 골지천과 북의 송천이 합류하는 곳으로 '아우른다'에서 유래한
  지명.

황새여울 된 꼬까리 떼 내려가네
만지산 전산옥이야 술상 차려 놓게

황새 여울 된 꼬까리 무사히 지났으니
영월 덕포 꽁지 갈보야 술상 차려 놓게

산옥이 팔은야 객주집의 베개요
붉은 애 입술은 놀이터 술잔일세

도짓거리 갈보야 막걸리 걸러라
뱃사공 허기졌다구 소리를 치누나

춘천아 봉의산아 너 잘 있거라
쉬녕강 배 턱이 하직이로구나

천길아 만길아 망치 품을 팔어서
갈보년들 홍초마 꼬리에 다 쏟어 넣네

갈보야 찔보야 얄개질을 말어라
돈 없는 백수건달이 속 썩는다

5. 산 중에 귀물은 머루 다래
   인간에 귀물은 꽁지 갈보

   정선읍네야 일백오십 호 몽땅 잠들어라
   꽁지갈보 데리고서 성마령을 넘자

   술 잘 먹고 돈 잘 쓸 때는 금수강산이더니
   술 못 먹고 돈 못 쓰니 적막강산일세

6. 정선읍내 물레방아는 물살을 안고 도는데
   우리 집에 서방님은 날 안구 돌 줄 왜 몰라

   머루 다래를 따려거든 청서듥으로 들구요
   이내 나를 만나려거든 후원별당으로 들어요

   이십사월 긴긴 해에 점심 굶고는 살아도
   동지섣달 긴긴 밤에 임 없이는 못 사네

   정선읍네 일백 오십호 몽땅 잠들어라
   임오장네 맏며느리 데리고 성마령을 넘자

   —공통의 후렴—
   아리랑 아리랑 아라리요
   아리아리 고개로 나를 넘겨 주게

아무리 사나운 시어미도 남의 며느리 시집살이 시키진 못 한다
  권력에는 어쩔 수 없는 한계가 있는 것이다.

아무 잡놈한테나 가랑이 벌리는 화냥년!
  정조 관념이라고는 없는 몸 헤픈 여자이다.

아무튼 건져 보자
  범죄 대상을 낚아 놓고 보자고 부추기는 말.

아비 모르는 자식이다
  절에 가서 백일치성 기도로 낳은 자식을 얕잡아 이르는 말. '절 자식이
  다' '생 사리다'와 같은 말.

[採錄] 옛날 잘사는 대갓집에서 아들이 부실한 연고로 며느리에게 태기가 없으면 백일치성을 드린답시고 시어머니가 평소 잘 다니는 절에 며느리를 데려 가고는 했다. 미리 며느리에게 일단 절에 가면 스님이 시키는 대로 절대 복종하도록 다짐을 준 까닭에 '절에 간 색시'란 말도 이때 생긴 거라고. 일단 절에 닿으면 가능한 후미진 곳에 색시 방이 정해지고 밤이 되면 젊은 중이 색시 방에 군불을 땐 다음 슬그머니 방으로 들어와 "방구들이 잘 데워졌나?" 하면서 색시가 깔고 앉은 방석 밑에 손을 넣어 본다는 것이다. 이때 색시가 가만있으면 그대로 방사(房事)를 하고 놀라거나 거부감을 보이면 밤에 그 방에 최면이 되는 약초를 뿌려 혼미해진 상태에서 겁간을 했단다. 그렇게 석달 열흘을 지내다 보면 정상적인 여자는 거의 다 임신을 하게 마련인데 이렇게 해서 얻은 자식을 '백일치성 드려 부처님 공덕으로 낳았다'고 했다는 것이다. 하기사 틀린 말은 아닌 것이 백일치성 드린 거 분명하고 스님 공덕(?)도 부처님 공덕이나 오십보백보인즉 빈말은 아니렸다.

아비 안 속이는 자식 없다

정도의 차이는 있을망정 자식은 부모에게 거짓말을 하게 마련이다.

아비 얼굴에 똥칠만 한다

자식이 못나 가문을 욕되게만 한다.

아비 없는 후레자식이다

홀어미 밑에서 버릇없이 자란 놈이라고 업신여겨 욕하는 말.

아사리*판이다

아래위도 없이 저 잘났다고 날뛰는 무질서한 상황을 빗댄 말.

＊아사리 : '앗다' 즉 '빼앗다'에서 나온 말로서, 그런 자들이 많다 보니 무질서하게 되었다는 뜻.

아 새끼 못된 것이 과부 집만 찾는다

　사람 못된 것이 못된 짓만 골라서 하고 있다.

아수라*장이 되었다

　싸움이 벌어져 혼잡하고 어지러운 판국이 되었다.

아시 팔자 그른 년이 두 번 팔자도 그 타령이다

　애초의 팔자가 좋지 못하더니 나중 팔자도 별수 없다는 뜻.

아이 낳는 데 와서 씹하자는 격이다

　남 급하고 어려운 사정도 모르고 터무니없는 청을 하고 있다.

아이 만드는 법 알고 시집가는 처자 없다

　몰라도 닥치면 다 해내게 마련이다.

아이 못 낳는 년이 서방질은 잘 한다

　제 할 일도 못하는 주제에 욕먹을 짓만 하고 있다고 책하는 말.

　[蒐集]　예전에는 여자가 시집와서 아들을 못 낳으면 집안의 대를 끊어 놓는다 하여 칠거지악의 하나로 소박의 대상이 되었다. 이런 탓에 여자가 임신이 안 되면 어떤 방법을 써서든 아기를 가져 보려고 남몰래 샛서방도 보는 탈선행위까지 서슴지 않았던 것이다. '애 못 낳는 여자의 서방질'은 이처럼 불륜이기에 앞서서 되레 동정의 눈길이 가는, 애처로운 여심이 밴 말이기도 했던 것이다.

아이 자지가 크면 얼마나 크겠냐?

　아이가 알면 얼마나 알겠느냐. 여자가 벌면 얼마나 벌겠느냐. 또는 상

＊아수라(阿修羅) : 불교에서 말하는 성을 잘 내는 포악한 동물을 이르는 말.

대방을 얕잡아 평가 절하하는 말.

아이 핑계 대고 남의 집 감 딴다

하찮은 핑계를 대고 못 된 짓을 하는 파렴치한이다.

아작아작 씹어 먹어도 시원찮다

한 맺힌 상대방에게 퍼붓는 악담.

=잡아서 찢어 먹어도 시원찮다.

아재비(아저씨)장가 보내기는커녕 제 좆도 대롱에 넣고 다닌다

제 앞가림도 못하는 주제에 남의 걱정까지 하고 있다.

아전(衙前)술 한잔은 환자*¹가 석 섬이다

술 한잔 즉 뇌물을 먹이면 몇 곱절의 이득이 돌아오게 된다는 뜻.

아주 뽕이 빠졌다

크게 낭패를 보았다.

아주까리 동백 풍년에 떼 난봉 난다

아주까리 동백이 풍년이면 머릿기름이 흔해져 시골 처녀들이 머리에 치장을 하고 바람을 피우게 된대서 나온 말.

아주머니*² 술도 싸야 사 먹는다

친분이 있어도 따질 것은 따지는 게 세상인심이다.

=아줌마 떡도 싸야 사먹는다.

---

*1 환자(還子) : 조선시대 관에서 백성에게 꾸어줬던 곡식을 가을에 환수하던 제도.

*2 아주머니 : '아주＋어머니' 합성어이다. '아주'는 작다는 뜻으로 '아우뻘되는 어머니' 즉 어머니보다 젊은 여자를 이르는 말인데 지금은 두루 쓰이는 일반 명칭이 되었다.

아줌마 보지 털은 덮어 줘도 욕먹는다

비록 좋은 일이라도 때와 장소, 사람을 가려서 해야 하는 것이다.

아줌마 아줌마 하면서 외상 술 달랜다

아부하는 자는 저 나름의 꿍꿍이속이 따로 있는 법이다.

아차산의 작명(作名) 뒷이야기

아차산 작명의 동기가 된 족집게 점쟁이 홍계관 관련이야기.

[蒐集] 명종 임금 때 일이다. 장안에 홍계관이란 용한 점쟁이가 있다는 말을 전해 들은 임금이 이 자가 과연 신통력이 있는지 아니면 혹세무민(惑世誣民)하는 자인지 알아보고자 그를 궁으로 불러들여 미리 준비한 나무궤짝을 가져오게 하여 그 안에 무엇이 들어 있는지 맞춰 보라고 명했다. 맞히면 무엇이든 소원을 들어줄 것이요 맞히지 못하면 백성과 임금을 속인 죄로 죽임을 당한다는 게 조건이었다. 그러자 홍계관은 마치 돌부처처럼 한참을 뚫어져라 그 궤짝을 바라보더니만 마침내 그 안에는 쥐가 들어 있다는 것이었다. 임금이 그거 참 신통하다면서 그럼 마지막으로 쥐가 몇 마리 있는가를 맞추라고 하자 세 마리가 있다는 답변이었다. 한데 궤짝을 열어 본즉 상자 안에는 쥐가 두 마리 뿐이었다. 결국 다 와서 문지방을 못 넘는다고 임금의 마지막 물음을 맞히지 못한 홍계관은 죄인이 되어 광나루에 있는 처형대로 끌려가게 되었다.

이곳은 동쪽으론 장안이 한 눈에 보이고 동남쪽으로는 한강이 유유히 흐르는데 강을 끼고 산에 오르면 정상에 봉화대가 있고 바로 그 아래쪽에 처형대가 있었다. 그 뒤 임금이 문득 번개처럼 생각이 스쳐 궤 속의 쥐를 검사토록 한 결과 암 수 두 마리 중 암컷의 뱃속에 새끼 한 마리가 들어 있는지라 서둘러 처형장으로 간 계관을 빨리 불러들이고 큰 상을 내리도록 하명했다. 이에 선전관이 말을 타고 처형장으로 달려갔는데 시퍼런 칼을 들고 날뛰던 망나니가 멀리서 선전관이 달려오는 모습을 보고는 "내가 이 자의 목을 잘랐나 확인하러 오는 모양이다"라고 오해를 한 나머지 단 칼에 계관의 목을 베고 말았다. 이어 헐레벌떡 도착한 선전관이 "아차!" 하고 외쳤을 때는 애석하게도 이미 사형이 집행된 뒤였다. 그 뒤부터 홍계관이 처형된 이 산을 아차산으로 불러 내리게 된 것이라 한다.

아침 굶은 시어미 상판대기다

며느리 때문에 화가 나서 일부러 아침을 굶은 시어미가 화풀이 기회만 노리는, 암상이 다닥다닥 붙은 얼굴에 빗댄 말.
=세끼 굶은 시어미 상판이다.

아침엔 아저씨 저녁엔 소 아들이다

아침에는 주인이 머슴한테 하루일 지장 없도록 잘 대접해 주지만 일 끝난 저녁에는 소 새끼처럼 함부로 다룬다. 겉 다르고 속 다르다는 뜻.

아흔아홉까지 살아도 한 살 더 살기를 바란다

사람의 욕심은 한도 끝도 없는 것이다.

악다구니 쓴다

욕설을 퍼부으면서 거칠게 대든다.

악담 끝은 있어도 덕담 끝은 없다

악담은 화근을 불러 오지만 덕담은 복을 받게 되는 것이니 덕담을 많이 하라고 이르는 말.

악담이 덕담 된다

악담을 듣고 반성해 나쁜 행실을 고치는 계기가 되기도 한다.

악바리 악도리 악쓰듯

악을 바락바락 쓰면서 덤벼드는 경우 따위에 빗댄 말.

악살 먹인다

악담을 퍼부어대며 괴롭게 한다.
＝악장을 죽인다.

악으로 모은 살림 악으로 망한다

나쁜 짓을 하면 결국 그 악업을 받아 불행하게 되니 착하게 살도록 하여라.

악이 목까지 차면 화를 입게 된다

나쁜 짓이 지나치면 재앙을 불러오는 것이다.

악증*풀이 좀 하지 마라

역겨운 화풀이 좀 그만 두거라.

악처는 패가(敗家)의 장본이다

악한 아내는 집안을 망치는 큰 원인이 된다.

악처도 독수공방보다는 낫다

아무리 악한 처라도 조석 수발을 해 주는 까닭에 없느니보다는 낫다.

악한 처 못난 첩도 빈방보다는 낫다

아무리 여자가 못생기고 악독해도 외로운 홀아비 신세보다는 그래도 낫다.

안개 낀 날 꽃구경 간다

＊악증(惡症) : 못난 짓거리.

작심한 일이 허사가 되고 만 경우 따위에 빗댄 말.

안고 넘어지는 놈이다

남을 걸고넘어지는 음흉한 자이다.

안고 자면 가시버시*1이다

식은 안 올렸어도 함께 살 대고 살면 부부 아니겠느냐.

안다미*2 씌운다

맡겨진 책무를 남에게 덮어씌우거나 슬쩍 넘겨 버리는 경우 따위에 빗
댄 말.

안 되는 놈은 넘어져도 똥밭에 가 넘어진다

일이 안 되려니까 하는 일마다 낭패를 보고 있다.

=안 되는 놈은 자빠져도 코가 깨진다.

안 벽 치고 바깥 벽 친다

여기서는 이 소리 저기 가서는 다른 소리를 해 이간질시키는 못된 자
이다.

안주는 무슨 안주 내 낯짝이 술안주지!

안주가 시원찮다고 투덜대는 술꾼한테 주모가, 별 같잖은 소리 말라고
내뱉는 말.

안팎곱사등이*3 꼴이다

위에서 내리누르고 밑에서는 치받고 해서 이러지도 저러지도 못할 난

---

*1 가시버시 : 부부를 속되게 이르는 말.

*2 안다미 : 남의 책임을 맡아 짐. 안담.

*3 안팎곱사등이 : 가슴과 등뼈가 둘 다 비정상으로 튀어나온 사람.

처한 지경이다. 또는 하는 일마다 되는 게 없어 죽을 맛이라는 하소연.

앉아서 오줌 싸는 것들이란!
여자를 싸잡아서 얕보아 이르는 말.

앉아서 주고 서서 받는다
돈 거래는 항시 받을 때가 더 힘들다는 뜻.
=앉아서 준 돈 서서도 못 받는다.

앉은자리 풀도 안 나겠다
지독스레 인색한 놈이라고 혀 차는 말.
=눈 속의 시금치도 돌아앉겠다.

알겨먹어*¹ 배부르겠냐?
빼앗아 먹는 게 오죽하겠느냐고 비아냥대는 말.

알고 죽는 해소병*²이다
결과가 나쁠 줄 뻔히 알면서도 어찌해 볼 도리가 없다.

알기는 오뉴월 똥파리이다
여름에 야외에서 똥을 누면 어디서 똥파리가 용케 알고 날아오듯 아는 척, 유식한 체하는 사람을 빗대 이르는 말.

알 까기 전에 병아리 숫자부터 센다
부화한 뒤에 세 봐야 하는 것을 알도 까기 전에 센다 함이니, 지나치게 서두르는 사람을 핀잔주는 말.

＊1 알겨먹다 : 좀스럽게 남의 소소한 것을 빼앗다.
＊2 해소병 : 기침을 많이 하는 폐질환. 해수병(咳嗽病)이 맞는 말.

(반대말) 봄에 깐 병아리 가을에 가 세어 본다.

알깍쟁이 년이다

제 잇속밖에 모르는 인색한 여자이다.

알 먹고 꿩 먹고 둥지 털어 불 때고

재수 좋아 일석 삼조로 한꺼번에 몇 가지를 이룬 경우 따위에 빗댄 말.

알면 장난이요 모르면 그만이다

도둑질을 하되 들키면 장난으로 변명할 수 있도록 그럴 듯하게 속임수를 쓴다는 뜻.

알보지다

털이 없는 여자의 음부.

암글이다

한글을 예전 아녀자나 천민 들이 주로 배워서 쓴다 하여 이르던 말. =반 글.

암내 맡은 수캐 싸대듯 한다

할 일은 내 버려두고 여자 꽁무니만 따라다니는 바람둥이를 두고 해대는 욕 말.

암상*맞다

암상스런 마음을 갖고 있다.

암캐 수캐 다 노는데 청삽사리 못 놀까

---

*암상 : 남을 시기하고 샘을 잘 내는 잔망스런 마음.

함께 노는 놀이판이니 누구든 엎혀 놀아도 무방한 일이다.

암 고양이 자지 베어 먹을 놈이다
사막스런 꼴을 봐 허니 못할 짓이 없겠다.

암탉 울어 날 새는 일 없고 장 닭 울어 날 안 새는 일 없다.
어떤 일이든 남자가 나서야만 만사가 제대로 이루어진다는 뜻.

암탉이 오리 알을 낳아도 수탉한테 할 말이 있다
여자가 서방질을 해도 할 말은 있듯 세상만사 핑계 없는 일이란 없는
법이다.

앙가바틈한*¹게 사람깨나 팼겠다
체격이 딱 바라진 게 싸움꾼 빼닮았다.

앙가슴을 열어 제친다
울화통이 치밀어 상의를 벗어 붙인다.
=앙가슴 : 두 젖무덤 사이의 가슴.

앙 갚음에 되갚음 한다
원한이 원한을 낳는다는 뜻.

앙칼 없는 양반 새끼 없고 할퀴지 않는 고양이 새끼 없다
양반 또는 있는 집 자식들은 하나같이 성미가 오만하고 앙칼지대서 나
온 말.

앞 짧은 소리*²는 하는 게 아니다

---

*1 앙가바틈하다 : 키는 작으면서도 딱 바라진 몸피를 빗댄 말. '앙바틈하다'와 같이 쓰는 말.

항시 낙관적으로 기운차게 살아야지 희망 없는 소리를 하면 말이 씨가
되어 못쓰는 법이다.

앞길이 구만 리 같은 생때같던*³ 놈이
장래가 촉망되던 청년이 별안간 교통사고사 같은 참변을 당했을 때 탄
식조로 뇌는 말.

앞으로는 절대 하지 마라!
어느 무식하고 순박한 산골 부부 이야기.

[探錄] 어느 산골 동네에 젊은 부부가 살고 있었는데 남편이 산에 가
서 나무를 한 짐 해서 지고 돌아와 보니 저녁 밥상 위에 웬 조기 한 마리
가 올라 있었다. 반갑다기보다 의아해서 웬 거냐고 물은 즉 아내 말이 낮
에 생선 장수가 왔었는데 말 한 번만 들어주면 조기를 한 마리 주겠다고
하길래 가만 생각해 보니까 한 번 한다고 무슨 탈이 날 거 같지도 않고
하여 들어줬더니 조기를 한 마리 주어 상에 올렸다는 것이다. 남편은 기
가 막혔으나 기왕 이리 된 일을 어쩔 수 없다 싶어 "이번엔 어쩔 수 없
지만 앞으로는 절대 해서는 안 된다"고 다짐을 받은 다음 맛있게 식사를
했다. 한데 며칠이 지난 뒤 저녁에 돌아와 보니 이번엔 밥상에 조기가 하
나도 아닌 두 마리나 올라와 있는 것이었다. 남편이 괴이쩍게 여겨 까닭
을 묻자 아내는 조금도 거리낌 없이 "생선 장수한테 당신이 앞으로는 절
대 하지 말랬다고 하니까 그 생선 장수 말이 그럼 뒤는 상관없다는 말이
니까 그렇게 하자고 해서 뒤로 해줬더니 이번엔 웬일로 조기를 두 마리
나 주어 상에 올린 거라우." 그러더란다.

애*⁴달 캐달한다

---

*2 앞 짧은 소리 : '입 짧은 소리' '입찬 소리'와 같은 뜻의 말.
*3 생때같다 : 몸이 튼튼하여 통 병이 없다.
*4 애 : 근심에 싸인 마음.

안달을 하고 애를 태운다.

애들 자지에 붙은 밥풀도 떼어 먹겠다

뇌물이라면 크든 작든 가리지 않고 검탐하는 자이다.

애 못 낳는 년이 밤마다 태몽만 꾼다

일이 안 될수록 더욱 애타게 고대하기 마련이다. 또는 안 되는 일에 매달려 고생하는 모습이 보기에 딱하다는 뜻.

애 버릇하고 좆 버릇은 길들이기 나름이다

아이 버릇은 부모가 가르치기 나름이고 남자의 오입 버릇은 자신이 청심하기에 달린 것이다.

애비 나이까지 모개로* 처먹었냐?

연장자를 몰라보고 버릇없이 구는 자에게 쏘아 주는 말.

애새끼 내질렀다

결혼 안 한 상태에서 아기를 낳는 경우 따위에 욕으로 하는 말.

애새끼 만들 틈도 없다

낮에는 물론 밤에조차 정사 나눌 틈도 없이 몹시 바쁜 와중이다.
=쉬하고 자지 털 새도 없다.

애 옥살이한다

가난에 쪼들려 옥살이하듯 어렵게 살고 있다.

애 저녁에 개 물려 보냈다

---

* 모개로 : 한꺼번에.

이미 다 틀려 버린 일이다.
=날새 버렸다. 물 건너갔다.

야경벌이하는 놈이다

밤 도둑질로 먹고 사는 자이다.

약발이 떨어진 모양이다

흔히 담당 관원이 이유 없이 트집을 잡거나 하는 경우 다시 촌지 줄 때
가 돌아온 모양이라고 귀띔하는 말.

약방기생*1 볼쥐어지르게 생겼다

빼어나게 잘 생긴 용모를 반어법으로 빗대 표현한 말.

약*2을 올린다

화가 나게끔 성미를 돋군다.

약 주기 전 병부터 준다

난처한 당부를 해서 사람을 곤혹스럽게 만든다.

약한 바람 불붙이고 강한 바람이 불을 끈다

사람은 성격이 부드러워야 주변 사람들이 잘 도와주어 성공할 수 있는
반면 너무 강하면 반감을 사 실패하기 쉽다는 뜻.

얌심 많은 년이다

암상스런 성미에 샘을 잘 내는 여자이다.

---

*1 약방기생 : 조선시대 내의원에 속해 있던 의녀.

*2 약 : 본디는 고추나 담배 따위가 크면서 독특한 자극 성분이 생기는 것을 '약이 오른다'
고 한 것이 사람의 성정을 나타내는 말로 변용된 것임.

얌전한 강아지 부뚜막에 먼저 오른다

겉보기로만 얌전했지 실제 행동은 정반대이다.

얌전한 똥구멍이 비역질*¹한다.

겉으로는 얌전한 체하면서 뒤로는 추잡한 짓을 일삼는다.

양가죽을 쓴 늑대 같은 놈!

배알까지 내줄 것 같다가 결국은 사기를 치는 흉악한 자이다.

양기 줄고 식성 줄고 음성 줄면 저승길도 줄어든다

자지도 발기하지 않고 먹는 양에 말소리까지 작아지면 죽을 날이 머잖은 징조이다.

양 귀에 딱지가 앉겠다

같은 말을 되풀이해대는 사람에게 지겨우니까 그만 좀 하라고 내치는 말.

양 대가리 걸어 놓고 개고기 팔아먹는다

말만 번지르르 하지 실제 행동은 제 잇속만 챙기는 음흉한 자이다.

양물(陽物) 크다고 양기 좋은 건 아니다

작은 고추가 맵듯 자지가 크다고 힘이 좋은 건 아닌 만큼 자랑할 것이 못 된다.

양반*² 도둑이 호랑이보다 더 무섭다

양반의 가렴주구가 무엇보다 더 혹독한 것이다.

---

*1 비역질 : 남색 질. 남자끼리의 항문 성교를 이르는 말.

*2 양반 : 조정(朝廷)에서 문관은 동쪽, 무관들은 서쪽에 앉는다 하여 이를 통틀어 반열이라 하고 이 두 반열을 일러 양반이라 하였다.

양반 못된 것이 장에 가서 호령한다

양반이면 양반 사회에서 호령을 해야지 만만한 시장 바닥에 와서 큰
소리 친다 함이니 못 돼 먹은 양반 또는 손윗사람을 조롱하는 말.

양반은 물에 빠져 죽어도 개헤엄은 치지 않는다

비록 위기에 처해도 체통을 잃어서는 안 되는 것이다.
=양반은 얼어 죽어도 겻불은 쬐지 않는다.

양반의 새끼는 고양이 새끼, 상놈의 새끼는 돼지 새끼다

고양이 새끼는 크면서 예뻐지고 사랑받지만 상놈은 돼지새끼처럼 커갈
수록 추물이 되고 천대를 받는다는 뜻.

양반이 똥반이다

예전 상사람들이 못된 양반을 비웃고 놀리던 말.

양반이 망해 먹은 나라 백성이 지킨다

힘없는 백성이 나라의 근본임을 잊어서는 안 된다.

양반인가 두 냥 반인가

양반을 얕보아 놀리는 말.
=양반인지 두 반인지 개다리소반인지.

[禦眠楯] 한 귀한 양반의 자제가 남쪽 지방관아에 이르니 홍분(紅粉.
기생)이 만좌하고 진수성찬이 그들먹하게 차려져 있었다. 허나 마침 그
날이 아버지 기일(忌日)인지라 음식과 여자를 모두 멀리하고 침소에 들
었는데 수청기생이 몰래 들어왔거늘 촛불아래 가만 보니 자색이 눈에 띄
게 출중하였다. 하여 "기일이고 자시고 간에 조것을 한번 품어 버릴까?
아니 도리에 어긋나니 그럴 수도 없는 노릇이고—" 하며 전전반측하다가
밤중에 드디어 수청기생을 이불 속으로 끌어들여 급하게 양물을 꽂았다

가 빼면서 이르기를 " 오늘 이렇듯 중동무이하는 건 아버지 기일 때문이니 그런 줄 알라." 고 하였다 그러자 기생이 발끈하여 자리를 차고 일어나면서 "도둑이 이미 집에 들었다가 물건을 훔치지 못하고 도망친다 해도 능히 도둑의 이름을 면할 수 있으리까?"라고 꾸짖었다 한다. 일러 '양반 똥반 놀음 작작하고 웃기지 좀 마라.' 그런 야유였다.

양반 타령인지 개 타령인지
상사람들이 양반 놀음을 비웃고 조롱하는 말.

양의 탈 쓴 늑대보다 늑대 탈 쓴 늑대가 차라리 낫다
교활한 사기꾼보다 정직한 도둑놈이 차라리 낫다.

양잿물 독한 건 빨래나 하지 시어미 독한 건 생사람 잡네
시집살이를 빗대 읊은 〈정선아리랑〉 중의 한 구절.

얕은 술잔에 빠져 죽은 놈이 깊은 물에 빠져 죽은 놈보다 더 많다
술을 좋아하다 패가망신한 일이 다반사인즉 각별히 경계할 일이다.

어느 개가 짖느냐다
무시당한 사람이 볼멘소리로 투덜대는 말.

어느 귀신이 잡아 갈지 모른다
말을 잘못하면 누구한테 잡혀 가 혼날지 모르니 조심할 일이다.

어느 년 보지에는 금테 둘렀냐?
버림받은 여자가 상대 남자를 두고 원망조로 내뱉는 말.

어느 놈 좆에는 금테 두르고 은테 둘렀냐?
실연당한 남자가 상대 여자에 대한 분심을 화풀이조로 내뱉는 말.

어느 바람에 날아갈지 모른다

입바른 말을 하다가는 누구한테 화를 당할지 모르니 조심할 일이다.

어느 칼에 맞아 죽을지 모른다

매우 불안하고 위태위태한 상황이다.
＝어느 바람에 날아갈지 모른다.

어느 틈에 배꼽을 맞췄나*1 몰라

비밀리에 맺은 비정상적인 성관계를 비아냥대는 말.

어디 가나 오사리*2 잡놈 하나 둘은 있다

어딜 가든지 못된 놈 한둘은 있게 마련이다.
＝어디 가나 후레아들 놈 한 둘은 있게 마련이다.

어디서 굴러먹던 말 뼈다귀냐?

어디서 무엇 하던 잡놈이냐?

어디서 사는지 뒈졌는지

생사를 모르는 사람에 대한 원망이거나 푸념.

어떤 놈은 입이고 어느 놈은 주둥이냐?

음식 대접 등 예우가 눈에 띄게 차이가 나는 경우 이럴 수 있느냐고 따지는 말.
＝어떤 놈은 입이고 어떤 놈은 아가리냐.

어르고 등골 빼 먹는다

＊1 배꼽을 맞추다 : 성행위를 비유한 말.
＊2 오사리 : 오사리→올사리→오월 사리 때 잡히는 새우, 잡어 등의 해산물을 이르는 말.

봐주는 척하면서 뒤로는 해코지만 하는 자이다.

어르고 뺨치는*¹ 사기꾼 놈

가면을 쓴 교활하기 짝 없는 자이다.

어르고 좆 먹인다

겉으로는 잘해 주는 척하면서 실제로는 해만 끼치는 경우 따위에 비유
한 말.
=어르고 등골 빼먹는다. 어르고 엿먹인다. 얼러 좆 먹인다.

어른*²이 애 버선 신은 격이다

아주 작은 처녀가 장승처럼 큰 사내와 혼인한 경우 그들의 정사 장면
을 두고 주고받는 우스갯말.
=모기 씹에 당나귀 좆이다.

어리친*³ 개새끼 한 마리 없다

아무도 지나는 이 없이 고요하다.

어린 중한테 젓국 먹인다

어려도 중인데 비린 음식을 먹이다니, 아무것도 모르는 아이한테 못된
짓을 하거나 가르치는 경우 따위에 나무라는 말.

어린애 젖 보채듯 한다

몹시 떼를 쓰거나 애를 태우는 모양 따위에 빗댄 말.

---

*1 어르고 뺨친다 : 잘 해 주는 것처럼 하면서 실제로는 해를 끼친다.
*2 어른 : 어른은 장가든다는 뜻의 '어루다'와 사람을 나타내는 '이'가 하나의 합성어로 된
   것이다.
*3 어리치다 : 독한 기운에 취해 어리벙벙하다.

어림 반 쪼가리도 없다

전혀 가능성이 없는 일이다.

=어림 반 푼어치도 없다.

어물전 털어먹고 꼴뚜기 장사한다

돈 잘 벌다가 느닷없이 미친바람이 들어 도박이나 오입질 등으로 몰락한 경우 따위에 빗댄 말.

=노적가리 불 지르고 싸라기 주워 먹는다. 집 태워 먹고 못을 줍는다.

어머닌 숫처녀가 아니잖아요?

어느 효자 선비의 부친 간병기.

[攪睡雜史] 시골에 선비 하나가 있었는데 위인이 똑똑치는 않아도 효심은 있는 편이었다. 한데 그 아비 생원(生員)이 호색하여 집안의 어여쁜 동비(童婢)와 사통코자 하던 중 계책을 내어 동네 의원친구에게 부탁하기를 "내가 앓는 척을 할 터인즉 그대는 여차여차히 말을 하라. 그러면 마땅히 좋은 궁리가 있으리라" 하였다. 수일 후에 생원이 문득 크게 아픈 시늉을 하니 선비아들이 놀라 황급히 동네의원을 불러왔다. 의원은 병이 위중함을 말한 다음 "이 병에는 백약이 무효일 것이나 다만 한 방법이 있으되 쓰기 난감하도다" 하니 아들이 "아무리 어려워도 감당할 터인즉 비방을 말하라"고 성화가 불같았다. 이에 의원은 "이는 한기(寒氣)로 인하여 병이 가슴과 배에 맺힌 것이니 남자를 겪은 적 없는 나어린 숫처녀를 구해서 끌어안고 땀을 흘리게 하면 회춘의 원기가 돌아 낫겠거니와 달리는 아무런 약도 소용이 없는 고로 남감하단 것은 이를 두고 말함이라" 하였다. 마침 선비의 어미가 창가에서 이 말을 엿듣고는 아들을 불러 "내 방의 여종이 이제 나이 열일곱에 숫처녀일시 분명하니 약을 구할 양이면 그 여종아이를 약으로 씀이 좋지 아니하랴" 하여 그날 밤에 병풍으로 사방을 가리고 그 동비를 벗겨 이불 속에 들게 하여 모자가 생원의 발한(發汗)을 살피더니 얼마 후에 생원이 여종과 더불어 운우가 극

음(極淫)이어늘 그 어미가 노하여 "어찌 이것이 땀을 내는 약이더냐? 이와 같이 땀을 낼 양이면 어찌 나와 더불어 땀을 내지 못한단 말이냐?" 하고 악을 써대니 선비가 불쑥 이르되 "어머님은 어찌 그리 어리석은 말을 하시오? 어머님은 숫처녀가 아니잖습니까?" 한즉 이 말을 듣고 웃지 않는 자가 없었다.

어미*[1]가 의붓어미면 아비도 의붓아비 된다

의붓어미가 들어오면 아버지도 자식들에게서 점차 멀어져 친아비도 결국은 의붓아비처럼 되고 만다는 뜻.

어미는 살아 서 푼이요 죽고 나면 만 냥이다

어머니 은덕은 살아 있을 때는 별로 못 느끼지만 일단 죽고 나면 그 은공이 한없이 컸음을 깨닫게 된다.

어벌쩡*[2]하지 마라

거짓말로 적당히 넘기려 들지 마라.

어사(御使)보다 가어사놈이 더 무섭다

실제 권세를 쥐고 있는 자보다 오히려 그 수하 놈들이 더 위세를 부리고 착취를 일삼는대서 나온 말.

=정승 집 종놈이 정승노릇 한다. 호가호위(狐假虎威)한다.

어쌔고비쌔고*[3] 하는 꼴이 밸 꼴려서

속내를 감추고 엉뚱한 짓 하는 꼴에 속이 뒤틀려서.

어이없어 웃으니 저 좋아 웃는 줄 안다

---

*1 어미 : 어머니를 낮추어 이르는 말로서 '어미소'처럼 동물의 암컷을 지칭하기도 한다.

*2 어벌쩡한다 : 거짓 수작을 한다.

*3 어쌔고비쌘다 : 마음에 있으면서도 안 그런 체한다.

전혀 상황 파악을 못하는 얼뜬 자이다.

어장이 안 되려면 해파리만 들끓는다

일도 제대로 안 풀리는 마당에 달갑지 않은 것들만 꾀어들어 골치를 썩이고 있다는 푸념.

어중이떠중이 다 모였다

잘난 사람 못난 사람 구별 없이 다 모여 어수선한 와중이다.

어지자지*¹를 달고 나왔나

남자인지 여자인지 구별이 잘 안 되는 사람을 두고 놀리는 말.

어질병이 자라서 지랄병 된다

작은 버릇도 다스려 고치지 않으면 고질적인 병이 되는 것이니 나쁜 습관은 처음부터 싹을 자르고 멀리 해야 한다는 뜻.

어혈*²진 도깨비 개천물 마시듯 한다

술 따위를 마구 들이키는 모습을 빗대 이르는 말.

억새에 자지 베었다

흔해빠진 억새풀에 귀한 자지를 베었다 함이니 별 시답잖은 것에 변을 당했다는 푸념.
=망둥이한테 좆 물린다. 개구리한테 보지 물린다. 개미에 불알 물린다.

억수*³ 장마에도 빨래 말미는 있다

---

*1 어지자지 : 암수의 성기를 겸해서 갖고 태어난 사람이나 짐승 또는 그런 성기 자체를 이르는 말.

*2 어혈(瘀血) : 몸에 피가 제대로 안돌아 한곳에만 몰려 있는 증세.

*3 억수 : 본디는 호우를 가리키는 악수(惡水)에서 나온 말. 많은 비는 이로움 보다 해가 크대서 악수(惡水)라고 하다가 모음조화현상에 의해 '억수'가 되었다.

어떤 일에든 조금쯤의 여유는 있는 법이다.

억지가 반 벌충이다
억지를 써서 도움을 얻게 되는 경우도 있다.
=억지가 사촌보다 낫다.

억지 춘향*이다
내키지도 않은 일을 할 수 없이 하고 있다.

억탁의 말을 한다
경우에 안 맞는 억지소리를 하고 있다.

언 발에 오줌 누기다
언 발에 오줌 누어 봤자 발만 더럽히므로 신통잖은 편법을 쓴다고 핀잔주는 말.

언 빨래만도 못한 놈이다
아무데도 쓸모라곤 없는 자이다.

언문 뒷다리도 모른다
낫 놓고 기역자도 모르는 판무식이다.
=문짝 놓고 ‘ㅁ’자도 모른다.

언제 네 떡 내 먹었더냐 한다
은혜를 입고서도 모른 척하는 배은망덕한 자이다.

언제 이태백이 돈 내고 술 먹었더냐?

＊억지 춘향 : [춘향전]에서 변 사또가 춘향에게 억지 살 수청을 들라고 강요한 데서 나온 말.

술이란 외상술도 다반사가 아니냐. 또는 외상 술 먹고 큰소리치는 경
우 따위에 빗댄 말.

언청이만 아니면 일색이다
한 가지 흠만 아니면 좋았을 것을.

얻기 쉬운 계집은 버리기도 쉽다
쉽게 얻어진 건 대체로 탐탁지 않게 여겨 오래가지 못하는 법이다.

얻어먹고 훔쳐 먹으며
모질게도 가난하고 험악하게 살았다.

얻어먹는 놈이 큰 떡 먼저 집는다
얻어먹으면 겸손해야 함에도 버르장머리 없이 굴고 있다. 참으로 고약
한 일이라고 체머리 흔드는 말.

얻어먹는 데서 빌어 먹는다
사정이 어렵고 급해서 빌린 돈을 다시 꾸어 쓰는 경우 따위에 비유한
말.

얻어먹는 술에 시니 다니 탓을 한다
고맙다는 말은 고사하고 술 타박을 하다니 고약한 일이다.
=얻어먹는 주제에 찬밥 더운밥 가린다.

얼간*망둥이 같은 놈!
한심스런 자이다.

---

* 얼간 : 제대로 아니하고 대충 맞춘 간을 이르는 말.

얼굴 뜯어먹지 말고 일해서 먹고 살아라

인물 치레하지 말고 땀 흘려 일을 해서 먹고 살아라.

얼굴 못난 년이 거울만 탓한다

자기 결점은 고칠 생각 않고 남 탓만 하고 있다.

=선무당이 마당 기울 댄다. 국수 못 하는 년이 안반만 나무란다.

얼굴 박색은 있어도 씹 박색은 없다

얼굴은 못나도 성감은 얼마든지 좋을 수 있는 것이다.

얼굴에 똥칠만 했다

득도 없이 창피스런 일만 당했다.

얼굴에 생쥐가 오르락내리락 한다

꾀 많고 약삭빠른 자이다.

얼굴에서 쥐가 난다

낯간지러운 수작 좀 하지 마라.

얼굴에다 개 가죽을 쓰고 다니는 놈이다

사람 노릇 하긴 진작 글러 버린 흉악한 자이다.

얼금뱅이가 좆 자랑한다

얼굴이 얽고 못생긴 위인이 꼴에 그 물건 하나만은 최고라고 자랑을 한들 여자들이 반할 리 있겠느냐. 창피를 자초하는 짓일랑은 하지 말라고 이르는 말.

=앉은뱅이 좆 자랑한다.

얼금뱅이에다 째보에다

곰보에 언청이까지, 엎친 데 덮친 격이라는 뜻.
=시거든 떫지나 말든가. 맵거든 짜지나 말지. 검거든 얽지나 말든가.

얼러* 좆 먹인다

처음에는 잘해 주다가 나중에 골탕을 먹인다.
=어르고 등골 빼 먹는다.

얼러 키운 후레자식이다

귀엽게만 키우면 버르장머리가 없게 된다.

얼레빗 참빗만 품고 가도 제 복 있으면 잘 산다

비록 가난해도 제 복만 있으면 잘사는 거니까 혼수 욕심 내지 말고 분
수대로 하라고 권하는 말.

얼음판에 소 탄 거 같다

위태위태하고 불안한 상황이다.

업은 손자 환갑 닥치겠다

일을 서둘러 하지 않고 게으름만 피우는 자를 책망하는 말.
=고손자 좆 패는 꼴을 보겠다.

업은 아이 삼년 찾는다

무엇을 곁에 놔두고 찾아 헤매는 사람을 핀잔주거나 놀리는 말.
=업은 아기 옆집 가서 찾는다.

없는 놈은 이름도 성도 없다

가난하다 보면 온갖 괄시를 다 받게 마련이다.

＊얼러 : 어르거나 달래는 '어르다'에서 나온 말.

없는 놈이 많이 먹으면 처먹어 못산다, 있는 놈이 많이 먹으면 식복 있어서 잘 산다네

똑같은 경우도 가난하면 나쁘게, 잘살면 좋은 방향으로 오르내리게 되는 것이니 잘살도록 힘 쓰거라.

없는 집에는 싸움이 일이다

가난하다 보면 다투는 일이 잦게 된다.

없다 없다 해도 있는 것이 빚이요 있다 있다 해도 없는 것이 돈이다

진 빚은 생각보다 많게 마련이고 돈은 있는 것 같아도 항시 쓰기에 부족하기 마련이다.

엉너리친다

환심을 사기 위해 어물쩡 설쳐 댄다.

엉덩이가 아니라 맷돌 짝이다

엉덩이가 유난히 큰 여자를 두고 하는 말.

엉큼대왕이다

음흉하기 이를 데 없는 자이다.

엉큼한 중에 앙큼한 계집이다

의뭉한 계산속이 잘 맞는 연놈들이라고 빗대 조롱하는 말.

[續 禦眠楯] 한 스님이 길에서 여인의 뒤꽁무니를 좇다가 대뜸 "계집이 버릇없이 길바닥에서 함부로 방귀를 뀌느냐?"고 말하니 여인이 노하여 '고약한 중놈'이라고 욕을 퍼부어댔다. 그러나 중은 지지 않고 따라가면서 '방귀를 뀌었다' 하고 여인은 끝까지 굴하지 않아 마침내 중이 "그럼 마침 저기에 영불(靈佛)이 계시니 함께 가서 누구 말이 옳은지 알아

보면 되겠도다" 하여 시시비비를 가리기 위해 함께 영불이 있는 처소로 갔다. 이에 중이 으슥한 탑 뒤로 가더니만 강제로 여인을 덮쳐서는 마침 내 여인도 극음(極淫)의 지경에 이르게 되었다. 그런 다음 옷을 추슬러 입고 돌아가는 길에 여인이 중을 보고는 "여보 스님, 내 방귀 한 번 더 뀔까?" 한즉 중이 말없이 웃으며 그대로 가 버렸다 한다.

엎드려 잔 죄밖에 없다
눈 가리고 야옹 식의 변명을 하고 있다.

[禦睡錄] 갑과 을 두 사람이 감옥에서 만나 서로 묻고 답하되 "대장 부가 한 번 이런데 들어온 것이 원래 별날 것도 없지만서도 대체 그대는 무슨 일로 이렇게 되었소?" 하니 "나로 말하면 엎드려 잔 죄 밖에 없소 이다" 하는 거였다. "엎드려 잔 것이 무슨 죄가 되리요?" 한즉 " 배 밑 에 여자가 있었던 까닭이지요." 했다. 이어 "나는 그렇다 치고 그대는 어 떤 연고로 여길 들어왔소?" 하고 물으니 "고삐 줄 하나를 취한 까닭이지 요" 하였다. 고삐 줄 한 개가 무슨 죄가 되느냐고 하자 "고삐 줄 끝에 물건이 하나 달려 있었던 까닭이지요" 하였다. 풀건대 을은 남의 마누라 를 간통하다 들어온 것이고 갑은 남의 소를 훔쳐 고삐 줄을 잡고 나오다 들켜서 절도로 들어왔다는 얘기였다.

엎어지면 궁둥이 자빠지면 보지 밖에 없다
가진 거라고는 없는 알거지 신세이다.
=가진 건 불알 두 쪽뿐이다. 알건달이다.

엎어진 김 쉬어 가고 활 당긴 김 콧물 닦는다
머리를 써서 한 번에 두 가지 일을 해치운다.
=떡본 김에 제사 지낸다.

여드레 삶은 호박에 이빨도 안 들어갈 소리 마라

사리에 안 맞고 경우에 없는 말 좀 하지마라.

여드레에 피죽 한 그릇도 못 먹었냐?

힘아리 하나 없어 뵈는 사람을 두고 놀리는 말.

여드레 팔 십리 가기 바쁘겠다

그리도 게으르고 느려 터지니 하루에 십리 가기조차도 어렵겠다. 일을
좀 서둘러서 하라고 쏘아주는 말.

여든에 죽어도 구들동티에 죽었단다

살만치 살다 죽은 자연사이건만 그래도 아쉬움이 남아 이러쿵저러쿵
말들을 하게 마련이라는 뜻.

여름*¹에는 사공 겨울에는 뱃놈이다

배 다루는 일은 여름에는 신선 노름이지만 눈보라치는 겨울에는 상놈
일보다 더 힘들대서 나온 말.

여물통*² 다물지 못 하겠냐?

입 좀 다물고 있으라고 윽박지르는 말.

여색(女色)하고 욕심은 죽어야 떨어진다

남자가 여자 밝히고 재물 탐하는 마음은 아주 질겨서 죽기 전에는 떨
쳐 버리기 어렵다.

여우가 달리 여운 줄 아냐?

여우의 영악한 처세술 관련 이야기.

---

*1 여름 : '열매' '열리다' '여물다'와 한 갈래의 말로써 '열매가 열리는 철'이란 뜻이다.
*2 여물통 : 소나 말 등 짐승의 먹이통. 여기서는 사람 입을 낮추어 이른 말.

[蒐集] 옛날에 범이 산중의 왕으로 노루와 사슴과 여우를 신하로 거느리고 왕 노릇을 하고 있었다. 한데 며칠째 먹이가 걸려들지 않아 굶주리게 되자 하루는 노루를 불러서는 "내 입에서 무슨 냄새가 나는지 맞춰 보거라" 하고 입을 쩍 벌였다. 노루는 고지식한 짐승인지라 곧이곧대로 "대왕님 입에선 썩은 고기 냄새가 나옵니다"라고 아뢰었다. 그러자 범이 펄쩍 성을 내면서 "이놈 거룩한 내 입에서 썩은 냄새가 난다니 불충스런 놈이 아니더냐?"라는 호통과 함께 노루를 잡아먹었다. 다음 날 또 배가 고파오자 이번에는 사슴을 불러 다시 입을 쩍 벌이면서 무슨 냄새가 나느냐고 물었다. 이실직고 했다가 잡아먹힌 노루를 본 사슴은 부들부들 떨면서 "대왕님의 입에서는 향기롭고 감미로운 천일주 냄새가 납니다"라고 사뢰었다. 그러자 범은 "간사스런 놈 같으니라구. 내가 신선이 아닌 담에야 어떻게 입에서 천일주의 향기로운 냄새가 난단 말이냐?" 고 천둥같이 화를 내면서 사슴도 잡아먹고 말았다. 다음은 여우의 차례가 되었는데 여우는 범이 아가리를 쩍 벌리자 "대왕님, 소신은 며칠째 감기고뿔이 걸려서 코가 막혀 아무 냄새도 맡을 수가 없사옵니다"라고 둘러대 여우 혼자 목숨을 보존할 수가 있었다 한다.

여우가 범 빌어 위세 부린다

보잘것없는 위인이 남의 힘을 따위에 업고 위세부리는 꼴을 조롱하는 말. 이른바 호가호위(狐假虎威)라는 말.
＝정승 댁 하인 놈이 정승 노릇 한다

[探錄] 옛날에 호랑이가 시장하던 터에 여우를 만나 잡아먹으려고 달려들자 여우가 "나는 무릇 천제가 임명한 뭇짐승들의 우두머리다. 호랑이 너도 내 뒤를 따라와 보면 곧 알게 되리라" 하면서 앞으로 썩 나아가자 과연 모든 짐승들이 여우 뒤에 있는 범을 보고 놀라서 '어마, 뜨거라!'고 냅다 도망을 치는 것이었다. 이에 호랑이는 저들이 여우가 두려워서 도망치는 줄 믿고 마침내 여우를 놓아 보냈다는 우화에서 나온 말이라 한다.

여우가 보면 할미 하겠다
　교활하기가 여우 뺨치는 노파이다.

여우같은 계집이 있나 토끼 같은 새끼가 있나 죽어 묻힐 무덤이 있나
　평생 혼자 몸으로 사는 스님을 비유한 말. 또는 외롭게 혼자 사는 홀아
　비가 자신의 적막한 신세를 한탄하는 푸념.

여우는 여우다
　약삭빠르고 꾀 많은 여자이다.

여우는 일곱 번 둔갑 한다
　여자 마음은 그만큼 변덕이 심하다는 뜻.

여우는 잠을 자면서도 닭 잡는 꿈을 꾼다
　타고난 본능은 누구도 어쩔 수 없는 것이다.

여우 다 된 년이다
　요사스런 여자이다.

여우 보지라 끝내 준다
　성교 시 기교가 좋고 조이는 힘이 좋아서 성적 쾌감이 그만이다.

여우 보지를 차고 다니면 잃었던 사랑이 돌아온다
　평소 암 여우의 마른 성기를 허리춤에 차고 다니면 가버린 사랑이 되
　돌아온다는 속설에서 나온 말.

여우 오줌 싸듯 한다
　일을 후딱 해 치우지 않고 감질나게 한다고 탓하는 말.

여우 짓 하는 꼴 좀 보소!

간사한 짓거리 하는 꼴이 목불인견(目不忍見)이다.

여우처럼 교활하고 너구리처럼 음흉하게

특히 노름판에서는 그렇게 해야만 승산이 있다는 뜻.

여우 피했더니 범을 만났다

한고비 지났나 했더니 생각도 못한 더 큰 걱정거리를 만나서 죽을 맛이다.

=너구리 피했더니 늑대를 만났다.

여우하고는 살아도 곰하고는 못 산다

간살 떠는 여자하고는 살아도 곰 같은 미련퉁이하고는 울화통이 터져서 함께 못 산다.

=여우하고는 살아도 소하고는 못 산다.

여윈 강아지 똥 탐하듯 한다.

식탐이 많은 자를 빗대 매도하는 말.

여윈 놈이 좆 치레 한다

대개 보면 뚱보보다 마른 사람이 남근이 더 실하대서 나온 말.

여자가 고집 세면 팔자가 세다

내 주장이 강하면 가정이 화목하지 못하게 된다.

여자가 말이 많으면 과부 된다

항시 쓸데없는 말을 삼가라는 경계의 말.

여자가 혼자 살면 천장 쥐새끼도 업신여긴다

여자가 혼자 살면 문문하게 보고 집적거리는 자들이 많다는 뜻.

**여자 나이 이십에는 꿀같이 달고 삼십대엔 무장아찌마냥 짭짤하고 사십
대엔 시금털털하고 오십대엔 매운맛만 나고 육십대엔 쓴맛 난다**
남자입장에서 여자에 대한 느낌이나 성감을 연령대별로 희화한 말.

여자 나이는 삼십이 환갑나이다
그 나이쯤 되면 대개 고운 티가 가신대서 나온 우스갯말.

여자 나이 사십이면 사그라들고 오십이면 오그라든다
사그라 들고 오그라들듯 나이가 들면 그만치 늙어 볼품이 없어진다는 뜻.

여자 나이 삼십이면 눈먼 새도 안 돌아본다
여자가 서른 살쯤 되면 고운 티가 가셔 뭇 사내들 관심권 밖으로 밀려
나게 된다.
=여자 나이 삼십이면 장승도 안 돌아본다.

여자는 강짜 빼면 세 근도 안 된다
무릇 여자는 대개, 그만치 질투심 많고 샘이 많다는 뜻.

여자는 고추로도 때리지 말랬다
여자는 연약하므로 절대 손을 대서는 안 된다.

여자는 눈이 잘생겨야 자식 복이, 코가 잘생겨야 남편 복이 있다.
여자 얼굴을 민속적인 관상으로 풀이한 말.

여자는 다듬이 방망이, 남자는 가죽 방망이질*을 잘해야 한다

---
* 가죽방망이질 : 성행위를 빗댄 말.

여자는 다듬이질 즉 살림을 잘하고, 남자는 밤일을 잘해서 아내를 만족스럽게 해 줘야 한다는 뜻.

여자는 데려오긴 쉬워도 길들이기는 어렵다

어떤 여자든 길들여 사는 것이 그만큼 어렵다는 뜻.

여자는 모름지기 세 구멍을 조심하랬다

여자는 평소 말을 조심하고(입 구멍) 남의 말을 제대로 잘 듣고(귓구멍) 정조를 잘 지켜야 (씹구멍)신상에 편하다는 뜻.

여자는 보지에 물 마르면 끝장이다

음문이 건조해져 성교가 어렵게 되면 여자로서의 한창때는 물 건너간 것이다.

여자는 빼는 맛이다

여자는 비록 상대방이 마음에 들어도 아닌 양 새침을 떨고 속내를 감추는 맛이 있어야 남자들이 더 좋아하는 법이다.

여자는 사흘만 안 맞아도 여우가 된다

행실 못된 여자는 엄하게 다스려야 한다.

여자는 서울 말씨, 평양 인물, 강원도 살결이라야 미인이다

서울 말씨를 써야 듣기 좋고 평양 인물이라야 예쁘고 강원도 여자 살결처럼 고와야 이상적인 미인상이다.

여자는 십 대는 호두알, 이십 대는 알밤, 삼십 대는 귤, 사십 대는 석류, 오십 대는 곶감이다

10대의 여자는 껍질 깨기만 힘들고 먹을 건 별로 없는 호두알 같고, 20대는 껍질이 딱딱해도 일단 벗겨 내면 그런대로 먹을 만한 알밤과 같고, 30대는 쉽게 벗겨지고 맛도 그만인 귤과 같고, 40대는 건드리기가 무섭게 저절로 터지는 석류 같고, 50대는 이따금 생각이 나야만 찾아 먹게 되는 곶감과 같다는 우스갯말.

여자는 아이 낳을 때가 한창이다

여자는 아이 낳을 때 즉 이십에서 삼십대쯤까지가 제일 예쁘고 건강한 때이다.

여자는 예뻐도 욕먹고 미워도 욕 먹는다

예쁘면 인물치레 한다고 욕먹고 미우면 저것도 여자냐고 욕먹는 게 여자이다.

여자는 젖은 데 마르고 마른 데 젖으면 볼 장 다 본 거다

젊어서 늘 젖어 있던 음문이 물기 없이 마르고 젊을 때 맑았던 눈가에 진물이 흐르게 되면 여자는 좋은 세월 다 간 것이다.

여자는 질리도록 꽂아주는 게 최고다

부부간에는 성 생활이 그만큼 큰 비중을 차지하는 것이다.

여자는 혓바닥 빼고 질투 빼면 남는 게 없다

대개 여자들은 말이 많고 질투심이 많대서 생긴 말.

여자는 두레박질 안 하면 물이 말라서 못쓰게 된다.

여자도 성생활을 안 하면 점차 음수가 줄어들고 성 기능이 퇴화한다는 뜻. =호미도 안 쓰면 녹슬어 못쓰게 된다.

여자라면 회로 집어먹으려 드는 놈이다

여자만 보면 아무 여자한테든 음심을 품는 오입쟁이다.

여자를 돌보듯 한다

본래 여자한테 관심이 없어 여자 보기를 마치 소 닭 보듯 한다.

여자를 흙 보듯 한다

여자에게 전혀 관심이 없는 자이다.

여자 몸 속 들락대는* 거보다 더 재미있다

무아지경으로 어떤 일에 심취해 있는 상태에 비유한 말.

여자 버릇 고치는 덴 방망이가 약이다

여자의 몹쓸 버르장머리는 때려서라도 고쳐야 한다. 또는 여자가 까닭 없이 신경질을 부리거나 할 때는 가죽 방망이질(성교)을 잘해 주면 절로 낫게 된다는 뜻.

여자 삼십에는 꽃이 지지만 남자 삼십이면 꽃이 핀다

여자는 삼십 나이가 넘으면 고운 티가 가시지만 남자 그 나이는 한창 활기가 넘치는 좋은 때이다.

여자 셋이 모이면 쇠 접시가 들논다

여자들이 모이면 허튼 말들이 많다는 비유의 말.

여자 속은 고와야 하고 남자 속은 넓어야 한다

여자는 온순해야 하고 남자 마음은 너그러워야 좋은 것이다.

여자 속 풀이는 속여서 고쳐야 한다

골이 잔뜩 나 있는 여자 속 풀이는 속임 말로 비위를 맞춰 풀어 줘야지 참말을 했다가는 속만 덧들여 낭패를 보게 되니 새겨 둘 일이다.

---

* 여자 몸 속 들락댄다 : 남녀간 정사를 에둘러 이르는 말.

=정들어도 정말은 하지 말랬다.

여자 악담에는 무쇠도 녹는다

여자한테 악담 들을 짓일랑은 행여 하지 마라.

여자 앞에서 무릎 안 꿇는 남자 없다

성교할 때는 어떤 남자든 여자 앞에 무릎을 꿇게 마련이다. 그만큼 비중이 크다는 상징적인 뜻도 들어있음.

여자와 겨울 날씨는 믿을 수 없다

수시로 변화무쌍해 예측할 수 없는 것이 여자 마음이다.

여자와 군밤은 곁에 있으면 먹게 마련이다

남녀가 가까이 지내다 보면 정이 들어 마침내는 성관계도 갖게 되기 십상이다.
=젊은 여자와 볶은 콩은 곁에 두면 먹게 된다.

여자와 논바닥은 물이 많을수록 좋다

논바닥에 물이 흥건하면 벼농사가 잘 되듯 여자 역시 항상 음수가 흥건해야 성감이 좋다는 뜻.

여자와 뱀 굴은 속을 모른다

땅 속으로 뚫린 뱀 굴이 어디까지인지 알 수 없듯 여자 마음 역시 알 도리가 없긴 매한가지이다.

여자와 옷은 새것일수록 좋다

여자도 처녀가 더 좋기는 매 한가지이다.

여자 인물은 옷 속에 있을 땐 모른다

여자의 미모는 흔히 옷과 화장에 의해서 좌우되는 일이 많다는 뜻.

여자 입 크면 보지 크고 남자 코 크면 좆이 크다

대개 여자는 입이 크면 음문이 크고 남자는 코가 크면 자지가 크다는
속설에서 나온 말.

여자 팔자는 뒤웅박 팔자*¹다

뒤웅박의 끈처럼 남편에 매인 것이 여자 팔자이다.

여자하고 사기그릇은 내돌리면 깨진다

여자가 바깥으로 나돌면 바람나기 쉽다는 뜻.
=여자와 바가지는 내돌리면 깨진다.

여자하고 집은 임자 만날 탓이다

여자는 남편에 의해서 팔자가 좌우되는 법이다.

여자 허벅지 애기*² 싫다는 놈 없다

남자라면 대개 여자 애기, 오입질 애기 같은 것을 재미있어 하는 법이다.

여편네는 밥상 들고 문지방 넘으면서 열두 가지 생각을 한다

여자는 마음이 약해서 그만큼 잔 생각도 많기 마련이다.

여편네 말 들었다가 남의 여편네 도둑년 만든다

여자 말은 곧이곧대로 듣지 말고 신중하게 듣고 사려 깊게 판단해야
한다.

---

*1 뒤웅박 팔자 : 쪼개지 않고 속만 파낸 바가지를 뒤웅박이라 하는데 이 바가지를 부자
집에서는 쌀을 담아두고 빈가에서는 여물 등 허접 쓰레기를 담아둔대서 나온 말.

*2 허벅지 애기 : 오입질 이야기.

여편네 못난 것이 젖통만 크고 사내놈 못난 것이 좆대가리만 크다

못난 인물에 유방만 커서 남 보기 흉하고 사내 못난 놈이 계집질만 밝혀서 더더욱 꼴불견이라는 뜻.

역마살이 끼었다

한 군데 마음 붙여서 못 살고 마치 역마(驛馬)처럼 떠돌아다니는 습관이 몸에 배었다.

역병*1 귀신만큼이나 무섭다

매우 섬뜩한 일 또는 그런 자이다.

연달래 처녀에 진달래 과부이다

처녀 유두(乳頭)는 연분홍빛이지만 과부나 유부녀는 진홍빛이라는 뜻.

연분 있으면 곰보도 일색으로 뵌다

연분이 닿으면 마음눈이 멀어 그리 보이게 마련이다.

연장*2 하나는 끝내 준다

다른 건 몰라도 양물의 크기나 정력 하나만은 최고라고 허풍떠는 말.

열 가지 재주 가진 놈, 저녁거리가 간 데 없다.

온갖 재주를 얼치기로 가져 봤자 써먹기 어려우니 한 가지 재주를 출중하게 키워 전문가가 되느니만 못하다는 뜻.

열 계집마다는 사내놈 없다

남자란 본디 바람둥이 기질을 타고 나는 법이다.

---

*1 역병(疫病) : 악성전염병.

*2 연장 : 자지의 속어. 맨땅에 오줌을 누면 흙이 파인대서 '땅 파는 연장'이라는 뜻으로 통하는 우스갯말.

열 놈이 백 말을 해도 들을 이 짐작이다

남들이 어떤 말을 하든 듣는 사람 생각에 달린 것이다.

열녀문은 있어도 열남문(烈男門)은 없다

절개를 지키는 여자는 있어도 그런 남자는 자고로 없다.

열녀전* 끼고 서방질한다

겉으로는 얌전한 척하면서 뒤로는 화냥질을 하고 다니는 몹쓸 여자이
다.

열 달 만에 애새끼 낳는 줄 몰랐더냐?

세상이 다 아는 사실을 너 혼자 모르고 있다니 말이 되는 소리냐.
＝개도 알고 소도 아는 일이다.

열두 가지 요분질에 뼛골이 다 녹는다

오입질을 끊지 못하면 건강을 해치고 마는 것이니 명심하고 경계할 일
이다.

열두 가지 재주로는 한 가지도 못 써먹는다

한 가지만 특별히 잘 해야지 여러 가지를 어중간하게 안다는 건 소용
없는 일이다.

열두 살부터 서방질을 했어도 배꼽에 좆 박는 놈은 처음 보았다.

그런 바보 같은 작자는 생전 처음이라고 백안시하는 말.

열두 효자가 악처 하나만 못하다

아들 여럿이 잘 해 줘도 아내 하나가 건성으로 챙겨 주느니만 못하다

---

* 열녀전(烈女傳) : 절개를 굳게 지킨 여자의 행실을 적은 책.

는 뜻.

열 번 죽었다 깨도 어림없다
안 되는 일이니 그만 두라고 상대방의 능력 없음을 얕보아 내치는 말.

열 번 찍어 안 드는 도끼 없다
누구든 노력만 하면 성공하기 마련이다.
=열 번 찍어 안 넘어가는 나무 없다.

열 서방 사귀지 말고 한 서방 모시랬다
여러 남자와 바람을 피우다간 소박맞아 불행하게 되니 한 서방 잘 모셔서 응분의 대우를 받고 사는 게 제일이다.

열 서방 사귄 계집 늙어 한 서방도 못 섬긴다
젊어 여러 남자와 놀아났던 여자는 결국 소박맞고 쫓겨나 늙으면 혼자 외롭고 고생스럽게 살게 마련이다.

열아홉 과부는 수절을 해도 스물아홉 과부는 수절 못 한다
새색시 적 과부는 사내 모르고 살 수 있어도 오랫동안 성생활을 했던 과부는 사내 생각 때문에 수절하기가 어렵다.

열흘 굶은 군자 없다
가난하면 체면조차 지키기 어려운 법이다.

염라대왕이 제 할아비라도 도리 없다
죽을 운명이면 무슨 수를 써도 도리가 없는 것이다.

염라대왕 장부에서 빠졌나 보다
장수 노인을 치하하거나 또는 우스개로 이르는 말.

염병 떨고 있다

　갈잖은 말이나 행실을 하고 있다.

염병* 삼 년에 땀 못 내고 뒈질 놈이다

　어서 죽어 마땅한 천하잡놈이다.

염병 앓는데 까마귀 소리 한다

　남은 중병을 앓고 있는데 위로는 못 할망정 불길한 소리를 하고 있다.
　참으로 고약한 놈이라고 탓하는 말.

염병 앓다가 피똥이나 싸고 뒈져라!

　한 맺힌 상대에게 해대는 저주의 악담.

염병에 땀도 못 내고 죽을 놈 같으니!

　염병은 땀을 내야 낫는데 땀도 못 내고 죽어 싼 못된 자이다.

염병 치른 놈 대가리 같다

　염병을 앓고 나면 머리칼이 빠지므로 머리숱이 적은 이를 빗대 하는
　말.

염불* 빠진 년 같으니라고

　뜻밖의 큰 잘못을 저지른 여자에게 해대는 욕설.

염불엔 마음이 없고 잿밥에만 마음이 있다

　정작 해야 할 일에는 관심 없고 제 욕심만 챙기려 드는 자이다.

---

* 염병 : 전염병. 장티푸스.
* 염불 : 병적으로 외부에 비어져 나온 자궁.

염불한다고 극락 가나 맘이 착해야 극락 가지

　마음을 그 따위로 써서야 어디 극락 근처엔들 가겠느냐.

염천교 아래 가서 돼지 흘레를 붙이는 게 낫겠다

　하기 싫은 일을 시킬 때 또는 해야 할 때 돌아서서 투덜대는 말.

염치는커녕 똥치도 없다

　염치라고는 없는 뻔뻔스런 자이다.

염치라곤 손톱에 때만큼도 없다

　뻔뻔스럽기 짝 없는 자이다.

염치없기는 씹 본 좆이다

　체면도 염치도 없이 구는 자를 매도하는 말.

염치없는 놈이라야 씹은 잘한다

　오입질은 이것저것 안 가리는 염치없고 체면 안 가리는 놈이 잘한다.

엿 먹인다

　계속 비꼬면서 말을 걸고넘어진다. 곤경에 빠뜨린다.

엿을 열 섬 버려도 방(榜) 붙지 못할 놈이다

　공부에 게으르거나 머리가 아둔한 자라고 비웃는 말.

　[蒐集] 요즘에도 입시 때면 부모들이 자식이 시험에 붙기를 기원해 학교 문전에 엿을 갖다 붙이는 시속(時俗)이 있지만 이는 예전부터 있어 온 주술적인 습속이었다. 이 습속에 따라서 엿을 열 섬이나 붙였는데도 공부에 게을렀거나 머리가 아둔해서 낙방을 하는, 그런 안쓰러운 상황을 빗댄 말로서 이런 속담이 생긴 것이다. 그런데 현대 의학에서도 머리를

많이 쓰면 혈당이 많이 소모되어 단 음식이 공부같은 정신노동에 좋다는 사실이 증명되었다니 우리 조상님들의 지혜가 이처럼 과학적이었나 새삼 놀라게 된다.

엿*¹이나 먹어라!
남을 놀리거나 약 올릴 때 쓰는 말.

영감 불알 주무르듯 한다
기분 좋은 얼굴로 뭔가를 만지작거리고 놓지 않는 여자를 두고 놀리는 말.
=칠 년 과부 좆 주무르듯 한다.

영감*² 죽고 처음이다
오랜만의 아주 기분 좋은 일이다. 본디는 영감 죽고 처음 아주 오랜만에 뜻 깊은 정사를 했다는 뜻.

영악한 체가 못난 체를 못 당한다
못난 체하면서 지내는 것이 처세에 이로운 때가 많다는 뜻.

옆구리 찔러 절 받기다
내켜 하지 않는 억지 대접을 받는 격이라 탐탁치가 않다.
=엎드려 절 받기다.

옆집 처녀 믿다 노총각 된다
생각이 있으면 부딪쳐 보아야지 무턱대고 믿거나 기다리기만 해서는 될 일도 그르치고 마는 법이다.

---

*1 엿 : 여기서 '엿'은 옛날 남사당패의 은어로서 음문을 이르는 말임.
*2 영감 : '영감'이란 본래 정3품, 종2품 이하의 관리에 대한 존칭이었는데 오늘은 남자늙은이를 이르는 말로 통용되고 있다. 영감을 얕잡아 이르는 '영감태기'는 '영감 댁(宅)'이 거센소리 '태기'로 변한 것이다.

예뻐도 욕먹고 미워도 욕먹는 게 여자이다

예쁘면 예쁜 대로 미우면 미운 대로 입질에 오르내리게 마련인 것이
여자이다.

예쁜 계집 석 달 예쁜 줄 모르고 미운 계집 석 달 미운 줄 모른다

일단 결혼해 살다 보면 용모에 상관없이 정들어 살게 되는 것이다.

예쁜 년 미운 짓 없고 미운 년 예쁜 짓 없다

애당초 마음에 그리 새겨지면 다른 일에도 줄곧 같은 고정관념이 따라
다니게 마련이다.

예쁜 얼굴에 얼음장 들었다

흔히 예쁜 여자는 거만하고 쌀쌀맞기가 얼음장 같대서 나온 말.

예쁜 자식 매 한 대 더 때려라

자식은 엄하게 키워야만 바르게 자라는 법이다.

오가리*¹들었냐?

겁먹고 움츠러든 모습에 기운을 좀내라고 호통 치는 말.

오거리 같은 서방이다

마음을 다잡지 못하고 바람 부는 오거리에 선 나그네처럼 항시 어디론
가 떠날 생각만 하는 미덥지 못한 남편이다.

오금*²아 날 살려라

있는 힘을 다해서 도망치는 모습을 빗댄 말.

---

*1 오가리 : 무나 배추 잎 따위에 병이 들어 오글쪼글하게 된 모양.

*2 오금 : 무릎의 뒤쪽 부분. 뒷무릎.

오금에 불나고 등판에 김 서렸다

숨이 턱에 닿게 내달리는 모습이나 몹시 화급한 상황 따위를 빗댄 말.

오금을 못 쓴다

어떤 일 또는 사람에 몰입해 있는 상태. 또는 천적(天敵)을 만난 듯 옴짝 못하는 모습 따위에 빗댄 말.

오금을 박는다

잘못을 반복하는 일이 없도록 다짐을 준다.

오기로 서방질 한다

남편 또는 가정에 대한 화풀이로 이성에 벗어난 막된 행동을 한다는 뜻.
=홧김에 서방질 한다. 핑계 김에 화냥질 한다.

오냐오냐 해 주니까 할애비 상투 꺼든다

평소 잘 해 주는 정도 모르고 무엄한 짓까지 하다니, 괘씸한 일이다.

오뉴월 긴긴 날에 밥 안 먹고는 살아도 동지섣달 긴긴 밤에 임 없이는 못 사네

한창 젊은 나이 때는 먹고 사는 것보다 사랑이 더 절실한 것일 수 있다는 뜻.

오뉴월 뱃놈이 좆 내놓듯 한다

여름철 뱃사람이 뱃전에서 아무 때나 자지를 내놓고 오줌을 깔기듯, 남부끄러운 짓을 거리낌 없이 하고 있다고 나무라는 말.

오뉴월 보리밭 파수꾼* 같은 놈!

한여름 밤에 보리밭 옆에 몰래 숨어 있다가 보리밭에서 밀애를 즐기고 나오는 남녀를 을러 대어 돈을 갈취하는 치사하고 더러운 자이다.

오뉴월 쇠불알 늘어지듯

일을 하는지 마는지 게으름만 피우고 있다고 나무라는 말.

오뉴월 수캐 좆 자랑하듯

숨기고 감춰 마땅한 것을 되레 자랑한다 함이니 제 밑들어 남 뵈는 짓을 하고 있다고 조롱하는 말.

오뉴월 염병에 땀 한 방울 못 낼 놈이다.

염병(장티푸스)은 땀을 내지 못하면 죽게 된대서 나온 말로, 죽어 싼 놈이라는 뜻.

오뉴월에 마른벼락을 맞아 죽을 놈!

죽어도 웬 못되게 죽어 마땅한 자이다.

오뉴월에 얼어 죽겠다

지나치게 추위를 타거나 쇠약한 사람을 빗대 놀리는 말.
＝오줌발에도 데어 죽겠다. 건들바람에도 쓰러지겠다.

오뉴월에 축 늘어진 말 좆 같다

게으르거나 행동이 느려 터진 자를 두고 비하하는 말.
＝오뉴월 쇠불알 늘어지듯.

오뉴월에 황소 불알 떨어지기를 기다린다

도저히 불가능한 행운을 바라고 있다.

---

* 보리밭의 파수꾼 : 치사스런 갈취 범을 이르는 말로서 요즘의 러브호텔 주변 공갈범 같은 자들이 예전에도 있었다는 반증이기도 함.

오는 복은 기어오고 가는 복은 날아간다

복은 드물게 올뿐더러 와도 쉽게 가 버린다는 뜻.

오늘 내일 한다

곧 결판이 날 것 같다. 또는 얼마 안 있다 죽을 것 같다.

오다가다 만난 소매 끝동 인연이다

특별한 연분이 아닌 한세상 지내다 우연찮게 만나 살게 된 인연이다.

오대(五代)에 걸쳐서 빌어먹을 놈이다

행실이 아주 못돼먹은 불상놈인지라 대대로 빌어 먹고살라는 저주의 말.

오도독 깨물어 먹어도 시원치 않다

너무도 통한이 맺혀서 잔인하게 죽여도 한이 남겠다. 또는 아기나 처녀가 너무 예뻐 죽겠다는 뜻을 반어법으로 표현한 말.

오도 방정*1을 떤다

채신머리없이 짓까불고 있다.

오동통 살찐 보지 좆 내 말고 벌어진다

젊은 남녀는 기회가 만들어지기만 하면 정사를 벌이기 쉽다는 뜻.

오라*2질 놈 같으니!

일을 그르쳤다고 크게 나무라는 말.

---

*1 오도 방정 : 몹시 방정맞은 행동.

*2 오라 : 조선시대, 죄인을 결박하던 붉고 굵은 밧줄. '오라 진다'는 그 밧줄로 묶는다는 뜻.

오래 살다 보면 고손자*¹ 좆 패는*² 꼴을 본다

오래 살면 별일을 다 보고 겪게 된다는 뜻.

오리가 물에 빠져 죽을까봐 걱정 한다

쓸데없는 걱정을 하고 있다고 머퉁이 주는 말.
=자지 무서워서 시집도 못가겠다

오리 궁둥이를 해죽거리면서

궁둥이로 교태를 피우면서.

오 리는 못 가도 십리는 간다

여자 측에서 가까운 곳은 이목이 많아 곤란하니까 멀리 나가서 만나
자, 또는 통정 할 수 있다고 암시하는 말.

오복*³보다 더 큰 게 처복(妻福)이다

사내에겐 좋은 아내보다 더 큰 복이 따로 없다.

[攪睡雜史] 한 가난한 선비가 나이 이십에 영남에서 장가를 갔는데
그 처가 미인일 뿐만 아니라 재주가 비상해 살림을 꿋꿋이 잘 불려나갔
다. 그러던 중 세밑에 처가 고향에 갈 일이 있어 동행하던 중에 주막에
들게 되었는데 불현듯 수를 알 수 없는 장정들과 대장복장의 사내가 들
이닥쳐 선비에게 인사를 청하는 것이었다. 용무를 물은즉 그 자의 말이
"나는 산중녹림의 사람으로 수하졸개가 수천이 넘고 부귀 또한 방백(方

---

*1 고손자 : 현손(玄孫). 손자의 손자.

*2 좆이 팬다 : 자지가 커져서 귀두가 벗겨진다.

*3 오복(五福) : 유교에서 말하는 '다섯 가지 복'이란 뜻으로 첫째 오래 사는 것(壽), 둘
째 살림이 넉넉한 것(富貴), 셋째 몸이 건강한 것(康寧), 넷째 자손이 많은 것(攸好
德), 다섯째 편안히 죽는 것(考終令)을 말한다. 몸이 건강하자면 이가 튼튼해야 하므
로 흔히 튼튼한 이를 오복의 하나로 치기도 하였다.

伯. 관찰사)이 부럽지 않으나 다만 나이 사십에 장가를 못 든 것이 한이 되었거늘 무례인 줄은 알지만 선비야 서울 분이요 아내 구하기도 어렵지 않을 터인즉 선비의 처를 산중의 내조(內助)로 삼고자하니 오천금을 받으시고 내주실 의향이 어떠한지요?" 한 데, 그 실인즉 살벌한 기세로 보아 순순히 말을 듣지 않으면 선비를 해치고라도 처를 강탈해 갈 기세가 약여하였다. 그들의 말을 엿듣고 있던 처가 선비를 불러 이르기를 "기왕에 피할 수 없는 운명이니 받아들임이 가하다, 오천냥이면 그 돈으로 당신도 집과 밭을 장만해 장차 부잣집 늙은이 소릴 듣게 될 터인즉 서로가 좋은 일 아니냐, 나는 장군을 따라갈 터인즉 그리 알고 교자를 대령케 하라"라고 큰소리로 말하니 이 말을 엿들은 대장 또한 크게 기꺼워하여 당장 오천금 돈을 선비의 방안에 들여다 놓았다. 그리하여 마침내 부인이 머리 빗고 새 옷을 갈아입은 후 교자를 타고 떠난 뒤 밖에 나가 배웅을 하고 돌아온 선비가 방에서 대성통곡을 하는 중에 문득 보니 방 한구석에 처가 단정히 앉아 있는 것이었다. 이게 꿈인가 생시인가 놀라 물으니 처의 말인즉 "도적의 말을 듣지 않으면 낭군 신상이 어찌될까 두려워 도적들을 방심케 하고자 제가 일부러 그리 꾸며 크게 말한 것입니다. 그리고 저의 몸종이 나이와 용모가 또한 저와 비슷한 연고로 급히 치장하여 치송하였사오니 도적이 반드시 나로 알고 기뻐하리다. 몸종아이도 가히 부귀를 누릴 것이요 낭군은 처를 잃지 않으시고 또한 큰 재산을 얻었으니 이 어찌 금상첨화가 아니겠나이까" 하였다. 이를 듣는 이마다 여인의 대단한 용기와 슬기를 칭송해마지 않았다.

오사리* 잡놈이다
어디 비교할 데 없는 사색잡놈이다.

오사바사한 놈이다
사근사근하지만 미덥지는 않은 자이다.

＊오사리 : 여름철 또는 오월 사리때 잡히는 잡어 따위를 이르는 말.

오사육시[*1]를 할 놈!

오살을 하고 육시를 해 죽여도 시원치 않을 불상놈이다.

오십 과부는 금 과부, 육십 과부는 은 과부, 칠십 과부는 구리 과부다

50대 과부는 자식들을 다 키워 분가시키고 아직 건강도 좋기 때문에 재혼도 할 수 있어 그중 낫고 60대 과부는 중간쯤, 70대 과부는 이미 쇠약해지고 늙어 누구도 거들떠보지 않게 된다는 뜻.

오십 상처(喪妻)는 망처다

상처는 큰 불행이지만 특히 50대의 상처는 집안에 망조가 들 정도로 재앙이 된다.

오이씨는 있어도 도둑의 씨는 없다

도둑놈의 아들이 또 도둑질을 하게 되는 것은 아니다.

오입 맛 알면 계집 맛[*2]은 모른다

다른 여자 맛을 알게 되면 자연히 자기 처와의 성관계는 소원해지게 마련이다.

오입 맛은 첫째가 남의 마누라 둘째가 종년 셋째가 첩 넷째가 기생이고 꼴찌가 제 아내이다

예전 오입질 좋아하는 호사가들이 주고받던 우스갯말. 소위 일도(一盜), 이비(二婢), 삼첩(三妾), 사기(四妓), 오처(五妻)라는 뜻.

오입은 종년에 백정 년, 암중을 다해 보아야 온 오입쟁이다

여종과 백정 년에 여승까지 두루 다 거쳐야만 오입쟁이 자격이 있다는

[*1] 육시(戮屍) : 옛날 죽은 사람의 목을 다시 베던 형벌.

[*2] 계집 맛 : 정사에서 느끼는 쾌감. 여기서는 자기 처와의 성감을 빗댄 말.

우스갯말.

오입쟁이 낮거리 안 하는 놈 없다
오입질 일삼는 자는 밤이든 낮이든 때와 장소를 가리지 않는 법이다.

오입쟁이는 미추 불문이요 술꾼은 청탁 불문이다
오입쟁이는 여자 얼굴이 예쁘든 추하든 가리지 않고 술꾼은 술이 좋고 나쁘고를 가리지 않는 법이다.

오입쟁이는 죽어도 기생집 울타리 밑에서 죽는다
한번 길든 못된 습관은 죽을 때까지 고치기 어려운 것이다.

오입쟁이, 얼굴 보고 하나 씹 보고 하지
오입을 일삼는 자는 얼굴 잘나고 못나고를 가리지 않는대서 나온 말. 또는 실제 노리는 것은 따로 있다는 뜻.

오입쟁이 외상 씹 않는 놈 없다
이른바 잡기에 능한 자들이 사람 노릇을 바르게 할 리가 없다는 뜻.

오입쟁이 제 욕심 채우듯 한다
남 입장은 아랑곳없이 자기 욕심 채우는 데만 급급한 자를 빗대 욕하는 말.

오입쟁이치고 거짓말쟁이 아닌 놈 없다
상관하는 여러 여자들 비위를 다 맞춰야 하는 까닭에 자연히 거짓말을 하게 마련이라는 뜻.

오입쟁이 한두 번 망신이야 대수*겠냐?

---

* 대수 : '중요한 일' 혹은 '대단한 일'을 이르는 대사(大事)에서 나온 말.

아내 아닌 여자와 관계를 일삼는 오입쟁이가 망신스런 일을 당하는 거야 늘 있는 일 아니겠느냐?

오입질 잘하려면 세 가지 치레를 잘해야 한다

첫째가 입담치레로서 말을 그럴싸하게 잘해서 여자의 호기심을 끌어야 하고 둘째는 체면치레로 거추장스런 체면 같은 건 진작 던져 버려야 하며 셋째는 양물치레로서 여자가 까무러칠 정도로 성교를 잘해 줄 수 있어야만 오입쟁이로서 자격이 있다는 뜻.

오장까지 뒤집어 보인다

속마음을 있는 대로 다 털어놓는다.

오장육부*가 다 썩을 일이다

분하고 억울해서 속이 다 문드러질 지경이다.

오장 육부 없는 놈이라야 처가살이도 한다

자존심 상하고 아니꼬운 일 많아서 처가살이란 그만큼 마음고생이 큰 것이다.

오장이 니글니글하다

아니꼬워서 속이 다 뒤틀린다.
=오장이 뒤집히는 것 같다.

오죽하면 부모를 문서 없는 종이랄까

부모는 평생 낳은 자식 뒷바라지하다가 늙어 죽게 마련이다.

＊오장육부(五臟六腑) : 오장은 한방에서 간장·심장·비장·폐장·신장 등 다섯 가지 내장을, 육부는 대장·소장·위·담·방광·삼초를 통틀어 이르는 말로서 흔히 속마음 전체를 이르는 말.

오줌 누고 보지 볼 새도 없다

몹시 분주한 와중이다.

=오줌 누고 자지 털 새도 없다. 오줌 누고 좆 볼 틈도 없다

오줌발 보고 외상 준다

오줌발이 세차면 건강한 징표이므로 외상을 주지만 오줌 소리가 작으면 언제 죽을지 몰라 외상도 주지 않는다는 우스갯말. 또는 과부가 돈을 변통해 줄 때 사내 오줌발 소리에 색심(色心)이 일어 선뜻 돈을 내준다는 뜻도 묻어 있음.

=오줌소리 듣고 외상 준다.

오줌발에 씻겨 나온 놈인가 보다

사정(射精)이 아닌 오줌발에 생긴 놈이 아니냐는 뜻으로 뭔가 모자라는 자라고 비하하는 말.

오줌발이 세야 좆심도 세다

오줌 줄기가 곧고 우렁차야 양기도 좋은 징조이다.

오줌에도 데겠다

몹시 허약 하거나 심약한 사람을 두고 놀리는 말.

=건들바람에도 쓰러지겠다.

오줌에 절였다가 똥물에 튀겨죽일 놈!

대거리 못할 인간망종이다.

오지랖*이 열두 폭은 될 년이다

남의 일에 참견을 일삼는 속 헤픈 여자이다.

---

* 오지랖 : 웃옷의 앞자락. 오지랖이 넓으면 그만큼 다른 것들을 더 많이 덮을 수 있대서 유래한 말.

오지랖이 허전해 못 쓰겠다

여자 입장에서, 한동안 정사를 못 해 온몸이 개운치 않다는 뜻.

옥니박이, 곱슬머리하고는 상대를 말랬다

그런 사람은 대개 악하고 독한 성품이니까 상대할 때 조심해야 한다는 뜻.

옥문*이 헐렁하니 빠듯하니 한다

오입쟁이들이, 상대한 여자의 음문이 넓으니 좁으니 하며 입방아를 찧는다는 뜻.

옥문(玉門)의 맛이 어떻더냐?

도통 여자를 모르는 산중 스님을 빗대 희화한 이야기.

[禦眠楯] 한 스님이 어디선가 '옥문의 맛이 기가 막히게 달다'는 말을 듣고는 꼭 한 번 맛보기를 바라던 중 하루는 발우를 들고 산을 내려가다가 올라오는 한 여인을 만나 "오늘 한 번 그 옥문의 맛을 보고 싶다"고 한 즉 여인이 쾌락하여 함께 숲으로 들어가 생전 처음으로 그 옥문이란 것을 열어 들여다보게 되었다. 맛을 보기에 앞서 발우를 내려놓고 단정히 앉아 심경(心經)을 왼 다음 스님이 옻칠한 숟가락으로 옥문을 긁어 맛을 본즉 기대했던 맛은커녕 시큼하고 추예(醜穢)한 맛을 가히 견디기 어려울 정도였다. 스님이 다시 생각하기를 '달고 훌륭한 맛은 반드시 옥문의 깊은 곳에 숨겨져 있을 것이로다' 하고는 숟갈을 더 깊은 곳에 넣어 힘껏 긁어내는 순간 힘이 너무 들어가선가 숟갈의 목이 부러지고 말았다. 이에 좋은 일을 바라고 따라왔던 여인이 분기탱천하여 일어나 옷을 떨쳐입고 가 버렸다. 그러나 그 부러진 숟갈의 목은 여전히 옥문 안에 있는지라 지금도 여자가 오줌을 눌 때는 쏴쏴하고 그 숟가락 스치는 소리

---

* 옥문(玉門) : 여자의 음부.

가 난다는 것이다.

옥살이 십 년이면 바늘로 파옥한다

감옥살이를 오래 하다 보면 손재주가 좋아져서 못 하는 일이 없게 된다.

온 삭신*이 다 고소하다

성교를 한 뒤 나른한 쾌감에 비유한 말. 또는 고심했던 일이 잘 풀린 경우 등 매우 기분이 좋은 상태라는 뜻.

온 천하 벙어리가 다 떠들어도 너만은 입 닥쳐라!

변명의 여지가 없는 일이다.

온몸에 비바람 묻히며 살았다

마치 짐승마냥 한뎃잠도 자며 산 구차한 인생 살이었다.

온통으로 생긴 놈 계집 자랑하고 반편으로 생긴 놈 자식자랑 한다

오죽 못났으면 마누라, 자식 자랑을 하느냐고 비아냥대는 말.

올바람은 잡아도 늦바람은 못 잡는다

젊어서의 바람기는 잡을 수 있지만 늘그막에 난 바람은 잠재우기 어려운 것이다.

올챙이 적 생각은 못 하고 개구리 된 생각만 한다

예전 미천하던 시절은 생각 않고 돈 좀 벌었다고 같잖게 거드름을 피우고 있다.

옴 덕에 보지 긁는다

---

* 삭신 : 몸의 근육과 뼈마디.

되지 않은 핑계를 대고서 저 하고픈 짓을 하고 있다.
또는 경우에 따라서는 하찮은 것의 덕을 보는 때도 있다는 뜻.
=사면발이 덕에 보지 긁는다.

옴 붙었나 보다
일이 제대로 안 풀려 죽을 맛이다.
=재수 옴 붙었다.

옷고름 풀었다
여자 입장에서 몸을 허락했다는 뜻.

옷이 날개요 밥이 분이다
잘 입어야 인물이 돋보이고 잘 먹어야 혈색도 좋아져서 잘나 보이는
것이다.

옹이에 마디더라고 죽어라 죽어라 한다
일이 연거푸 꼬이기만 해서 죽을 지경이다.

왁달박달한 놈이다
조심성 없고 수선스런 자이다.

왁대 값*이나 받아 처먹는 놈!
제 아내를 간부(姦夫)에게 넘겨주고 돈을 받아먹는 쓰레기 같은 자이다.

왈자 소리도 듣고 군자 소리도 들었다
나쁜 짓도 하고 더러는 좋은 일도 하면서 산 인생살이였다.

＊ 왁대 값 : 거세한 소나 말을 왁대라 부르는데 위와 같은 무능력자는 거세당한 짐승이나
다름없다 해서 생긴 말.

왔다 가는 놈 있고 살다 가는 인물 있다

세상살이에 하나 보탬 없이 살다 죽는 허랑한 자가 있는가 하면 참으
로 사람답게 살다 죽는 훌륭한 인물도 있다.

왕거미 똥구멍에서 거미줄 나오듯

말을 청산유수로 썩 잘한다. 또는 일이 술술 잘 풀린다는 뜻.

왕년*찾는 놈치고 별 볼일 있는 놈 없다

지난날 들먹이며 자랑하는 자 치고 사람 구실 똑바로 하는 놈 못 보았다.

왕대밭에 왕대 나고 쑥대밭에 쑥대 난다

근본이 결과를 만드는 것이다.
=범이 범을 낳고 개가 개를 낳는다.

왕소금에 절인 배춧잎 꼴이다

기가 죽어서 두 어깨를 축 늘어뜨리고 있는 모습을 풀죽은 배춧잎에
비유한 말.

왕십리 어멈 풋나물 주무르듯

되는 대로 마구 주무르는 모양에 빗댄 말.
—연적 같은 젖퉁이를 왕십리 마누라 풋나물 주무르듯 주물럭주물럭
씻어 보며—〈고본 춘향전〉에서.

왕 침 놓는다

성행위를 에둘러 이르는 말.
=육침. 가죽 침. 가죽방망이.

---

* 왕년 : 잘 나가던 지난 세월. 옛날.

왜가리*가 보면 형님 하겠다

목소리가 구리 솥에 왕방울 굴리듯 껄끄러운 사람을 빗댄 말.

왜장질치고 있다

맞대놓고 말하지 않고 괜스레 큰소리로 떠들어대고 있다.

왜퉁스런 놈이다

엉뚱한 데가 있는 별난 자이다.

외간 남자엔 눈 꼬리 치고 제 서방엔 흰 눈 까뒤집는 년이다

경우 없고 음란하기 짝 없는 여자이다.

외눈박이가 두눈박이 나무란다

잘못을 저지른 자가 되레 무고한 사람을 탓한다.
=방귀 뀐 놈이 성낸다. 똥 묻은 개가 겨 묻은 개 나무란다.

외눈박이를 죽인다

남근을 '외눈박이'로 희화하여 정사 뒤의 남근을 빗대 이르는 말.

[奇聞] 한 외눈박이 나그네가 날이 저물어 촌가 주막에 유숙하게 되었는데 벽을 격한 방에서 그 주인이 처에게 "오늘밤엔 기필코 외눈박이를 죽이리라." 한즉 처가 쾌히 맞장구를 치매 나그네가 크게 놀라서 행장까지 버리고 도주하여 고을사또에게 이 놀랄만한 일을 고해바쳤다. 이에 사또가 그 주막주인을 잡아다 문초한 즉 절대 그런 일이 없다고 한 데, 객이 "그대가 지난밤에 외눈박이를 죽인다고 하였으니 내가 아니고 누구이랴?"라고 힐문했다. 이에 주인이 "흔히들 양물(陽物)을 외눈박이라 함은 다 아는 사실이 아니요? 내가 처와 더불어 희롱한 뒤 음사(淫事)를

---

* 왜가리 : 백로과의 철새로 '왝 왝' '왜갈 왜갈' 하고 수다스럽게 운다 하여 '왜가리'라고 불리운다.

파하고 나면 어찌 그 놈이 죽는 게 아니겠소? 그런즉 나그네가 외눈박이인 고로 그 말뜻을 그릇 안 것이 아니고 무엇이요?” 하매 사또가 책상을 치면서 크게 웃고 송사를 물렸다 한다.

외눈박이와 정들면 두눈박이가 병신으로 뵌다
사랑에 눈이 멀게 되면 판단 능력이 흐려지게 된다.

외대지 마라*1
거짓으로 꾸며 대지 마라.

외모는 거울로 보고 마음은 술로 본다
술에 취하면 그 사람의 본심이 드러나게 된대서 나온 말.

외 보살에 내 야차(夜叉)*2다
겉으로는 군자연하지만 기실은 못된 자이다.

외상술 주지 못해 안달이고 끌탕*3이다
잘해 주지 못해 애를 태운다.

외상이면 소도 잡아 먹는다
맞돈은 무서워해도 외상은 가볍고 우습게 여긴다는 뜻.

외상 썹이나 하는 주제에
파렴치한 짓이나 하는 주제에 무슨 말이 많으냐고 쏘아 주는 말.

외소박 당한다

---

*1 외댄다 : 사실과 반대로 일러주는 일.

*2 야차 : 두억시니. 불교에서 생김새가 괴상하고 사나운 귀신을 이르는 말.

*3 끌탕 : 걱정에 애를 태우는 모양.

시어미 아닌 남편으로부터 구박을 당한다.

외톨밤이 벌레 먹는다
외아들 또는 고명딸이 흔히 병들거나 죽기 쉽대서 나온 말.

왼발 구르고 침 뱉는다
다시는 안 보겠다는 결심을 행동으로 표시한다.

왼새끼를 꼰다
걱정스런 일이 생겨서 몹시 애를 태운다. 또는 비비꼬아서 말하거나
비아냥댄다.

요강 뚜껑으로 물 떠먹는 것 같다
마무리가 깨끗하지 못해서 뒷맛이 개운치가 않다.
=똥 누고 밑 안 씻은 것 같다.

요분질*¹이 니글니글하다
여자가 지나치게 색을 밝혀서 정나미가 떨어질 정도이다.
=요분질이 아금받다.

요분질 쳐 사내 피 다 말린다
여자가 색정이 강해서 남자의 얼을 쑥 빼놓는다.

요살*²을 떤다
살이라도 베어 먹일 듯 간살을 떤다.

＊1 요분질 : 성교 시 여자가 남자에게 쾌감을 주려고 몸을 요리조리 놀리는 짓.
＊2 요살 : 물어서 죽임.

욕가마리*[1]이다

욕먹어서 싼 놈 또는 늘 욕먹을 짓을 일삼는 자이다.
=욕감태기다.

욕된 세월*[2] 살았다

가난하고 힘겹게 한평생 살았다.

욕 많이 먹어야 오래 산다

미움 받는 사람이 더 오래 산다는 우스갯말. 생명력이 질긴 탓에 욕먹
을 짓도 서슴지 않아 잘 산다는 뜻도 묻어 있음.

욕 맛이 꿀맛이다

오랜만에 만난 친구 사이에 '그동안 뒈지지 않고 살아 있었구나' 등 주
고 받는 욕설에 기분이 오히려 흔쾌해진다는 뜻.

욕 반, 사랑 반이다

욕은 미운 마음에 하지만 경우에 따라서는 아끼는 마음도 있어야 나오
는 것이다.

욕부터 배운다

아이들이 말을 배울 때는 욕이나 또는 나쁜 버릇부터 먼저 배운다는 뜻.

욕사발을 퍼 붓는다

원한이 맺혀 온갖 욕설을 다 퍼붓는다. 욕사발이란 욕을 사발로 담아
퍼붓듯 한다는 뜻.

---

*1 욕가마리 : 욕을 먹어 마땅한 사람.

*2 욕된 세월 : 드러내기 부끄러운 나날들.

욕심 많은 놈 재물 탐에 죽는다.

돈 욕심이 많다 보면 과로 또는 축재 과정에서 각종 사건에 연루되어
병들거나 죽는 경우가 많게 마련이다.

욕심에 끝없고 불평에 한없는 놈이다

무엇에도 만족할 줄 모르는 욕심 사나운 자이다.

욕심이 곰발바닥 같다

두꺼운 곰발바닥처럼 욕심이 많은 자이다.

욕에도 맛있는 욕이 있다

욕은 혐오스런 것이지만 개중엔 정감이 배 있는 욕도 있는 법이다.
=욕 맛이 꿀맛이다.

욕에 정 붙는다

욕을 하다 보면 마음 풀어져 정이 들기도 한다는 뜻.
=욕에 정든다.

욕을 먹어도 감투 쓴 놈한테 먹으랬다

사람은 높게 사귀는 것이 신상에 이로운 것이다.
=따귀를 맞아도 은가락지 낀 손에 맞으랬다.

욕이 반 사랑이다

친한 사이에 만나면 욕으로 말문을 열 듯 욕은 친분과 사랑의 표시이
기도 한 것이다.
=욕 반 사랑 반이다.

용도 개천에서 나오면 개미가 뜯어 먹는다

권세 부리던 사람이 몰락하고 보면 두려워하기는커녕 업신여김까지 당

하게 된다.

용두질*1 안 치는 놈 없고 손가락 안 넣는 년 없다
젊어서의 자위행위야 통상 있는 예삿일 아니겠느냐.

용 못 된 이무기 같은 놈이다
음흉하고 악독한 자이다.

용빼는 재주*2라도 있냐?
뾰족한 해결 방법이라도 있느냐? 또는 이제 글렀으니까 단념하라고 이르는 말.

용에서 개천 난 꼴이다
훌륭한 아비 얼굴에 먹칠이나 하고 다니는 못난 자식이다. '개천에서 용 났다'의 반대말.
=감 씨에서 고염나무 나듯.

용을 잡아서 날 회로 쳐 먹을 놈이다
담대하고 포악하기 이를 데 없는 자이다.

용코*3 없다
틀림이 없다는 뜻.

우는 과부는 시집을 가도 웃는 과부는 수절한다
희로애락을 참지 못하는, 속이 깊지 않은 여자는 결국 절개도 지키지

---

*1 용두질 : 남자가 손으로 성기를 자극해 성적 쾌감을 얻는 자위행위.

*2 용빼는 재주 : '용빼는 수' 또는 '재주'란 사슴의 새로 돋는 연한 뿔인 녹용을 뽑는 날랜 솜씨 또는 묘한 방법을 이르는 말이다.

*3 용코 : 고집 세고 콧대가 센 사람을 비유한 말.

못하는 법이다.

우리 한 잔 하리까?

부부간의 은밀한 관계를 남들이 눈치 못 채게 그런 암호로 써 먹었다는 옛 이야기에서 비롯된 말.

[醒睡稗說] 남편이 방사(房事)를 좋아하여 매양 어디 나갔다 돌아오면 집에 사람이 있든 없든 상관없이 처를 이끌고 골방에 들어가 행사를 하는지라 그 처가 이를 민망히 여겨 지아비에게 이르되 "만약 사람이 있을 때면 나에게 '한잔 마시자'고 신호를 하시오. 그러면 다른 이들은 다만 술 한 잔 마시는 줄로 알지 않겠소이까?" 하여 그리 하기로 한 뒤 하루는 마침 장인이 왔는데 남자가 밖에 나갔다 들어와 몇 마디 인사를 나눈 다음 처에게 "한잔 먹는 게 어떠랴?" 하니 함께 곧 골방으로 들어가 버리는 거였다. 그 뒤 얼마 후에 나오는데 부부의 얼굴이 다 붉게 홍조되었는지라 장인이 집에 돌아가서 노하여 그 처에게 "딸이란 건 남 만도 못한 거야. 내가 술 좋아하는 건 딸년도 익히 알거늘 술을 좁은 방에다 담가 놓고 내외가 들어가 마시면서 나에겐 한 잔도 권하지 않으니 세상천지 이런 불효자식이 어디 있으리오. 당신도 이제부터는 절대 딸년 집에는 가지 말게" 하고 고함을 쳤다. 그의 처가 이 말을 듣고 늙은이가 없는 틈을 타서 딸의 집을 찾아가 그 아비가 노발대발한 연고를 물은 즉 딸의 말이 "그실은 여차저차해서 그리된 것이지 그 방엔 술이 한 방울도 없었소. 술이 있었다면 어찌 올리지 않았으리까? 그러니 아버님께 잘 말씀드려 노여움을 푸시게 하소서." 한데, 그 어미가 돌아와 자초지종을 자세히 말하니 마침내 아비의 노염이 가라앉으면서 처에게 "그 일이 그런 줄은 내 미처 몰랐도다. 그 방법이 심히 묘하니 우리도 한 잔 할까?" 하여 오랜만에 행사를 치르게 되었다. 그런 뒤에 처가 다시금 "한 잔 더하리까?" 하니 "늙어서 그런가 한 잔에도 크게 취하는구려" 하고 고개를 저었다 한다.

우멍거지 배꼽 째기*¹도 못 닦고 몽달귀신*² 될라

'장가도 못 가보고 죽게 되면 어쩌느냐?'라는 뜻.

우멍거지 주제에 좆 자랑한다
포경이라 볼품없는 자지를 오히려 자랑한다 함이니 가만있으면 그만인
것을 망신을 자초하고 있다고 비웃는 말.
=앉은뱅이가 좆 자랑한다.

우멍한*³ 보지가 파리 잡는다
생김새는 얼떠 보여도 동작만은 재빠르다. 생긴 거하고는 사뭇 다르게
민첩하다는 뜻.

우물에 가서 숭늉*⁴ 찾는다
터무니없는 짓을 한다고 비웃거나 나무라는 말.

우물*⁵ 옆에 두고 목말라 죽겠다
요령이나 융통성이라고는 없는 답답한 자이다.
=밥상 앞에 두고 굶어 죽겠다.

우박 맞은 배추밭 꼴이다
뜻밖의 재앙으로 일이 엉망이 되었다.
=소나기 맞은 잿더미 같다.

---

*1 우멍거지 배꼽 쩨기 : 포경 자지 껍질 벗기기.

*2 몽달귀신 : 총각으로 죽은 귀신.

*3 우멍하다 : 물체의 중심이 쏙 들어가서 우묵하다.

*4 숭늉 : 한자말 숙랭(熟冷)이 변한 것으로 밥을 지은 솥에 '찬물을 넣어 익힌 것'을 뜻
하는 말이다.

*5 우물 : 우물의 옛말은 '움에서 나오는 물'이라 하여 '움물'이었는데 끝소리 ㅁ이 탈락하
여 '우물'이 되었다.

울고 싶은데 뺨맞은 격이다

바라던 일이 기가 막히게 잘 맞아 떨어졌다.

울궈 먹고*1 발라 먹고 벗겨 먹고 뜯어 먹는다

술집 또는 색주가들 입장에서 기둥서방, 포주, 관청 따위에 이리저리 갈취당하는 처지라는 뜻.

울타리가 허니까 이웃집 개가 드나든다

약점이 보이니까 남들이 업신여기는 것이다.

움도 싹도 안 보인다

일이나 사람이 도무지 장래성이 없어 보인다.

움딸*2을 딸이라 하며 의붓아비를 아비라 하랴

허울뿐이지 실속없는 노릇이다.

웃는 낯에 침 못 뱉는다

내심 미워도 웃는 얼굴에 욕을 할 수는 없는 일 아니냐.

(반대말) 웃는 얼굴에 침 뱉을 놈이다.

웃음 속에 칼 있고 가시 있다

얼굴은 웃어도 마음속에 적의를 숨기고 있다.

웃음 헤픈 여자는 아랫녘도 헤프다

잘 웃는 여자는 정이 많아서 정조도 헤프기 십상이다.

---

*1 울궈 먹는다 : '우려먹다'에서 나온 말. 본디는 녹차 같은 것을 따뜻한 물에 담가서 맛
  을 우려내 먹는 데서 비롯된 말.
*2 움딸 : 시집간 딸이 죽어서 사위가 새로 맞아들인 여자를 가리키는 말. 그루터기에서
  움 즉, 싹이 났대서 이르는 말.

웃자고 한 말에 초상 난다

말이란 항시 조심하고 삼가야 하는 것이다.

[採錄] 옛날에 한 선비가 외출을 하는데 아내가 어디를 가느냐고 묻는 것이었다. 해서 선비는 그저 농담으로 "건넛마을 예쁜 과부가 하나 있는데 나 아니면 개가를 않겠다고 고집을 피워서 첩으로 데려다 앉히려고 가는 중이다"라고 하였다. 그런 뒤 선비가 그 날 집에 돌아와 보니 아내가 그 말을 진담으로 알고서 몰래 광으로 들어가 목을 매달아 자살을 하고 말았다. 이 일로 하여 '웃자고 한 말에 초상난다'라는 말이 생겼다 한다.

원님도 술주정뱅이는 피한다

술에 취하면 안하무인이 되는지라 권세 시퍼런 원님조차도 아예 상대하기를 꺼린대서 나온 말.
=말 탄 궁인도 주정뱅이는 피한다.

원두막지기 삼 년에 친정 어미도 몰라본다

참외 장수를 하다 보면 친척이나 심지어는 친정어미한테 조차도 인색해진대서 나온 말.

원숭이도 낯짝이 있다

몰염치한 자를 핀잔주는 말.
=개구리도 낯짝이 있다.

유리하고 처녀는 깨지기 쉽다

처녀 적에는 각별히 몸단속을 잘해야 한다.

유자는 얽어도 제사상에 오르고 탱자는 고와도 똥밭에 구른다

사람은 외모가 아니고 쓰임새로 대접을 받게 되는 것이다.

육(肉) 공양한다

공양에 대신해서 정조를 바친다는 뜻.
=살보시 한다. 육 보시 한다.

육갑 떨지 마라

허튼소리 좀 그만해라.

육갑(六甲)*¹도 모르고서 산통(算筒)*²흔든다

기본도 모르면서 아는 체하고 있다고 핀잔주는 말.

육덕에 반해

푸짐한 몸매에 혹해서.

육두문자*³ 쓴다

비속한 성관련 이야기 등 상스런 말을 떠벌린다.

육 보시*⁴한다

여자가 정조로 보시에 갈음한다는 뜻.

육시랄*⁵ 놈 같으니

참혹하게 죽여도 시원찮을 불상놈이다.

---

*1 육갑 : 육십갑자의 준말. 12간지로 나타낸 연월일로 길흉화복을 헤아리는 일.

*2 산통 : 점을 칠 때 쓰는, 산가지(수효를 셀 때 쓰던 나뭇가지)를 넣은 조그마한 통.

*3 육두(肉頭)문자 : 상스러운 말로 된 속어.

*4 육 보시(肉布施) : 보시는 절이나 중 또는 가난한 이에게 돈이나 물품을 베푸는 일로서 육 보시는 돈이나 물품 대신 정조를 바친다는 뜻을 에둘러 이르는 말.

*5 육시(戮屍)랄 : '육시를 할'의 준말. 육시는 지난날, 죽은 사람의 목을 다시 베는 형벌을 뜻한다.

육허기가 든 모양이다

한동안 성교를 못해 마치 허기가 든 양 온몸이 허전하다.

은근짜

의뭉스런 사람 또는 몰래 숨어서 몸을 파는 계집을 이르는 속어.

은하수가 왔다 갔다 한다

드세게 얻어맞아 눈앞에 별들이 오락가락 한다.

음사(淫事)에 더 강한 건 여자이다

남자가 더 강할 것 같지만 실전에서, 생리적으로 더 강한 건 여자라는 뜻.

[陳談錄] 음남 음녀가 만나 산 속의 움푹한 곳에서 음사(淫事)를 행하더니 행사를 마침에 음수가 흥건히 흘러서 서로가 자신의 물건을 햇볕에 말린 후에 다시 하기로 하여 양인 모두 다리를 벌리고 누웠다. 이어 여인이 먼저 말하기를 "내 물건은 이미 말랐소이다." 한 데, 남자가 아직 자긴 마르지 않았다고 하매 여인이 문득 골을 내면서 대체 까닭이 뭐냐고 따지는 것이었다. 이에 남자가 이르되 "그대의 물건은 가운데 구멍 하나만 쪼이면 되지만 내 물건은 통째로 내놓고 쬐어야 하니 더딜 수밖에 없지 않소?" 하였다. 이는 대저 여인은 아직 음욕을 채우지 못했음에 반해 남자는 탕정(蕩情)을 하여 기운이 소진된 까닭이었다.

음식 싫은 건 먹어도 계집 싫은 건 억지로 못 산다

음식이야 싫어도 한 순간 눈 딱 감고 먹어 넘길 수 있지만 아내는 평생을 같이하는 까닭에 억지로 살기 어렵대서 나온 말.

음식은 갈수록 줄고 말은 갈수록 는다

말은 할수록 보태지는 것이니 조심할 일이다.

음식이든 계집이든 훔쳐 먹는 게 별미다

배우자 아닌 상대와의 비밀스런 성관계가 별미라는 뜻.

음양수장(陰陽隨長)이다

양물과 음문의 크기는 서로 닮기 마련이라는 뜻.

[攪睡雜史] 한 사내가 참기름 장사하는 여인과 눈이 맞아 행사를 벌이게 되었는데 양물이 어찌나 큰지 여인은 극환(極歡)을 맛보지도 못하고 얼른 빼내 도망을 치고 말았다. 음문이 찢어지고 아파서 견디지 못해 여러 날을 조섭하고 있는 중에 하루는 그 사내의 처를 만나게 되어 묻기를 "전번에 마님댁 바깥어른이 나를 꾀어 한 번 자자고 하여 부득이 허락하였더니 그 물건의 크기가 고금에 없는지라 도저히 당할 수가 없어 나만 음문에 중상을 입었는데 대체 마님께서는 어찌 용케 견디시는지요?" 한즉 그 처가 웃으면서 "나로 말하면 본래 열 댓살에 서로 만나서 아직 작은 음과 양이 교합을 하다가 모르는 새 양이 점점 자라고 음도 따라서 커져서 이젠 도리어 내 음문이 헐겁게 되었도다" 하매 여인이 "이치가 자못 그럴듯 하외다" 하고 머리를 끄덕였다 한다.

음충맞은 놈이다

속이 검고 성미가 불량한 자이다.

의 나쁜 부부는 맞지 않는 신발과 같다

불화한 부부는 마치 맞지 않는 신발처럼 불편하고 늘 신경 쓰여서 평생 편할 날이 없다.

의뭉 단지다

항시 속내를 감추고 능구렁이처럼 구는 게 습관이 돼 버린 자이다.

의뭉한* 놈이 과부 집 먼저 찾는다

점잖은 체하는 자가 뒷구멍으로 더 먼저 엉큼한 짓거리를 하는 법이다. 또는 음흉한 이중인격자라고 욕하는 말.

의뭉한 놈이 닭 잡아먹고 계집질 한다
엉큼한 자들이 꼭 남의 집 닭서리에서부터 계집질까지 나쁜 짓은 맡아 놓고 하는 법이다.

의뭉한 놈이 더 무섭다
겉과 속이 다른 엉큼한 자가 더 위험하다.

의붓아비 떡치는 데는 가도 친아비 도끼질하는 데는 가지 말랬다
나한테 득 되는 식의 약은 행동도 간혹은 필요한 것이다.

의붓아비 제사지내듯 한다
일을 마지못해서 건성으로 하는 경우에 그래서야 되겠느냐고 나무라는 말.
=처삼촌 산소 벌초하듯 한다. 똥마려운 년 국거리 썰듯 한다.

의붓아비 제삿날 물리듯 한다
핑계 대고 일을 자꾸 뒤로 미루는 사람을 핀잔주는 말.

의붓어미가 아니라 의붓자식이 티를 낸다
전처의 자식이 오히려 계모를 구박하고 못살게 군다.

의붓자식 놈, 부모 뺨 안치면 효자다
친자식도 불효를 밥 먹듯 하는 세상에 하물며 의붓자식이 효도를 하겠느냐.

---

* 의뭉하다 : 겉으로는 어리석은 것 같으나 속은 엉큼하다.

의붓자식 다루듯 한다
사람을 함부로 대한다고 대거리하는 말.

의붓자식 소 팔러 보낸 것 같다
의붓자식이 소 판 돈 갖고 도망이라도 칠까 전전긍긍한다 함이니, 영 마음이 놓이지 않는 불안한 상황을 비유한 말.

의붓자식 키우느니 개를 키우랬다
의붓자식은 아무리 공들여 키워도 자식 덕을 볼 수는 없다는 뜻.

의붓자식마냥 눈치만 본다
전실 자식이 계모 눈치 살피듯 눈치만 보고 있다.

의붓자식에도 효자 난다
어떤 일에든 더러 기분 좋은 예외가 있는 법이다.
=굽은 나무가 선산 지킨다. 병신자식이 효도한다.

의원 잘못은 흙으로 덮고 부자 잘못은 돈으로 덮는다
의료 사고는 생사를 갈음하는 일이니만큼 특히 주시하고 경계할 일이다.

의원은 늙은 의원, 무당은 젊은 무당이 좋다
의원은 경험 많은 노 의원이 병을 잘 낫우고 무당은 젊어야 잘 뛰고 굿을 잘 한대서 나온 말.

의원이 제 병 못 고치고 무당이 제 굿 못 한다
누구든 자신의 일을 스스로 해내기는 어려운 것이다.
=중이 제 머리 못 깎고 점쟁이 저 죽는 날 모른다.

이것이 무엇에 쓰는 물건인고?

과부의 성(性)에 대한 갈망을 상징적으로 나타낸 고담(古談).

[村談解頤] 시골에 과부가 살았는데 늘 말하기를 만약 귀신과 친하면 뭐든지 갖다 준다는데 그러면 얼마나 좋을까 하더니 어느 날 홀로 방에 앉았는데 귀신이 한 물건을 던지는지라 놀라서 바라보니 크고 잘 생긴 양물(陽物)이었다. 귀신이 나를 불쌍히 여겨 동정했나보다 하고 그 물건을 갖고 희롱하다가 혼잣말로 '이것이 무엇에 쓰는 물건인고?' 한즉 그것이 문득 건장한 총각으로 변해 불문곡직하고 과부를 깔아 눕히더니만 운우의 즐거움을 겪은 다음에는 착하게도 다시금 본래의 양물로 돌아가는 것이었다. 해서 그 후에도 생각이 나면 같은 주문을 외어 음사(淫事)를 즐기곤 하였다. 그러던 중 하루는 긴한 용무가 있어 이웃의 동무과부에게 집을 맡기고 외출을 하게 됐는데 그 여인이 무심코 경대서랍을 열어본즉 양물처럼 생긴 물건이 있는지라 손에 들고 '이것이 무엇에 쓰는 물건인고?'한즉 대뜸 건장한 사내가 나타나더니 그 과부를 자빠트리고 뼈가 녹으리만큼 겁간을 하는 거였다. 그리고는 순식간에 본래의 양물로 돌아가 눈앞에 놓여있을 뿐인지라 주인과부가 돌아오매 질투심에 "너 좋은 거 갖고 있더구나. 도대체 그거 어디서 난 것이냐?"라고 묻고 채기를 거듭하다가 급기야는 시비가 붙어 그 물건을 두고 관아에 송사를 하기에 이르렀다. 고을사또가 그 물건을 가져오라 하여 봐 허니 양물모양인지라 웃으면서 '이것이 무엇에 쓰는 물건인고?' 하고 물은바 그 물건이 대번에 장한(壯漢)으로 변해 육방관속이 지켜보는 가운데 사또를 겁간하는지라 사또가 크게 놀라 감영(監營)에 급보를 올렸는데 감사 또한 그 물건을 보고 같은 말을 했다가 중인환시(衆人環視)리에 겁간을 당하매 크게 노하여 "이 같은 요물을 방임하게 되면 세상을 크게 어지럽게 할 뿐이니 불에 던져 태워 없애도록 하라." 명한 데, 불에 넣었는데도 타지 않고 끓는 물에 넣었음에도 익지 아니하여 감사가 "그거 참, 할 수 없도다. 본래 그 과부에게 도로 돌려 주거라." 고 판결을 내렸다 한다.

이골이 났다

익숙해진 습관이다. '이골'은 많이 겪어 몸에 밴 버릇을 이르는 말.

이놈, 불알을 발라 버릴 테다

장난이 심한 개구쟁이에게 어른들이 호통 치는 말.

이도 안 난 것이 뼈다귀 추렴하겠단다

무턱대고 제 능력 밖의 일을 하겠다고 덤비고 있다.

이른 새벽 남의 집 불씨 얻으러 가는 년이다

게으르고 칠칠치 못한 여자이다.

[蒐集] 예전에 한 집안 주부권의 상징은 불씨 화로였다. 시어머니가
늙어 며느리에게 살림 권한을 넘겨 줄 때는 불씨화로를 넘겨주는 것으로
그 권리 양도가 성립되었던 것이다. 이처럼 한 집안의 명맥을 상징하는
불씨인지라 이를 물려받는 며느리가 만약 그 불씨를 꺼뜨리기라도 하는
날이면 이는 곧 가계의 단절을 뜻하는 것이라서 중차대한 죄목으로 지탄
받았다. 따라서 어쩌다 불씨를 꺼뜨려서 새벽에 남 몰래 이웃에 불씨를
얻으러 가는 일이 생기면 이는 집안은 물론 이웃과 친족들로 부터도 가
문의 명예를 더럽혔다하여 큰 수모를 당하게 마련이었다.

이름*¹이 좋아 하눌타리*²다

허울만 좋았지 실속은 없다는 뜻.

이리 뜯기고 저리 뜯기고

이리 손해 보고 저리 손해 보고.

---

*1 이름 : '일흐다'가 '이르다'로 변한 것처럼 '일훔'이 '이름'으로 변한 것이다. '이르다'에
ㅁ이 붙어 '이르는 것' '부르는 것'을 뜻하는 '이름'이 되었다.

*2 하눌타리 : 박과의 다년생 식물. 씨와 뿌리는 한약재로 쓴다.

이마빡 찔러서 피 한 방울 안 나온다

　지독하게 인색한 자이다.

　=노랭이 중에도 상노랭이다. 소금 중에도 왕소금이다. 이마빼기 찔러
물 한 방울 안 나온다.

이마에 내 천(川) 자를 그리고 있다

　못마땅해서 얼굴을 잔뜩 찌푸리고 있다.

이무기 심술이다

　심사가 매우 고약한 자이다.

이물스런 놈이다

　속을 헤아리기 어려운 음험한 자이다.

이 문 저 문 다 닫아도 저승 문은 못 닫는다

　죽음은 왕후장상도 피할 수 없는 것이다.

이 방아 저 방아 해도 가죽 방아가 제일이다

　여자 입장에서, 이 방아 저 방아로 곡식 찧어 잘 먹는 것도 좋지만 흡
족한 정사보다는 못하다는 뜻.

이 방 저 방 해도 내 서방이 제일이다

　어떠니저떠니해도 함께 사는 남편 도움을 가장 많이 받게 마련이다.

이복자식 둔 년, 주머니 둘 찬다

　전실 자식 거느리는 여자는 나중을 위해 남편 몰래 돈을 빼돌리는 일
이 많다는 뜻.

이 복 저 복 해도 처복이 제일이다

남자한테는 착하고 부지런한 아내를 만나는 것이 가장 큰 복이다.

이불 속에서나 내 서방, 내 남편이다

밖에 나가면 남의 서방도 될 수 있는 것이다.

=품안엣 적에나 내 자식이지.

이빨도 나기 전에 갈비 뜯으려 든다

분수 모르고 주제 넘는 행동을 하고 있다.

이빨이 맏자식보다 낫다

늙으면 우선 이가 튼튼해야 음식을 잘 먹어 건강할 수 있으므로 맏자
식이 잘 봉양하는 것보다 오히려 낫다는 뜻.

=두 다리가 효자보다 낫다.

이승 문 밖이 저승 문이다

죽음이 먼 데 있는 것 같지만 불시에 허망하게 죽는 경우도 많은 법이다.

이승이 저승 같고 저승이 이승 같아서

죽을 때가 다됐는지 정신이 오락가락한다.

이승잠 잔다

병중에 원기를 돌리지 못하고 계속 자는 잠. 이승은 이 세상살이를 이
르는 말.

이승 저승으로 흩어졌다

죽어 사별을 했다.

이십 과부는 눈물 과부, 삼십 과부는 한숨 과부, 사십 과부는 썹 과부다

20대 과부는 눈물로 한세월 보내고 30대 과부는 한숨뿐이고 40대 과부는

더 이상은 못 참아 시집을 가게 된대서 나온 말.

이십 상처는 돌아서서 웃는다
젊어서 자식 없을 때의 상처는 또 한번 장가 들 생각에 돌아서서 웃는
대서 나온 말.

이십 전 과부는 살아도 삼십 전 과부는 못 산다
아예 사내 맛을 모르는 나이의 여자는 혼자 살 수 있어도 한번 남자 맛
에 길들여진 여자는 수절하기 어렵다는 뜻. 또는 색정에 길들여진 습
관은 그만큼 끊기가 어렵다는 뜻.
=스물 과부 수절(守節)해도 서른 과부 수절 못한다.

이십 전 상처(喪妻)는 복처(福妻)요, 사십 후 상처는 망처다
이십 전 상처는 두 번 장가 들 수 있어 좋지만 사십 후에 상처를 하면
자식들 수발에다 살림도 망조가 들어 재앙이 되는 것이다.

이악스런 년!
달라붙는 기세가 거칠고 드센 여자라는 욕설.

이왕이면 과부 집 머슴 산다
같은 값이면 여자 혼자 있는 과부 집에 가서 머슴을 산다. 같은 조건이
면 나 유리한 쪽을 택한다는 뜻.

이왕이면 처녀장가 든다
같은 값이면 더 좋은 쪽을 택하는 게 인지상정이다.

이웃 집 불난 데 키 들고 나설 년!
남 잘못되기를 축수하고 부추기는 성미 고약한 여자이다.

이웃집 과부 썹을 하든 말든

공연히 네가 나서거나 참견할 일이 아니다.

＝남의 집 과부 애를 낳든 말든.

이웃집 과부 애 낳는 데 미역국 걱정한다

쓸데없는 걱정을 하고 있다고 핀잔주는 말.

이자는 돈이 아니냐?

본전이 아닌 이자라고 또는 작은 돈이라고 우습게 보면 되겠느냐는 핀잔의 말.

[採錄] 옛날에 어느 참봉이 동네 과부한테서 급전을 빌려 쓰고는 갚지 못하고 있자 몸이 단 과부가 날마다 그 돈을 받으러 다녔다. 그러던 중 하루는 돈을 받으러 가보니 참봉이 마루에서 베잠뱅이 밑으로 큼직한 자지를 내놓고는 자는 체 누워 있는 것이었다. 과부가 한참 그 모양을 바라보다가 사내 맛 본 지도 오랜지라 참지를 못하고 참봉의 몸 위에 올라타 버렸다. 그런데 실전에 들어가 보니 보기와는 달리 영 신통치가 못한 것이었다. 해서 과부가 "여보 참봉, 하려면 좀 잘해 주지 이게 뭔가?" 하고 투덜댔다. 그러자 참봉 하는 말이, "지금은 이자나 끄려고 하는 건데 그 정도면 됐잖느냐?"고 능치는 거였다. 이에 과부가 증이 나서 정 그러면 하기 따라서 본전까지 꺼줄 테니 진짜 한번 제대로 해 보라고 하자 참봉이 작심을 했나 이번에는 그야말로 과부가 까무러칠 만큼 잘해주는 것이었다. 일이 이렇게 되자 과부가 주섬주섬 옷을 입으면서 들어 보란 듯 그러더란다. "아니 본전만 돈이고 이자는 돈이 아니란 말이우?"

이제 가면 언제 오나 북망(北邙)이 어디라고

상여를 메고 나가면서 부르는 선소리의 한 구절.

이집 저집 해도 내 계집이 제일이다

남자가 이 세상사는 데는 무엇보다 아내가 가장 소중한 존재라는 뜻.

[攪睡雜史] 한 촌가에 과객이 들어 하룻밤 유하기를 청하거늘 주인이, 우리 집은 단칸방뿐이고 여자가 많아 모실 곳이 없다고 하였으나 산중이라 어디 갈 곳이 없으니 아무데라도 자게 해 달라고 간청하였다. 이에 주인이 할 수 없이 허락하고 주인부부가 아랫목에 눕고 다음에 딸과 며느리가 눕고 허름한 병풍사이를 두고 객이 자도록 하였다. 한데 밤이 깊으매 객이 가만히 일어나 며느리를 겁간하니 주인이 이미 알았으나 이웃에 소문날까 저어 자는 체, 모르는 체 했는데 다음에는 딸을 겁탈하는 것이었다. 이에 주인이 분함을 견디기 어려웠으나 딸 사돈집에 소문이 나면 큰일이다 싶어 또한 모르는 체 하고 넘어갔다. 그런 뒤 객이 딸과의 음사(淫事)를 끝내고 일어날 세, 다음엔 처를 범할까 두려워 가만히 처를 깨워 이르기를 "집에 염치없는 호색한이 들었으니 음호(陰戶)를 가리고 속히 피하라." 한 데, 딸이 이 말을 듣고는 "아버진 며느리와 딸이 욕보는 것은 놔두고 어머니만 걱정인 모양이구려. 세상에 양주(兩主)밖에는 없다니까" 한 데, 나중에 그 말을 듣고 웃지 않는 자가 없었다.

이판사판 공사판이다
일이 엉망으로 틀어졌을 때 체념조로 뇌는 말.
=이판사판 합이 여섯 판이다.

이판사판이다
막다른 데 이르러 이제 어찌해 볼 도리 없는 절망적인 상태이다.

[採錄] 이 말의 유래는 다음과 같다. 이판(理判)은 본디 절에서 수도에 정진하는 스님을, 사판(事判)은 절 살림을 맡아 하는 스님을 이르는 칭호였는데 조선시대에는 이판이 되었든 사판이 되었든 중은 사회 계층에서 최하위에 속하는 신분이었던 까닭에 '끝장'이라는 의미로 두루 통하게 된 것이다.

이 호강 저 호강해도 씹 호강이 제일이다

흡족한 정사만큼 만족감이 큰 경우도 드물다는 뜻.

익모초* 같은 소리 하고 있다

쓴 소리, 듣기 싫은 말을 하고 있다.

익은 밥 먹고 선(설은)소리 한다

덜떨어진 소리 좀 하지 마라.

인고전(忍苦錢) 같은 세월도 살았을까?

인고전 같은 세월이란 예전에 젊은 과부가 솟구치는 정념을 달래고자 밤마다 동전을 굴리고 굴리다 보니 마침내는 동전 앞뒤에 새긴 글자가 다 닳아 없어지고 말았더라는, 옛 수절과부들의 한스런 세월을 상징적으로 비유한 말이다.

[蒐集] 이 말의 유래는 연암 박지원이 지은 〈열녀 함양 박씨전〉에 나오는 이야기 중 과부로서 두 아들을 잘 키워 벼슬길에 오르게 한 다음 어느 날 두 아들에게 들려 줬다는 함양 박씨 부인의 애절한 다음 이야기에서 비롯된 것이다. "혈기 왕성하면 과부라 한들 어찌 정념이 아니 일겠느냐? 가물대는 호롱불 아래 외로운 밤 지새기 어렵고 처마에 빗물 뚝뚝 떨어질 때, 멀리서 외기러기 울고 가고 새벽 닭 울음소리 들릴 때, 어린 종년은 코를 고는데 혼자 잠 못 이루는 고충을 뉘게 하소연하겠느냐? 그럴 때마다 이 에미는 엽전을 꺼내 손아귀에 힘주어 쥐고서 굴리고 또 굴렸단다. 그러다 못 참겠으면 방바닥에다 굴리기도 했지. 그러는 동안 엽전 글자가 다 닳아 없어져 민판이 되고 말았단다. 그러는 동안 굴리는 횟수가 점점 더 줄어들더니 십 년이 지나고부터는 닷새에 한 번 열흘에 한번 굴리게 되더구나." 이와 관련해 이규태님은 참을 인(忍)자를 가리켜

---

* 익모초(益母草) : 산모의 지혈이나 강장, 이뇨, 더위 먹는데 쓰는 꿀풀과의 2년초. 맛이 매우 쓴 것이 특징이다.

칼날(刀)이 마음(心)을 옴짝달싹 못 하게 위에서 짓누르는 형상으로서 이는 솟구치려는 춘정 또는 심사를 위에서 칼날로 베는, 심정 억제의 기능을 나타낸 뜻으로 풀었다.

인끔을 달아 본다
사람 됨됨이를 저울질해 본다.
인끔 : 사람의 가치. 인격적인 됨됨이.

인두겁*을 벗겨서 산적을 뜰 놈이다
가죽을 벗겨 죽여도 시원찮을 한 맺힌 자이다.

인두겁을 썼으니 사람이다
사람의 탈만 썼지 하는 짓은 짐승만도 못한 자이다.

인색이 거지보다 낫다
추한 꼴의 비렁뱅이보다는 야박하단 소리를 들을망정 인색한 것이 그래도 낫다.

인색한 부자는 백수건달만도 못한 거다
저 하나밖에 모르는 부자란 세상천지 필요 없는 존재이다.

인생 백 년 시름 잊고 웃는 날 몇 날이더냐?
그러한즉 싸우지 말고 욕하지 말고 웃으면서 살아야 한다는 권면의 말.

인생 백 년이 주마등이요 부귀영화가 봄 꿈이로다
부질없는 욕심 버리고 결곡하게 살다 가라는 말.

---

* 인두겁 : 사람의 탈이나 겉모양.

인생삼락이 주색잡기 아니더냐

보통 사람들이야 술과 색, 그리고 노름이나 놀이 같은 잡기가 세상사는 즐거움 아니겠느냐.

인심 잃은 놈치고 잘 되는 놈을 못 봤다

인심을 잃으면 사람이 따르지를 않아 될 일도 안 되는 것이니 항상 인정 있게 살도록 힘쓰거라.

인심 좋다보니 한 동네 시아비가 열둘이다

동네 남자들의 청을 들어주다 보니 결국 화냥년이 되고 말았다 함이니 자기 처신은 자기가 알아서 해야 한다는 충고의 말.

인심 좋은 년 속곳 가랑이 마를 새 없다

여자가 마음만 좋고 줏대 없으면 본의 아니게 몸 버리고 타락하게 되니 조심할 일이다.

=인정 많은 년 속곳 마를 새 없다.

인왕산 호랑이는 뭘 먹고 산다냐?

사람 같지도 않은 저런 인간 잡아먹지 않고 뭘 먹고 사는지 모를 일이다.

인의(仁義)라, 그야 추우면 입고 더우면 벗어던지는 옷 같은 거 아니더냐?

조선의 벼슬아치들이 술좌석에서 주고받던 우스갯말.

인정머리라고 손톱만치도 없다

인색하고 몰인정하기 이를 데 없다.

인정에 겨워 동네 시어미가 아홉이다

여자가 이 청 저 청 다 들어 주다 보면 결국 화냥년이 되고 마는 것이니 마음 다잡고 살아야 한다고 이르는 말.

인정이라곤 띠알머리도* 없다

몰인정한 자이다.

일도 일 같잖게 저지를 놈이다

큰일도 보통으로 저지를 담대하고 흉악한 자이다.

일러라 찔러라 니 밑구멍 찔러라

아이들이, 일러 준다고 을러대는 아이에게 해대는 욕말 노래.

일복이 사는 복, 일 맛이 사는 맛이다

일복이 고생 복이라지만 그게 사는 복이고 일 맛이 또한 사는 맛 아니냐. 꼭 잘 먹고 잘 살아야 세상사는 건 아니라는 달관의 말.

일병장수(一病長壽)한다

병이 한두 가지 있으면 조심해서 더 건강하고 장수하게 된다는 뜻.
=일병장수하고 무병단명(無病短命)한다.

일석삼조(一石三鳥)이다

한 가지 일로써 동시에 서너 가지 이득을 얻는 경우 따위에 빗댄 말.

[醒睡稗說] 떠돌이 행상(行商)이 산골에서 날이 저물어 어느 집에 자고가기를 청한 즉 주인여자가 그 집에는 남정네가 없어 안 된다는 것이었다. 해서 날은 저물고 갈 곳이 없으니 추녀 밑이라도 좋다고 하여 문간에서 날 새기를 기다리는 중에 울타리 사이에 기척이 있어 가만히 본즉 의관을 한 자가 비집고 들어오더니 말갈기 관과 옷을 벗어 툇마루에 놓

---

* 띠알머리 : 형제자매 사이의 정의를 이르는 '띠앗'의 속된 말. '띠앗머리'가 맞는 말임.

고는 안방으로 들어가는 것이었다. 한데 바로 그 때 어둠 속에서 한 여인이 바쁜 걸음으로 와서는 그 의관들을 거두고 옆에 있던 행상까지 잡아 끌고 가면서 "어느 년 음호(陰戶)는 금테 둘렀더냐 은테두릴 둘렀더냐? 그년한테 그 김 서방 없는 날 알아가지고 몇 번이나 끼고 잤어?" 하고 악증 떠는 품이 그 행상을 방금 전에 안으로 들어간 남편으로 착각하고 있음이 분명했다. 이에 행상이 말 한마디 못하고 여인의 집으로 이끌려 간 즉 질투의 화신이 된 여자가 미친 듯 먼저 덤벼들매 사내도 바지를 내려 여인의 음호를 깊이 찌른 다음에야 여인이 비로소 알고 놀라서 대관절 누구냐고 묻는 것이었다. 경위를 말하자 여인이 "맛이 아주 별미요. 남편이 밤새 오지 않았으면 좋겠소만 오면 큰일이니 속히 가주시오" 하였으나 "멋대로 끌고는 왔지만 맘대로 보내지는 못할 것이요" 하고 버티니 여인이 도리 없이 좋은 무명 두필을 내주면서 달래서 보냈다. 인하여 본래자리에 와 있는데 일을 끝낸 쥔집 여자가 창문을 열고 행상이 잘 있는가 안부를 묻는지라 행상이 들은 대로, 혹시 남편 김 서방이 들어올까 저어 수직(守直)하느라 밤새 한숨도 못 잤노라고 하자 자신의 비밀이 드러났음을 눈치 채고 여인이 행상을 안방으로 들어오게 하여 입막음조로 몸을 준 다음 그 위에 노자까지 넉넉하게 얹어 보냈다 한다.

일색(一色)*소박은 있어도 박색(薄色)소박은 없다
박색은 약점을 벌충하고자 더 열심히 노력 하는 까닭에 결국 더 많은 사랑을 받게 된다는 뜻.

일에는 굼벵이 사촌, 먹는 데는 꿀돼지 형님이다
게을러터진 주제에 먹는 거라면 체면 모르고 덤비는 자이다.

일은 남의 일을 해도 아이는 남의 아이 못 본다
남의 아기 봐 주는 건 그만큼 힘들고 신경 쓰이는 일이라는 뜻.

---

* 일색(一色) : 뛰어나게 아름다운 미인. (반대말) 박색.

일은 반 몫에 말썽은 열 몫이다

일은 한 사람 몫도 못하면서 싸움질 등 말썽만 피우는 고약한 자이다.

일판이 아니라 죽을 판이다

일이 너무 힘에 부쳐서 죽을 맛이다.

일흔부터는 남의 나이로 산다

70까지만 자기 나이고 70 넘어 사는 것은 남의 나이란 말이니, 무병장
수가 그만큼 어렵고 귀한 일이라는 뜻.
=일흔이 넘으면 덤으로 산다.

일흔이 넘으면 잠자리도 바꾼다

나이 칠십이 넘으면 부부간에 잠자리마저 따로 하게 된다.

임금도 여자 앞에선 무릎을 꿇는 법이다

성교 시 남자는 누구든 무릎을 꿇게 된대서 나온 우스갯말.

임은 품어야 맛이고 술잔은 차야 맛이다

사랑하는 사람은 껴안아야 제 맛이고 술잔은 넘치도록 채워 쭉 마셔야
제 맛이 나는 법이다.

임을 봐야 애를 낳지

일을 벌여야 결실도 생길 것 아니겠느냐.
=산에 가야 범을 잡지.

임 있으면 금수강산 임 없으면 적막강산이다

사랑하는 임이 없으면 갖은 호강에 호의호식도 다 부질없는 것이다.
=돈 있으면 금수강산 돈 없으면 적막강산이다.

임자가 따로 있다

일 궁합이나 남녀궁합이거나 잘 맞는 짝은 따로 있다는 뜻.

[奇聞] 한 재상이 처가의 동비(童婢) 향월이가 자색이 좋아 간통하고자 해도 기회가 없더니 마침 향월이 학질에 걸려 누웠는데 재상이 내국(內局)을 관장하는 자리에 있는지라 장모가 이르되, 향월이 저렇듯 학질로 고생이 자심하니 사위가 내국의 양약을 내어 고쳐주기를 당부하는 것이었다. 이에 재상이 "명일 내국 일을 마치자마자 좋은 약을 갖고 나올 것이니 부정 타지 않게 후원 외진 데 울바자를 치고 기다리면 마땅히 와서 고쳐 주리다" 하였다. 그 말대로 이튿날 재상이 후원의 울바자 안으로 들어가 향월의 옷을 벗긴 다음 양물에 침을 발라 음문에 꽂고 율동을 거듭하니 향월이 크게 놀라 땀이 비 오듯 쏟아지는 가운데 학질이 뚝 떨어졌다. 이에 재상이 "학질은 흉악한 병인지라 이렇게 놀래키지 않으면 도망가지 않느니라" 하고 짐짓 위로까지 해주었다. 그 후 공교롭게도 장모가 또한 학질에 걸려 사위 재상으로 하여금 고쳐달라고 청한 즉 재상이 웃으면서 "그것은 악장(岳丈. 장인의 존칭)이 아니면 가히 고칠 수 없습니다"라고 완곡히 고사(固辭)하였다 한다.

임자 만났다

건방지게 뻐기거나 불량한 짓을 하고 다니다가 혼구멍이 났다.

임자 없는 나룻배이다

남편 또는 애인이 없는 여자를 빗댄 말.
=무주공산(無主空山)이다.

임질 매독에 좆 떨어질 놈이다

분수 모르는 색광을 두고 해대는 악담.

입 걸기가 개골창 같다

더러운 개골창처럼 입만 벌렸다 하면 갖은 욕설에다 음담패설까지 지저분한 소리만 하는 자이다.

입깨나 걸다
걸쩍지근한 육담에서 우스갯소리까지 그럴싸하게 말을 아주 잘 한다.

입 두고 말 못하는 것도 벙어리 병신이나 한가지다
지레 겁을 집어먹고 말을 못 하는 위인 역시 반병신이나 한 가지 아니겠느냐.

입 따로 있고 주둥아리 따로 있냐
대접이 차이가 나는 경우 부아가 나서 내뱉는 말.

입맛 나자 양식 떨어지더라고
일이 묘하게 틀어지기만 해서 죽을 맛이다.
＝보지 좋자 과부 된다.

입맛도 잊고 쎀 맛도 잊었다
세상살이가 다 허망해져 버렸다.

입 맞추고 떡 치며*1 돌아가는 꼴이
풍기 문란한 꼬락서니가.

입바른 말*2하다 어느 귀신이 잡아 갈는지 모른다
주위들은 헛소문을 마치 보고 들은 일은 양 입바른 말을 하다가는 누구한테 화를 당할지 모르니 조심할 일이다.

---

*1 떡 친다 : 성행위를 빗대 이르는 말.
*2 입바른 말 : 거침없이 내뱉는 바른 소리.

입방아깨나 찧는다

있는 말 없는 말 다 늘어놓으면서 수다를 떨고 있다.

입방정 떨다간 명대로 못 살 줄 알아라

말 함부로 했다간 혼날 줄 알라는 엄포의 말.

입 속에는 꿀, 뱃속엔 칼 든 놈이다

말은 꿀처럼 달지만 속에는 해코지하려는 앙심을 품고 있는 자이다.

입술*1 두껍고 눈두덩 푸르딩딩한 게

욕심 많고 성질 사납게 생긴 몰골이.

입술 연지로 투겁*2을 했다

입술을 덮어씌우듯 연지를 처바른 볼썽사나운 모양이다.

입술에 침이나 바르고 해라

태연스럽게 거짓말을 하는 사람을 맞대 놓고 꾸짖는 말.

입 싸움이 주먹 싸움 된다

처음에는 말로 하다가 수틀리면 주먹 싸움으로 번지게 되는 것이니 항시 말조심할 일이다.

입에 거품을 물고 눈깔이 뒤집혀서는

포한에 악이 받쳐서 길길이 날뛰는 모습을 빗댄 말.

입에다 빗장질을 하란 말이다

---

*1 입술 : '눈시울'에서 보듯 가장자리를 뜻하는 '시울'에서 나온 말로서 '입의 가장자리'란 뜻이다.

*2 투겁 : 가늘고 긴 물건의 끝에 씌우는 '두겁'이 변한 말.

이후로는 명심하고 못 듣고 안 들은 일로 해두거라.

입에 맞는 떡 얻기 어렵고 배운 도둑질은 하기 쉬워서
일은 하기 싫고 쉽게 사는 맛으로 도둑질을 일삼다 보니 이 꼴이 되고
말았다는 도둑놈의 한스런 인생 고백.

입에 문 혀도 깨문다
실수란 누구든 할 수 있는 것이다.

입에서 나오는 건 하품 빼고는 다 거짓말이다.
못 믿을 거짓말쟁이다.

입에서 흙냄새가 난다
죽을 때가 다된 것 같다.

입으라면 입고 벗으라면 벗어 주마
네 멋대로, 입맛대로 하라고 반 체념조 또는 반항조로 뇌는 말.

입으로 말하는 건지 똥구멍으로 말하는 건지
경우에 없는 같잖은 말일랑은 집어치워라.

입은 가로 째졌어도 피리는 바로 불랬다
거짓말 그만하고 사실대로 말을 해라.
=입은 비뚤어져도 말은 바로 하랬다.

입은 거지는 얻어먹어도 벗은 거지는 못 얻어먹는다
무슨 일이든 기본적인 것은 갖추어야 목적을 달성할 수 있다.

입은 비뚤어졌어도 침은 바로 뱉어라

거짓말 좀 하지 마라.

입은 작고 귀는 커야 한다

내 말은 적게 하고 남의 말은 많이 들어라.

입은 화(禍)와 복(福)의 나들이 문이다

말은 잘 하면 복을 받고 잘못하면 화근을 불러오므로 항시 입조심, 말 조심할 일이다.

＝입은 화를 부르는 문이요 혀는 몸을 죽이는 도끼다.

입을 맞추면 배꼽도 맞추게 된다

사랑을 하면 점점 더 깊이 빠져들게 된다는 뜻.

입이 걸쭉하다

육담을 잘 한다. 또는 말을 구성지게 아주 잘 한다.

입이 도끼날 같다

남들이 꺼리는 입바른 소리를 잘한다.

＝입이 맵다.

입찬소리는 무덤에 가서나 해라

장차 어찌될는지 모르는 까닭에 함부로 큰소리를 쳐서는 안 된다는 충고의 말.

[蓂葉志諧] 성종 임금 시절 원성(原城) 땅에 명기가 있어 부임사또들이 혹하지 않는 이가 없는지라 한 대관(臺官)이 임금 앞에서 "미색을 못 참는 위인이면 무슨 일인들 제대로 하리까?" 하고 엄벌로서 다스릴 것을 상주하니 임금이 "색을 좋아함은 인지상정이니 어찌 그리 쉽게 남의 말을 할 수 있으랴?" 하고 특히 그 대간을 관동백(關東伯 : 강원감사)에 제

수하고 은밀히 원주목사에게 하명하여 아름다운 기생으로 하여금 감사를 시험해 보도록 명했다. 이에 목사의 사주를 받은 기생이 하루는 일부러 영문(營門)에 말을 놓아 국화꽃을 뜯어먹게 한 연고로 추달을 받게 되자 과부모양으로 꾸미고 들어와 집안에 남정이 없어 이 같은 잘못을 저질렀다고 눈물로 용서를 빌매 방백이 측은히 여겨 놓아준 다음 은근히 통인에게 그가 누군가 물으니 바로 자기 누인데 매부가 죽어 홀로 영문근처에 살고 있다는 것이었다. 그러던 중 하루는 그 통인이 방백에게 "누이가 지난 일에 대한 고마운 표시로 집에서 딴 배를 한바구니 바치고 싶다 하옵니다." 전갈을 올리니 방백이 쾌락한 다음 그날 저녁 배를 가져온 과부기생을 방으로 들게 하여 통간하였다. 이로부터 밤이면 들었다가 새벽이면 나가기를 거듭하니 정분이 갈수록 도타워질 즈음 기생이 "사또께서 진실로 저를 사랑하실진대 저의 집이 홍살문 밖에 있사오니 어찌 한번 오시어 즐기지 않으리까?" 한 즉 방백이 허락하고 하루는 밤에 홍살문 밖 여인 집에 가서 옷을 벗고 누웠더니 별안간 문밖에 한 놈이 나타나 꾸짖기를 "내가 너한테 해준 재물이 박하지 않은 터에 이제 네가 나를 배반하니 결단코 용서할 수 없도다. 있는 물건 다 내놓아라" 하거늘 기생이 어쩔 줄 모르는 방백의 귀에 대고 "저놈이 강포하기 짝이 없으니 사또께서는 잠시 이불장 속으로 들어가 피하소서" 하니 곧 그 말대로 농속에 들어가자마자 그놈이 문을 박차고 뛰어들면서 "저 농짝 속의 의복은 다 내가 해준 것이니 내 장차 관가에 소청해서 도로 빼앗아 너에게 속은 분함을 씻으리라" 하면서 굵은 노끈으로 농짝을 얽어 매 등에 지고 나가 바로 원주목사를 뵙고 아뢰되 "소인이 어느 기생 년을 봐 주었더니 기어이 배신하여 그간 해준 것마저 다 뺏겼나이다. 평일에 준 것만도 엄청난데 그것이 다 이 농짝에 들어 있사오니 청컨대 사또께서 열람해 보시고 추심해 주옵소서" 하니 사또가 그 농짝을 열라고 명한즉 벌거벗은 방백이 얼굴을 가리고 엎드려 있는지라 모두들 크게 놀라 입을 다물지 못했다. 이로써 방백이 대간시절 성종대왕 앞에서 행한 입찬소리에 대한 응보가 말한 대로 이루어진 것이었다.

입춘 날 보지 털 많은 년이 남의 집에 가면 그 집 논밭에 풀깨나 우거진다
입춘 날에 음모 많은 여자는 남의 집 나들이를 삼가는 것이 좋다는 말.
옛 말에 털이 많으면 색정도 많아 문제를 일으킬 가능성이 크니 터럭
많은 여자는 외출을 삼가는 게 좋다는 속설에서 나온 말.

입하고 돈 주머니는 동여매야 한다
말수는 적어야 신상에 좋고 돈은 쓰지 말아야 재산이 붇는다.

있는 거라곤 불알 두 쪽뿐이다
가진 거라고는 없는 비렁뱅이 신세이다.

있는 놈이 궁상은 더 떤다
재산깨나 있는 위인이 혹시 누가 빼앗아라도 갈세라 죽는 소리는 더하
고 있다. 건구역질 나는 일이라는 뜻.
=있는 놈이 더 무섭다

있는 청승 없는 청승 다 떤다
제 팔자타령에다 남의 팔자타령까지 있는 수다를 다 떨고 있다.

잉걸불*에 구워 먹든 끓는 물에 튀겨 먹든 맘대로 해라
흔히 빚쟁이들한테 시달릴 때 또는 어쩌지 못할 곤경에 처한 경우 아
무것도 가진 거 없는 몸이니까 마음대로 하라고 내뻗는 말.
=쥐어짜 봤자 물찌똥밖에 나올 거 없다. 배 째라.

---

* 잉걸불 : 이글거리는 숯불.

자

자가사리[*1] 끓듯 한다

많은 사람들이 모여 정신없이 법석대는 모양을 빗댄 말.

자귀[*2] 난다, 작작 좀 처먹어라

더 먹으면 탈나니까 그만 좀 먹으라고 나무라는 말.

자기 얼굴엔 분 바르고 남의 얼굴엔 똥 바른다

잘된 일은 모두 자기가 한 양 내세우고 잘못된 것은 싸잡아서 남의 탓으로 돌리는 못된 자이다.

자는 범에 코침 준다

공연한 짓을 해 큰 탈을 내놓았다.

자다 말고 남의 다리 긁는다

엉뚱한 말을 하고 있다고 핀잔주는 말.
=자다 말고 봉창 두드린다.

자라자지다

양기가 동하지 않아서 자라목처럼 움츠러든 자지를 빗댄 말.

---

*1 자가사리 : 동자개과의 민물고기. 맑은 냇가 돌 밑에 숨어 사는 몸길이 5~10cm가량의 작은 물고기.

*2 자귀 : 흔히 강아지나 새끼 돼지 등이 대중없이 너무 먹어서 생기는 병. 배가 붓고 발목이 뒤틀리는 증상으로 아이들에게 나타나는 수도 있다.

자라 좆*¹이 길면 목구멍 넘어가랴

제 자지가 작아 보여도 성나면 엄청나게 커진다고 떠벌이는 자에게 같잖은 소리 좀 말라고 머퉁이주는 말.
＝애들 자지가 크면 얼마나 크랴.

자리걷이해야*² 할 놈이다

죽어 없어져야 마땅한 쓸모없는 자이다.

자리 보전한다

죽을 때가 다 되어 운신을 못 하고 누워 있다.

자린고비다

지독한 구두쇠이다.

[採錄] 자린고비는 충주 사람으로서 인색하기로 유명했다. 하루는 어물 행상이 조기 한 마리를 거저 먹으라고 담 너머로 던져 주었으나 자린고비는 맛있는 조기 반찬이 밥을 더 축낸다 하여 "여기 밥 도둑놈 나가신다"라고 소리치면서 담 너머로 그 조기를 도로 던져 버렸다는 얘기가 지금껏 회자되고 있다.

자반뒤집기 한다

엎치락뒤치락하며 심하게 앓고 있다. 또는 몸싸움을 빗댄 말.

자발없는*³ 귀신은 무랍*⁴도 못 얻어먹는다

---

*1 자라 좆 : 자라 수컷의 생식기. 보통 때는 작다가도 성나면 커지는 자지를 농으로 이르는 말이기도 함.
*2 자리걷이 한다 : 고인의 시신을 모신 관을 집 밖으로 내간 다음에 치르는, 집을 가셔내는 의식. 관을 놓았던 자리에 음식을 차려 놓고 진혼굿을 하면서 고인의 명복을 비는 의식 절차를 이르는 말.

참을성이 없으면 제몫도 못 찾아먹게 마련이다.

자빠져도 코가 깨진다
재수가 없으려니까 별일을 다 당한다고 투덜대는 말.

자손 대대로 해 처먹어라
못된 행티에 대해 퍼부어대는 악담.
=조상 대대로 해 처먹어라.

자시오’ 할 때는 안 먹고 ‘처먹어라’ 해야만 먹는다
꼭 욕을 얻어먹어야만 말을 듣는 별나고 못된 성품이다.

자식 겉만 낳지 속까지 낳더냐?
자식일망정 그 성미나 생각은 낳은 부모도 어쩔 수 없는 것이다.

자식 귀엽게 키워 버릇 있는 놈 못 보았다
모름지기 자식은 엄하게 다뤄야 바르게 크는 법이다.

자식 낳아 기르는 법 알고 시집가는 년 없다
부딪치면 다 풀어 갈 수 있는 것이니까 아무 걱정 말아라.
=씹하는 법 알고 시집가는 년 없다.

자식 놈치고 부모 안 속이는 놈 없다
정도의 차이는 있을망정 자식은 부모에게 거짓말을 하게 마련이다.

자식도 품안에 적 자식이다

---

*3 자발없다 : 참을성이 없고 경솔하다.
*4 무랍 : 물에 만 밥.

품안에 있을 때나 내 자식이지 크면 남처럼 멀어지게 된다는 뜻.

자식 둔 골*¹은 범도 돌아본다

사나운 짐승이라도 제 새끼만은 끔찍이 여긴다.

=자식 둔 부모는 알 둔 새 같다.

자식 둔 사람은 입찬소리*² 말랬다

제 자식이 어찌 될는지 모르는 까닭에 입바른 소리를 해서는 안 된다
는 권면의 말.

자식 둔 사람은 화냥년 보고 웃지 말고 도둑놈 보고 흉보지 말랬다

제 자식들이 장차 어찌 될는지 모르는 탓에 남의 자식 흉을 보아서는
안 된다는 뜻.

자식 떼고 돌아서는 어미는 발자국마다 피가 고인다.

어미 자식 간의 정은 그만큼 떼어놓기 힘든 것이다.

자식 씨하고 감자 씨는 못 속인다

새끼는 어디가 닮아도 닮게 태어나는 까닭에 설령 몰래 바람을 피워
애를 낳더라도 끝내는 들통 나게 마련이라는 뜻.

자식은 오복(五福)에 안 들어도 이는 오복에 든다

이가 좋으면 잘 먹어 건강하므로 효도하는 자식보다 낫다는 뜻.

자식이 원수다

자식들로 인해 평생 고생살이를 못 벗어나고 있다는 푸념.

＊1 골 : 골짜기.

＊2 입찬소리 : 지위나 능력을 믿고 지나치게 장담하는 말.

자식 있는 부모치고 안 운 사람 없다

자식을 낳아 키우려면 그만치 온갖 마음고생, 몸 고생을 겪게 마련이다.

자식 자랑은 반 미친놈, 계집 자랑은 온 미친놈이 한다

무릇 사내는 점잖아야지 집안 자랑 따위를 나불대서는 대접을 못 받는 법이다.

자식 죽는 건 봐도 곡식 타는 건 못 본다

가뭄에 타 죽어가는 곡식을 보는 건 그만큼 애가 타는 일이다.

자업자득(自業自得)에 자승자박(自繩自縛)이다

자기가 저지른 일의 과보(果報)를 자신이 받는다는 뜻.

[禦眠楯] 어느 행상이 방이 하나뿐인 시골농가에서 유숙을 하게 되었는데 파적 삼아 주인과 상열지사에 대해 한담을 나누게 되었다. 먼저 행상이 이르되 "운우(雲雨)의 품격은 두 가지가 있으니 그 하나는 깊이 꽂아 오래 희롱하여 뼈를 녹게 하는 것이 상품이요 번갯불처럼 요란하고 휘황하되 잠깐 만에 방설하는 것은 하품이지요" 하였다. 그 때 아랫목 남편 곁에 서 이 말을 듣고 있던 여인이 문득 몸이 떨리고 몽롱한 중에도 꾀를 내 남정네에게 "여보 큰일이 났소. 금방 꿈에 우리 조밭에 산돼지가 들어 조밭을 쑥밭으로 만들고 있는 중이오. 어서 가서 돼지를 쫓아야겠소"라고 하자 지아비가 황급히 허리에 화살전대를 차고 총총히 밖으로 달려 나갔다. 이에 여인이 행상에게 "이제 됐으니 말씀하신대로 저의 뼈도 한번 녹여 주구려" 하고 추파를 던지니 행상이 과연 여인의 음문에다 양물을 깊이 찔러 뼈를 녹게 하는지라 여주인이 크게 반하여 사내를 유혹해 가재도구까지 싸가지고 도망을 치기에 이르렀다. 한데 어느 만큼 도망 걸음을 한 뒤 사내가 생각을 해 본즉 남의 유부녀에 가재도구까지 훔쳤으니 반드시 후환이 있으리라 여겨 여인에게 "가만 보니까 밥해먹을 솥과 냄비가 없으니 한 번 더 수고를 했으면 좋겠소. 나는 여기서 망부석

자 573

처럼 그대를 기다리리다" 하였다. 여인이 철석같이 그 말을 믿고 돌아가 솥단지를 이고 나오다가 그만 조밭에 갔다가 돌아오는 본서방과 맞닥뜨리게 되었다. 그런데 재기 있는 여인이 "아 글쎄 그 못된 행상 놈이 내가 깊이 잠든 틈에 세간을 몽땅 들고 도망을 치지 않았겠소. 그래 내가 점을 쳐 보았더니만 행상인이 금속인이어서 쇠로 만든 물건을 갖고 좇으면 붙잡을 거라기에 이렇게 되쫓고 있는 중이라오" 하고 그럴싸하게 둘러댔다. 이에 서방이란 자가 크게 놀라 솥을 걸머지고 함께 뒤를 밟으니 여인은 더욱 겁이 탱천하여 행상이 없는 곳만을 골라 찾아다니다가 지치고 낙망한 나머지 쓰러져 방성대곡을 했다 한다. 이르기를 자업자득(自業自得)이라, 죄는 지은대로 간다고 했거니와.

자지가 꼴려서* 환장하겠다

갑자기 불끈 성욕이 일어나 주체하기 곤란할 지경이다.

자지가 대꼬챙이 같으니 물렁뼈 같다느니

대개 여자 입장에서, 과거 남자들과의 정사를 입방아에 올려 주고받는 말.

자지가 말뚝 자지다

자지가 작거나 굽지 않고 마치 말뚝마냥 우뚝 잘 생겼다.

자지가 뻗데기 자지다

아직 표피가 그대로 덮여 있는 포경 상태의 자지이다.

자지가 송곳 같으니 솜방망이 같다느니

사내들 정력이 좋으니 나쁘니 하며 입방아를 찧는 여인네들의 우스갯말.

---

* 꼴린다 : 생식기가 성욕을 느껴 발기한다.

자지가 오줌만 싸라고 생긴 줄 아냐?
독신주의자 또는 발기 부전증의 사람을 두고 농으로 주고받는 말.

자지가 자라자지니 당나귀 좆 같다느니
여인네들이 남자의 성기와 양기에 대해 이러쿵저러쿵 입방아 찧는 상황에 빗댄 말.

자지 고약한 건 첫째가 우멍거지요 둘째가 물렁이 셋째가 당문파*요 넷째가 시들이다
첫째 우멍거지는 귀두가 덮여 있어서 아예 못 쓰고 둘째 물렁이는 발기가 약해서 감질만 나게 하고, 셋째 당문파는 삽입하자마다 문 앞에서 죽어 버려 김빠지고 넷째 시들이는 본래 발기가 안 되는 발기 부전이라는 뜻.

자지는 1. 온(溫)이고 2. 양(陽)에 3. 두 대(頭大)하고 4. 넓적이 5. 꼬부랑이 6. 장대(長大) 7. 우멍거지 8. 물렁이 9. 당문파(當門破 조루) 10. 시들이다
여자입장에서 남근의 성 능력과 성감을 평가한 말.

자지 무서워서 씹도 못 하겠다
닥치면 다 할 수 있는 거니까 군걱정하지 말라고 이르는 말.
=자지 무서워 시집도 못 가겠다.

자지 안서고 식성 줄면 황천길이 문지방 밖이다
정력이 없는 건 죽을 날이 멀지 않다는 징조가 되기도 하는 것이다.

자지에 금테 둘렀다냐?

---

* 당문파(當門破) : 문 앞에 이르러 문턱을 넘지 못하고 쓰러진다는 뜻.

여자 입장에서, 어째 남자가 그렇게 여자 속을 몰라주고 도도하냐고 원망조로 뇌는 말.

자지에 독이 올랐다
양기(陽氣)가 절륜한 상태이다.

자지에 흙고물 묻히고 자란 곳이다
태어나서 자란 고향이라는 뜻.

자지의 생김새 이야기
사람이나 짐승의 생식기가 각기 다른 모양을 갖게 된 내력에 대한 구전설화.

[口傳說話集] 옛날에 하느님이 땅에 사는 짐승들의 종족 보존을 위해서 갖가지 모양의 생식기를 만들어 큰 보자기에 한 보따리 잔뜩 싸서는 땅으로 내려 보냈다 한다. 그러자 땅위의 생령들이 모두들 가장 크고 좋은 놈을 먼저 차지하려고 보따리가 떨어진 데로 달려왔다. 이때 말과 소는 워낙 걸음이 빨라서 제일 큰놈을 골라잡게 되었고 사람은 중간 속도로 당도해서 그리 크도 작도 않은 중간치를 얻어 달게 되었다. 이중 돼지와 오리는 본디 걸음이 늦다 보니까 보따리가 있는 데를 가니 자지란 자지는 다 달고 가 버려 단 한 개도 남아 있지 않았다. 그래서 할 수 없이 울며 겨자 먹기로 자지 보퉁이를 묶었던 노끈을 풀어서 나누어 달게 되었다. 그래서 돼지 자지와 오리 자지는 지금도 모양새가 그렇게 풀어놓은 노끈마냥 꼬불꼬불한 생김새가 되었다 한다.

자지 작다고 애새끼 못 낳을까?
작다고 해서 문제될 게 없으니까 아무 걱정하지 마라.

자지 좋은 것은 일온(一溫)에 이양(二陽), 삼두대(三頭大)에 사 넓적이,

오 꼬부랑에 육 장대(壯大)다

자지는 첫째 따뜻해 포근한 느낌을 주어야하고 둘째 양기가 좋아 오래 해야 하며 셋째 귀두가 커서 마찰의 쾌감을 줘야 하고 넷째 넓적해서 꽉 들어찬 느낌을 주고 다섯째 약간 굽어 구석구석까지 쾌감이 전해져야 하며 여섯째는 길고 큰 것이 좋다.

자지하고 노름질은 만질수록 커진다

노름질이나 오입질은 할수록 빠져 드는 것이니 아예 처음부터 손을 대지 말아야 한다.

작고도 큰 것이 씹구멍이다

음문은 작아도 성행위에는 아무런 지장이 없다는 뜻. 또는 음문의 크기는 비록 작지만 여기에 온 재산을 다 쏟아 부어도 결코 채워지지 않는다는 뭇 오입쟁이들의 우스갯말.

작년 추석에 먹은 오려 송편*이 다 올라온다

시건방 떠는 꼴을 보자니 속이 다 뒤집히는 것 같다.

작년에 괸 눈물 금년에 떨어진다

오래 쌓이고 쌓인 슬픔이 한꺼번에 터진다. 또는 일에 대한 결과가 아주 오랜만에 나타나는 경우 따위에 빗댄 말.

작신나게 맞았다

몹시 매를 맞았다

작아도 자라 좆이다

얼핏 보기엔 작지만 발기하면 장대해져 제 구실을 다 하니 깔보지 마

---

* 오려 송편 : 올벼로 빚은 송편.

라.
=작아도 후추 알이다.

작은 마누라는 정에 살고 큰 마누라는 법에 산다
첩이란 정으로 맺어진 사이지만 본처는 정이야 있든 없든 상관없이 법적으로 신분이 보장된 관계이다.

잔고기 가시 세다
작은 사람이 더 다부지다.
=작은 고추가 맵다.

잔머리 굴린다.
어림없는 얕은 꾀를 쓰고 있다.
=참새 머리 굴린다.

잔정도 없다
델 정도의 뜨거운 정은커녕 미지근한 정조차도 없다. 남이나 다를 게 뭐냐고 내치는 말.

잘 그린다니까 뱀의 발까지 그린다
추어주니까 나중엔 별스런 짓까지 다하고 있다.
=이른바 화사첨족(畵蛇添足)이란 말.

잘나 터졌다
너 잘났다고 빈정대는 말.

잘되면 술이 석 잔 못 되면 뺨이 세 대이다
중매를 서는 경우에 빗대 이르는 말. 중매는 남의 평생을 좌우하는 일이므로 신중을 기해야 한다는 뜻.

잘되면 임금이요 못 되면 역적이다

반란을 일으켜 이기면 왕이 되고 지면 역적이 되듯, 세상은 승자에게 만 유리하게 되어 있다는 뜻.

잘 먹으면 약주, 잘못 먹으면 망주이다

무슨 일이든 중용을 지킴이 중요한 것이다.

잘 입어 못난 놈 없고 못 입어 잘난 놈 없다

사람은 차림새에 따라 평가가 크게 달라지기도 하는 법이다.
=옷이 날개다.

잘 집 많은 나그네, 저녁 굶는다

어련히 그 집에서 먹었으려니 하고 서로 미루다 결국 밥 한 그릇도 못 얻어먹는다 함이니 일을 아우르지 못하고 벌여만 놓아 낭패 보는 경우 따위에 빗댄 말.
=열두 가지 재주 가진 놈, 삼시 세 끼니가 간 데 없다.

잘 한다니까 시아비 앞에서 속곳 벗고 춤춘다

잘 한다고 칭찬 좀 해 주니까 주제 모르고 날뛰고 있다.

잠자리 씹하듯 한다

일을 성의 없이 하다 말다 하는 경우 머퉁이 주는 말. 또는 한군데 진중하게 있지 못하고 이내 떠나 버리는 경우 따위에 빗댄 말.
=토끼 씹하듯 한다. 번갯불에 콩 구워 먹듯 한다.

잡도리 한다

잘못되지 않도록 단속을 한다.

잡살뱅이*1 놈이다

자질구레하고 못난 자이다.

잡상맞은 년 같으니

버르장머리 없는 여자이다.

잡아먹어도 시원치 않다

포한이 맺혀 잡아먹어도 성이 다 안 풀리겠다.

잡았던 범의 꼬리는 놓기도 어렵다.

일단 시작한 일은 중도에 그만두기도 쉽지 않다.

잣눈도 모르고 자 막대 흔든다

자 눈금도 볼 줄 모르면서 자막대를 잘 쓰는 체한다 함이니 사람이 무
능력한 데다 솔직하지도 못하다고 폄하는 말.
=맥도 모르면서 침통 흔든다. 잣눈도 모르고 조복(朝服) 마른다.

장가가는 놈이 불알 떼놓고 간다

핵심을 모르고 건성으로 일을 하거나 요점을 파악 못하고 변죽만 울리
는 경우 제대로 하라고 면박 주는 말.

장난치다 애 밴다

모든 일에 신중해야지 경솔했다가는 큰 변을 당하는 수가 있으니 조심
할 일이다.
=곁눈질에 정든다. 민화투 치다 시어미비녀 잡혀 먹는다.

장내기 뜨내기*²로 살았다

---

*1 잡살뱅이 : 자질구레한 것들이 뒤섞인 허름한 물건.
*2 장내기, 뜨내기 : 장꾼들을 치거나 예사 행인들을 터는 도둑질.

여러 종류의 도둑질로 먹고 살았다는 자조적인 말.

장님이 눈먼 말 탄 격이다
위험을 자초하는 일이니 그러지 말라고 이르는 말.

장님이 더듬어 봐도 알겠다
짐작으로도 알 만한 일이다. 또는 그 정도도 모른다니 한심한 일 아니냐.

장님이 외나무다리 건너듯
몹시 위태위태한 모습에 빗댄 말.
＝장님 징검다리 건너듯.

장마*는 늦장마, 바람은 늦바람이 무섭다
늦장마가 들면 다 여문 곡식 농사를 망쳐 버리듯 바람기 역시 젊어서
는 한차례 지나면 그치지만 늦바람은 잠재우기 어려워서 패가망신하기
십상이라는 뜻.

장마 도깨비 여울물 건너가는 소리 하고 있다
터놓고 말을 못하고 입 속으로만 웅얼대는 사람을 두고 놀리는 말.

장마에 떠내려가면서도 가물 징조란다
사실이 뻔한 데도 경우에 없는 당찮은 말을 하고 있다.

장비(張飛)놈은 만나면 싸움질이다
사람만 보면 시비 걸고 싸움을 일삼는 망나니이다.

장비더러 풀벌레를 그리라니

---

* 장마 : '장(長)'자의 기본뜻은 '긴' '오랜'이란 것이고 '마'는 '물'의 옛말로서 '큰물' 또는
'오랫동안 내리는 비'를 의미한다.

당치 않은 주문을 하고 있다.

장사꾼은 마누라는 빌려줘도 돈은 안 빌려 준다
장사꾼은 그만큼 돈을 소중하게 여긴다는 비유의 말.

장사꾼은 밑진다면서도 땅 산다
대저 장사치들의 말은 믿을 것이 못 된다.

장승하고 말하는 게 차라리 낫겠다
동구 밖에 말없이 서 있는 장승처럼 도무지 말이 안 통하는 답답한 자이다.
=바람벽에 대고 말하는 게 차라리 낫겠다.

장인 이마빡 씻은 물 같다
국에 건더기는 없고 맨 멀건 국물뿐이다.

장작개비로 얻어맞았다
몹쓸 짓을 저질러 호되게 매를 맞았다.

장작도 결을 보고 쪼갠다
무슨 일이든 순리를 따라야 하는 법이다. 또는 그리 억지로 해서야 일이 제대로 되겠느냐고 이르는 말.

장작불하고 계집은 쑤석거리면 탈 난다
여자 마음은 대개 아주 약해서 옆에서 누가 자꾸 꾀면 넘어가기 십상이다.

장타령 중에서
각설이들은 주로 장터를 따라 전국을 떠돌아다니는 처지였으므로 이들에 의해 각 장의 특징을 해학적으로 풀이한 장타령이 보존 될 수 있었다.

1. 서서본다 서울장 다리가 아파 못 보고
   아가리 크다 대구장 너무 넓어서 못 보고
   이 산 저 산 양산장 산이 많아 못 보고
   울울 적적 울산장 답답해서 못 보고
   코 풀었다 흥해장 미끄러워서 못 보고
   횡설수설 횡성장 시끄러워서 못 보고
   이 천 저 천 이천장 개천 많아 못 보고
   똥 쌌다 구례장 구린내 나서 못 보고
   춘천이라 샘밭장 짚신 젖어 못 보고
   홍천이라 구만리 장 길이 멀어 못 보고
   엉성 드뭇 고성장 심심해서 못 보고
   영 넘어라 영월장 담배 많아 못 보고
   어지지화 김화장 놀기 좋아 못 보고
   이강 저강 평강장 강물 없어 못 보고
   정들었다 정선장 울다 보니 못 보고
   어제 와도 인제장 다리 아파 못 보고
   울퉁불퉁 울진장 울화터져 못 보고
   안창 곱창 평창장 술국 좋아 못 봤네
   어절씨구 잘한다
   푸짐하게도 잘하다

2. 인심이 좋아 원주장 달이 떴다 영월장
   색시가 많아 정선장 어물이 많아 강릉장
   한 자 두 자나 삼척장 왔다 갔다 부산장
   동태 놓고도 대구장 단둘이 싸워도 대전장
   수판 놓고도 예산장 구슬이 많아서 공주장
   막걸리 먹고도 청주장 목이 말라서 은성장

유기가 많아 안성장 복잡하구나 장호원장
물가장이라 여주장 사람이 많아 서울장

3. 비쩍에 마른 강릉장 강이나 말라 못 보고
　양양읍장 볼라니 약이 없어 못 보고
　물치(양양군 물치리)장을 볼라니 물이나 막혀 못 보고
　대포(속초시 대포동)장을 볼라니 대포 터져 못보고
　속초장을 볼라니 속상해서 못 보고
　천진(고성군 천진리)장을 볼라니 천원도 없어서 못 보고
　문암(고성군 문암리)장을 볼라니 문이 닫겨 못 보고
　간성(고성군 간성읍)장을 볼라니 간도 말라 못 보고
　아래 웃장 원산장 신발 처져서(헤져서) 못 보고

잦힌 밥에 흙 퍼붓는다

　못돼먹은 심술꾸러기이다.
　＝우물 밑에 똥 누기, 오려 논에 물 터놓기, 우는 아이 똥 먹이기, 해산한 데 개 잡기, 빚값에 계집 뺏기, 아이 밴 계집 배 차기, 패는 곡식 이삭 빼기, 애호박에 말뚝 박기 등 〈흥부전〉에서 놀부의 심술을 묘사한 심술시리즈 대목 중의 하나.

잦힌 밥이 멀랴 말 탄 서방이 멀랴

　다돼 가는 일이니 걱정하지 마라.

재기(才妓)는 재기이다

　재치 넘치는 한 기생의 오입쟁이 인물평.

　[禦睡錄] 어느 촌가의 기생이 자기 집에 찾아오는 인사들을 일러 마(馬)부장이니 우(牛)별감이니 여(呂)초관이니 최(崔)서방이니 하고 부르는데 실제 그 이름하고는 전혀 다른 별호로 부르는 것이었다. 하여 주

막에 먼저 와 있던 자가 의아해서 "네가 인사들의 성씨를 그토록 모르느냐?"라고 기생에게 물으니 기생의 답변인즉 "그분들이 다 나하고 친분이 오랜데 모를 리가 있소이까? 마씨 여씨 따위의 성을 붙임은 야사포펌(夜事褒貶: 밤일에 대한 인물평가)으로서 제가 붙인 별호가 올시다" 하는 것이었다. 이어서 인물평에 들어가는데 "그중 아무개는 몸과 더불어 양물이 아울러 장대하니 마(馬)씨이고 아무개는 몸집은 작지만 그 물건만은 큼지막하니 여(呂)씨요 또 아무개는 한번 꽂으면 금방 토하니 되새김질 잘하는 우(牛)씨이고 아무개는 아래위 오르내림이 현란하니 최(崔)씨라, 최는 곧 참새 작(雀)이라 그렇다는 뜻이올시다" 하는 것이었다. 그래서 먼저 와 앉아 있던 자가 "그럼 나는 무슨 별호로 부르겠는고?" 한즉 "매일 헛되이 왔다가 헛되이 가서 헛되이 세월만 축 내니 마땅히 허생원으로 제(題)함이 적절할까 보오이다" 하니 과연 재기(才妓)의 이름값에 모자람이 없었다.

재미*나는 골에 범 난다
　재미에 맛들이다 보면 필경은 변을 만나는 것이니 경계할 일이다.

재봤자 도토리 키 재기에 뛰어 봤자 벼룩이다
　우열을 가리기 힘든 상태이다.

재수가 불붙었다
　운수가 터져서 일이 썩 잘 되어가고 있다.
　(반대말)재수가 옴 붙었다.

재수 없는 놈은 곰을 잡아도 웅담이 없고 복 없는 장님은 점을 배워도 고뿔 앓는 놈조차 없다
　운 때가 안 맞는지 손대는 일마다 꼬이기만 해서 죽을 지경이다.

---

* 재미: 맛이 썩 좋다는 뜻의 자미(滋味)에서 나온 말.

재주가 메주다

못생긴 메주처럼 재주가 없는 자이다.

재주는 곰이 넘고 돈은 왕 서방이 먹는다

고생하는 사람 따로 있고 돈 버는 사람 따로 있다.

재하자(在下者)는 유구무언이다

아랫사람은 할 말이 있어도 함부로 지껄일 수 없는 것이다.

잰 놈이 뜬 놈만 못하다

무슨 일이든 잽싸게 하는 사람은 잽싼 만큼 야물지 못한 탓에 차근차근 완벽하게 하는 느린 사람만 못하다는 뜻.

쟁기질 못 하는 놈이 소 탓만 한다

제 능력이 달리는 줄은 모르고 남 탓이나 하는 허랑한 자이다.
=선무당이 마당 기울 댄다. 국수 못 하는 년이 안반만 나무란다.

저게 뜬구름인지 사람인지?

마음 못 잡고 떠도는 사람을 비유한 말.

저게 짐승이지 사람은 아니다

예의범절도 모르는 짐승 같은 자이다.

저고리 앞섶에 벌 든 시악시 적

한창 몸피 좋았던 처녀 시절에.

저고리 앞섶에 벌 들었다

나이 찬 처녀의 성숙한 모습을 비유한 말. 마치 벌에라도 쏘인 양 젖가슴이 부풀었다는 뜻.

저녁 두 번 먹는다

야반도주를 한다는 뜻.

저녁 때 꺼리는 없어도 도둑맞을 물건은 있다

아무리 가난해도 도둑놈이 가져갈 물건은 있는 것이니 문단속을 잘 해야 한다는 뜻.

저렇게 급하면 외할미 씹으로 왜 못 나왔노?

진작 어미 아닌 외할미한테서 태어났으면 저리 서두르지 않아도 될 것 아니냐는 뜻으로, 어떤 일을 마치 불에라도 덴 듯 서두르는 자를 비웃고 조롱하는 말.

저 먹을 거하고 저 파묻힐 땅은 타고 난다

세상 이치가 그런 것이니 먹고 사는 일에 너무 신경 쓰지 마라.

저 먹자니 싫고 남 주자니 아깝다

욕심 많고 인색하기 짝이 없는 자이다.

저미고 오려도 나올 건 피 밖에 없다

아무리 돈을 달라고 또는 빚을 갚으라고 성화를 해도 가진 거 없는 데야 어쩔 것이냐고 내뻗는 말.
=쥐어짜 봤자 물 한 방울 나올 거 없다.

저승* 고개 근처까지 갔다

여러 징후로 보아 죽을 때가 다 된 것 같다.

＊ 저승 : 지시대명사 ‘저’와 ‘삶’ ‘생명’을 나타내는 ‘생(生)’이 합성된 낱말로서 ‘저생(生)’이 ‘저승’으로 변한 것이다. 사람사는 세상을 이르는 ‘이승’ 또한 ‘이생(이生)’이 변화한 것이다.

저승길도 동무 있으면 가볍다

친구는 인생살이에서 가장 귀중한 존재이다.

저승길하고 뒷간은 대신 못 간다

죽음은 피할 수 없는 것이다.

저승 백년보다 이승 일년이 낫다

죽어 영생하기보다 다만 얼마만이라도 이 세상에서 더 살기를 바라는
게 사람의 본능이다.
=산 개가 죽은 정승보다 낫다. 죽은 놈은 산 놈 그림자만도 못하다.

저승사자 눈깔이 삐었나 보다

어째 저런 못된 놈을 안 잡아가는지 모르겠다고 개탄하는 말.

저승이나 이승이나 오가는 길 훤하다

살 만큼 살아서 이제 언제 죽은들 여한이 없다.

저 잘 되기보다 남 망하는 것을 더 좋아 한다

심사가 고약하고 뒤틀어진 자이다.
=초가삼간 다 타도 빈대 벼룩 타죽는 것만 시원하다.

적삼 벗고 은가락지 낀다

격에 안 맞는 괴이한 짓을 하고 있다.

전답(田畓)하고 계집은 임자가 따로 없다

여자는 먼저 차지하는 이가 임자가 되는 것이다.

전라도 뻘 보지, 한번 빠지면 죽는다

전라도에는 뻘이 많은 탓에 여기서 해산물을 채취하는 전라도 여자들

은 다리 힘이 좋아 상대적으로 성감 역시 남다르다는 우스갯말.
=강원도 비탈 보지다. 경상도 방아보지다.

절구에 옷 입혀 놓은 꼴이다
키가 작고 뚱뚱한 여자를 빗대 놀리는 말.
=절구통에 치마만 걸쳤다

절구질 세게 한다고 절구 밑 빠지는 법 없다
방사(房事)를 드세게 한다고 해서 음문에 흠집이 나는 것은 아니다.

절구통에 치마만 둘러도 사죽*을 못 쓴다
미추불문, 노소불문으로 여자만 보면 오입질을 못해 안달하는 색골이다.

절구통이 보면 형님(언니) 하겠다
아래위 구별할 수 없게 뚱뚱한 사람을 놀리거나 비웃는 말.
=호박이 보면 형님 하겠다.

절도 모르고 시주한다
남의 말에 속아서 돈을 날린 경우, 핵심도 모르면서 덤벙대다가 일을
망쳤다고 핀잔주는 말.
=밤새 울고도 누가 죽었는지 모른다.

절에 가면 중 되고 싶고 마을에 가면 속한(俗漢) 되고 싶다
백성들 마음이란 때 없이 변덕을 부리기 일쑤이다.

절에 가서 젓국 찾는다
당치 않은 짓을 하고 있다.

---

* 사죽 : 사족(四足)이 맞는 말임.

자 589

젊어 마누라 여럿이면 늙어 마누라는 하나도 못 거느린다

남자가 젊을 때 바람을 피우면 나이 들어서는 본처마저도 외면하여 결국 버림받게 되니 명심할 일이다.

젊어선 여우였다 늙으면 호랑이 된다

여자가 젊어서는 여우처럼 약삭빠르게 잘했다가도 자식이 크고 남편이 늙어 힘을 못 쓰면 내주장이 되어 집안을 쥐고 흔드는 호랑이처럼 사납게 표변한다는 뜻.

젊어 싸움은 사랑싸움이고 늙어 싸움은 돈 싸움이다

젊어선 사랑이 제일이지만 늙으면 돈에 더 의지하게 된다.
=젊어선 정싸움이고 늙으면 돈싸움이다.

젊은 계집은 가지 밭*¹에 오줌만 싸도 애가 선다

젊은 여자는 성교만 하면 금세 임신이 된다는 뜻을 에둘러 표현한 말.
=젊은 계집은 치마만 스쳐도 애가 든다.

젊은 과부는 단봇짐 싸고 늙은 과부는 한숨*²만 쉰다

무슨 일로 충격을 받으면 젊은 과부는 재혼을 결심하지만 늙은 과부는 그럴 형편도 못 되어 한숨만 쉰다는 뜻.

젊은 놈 망령은 홍두깨로 고치고 늙은이 망령은 곰국으로 고친다

나이 어린놈들의 못된 비릇은 매로 따끔하게 다스려야 하고 노인네 노망기는 맛있는 음식을 대접해야 효과가 있다.

젊은 보지는 뽀듯한 맛, 늙은 보지는 요분질 맛에 한다

---

*1 가지 밭 : 자지 모양이 가지 열매를 닮았대서 생긴 말.

*2 한숨 : '한'은 '큰'이란 뜻이고 '숨'은 '소리'와 관련된 말이다. 따라서 한숨이란 '크게 내쉬는 소리'를 뜻하는 말이다.

남녀 간의 정사는 나이에 상관없이 나름의 묘미가 있어서 이루어지는 것이다.

젊은 보지다

나이 젊은 여자이다.

젊은 여자는 익은 음식이다

처녀든 유부녀든 젊은 여자는 대저 남자라면 누구든 먼저 먹으려 드는 익은 음식과 같은 것이니 항시 몸단속을 잘해야 한다는 뜻.

접붙이고* 난 쇠불알 같다

맥없이 축 늘어져 있는 사람을 두고 놀리는 말.
=씹한 놈 자지처럼 축 늘어졌다.

접시 물에 코 박고 뒈져 싼 놈!

죽어도 망측하게 죽어 마땅한 자이다.

접시 밥도 담을 탓이요 같은 말도 할 탓이다

무슨 일이든 다 사람이 하기 나름이다.

접이불루(接而不漏)가 비방이다

성교 시 남자는 끝까지 사정을 참아야만 건강에 좋고 양기도 보하게 된다는 속설에서 나온 말.

젓가락으로 국 떠먹을 놈이다

어리석고 용렬한 자이다.

---

* 접붙인다 : 교미를 시킨다.

정 각각, 흉 각각이다

어떤 이는 장점만, 어떤 이는 단점만 있는 게 아니고 사람은 누구나 장점과 단점을 함께 갖고 있는 법이다.

정강이가 맏아들보다 낫다

다리가 튼튼하면 어디든 가서 구경도 하고 얻어먹을 수도 있는 까닭에 의지가 되는 맏아들보다도 건강이 제일이라는 뜻.

정 깊으면 병도 깊다

사랑이 깊으면 그리움 또는 미움의 병도 깊게 된다.
=다정도 병이 된다.

정도 품앗이다

사랑도 주고받는 가운데 이루어지고 더 깊어지는 것이다.

정들면 첫 서방이나 둘째 서방이나 한가지다

순서에 상관없이 사랑이 있느냐 없느냐가 중요한 것이다.

정들어도 참말은 하지 말랬다

아무리 가까워져도 해서 안 된 말은 끝까지 말아야지 잘못 했다가는 나중 큰 곤욕을 치르게 되니 조심할 일이다.
=정들어도 정말은 하지 말랬다.

정떨어진 부부는 원수만도 못하다

부부지간도 일단 사랑이 식고 나면 남보다 더 멀어지기도 한다는 뜻.

정만 있으면 가시 방석인들 따가우랴

사랑만 있으면 어떤 혹독한 고생도 참고 살 수 있다는 뜻.
=정만 있으면 삿갓 밑에서도 산다.

정수리에 부은 물이 발뒤꿈치까지 내려간다

부모가 잘못을 저지르면 그 영향이 자식까지 미친다는 뜻.

정승 날 때 강아지 난다

세상이란 존비귀천이 늘 돌고 도는 것이다.

정승 집 종놈이 정승 노릇 한다

하찮은 위인이 뒷심만 믿고 거드름을 피우고 있다고 비웃는 말. 이른
바 호가호위(狐假虎威)한다는 뜻.
=과부 집 종놈 행세하듯 한다. 양반집 하인 놈이 양반 노릇한다.

정승 판서도 저 싫으면 그만이다

마음 내키지 않으면 부귀영화도 다 천하고 부질없는 것이다.
=평양감사도 저 싫으면 그만이다.

정신은 빼다가 엿 사먹었냐?

건망증이 심해 물건을 잃거나 또는 일을 그르친 경우 탓하거나 놀리는
말.
=정신은 빼서 꽁무니에 차고 다니냐.

정에서 노염난다

가까운 사이일수록 예의를 지켜야 하는 법이다.

정으로 해야 맛있지 쎕한다고 정드는 건 아니다

남녀 간의 정사도 사랑이 있어야만 제 맛이 난다는 뜻.

정은 정이고 셈은 셈이다

아는 건 아는 것이고 계산만은 서로 분명히 해두자.

정을 따르자니 앞날이 울고 앞날을 따르자니 정이 운다
  남자는 맘에 드는데 재산이 없는 경우 여자 쪽에서 내뱉는 원망의 말.

정을 통했다
  배우자가 아닌 사이에 성 관계를 가졌다.

정이 들면 살점도 베어 먹이고 싶다
  정이 들면 어떤 험한 일이나 재산도 아깝지 않게 된다.

정이 말 위에 넘치는 것이
  정분을 말 속에 듬뿍 담아서.

정이 불이면 불길 일고 정이 물이면 물결이 일어야 정이지
  사랑이란 공명하는 것인 만큼 일방적으로 열을 올린다고 이뤄지는 것
이 아니다. 또는 상대방의 소극적인 행동을 은근히 성토하는 말.

정이 있어야 꿈에도 뵌다
  정이 있으면 늘 생각하고 못 잊어 한다.

정이 찰떡 같다
  찰떡이 서로 들러붙듯이 아주 정이 깊은 사이이다.

정이 헤프다 보면 화냥년 된다
  정이란 외곬으로 가야지 헤프다 보면 신세를 망치게 되는 것이다.

정 좋은 부부는 도토리 한 알만 먹고도 산다
  부부간 금실이 좋으면 가난해도 정답게 살 수 있다.

정 헤프고 말 헤프다 보니

줏대가 없다 보니 결국 신세를 망치고 말았다는 뜻.

젖가슴에 손 넣고 치마 들춰보는 짐승 놈!
교양이라곤 없는 막돼먹은 자이다.

젖 떨어진 강아지 같다
떼를 쓰고 보채는 경우 따위에 빗댄 말.

젖 먹은 뱃까지 다 뒤집힌다
꼴 보기 싫어 속이 다 뒤틀리는 것 같다.

젖 먹은 힘까지 낸다
온 심혈을 다 쏟는다.

젖비린내 나는 것이
나어린 녀석이 건방지게 군다고 꾸짖는 말.
=젖내 나는 놈이. 귀때기도 새파란 것이. 대가리에 피도 안 마른 놈
이.

젖소가 보면 언니 하겠다
젖가슴이 별나게 큰 여자를 놀리는 말.

젖은 흙바닥에서 마른 먼지 나겠다
화급하게 휘둘러 치거나 내달리는 모습 따위를 빗댄 말.

젖 좀 더 먹어야겠다
하는 짓을 보니 아직 수준이하이다. 더 좀 배워야겠다고 이르는 말.

젖 주는 어미는 있어도 물주는 어미는 없다

젖 먹여 키운 생모(生母)는 그리 정성을 다한다는 뜻.

젖통은 사발젖이라야 젖이 흔하다

병 젖, 대접 젖 보다 사발처럼 생긴 봉긋한 유방이라야 젖이 흔해 아기 키우기에 좋다는 뜻.

젖통을 떡 주무르듯 한다

거칠게 애무를 한다.
=젖통을 푸성귀 주무르듯 한다.

젖통이는 젖소만한 년이

유방이 유난히 큰 여자를 밉보아서 해대는 말.

젖통이 분통이고

입이 건 중매쟁이가 젖가슴이 크고 살색도 고운 며느릿감이라고 추켜세우는 말. 예전 처녀 젖가슴이 큰 것은 아기에게 젖을 잘 먹여 키울 수 있는 바탕 조건으로 통하기도 하였다.

젖통이 암소 젖통이다

젖가슴이 별나게 큰 여자이다.

제가 눈 똥에 주저앉았다

사업사득, 자화자초한 꼴이 되었다.

제가 무슨 부처님 불알*이라고

같잖게 저 혼자 점잖은 척 빼고 앉았다.

제 것 잃고 병신 된다

---

* 부처님 불알 : '진짜 부처님'을 에둘러서 표현한 말.

제 것 잃은 건 고사하고 망신까지 당해 설상가상이 되었다.
＝내 쌀 주고 뺨 맞는다. 제 것 잃고 제 함박 깬다.

제 것은 구정물도 벌벌 떠는 년이다

인색하기 짝이 없는 여자이다.

제 것이 아니면 남의 밭머리 개똥도 안 줍는다

남의 것에는 곁눈질도 하지 않는 청렴한 사람이다.

제 계집 도둑맞는 줄은 모르고 남의 계집 도둑질 한다

제 앞가림도 못 하는 주제에 엉뚱한 짓거리를 하고 있다.

제 계집 잃고 이웃 친구 의심한다

아내가 바람이나 도망을 치면 의심해서는 안 될 사람까지 의심하듯 제
잘못은 모르고 남을 의심하게 된다는 뜻.

제 구실 못하는 좆이 뒷동산에 가서 일어선다

정작 긴요할 때는 구실을 못해 창피를 당했는데 아무짝에도 소용없는
뒷동산에 가서 일어서더라 함이니 굿 지난 뒤 날장구 치는 격이라는
뜻.

제 꾀에 제가 넘어간다

남을 속이려던 것이 죄를 받아 되레 자기가 손해를 보았다.

제 낯짝에 똥칠만 한다

저 망신당할 짓만 하고 있다.
＝제 낯짝에 침 뱉기다.

제 놈이 제갈량이면 별수 있냐?

무슨 꾀를 써도 피할 수 없는 죽을 판이다.

제 딸 밉다는 사람 없다
자기 딸은 아무리 못생겨도 예뻐 뵈는 법이다.
=제 똥 구리다는 놈 없다.

제미*¹ 밑구멍에다 좆 박을 놈!
짐승들은 자기 어미와 상관하기도 한대서, 짐승이나 다름없는 놈이라
는 욕설.
=제미 붙을 놈이다.

제미 붙어*² 아수 볼*³ 놈!
세상에 다시없는 막된 자이다.

제 밑 가리고 남 밑 들추는 놈!
제 잘못은 감추고 남 흉보기를 일삼는 못된 자이다.
=제 얼굴엔 분 바르고 남 얼굴엔 똥 바른다.

제 밑구멍 들어 남 보인다
가만있으면 그만인 것을 공연한 짓을 해 망신을 자초한다.

제 발등 불부터 끄고 아비 발등 불 끈다
급한 일을 낭하면 우선 당장 자기 몸부터 살피게 마련이다.

제 발등에 불똥 떨어져야 정신 차릴 놈이다
말로는 안 되고 자신이 고초를 당해 봐야만 세상살이 어려운 걸 깨단

---

*1 제미 : '자기 어미'의 준말.

*2 제미 붙는다 : 자기 어머니와 관계한다. 짐승과 한가지라는 뜻.

*3 아수 본다 : '아우 본다'의 방언

게 될 자이다.

제 발등에 불똥 아니면 뜨거운 줄 모른다
위기 상황도 자신이 실제로 겪지 않고서는 공감하기 어려운 법이다.

제 발등에 오줌 싼다
누워 침 뱉기처럼 자신에게 손해나는 멍청한 짓을 하고 있다.

제 발등의 불도 못 끄면서 남 걱정 한다
제 할일도 못하면서 주제넘게 군다고 비웃는 말.
=머슴주제에 쥔마누라 속곳 걱정한다.

제 배부르니 평양 감사가 조카 같다
살림이 유족하게 되면 자신도 모르는 사이 거만한 마음이 움트게 마련
이다. 또는 서민들은 조그만 행복에도 만족하며 산다는 뜻.

제 배부르면 종 배고픈 줄 모른다
사람이란 대개 자기만 아는 이기적인 존재이다. 또는 어렵고 고된 남
의 사정을 헤아리는 건 그만큼 어려운 일이라는 뜻.

제 버릇 개 못 준다
한번 몸에 밴 습성은 좀체 고치기 어려운 법이다.
=부엌에서 새는 바가지 들에 나가도 샌다.

제비는 작아도 강남을 가고 참새는 작아도 알만 잘 낳는다
키 작은 것과 능력은 아무 상관도 없는 것이니 업신여기지 마라.

이와 관련 다음과 같은 가사의 민요도 전해내려 온다.

저기 가는 저 할머니 딸이 있거든 나 사위 삼소
사위자리는 마땅하나 딸이 어려서 못 삼겠네
아이구 그 말이 웬 말이요 제비는 작아도 강남 가고
거미는 작아도 줄만 치고 참새는 작아도 알만 낳소

제삿밥 얻어먹은 놈이 소 몰고 간다

정성으로 차린 제삿밥을 얻어먹은 놈이 몰래 소 도둑질을 해가듯 은혜
를 원수로 갚는 배은망덕한 자이다.
=호미 빌려 간 놈이 감자 캐간다.

제 새끼자랑은 3년, 남 새끼 흉은 싸잡아서 6년을 본다

자기 밖에는 안중에 없는 몰상식하고 몰염치한 자이다. 또는 사람들
성정이 대개 그렇듯 조악하다는 뜻.

제 색시가 예쁘면 곰보도 보조개로 뵌다

정이 들면 흉한 곰보도 보조개로 예쁘게 뵈는 법이다.

제 소 몰고 가도 소도둑놈이라겠다

얼굴하며 허우대가 도둑놈처럼 험상궂게도 생겨 먹었다.

제 섭 주고 뺨 맞는다

좋은 일 해주고 되레 손해를 본 억울한 경우이다.

제 아비 생일은 잊어도 지주(地主) 생일은 안 잊는다

생계와 직결되는 일부터 챙기는 게 사람의 속성이다.

제 얼굴에 침 뱉기다

망신스런 일을 자초하고 있다.
=누워 침 뱉기다.

제 자식도 정 각각 흉 각각이다

부모와 자식 간의 정도 똑같지 않은데 하물며 형제나 부부간엔들 같겠
느냐, 덮어 줘 가며 살도록 하거라.

제 절 부처 제가 위해야지 누가 대신 위해 주나

내 식구는 내가 소중히 거느려야 하는 것이다.

제 좆 꼴리는 대로 하는 놈이다

남의 말이나 사정은 아랑곳없이 저 하고 싶은 대로 하는 자이다.

제주 가서는 다금바리, 복바리, 비바리 맛을 다 보아야 한다

다금바리는 바릿과의 물고기로 복바리와 함께 맛이 좋기로 유명한 어
종이다. 비바리는 제주도 처녀를 이르는 말.

제 집 개도 밟으면 문다

사람이든 짐승이든 학대를 하면 앙갚음을 받게 마련이다.

제 집 쌀 놔 두고 남의 보리밥 얻어 먹는다

살만치 살면서도 가난한 이웃 신세를 지려 드는 좀스럽기 짝 없는 자
이다.

제 코도 못 닦는 주제에

제 앞가림도 못하는 터수에.

제 팔자 개 못 준다

타고난 운명은 어쩔 수 없는 것이다.

제 흉은 열 가진데 남의 흉 한 가지 본다

자기 흉은 많아도 안 보이고 남의 흉은 작아도 커 보이는 법이다.

젬병*¹이다

빈대떡 모양으로 납작하게 즉 일이 잘못되고 민망스럽게 되었다는 뜻.

조개*²도 묵은 조개다

늙은 여자이다.

조를 세어 밥을 짓겠다

좁쌀을 세어 담아서 밥을 지으리만큼 인색하기 짝 없는 여자라고 비웃는 말.

조명이 난*³ 놈(년)이다

널리 나쁜 소문이 나 있는 자이다.

조밥도 먹고 이밥도 먹었다

풍진 세상살이 겪을 만큼 겪으며 살았다.
=왈자 소리도 듣고 군자 소리도 들었다.

조 비비듯 한다

마음을 몹시 졸인다.

조상 대대로 해 처먹어라

욕심쟁이 또는 인색한 노랭이에게 '잘 먹고 잘살라'고 욕하고 조롱하는 말.

---

*1 젬병 : 전병(煎餅 : 빈대떡)에서 나온 말. 빈대떡은 가난한 사람들이 먹는 '빈자의 떡'에서 비롯된 말이라는 설도 있음.

*2 조개 : 조개의 옛말은 '죠개'이다. '죠'는 조그마한 것이란 뜻이었는데 족집게에서처럼 '쪼개지는 작은 것'이란 뜻을 나타내게 되었다.

*3 조명(嘲名) 났다 : 좋지 않은 소문이 나 있다.

조상도 없고 자손도 없는 놈이다

저 혼자 몸으로 세상 막되게 살아가는 자이다.

조선 놈은 해장술*¹에 망한다

우리 백성들이 시도 때도 없이 술을 마시는 등 계획성 없음을 꼬집는
말.

조자룡 헌 칼 쓰듯 망나니*² 작두 휘두르듯

거침없이 부리는 횡포 또는 자유자재의 능숙한 솜씨 따위에 비유한
말.

조조(曹操)는 웃다가 망한다

웃기 잘하는 사람을 놀려 주는 말.

조지는*³ 건 조조 군사라더니

재수가 없으려니까 일이 엉뚱한 데서 뒤틀려 망쳐 버렸다고 개탄하는
말.
=죽어나는 건 조조 군사이다.

여기서는 〈삼국지〉의 적벽강 전투에서 조조의 대군이 예상외로 제갈
공명이 지휘하는 유비 군에게 대패해 쫓길 당시 조조와 예하 장졸들의
참담한 정경을 비유한 것이다.

족대기는 데야 재간 없다

못 살게 들볶는 데야 견뎌내는 수가 없다.

---

*1 해장술 : 술기운을 푼답시고 아침녘에 마시는 술. '해장술에 하루 일 망친다'는 말이 있
 음.
*2 망나니 : 사형수의 목을 베던 사람. 언행이 막된 사람을 빗댄 말이기도 함.
*3 조진다 : 망친다. 때린다. 잡도리 한다.

족제비도 낯짝이 있고 미꾸라지도 발이 있고 빈대도 콧등이 있다

하물며 사람이 어찌 그리도 파렴치하단 말이냐.

족제비 잡아 꼬리는 남 준 택이다

족제비는 꼬리털을 얻으려고 잡는데 그 꼬리를 주다니, 공들인 결과가 허사가 되고 말았다는 뜻.
=죽 쒀서 개 좋은 일만 시켰다.

족제비 초상에 생쥐마냥 웃는다

속으로는 좋아도 내색을 못하는 경우 따위에 빗댄 말. 족제비는 생쥐의 천적이다.

족집게이다

운수를 잘 맞추는 영험한 점쟁이다.

[攪睡雜史] 한 선비가 먼 길을 갈 일이 있어 근처의 용한 점쟁이에게 이번 여정이 과연 무사할지 물은즉 떠나서 사흘째 되는 날 횡사할 괘이니 가서는 안 된다는 거였다. 안 갈 수 없는 길이라서 피흉면액(避凶免厄)의 방책을 묻자 떠나고 사흘째 되는 날, 날이 밝을 즈음에 처음 만난 여인과 통간하면 흉사를 면할 수 있다는 것이다. 선비가 명심을 하고 삼일째 되는 날 삼사십리 길을 간즉 한 여자가 우물가에서 빨래를 하는지라 말에서 내려 기다리자니 얼마 후 여자가 빨래를 다해 돌아가거늘 종에게 "너는 말을 끌고 먼저 주막에 가서 쉬고 있으면 나는 오늘저녁이나 내일 아침에 그리 가리라" 하고 여인을 좇아간 즉, 집에 당도하여 여인이 의아해 하며 무슨 일인가를 묻는 것이었다. 선비가 공손히 자초지종을 말하고 "오늘 처음 만나는 여인과 상관해야만 횡사를 면한다 하니 죽을 사람을 살린다 여기고 덕을 베풀어 주소서" 하니 "정상을 봐 허니 색을 취함이 아니고 딱한 사정임은 알겠으되 백주에 몸을 허락함이 부끄러우니 기다렸다가 밤에 하심이 어떤지요?" 하여 그 밤을 함께 지내고 이

튼날 새벽 아쉽게 이별을 한 뒤 먼저 말한 주막에 다다른즉 종이 말하기를 "어제 말을 끌고 십여리를 가서 돌다리를 건너는데 다리가 별안간 무너지면서 말이 물 아래로 떨어져서 돌에 부딪쳐 죽어 빈 몸으로 왔으니 낭패이옵니다" 하는 것이었다. 만일 선비가 그날 여인 말을 좇아 하루밤 지체하지 않았다면 다리가 무너질 때 말과 함께 떨어져 죽음을 면치 못했음은 명약관화한 일이었다. 맹인 점쟁이가 당일 처음 만난 여자를 취하도록 한 것은 그로 인해 피흉면액토록 하기 위함이었던 것이다. 저와 같은 신복(神卜 : 귀신같은 점쟁이)을 일러 예로부터 족집게라 불러 내렸다.

졸금*1 자지가 기운 쓰겠냐?
오줌발 시원찮은 자지가 밤일 때 힘을 쓰겠느냐고 놀리거나 무안 주는 말.

좁쌀로 뒤웅박을 파겠다
소견이 좁은 답답한 위인이다.

좁쌀방정을 떨고 있다
좀스럽고 경망스런 짓을 한다고 나무라는 말.

좁쌀여우 같은 년!
인색한 데다 간사하기까지 한 여자이다.

좁쌀친구이다
나이 어린 꼬마 친구 또는 옹졸한 사람을 빗댄 말.

종갓나 새끼*2 같으니

---

*1 졸금 거리다 : 오줌 따위가 조금씩 나오다 그치다 하는 모양.

*2 종갓나 새끼 : '종갓나'란 '종년 가시내'라는 뜻으로 종년의 새끼라고 비하하는 말.

천출 놈의 자식이다.

종기를 빨고 치질을 핥아 준다

치사하리만큼 아부를 일삼는 자이다.

종년 딸 윗방에 들이듯

아주 손쉬운 일에 빗대 이르는 말. 예전 봉건사회 때는 집에서 부리는
종의 딸은 과년하면 으레 주인 양반에게 먼저 몸을 바치는 것이 관습
처럼 되어 있었던 까닭에 생긴 말이다.
=종년 통정(通情)이야 누운 소타기다.

종이 호랑이다

겉보매만 번듯하지 실은 별것도 아닌 존재이다.

종 주먹*¹을 들이대면 어쩔 거야?

네까짓 게 덤빈다고 겁낼 줄 아느냐고 대거리 하는 말.

좆같은 새끼다

아무 짝에도 쓸모없는 인간 말째이다.

좆 까고 댓진*² 바를 놈 같으니

못돼먹은 놈인지라 가장 예민한 자지 귀두에 댓진을 발라 펄펄 뛰는
고통을 줘야만 버릇이 고쳐지겠다는 악담.

좆 까고 있다

허튼 소리를 지절대고 있다고 쏘아주는 말.

---

*1 종 주먹 : 상대방에 겁을 주려고 쥐어 보이는 주먹.

*2 댓진 : 담뱃대 속의 진액.

=좆 까지 마라.

좆 꼴려서 미치겠다

성교가 하고 싶어 못 견딜 지경이다.

좆 꼴리는 건 제 아비도 못 말린다

성욕은 본능적인 것인지라 그만큼 자제하기 어려운 것이다.

좆 꼴리는 대로 하다간 초상날 줄 알아라

제멋대로 하다가는 혼날 줄 알라고 엄포 주는 말.

좆 꼴리면 오형제 신세나 져라*1

정 못 참겠거든 수음이라도 해서 기분을 풀어라.

좆 나게 패버려라!

흠씬 두들겨 패줘라.

좆 나게 힘들다

매우 힘든 상태이다.

좆 나발 불지 마라

경우에 안 맞는 허튼소리 하지 마라.

좆 내 맡고 보지 벌어지듯

일이 순서대로 또는 예상한 대로 잘되어 가는 중이다.

좆 대가리도 덜 여문*2 애송이가

---

*1 오형제 신세 진다 : 남자 손가락으로 성기를 자극해서 성적 쾌감을 얻는 자위행위. 용두질.

아직 자지도 덜 큰 애숭이 놈이.
=좆 대가리도 안 팬 놈이.

좆 대가리 무서워 시집도 못 가겠다

어째 그리도 겁이 많단 말이냐.
=자지 무서워 시집 못 갈라.

좆 대가리 뽑아서 주둥이를 틀어막을까 보다

말질이나 일삼은 웬 못된 입버릇을 그냥 놔두지 않겠다는 으름장.

좆 대가리를 잘라 버릴까 보다

오입질로 온갖 말썽을 피우는 근본 원인을 없애 버려야 한다고 성토하
는 말.

좆 대가리가 살망아*³ 대가리 같은 것이

귀두가 한껏 발기한 모습이 마치 독 오른 뱀 대가리와 같은 모양새라
는 뜻.

좆 대가리가 쉬나 하라고 생긴 줄 아냐?

머뭇대는 상대방에게 정사를 부추기는 말.

좆 대가리만 크면 뭐 하냐 좆심*⁴이 좋아야지

자지만 크다고 사랑할 게 아니고 실전 능력이 좋아야 하는 것이다.

좆 대가리하고 노름질은 만질수록 커진다

---

*2 덜 여물다 : 여기서는 아직 자지가 덜 커서 귀두의 표피가 벗겨지지 않은 포경 상태라
는 뜻.

*3 살망아 : '살모사'의 방언.

*4 좆심 : 자지의 힘. 정력. 양기.

오입질하고 노름질은 하면 할수록 빠져 들어 신세를 망치는 것이니 당초부터 손댈 염의를 버려야 하는 것이다.

좆더러 송이래고*¹ 탱자보고 불알이란다

알지도 못하면서 아는 척한다고 핀잔주는 말.

좆도 개 좆이다

밤낮 오입질이나 일삼는 날 건달 놈이다.

좆도 모르고 송이버섯*² 딴다

송이버섯이 꼭 자지 모양처럼 생겼는데 그것도 모르고 송이버섯을 딴다 함이니 물정도 모르고 무슨 일을 하고 있다고 비웃는 말.

좆도 모르고 탱자탱자 한다

모르는 주제에 혼자 아는 척하고 있다. 여기서 탱자는 불알 모양에 비유한 말.

좆도 모르면서 면장질 한다

기본도 모르면서 다 아는 양 설쳐대다니 가소로운 일이다.
=좆도 모른다 : '아는 거라곤 없다'의 비속어.

[採錄] 이 말의 유래는 다음과 같다. 지난날 어느 면장이 한 동네를 지나다 보니까 아이가 길가에서 자지를 내놓고 오줌을 누고 있는지라 귀여운 마음에 자지를 만지면서 "얘, 너 이게 뭔 줄 아니?" 하고 물었단다. 그러자 이 아이가 놀라 얼른 집으로 도망쳐 가서는 제 엄마더러 "엄마, 엄마. 저 사람은 자지가 뭔지도 모르면서 면장 이래" 하고 일러바쳤

---

*1 좆더러 송이란다 : 남근 모양이 송이버섯 같대서 나온 말.
*2 송이버섯 : 송이(松栮)란 말 자체가 '소나무 버섯'이란 뜻임에도 '버섯'이 덧붙여진 것은 여타 '싸리버섯' 따위와 구별짓기 위해서였다.

다는데 이 말이 와전되어 '좆도 모르면서 면장질 한다'는 속된 말로 두루 퍼지게 되었다 한다.

좆도 좆같지 않은 게 꼴에 남자라고

여자 입장에서, 남자의 무능력을 탓하거나 또는 성적인 불만을 퉁기는 말.

좆도 좆같지 않은 게 풀만 먹이고* 자빠졌다

여자 입장에서, 조루증 자지를 빗대 무능력을 비웃는 말. 또는 일도 일 같이 못하는 주제에 말썽만 피우고 있다는 우회적인 욕 말.

좆도 좆 나름 씹도 씹 나름이다

사람도 사람 나름이고 일도 일 나름이다. 또는 일이 기대에 썩 못 미친 경우 못마땅해서 내뱉는 말.

좆 되었다

망쳤다. 손해를 보았다. 패했다.

좆 떼서 개나 줘라

개 흘레하듯 밤낮 오입질을 일삼는 바람둥이에게 해대는 악담.

좆만 꼴리게 만든다

실속은 없이 기분만 좋다 말게 한다고 내뱉는 말.

좆만 컸지 실속은 없는 놈이다

자지만 컸지 정력은 볼품없는 자이다. 또는 허우대만 근사했지 거지나 다름없는 건달이라고 비하하는 말.

＊풀만 먹인다 : 조루증으로 불시에 정액이 옷에 묻어 마치 풀을 먹인 것 같다. 공연히 옷만 못쓰게 버려 놓았다는 뜻.

좆 맛이 꿀맛이다

여자 입장에서, 정사의 맛이 그만이다.

좆 물렸다[1]

간통죄로 잡혀 들어와 수형 생활을 하거나 또는 간통 합의금 조로 거금을 물어 주게 된 경우 자조적으로 뇌거나 또는 안됐다는 투로 빈정대는 말.

좆 물린 강아지 모래밭 싸대듯

독충 따위에 생식기를 물려서 쩔쩔매는 강아지처럼 허둥대는 모습을 두고 빈정대는 말.

좆 발이 안 선다

흔히 노름판 따위에서 끝발이 안 선다고 투덜대는 말.

좆 방망이 하나는 그만이다

자지 하나는 큼지막한 게 썩 잘 생겼다.
=좆 대가리. 좆 자루.

좆 밥[2]도 덜 떨어졌다[3]

'아직 나이 어린놈이'라고 깔보는 말.

좆 버릇이 고약한 놈이다

체면이고 뭐고 없이 오입질을 일삼는 사색잡놈이다.

좆 본 과부요 씹 본 벙어리다

---

[1] 좆 물렸다 : 자지를 어떤 이물에 물려 고통을 당한다는 뜻.

[2] 좆 밥 : 귀두 둘레의 살가죽. 우멍거지.

[3] 좆 밥이 덜 떨어졌다 : 귀두가 벗겨지지 않은 포경 상태의 자지라는 뜻.

반색을 하고 소란을 떠는 모습이 도에 지나침을 비아냥대는 말.

좆 빼는 놈만 서럽다

남들이 즐기는 자리에 가서 굴욕적인 서비스를 해야 하는 경우, 성에 받쳐서 내뱉는 볼멘소리.

좆 빠지게 힘들다

몹시 힘든 상태이다.
=좆 나게 힘들다.

좆 빤다고

미쳐서. 머리가 돌아서.

좆 빼고 귀 빼면 뭐 먹을 거 있냐?

나귀 몸에서 그중 큰 귀와 좆을 빼면 남는 게 뭐가 있겠느냐는 뜻으로, 여기서는 큰 몫은 이미 다 챙겨 갔는데 나 먹을 게 뭐 있겠느냐고 따지는 말.

좆 뽑고 불알 발라 버릴 테다

성불구를 만들어도 한이 남겠다는 저주의 악담.

좆심도 없으면서 달래기는

여자 입장에서, 남자더러 성교할 능력도 없으면서 보챈다는 핀잔의 말.

좆심은 코 보고는 모른다

코가 커야 정력도 좋다지만 그건 낭설일 수도 있는 것이다.
=좆심은 허우대 보고는 모른다.

좆심*1 줄고 식성 줄고 음성 줄면 저승길이 문 밖이다

세상사는 기운들이 줄고 없어지다 보면 결국 갈 데는 한군데 밖에 없는 것이다.

좆 안 꼴리면 저승이 문 밖이다
무릇 남자는 자지가 발기 부전이면 인생 다 산거나 한가지라는 뜻.

좆 안 서는 놈은 외상도 주지 말랬다
새벽 자지가 서지 않으면 언제 죽을지 모르고 죽으면 못 받게 되니 외상을 주어서는 안 된다는 우스갯말.

좆 안서는 놈은 황천길*²이 내일 모레이다
남자의 경우 발기 불능은 곧 죽을 날이 얼마 남지 않았다는 징후가 된다는 뜻.

좆에 궁짜가 끼었나 보다
흔히 노총각, 홀아비 등이 아무 여자한테나 관심을 보일 때 놀려 주는 말.

좆으로 뭉개도*³ 그보다는 낫겠다
일을 건성으로 하는 당사자를 호통치는 말.

좆으로 밤송이를 까라면 까고 보지로 못을 뽑으라면 뽑지 도리 없다
철저한 상명하달의 조직사회 말로서, 일단 명령이 떨어지면 어떤 일이든 반드시 이행해야 한다는 뜻.

좆은 사람보고는 모른다

---

*1 좆심 : 남자의 성 능력.

*2 황천길 : 저승을 이르는 황천으로 가는 길. 저승길.

*3 좆으로 뭉갠다 : 아주 쉬운 일이다. 하찮은 일이다.

사람 치수는 작아도 남근이 크고 실한 경우는 얼마든지 있는 법이다.
=좆심은 코 보고는 모른다.

좆은 클수록 좋고 씹은 작을수록 좋다

남근은 커야하고 음문은 작고 좁을수록 성감이 좋대서 나온 말.

좆을 빼서 아가리에다 처 박을까보다

입(아가리)을 쓸데없이 놀리면 가만 안 두겠다는 으름장.

좆을 잘 되냐?

도무지 되는 게 없어서 죽을 맛이다.

좆이나 빨아라

할 일 없으면 가만이나 있지 웬 참견이냐고 쏘아주는 말.

좆이나 씨팔이다

일이 엉망이 돼버렸다고 개탄하는 말.

좆이나 콱 물릴까 보다

쓸데없는 말 그만하고 입 닥쳐라. 만일 계속하다간 크게 혼날 줄 알라
고 엄포 놓는 말.

좆이 영락없는 당나귀 좆이다

자지가 별나게 큰 작자라고 소문내는 말.

좆이 커야 좆 맛도 좋다

여자 입장에서, 성교 시 자지가 커야만 성감도 좋다는 뜻.
=좆이 커야 좆심도 좋다.

좆 작아 장가 못 간 놈 없고 좆 짧아서 새끼 못난 놈 없다.

비록 작더라도 성관계나 자식 낳는 데는 지장이 없는 것이니 군걱정하지 마라.

좆 주무르듯 떡 주무르듯 한다

과부가 오랜만에 남근을 주무르듯 물건을 계속 만지작거리고 놓지 않는 경우에 놀려대는 말.

좆 줄듯 한다

찬물에 자지가 움추러 들듯 돈이나 재산 등이 줄어드는 모양에 빗댄 말.

좆 쥐고 양산도(陽山道)*¹ 한다

격에 안 어울리고 분위기에 안 맞는 짓을 하고 있다고 비웃는 말.

좆 짜고 있다

경우에 없는 헛소리 좀 하지 마라.

좆 짧은 건 써도 글 짧은 건 못 쓴다

자지는 작아도 애 낳고 성생활 하는데 아무 지장 없지만 글 배우다 만 것은 아무짝에도 못쓰는 것이니 끝까지 배워 일가를 이뤄야 한다는 뜻.

좆 찬 놈들*²은 모두 개새끼들이다

사내들이란 모두들 여자만 보면 마치 발정한 수캐마냥 덮치려 드는 흉악한 자들이니 조심하라고 이르는 말.

---

*1 양산도 : 경기 민요의 한 가지.

*2 좆 찬 놈들 : 남자를 속되게 이르는 말.

좃 크다고 씹 잘하는 건 아니다.

여자 입장에서, 자지가 크다고 다 양기가 좋은 건 아니라는 뜻.

=좃 크다고 좃심 좋은 건 아니다.

좃 큰 건 허우대 보고는 모른다

남근의 크기는 꼭 키나 체격과 비례하는 것은 아니다.

좃하고 씹은 작아도 써먹는다

남녀 성기는 비록 작더라도 제 구실 하는 데는 아무 지장이 없다.

좃하고 집은 클수록 좋다

양물이든 집이든 좀 커야만 남 보기에도 좋고 쓸모도 많은 법이다.

좃 하자는 대로 하다간 신세 조진다

남자의 경우, 욕정이 일어도 자제를 해야지 그러지 못하면 신세 망치기 십상이니 조심해야 한다는 경계의 말.

좋은 꾀보다 나쁜 꾀가 먼저 난다

사람한테는 속물근성이 있어 여차하면 나쁜 생각이 먼저 떠오르기 쉽다는 뜻.

좋은 소리도 두 번 하면 잔소리 된다

자꾸 되작이지 좀 말라고 핀잔주는 말.

=매화타령도 두 번 들으면 신소리 된다.

좋은 소문은 기어가고 나쁜 소문은 날아간다

좋은 소문은 널리 안 퍼져도 나쁜 일은 눈 깜짝할 새 널리, 그리고 멀리 퍼지는 것이니 조심할 일이다.

좋은 일엔 남이고 궂은 일에만 일가이다

여느 때는 나 몰라라 하다가 궂은 일에만 도움을 청한다고 불만을 털어놓는 말.

죄는 도깨비가 짓고 벼락은 고목(古木)이 맞는다

죄지은 놈은 도망치고 엉뚱한 사람이 붙들려 곤욕을 치른다는 뜻.
=죄는 막둥이가 짓고 벼락은 샌님이 맞는다.

죄는 지은 대로 가고 물은 흐르는 대로 간다

죄를 저지르면 반드시 궂은 대가를 받게 되는 법이다. 사필귀정(事必歸正)이라는 뜻.

[攪睡雜史] 호남의 한 작은 읍내에 양반집 모녀가 살았는데 그 행실이 현숙하기로 소문 나 이웃의 도움으로 정혼을 하고 예를 행하려는 즈음 하루는 문득 본읍 통인으로 다니는 이방의 아들이 찾아와 여종에게 "내가 돌아가신 이집 생원님께 글 배우러 다닐 적에 너의 소저와 여러 번 상관하였노라" 하는 것이었다. 이는 작자가 흑심을 품고 소녀의 아비가 생전에 호구책으로 훈장을 한 적이 있음을 기화로 그 미모의 딸을 취하고자 술책을 쓴 것이었다. 인하여 성사된 혼인이 파경에 이른지라 그 어미가 얼굴이 흙빛이 되어 몸져눕게 되었다. 이에 딸이 이르되 "이는 그 놈이 우리 집이 외롭고 가난함을 넘보고 불측한 계교를 낸 것인즉 상대할 것이 없고 다만 관가에 고발해 신설(伸雪. 죄의 억울함을 밝혀 원통함과 부끄러움을 씻는 일)함이 마땅하옵니다" 하고 관정(官廷)에 고해바쳤다. 이에 사또가 듣고 당자인 처녀와 통인을 불러 "네가 저 처녀와 여러 번 상통하였다니 그 얼굴과 몸뚱이를 잘 알 것인즉 상세하게 고하라. 어기면 죽고 살아남지 못하리라"한 데, 미리 사람을 시켜 그 자세한 것을 정탐한 통인의 대답이 사실과 다르지 않았다. 사또가 듣고 다시 놀라는 중에 처녀가 좌우를 물리게 하고는 말하되 "소녀의 왼쪽 젖통 아래에 밤톨만한 검은 사마귀가 있고 그 사마귀에 터럭이 수십 개 나 있는데 그

자가 여러 번 상통하였다면 반드시 이를 알 수 있을지니 차례로 이를 하문(下問)해 보옵소서" 하고 고하였다. 이에 사또가 다시 통인을 불러 "네가 처녀와 상통했다하니 남이 보지 못하는 곳에 무슨 별다른 게 없더냐?" 물으니 놀랍게도 통인이, 처녀 젖통 밑의 사마귀에 긴 털이 나 있는 것까지 상세히 말하는 것이었다. 이는 처녀가 사또에게 고할 때 미리 매수한 자를 시켜 엿듣게 한 결과였다. 사또가 거듭 놀라 당혹해 할 세, 처녀가 얼굴을 붉히면서 저고리를 벗고 젖을 내 보였는데 거기엔 사마귀든 털이든 그 아무 것도 눈에 띄지 않았다. 이어 처녀가 이르기를 "소녀가 그리 말한 것은 저 간악한 자가 전에처럼 사람을 시켜 엿듣게 하리라 짐작하고 저 또한 그에 대적해서 계교를 꾸민 것이니 용서하옵소서" 하였다. 이에 사또가 크게 깨닫고 기특하다 칭찬한 연후에 통인을 잡아들여 엄히 심문한 즉 마침내 죄를 실토하매 때를 가리지 말고 쳐서 죽이라고 명을 내렸다. 또한 처녀는 이 일로 하여 정한 혼인이 퇴하였다는 말을 듣고는 그 자색과 재주가 다시 없음을 가상히 여겨 둘째아들로 하여금 구혼케 하여 며느리로 삼았다 한다.

죄다 한통속 놈들이다.

다들 작당을 해서 남을 해코지하는 한 패거리들이다.

[蒐集] 옛날에 장모되는 사람이 사위와 함께 사돈집에 가던 길에 개천을 건너게 되었다. 그래서 할 수 없이 사위가 장모를 업고 개천을 건너는데 장모가 자꾸 잔등에서 미끄러지자 사위가 손을 내려 장모의 음문에 손가락을 꽂아 부추긴 것까지는 참았으나 녀석이 거기서 그치지 않고 손가락을 돌리기도 하고 쑤시기도 하는 등 온갖 장난질을 하는 것이었다. 장모가 그러지 말라고 타일러도 사위는 개천을 다 건널 때까지 장난을 그치지 않았다. 화가 머리 꼭대기까지 난 장모가 사돈집에 이르러 녀석의 아비인 바깥사돈한테 그 사실을 말하고는 못돼먹은 아들놈 단단히 혼을 좀 내주라고 일러바쳤다. 그랬더니만 사돈 말인즉, "에이, 그런 말 자꾸 하지 마슈. 말만 들어도 좆 꼴려서 환장하겠시다." 그러는 거였다.

장모는 하도 기가 막혀서 마침 집에 있는 노사돈 영감한테 다시 모든 사실을 낱낱이 고해 바쳤다. 노사돈 영감은 그 말을 다 듣고 나더니 느닷없이 주르르 눈물을 흘리는 것이었다. 장모는 속으로 쾌재를 부르며 '이제야 이놈들 부자 모두 혼구멍이 나리라' 하고 회심의 미소를 짓고 있는데, 그 노사돈 입에서 나온 말인즉 "내가 젊었을 때는 근동 십 리 안팎 여자들이 다 내 것이었는데, 이젠 제 발로 걸어 들어온 여자 하나도 맘대로 못할 정도로 팍 늙었으니 그게 원통해서 눈물을 흘리는 거외다." 그러는 거였다. 이 말을 듣자 부아가 치민 장모가 노발대발하며 "에잇! 그 애비에 그 아들이란 말은 들었어도 어떻게 손자 놈까지 삼대가 한통속으로 이렇듯 잡놈의 집구석이란 말이냐?"라고 들입다 욕설을 퍼부었다 한다.

죄진 놈 옆에 있다 벼락 맞는다

못된 친구를 두면 그 친구 탓에 덩달아 화를 입는 수도 있으니 사람을 가려서 사귀어야 한다는 충고의 말.

=모진 년 옆에 있다가 벼락 맞는다. 도둑놈 마누라는 저절로 도둑년 된다.

주걱 뺨따귀* 얻어 맞는다

마누라에게 혼구멍이 난다는 뜻.

주근깨 많은 여자는 색골이다

주근깨가 많으면 색정도 강하대서 생긴 말.

주는 씹도 못 한다

선심을 써도 받아들이지 못하는 반병신이다.

---

*주걱 뺨따귀 : 밥 푸는 주걱으로 아내한테 얻어맞는 뺨따귀. 여기서 주걱은 '줍다'에서 '줍'이 '죽'으로 변한 뒤에 접미사 '억'이 붙어 '주걱'이 된 것이다. 따라서 주걱은 '밥을 집어드는 것'이란 뜻이다.

주둥이 까발렸다*¹간 초상날*² 줄 알아라

말을 입 밖에 냈다가는 가만 안 놔둘 테니 명심해라.

주둥이 놀린다

경우에 안 맞는 말을 한다. 또는 버릇없이 말대꾸를 한다.

주둥이 단속 좀 해라

말을 함부로 못하게 단도리를 해라.

주둥이가 노골노골 해지도록 되우 쳐라

고분고분하게 불 때까지 맵게 족쳐라.

주둥이가 석 자는 빠졌다

몹시 화가 난 모습에 비유한 말.

주둥이가 시궁창이다

입이 더러워서 귀를 막아야 할 정도이다.

주둥이에 좆이나 콱 물릴까 보다

쓸데없는 말 나불대는 자에게 해대는 욕설.

주려면 홀딱 벗고 주랬다

사심 없이 줘야만 고맙게 여겨 반대급부도 있는 법이다.

주례 십불출(酒禮十不出)이다

술 예법에서 벗어난 몰상식한 행동 열 가지를 이르는 말.

---

*1 까발린다 : 속에 든 것을 드러낸다.

*2 초상나다 : 죽는 일.

1 술은 안 먹고 안주만 축내는 자. 2 남의 술에 자기 생색내는 자. 3 술잔 잡고 잔소리 늘어놓는 자. 4 술 먹다 말고 딴 자리로 가는 자. 5 술 받아먹고 따를 줄 모르는 자. 6 상갓집 술 먹고 노래 부르는 자. 7 잔칫집 술 먹고 우는 자. 8 남의 술만 먹고 제 술은 낼 줄 모르는 자. 9 남 술자리에 제 친구 데리고 가는 자. 10 기념 술자리에서 축사를 오래 하는 자.

주리*1를 틀 놈 같으니
혹독한 고문을 당해야 정신을 차릴 놈이다.

주린 놈이 찬 밥 더울 밥 가릴까
굶주리면 음식 가리지 않고 주는 대로 있는 대로 먹게 마련이다.

주릿대를 안길 놈이다
주리를 틀어 혼을 내야만 될 못된 자이다.

주먹구구에 박*2 터진다
일을 꼼꼼하게 하지 않고 어림짐작으로 하다 낭패 본 당사자를 꾸짖는 말.

주먹*3담판을 한다
주먹다짐으로 시시비비를 가린다.

주색잡기가 세상사는 맛 아니더냐

---

*1 주리 : 양쪽 발을 묶은 상태에서 다리 사이에 막대를 꽂고 비틀어 다리뼈가 으스러지는 듯한 고통을 주는 고문의 한 가지.

*2 박 : 머리통을 비유한 말.

*3 주먹 : '줌+억'의 합성어로 본래 '집는 것'이란 뜻이었는데 이제는 '손가락을 모아쥔 손'을 말하는 것으로 되었다.

보통 사람들에겐 이런 세속적인 쾌락이 세상사는 맛이 된다는 뜻.

[太平閒話] 이(李)씨 성의 한 호기 있는 무반이 중병이 들어 의원을 불러다 보게 하였는데 왼편에는 단장을 한 미인, 오른편에는 거문고를 두고 앞에는 주육(酒肉)을 늘어놓고 있었다. 의원이 놀라서 "병을 고치려거든 먼저 이런 것들을 치우고 멀리 하셔야만 합니다" 하였더니 무반의 말인즉 "내가 조석을 다투는 목숨을 늦춰보자는 것은 바로 이런 것들 때문인데 그런 것들을 치워버리고 멀리 해야 한다면 백년을 더 산다 해도 나는 싫소이다" 하였다.

주색잡기(酒色雜技)는 선생이 따로 없다
술 마시고 계집질에 노름질하는 따위는 가르쳐 주지 않고 배우지 않아도 용케 잘들 알아서 한다는 뜻.

주(酒)와 색(色)은 따라다니는 법이다
술 좋아하다 보면 여자도 좋아하게 되어 있다.

주인이 도둑이면 개도 짖지 않는다
상사가 부정을 저지르면 부하들은 도리 없이 입을 다물게 마련이다.

주인 보태 주는 나그네 없다
있는 사람 덕을 보면 봤지 없는 사람한테 덕을 볼 수야 없는 일 아니냐.

주전부리 한다
간식을 먹는다. 또는 배우자 아닌 상대와 정을 통한다.

주정뱅이 보고 술 취했다면 성 낸다
누구든 입바른 말은 싫어하는 법이다.

주정뱅이 영감에 미친 딸년에

팔자도 참 더럽다고 탄식하는 말.

주제에 수캐라고 다리 들고 오줌 깔긴다

못난 주제에 남 하는 짓은 다 하려 든다고 비웃는 말.

주책바가지가 말 좆 짊어지고 장에 간다

병신 같은 짓거리 좀 하지 마라.

주천(酒泉)에서 술이 안 나오는 까닭

영월의 주천에서 술이 안 나오게 된 옛 이야기.

[蒐集] 강원도 영월군에 있는 주천강(酒泉江)가에는 이상하게도 술이 솟아나오는 샘이 하나 있어 인근에 소문이 자자했다. 더 신기한 것은 양반이 떠마시면 약주가 되고 상민이 떠마시면 탁주가 되는데 상민이 양반 변장을 하고 마셔도 영락없이 탁주가 되는 것이었다. 그러던 어느 해 이 고을에서 농사를 짓던 한 젊은이가 과거에 급제를 한 다음 금의환향하여 그 샘물을 찾았다. 그 전엔 농사꾼이라 하여 아무리 마셔도 탁주밖에 안 나왔던 일이 크게 한이 맺혀 있었던 것이다. 이젠 양반이 되었으니 틀림 없이 약주가 나올 것으로 믿고 온 동네 사람들을 죄다 모이게 한 다음 "자아 이젠 이 샘이 나를 알아보고 약주를 줄 것이니 잘들 보시오" 하고 호기롭게 말한 다음 샘물을 한 그릇 가득 떠올렸다. 그런데 술은 약주가 아니고 역시 탁주였다. 해서 탁주를 버리고 약주를 기대하고 다시 떠올 렸으나 두 번 세 번 네 번을 거듭 떠올려도 역시 탁주였다. 이에 모인 사 람들의 웃음소리가 마치 조소인 양 귀에 거슬리자 화가 머리끝까지 치밀 어 오른 젊은이가 "이런 망할 놈의 샘이 있는가? 거짓으로 민심을 현혹 하는 이런 못된 것은 이대로 놔둘 수 없다"면서 근처의 큰 돌을 들어다 가 샘이 나오는 혈(穴)에 던져 버렸다. 그 뒤로는 그 샘에서 약주든 탁 주든 다시는 나오지 않게 되었다는 것이다. 이는 외양이 아니고 겸양지

덕을 갖춰야만 양반이란 무언의 가르침일 것으로 이해된다.

주태백이다
중국의 주선(酒仙) 이태백만큼이나 술을 좋아하는 술꾼이다.

죽는 건 조조 군사이다
정치를 잘못하면 죽어나는 건 백성들뿐이다.

죽는 년이 보지 가리랴
어차피 끝장난 판국에 체면을 돌보겠느냐.
=화냥년이 보지 감추랴.

죽도 죽 같지 않은 게 뜨겁기만 하다
일도 일 같지 않은 게 힘들기만 하다.

죽 떠먹는 자리다
흔히 여자가 바람을 피워도 흔적이 남지는 않는다는 뜻.
=한강에 배 지나간 자리다.

죽 떠먹은 자리 없고 씹한 자국 없다
외관상으로는 아무런 흔적이 안 남는다는 뜻.
=죽 떠먹은 자리요 한강 배 지나간 자리다.

죽 쒀서 개 바라지*한다
목적에 빗나가는 짓을 한다고 나무라는 말.
=죽 쒀서 개 좋은 일만 시켰다.

죽어 귀신 노릇도 못 하겠다

---

* 바라지 : 온갖 것을 돌봐주는 일.

위인이 못돼먹어서 죽어 귀신 대접조차도 받지 못하겠다.

죽어도 먹고 죽은 놈은 때깔이 곱다

뭐니뭐니 해도 평소 섭생을 잘하는 것이 제일이다.

죽어봐야 저승을 알지

제반사는 몸소 부딪쳐 봐야 알 수 있는 것이다.

죽어서도 무당 빌어 말하는데 살아서 말 못할까?

비록 미움 받는 한이 있어도 할 말은 하겠다는 의지의 말. 또는 부추김
말.

죽어 영이별은 살아도 살아 생이별은 못 산다

사별은 체념하고 살 수 있어도 생으로 헤어진 경우는 참으로, 죽느니
보다 더 못 견디게 고통스러운 것이다.

죽어지면 산 놈 그림자만도 못하다

죽음이란 그렇듯 허망한 일이라는 뜻.
=죽어 진수성찬이 살아 쓴 담배 한 대만도 못하다.

죽어 흙 되기는 매일반이다

잘난 인간이든 못된 자든 죽은 뒤 땅에 묻혀 흙으로 돌아가기는 한가
지이다. 또는 그럼에도 어째 그리 몸을 아끼고 꾀를 부리느냐고 나무
라는 말.

죽은 놈 입이 가장 믿음직하다

죽은 자는 말이 없으니 들통 날 까닭이 없어 안심된다는 뜻.

죽은 놈 좆 대가리마냥

축 늘어져 볼품없는 모양에 비유한 말.
=썹한 놈 자지처럼 축 늘어졌다.

죽은 놈의 콧김만도 못하다
따뜻한 기운이라곤 눈곱만큼도 없다.

죽은 새끼 자지 만져 본다
못내 아깝고 안타까워한다는 뜻.

죽은 자식 나이세는 격이다
지난 일 되작여 보았자 마음만 아플 뿐 무슨 소용이 있겠느냐.
=죽은 자식 자지 만져 본다.

죽을 병이면 편작*¹도 별수 없다
죽게 된 병에는 명의라도 살려 낼 방법이 없는 것이다.

죽지 못해 산다
세상사는 낙 하나없이 적막하게, 힘겹게 살고 있다.

죽지*²도 안 난 것이 날려고 든다
능력도 없으면서 언감생심 덤벼든다고 나무라는 말.
=머리에 피도 안 마른 놈이. 배내똥도 덜 마른 것이.

줄 듯 줄 듯 하면서 애만 먹인다
여우같은 여자가 돈을 울궈 내려고 교태를 피우되 몸은 허락지 않아
애간장을 타게 만든다. 또는 있는 놈이 없는 사람을 도와 줄 듯 하면서

＊1 편작(扁鵲) : 중국 춘추전국 시대의 명의.

＊2 죽지 : 날갯죽지.

도 까다로운 조건을 내세워 애를 먹인다는 뜻.

줄 바엔 홀딱 벗고 주랬다

남에게 뭔가를 주려면 시원스럽게 주어야 상대방도 고맙게 여겨 나중 반대 급부도 있는 것이다.

줄수록 양양 먹을수록 냠냠한다

줄수록 고마워하기는커녕 오히려 더 달래고 안 주면 인색하다고 탓을 한다.

줄 초상난다

초상이 겹쳤다. 또는 엎친데 덮치는 격으로 불행한 일이 포개서 일어나는 경우 따위에 빗댄 말.

중국 놈하고 겸상을 먹었나 보다

의심 많은 사람을 두고 비아냥대는 말.

중놈 좆 치레 하듯 한다

능력은 있어도 쓸모없이 되어 버린 경우 따위에 빗댄 말.

중매쟁이가 원수다

사이가 나쁜 부부가 자신들을 만나게 해 준 중매쟁이를 원망하는 말.

중매쟁이는 한 마디 풍수*는 두 마디면 그만이다

중매쟁이는 '된다, 안 된다' 한 마디면 족하고 풍수 역시 '자리가 좋다, 나쁘다' 두 마디면 족한데 네 놈은 어째 그리 사설이 많단 말이냐.

---

*풍수(風水) : 풍수설에 따라 집이나 묏자리 따위를 가려잡는 사람. 지관(地官).

중신어미 잔등에 좆 박겠다

장가드는 날까지 못 참고 중신어미한테 덤벼들어 일을 벌이겠다 함이 니 병적으로 성미 급한 자를 조롱하는 말.
=중신어미 붙들고 씹하겠다.

중은 여기 있는데 나는 대체 어딜 갔을꼬?

술에 취한 인사불성의 어느 순검(巡檢)이야기

[蒐集] 술을 몹시 좋아하는 순검이 있었는데 어느 날 죄를 지은 중을 승복을 입은 채로 포박하여 호송하는 중에 주막이 있어 잠시 들른 김에 목도 축일 겸 큰 대폿잔으로 서너 잔 마신 것이 대취하여 잠에 곯아떨어지고 말았다. 이 때 중은 보는 이가 없음을 확인하고는 자기 포승줄을 풀어 순검을 포박한 다음 그 패검(佩劍)으로 순검의 머리까지 박박 민 다음 자기 승복까지 벗어 입혀 놓고는 도망을 쳐 버렸다. 한참 뒤 순검이 문득 술에서 깨어 보니 중이 보이지 않았다. 참 이상도 한 일이라고 언뜻 자신을 둘러보니 승복에다 포승에 묶여 있는 건 고사하고 머리까지 박박 민 중이 되어 있는 게 아닌가? 인하여 순검이 고개를 갸우뚱하면서 그러더란다. "중은 분명 여기 있는데 그럼 나는 대체 어디로 갔단 말인가?"

중의 나라에서 상투 찾기요, 지렁이 갈비에 처녀 불알이다

도무지 있을 수 없는 일이다.

중 중 땡 중, 가리가리 땡 중, 머리 박박 땡 중

망나니 철부지들이 중들에게 해대는 놀림 말.

쥐 고기를 처먹었냐?

깜빡 잊는 바람에 긴한 일을 그르친 자를 두고 꾸짖는 말. 또는 입술을 너무 빨갛게 칠한 여자에게 해대는 놀림 말.
=쥐 잡아 먹은 것 같다.

쥐 똥 같은 소리 좀 하지 마라

쓰잘데 없는 말은 집어치워라.

=쥐 방귀 같은 소리 하지 마라. 쥐 똥구멍 같은 소리 마라.

쥐 밑살* 같은 것이

보잘 것 없는 놈이 무엄하게도.

쥐뿔도 모르는 놈이

아무것도 모르면서 나댄다고 핀잔주는 말.

=쥐 좆도 모르는 놈이.

쥐 씹 같다

작고 보잘 것 없다.

=쥐 좆 같다.

쥐 씹도 모른다

아무 것도 모르는 멍청이다.

[蒐集] 옛날에 한 노인이 사랑방에서 짚으로 새끼를 꼬고 있는데 느닷없이 작은 쥐 한 마리가 왔다 갔다 하는 것을 보고는 벼를 한 움큼 던져 주었다. 이런 일이 되풀이 되면서 서로 친해지고 쥐는 점점 자라서 강아지 만하게 되었다. 한데 이놈의 쥐가 도술을 부려 어느 날 노인으로 변해서는 감쪽같이 가족들을 속이고 진짜 노인을 집에서 쫓아 냈다. 노인은 이리저리 걸식을 하며 떠돌아다니던 중 어느 스님을 만나 억울한 사정을 이야기한즉 고양이 한 마리를 얻어 주는 것이었다. 이에 몇 해 만에 집에 돌아온 노인이 고양이를 풀어 마침내 요망한 쥐를 잡게 되었다. 그리고 집안 식구들을 불러 호통을 친 다음 처를 따로 불러서는 "그럼 당

---

* 쥐 밑살 : 쥐의 생식기.

신은 그간 쥐 좆도 모르고 살았단 말이냐?"고 야단을 쳤다는 것이다. 비슷한 얘기 중에 그 처자가 같은 이유로 쫓겨 났다가 천신만고 끝에 돌아온 다음 이번에는 남편에게 "그럼 당신은 아직도 쥐 씹도 모르고 살았단 말이냐?"고 따졌다는 말도 전해온다. 이런 얘기가 두루 퍼지면서 앞뒤 분별 못하는 사람을 두고 '쥐 좆도 모른다' 또는 '쥐 씹도 모른다'는 말이 생긴 거라 한다.

쥐 씹에 말 좆이다

부부가 여자는 아주 작은데 남자는 거한인 경우 그들의 성교 장면을 빗대 우스개로 표현한 말.
=어른이 애 버선 신은 격이다. 모기 씹에 당나귀 좆이다.

쥐약 먹인다

뇌물을 준다.

쥐어짜 봤자 물찌똥*1밖에 나올 거 없다

아무리 닦달을 해도 더 이상은 가진 게 없으니 그리 알아라. 또는 백성이, 아무리 혈세를 채근해 봤자 가진 게 없으니 죽이든 살리든 맘대로 하라고 내뻗는 말.
=찔러 봤자 물 한 방울 나올 거 없다. 내 배 째라.

쥐었다 놓은 개떡같이 생겼다

얼굴이 못생겼거나 마음씨가 못된 사람을 조롱할 때 쓰는 말.

지가 무슨 부처님 불알*2이라고

같잖게 혼자서 얌전한 척 빼고 있다고 비아냥대는 말.

---

*1 물찌똥 : 소화가 제대로 안 되어서 나오는 묽은 똥.
*2 부처님 불알 : '진짜 부처님'을 에둘러서 이르는 말.

지가 입으면 잠자리 날갠데 내가 입으면 풍뎅이 날개란 말이냐

어쩨 사람을 이유 없이 업신여기느냐고 대거리하는 말.

지각나자 망령 난다

사람 노릇 좀 하나보다 했더니 결국은 매한가지이다.

지게송장 팔자이다

예전, 가난한 상사람들이 죽으면 상여를 못 쓰고 시체를 가마니 짝에 싸서 지게로 져다 공동묘지에 묻었는데 그 상황을 이르는 말.

지고 다니느니 칠성판에 먹느니 사잣(使者)밥*¹이다

누구든 언제 죽을지 모르면서 한세상 살고 있는 것이다.

지랄 염병 떨고 있다

눈꼴사나운 짓거리를 하고 있다.
=지랄 염병한다.

지렁이 갈비에 처녀 불알 같은 소리다

둘 다 있을 리 없으니 허풍 좀 그만 치라고 쏘아 주는 말.

지 아비*² 메치고 힘 자랑할 놈이다

힘만 세었지 불학무식한 자이다.

지악스런 년이다

악착같이 덤벼드는 독한 성미를 가진 여자이다.

---

*1 사잣밥 : 초상집에서 죽은 이의 넋을 부를 때 염라부의 사자를 대접하기 위해 떠놓는 밥. 밥 세 그릇을 담 옆이나 굴뚝 밑에 두었다가 발인할 때 치운다.

*2 지 아비 : 여기서 지 아비는 '제 아비'의 방언이다. 남편을 이르는 '지아비'는 본래 '집의 아버지'란 뜻인데 이제는 남편을 낮추어 이르는 말이 되었다.

지 어미 씹에도 좆 박을 놈이다

천하에 다시없는 불상놈이다.

지절대기는 똥 본 오리라고

말이 많은 수다쟁이를 두고 머퉁이 주는 말.

지척이 천 리다

이웃 총각을 짝사랑하는데 상대는 전혀 무심해 애가 타는 경우 몸은 지척이지만 마음은 맺어질 수 없는 천 리 밖에 있다는 뜻. 반대의 입장에도 같이 쓰는 말.

진국*¹은 나 먹고 훗국은 너 먹으란 수작이냐

알짜배기는 네가 먹고 나더런 국물이나 먹고 떨어지란 말이냐. 또는 그런 속 들여다뵈는 거래라면 흥미 없다고 일축하는 말.

진*²이 빠졌다

기운이 다 빠져 맥을 못 추고 있다.

진달래 지면 철쭉 꽃 보랬다

상처(喪妻)를 한 사람에게 상심해 있지만 말고 새 아내를 얻으라고 권면하는 말.

진대*³ 붙는 데는 환장할 노릇이다

떼쓰고 귀찮게 하는 통에 죽을 맛이다.

---

*1 진국 : 푹 고아서 진하고 걸쭉하게 된 국물.

*2 진(津) : 풀이나 나무껍질 따위에서 나오는 끈끈한 액. 이 진이 빠지면 풀이나 나무가 고사(枯死)한다.

*3 진대 : 남에게 의지해 떼를 쓰고 괴롭히는 짓.

진도 아리랑 중에서

이는 전라남도 서남해안 일원에서 남녀 불문하고 즐겨 부르던 노래이다. 곡도 곡이지만 노랫말에 또한 감성적인 애정표현이 담백하게 묘사돼있다. 단, 가사 중 일부는 일제 때 개사된 것이다.

공통 후렴
아리아리랑 서리서리랑 아라리가 났네
아리랑 응응응 아라리가 났네

1.
오다가 가다가 만나는 임은
팔목이 끊어져도 나는 못 놓겠네

저 건너 저 가시나 앞가슴 보아라
넝쿨 없는 호박이 두통이나 열었네

저 건너 저 가시나 엎으러져라
일세나주는 데끼(일으켜주는 척하고) 보듬어나 보자

허리통 늘어지고 가느쪽쪽 큰 액아(큰 애기야)
앞동산 좁은 길로 날만 찾아 오너라

2.
울타리 밑에서 깔(풀) 비는 총각
눈치만 채고서 떡 받어 먹게

떡은 받아서 망태에 담고
눈치만 채고서 날 따라 오게

신작로 복판 안에 솥 때는 저 사람
임 정 떨어진 데는 못 때 주요

3.
담 넘어 들 때는 무슨 맘먹고
문고리 잡고서 발발 떤다

일년초 땅가시 쑤신둥 만둥
어린 서방 품에 품고 잠잔둥 만둥

시엄씨 잡년아 건기침 말아라
느그 아들 방불하면 내가 밤마실 돌까

4.
치매끈 졸라매고 논 샀더니
물 좋고 밭 좋은 데로 신작로가 난다

신작로 난 일도 내 원통한데
지도비(길 만드는 비용) 물라는 고지서가 나왔네

신 좋고 물 존데는 일본 놈 살고
논 좋고 밭 존 데는 신작로 낸다

만주야 봉천은 얼마나 좋아
꽃과 같은 날 버리고 만주 봉천을 가는가

일본아 대판아 다 무너져라
육로로 걸어서 임 찾아 가자

문경 새재는 웬 고갠가
구부야 구불구불 눈물이로구나ー후렴

진상*¹ 송아지 배때기를 찼다

쓸데없는 일을 저질러 큰 탈을 내놓았다.

진상에 퇴 물림 없다

윗사람에게 바치는 물건은 다 받아들여지지 되물림 되는 일은 없다는
뜻.

진절머리 나는*²놈이다

생각만 해도 지긋지긋한 자이다.
＝넌덜머리난다.

진퇴유곡(進退維谷)이다

일을 빼도 박도 못하게 됨을 남녀관계에 빗대 이르는 말.

[禦睡錄] 오갈 데 없는 거지아이가 추운 겨울에 거리 한 모퉁이에서
떨고 있는지라 늙은 할미가 이를 불쌍히 여겨 집으로 데려가 먹이고 재
웠더니 오밤중에 이르러 이놈이 무엄하게도 할미의 배 위로 기어 올라갔
다. 이에 할미가 "네가 어찌 이렇듯 무례한고? 내 마땅히 형조(刑曹)에
고소하여 네 죄를 다스리게 하리라" 하였다. 한데 이같이 말하는 중에도
그 아이가 할미의 음호에 자기양물을 집어넣고 자주자주 진퇴를 거듭한
즉 음호가 열리면서 할미의 마음이 움직이는 것을 눈치 챈 아이가 다시
"그러면 이제 그만 빼서 일어날까요?" 하니 할미가 이르되 "그리하면 내
가 마땅히 포도청에 정장(呈狀 : 고소장을 내는 일)하리라" 하였다. 이에

---

*1 진상 : 지방 토산물 따위를 임금이나 높은 벼슬아치에게 바치던 일.
*2 진절머리 나다 : 몹시 진저리가 난다. '진저리'는 오줌을 누고 난 뒤나 찬 것이 별안간
　살갗에 닿을 때 저도 모르게 몸이 떨리는 현상을 이르는 말.

아이가 "그러면 저는 참으로 진퇴유곡이로소이다." 그러더란다.

질리도록 꽂아 주는*게 최고다
여자는 무엇보다도 정사를 극진히 잘해 줘야만 좋아하고 흡족해 하는 법이다.

질색반색을 한다
반가워 어쩔 줄 모르는 모양. 여기서 몹시 싫다는 뜻의 '질색'은 '반색'을 더욱 강하게 표현하는 반어법 추임새 역할을 하고 있음. '칠색반색을 한다'와 같이 쓰기도 한다. '빨치고 볼기 치게 잘한다' 등이 이 같은 반어법적인 표현 방식 가운데 하나이다.

질펀한 육담에 입 찢어지게 웃고
듣기 민망한 음담패설에 크게 웃어 젖뜨리고.

짐승도 낯짝이 있다
하물며 사람이 어찌 그리도 몰염치하단 말이냐. 또는 짐승보다도 못한 자라고 내치는 말.

짐승도 사람한테 먼 일가이다
알고 보면 지각만 없을 뿐이지 짐승도 사람처럼 좋고 싫은 감정을 다 갖고 있는 까닭에 함부로 대해서는 안 된다는 뜻.

짐승 항렬이지 사람 항렬은 아니다
짐승이지 사람이면 도저히 저럴 수 없는 노릇이다.

---

* 꽂아 준다 : 성교를 한다.

집구석에 있으면 숨차 답답한지

기러기 넋이 씌었나, 눈만 뜨면 어딘가로 나가 떠돌아다니는 서방을
두고 한숨짓는 말.
=오거리 같은 서방이다.

집*¹구석이 객지 같다 보니

집은 내 집이라도 도무지 정이 안 가는 탓에.

집구석이라고 바늘 하나 감출 데 없다

집안이라고 너무 좁아터져서 운신하기 조차 어려울 정도이다.

집도 절도 없다

기거할 곳마저 없는 거렁뱅이 신세이다.

집안 귀신이 더 무섭다

집안에 망나니가 있으면 못된 남보다도 더 심하게 가정에 해악을 끼치
는 법이다.

집안에선 귀염둥이 밖에서는 미움둥이다

집에서 귀엽게만 자란 아이는 통 버르장머리가 없어 밖에 나가면 미움
을 받기 십상이니 귀한 자식일수록 엄하게 키워야 한다는 뜻.

집안이 망하려니까 좆 큰 놈*² 나더라고

집안이 안 되려니까 오입질만 일삼는 난봉자식이 생겨서 가문 망신을
시키고 있다고 한숨짓는 말.

---

*1 집 : 집의 어원은 '짓다'이다. 따라서 집은 '지은 것'이란 뜻이다.
*2 좆 큰 놈 : '오입쟁이'의 속된 말.

집에 금송아지 없다는 놈 없다

사람들은 누구든 제 자랑하기를 좋아하는 법이다.

집에서 새는 바가지 들에 가서도 샌다

사람은 어디를 가나 그 장단점이 드러나기 마련이다.

집이 났다

나쁜 습관이 몸에 뱄다.

집 태워 먹고 못을 줍는다

큰 손해를 보고 나서 작은 이익에 연연한다고 비웃는 말.

＝노적가리 태우고 싸라기 주워 먹는다.

짓자니 산이고 안 짓자니 낭떨어지고

안 내키는 돌밭의 농사일 따위를 빗댄 말.

징그럽게도 예쁘다

아주 매우 예쁜 얼굴이다.

'징그럽게'란 반어법으로 예쁜 모습을 극대화한 표현 방식.

징글징글한 놈(년)이다

보기만 해도 치가 떨리는 자이다.

＝징그런 놈(년)이다.

징역 나이를 나이로 치랴

징역살이를 인생살이로 볼 수 있겠느냐.

징하게도 생겼다

징그럽게 생겨 먹었다.

짖는 소리는 걷어치워라

쓰잘데 없는 말일랑 그만둬라.

짚그물로 고기 잡을까?

밑천을 들여야만 그에 당한 성과도 거둘 수 있는 것이다.

짚신에 국화 그린다

군더더기 모양을 내 되레 더 우습게 되었다.

=돼지발톱에 봉숭아 물들인다. 가게 기둥에 입춘서(立春書).

짜거든 맵지나 말든가

좋게 보아 줄 만한 것이 한 군데도 없다.

=시거든 떫지나 말고 검거든 얽지나 말든가.

짜는 소리 한다

여러 번 도움을 주었건만 염치없이 계속 우는 소리로 도움을 청한다.

짜 보았자 똥밖에 나올 거 없다

아무리 닦달을 해 보았자 가진 것 없는 데야 어쩔 것이냐.

짝 찢어지게 가난하다

살림이 몹시도 궁색한 형편이다.

짠 걸로 치면 소금이 형님 하겠다

인색하기 짝 없는 구두쇠이다.

=피는커녕 물 한 방울도 안 나오겠다.

짠 밥*에 그 좋던 몸 다 버리고

＊짠 밥 : 수형자들이 먹는 밥 또는 찌꺼기 밥.

오랜 징역 생활에 젊음도 건강도 다 가버렸다는 탄식의 말.

짧은 혓바닥에 긴 모가지 달아난다
세 치 혓바닥 잘못 놀려 죽임을 당하기도 하니 조심할 일이다.

쩍쩍 늘어붙는다
말솜씨 또는 음식 맛이 매우 좋다.

쩍 하면 입맛 아니냐?
안 보아도 대충 짐작 가는 일이다.

쩍 하면 입맛이요 건너다보면 절 터다
눈치만 보아도 대충 짐작이 가는 일이다.
=쩍 하면 입맛이요 쿵 하면 뒷집 호박 떨어지는 소리다.

쪽박 빌려 주니까 쌀 꿔 달랜다
뻔뻔스런 자이다.
=호미 빌려 간 놈이 감자 캐간다.

쪽발이 좆 자랑하는 격이다
한쪽 다리뿐인 불구자가 자지 크다는 자랑을 해보았자 웃음거리만 되
듯 사람이란 제 분수를 알아서 처신해야 하는 것이다.
=앉은뱅이 좆 자랑한다.

쪽정이 마누라다
늙고 말라서 볼품없이 된 아내를 빗댄 말.

쪽정이 인생이다
능력 없는 자이다. 또는 되는 일이라곤 없다는 자조의 말.

찌개 쏟고 보지 데고 영감한테 매 맞고

재수가 옴 붙은 건지 언짢은 일들이 줄줄이 엮여 죽을 맛이다.

=국 쏟고 보지 데고 뚝배기 깨고 아침밥 굶고.

찌러기 황소보다 더 사납다

성질 사나운 수소보다도 더 지독한 자이다.

찍자 붙는다

남에게 무리하게 떼를 쓴다.

찜부럭 낸다*¹고 심화*²가 낫겠냐

짜증을 내면 미움 받아 더하면 더했지 울화병이 나을 리 있겠느냐.

찡겨서*³ 입에 풀칠이나 하면서

겨우겨우 어렵게 살고 있다는 뜻.

찢어 죽일 년(놈)이다

잔인하게 죽여도 한이 남을 자이다.

찢어서 젓을 담가 먹어도 시원찮다

원한 맺힌 자에게 퍼부어대는 악담.

찢어지게 좋은 날씨다

해맑고 화사한 날씨이다. '과부 입 찢어지게' 좋은 날씨라는 뜻.

찢어진 아가리라고 말대꾸는 잘한다

---

*1 찜부럭 낸다 : 심신이 괴로울 때 툭하면 내는 공연한 짜증.

*2 심화(心火) : 마음속에서 끓어오르는 울화.

*3 찡기다 : 구겨져서 우글쭈글하게 된 모양.

반성하는 기색은 없이 변명만 늘어놓고 있다.

쩧고 까분다

채신머리없이 수다를 떨고 있다. 본래 의미는 방아에 넣고 쩧고 키로
까불어서 알곡만 모은다는 뜻인데, 여기서는 그 작업 과정만을 비유한
말.

찬물에도 덴다

운이 없으려니까 별게 다 걸리적 댄다.

찬물에 불알 오그라들듯

돈이나 재산 등이 알게 모르게 줄어드는 양상에 비유한 말.
=냉수에 자지 줄 듯 한다.

찬밥 먹고 된똥 싸는 소리 하고 있다

경우에 안 맞는 큰소리를 치고 있다고 비웃는 말.

찰거머리 같다

착 달라붙어 아부를 하거나 또는 보채는 자를 얕잡아 이르는 말.

찰거머리 정, 찰거머리 사랑이다

무엇으로도 뗄 수 없고 어찌할 수 없는 남녀 간의 끊을 수 없는 사랑을
빗댄 말.

찰거머리* 피 빨아먹듯 한다

남의 재물을 갈취해 먹는 경우 따위에 빗댄 말.

찰떡궁합이다

＊ 찰거머리 : 일단 몸에 붙으면 떨어지지 않는, 흡반이 잘 발달된 거머리의 한 종류.

금슬이 아주 좋은 부부를 이르는 말. 다음은 신축성 면에서 본 '찰떡과 음문의 상관관계'를 빗댄 이야기이다.

[攬睡雜史] 한 어리석은 자가 나이 이십에 첫 아들을 보았는데 아이를 볼 적마다 '이 아이가 나온 후 그 어미의 음호 또한 아이 머리 크기만큼 커졌을 터이니 나의 양물이 대적할 수 없으리로다.' 단정하고는 한숨과 탄식으로 세월을 허송하기 어느 새 수년이었다. 이에 그 처가 늙은 여종과 의논하기를 "이 아일 낳은 뒤로 나의 하문(下門)이 무섭게 커진 줄 알고 이후 수년간 남편과 한 이불에서 자본 적이 없으니 자못 답답한 건 고사하고 다시 생산할 가망이 없으니 이를 장차 어찌 하리오?" 하니 여종이 "저에게 한 계교가 있사오니 오늘 밤에 서방님이 들어오면 농속에 인절미를 꺼내 저한테 주기만 하옵소서" 하였다. 처가 그 말에 따라 남편이 들어온 뒤 여종에게 인절미를 내주자 화로에 잘 구운 후에 손가락으로 찔러 구멍을 뚫어 보이며 "이렇게 뚫고 나서 손가락을 빼내도 떡이 다시 합하듯이 아이 낳은 여인의 하문도 그와 같사옵니다." 한즉 못 알아듣고 "그게 무슨 말이냐?" 다시 묻자 "아이 낳은 뒤에 하문이 넓어지긴 합죠 만은 이 인절미 찰떡처럼 도로 좁아지는 것이니 비록 열을 낳아도 낳을 때는 벌어지고 난 후에는 오물아 드는 이치가 이 찰떡하고 같다는 뜻이옵니다" 하니 남편이 홀연히 깨달아 그날 밤에 속궁합을 맞춰본 후 다시는 의심하지 않았다 한다.

찰떡보지다
착 달라붙는 듯 성감이 좋은 여자를 빗대 이르는 말.

참새 굴레를 씌우겠다
약삭빠른 참새에 굴레를 씌우리만큼 약아 빠진 자이다.
=귀신도 속이겠다.

참새 넋이 씌었나 보다

참새가 종일 재잘거리듯 수다를 일삼는 사람 또는 건망증이 심한 사람을 빗댄 말.
=참새 대가리다.

참새 씹 하듯 한다
잠시 잠깐 사이에 끝내 버리는 경우 따위에 빗댄 말.
=토끼 씹 하듯 한다.

참새 잡을 잔치에 소 잡아 치레한다
당초 적은 돈, 적은 힘으로도 할 수 있었던 것을 때를 놓쳐 나중에 큰 낭패를 보게 되었다는 뜻.
=호미로 막을 것을 가래로도 못 막는다.

참외*¹ 버리고 호박 먹는다
착한 아내 버리고 우둔한 첩을 얻어 좋아하는 한심한 자이다.
=배 주고 뱃속 빌어먹는다.

참외 장수 하다가 송아지 팔아먹는다
먹는 장사는 모질어야지 아는 사람이라고 이 사람 저 사람 선심을 썼다가는 본전도 못 찾게 되니 경계할 일이다.

채신머리없는*² 좆이 뒷간에 가서 꼴린다
정작 필요할 땐 꿈쩍도 않더니만 생뚱맞은 데 가서 발기된다 함이니 도무지 되는 일이 없다고 어이없어 하는 말.
=제구실 못하던 좆이 뒷동산에 가서 일어선다.

---

*1 참외 : '참'은 '썩 좋은'의 뜻이고 '외'는 '오이'의 생략어이다. 따라서 참외는 '참오이' '썩 좋은 오이'란 뜻이 된다.
*2 채신머리없다 : 주책이 없다.

처가 돈 내어 장가 들였더니 동네 머슴 좋은 일만 시켰다

어려운 돈 들여 아들놈 장가를 보냈는데 사내구실을 변변히 못해 며느리가 동네 머슴들과 놀아나 낭패를 보고 있다.

=죽 쒀서 개 좋은 일만 시켰다.

처가살이 삼 년에 등신 안 되는 놈 없다

기를 못 펴고 살다 보면 자연 사람 구실도 못하게 되는 것인즉 웬만하면 처가살이는 하지 말라고 이르는 말.

=처가살이 삼 년에 아이들도 외탁한다.

처녀가 늙으면 됫박 쪽박이 안 남아 난다

남들 가는 시집을 저 혼자 못 가고 있으니 울화통 터져서 됫박이든 쪽박이든 있는 대로 다 내던져 화풀이를 하는 바람에 성한 살림살이가 없게 된다.

처녀가 애라도 낳았다는 거냐?

큰 잘못도 아닌 터에 책망이 지나치지 않느냐.

처녀는 밑구멍* 찢어지고 과부는 입* 찢어진다

판소리나 노랫가락, 사물놀이, 농악 따위를 썩 신명나게 잘하는 경우 그 모습을 농염한 정사 장면에 비유한 말.

=뺨치고 볼기 치게 잘한다.

처녀를 바쳤다

숫처녀의 정절을 주었다.

처녀막 터지는 소리 하고 있다

---

* 밑구멍, 입 : 다 같이 여자의 성기를 빗대 이르는 말.

같잖은 헛소리를 지절대고 있다.
=김밥 옆구리 터지는 소리 한다.

처녀 많은 동네 보리 풍년 드는 해 없다

처녀가 많으면 이웃 총각들이 꾀어내 보리밭으로 끌고 들어가 뒹구는
바람에 앰한 보리 농사만 망치게 된대서 나온 말.

처녀면 다 처넌 줄 아냐

처녀로 통할 뿐 실은 숫처녀 아닌 처녀도 많다는 뜻.

처녀 못난 건 젖통만 크다

예전에는 큰 유방을 음란과 연계해서 이런 말이 생긴 것으로 짐작된다.
=계집 못난 건 엉덩짝만 크다.

처녀 보지는 먼저 꽂는 놈이 임자다

처녀는 대개 첫 경험을 나눈 남자와 결혼하는 일이 많대서 나온 말.

처녀 불알 빼고는 다 있다

무슨 물건이든 다 있으니 보고 사가라는 장사꾼들의 우스갯말.
=없는 거 빼놓고는 다 있다.

처녀 속은 깊어야 좋고 총각 속은 얕아야 좋다

처녀는 생각 깊은 것이 좋고 총각은 바로 풀어 주고 넘어가는 포용력
이 있어야 좋은 것이다.

처녀 시집 안 간다, 장사 밑지고 판다, 노인네 죽고 싶다

세상이 다 하는 3대 거짓말이다.

처녀장가 두 번 들려면 과거할 팔자라야 한다

평생 두 번씩이나 처녀를 아내로 맞기는 그만큼 힘든 일이라는 뜻.

처녀 젖가슴 만지듯

행여 놀라거나 뺨따귀라도 맞을세라 살며시 만지는 동작에 빗댄 말.
또는 계속 만지작대고 놓지 않는 사람을 놀려 주는 말.

처녀하고 말은 타봐야 안다

실제 체험을 해봐야만 진가를 알 수 있는 것이다.

처녀 허벅지만 봐도 보지 봤댄다

좋지 않은 소문은 부풀려 말해지고 퍼지게 마련이다.

처년지 과분지 유부년지 알 수가 없다

표시가 있는 게 아니라서 알 수 없다는 의미 외에 정조 관념이 희박해
진 세태를 반영한 말.

처와 첩은 물과 기름이다

처와 첩 사이는 그만큼 공존 융화가 어렵다는 뜻.

[奇聞] 한 재상이 나이 환갑에 미모의 소첩을 얻었는데 애지중지하여
매양 첩의 무릎을 베고는 흰 머리털을 뽑게 하였다. 하루는 마침 첩이 없
고 하여 재상이 부인에게 청하여 흰 터럭을 뽑아 달라 한즉 쾌히 승낙하
여 재상이 침상에 누웠더니 이에 얼마 남지 않은 검은 털만을 골라 뽑아
나중 거울을 보니 호호백발의 노옹이 되었는지라 재상이 탄식하여 이르
되 "처와 첩이 이렇듯 크게 다름을 비로소 알겠도다" 하더란다.

처진 보지는 앉아 치기*가 제격이다

───────────────

*앉아 치기 : 앉은 자세로 하는 성교 방식.

정상위로 불편한 처진 보지는 앉은 자세로 해야만 제 맛이 난다는 뜻.

척 하면 삼 척, 쿵 하면 도둑놈 담 넘어가는 소리 아니냐?

그런 정도야 한눈에 또는 한마디 들으면 알 수 있는 일 아니겠느냐.

천 길 물속은 알아도 한 길 계집 속은 모른다

사람의 의중은 알 듯 하면서도 실은 모르는 것이 더 많다.
=열길 물속은 알아도 한 길 사람 속은 모른다.

천덕꾸러기가 더 오래 산다

그래선 안 되는데 손가락질 받는 자가 되레 더 오래 산다는 말.

천둥벌거숭이*1 놈이다

두려움 모르고 날뛰는 자이다.

천둥소리 난다고 다 벼락 떨어지냐?

불길한 조짐이 있다고 해서 다 재앙이 되는 것은 아니다.

천둥에 개 뛰어들듯

놀라 허겁지겁 날뛰는 모습 따위에 빗댄 말.

천둥인지 지둥*2인지도 모르면서

무슨 일인지도 모르면서 아는 체한다.

천리마 꼬리에 쉬파리 같은 놈이다

천리마 꼬리에 붙은 쉬파리도 천리마 따라서 하루 천 리를 가듯 권세

---

*1 천둥벌거숭이 : 붉은 잠자리를 이르는 말. 본래 잠자리는 청력이 없어 천둥을 쳐도 놀라지 않고 날아다닌대서 생긴 말.

*2 지둥 : 땅이 흔들리는 지진을 이르는 '지동(地動)'에서 나온 말.

가 밑에 빌붙어서 출세를 도모하는 약삭빠른 자이다.

천리 밖을 보는 눈이 제 눈썹은 못 본다
자기 허물은 모른다. 또는 등잔 밑이 어둡다는 뜻.

천막 치고 움막 치고 살았다
온갖 고생 다 겪으며 산 인생살이였다.

천불이 난다
마음에 불이 난 것처럼 속이 상한다.

천 사람이 손가락질하면 병이 없어도 죽는다
여러 사람한테 욕먹을 짓일랑은 신상에 해로우니 절대로 하지 마라.

천 서방 만 서방이라도 저 싫으면 그만이다
아무리 돈 많고 훌륭한 남자라도 싫은 사내와는 살 수 없는 것이다.

천생 버릇은 임을 보아도 못 고친다
타고난 습관은 좀체 고치기 어려운 것이다.

천석꾼은 천 가지 걱정, 만석꾼은 만 가지 걱정 있다
재산이 많다고 다 그만큼 행복한 것은 아니다.

천이 천 소리, 만이 만 소릴 해도 소용없다
생각이 따로 있는 터에 무슨 말을 한들 곧이듣겠느냐. 또는 누구 말도 듣지 않는 고집불통이다.

천장 보고 삿대질 한다
분풀이를 못 해 허공에다 삿대질을 한다.

천하잡놈에 지하 잡년이다

부부가 모두 천하 몹쓸 연놈들이다.

철나자 망령 난다

인생이란 참으로 잠시 잠깐이다. 또는 사람이 좀 되었나 싶더니 매양
한가지라고 혀 차는 말.
=철들자 노망든다. 지각나자 망령 난다.

철조망 넘으니 가시밭이다

일이 계속 꼬이기만 해서 죽을 맛이다.
=엎친 데 덮치는 격이다. 설상가상이다.

첩 들어온 뒤 뒤주 밑창 드러난다

분수에 넘는 일을 저질러 낭패지경에 이름을 비웃는 말.

첩복도 없는 년이다

어미가 딸에게, 본디 시앗은 욕먹는 자리인데 그 복마저 없을 만큼 지
지리도 박복한 팔자라고 욕하는 말.

첩살림은 시루에 물 붓기다

첩살림은 본래 정 치레, 돈 치레 살림이니 그럴 수밖에 없는 것이다.

첩은 본마누라 정 빼먹는 재미로 산다

첩은 사내의 정을 독차지하려고 이간질을 일삼는 등 간사한 존재이다.

첩은 여우, 본처는 소이다

본처는 살림을 맡아 소처럼 일만 하고 첩은 애교로 사내 비위나 맞추
는 게 일이라는 뜻.

첩의 눈 꼬리에는 강샘*이 붙어 다닌다

　시앗이 시앗 꼴 못 본다고 첩의 눈 꼬리에는 항시 빼앗은 사내를 절대 빼앗기지 않으려는 시샘이 따라다닌다는 뜻.

첩정은 삼년, 본처 정은 백 년이다

　남자는 일시 첩에 빠졌다가도 나이가 들면 본처에게 돌아가게 마련이다.

첫날밤 무서워서 시집도 못 가겠다

　지나치게 부끄러움 타는 처녀를 두고 놀리는 말.
　＝자지 무서워서 시집도 못 가겠다.

첫날밤에 내소박 맞는다

　내소박이란 아내가 남편을 구박해 내쫓는 소박을 이르는 말로서 첫날밤부터 그런 일을 당한다는 뜻.

첫날밤에 등창 난다

　일이 공교롭게 꼬여서 죽을 맛이다.
　＝가는 날이 장날이다.

첫날밤에 속곳 벗고 신방에 들어간다

　일의 순서도 모르고 멍청한 짓을 하고 있다.

　[採錄] 어느 집에 딸 셋을 두어 첫째부터 순서대로 시집을 가게 되었는데 첫째가 시집가는 첫날밤에 신랑이 옷을 벗기려하자 신부가 부끄러워 막무가내로 뿌리치는 바람에 신랑은 '필경은 내가 싫어 그런가 보다'고 기분이 상해 날이 새자마자 자기 집으로 돌아가 버렸다. 이 일을 거울 삼아서 둘째는 시집가는 첫날밤에 아예 속곳까지 벗어 머리에 이고 홀랑

---

* 강샘 : 남녀 간에 있어 다른 이성을 사랑하는데 대한 강한 샘. 질투. 투기.

벗은 몸으로 신방에 들어가자 신랑은 놀랍고 정나미가 뚝 떨어져 그 길로 줄행랑을 놓고 말았다. 두 언니의 실패담을 경험 삼아 셋째 딸은 조심에 조심을 하기로 마음먹고 첫날밤이 되자 방문 앞에 이르러 신랑에게 "옷을 벗고 들어갈까요, 입고 들어갈까요?" 하고 조심스레 물었다. 이에 신랑은 그 언동이 해괴하기 짝이 없는지라 기막히고 코가 막혀서 슬그머니 옆문으로 빠져 나가더니 다시는 돌아오지 않아 그 신부는 여태 그 신방에서 신랑이 돌아오기만을 학수고대하고 있다 한다.

첫날밤에 아일 낳으란다

터무니없는 청을 하고 있다. 또는 성미깨나 급한 자이다.

첫 바람에는 반하고 늦바람에는 미친다

젊어서의 바람은 한때 반한 거라 오래잖아 잡히지만 늦바람은 여위는 불꽃처럼 미친 듯이 타오르는 지라 좀체 잡기 어렵다는 뜻.

첫사랑 삼 년은 개도 산다

신혼 삼 년 정도는 누구라도 희망에 부풀어 잘할 수 있는 것이다.

청갈치 맛이 샛서방 맛이다

청갈치가 샛서방처럼 기가 막히게 맛이 좋대서 생긴 말.

청개구리 밸이다

하지 말라는 짓만 골라 하는 말썽꾸러기다.

청기와 장수 심보다

남모르게 자기 혼자 이득을 취하는 욕심장이를 두고 하는 말.
옛날 청기와 장수가 청기와 굽는 기술을 자기만 알고 남에게는 물론 자식들에게조차 안 가르쳐 주고 죽었다는 고사에서 나온 말.

청백리 똥구멍은 송곳부리 같다
청렴한 탓에 몹시 궁핍한 살림살이임을 상징적으로 빗대 이르는 말.

청보(靑褓)*¹에 개똥이다
모양만 그럴싸 좋았지 내용은 볼 것이 없다.

청산이 늙을 만큼
아주 오랫동안.

청상과부 한숨에는 땅도 꺼진다
나이 젊어 홀로 된 청상과부는 살아갈 길이 막막해 그 한숨 쉬는 모습 조차 보기 민망할 정도이다.

청상*²은 살아도 홍상*³은 못 산다
시집와서 얼마 안 되어 혼자 된 과부는 남자를 잊고 혼자 살 수 있어도 이미 사내 맛에 길들여진 과부는 사내 품을 못 잊어 재혼을 하게 된다는 뜻.

청승은 늘고 팔자는 오그라들고
나이 들어 궁상을 떨기 시작하면 좋은 세월은 이미 물 건너간 것이다.

청실홍실 매야만 연분이더냐
정식 혼례는 못 치렀어도 정 있어 같이 살면 부부 아니겠느냐.

청자 접시에다 보리개떡을 담는다
말만 휘번드르 했지 실속이라고는 없다고 폄하는 말.

---

*¹ 청보 : 푸른 빛깔의 보자기.

*² 청상(靑霜) : 나이가 젊어서 남편을 여윈 과부.

*³ 홍상(紅霜) : 한동안 같이 살다가 남편을 여윈 중년 과부.

청하지 않은 잔치에 와서 묻지 않는 대답하고 있다

공연히 나서서 쓸데없는 참견을 하고 있다.

체면 같은 건 개밥 그릇에 던져 버렸다

남의 눈 아랑곳없이 제 잇속만 챙기는 몰염치한 자이다.

초라니*1 새끼 깨방정 떨듯

정신없이 웃기고 까불어대는 모양을 비유한 말.

초라니 열은 봐도 능구렁이 하나는 못 본다

말 많고 가벼운 게 음흉한 것보다는 그래도 낫다.

초립동이*2 신랑 이야기

초립동 신랑과 나이 찬 신부에 얽힌 고담(古談).

[禦睡錄] 한 시골사람이 며느리를 보았는데 아들은 초립동인 반면 며느리는 꽉 찬 나이였다. 혼인예식이 지난 다음 날을 가려 신부를 맞이하게 되었는데 사돈내외도 오고하여 신랑 집에는 빈객이 만당(滿堂)이었다. 이 때 나어린 신랑이 들어오는 신부를 보더니만 대뜸 손가락질을 하면서 "저 계집애가 또 오는구나. 일전에 저 팔로 나를 깔아 눕히더니만 올라타서 날 꼼짝 못하게 누른 후에 내 다리 새에다 자기 물건(玉門)을 대고 밤새 문질러서 날 숨 막혀서 죽게 만들더니 또 날 죽이려고 왔느냐? 아이고 무서워라, 무서워라!" 하고 밖으로 달아났는데 만좌가 사돈 체면을 보아 웃지도 못하고 묵묵히 말이 없었다 한다.

초상 빚은 삼대(三代)를 두고도 갚으랬다

---

*1 초라니 : 별신굿. 탈놀이 따위에 나오는 언행이 방정맞은 등장인물.

*2 초립(草笠)동이 : 초립을 쓰는 나이어린 남자.

장례 때 얻어 쓴 빚은 안 갚으면 조상님들의 진노를 사는 까닭에 대를 이어서라도 반드시 갚아야 한다는 뜻.

초상술에 권주가 부른다

초상난 집에 가서 얻어먹은 술에 취해 권주가를 부른다 함이니 예의를 모르는 주책바가지라고 욕하는 말.

초상집의 쥔 없는 개 같다

어디 먹을 게 없나 해서 여기저기 기웃대는 사고무친의 거렁뱅이를 빗댄 말.

초승달하고 부부는 밤마다 둥그레진다

초승달이 밤마다 조금씩 둥글어지듯 신혼부부 역시 밤마다 둥글게 안고 누워 정답게 지낸다는 뜻.

초시(初試) 잦으면 급제 난다

징조가 잦으면 조만간 일이 이루어지는 법이다.
=번개 잦으면 천둥 한다. 방귀가 잦으면 똥 싼다.

초장 끗발*¹이 파장 개 끗발이다

흔히 투전놀이 따위에서 처음에 잘 붙는 운이 끝까지 가긴 어려운 것인즉 초장에 너무 좋아할 거 없다고 퉁기는 말.

초죽음*²하고 영죽음 한다

조짐이 있고 나서 일이 터지듯 그렇게 닥친 불행이었다.

＊1 초장 끗발 : 놀이에서의 초반 운수.
＊2 초죽음 : 거의 죽게 된 상태. '초주검'이 맞는 말임.

초풍*¹을 하겠다

대체 이게 무슨 날벼락이냔 말이냐.

촉새*²가 황새 따라가려다 가랑이 찢어진다

모름지기 사람은 분수에 알맞게 살아야 하는 것이다.

촌년이 바람나면 씹구멍에 불이 난다

순박한 여자가 바람이 나면 물불 안 가리고 더 지독하게 바람을 피운
다는 뜻.
=선 도둑이 날 새는 줄 모른다. 촌년이 서방질을 하면 날 새는 줄 모
른다.

촌놈은 등 따숩고 배부르면 그만이다

보통 사람들은 의식주가 넉넉하기만 하면 행복하게 여긴다.

촛대거리 한다

꼿꼿하게 서서 하는 성교방식을 이르는 말.

총각 눈에는 애꾸 처녀도 예뻐 뵌다

그러한 즉 한때 감정에 휩쓸리지 말고 잘 생각해서 결정하라는 뜻.

총각 딱지 뗐다

첫 경험으로 총각 동정을 잃었다.

최가 않았던 자리엔 풀도 나지 않는다

예부터 최 씨 중에는 성미 지독한 사람이 많대서 나온 말.

---

*1 초풍 : 경풍(驚風)을 일으킬 정도로 깜짝 놀라는 일.
*2 촉새 : 멧새과의 작은 새. 야산 숲에서 곤충이나 잡초의 씨앗을 먹고 산다.

=산 김가 셋이 죽은 최가 하나를 못 당한다. 최가 앉았던 자리는 귀신도 피해 앉는다.

추한 아내 악한 첩도 빈 방보다는 낫다

홀아비 신세보다는 못생긴 아내, 악한 첩일망정 그래도 있는 게 더 낫다.

춘보 용철이요 추자 뚫벽이다

춘보 즉 봄 보지는 용철(溶鐵. 쇠를 녹임)이고 추자 즉 가을자지는 벽을 뚫는다는 호사가들의 우스갯말.
=봄 처녀에 가을 총각이다.

춘삼월 보지는 쇠 젓가락도 끊는다

봄철은 상대적으로 여자의 성욕이 강해지는 절기이다.

취중 무 천자*¹ 이다

누구든 술에 취하면 어렵거나 두려운 사람이 없게 된대서 나온 말.
=주정뱅이는 원님도 피한다.

취중 진정발*² 이다

술에 취하면 평소 품었던 마음을 얼떨결에 드러내기 쉬운 법이다.
=취중에 진담 나온다.

취한 놈이 외나무다리는 잘 건넌다

취하면 담대하져 위험한 짓도 마다하지 않게 된다.

---

*1 무 천자(無天子) : 천자 즉, 임금이 없다. 무서운 것이 없다는 뜻.
*2 진정 발(眞情發) : '참마음이 나온다'는 뜻.

치도곤(治盜棍)* 맞는다

몹시 혼이 난다. 심한 매질을 당한다.

치마가 열두 폭이다

아무 남자의 청이든 다 들어주는 속 헤프고 몸 헤픈 여자이다.

=오지랖이 넓다.

치마끈 풀었다

마음이 통해 몸을 주었다.

=치마 벗었다.

치마만 들어도 돈 들어온다

속곳은 고사하고 치마만 슬쩍 들어도 돈이 들어오리만큼 빼어난 미인
이다.

치마만 봐도 꼴린다

남자 입장에서, 양기가 절륜한 상태이다.

치마만 봐도 애가 든다

임신이 잘 되는 아낙 또는 그런 부부를 두고 농조로 이르는 말.

친정 부모는 저승 부모다

시집가는 딸에게 이제부터 친정 부모는 죽은 부모로 알고 시댁 귀신이
되어 살 작정을 하라고 이르는 말.

칠 년 과부 좆 맛 본 듯

오랜만에 만나 반가워 어쩔 줄 모르는 모습 따위에 빗댄 말.

＊치도곤(治盜棍) : 조선시대, 도둑의 볼기를 치던 곤장의 한 종류.

=칠년 과부 좆 주무르듯.

칠뜨기*¹ 같다

많이 모자라는 바보 같은 자이다.
=칠삭둥이 같다

칠색반색을 한다

반가워서 어쩔 줄 모르는 모양. '칠색팔색을 한다'(얼굴빛이 변하리만
큼 아주 질색을 한다)의 반어법적 표현이다.

칠성판*²을 졌다

죽었다.

칠월 더부살이가 쥔마누라 속곳 걱정한다

제 앞가림도 못하는 주제에 주제넘은 걱정을 하고 있다.

칠칠맞은*³ 놈이다

됨됨이 또는 차림새가 깔끔하지 않고 주접스럽다.

침 좀 발라야겠다

성교 시 음문이 건조하면 귀두에 침을 발라 삽입을 하듯 삐걱대는 일
을 촌지(寸志)를 줘서라도 매끄럽게 잘 좀 하라고 이르는 말.
=기름 좀 쳐야겠다.

---

*1 칠뜨기 : 열 달이 아닌 일곱 달 만에 태어난 아기. 칠삭둥이라는 뜻. 제 달수를 못 채
워 어딘가 모자란다는 뜻으로 두루 쓰이는 말.

*2 칠성판 : 관 속의 시신 밑에 까는 널빤지. 북두칠성을 본떠 일곱 구멍을 뚫는다.

*3 칠칠맞다 : 채소 따위가 병 없이 잘 자란 모양을 이르는 '칠칠하다'에서 나온 말. 본디
'칠칠맞다'는 틀린 말이고 '칠칠치 않다' 또는 '칠칠치 못하다'가 맞는 말임.

칼* 물고서 뜀뛰기 한다

위태위태한 짓을 하고 있다.

칼나물이다

스님들이 차는 마시되 술은 마시지 않았지만 간혹 마시게 되는 경우 이를 곡차(穀茶)라 부른 것과 한가지로 나물 이외 고기는 물론 생선조차도 일체 멀리 하였으되 개중에는 더러 유혹을 이기지 못해 육류(肉類)를 몰래 먹는 이도 있었던 모양이다. 칼나물이란 그런 스님들 사이에 은밀히 통해져 내린 고기음식을 일컫는 은어이다.

칼 상처는 나아도 말 상처는 안 낫는다

몸의 상처는 아물면 잊지만 마음 상처는 여간해서는 지워지지 않는 것이니 항시 입 조심, 말조심 하도록 해라.

칼을 물고서 피를 토할 일이다

너무 원통해서 죽어도 분이 풀리지 않을 정도이다.

칼잠 잔다

자리가 너무 비좁아 모로 누워 자는 잠.

＊칼 : 옛 조선조에는 거센소리가 없어 '칼'이란 말은 '칼을 갈다'라고 할 때 '갈다'에서 나온 말이다. '돌을 갈다'와 같이 무엇을 갈아 뾰족하게 '간 것'이 바로 '갈'인데 이것이 거센소리가 생기면서 '칼'로 변하였다. 지금도 길고 뾰족하게 생긴 물고기를 '갈치'라고 하는데 이것은 옛날 말 그대로 쓰고 있는 예이다.

코가 석 자는 쑥 빠졌다

일이 틀어져서 고민 상태에 빠져 있다.

=코가 댓자는 빠졌다.

코끼리*¹ 앞에서 힘자랑 한다

터무니없는 짓을 하고 있다고 나무라는 말.

=물개 앞에서 좆 자랑한다.

코는 클수록 좋고 입은 작을수록 좋다

남자 코가 크면 자지가 크고, 여자 입이 작으면 음문이 작아서 남편 사랑을 많이 받게 되어 좋다는 뜻.

코를 꿰었다

결정적인 약점이 잡혀 꼼짝 못할 지경이 되었다.

코를 떼서*² 싼 놈이다

잘난 척하더니 그리 무안을 당해 깨소금 맛이다.

코를 풀었다

성행위를 했다. 은어.

[禦眠楯] 한 놈팡이가 있어 이웃집 아낙을 훔치되 그 남편이 없는 틈을 엿보아 안방에 뚫어놓은 구멍으로 장대한 양경(陽莖)을 들이밀면 내통한 계집이 거기다가 옥문을 대고 비벼 재미를 보고는 했다. 한데 그 날은 옹이에 마디더라고 계집은 나가서 없고 남편 혼자 아이를 보고 있는데 웬 주룡(朱龍)같은 붉은 놈이 벽을 뚫고 들어오는지라 이를 먼저 본 아이가

---

*1 코끼리 : '코+길(다)+이'의 합성어이다. '가마귀'가 '까마귀'로 된 것처럼 '길(다)'의 '길'이 '낄'로 변하고 '이'가 보태졌다. 따라서 코끼리는 '코가 긴 것'이라는 뜻이다.

*2 코를 떼다 : 창피를 당하거나 핀잔을 맞다.

"아버지, 저놈이 방에만 들어오기만 하면 엄마가 거기다 옥문을 대고 비볐어요" 하는 것이었다. 이에 남편이 황망히 그놈을 잡아 칼로 자르려고 하였더니 놈팡이가 크게 놀라 한 꾀를 내어 "아무리 칼로 잘라도 뿌리가 남으면 다시 쓰게 되는 고로 한번 코를 풀어 뭉개 바르면 뿌리가 썩어 다시는 못쓰게 될지니—"라고 중얼대는 것이었다. 이에 어리석은 남편이 그놈을 아주 송두리째 없앨 양으로 코를 풀어 바르니 덕분에 양경이 아주 매끄러워졌는지라 번개같이 구멍에서 빼서 도망을 쳤다 한다.

코문이 한다 또는 코문이 당한다

바람둥이에게 마누라한테 당하기 전에 미리 근신하라고 이르는 말.

예전에 남편이 심하게 바람을 피우는 경우 아내가 그 남편의 코를 물어뜯는 은밀한 습속이 있었는데 코를 문다 하여 '코문이'라고 불렀다. 코를 무는 것은 코를 남자의 성기에 유감 시켜서 바람의 원인이 되는 '성기 절단 원망'을 코로써 대신한 것으로 풀이된다.

[奇聞] 두 처녀가 흉허물이 없어 무슨 애기든 숨기는 일이 없었다. 그러다가 갑이 먼저 시집을 가게 되어 말로 다 못할 음양의 극미(極味)를 을에게 들려주자 을이 정신이 혼미하고 흥분을 억제치 못하여 마침내 달려들어 갑의 코를 물어뜯어 상처를 냈다. 이에 갑의 집에서 을을 관아에 고발한 즉 나졸이 두 여인을 불러 까닭을 묻자 갑이 어쩔 수 없이 다시 사실대로 고하니 을이 또한 음흥(淫興)을 이기지 못해 나졸의 코를 무는지라 사또가 해괴히 여겨 급창으로 하여금 다시 묻게 한즉 을이 또한 급창의 코를 물어 사뭇 난리가 났는데 마침 형방이 고할 일이 있어 사또 앞에 나오니 사또가 스스로 코를 잡고 내아(內衙)로 달아나면서 그러더란다. "형방이여 형방이여, 네 코는 쇠로 만든 코냐? 급히 달아나라 급히 달아나라."

코 아래 진상이 제일이다

비밀리에 뇌물을 주는 경우를 이르는 말. 또는 배고픈 사람한테는 우선 먹을 것부터 주는 것이 제일이라는 뜻.

코에서 흙내가 난다
죽을 때가 다된 것 같다.
=흙냄새가 고소하다.

코 잘 생긴 거지는 있어도 귀 잘 생긴 거지는 없다
귀가 잘 생기면 대개 재물 복이 있대서 나온 말.

코쭝배기도 비치지 않는다
털끝도 보이지 않는다. 혹여 일을 덧들일세라 눈치만 살피고 있다는 뜻.

코크고 실속 없는 놈이다
허우대만 멀끔할 뿐 능력이라고는 없는 자이다. 본디 코가 크면 자지도 크고 튼실해야 마땅한데 딴판이라는 뜻에서 나온 말.
=코 크다고 좆 큰 건 아니다.

[村談解頤] 한 여인이 심히 음란하여 남자의 양물이 큰 것만을 선호하였다. 해서 코가 크면 그 물건도 크단 말을 좇아 장마당을 헤집고 다니던 중 한 촌사람이 지나가는데 행색은 초라해도 코 하나만은 풍만하고 높은지라 감언이설로 자기 집으로 유인하여 산해진미로 저녁상을 차려 대접한 뒤 밤들기를 기다려 방사를 시작했는데 이게 웬 변고인가, 그 양물이 의외로 어린애 자지만한지라 분하고 절통할 일이 아닐 수 없었다. 이에 화가 난 여인이 누워있는 사내의 얼굴에 자기의 음문을 대고 문지르니 그자의 코보다 여인의 음문이 더 승한지라 계속적으로 그리 문질러 대자 사내가 숨쉬기조차 어려워져 혼절(昏絶)지경에 이르렀더니 첫닭소리가 나고 동녘이 밝아오자 발연히 그 사내를 쫓아냈다. 사내가 황망히 문을 나서자 사람들이 그 사내 얼굴을 보고 "웬 미음이 얼굴에 가득 묻

었는고?" 하기도 하고 "당신은 미음을 입으로 먹지 않고 코로 먹느냐?"
고 묻기도 하였다.

코 크다고 얻은 서방이 자라 좆이다

크게 기대 걸었던 일이 낭패가 되어 낙심천만이다.

=코 크다고 얻은 서방이 고자이다.

코 큰 총각 먼저 엿 사 먹인다

코가 크면 남근도 크고 실할 것으로 믿어 아낙이 선심까지 써가면서
은밀히 유혹을 한다 함이니 능력이 좋으면 누구든 호감을 보이게 마련
이라는 뜻.

코 큰 놈 좆 자랑하듯

제 물건이 월등히 좋으면 이따금 자랑을 늘어놓는 것도 큰 흠은 안 된
다는 뜻.

코털이 셀 지경이다.

일이 뜻대로 되지 않아서 애가 타 죽을 지경이다.

코허리가 저리고 시리다

비통한 일을 당해 몸 둘 바를 모르겠다.

콩볶이하고 젊은 여자는 옆에 두면 먹게 마련이다

고소한 콩볶이가 곁에 있으면 자연 손이 가서 먹게 되듯 한창 때의 젊
은 여자도 한가지라는 뜻.

=젊은 여자는 익은 음식이다.

콩으로 두부를 만든대도 곧이 안 듣는다

여느 때의 거짓 행실로 인해 틀림없는 사실임에도 믿지 않는다.

=콩으로 메주를 쑨대도 안 믿는다

콩으로 메주를 쑤고 소금으로 장을 담근대도 못 믿겠다
  평소 행실로 보아 무슨 말을 해도 믿음이 가지 않는다.

콩을 팥이래도 곧이 듣는다
  남의 말을 무조건 믿는 얼간이다. 또는 혹시 거짓말을 한 대도 믿으리
  만큼 평소 신용이 두터운 사람이다.

콩죽 먹는 놈 따로 있고 똥 싸는 놈 따로 있다
  고생하는 놈 따로 있고 덕 보는 놈 따로 있다는 볼멘소리.

큰 굿한 집에 저녁거리가 없다
  무모하게 일을 벌이다 보면 나중 큰 고생을 하게 되는 것인즉 명심하
  고 새겨 둘 일이다.

큰 마누라는 법에 살고 작은 마누라는 정에 산다
  본처는 호적에 오른 법적인 마누라이고 첩은 다만 살가운 정맛에 사는
  것이다.

큰 복은 누워 먹고 소복은 손발톱* 다 닳아야 먹고 산다
  큰 복을 타고나면 평생 일 않고도 편히 살지만 여느 사람은 악착같이
  일을 해야만 겨우 먹고 살게 마련이다.

클 것은 작고 작을 것은 크다 보니
  일이 사리에 어긋나 낭패가 됐다고 한숨짓는 말.

---

* 손발톱 : 손톱의 옛말은 '손돕'이고 '돕'은 '돋다'의 어근이 명사화한 것이다. 따라서 손톱
  은 '손에 돋는 것'이란 뜻이고 발톱도 한 가지이다.

[禦睡錄] 한 상놈의 처가 버선 한 켤레를 지어 그 지아비에게 주었는데 신으려고 아무리 애를 써도 너무 작아서 발에 들어가지를 않는지라 혀를 차고 꾸짖기를 "네 재주가 가히 기괴하도다. 마땅히 좁아야할 물건(陰門)은 너무 넓어서 쓸 수 없고 가히 커야할 물건은 작아서 발에 맞지 않으니 무슨 놈의 재주가 이렇듯 메주란 말이냐?" 하고 투덜댔다. 이에 그의 처가 받아치기를 "흥 그대는 다른 줄 아오? 길고 굵어야 할 물건(男根)은 작아서 쓸모가 없고 마땅히 클 필요도 없는 발은 나날이 커져서 맞지 않으니 이게 대체 무슨 본새란 말이요?"라고 한즉 이를 듣고 허리 꺾지 않는 이가 없었다.

키*¹가 크나 작으나 하늘에 안 닿기는 매일반이다
　키 좀 크다고 우쭐대지 마라.

키*² 쓰고 물에 빠져 죽을 년!
　물에라도 빠져 죽으라는 저주의 말.

키 작고 안 까부는 놈 없고 키 크고 안 싱거운 놈 없다
　키하고 성격의 상관관계를 비유한 말.

키잡이 삿대잡이 싸워 봤자 뱃길만 험할 뿐이다
　부부 또는 동기간 싸움질에 이 될 거 없으니 그만 두라고 이르는 말.

키 크고 싱겁지 않은 놈 없다
　흔히 키가 크면 성품이 싱겁다는 뜻.

키 크고 안 싱거우면 점잖고 키 작고 안 까불면 재주 있다

---

*1 키 : '크(다)' 어근과 접미사 '이'의 합성어로서 '큰 것'이라는 뜻이다.
*2 키 : 곡식 따위를 올려놓고 까불어서 검불을 내보내는 농기구.

키가 크면 싱겁기 쉽고 키 작은 사람은 경망스럽기 십상이다.

키 크면 속없고 키 작으면 자발없다*
흔히 키 큰 사람은 실없고 키 작은 사람은 점잖지 못하다는 말.

---

* 자발없다 : 버릇이 없다.

타

타고난 팔자는 독 속에 들어가도 못 속인다

운명은 고칠 수가 없는 것이다.

타관붙이 설움 달랠 길이 밑구멍 공론* 밖에 더 있겠냐?

타관살이들이 주고받는 우스갯말.

타짜꾼이다

노름판 따위에서 속임수를 잘 쓰는 자이다.

타향 친구는 십 년, 노름판 친구는 삼십년이다

타향에서는 십 년 아래위는 벗삼아 사귀고 노름판에서는 나이에 구애
를 두지 않는다는 뜻.

탁주 동이를 부신다

술을 다 퍼 마시어 술독을 물로 부시듯 한다 함이니 대단한 술꾼이라
는 뜻.

탱자에서 탱자 냄새 나게 마련이다

본색은 숨기려 해도 끝내 드러나는 법이다.

=향에서 향내 나고 똥에서 구린내 나는 법이다.

---

* 밑구멍 공론 : 남녀 간의 정사 또는 그런 이야기.

터진 꽈리 보듯 한다

업신여긴다. 하찮게 여겨 도외시 한다.

=터진 꽈리로 안다

터진 잠방이에 방귀 새듯 한다

함께 있던 자가 잠깐 새 없어져 버린 경우 또는 자유자재로 드나드는
모양에 빗댄 말이기도 함.

터진 잠방이에 좆 나오듯 한다

생각도 못한 것이 걸리적 대 신경 쓰이게 한다고 투덜대는 말. 또는 무
엇이 자주 들락거리는 모양에 빗댄 말.

=해진 이불에 좆 걸리듯 한다.

털 많은 놈(년)은 호색한다

털 많은 사람이 색을 더 밝힌대서 나온 말. 또는 그런 사람을 두고 놀
리는 말.

[奇聞] 어느 수염 많은 나그네가 여행을 하다가 날이 저물어 주막에
들었는데 주인집 마누라가 벽을 사이에 두고 혼잣말처럼 "수염 많은 손
님은 명일에 마땅히 대차반(大茶飯 : 잘 차린 음식)을 드시리라" 하는 것
이었다. 해서 나그네가 '무슨 일인가 모르겠으되 아무러건 내일은 잘 먹
겠구나.' 잔뜩 기대를 하고 기다렸음에도 대차반은커녕 그림자도 없는지
라 나중에는 참다못해 쥔마누라에게 어제 말한 대차반이 대체 어찌된 영
문인가 물은 즉 여인이 답하기를 "수염 많은 손님이라 함은 곧 첩의 음
호에 터럭 많은 것을 가리킴이요 대차반이라 함은 지아비의 양물을 가리
킴이니 지아비가 돌아올 날이 마침 오늘이어서 대차반을 받는 듯 심중에
기꺼워하여 그리 지껄인 것인즉 손님의 수염하고는 아무 상관도 없으니
오해를 푸소서" 하니 나그네가 어이없어 웃고 말았다 한다.

털도 안 난 것이 날기부터 하려 든다

　분수나 실력에 맞지 않는 짓을 하고 있다.

토끼 씹 하듯 한다

　잠깐 사이에 일을 치러 버리는 경우 따위에 비유한 말.

　＝번개 씹 하듯 한다. 번개 불에 콩 구워 먹는다.

토끼를 다 잡으면 사냥개를 삶아 먹는다

　필요한 때는 소중히 여기다가도 필요 없게 되면 내치는 야박한 인정머

　리다. 이른바 토사구팽(兎死狗烹)이라는 뜻.

토 달지* 말고 입 닥쳐라

　괜히 끼어들어 곁말하지 말아라.

통 밥을 잘 굴리는 놈이다

　머리가 잘 돌아가는 자이다.

통뼈는 통뼈다

　일을 다잡아서 잘해 내는 자이다. 또는 외통수이다.

통지기년 서방질하듯 한다

　하는 일에 조금도 거리낌이 없다는 뜻. 통지기란 물통, 밥통 따위를 나

　르는 궂은 일을 하는 하인이란 뜻인데 여기서는 음란한 계집종을 이르

　는 말임.

통째 씹어 먹어도 비린내 하나 안 나겠다

　아주 예쁜 여자를 빗대 도색적으로 표현한 말.

---

*토 달다 : 뜻을 쉽게 알도록 낱말 끝에 이어지는 '－하여야' '－더니'등의 토씨를 이르는
말.

통통한 보지는 뿌듯한 맛, 늙은 보지는 요분질 맛이다

어떤 경우든 정사는 나름의 묘미가 있어서 이루어지는 것이다.

=젊은 보지는 뽀듯한 맛, 늙은 보지는 요분질 맛에 한다.

투기 없는 아내 없다

질투하지 않는 아내는 있을 수 없는 일이라는 뜻.

[蒐集] 당나라 태종 때 사공(司空) 벼슬을 하던 방현령의 아내가 투기가 몹시 심하다는 소문을 들은 태종이 이를 고약하게 여겨 하루는 그 부인을 궁으로 불러들였다. 그리고는 "짐이 네 남편한테 첩을 하나 내리겠노라. 만약 네가 첩을 받아들이지 않으면 어명을 어긴 죄로 이 독배를 마시고 죽어야 할 것이다" 하고 가짜 독배를 내밀었다. 그러자 방현령의 부인은 "죽으면 죽었지 그렇게는 못 하겠습니다"라면서 대뜸 그 독배를 받아 마셔 버리는 것이었다. 이에 부인이 돌아간 다음 태종이 방현령을 보고 그러더란다. "아니, 짐도 이렇게 떨리는데 그런 아내를 둔 방 사공은 얼마나 더 무섭겠느냐? 심히 딱하고 딱한 일이로다."

투전도 투전같이 못하고 돈만 잃었다

즐기지도 못하고 손해만 보았다고 투덜대는 말.

=씹도 씹같이 못하고 명주속곳만 다 버렸다.

트레바리* 놈이다

이유 없이 남의 말을 걸고넘어지는 고약한 자이다.

=트릿한 놈이다.

---

* 트레바리 : 까닭 없이 반대를 하는 성격을 이르는 말.

파란만장의 오동처녀와 오동마을 이야기

마산시 오동동의 작명(作名)관련 고담(古談).

[蒐集] 진주 땅 최 대감집에 오동이란 이름의 고운 외동딸이 있어 보는 이마다 탐을 낼 정도였는데 놀랍게도 자기 집의 종 머슴인 떡쇠와 눈이 맞아 그만 임신을 하게 되었다. 이는 상민이어도 목을 매 죽어 마땅할 일인데 하물며 사대부 집안으로선 더 이를 나위도 없는 일이었다. 이에 격노한 최 대감이 딸과 떡쇠를 밧줄로 꽁꽁 묶어 으슥한 후원 뒤의 광에 가두고는 "기필코 네놈들을 여기서 굶어죽일 것이다. 만약 소리를 치거나 발광을 하면 당장 끌어내 목을 칠 것이니 잠자코 죽을 때를 기다리라"고 엄명을 내렸다. 사흘째 되는 날 그 어미가 몰래 광문을 열고 준비한 노자와 패물을 건네주면서 여기서 죽느니 어디 먼데로 도망가서 살라고 일러주었다. 인하여 진주에서 한참 떨어진 마산 포구에 당도하여 떡쇠의 손재주가 좋아 옹기를 구워 팔기 시작했는데 물건이 좋다고 소문이 나서 상당한 돈을 모으게 되었다. 돈은 벌었지만 떡쇠로 말하면 족보도 근본도 없는 종 머슴 출신인지라 이를 면하고자 오동과 의논 끝에 엽전이 가득 든 전대를 말에 싣고 서울로 올라가 이조판서에게 거금을 주고 참봉 벼슬 하나를 얻어 최 참봉이 되어 돌아왔다. 그런데 이후 그 아들이 장성하여 과거를 보게 되었는데 아들 또한 장원급제가 되어 금상첨화(錦上添花)의 홍복을 입게 되었다. 이를 기화로 어미 오동이 아들에게 자신의 파란만장했던 지난 일을 이야기하자 아들이 이제 자기도 벼슬을 하고 하였으니 떳떳하게 외조부모님을 뵈러 가자는 것이었다. 하여 20여년 만

에 나이 70고개의 최 대감을 찾게 되었는데 생사를 모르던 딸과 벼슬까지 한 손자의 절을 받게 되자 대감의 얼굴에 희색이 만면하여 "기특하도다 기특하도다. 너는 가히 영의정 감이로다" 하고 기뻐해마지 않았다. 이 소문이 마산고을에 퍼지자 당시 백성들은, 신분사회에서 신분을 가리지 않고 종 머슴과 정을 통해 마침내 일가를 이룬 오동을 극구 칭송해마지 않았다. 또한 그로 인해 최 참봉 집을 '오동 네'라 부르고 최 참봉이 살던 동네를 '오동동' 또는 '오동마을'이라 부르게 되었다 한다.

파리 좆만한 것이
나 어린 또는 하찮은 놈이 대든다고 호통 치는 말.

파리채 흔든다
손사래를 친다. 또는 삿대질을 한다.
여기서는 말다툼에서 상대방이 삿대질을 할 때 '어디서 파리채를 흔들고 있어?'라고 대거리하는 말.

파리한 당나귀, 귀 빼고 좆 빼고 나면 뭐 먹을 거 있노?
말라빠진 당나귀에서 가장 큰 것들을 다 빼면 먹을 것 없듯이 그렇게 다 제하면 나한테 돌아올 게 뭐냐고 따지는 말.

파리한 당나귀 좆 치레 하듯
비쩍 마른 몸뚱이에 비해 엉뚱하게 양물만 커서 조화가 맞지 않아 꼴불견이다.

파뿌리 해로해서 열두 아들에 여덟 딸만 낳거라!
예전에 혼인 초례청에서 신랑신부에게 던지던 덕담.

파장* 떨이 했다

＊파장 : 장보기 또는 장사를 마감했다는 뜻.

보람도 없이 인생살이를 마감했다. 또는 남은 물건을 싸구려로 다 팔아 넘겼다.

파장 엿 값이다
파장떨이 하는 싸구려 헐값이다.

판 상놈이다
판에 박은 듯한 상놈이다. 떡이나 다식 같은 음식을 판에 박아 내면 모양이 똑같대서 나온 말.

팔 개월 만에 가출옥으로 나온 놈이다
날 때부터 달수도 못 채우고 나온 한참 모자라는 자이다.

팔난봉이다
주색에 빠져서 제 정신 못 차리는 자이다.

팔 십리 강짜*¹를 한다
질투심이 남다르게 심한 여자이다.

팔자*² 도망은 독에 들어도 못 한다
타고난 대로 살 일이지 딴 맘 먹어봤자 소용없는 짓이다.

[太平閒話] 조선시대 장안사람들은 정월 대보름 저녁에 12개 다리를 밟으면 일년 열두 달 액막이가 되고 각기병에 걸리지 않는다 하여 부녀

---

*1 팔십 리 강짜 : 남편이 정 주는 여자가 집에서 팔십 리나 떨어진 곳에 있는 데도 마치 한 동네 있는 양 본처가 속을 끓이고 강짜를 놓는다는 뜻. 옛날에는 팔십 리가 정서적으로 매우 먼 거리였음을 짐작케 하는 말이다.

*2 팔자 : (태어난 연월일시의 간지인 '여덟 글자'란 뜻으로) 사람의 평생 운수를 이르는 말.

자들마저 장옷을 걸치고 나와 다리를 밟았다. 때에 갓 장가를 든 선비 이안눌이 답교놀이에 어울렸다가 술에 취해 수표교 근처에서 쓰러져 잠이 들고 말았는데 새벽에 깨어보니 자기 집이 아니고 신부 또한 자기 색시가 아니었다. 깜짝 놀라 신부에게 물은즉 이 신부 역시 소스라치게 놀라면서 하는 말이 이집 신랑이 밤새 들어오지 않아 하인들이 찾아 나섰다가 만취해서 쓰러진 이안눌을 신랑으로 잘못알고 업어다가 신방에다 넣은 것이었다. 이에 이안눌이 자기 잘못을 사죄하자 신부가 그러는 거였다. "필시 저의 팔자소관인가 하옵니다. 이는 여자로서 마땅히 죽어야할 일이나 노부모의 무남독녀로서 그럴 수도 없사오니 귀댁의 소실로 허락해 주시면 다행이겠습니다." 이에 이안로는 자신의 허물이 큰지라 그 신부를 데리고 몰래 그 집을 빠져나와 신부를 이모 댁에 의탁하고 공부에만 열중하였다. 한편 신부집에서는 갑자기 딸이 없어진 이 해괴한 사태를 수습하느라 신부가 변사한 양 서둘러 장사를 치르고 수심의 나날을 보내고 있었다. 이윽고 몇 해가 지나 이안눌이 나이 29세에 과거에 급제하자 마침내 신부를 소실로 들이고 그 집에도 알려 신부의 노부모는 기가 막힌 중에도 크게 안도하고 기뻐해마지 않았다. 신부 또한 지혜롭고 근면하여 이안눌은 평생을 편안하게 지내면서 예조판서 따위를 역임하고 나중 청백리(淸白吏)에까지 제수되는 영광을 누린바 있다.

팔자땜* 했다
  큰 액운을 미리 작은 고난으로 대신한 경우이다.

팔자를 조졌다
  평생운수를 망쳤다고 개탄하는 말.
  =인생 조졌다.

팔자 질기면 명줄도 질기다

* 땜 : 어떤 액운을 넘기거나 또는 다른 고생으로 대신 겪는 일.

물 고생 불 고생 다 겪으면서도 장수하는 경우에 빗댄 말.

팽이 돌리기 한다
팽이에 숫자를 적어서 돌리다가 넘어지면 그 위에 나타난 숫자로 돈을
잃거나 따는 야바위 노름.

편히 살고 싶으면 관 속에 들어가랬다
그렇게 일하기 싫으면 죽는 것도 방법이라고 머퉁이 주는 말.

평생을 살아도 시어미 성을 모른다
의당 알아야 할 것을 모르다니 참으로 딱한 일이다.
=평생 살아도 임의 속을 모른다.

[蓂葉志譜] 조선팔도에 나는 먹 가운데는 해주의 수양(首陽), 매월
(梅月)이 그 중 으뜸으로 이름나 있다. 한 재상이 황해 감사로 있을 때
그 조카가 있어 먹을 구해 달라고 하자 거절하였는데, 조카가 이에 앙심
을 품고 있다가 그 숙부가 나간 틈을 타서 부인에게 고해바치기를 "숙부
께서 방백이 되신 후로 두 기생에게 푹 빠지니 하나는 수양이란 이름의
기생이요 다른 하나는 매월입니다. 이제 임기를 마치고 돌아가는 마당에
도 전정을 잊지 못하여 기생의 이름을 먹의 표면에 새겨 넣었으니 숙모
는 아직도 그걸 모르십니까? 만약 저를 믿지 못하겠거든 장담컨대 그 먹
궤짝을 한번 열어보소서" 하여 부인이 궤를 열어 본즉 과연 한 궤 가득
수양, 매월을 새긴 먹이 들어차 있었다. 이에 노기충천하여 궤짝을 들어
내던지매 먹이 땅에 떨어져 깨지고 혹은 흩어지는지라 조카가 소매 가득
히 주워가지고 돌아갔다. 저녁이 되어 재상이 돌아와 보니 먹 궤짝이 땅
에 나가떨어져 뒹구는 고로 놀라서 연유를 물은즉 부인이 큰 소리로 "사
랑하는 기생의 이름을 기왕이면 손바닥에 새기지 어째 먹에다 새겼단 말
이요?" 하고 따지니 재상이 대번에 그 조카의 소행임을 알고 이르기를
"해주의 진산은 수양이요 그 산의 매월로 먹 이름을 지어내린지 오래인

데 부인은 여직 그조차도 모르고 있으니 속담에 평생을 살아도 임의 속을 모른다고, 참으로 딱한 일이로다" 하고 어이없어 하였다.

포달을 부린다
암상이 나서 악을 쓰고 대든다.

포도청 문고리도 뗄 놈이다
죄를 짓고 잡혀 가서도 또 포도청(지금의 경찰서) 문고리를 빼 도둑질을 하리만큼 흉악한 자이다.

포수 집 강아지, 범 무서운 줄 모른다
자신은 별것도 아닌 것이 따위에 업은 권세만을 믿고 함부로 군다는 뜻.
=정승 집 강아지, 개백정 무서운 줄 모른다.

푸대접이든 흔연 대접이든 다 부질없다
아무 생각 없으니 제발 좀 혼자 있게 내버려 둬라.

푼수*다
덜된 얼뜨기이다.
=푼수데기다.

풀칠 한다
가난해서 먹다 굶다 하며 겨우 목숨을 이어 가고 있다.

품방아 찧는다
성행위를 빗댄 말.

＊푼수 : 본디는 정도, 됨됨이, 비율을 뜻하던 말이 사물에 대한 분별 능력이 없다는 뜻의 '푼수데기' '팔 푼수' 따위로 변한 말이다.

=가죽방아 찧는다.

품안에 있을 때나 내 계집이다

정이 식어 돌아눕거나 딴 마음먹으면 남의 여자도 될 수도 있다는 뜻.
=이불 속에서나 내 서방이다. 품안에 적에나 내 자식이다.

풋고추에 된장 궁합이다

속궁합이 썩 잘 맞는 사이이다.

풋 조개*다

나어린 숫처녀이다.
=풋 보지다.

풋 조개를 먹는다

나어린 처녀와 성관계를 한다.

풍년거지가 더 섧다

상대적인 빈곤감 때문에 더 서글프게 느낀다는 뜻.

풍년이 들려거든 임 풍년이 들고 바람이 불려거든 돈 바람이나 불어라

민요의 한 구절. 임 풍년이 들어서 외로운 사람 없고 돈 풍년이 들어서
모두 다 고루 잘 살게 해달라는 기원이 묻어 있음.

풍을 떤다, 또는 풍을 친다

없으면서도 있는 척, 나쁜 것도 좋은 듯 허황되게 과장을 한다.

피고 지고 일 년, 피고 지고 이 년

---

*풋 조개 : 음문을 에둘러 이르는 말. 여기서 '풋'은 '풀'에서 나온 말로서 '채 익지 않거나
여물지 않은'이라는 뜻이다.

수형자들의 햇수 계산 방법. 수형자들은 해마다 돌아오는 꽃피고 지는 봄철을 한 해로 계산한대서 나온 말.

피골상접에다 얼까지 쑥 빠졌다

바싹 마른데다가 정신까지 오락가락하는 걸 보니 죽을 때가 다 된 것 같다.

피는커녕 물 한 방울도 안 나오겠다

지독한 노랭이니까 아예 말 붙일 생각도 말아라.
=왕 노랭이다. 왕소금이다.

피바람이 분다

전쟁이 나 수많은 사람이 다치고 죽어 가는 끔직한 상황을 이르는 말.

피* 없는 논 없고 도둑 없는 나라 없다

무엇이든 또는 어디에든 장단점이 어울려 섞여 있게 마련이다.

필설(筆舌)로는 다 못하는 맛이다

남녀 관계에서 절정의 맛이 그렇다는 뜻.

[續 禦眠楯] 한 마을에 두 처녀가 있어 서로 약속하기를 우리가 장차 출가를 하면 먼저 시집간 자가 마땅히 그 맛이 어떤 것인가를 말해 주기로 하였다. 그 후 한 처녀가 먼저 출가를 했는데 미혼인 처자가 그 맛이 어떤가를 물으니 "첫날밤에 신랑이 다짜고짜 북 방망이 같은 고깃덩어리를 나의 그 구멍에다 꽂는 거야. 그런 다음 그것이 나왔다 들어갔다 하는데 나중엔 그것이 마치 번개 치듯 자주 들락날락 하더니만 마침내 내 몸과 맘이 함께 혼미해지고 뼈마디가 녹아 흐르는 듯한데 그 맛을 어찌 말

---

*피 : 밭이나 논에 나는 잡초로서 사료나 구황 작물로 쓰이기도 하였다.

로 다 형용할 수 있으리오." 한 데, 이에 시집 안간 처녀가 다시 묻기를 "그럼 그 맛을 저 건너 최서방 댁 제사 때 쓰는 밀과(密果)맛 하고는 어찌 비교할 수 있겠는고?" 하니 신부가 이르되 "밀과의 맛이란 달기만 하고 눈을 뜨고 먹는 것이지만 그 맛이란 하도 기가 막혀서 두 눈을 감고 있다 다시 눈 뜨고 맛보려고 해도 통 눈이 떠지지 않는단다. 그러니 어찌 필설로 다 못할 그 맛을 밀과 따위에 견줄 수가 있겠어?" 그러더란다.

핑계 김에 서방질 한다
핑계를 방패막이로 내세워 나쁜 짓을 하는 경우, 그래서야 되겠느냐고 나무라는 말.
=홧김에 서방질 한다.

핑계 없는 서방질 없다
제아무리 잘못은 저질렀어도 나름의 까닭은 있는 것이다.
=핑계 없는 무덤 없다. 과부가 애를 배도 할 말은 있다.

핑계 핑계 대고 도라지 캐러* 간다
거짓 핑계를 대고 실은 정인(情人)을 만나러 간다는 뜻.

핑계 핑계 도라지 핑계로
요리조리 핑계를 대고서.

---

* 도라지 캔다 : '성교를 한다'의 은유적 표현.

하

하늘*¹ 똥구멍 찌르겠다

  유난히 키가 큰 사람을 놀려 주는 말.

하늘 밑에 풀벌레 아니더냐?

  강한 것 같아도 사람이란 별 수 없이 나약한 존재이다.
=하루살이 목숨이다.

하늘에 죄짓지 마라, 빌 곳이 없어진다

  천륜을 어기면 천벌을 받게 되니 그러지 마라.

하늘이 내리고 땅이 받아 냈다

  하늘이 낸 출중한 인물이다.

하늘이 두 조각나도 안 될 일이다

  도저히 될 수 없는 일이니 진작 단념 하거라.

하늘하고 땅이 맷돌질이나 해라

  더러운 세상살이에 대한 울분과 저주의 말.

하다 안 되면 맷돌거리*²로 한다고

---

*1 하늘 : '한'+'울'의 합성어로서 '한'은 '크다'의 뜻을 '울'은 '덮개' '씌우는 것'을 뜻하는
  명사이다. 결국 하늘이란 '큰 덮개' '크게 씌워놓은 것'이란 뜻이다.

무슨 일을 하다 안 될 때는 생각을 바꿔 보는 것도 한 방법이다.

하던 씹에 사주 박는다

동거를 하다가 사주 받고 혼인신고를 해 부부가 되는 경우에 빗댄 말.

하루 머리 세 번 빗으면 구멍 창녀 된다

몸치장 자주 하는 여자는 화냥기가 많아서 종래는 타락하기 십상이라
는 뜻.

하루 신수*3가 편하려면 해장술을 말고 평생 신수가 편하려면 두 집 살림을 말랬다

해장술로 아침녘에 취하면 온 종일 일을 못해 큰 손해이고 첩을 들이면
평생 돈 걱정에다 아녀자들 시샘에까지 시달리게 되니 삼갈 일이다.

하루 화근은 해장술이요 평생 화근은 악한 처이다

해장술에 취하면 하루 일을 망치고 아내를 잘못 만나면 평생을 마음고
생에 시달리게 된다.
=하루 걱정은 해장술, 일 년 걱정은 끼는 갓신, 평생 걱정은 악한 처
이다.

하룻밤에 소금 석 섬을 먹어도 짜다 소리 한 번 못 들었다.

소금 장수가 하룻밤 화대(花代)로 소금 석 섬 판 돈을 다 줬어도 좋다
궂다 말 한마디 없더라는 푸념.

하룻밤을 자도 헌 색시이다

한번 정조를 잃으면 되돌릴 수 없는 것이니 각별히 조심할 일이다.

---

*2 맷돌거리 : 남자가 밑에서 마치 맷돌 식으로 체위를 바꿔 하는 성교 방식. 감투거리.
*3 신수(身手) : 사람의 얼굴에 나타나는 밝은 기운.

하발통이다

구멍이 넓다. 여기서는 창녀를 가리키는 말.

하재도 못하는 놈이 잠방이부터 벗는다

능력도 없는 주제에 큰소리 치고 있다고 빈정대는 말. 본디는 성교할 능력도 없으면서 옷부터 벗고 설친다는 뜻.

하초*¹가 별 볼일이 없다

양기가 시원치 않다.

한강 모래사장에 혀를 박고 죽을 일이다

억울한 일을 당해 분통이 터져 죽겠다.

한강에 배 지나간 자리다

여자가 한두 번 바람을 피워도 몸에 무슨 흔적이 남는 건 아니라는 뜻.
=죽 떠먹는 자리다. 과부 배 지나간 자리 없다.

한 구멍* 동서지간이다

한 여자를 사이에 둔 본서방과 샛서방 사이 또는 한 여자를 여럿이 동시에 관계한 사이라는 뜻.
=외 구멍 동서다.

한 구멍*² 새끼들이다

한 여자 배에서 나온 자식들이다.

한 냥 굿에 백 냥짜리 징을 깼다

---

*1 하초(下焦) : 한방에서 이르는 삼초의 하나로 여기서는 배꼽 아래 대장. 소장. 방광. 신장 따위를 이르는 말.

*2 구멍 : 음문을 빗대 이르는 말.

작은 이익을 탐하다가 엄청난 손해를 보았다고 가슴 치는 말.

=닷 돈 보고 보리밭에 갔다가 명주 속곳만 다 버렸다. 한 냥 아끼려다 백 냥을 잃는다. 소탐대실한다.

한량은 죽어도 기생집 울타리 밑에서 죽는다

누구든 평소 습관을 버리기 어려운 것이다.

한밤중이다

남들은 다 알고 9있는 일을 혼자 모르고 있다고 놀리거나 핀잔주는 말.

[探錄] 옛날 한씨 성을 가진 사람이 밤중에 잠을 자다가 깼는데 달빛이 대낮처럼 밝은지라 한낮인 줄 착각을 하고 밭으로 김을 매러 나갔단다. 이를 본 며느리가 새벽빛이 번할 때쯤 아침밥을 지어 머리에 이고 밭으로 나가 본즉 시아버지가 눈에 띄지 않았다. 자세히 보니 시아버지는 자기 밭이 아닌 그 옆의 남의 밭의 김을 다 매 주고는 허리를 쭉 펴고 일어나는 것이었다. 한밤중의 달빛을 한낮으로 착각한 이 일을 두고 마을 사람들은 이후 그 한 씨를 놀림조로 '한 밤중'이라고 불러 내렸다 한다.

한번 웃어 나는 새 떨어진다

빼어난 미모의 여자를 비유한 말.

=한번 웃어 사내 눈 다 먼다.

한번 하나 두 번 하나 화냥년 되긴 마찬가지다.

서방질을 한 번 하든 열 번을 하든 말 듣기는 한가지다. 결과는 매양 한가지라는 뜻.

=한 번 해도 화냥, 두 번 해도 화냥 말 듣긴 매일반이다.

한 번 줄래 안 줄래?

흔히 남자 입장에서 여자에게 정을 통할 뜻이 있느냐, 어서 마음을 정하라고 조르거나 다그치는 말.

한 사내놈 사랑이 제일이지 열 사내놈 칭찬 다 소용없다.

모름지기 여자는 하찮고 덧없는 칭찬에 마음 쏠려서는 안 된다는 뜻.

한 삼태기가 모자라서 태산을 못 이룬다

끝마무리를 못해서 실패를 본 경우이다.
=다 와서 문지방을 못 넘는다.

한세상 찡겨서 살았다

한세상 보란 듯이 못살고 응달에서 숨죽이며 살았다.

한 솥밥 먹고 송사 한다

같은 핏줄 또는 절친한 사이끼리 의가 갈라져서 남우세스런 짓을 하고 있다.

한 어미 자식도 오롱이조롱이다

한 뱃속에서 난 자식이라도 생김새와 마음가짐이 다들 제각각이다.
=한배 독(돼지) 새끼도 아롱다롱 한다.

한여름 발등에 고기 국물 한 방울만 떨어져도 그 힘으로 여름 난다

가난했던 시절, 농사일은 힘들고 먹을 것은 변변치 않았던 까닭에 이런 말이 생긴 것임.

한 이불 속에서나 내 서방이다

같이 잘 때나 내 남편이지 밖에 나가면 누구 서방이 되는지도 모를 일이다.
=품안에 있을 때나 내 계집이다.

한 입에 두 말 하는 놈은 개 아들년이다

거짓말하는 놈은 짐승 대접 받을 줄 알아라.

한 입으로 두 말 했다간 아갈머리* 찢어질 줄 알아라

거짓말을 했다가는 크게 혼구멍 날 줄 알아라.

한 있는 재물은 줄고 한 없는 씀씀이는 늘어서

그러다 보니 파탄지경에 이르러 결국 이 꼴이 되고 말았다는 넋두리.

한잔 술에 웃음 나고 반잔 술에 눈물 난다

인정이란 사소한 것에 매이는 것이니만큼 누구에게든 잘 대해 주어야
한다는 뜻.

**한잔 술엔 청탁불문이고 두 잔 술엔 노소불문이요 석 잔 술에는 생사불
문이다**

처음에는 좋고 나쁜 술 가리지 않고 마시다가 더 발전하면 노소를 가
리지 않게 되고 마침내는 생사를 돌보지 않게 되니 술이란 스스로 삼
가는 것이 제일이다.

한 집에 사는 시어미 성도 모른다

당연한 것을 모르고 있다니 한심한 일이다.
=평생을 살아도 시어미 성을 모른다. 머슴살이 십 년에 주인 함자를
모른다.

한 집에 살고 한 배를 타 보아야 속을 안다

같은 이해관계에 얽혀 보아야 사람 됨됨이를 속속들이 알 수 있다는 뜻.

---

* 아갈머리 : 입의 낮춤말.

한창때는 치마만 봐도 꼴린다

한창때 즉 새파란 나이 때는 그만큼 성욕도 왕성하게 마련이다.

한품에 든 임의 속도 모른다

아무리 친해도 사람 속은 알 수 없는 것이다.

한 품은 귀신 눈빛이 되어

미치광이처럼 붉게 충혈된 눈으로.

할아범 반만큼이나 해라

여자가 남편에게, 옛날 할아버지가 죽은 할머니를 위해 불렀다는 노래 가사 반만큼이라도 해보라고 다그치는 말.

[蒐集] 이 말의 유래는 다음과 같다. 옛날에 할아버지가 자식도 없이 할머니와 단둘이 정답게 살았는데 어느 날 할머니가 느닷없이 할아버지만 남겨 두고 세상을 떠나고 말았다. 이에 할아버지가 애가 끊어지는 슬픔으로 할머니 시신을 붙잡고 통곡을 했는데 그 소리가 흉금에 절실해서 후세 사람들 입에 오르내리게 되었다 한다. "에이구 할마이야 할마이야/ 초저녁에 감은 다리이/날이 새면 푸는 다리이/아이고 아이고 할마이야."

함양 가서 벼슬 자랑 말고 여수, 통영 가서 돈 자랑 말고 남원, 고흥 가서 소리자랑 말고 벌교 가서 힘 자랑 말고 순천 가서 인물자랑하지 말랬다

예부터 함양엔 인물이 많이 나고 여수, 통영에는 해산물이 풍부해 부자들이 많이 나고 남원, 고흥에는 명창이 많고 벌교에는 장사가 많고 순천에는 미인이 많이 난다고 해서 유래된 말.

함지박 엉덩이를 맷돌 돌리듯

뚱보 여자가 서둘러 걷는 뒷모양 또는 정사 때 몸놀림을 빗댄 말.

항우는 고집으로 망하고 조조는 꾀로 망한다

고집이나 꾀만 피우는 건 모두 안 좋은 것이니 그러지 말라고 이르는 말.

해가 똥구멍 찌르겠다

늦잠꾸러기에게 빨리 일어나라고 욕으로 꾸짖는 말.

해가 지나(설 명절)달이 뜨나(추석 명절) 개 보름 쇠듯

명절 때는 모두들 노느라 분주해 개들은 밥도 제때 못 얻어먹듯이 그
렇게 자기 살림이 궁색하다는 뜻.

해당화에 임자 있더냐?

바닷가에 피는 해당화에 임자가 없듯 화류계 여자는 주인이 따로 없다
는 뜻.
=노류장화에 임자 있더냐.

해동(解冬) 전에는 가지 못한다

어느 털 많은 부부에 얽힌 우스개 고담(古談)

[禦睡錄] 홍 풍헌의 처가 유별나게 음모(陰毛)가 많았는데 어느 몹시
추운 겨울밤에 얼음판 위에서 오줌을 누던 중 그 터럭이 얼음판에 얼어
붙어 일어날 수가 없는지라 놀란 풍헌이 달려와 입김으로 녹이고자 했으
나 설상가상으로 풍헌의 수염마저 바닥에 얼어붙어 꼼짝을 못하게 되었
다. 해서 풍헌의 수염이 그 처의 음문터럭과 마주 보고 엎드려 있는 중에
이웃집 김 아무개가 지나가는지라 풍헌이 불러 그리 일렀다 한다. "관청
일이 비록 무겁지만 나는 아무래도 입춘 해동(解冬)전에는 출입이 어렵
겠으니 그대는 이 뜻을 관가에 고하여 나의 소임을 대행케 하라."

해반주그레한* 게 사내깨나 잡아 먹었겠다

---

* 해반주그레하다 : 얼굴이 해말갛고 반주구레하다.

얼굴이 예쁘장한 게 남자깨나 홀려서 신세 망쳐 놨겠다.

해어배를 마신다

조선시대 한량들이 기방에서 기생으로 하여금 술을 머금게 하여 그 술을 입을 맞추어 받아 마시던 습속을 이르는 말이다. 이 경우 기생은 머금은 술을 한 사람에게만 주지 않고 좌중의 모두에게 골고루 입을 맞추어 주었는데 이를 해어배(解語杯)라 하였다. '해어배'라 한 것은 해어화(解語花)가 기생을 뜻하는 말이었기 때문이다.

해오라기 나이 여든이라 머리 흴까?
머리가 하얗게 센 것으로 행세하려 드는 사람을 꼬집는 말.
=염소 새끼가 나이 먹어 수염 났다더냐.

해웃값 준다
기생, 창녀 등과 상관한 대가로 주는 돈을 이르는 말.

해장술에 맛들이면 땅도 팔아 먹는다
해장술의 별미에 맛들이면 이성을 잃고 돈 아까운줄 모른다는 뜻.
=해장술은 빚을 내서도 사 먹는다.

해장술에 맛 들였다 살림 거덜 난다
해장술에 맛들이면 하루 일을 망치는 건 물론이고 술값도 솔찮게 들어 집안살림 들어먹기 십상이니 그러지 말라는 권면의 말.

[蒐集] 내금군(內禁軍)으로 근무하는 류(柳)씨 성을 가진 자가 있었는데 그가 어느 날 조회에 나간 길에 동료에게 이르기를 "조회에 참석이 잦으면 우리 집안 살림이 거덜이 나지 않을까 걱정이야" 한데, 동료가 그게 무슨 말이냐고 물으니 류가의 대답이 이러했다. "며칠 전 새벽에

조회를 하러 일어났을 때 아내가 날이 차갑다면서 어한(禦寒 : ^{추위를}_{막음})하라고 술을 한 병 사다가 권하기에 몇 사발 들이키고는 대궐로 들어갔다네. 그런데 조정이 임시 휴회인지라 금세 집에 돌아왔는데 아직 취흥이 남아 처를 끌어안고 일을 행사하였더니만 그 뒤부터는 조회가 있을 때마다 처가 반드시 술을 사서 마시게 하니 나 같은 박봉으로 장차 살림이 어찌 배겨날지 자못 걱정이 태산일세."

이 말을 듣고 배꼽을 잡지 않는 이가 없었다.

해장술에 취하면 제 아비도 몰라본다

아침 빈속에 술을 마시면 취기가 심해 실수하기 쉬우니 삼갈 일이다.
=해장술은 땅 판 돈으로 먹어도 아깝지 않다. 해장술은 빚을 내서도 먹는다.

해진 베잠방이에 좆 튀어나오듯 한다

어째 상관도 없는 일에 불쑥불쑥 끼어들어 말참견이냐? 또는 숨겨야 할 것이 자꾸 비어져 나와 신경을 거스른다고 내뱉는 말.
=헌 이불에 좆 걸리듯 한다.

해참하게* 놀지 말아라

남 부끄런 짓 좀 하지 마라.

해태 눈깔이다

눈앞에 있는 물건도 찾지 못하고 쩔쩔매는 사람을 두고 핀잔주는 말.

허울 좋은 과부가 밤 마슬 다닌다

얌전하기로 소문난 과부가 밤에 몰래 사내를 보러 다니듯 점잖은 척하는 위인이 엉큼한 짓거리를 하고 있다고 비웃는 말.

---

* 해참(駭慚)하다 : 해괴하여 남부끄럽다.

허울 좋은 도둑놈이다

인사치레 멀쩡한 위인이지만 뒤로는 못된 짓거리만 일삼는 자이다.

헌 바지에 좆 나오듯 한다

숨겨 둬야 할 것이 불쑥불쑥 불거져 나와 곤혹스럽다.

헌 사내놈들 진절머리 난다

제 욕심만 채우려 드는 늙다리 사내들은 이제 넌더리가 난다.

헌 여자다

시집을 간 여자. 또는 정조 관념이 없는 속 헤픈 여자이다.

헌 옷 얻어 입으면 걸레감만 남고 헌 서방 얻어 살면 송장치레만 한다

중고 물건보다 웬만하면 새것을 쓰라고 종용하는 말. 또는 혼자 살면 살았지 늙은 홀아비는 얻어 살지 말라는 충고의 말.

험담만치 좋은 안주 거리도 없다

술자리에서 만나 누구를 헐뜯고 욕하는 거야 흔한 일 아니냐. 또는 술판에서 오가는 험담이야 큰 허물이 될 수 없다는 뜻.

헙헙하면* 살림 망조 드는 거다

돈을 함부로 쓰면 나중에 쪼들리게 되니 경계할 일이다.

헛 친구 하나 없다

사람이 용렬해서 건성 친구 하나도 없다.

헤엄 잘 치는 놈 물에 빠져 죽고 나무 잘 타는 놈 떨어져 죽는다

---

* 헙헙하다 : 가진 것을 함부로 써버리는 버릇이 있다.

아무리 어떤 일에 능해도 늘 조심을 해야만 탈이 안 생기는 법이다.

헤엄이라면 개구리 볼기 치게 잘 한다

수영 한 가지만은 남달리 잘하는 자이다.

헤픈 계집, 속곳 마를 새 없다

음탕한 여자를 두고 비아냥대는 말.

혀 밑에 도끼 있고 말 속에 뼈가 있다

말하는 본새가 남을 해코지하려는 악심이 엿보인다.

혀 빼물고 뒈질 놈!

죽어도 흉악한 모양으로 죽어 마땅한 자이다.

혀를 빼물었다

온 힘을 집중해서 일을 하고 있다.

현량(賢良)을 만드는 중이다

스님이 교합(交合)중에 들키자 '훌륭한 인물을 만드는 중'이라고 둘러
댔다는 일화에서 나온 말.

[續 禦眠楯] 선탄(禪坦)이란 스님이 문사(文詞)와 골계에 능하였으나
분방하여 계율은 지키지 않았다. 관서(關西 : 마천령 서쪽 지방. 평안도와 황해도 북부 지역)에 시 잘하는
기생이 있다는 말을 듣고 찾아가 작시수창(作詩酬唱)을 하는데 기생이 을
일불(乙一不) 석자 운을 띄우니 선탄이 낙운성시(落韻成詩)하기를

각씨안색이 진갑을(閣氏顔色眞甲乙) 각시의 안색이 참으로 고운 것을
다정교태가 우제일(多情嬌態又第一) 다정한 교태가 내 맘에 드네
약봉하녀 우암처(若逢此女幽暗處) 만약 이 여인을 어둔 데서 만난다면

철석간장 안득불(鐵石肝腸安得不) 쇠 같은 간장인들 어찌 안 녹으리

  기생이 그 빼어난 시재(詩才)에 탄복하는 일변 웃으면서 "말인즉 그렇지만 실제로 중이 여인을 어찌할 수야 없지 않느냐?" 하고 퉁긴즉 "하지 않을지언정 어찌 못할까보냐. 옛적에 아란존자가 여래(如來)의 대제자임에도 마등가란 여인과 통하였으니 그럼 아란은 중이 아니며 마등가는 여인이 아니란 말이더냐?" 하였다. 이어 기생이 "그럼 스님께서도 음사(陰事)의 재미를 아느냐?"고 물은 데, 선탄이 답하기를 "그대는 나에게 극락세계가 있음을 모르는도다. 내가 그대의 양다리를 끼고 그대의 음호를 꿰뚫으면 극락의 재미가 그 가운데 있는 것이니 이를 이른바 극락세계라 하느니라. 그 때를 당해봐야 그대가 가히 나의 참됨을 알게 되리라" 하였다. 그 말에 비로소 마음이 움직인 기생이 "요 얄미운 독두(禿頭 : 까까머리)여, 알았소이다" 하니 "그대는 다만 나의 위 독두만 알았지 아래 독두는 모르는 도다. 이제 아래 독두로서 시험해 보리라" 하고 곧 끌어안고 일을 시작하였다. 이에 기생이 흥분해 숨넘어가는 소리로 "스님께서 활인(活人)만 하시는 줄 알았더니 이렇듯 나를 넋이 흩어져 죽게 하시니 이는 무슨 연고이뇨?" 하니 스님이 "불법이 신통하여 능히 사람으로 하여금 죽게도 하고 또한 살게도 하느니라" 하면서 운우가 한껏 무르익어갔다. 이때 한 사람이 그 수작을 보다 못해 벌컥 문을 열고는 "스님께서는 지금 무슨 일을 하고 있느뇨?" 하고 물었다. 이에 선탄이 창졸간에 답하기를 "지금 나라를 위해 현량(賢良)을 하나 만들고 있는 중이로다." 한즉 이를 전해들은 이들이 모두 배꼽을 잡았다 한다.

혈육에는 형제 있어도 돈에는 형제 없다
  돈 때문에 싸움이 벌어지면 형제간이 남남보다 못하게 되는 경우도 생긴다는 뜻.

혓바늘 선 데 통고추 쪼개 붙이는 소리 하고 있다
  가뜩이나 기분이 엉망인데 설상가상으로 속 뒤집는 말을 하고 있다.

형수씨 씹도 내 주소

'형수씨 짚도 나 주세요'라는 뜻의 보리타작 노래 중 한 구절.

[蒐集] 여름철에 삼 형제가 마당에서 보리타작을 하고 있었는데 꼽추라서 장가도 못 간 둘째가 술을 한잔 먹고 취해서는 혀 짧은 소리로 형수와 제수에게 타작을 위해 '보리 짚을 추어 내 달라'는 뜻의 말을 다음과 같이 한 데서 이 말이 비롯되었다 한다. "제수씨요 씹 주소(제수씨 짚 주세요). 형수씨 씹도 내 주소(형수씨 짚도 내게 주시고). 제수씨 씹도 내 주소(제수씨 짚도 내게 주세요). 형수씨요 씹도 제 좆만 믿고(형수씨의 짚도 내 손만 믿고), 제수씨요 씹도 내 좆만 믿으소(제수씨 짚도 내 손만 믿으세요)." 그런데 이 소리가 하도 요상하게 들려서 다른 이들도 따라서 흉내 내다보니 이 보리타작 노래가 두루 퍼지게 되었다 한다.

형은 내밀고 형수는 감춘다

형은 아우에게 후하게 주려고 하지만 형수는 한 치 건너 두 치인지라 인색하게 군다는 뜻.

형틀지고 와서 볼기 맞는다

가만있으면 그만인 것을 공연히 자승자박을 하고 있다.
=곤장 짊어지고 관가에 간다.

호강 중엔 씹 호강이 제일이다

대개 여자 입장에서, 돈 호강과 옷 호강도 좋지만 흡족한 정사만은 못하다는 뜻.

호랑이가 이빨 빠지고 발톱 빠지면 토끼도 깔본다

부자가 가난해지거나 세도가가 권세를 잃게 되면 업신여기는 게 세상 인심이다.

호랑이 개 어르듯 한다
얕잡아보고 함부로 대한다.

호랑이는 그려도 뼈는 못 그리고 사람은 사귀어도 속을 모른다
사람이란 본디 못 미더운 존재니까 사귀기는 하되 믿어서는 안 된다고
이르는 말.

호랑이도 새끼가 열이면 시라소니를 낳는다
자식이 많다보면 개중엔 신통찮은 자식도 끼어 있게 마련이다.

호랑이 보면 무섭고 호랑이 가죽 보면 탐나고
힘들고 위험한 일은 싫어하면서도 그 결실만을 탐내는 경우 따위에 빗
댄 말.
＝호랑이는 죽어도 무섭다.

호랑이 아비에 개자식 없다
범이 범을 낳고 개가 개를 낳듯 혈통이란 엄정한 것이다.

호랑이 입보다 사람 입이 더 무섭다
호랑이가 해코지하는 것보다 사람이 악심을 품고 해코지하는 것이 몇
배나 더 크고 해로운 것이다.

호랑이 잡고 볼기 맞는다
좋은 일을 하고서도 오히려 벌을 받는 억울하기 짝 없는 일이다. 또는
세상엔 더러 이런 경우도 있다는 뜻.

호랑이 잡아먹는 담비가 있다
난체 하지 말고 항시 겸손하라고 이르는 말.

호로자식*¹ 마음잡아 봤자 사흘이다

본디 심악한 성품은 마음잡는 척해 보아야 며칠 가지 못한데서 나온 말. 또는 못된 습관은 그만큼 고치기 어렵다는 뜻.

호미거리 한다

들일을 마친 다음에 하는 성행위를 농으로 이르는 말.

호미*²도 안 쓰면 녹스는 법이다

대개 남자의 경우, 성 능력도 계속 안 쓰면 퇴화가 되어 못쓰게 된다는 뜻.
=우물도 두레박질 안 하면 말라서 못쓰게 된다.

호미 빌려 간 놈이 감자 캐간다

도움을 받은 자가 되레 도둑질을 해가더라 함이니 배은망덕한 자라는 뜻.
=자루 빌려 줬더니 쌀 꿔 달랜다. 젯밥 얻어먹은 놈이 소 끌고 간다.

호박*³꽃도 꽃이라고 오는 나비 괄시한다

못난 여자가 주제에 퇴박을 놓고 있다고 비아냥대는 말.

호박꽃이라고 벌 나비 아니 올까?

아무리 여자가 못생겼어도 다 분복 있어 짝 만나서 살게 마련이다.

---

*1 호로자식 : 배움 없이 제풀로 자라 예절을 모르는 자. 호래(胡來)아들. 후래 자식과 같은 뜻의 말. 글자대로 풀면 오랑캐 자식이라는 뜻.

*2 호미 : '홈+이'의 합성어로 '홈을 파는 것'이란 뜻이다. 호미를 사투리로 '호매'라 하는데 이는 '홈'에 접미사가 붙은 것이다.

*3 호박 : '호'는 '중국에서 들어온' 것을 말한다. 따라서 호박이란 '중국에서 들어온 박'이란 뜻이다.

호박 덩어리다

흔히 못생긴 여자를 빗대 놀림조로 하는 말.

호박씨를 까는지 수박씨를 까는지?

무슨 일을 하고 있는지 통 모를 일이다. 또는 속이 의뭉하다고, 미덥지 않아 놔는 말.

호박에 줄 잘 친다고 수박 되냐?

제아무리 눈속임 치장을 해도 바탕은 변할 수 없는 것이다.

호박으로 낳았으면 국이라도 끓여 먹지

아무짝에도 쓸모없는 자이다.

호박이 보면 형님 하겠다

못생긴 여자를 두고 빗대 놀리는 말.

호박잎에 청개구리 뛰어오르듯

어른한테 버르장머리 없는 짓이나 말대꾸를 하고 있다.

호적 파가라, 이 못된 놈아!

밤낮 말썽을 피우거나 집안 망신을 시키는 자식에게 가문이 창피하니까 족보에서 빼겠다고 꾸짖는 말.

혼사 말하는 데 상사* 말한다

혼사를 의논하는데 초상 얘기를 한다 함이니 분위기를 파악 못하고 덜 된 언동을 하고 있다고 꾸짖는 말.

---

* 상사(喪事) : 사람이 죽는 일.

혼사 빗은 떼먹어도 초상 빗은 안 떼먹는 법이다.

혼사 빗은 경사니까 그렇다 쳐도 초상 때 상주한테 진 노름빗을 떼먹으면 죽은 귀신한테 저주를 받아 해로우니 그러지 마라.

혼사에 거짓말은 찰떡에 팥고물이다

큰 허물이 되는 것은 아니다.

혼인날 신부 방귀는 복 방귀다

신부가 혼인날 방귀를 뀌어 무안해 할 때 다독이고 위로해 주는 말.

혼인에 재물치레는 오랑캐 짓이다

혼인은 물 한 그릇 떠 놓고 해도 예만 잘 갖추면 그만이지 혼수치레는 필요 없는 것이다.

혼인에 트레바리 놓는 놈!

남 좋은 일에 공연히 끼어들어 훼방 놓고 까탈을 부리는 못된 자이다.

홀아비 과부댁 문지방 넘듯

아주 조심스럽게 옮겨 놓는 걸음새를 빗댄 말.

홀아비 눈에는 미운 각시 없다

굶주린 자가 찬밥 더운 밥 안 가리듯 홀아비도 그렇다는 뜻.
=홀아비 눈에는 미운 여자 없다.

홀아비 사정 봐주다 과부 애 밴다

남 사정이 딱해 보인다고 헤픈 인정으로 봐주다가는 나 자신이 곤경에 빠지는 수가 있으니 새겨두라고 이르는 말.
=사정 봐주다 동네 시아비가 열둘이다.

홀아비 십 년에 장가간 폭이나 된다

오랫동안 소원하던 일이 이루어져 기쁘기 그지없다

=시어미 죽고 처음이다. 칠년 과부 좆 맛 본 듯.

홀아비 자지 꼴려 봤자이다

좋은 능력도 마땅히 쓸 데가 없으면 소용없는 것이다.

=홀아비 좆 꼴려 봤자 용두질이나 칠까.

홍어는 쏘는 맛 계집은 빼는 맛이다

홍어는 썩혀서 먹어야 톡 쏘는 제 맛이 나고 여자는 몸을 빼는 맛이 있
어야 남자들이 더 좋아한대서 나온 말.

홍어 좆으로 안다

대수롭지 않게 여긴다. 우습게 안다.

홍합* 조개를 먹는다

젊은 여자와 성관계를 갖는다는 뜻.

[蒐集] 어느 시골에 아내를 끔찍이도 사랑하는 한 선비가 있었는데 그
정도가 지나쳐서 한시도 떨어지지 못해 과거 시험 보러 갈 엄두도 내지
않는 것이었다. 이에 그 아내가 한 가지 꾀를 내, 내 몸에서 당신이 가장
좋아하는 한 가지를 떼어 줄 테니까 소중하게 간직하고 다녀오라면서 크
고 잘 생긴 말린 홍합 한 개를 구해서 호주머니에 넣어 주었다. 그것을
지니고 서울로 간 선비가 객점을 정해 과거를 보는 동안도 툭하면 그놈을
꺼내 들여다보며 싱글벙글하는지라 같은 방에 동숙했던 자가 괴이하게 여
겨 그가 잠든 새 주머니를 뒤져 본즉 먹음직스런 홍합이 나오는지라 냉큼
집어먹어 버렸다. 이튿날 방(榜)이 나서 보니 그 선비는 급제가 되었는데

---

* 홍합 : 홍합과의 바닷조개. 껍데기는 광택이 나는 흑색이고, 안은 진주빛, 살은 붉은 빛
으로 맛이 좋다. 여기서 홍합은 음문의 속어.

반가운 마음에 홍합을 보려고 주머니를 뒤져 보니까 그놈이 어디로 갔나 종적이 묘연하였다. 이에 그 선비가 탄식하며 말하기를 "과거에 급제는 했어도 홍합이 없어졌으니 이제 내 아내는 반병신이 되고 말았구나" 하며 크게 낙담을 하더란다.

홍합에는 물도 많고 말 많은 년 씹에는 털도 많다
말 많고 탈도 많은 말썽꾸러기 여자에게 해대는 욕설.

홑적삼 큰아기에 눈멀고 마음 멀어
다 큰 처녀가 한여름에 너무 더워 홑적삼만을 입은 경우 젖가슴 등 고혹적인 속살이 내비치어 뭇 남정네들 눈멀고 마음 멀게 만든다는 뜻.

화냥기*¹가 다분한 년이다
행색을 보니 서방질깨나 할 계집 같다.

화냥년 씹구멍으로 빠진 놈 같다
못된 짓거리만 일삼는 천출의 불상놈이다.

화냥년이 보지 감출까
사람이 타락하다 보면 이목도 체통도 돌보지 않게 된다.
=죽은 년이 보지 가리랴.

화냥년이 수절 타령*²한다
언감생심 도무지 분수에 안 맞는 수작을 하고 있다.
=도둑놈이 도둑이야 한다. 불낸 놈이 불이야 한다.

---

*1 화냥기 : 서방질을 할 만한 기질.
*2 수절타령 : 정절을 지킨 여자 이야기.

화냥질이나 하는 년 주제에

서방질이나 하고 다니는 여자라고 업신여겨 내치는 말.

화(禍)는 입 따라 나오고 병은 입 따라 든다

말을 잘못하면 화를 입게 되고 음식을 잘못 먹으면 병을 얻게 되니 항시 말조심, 음식 조심할 일이다.

화약을 지고 불속에 들어간다

위험한 짓을 자초하고 있다.

=섶을 지고 불에 든다.

화적 떼 봇짐도 털어먹을 놈이다

화적놈들보다 더 하리만큼 담대하고 흉악한 자이다.

=용을 잡아서 날 회를 쳐 먹을 놈이다.

환갑 전에 철들기는 다 틀렸다

하는 짓거리를 봐 허니 사람 노릇 하기는 틀린 것 같다.

환생(還生)하는 양물(陽物)이 되옵소서

시아버지 회갑연에 며느리들이 올렸다는 헌사 가운데 한 구절.

[攪睡雜史] 노인이 회갑연을 맞아 자손이 만당(滿堂)한 가운데 맏며느리가 먼저 헌수(獻壽)의 잔을 올리매 그 지아비가 "잔을 들었거늘 복되고 경사스런 말로서 헌배함이 옳으리라" 하니 "원컨대 시아버님께서는 천황씨(天皇氏)가 되옵소서" 하였다. 노인이 무슨 연고인고 물은즉 "천황씨로 말하면 일만 팔천세를 누렸으니 그리 장수하시라는 축원이옵니다" 하였다. 이어 둘째 며느리도 잔을 올리면서 "지황씨(地皇氏)도 일만 팔천세를 수(壽)하였으니 아버님께서는 지황씨가 되소서" 하니 노인이 '좋도다'고 화답을 했다. 한데 셋째 며느리는 느닷없이 "시아버님께서는 양

물(陽物)이 되소서" 하는 것이었다. 무슨 까닭인고 하고 물으니 "양물은
비록 죽을지라도 능히 환생(還生)하여 장생불사(長生不死)하니 이 같이
장수 하옵기를 비나이다." 한즉 노인이 파안대소하면서 "그 말에 묘미가
있고 묘리가 있도다" 하고 칭찬해마지 않았다.

홧김에 서방질 한다
화를 못 참으면 큰 잘못을 저지를 수도 있는 것이니 자중하고 경계할
일이다.
=부아 김에 서방질한다. 홧김에 씹 준다.

황소 불알 떨어지기 바라고 장작 짐 지고 다닌다
오뉴월에 축 늘어진 황소 불알이 떨어지면 구워 먹으려고 장작 짐을 지
고 다니리만큼 공것 좋아하는 작자이다.

황천객이 되었다
이 세상 사람이 아니다. 죽었다.

회를 쳐 먹어도 비린내 하나 안 나겠다
미인을 빗대 도색적으로 이르는 말.

후살이 간다
남편이 죽어 홀로 된 여자가 홀아비한테 개가를 한다.

훔쳐 낳은 자식 닮아서 들통 난다
몰래 계집질 또는 서방질해서 낳은 자식은 자라면서 그 어미 아비를 닮
게 되어 탄로나게 된다는 뜻.
=씨도둑은 못 속인다.

흉년 문둥이 떼쓰듯 한다

안 된다는 데도 정나미 떨어지리만큼 졸라댄다.

흠이란 보면 있고 안 보면 없는 것이다

흠 없는 사람 없는 까닭에 설령 흠이 있어도 덮어 주고 지내는게 좋은
것이다.

흠이 없으면 며느리 다리가 희단다

못된 시어미는 생트집을 잡아서라도 며느리 흠을 본다는 뜻.

흐벅진 년이다

몸피가 썩 좋은 여자를 빗댄 말.

흘레개* 좆 자랑한다

오입질 잘하는 자가, 돈 맛에 여자들이 따르는 것을 자기가 좋아서 따
르는 줄 알고 자랑한다 함이니 어리석고 한심한 자라고 비웃는 말.

흘레 붙는다

짐승의 암, 수컷이 교미하는 짓. 또는 바람둥이의 오입질을 개 흘레에
빗대 이르는 말.

흙내가 고소하다

죽을 때가 다된 모양이다.

흙 토(土), 선비 사(士)를 바로 못 읽고 날 일(日), 가로 왈(曰)을 분별 못하는 놈이다

무식하기 짝이 없는 자이다.

＊흘레개 : 배태를 목적으로 교미를 시키는 수캐. 여기에서는 밤낮 색만 밝히는 오입쟁이를
빗대 이르는 말.

흙 파먹고 사는 줄 아냐?

일한 품삯을 제때 줘야 먹고 살 거 아니냐고 따지는 말.

=땅 파먹고 사는 줄 아냐.

희망이 허망이다

희망이 없다. 희망 없는 일이다.

희쭈그리*한 게 갈 때가 다됐다

축 처져서 힘아리 없는 모습이 죽을 때가 다 된 것 같다.

희학질 소리가 낭자하다

남녀간 정사 때 지르는 소리가 어지럽다.

=감창소리가 낭자하다. 씹질 소리가 어지럽다.

흰 말 불알 같다

인물이 훤한 사내를 빗대 이르는 말.

---

* 희쭈그리 : '씹 쭈그러든 것' 즉, 음문이 쭈그러들어 볼품없이 된 모양을 이르는 말이란
설도 있음.

참고 문헌

《속담 사전》이기문 편, 민중서관, 1974

《어둠의 자식들》황석영 저, 현암사, 1980

《만인보》고은 저, 창작과비평사, 1986

《어원별곡》서정범 저, 범조사, 1986

《한국 구전설화집》임석재 편, 평민사, 1987

《한국 민담사전》최근학 편, 문화출판공사, 1987

《객주》김주영 저, 창작과비평사, 1990

《새우리말 큰 사전》신기철·신용철 편, 삼성출판사, 1991

《임꺽정》홍명희 저, 사계절, 1991

《한국의 민요》임동권 편, 일지사, 1992

《상말속담사전》송재선 편, 동문선, 1993

《엽서》신용복 저, 너른 마당, 1993

《사전에 없는 토박이말 2400》최기호 편, 토담, 1995

《우리말의 뿌리》안옥규 저, 학민사, 1995

《우리 동네》이문구 저, 솔, 1996

《고어사전》남광우 편, 교학사, 1997

《욕, 그 카타르시스의 미학》김열규 저, 사계절, 1997

《이규태 코너》이규태 저, 기린원, 1998

《우리의 소리를 찾아서 1, 2》최상일 저, 돌베개, 2002

《속담 사전》임동권 편, 민속원, 2004

《황진이》홍석중 저, 사계절, 2004

《우리말 고운 말》조남현 외 편, 월간다이제스트, 2004~2008

《한국의 술문화》이상희 저, 도서출판 〈선〉, 2009

정태륭(鄭泰隆)

1944년 인천 연수구 출생. 인천중 제물포고를 나와 고려대 철학과를 졸업했다. 고대 학보사에서부터 정년까지 〈농민신문〉〈새농민〉〈한국낙농〉편집인을 지냈다. 〈현대문학〉추천으로 문단에 나온 뒤 소설 《인간면허》《사냥시대》등 저서를 냈다.

투가리맛 살꽃맛
겨레의 말뿌리 이야기

조선상말전

정태륭 지음

초판 발행/2009년 9월 9일
발행인 고정일/발행처 동서문화사
창업 1956. 12. 12. 등록 16-3799(윤)
서울강남구신사동 540-22 ☎ 546-0331~6 (FAX) 545-0331
www.epascal.co.kr
잘못 만들어진 책은 바꾸어 드립니다.

*

이 책의 출판권은 동서문화사가 소유합니다.
의장권 제호권 편집권은 저작권 법에 의해 보호를 받는 출판물이므로 무단전재와 무단복제를 금합니다.
사업자등록번호 211-87-75330
ISBN 978-89-497-0537-8 03810